岩 波 文 庫

37-511-8

失われた時を求めて

8

ソドムとゴモラ I

プルースト作
吉川一義訳

岩 波 書 店

Marcel Proust

À LA RECHERCHE DU TEMPS PERDU

Sodome et Gomorrhe

凡例

一、本書は、マルセル・プルースト『失われた時を求めて』（一九一三―二七）の全訳である。翻訳にあたっては、つぎに掲げるジャン＝イヴ・タディエ監修のプレイヤッド版を主たる底本とし、以下の刊本を参照した。

Marcel Proust, *À la recherche du temps perdu*, sous la direction de Jean-Yves Tadié, Gallimard, «Bibliothèque de la Pléiade», 4 vol., 1987–89.（訳注では「プレイヤッド版」と表記）

Marcel Proust, *À la recherche du temps perdu*, Gallimard, «Folio», 7 vol., 1988–90.（訳注では「フォリオ版」）

Marcel Proust, *À la recherche du temps perdu*, sous la direction de Jean Milly, Flammarion, «GF», 10 vol., 1984–2009.（訳注では「GF版」）

Marcel Proust, *À la recherche du temps perdu*, «Livre de poche», 7 vol., 1992–2009.（訳注では「リーヴル・ド・ポッシュ版」）

二、本篇『ソドムとゴモラ』に関しては、つぎのプルースト生前刊行版により、行アキ、改行、異本などを確認した。

Marcel Proust, *Le côté de Guermantes II, Sodome et Gomorrhe I*, NRF, 1921.

Marcel Proust, *Sodome et Gomorrhe II*, NRF, 1922.(いずれも訳注では「ＮＲＦ版」)

三、本篇に関しては、つぎの版の訳注を参照した。

Marcel Proust, *Alla ricerca del tempo perduto*, Mondadori, t. 2, 1986; t. 3, 1989.

Marcel Proust, *In Search of Lost Time*, t. IV, *Sodom and Gomorrah*, Translated by C. K. Scott Moncrieff and Terence Kilmartin. Revised by D. J. Enright, Modern Library Paperback Edition, 2003.

四、本訳に付した図版は、訳者の調査にもとづいて選定したもので、底本にしたプレイヤッド版他の『失われた時を求めて』の刊本には収録されていない。図版選定の根拠は、主として訳者が著した『プルースト美術館』(一九九八年、筑摩書房)、『プルーストと絵画』(二〇〇八年、岩波書店)、*Proust et l'art pictural* (Paris, Champion, 2010)による。図版には巻ごとに通し番号をつけた。

五、訳注は、巻ごとに通し番号を付し、見開き左ページに傍注として示した。他の巻への言及は「本訳①五〇頁」のように記した。

六、巻頭の地図には、小説本文、訳注に出てくる地名をできるかぎり網羅的に収録した。

七、巻末に場面索引を付す。

目次

『失われた時を求めて』の全巻構成

本巻について

本巻には、第四篇『ソドムとゴモラ』の前半が収録されている。「ソドムとゴモラ」が「一」と「二」に分かたれているのは、本篇が一九二一年と一九二二年に二分冊で出版された事情を反映しているにすぎない。同性愛という新たなテーマを中心に据えた本長篇は、登場人物たちの変貌と相まって、ゆっくり結末へと歩みだす。

本巻の物語は、前巻末の「公爵夫人の赤い靴」で語られたゲルマント公爵邸訪問の直前、館の中庭でジュピアンとシャルリュスが出会う場面から始まる。これを契機にプルーストが「ソドム」と呼ぶ男性同性愛をめぐる考察が展開される。

ゲルマント大公邸での夜会(「ソドムとゴモラ 二」第一章)は、前巻で語られた公爵邸訪問の日の夜のできごとで、ヴィルパリジ夫人のサロン(本訳第六巻)、ゲルマント公爵夫人邸での晩餐会(同第七巻)を受けて、「私」が遍歴するゲルマント一族の社交界の描写を締めくくる。ただし大公夫妻や公爵夫妻の影はいまや薄く、夜会の主たる話題は、シャルリュス男爵の同性愛と、死期の迫ったユダヤ人スワンのドレフュス支持をめぐって展開する。この両者が参会者たちの口からどのように論評されるかが本夜会の眼目のひとつである。

そのあと舞台はバルベックへと移る。最初の滞在時と同じホテルの部屋に到着した「私」の心に、ふと祖母の生前のすがたがよみがえる。「心の間歇」は、この「私」の悲痛な想い出に、ホテルにやって来た母が寄せる祖母への愛情、夢にあらわれた父の現実的なことば、ホテルの支配人の滑稽な言い間違いをないまぜにして、「私」の心の揺れを映しつつ、リンゴの木々の「豪華絢爛たる一面の花盛り」で大団円を迎える。

バルベック滞在のつづき(「ソドムとゴモラ 二」第二章)でも、エレベーターボーイの滑稽な言動をはじめ、ホテルの若いボーイを愛人として囲うニッシム・ベルナール氏における「ソドム」の生態、カンブルメール家の老夫人や若夫人と「私」が交わす芸術談義など、読みどころは多い。しかし「私」の主たる関心は、アルベルチーヌに同性愛の経験があるかどうかに移る。シャルリュスの男性同性愛(ソドム)で幕を開けた本巻は、アルベルチーヌをめぐる女性同性愛(ゴモラ)への疑惑で幕を閉じる。

パリからバルベックへと移りゆく本巻は、春から夏の数ヵ月のできごとを語っている。ドレフュス事件への言及によれば、およそ一八九九年のことと推定されるが、本文にはこれと矛盾する歴史的事象も出てくる。

本巻の主な登場人物

ジュピアン　ゲルマント家の館の中庭に店を出すチョッキの仕立屋。現在は役所勤め。

シャルリュス男爵（**パラメード**）　愛称メメ。ゲルマント公爵の弟。サン＝ルーの叔父。ジュピアンと出会って関係を結ぶ。そのあと大公邸で見かけた兄弟の青年貴族にも惹かれる。

ゲルマント大公（**ジルベール**）　王党派の反ユダヤ主義者。ときにスワンをベリー公爵の落とし胤《だね》の息子と信じる。ドレフュスの無罪と軍の陰謀を確信、それをスワンに告白する。

ゲルマント大公妃（**マリー**）　通称マリー＝ジルベール。ヘッセン＝ダルムシュタット方伯家の出身。大公に先駆けてドレフュスの無罪を確信。シャルリュスに恋心を寄せる。

ゲルマント公爵（**バザン**）　ゲルマント家の当主。美男の大男で、つぎつぎ愛人をつくる。従兄の危篤を無視して仮装舞踏会に出かける利己主義者。やがてドレフュス支持派へ変身。

ゲルマント公爵夫人（**オリヤーヌ**）　「私」を相手に、ほかの貴婦人たちを酷評する。

マルサント伯爵夫人（**マリー**）　ロベールの母親。息子と大金持の娘との結婚を画策する。

サン＝ルー侯爵（**ロベール**）　シャルリュス男爵の甥。愛人ラシェルと別れ、モロッコに赴任中。パリに戻って大公邸の夜会で、昔日の恋愛とドレフュス支持は間違っていたと述懐。

アルパジョン夫人　ゲルマント公爵の元愛人。大公邸の噴水の水でびしょ濡れになる。

シュルジ＝ル＝デュック侯爵夫人　公爵の現在の愛人。ギリシャ彫刻を想わせる美貌の持主。美形のふたりの息子ヴィクチュルニアンとアルニュルフがシャルリュスを魅了する。

シャテルロー公爵　ヴィルパリジ夫人の甥の息子。ブロンドの髪に、鷲鼻。同性愛者。

E…教授　発作をおこした祖母を診察した医者。ゲルマント大公の肺炎を治療したばかり。

ヴォーグーベール侯爵　ノルポワと親しい外交官。愚鈍な野心家にして臆病な同性愛者。

ヴォーグーベール夫人　「男まさりの風貌」をもつ「恰幅のいい」女性で、夫から愛されない。

ブレオーテ氏（アニバル）　愛称ババル。スノッブで、いまやスワン夫人のサロンに通う。

サン＝トゥーヴェルト侯爵夫人（ディアーヌ）　「スワンの恋」で夜会を主催した老婦人。オリヤーヌやシャルリュスに嘲笑されながら、翌日のガーデン・パーティーへの招集をかける。

ガラルドン侯爵夫人　ゲルマント公爵夫人の従姉妹。公爵夫人から相手にされず、ひがむ。

オスモン侯爵（アマニアン）　愛称ママ。ゲルマント公爵の従兄。大公邸の夜会中に死亡。

スワン（シャルル）　ユダヤ系株式仲買人の息子。熱烈なドレフュス支持派。余命は数ヵ月。

スワン夫人（オデット）　ベルゴットの後ろ盾を得て「知的」と評判のサロンを主宰、フォーブールの一流貴族も客に迎える。夫の叱責を受けながらも「フランス祖国同盟」の会員。

グランドホテルの支配人　にきび面のずんぐりした男。難しいことばをたえず言い間違える。

リフト　グランドホテルのエレベーターボーイ。「小柄で、身体のひ弱な」「醜男」。ドアを閉める手間を惜しむ。「民主的」用語を駆使し、「もちろんです！」「そうでしょ！」を連発。

エメ　グランドホテルの給仕頭。

アルベルチーヌ　ボンタン夫人の娘。「私」が憧れた「花咲く乙女たち」のひとり。今では「私」の性愛の相手。ほかの娘との同性愛の関係を疑った「私」は嫉妬にとり憑かれる。

アンドレ　花咲く乙女たちのひとり。アルベルチーヌと乳房をくっつけてワルツを踊る。

コタール　医者。ダンスをするアルベルチーヌとアンドレが「快楽の絶頂」にあると指摘。

パルム大公妃　パルム公国君主の娘。ホテル従業員に王族としての愛想のよさを示す。

カンブルメール老侯爵夫人（ゼリア）　別荘ラ・ラスプリエールをヴェルデュラン夫妻に貸して、フェテルヌの館に住む老未亡人。熱烈なショパン愛好家。感激するとよだれを飛ばす。

カンブルメール若侯爵夫人（ルネまたはエロディー）　カンブルメール家に嫁いだルグランダンの妹。上流貴族に憧れるスノッブ。モネ、ドビュッシーなどの現代芸術を信奉する。

カンブルメール侯爵　若夫人の夫。愛称カンカン。

ピュトビュス男爵夫人の小間使い　「私」が夢見る「ジョルジョーネ」ふうの美人。

ニッシム・ベルナール　ブロックの父親の伯父。同性愛者。グランドホテルのボーイを囲う。

ヴェルデュラン夫人　「スワンの恋」で「少数精鋭」のサロンを主宰。現在のサロンにはドレフュス派の大立者や新しい音楽の支持者が集う。借りた別荘ラ・ラスプリエールに滞在中。

オランダ王国
ベルギー王国
ライン川
ドイツ帝国
フランクフルト
ルクセンブルク大公国
ランス
ロレーヌ
ストラスブール
アルザス
ヴェズレー
ディジョン
スイス
レマン湖
サン＝モリッツ
エヴィアン
ジュネーヴ
リヨン
アルプス
ヴェローナ
ヴェネツィア
イタリア王国
グルノーブル
ローヌ川
ニース
モンテ＝カルロ
カンヌ
ピサ
フィレンツェ
マルセイユ
トゥーロン
ヴィテルボ
カプラローラ
地中海
コルシカ島
ローマ

①1900年前後のフランスとその周辺

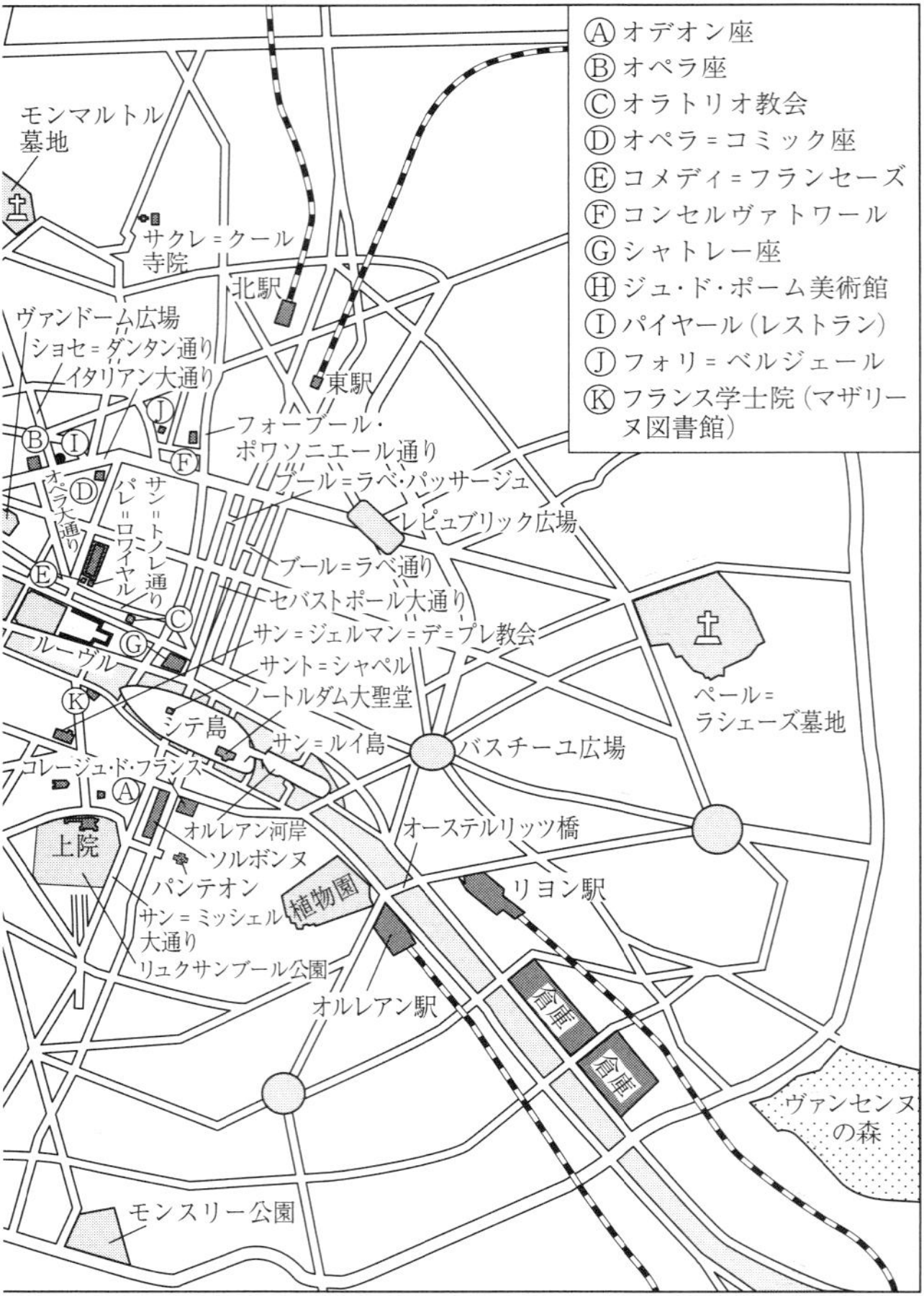
Ⓐオデオン座
Ⓑオペラ座
Ⓒオラトリオ教会
Ⓓオペラ＝コミック座
Ⓔコメディ＝フランセーズ
Ⓕコンセルヴァトワール
Ⓖシャトレー座
Ⓗジュ・ド・ポーム美術館
Ⓘパイヤール（レストラン）
Ⓙフォリ＝ベルジェール
Ⓚフランス学士院（マザリーヌ図書館）
モンマルトル墓地
サクレ＝クール寺院
北駅
東駅
ヴァンドーム広場
ショセ＝ダンタン通り
イタリアン大通り
フォーブール・ポワソニエール通り
ブール＝ラベ・パッサージュ
レピュブリック広場
オペラ大通り
パレ＝ロワイヤル
サン＝トノレ通り
ブール＝ラベ通り
セバストポール大通り
サン＝ジェルマン＝デ＝プレ教会
ルーヴル
サント＝シャペル
ノートルダム大聖堂
シテ島
サン＝ルイ島
バスチーユ広場
ペール＝ラシェーズ墓地
コレージュ・ド・フランス
オルレアン河岸
オーステルリッツ橋
上院
ソルボンヌ
パンテオン
植物園
リヨン駅
サン＝ミッシェル大通り
リュクサンブール公園
オルレアン駅
倉庫
倉庫
ヴァンセンヌの森
モンスリー公園

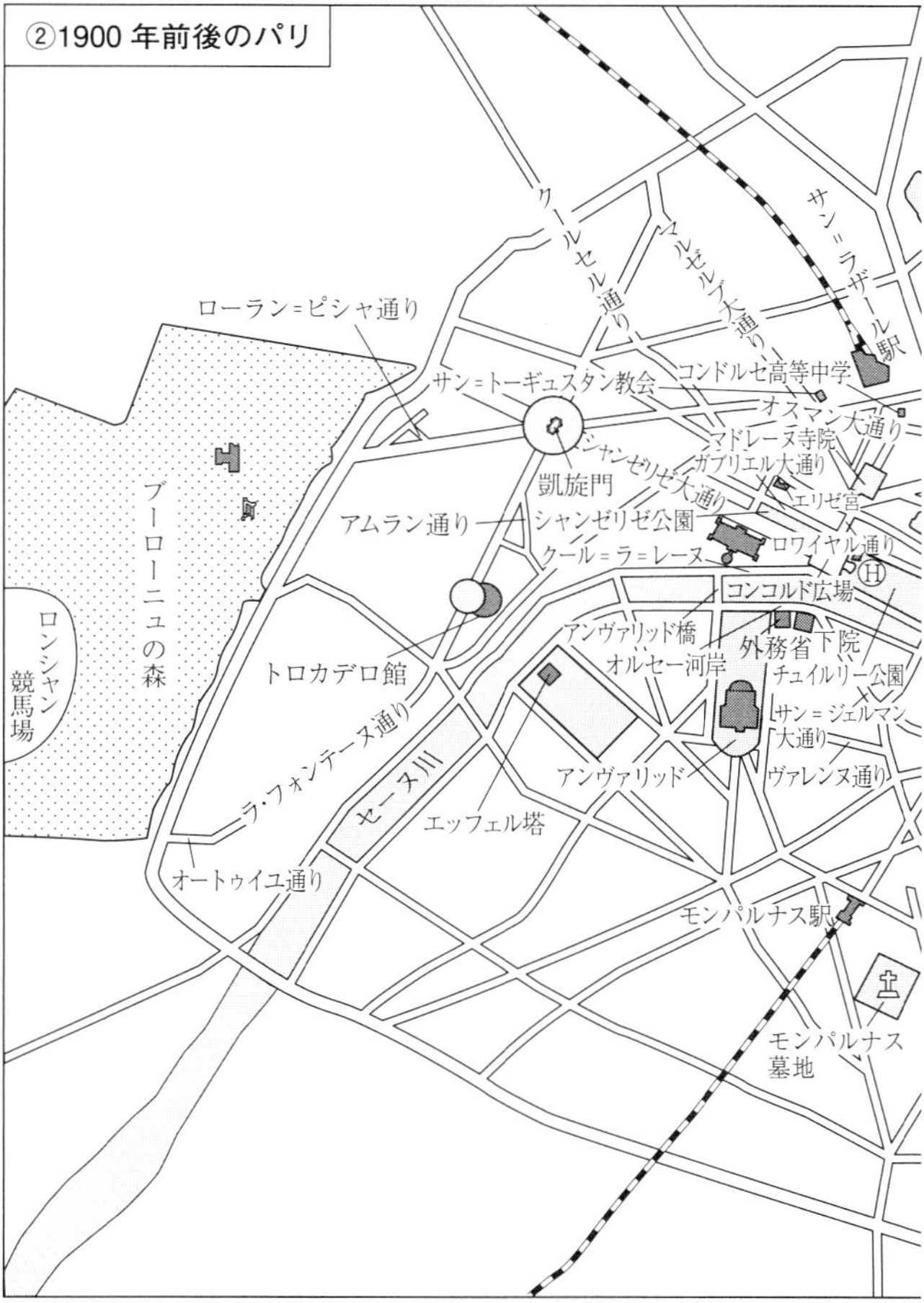

②1900 年前後のパリ

失われた時を求めて 8

第四篇　ソドムとゴモラ Ⅰ

ソドムとゴモラ 一

天の劫火《ごうか》から逃れたソドムの民[1]の末裔たる男＝女族の最初の出現。

女はゴモラを持ち、男はソドムを持つだろう。[2]
アルフレッド・ド・ヴィニー

すでに述べたようにその日(ゲルマント大公妃の夜会が催される日)、私はさきに語った公爵夫妻訪問をする前、夫妻の帰宅を今か今かと待ち受けていたが[3]、その最中、

(1)　旧約聖書によると、ソドムとゴモラの町は、色欲(キリスト教七つの大罪のひとつ)が「非常に重い」とされ、神の「硫黄の火」によって住民もろとも焼き滅ぼされた。ロトと二人の娘のみが生き残り、父と娘が交わって(近親相姦であるが同性愛ではない)子孫を増やした(「創世記」一八―一九章)。

(2)　ヴィニーの詩集『宿命』(一八六四没後刊)所収「サムソンの怒り」(三九執筆)の一句。詩人がマリー・ドルヴァルとの決別後、女性への不信と、男女の愛の不可能を謳った詩篇。

(3)　本訳⑦五〇六頁参照。

とりわけシャルリュス氏にまつわるある発見をした。その発見自体がきわめて重大なものだったので、然るべき箇所で必要なスペースを割ける今このときまでその報告を後まわしにしてきたのだ。前に話したように私は、館のてっぺんに具合よく見つかった恰好の展望台をすでに離れていた。その展望台からは、ブレキニーの館まで起伏を伴って登ってゆく斜面が一望でき、その斜面では、フレクール侯爵の所有する車庫がまるでバラ色の鐘楼《カンパニーレ》のように楽しいイタリアふうの装飾となっていた。公爵夫妻がいまにも帰って来そうだと判断したとき、私はむしろ階段で見張るほうが都合がいいと気づいたのである(4)。高みの見物ができるさきの場所を離れるのはいささか心残りではあったが、それでも昼食後のその時刻ではさほど残念がる必要もなかった。これが朝なら、遠くに見えるブレキニーとトレームの館の従僕たちが、画に描かれた豆粒大の人物と化し、赤い控え壁のうえにいとも心地よく浮きあがる多数の大きく透明な雲母片(5)のあいだをぬうように、羽根ばたきを手にして、急坂をゆっくり登ってゆくのだが、この昼下がりにはそんな光景を目にするはずもなかったからである。私はそうした地質学者らしい観察はできなかったが、せめて植物学者もどきの観察をして、公爵夫人が大切に育てている灌木と貴重な植物を階段の鎧戸ごしに見つめていた。結婚させる必要のある若者をしきりに外出させるのと同じように、その植物は執拗に中庭に出してあったが、差し出されている雌蕊《めしべ》に見向きもしない昆虫が、思いがけない僥倖《ぎょうこう》によってその雌蕊を訪れることがあるのだろうかと私は疑問に思った(6)。好奇心に駆られた私がしだいに大胆になって一階の窓辺まで降りて行くと、窓は開いたままで、鎧戸も半分しか閉まっていない。出かける用意をするジュピアンの声がはっきり聞こえてくるが、そのジュピアンからは日除けのかげにいる私のすがたは見つけられない。私はじっとそうしていたが、突然、横に身をそらした。あやうくシャルリュス氏に見《み》咎《とが》められそうになったからである。氏は、ヴィルパリジ夫人を訪ねるために中庭をゆっくり横切ってきたところで、腹は突き出て、真昼の光に老いは隠せず、髪には白いものが混じっている。シャルリュス氏は、ヴィルパリジ夫人が体調を崩したせいで(シャルリュス氏が相手を殺そうとするほどの喧嘩をしたというフィエルボワ侯爵(7)の病気がどうやら原因であったらしい)、もしかすると生涯ではじめてこんな時刻に訪ねてきたのだ。というのも男爵は、社交界のしきたりに自分を合わせるのではなく、

(4) 本訳⑦五〇五―〇六頁参照。
(5) 窓ガラスを指す。すでに本訳⑦五〇五頁で窓ガラスが「天然水晶の薄片」にたとえられていた。
(6) 花の受粉を媒介する昆虫についてはゲルマント公爵夫人が語っていた(本訳⑦三七八―八〇頁)。
(7) シャルリュス氏が「滑稽」と断じた「アントルシャを想わせる身動き」でのみ登場するゲルマント一族のひとり(本訳⑦二三〇頁)。ヴィルパリジ夫人との関係についてはこの箇所以外に言及はない。

自分の個人的慣習によってしきたりを変えてしまうゲルマント一族ならではの特異性を発揮して(ゲルマント家の人たちは、自分の慣習は社交界とはまるっきり無関係だと信じて、そんな自分の慣習と比べてなんの価値もない社交界の作法などは蔑《ないがし》ろにされて当然と考えていた――たとえばマルサント夫人は、招待日を設けず、毎朝十時から正午まで女友だちの訪問を受け入れていた)、本来この時間は読書や骨董あさりなどにとっておき、夕方の四時から六時のあいだ以外はけっして人を訪ねなかった。そして六時になると、ジョッキー・クラブに出かけるか、ブーローニュの森へ散歩に行くかするのだった。しばらくすると私は、もう一度あとずさりして、ジュピアンにすがたを見られぬようにした。ジュピアンがまもなく役所に出かける時刻だったからで、ふだんならその役所から夕食どきに帰ってくるのだが、姪が一週間ほど前に見習いのお針子たちを連れて田舎の顧客のところへドレスの仕上げに出かけてからは、かならずしも夕食に戻らなかった。ついで私は、もうだれからも見咎められないのを知って、そこから動かぬ決心をした。かりに奇跡が起こって、ずいぶん前からその到着を待ちわびる処女のもとへ遠方から使者として遣わされた昆虫が(幾多の障害や距離や逆境や危険をかいくぐって)到着するというめったにない事態が生じるのなら、それを見逃したくなかったのである。この待機は、雄花《おばな》がその雄蕊《おしべ》の向きをとっさに変えて昆虫をたやすく受け入れられるようにする場合に劣らず、受け身のものとはいえない。それと同じくここにある雌花《めばな》も、昆虫がやって来るとおのが「花柱《かちゅう》」(8)をなまめかしくたわめ、昆虫をうまく入りこませるために、(9) 猫をかぶった情熱的な生娘《きむすめ》がやるように、気づかれぬうちに半ばことを進めてしまう。植物界の法則自体も、ますます高次なものとなる法則に支配されている。ふつう花の受精に、昆虫の訪れによるべつの花の精細胞の提供が必要とされるのは、自家受精、つまり花自身による受精が、同一血族内でくり返される結婚と同じで退化や不妊をもたらすのにたいして、昆虫による他家受精が同一種の後続世代に前世代の持ちえなかった活力を与えるからである。とはいえこの飛躍はとかく度を越しがちで、同一種が途方もなく増殖することがある。その場合は、抗毒素が病気を防いだり、甲状腺が肥満を抑えたり、失敗が傲慢を懲らしめたり、疲労が快楽を罰したり、はたまた睡眠が疲労を癒したりするように、自家受精という例外的行為が頃合いに到来してネジを締めブレーキをかけ、常軌を逸した花をもとの正常な状態に戻してくれる。(10) 私の省察はのちに語ることになる流れをたどって、

(8)　原語 style(s). 雌蕊《めしべ》の先端(柱頭)と基部の膨れた部分(子房)をつなぐ細長い茎状の部分。

(9)　ダーウィン『同種植物における花の多様な形態について』(一八七八仏訳)のクータンス教授の「序文」に、ある種の花は「昆虫の腹に触れるよう、花柱を柔らかくたわめて花粉を受けとる」とある。

花の明らかな策略から、文学作品を形づくる意識せざる領域[11]にかんする結論をひき出していたが、そのとき私はヴィルパリジ夫人邸から出てくるシャルリュス氏のすがたを見かけた。氏が館にはいってから、まだ数分しか経っていない。氏は、この親戚の老婦人自身の口から、あるいは単に召使いの口から、ヴィルパリジ夫人の病気なるものはちょっと気分が悪くなっただけで、それも快方に向かっている、というよりも全快した、と聞いたのかもしれない。このときシャルリュス氏は、だれにも見られていないと思っていたのだろう、まばゆい日射しにまぶたを伏せた顔には、会話の活気や意志の力によって保たれるはずの緊張が欠けていたばかりか、見せかけの気迫も薄れていた。大理石のように蒼白で、立派な鼻を備えた氏の面立ちには、意志のこもるまなざしによって彫りの深い美しさを一変させてしまう表情はなんらあらわれていない。いまやゲルマントの一員にすぎなくなった氏は、十五代目のパラメードとして、まるでコンブレーの礼拝堂にでも置かれた彫像と化したかに見えた。しかしシャルリュス氏の顔にあっては、このような一族全体に共通する一般的特徴が、一段と精神化した繊細さ、とりわけ一段とやさしい繊細さを備えていたのである。ふだんの氏が、あれほど不快に感じられる粗暴で奇怪な言動や、陰口や、すぐにへそを曲げる手きびしい尊大な振る舞いによって、ヴィルパリジ夫人邸から出てきたときの顔にじつに無邪気に認められる物腰のやわらかさと人の好さを帳消しにしたうえ、それを見せかけの粗暴さの裏に隠していることを、私はなんとも残念に思った。まばゆい日射しに目をしばたたく氏は、微笑んでいるようにも感じられ、こうして眺められた氏のくつろいだ自然な顔は愛情あふれる無防備なものに見えたから、もし人に見られていると知ったらシャルリュス氏はどれほど腹を立てただろうと考えないではいられなかった。というのも、あれほど男らしさに憧れ、おのが男らしさを鼻にかけていたこの男が私に想像させたもの、猫も杓子《しゃくし》も女みたいになよなよして耐えがたいと嘆いていたこの男がふと私に連想させたもの、その顔つきや表情や微笑みが一時的にかいま見せたもの、それはひとりの女だったからだ！

私は氏から見咎められないようにふたたび身の置きどころを変えようとしたが、その余裕も、その必要もなかった。私はなにを見たのか！　ふたりはおそらく一度も出会ったことのないこの中庭ではじめて向き合い（シャルリュス氏がゲルマントの館を

（10）　前注クータンス教授の「序文」によると、「増殖の結果として自家受精が不妊や退化の原因となるのは、植物界に適用された近親婚の法則である。それにひきかえ他家受精は、種にさまざまな利点を与え、種を顕著な繁栄と活力の道へと進ませる。」だが他家受精が行きすぎると「自然の隠された力」がはたらき「一回の自家受精ですべてが元の秩序に戻る。」本文の記述はこれに基づく。

（11）　花の受精を司る隠れた自然のはたらきに似て、「文学作品」を準備している無意識の回想や印象。

訪ねるのは午後だけで、その時刻にジュピアンは役所に出かけていた）、男爵がなかば閉じていた両の目をいきなり大きく見開き、異様な注意をこめて、店の入口に立つ元チョッキの仕立屋をじっと見つめると、相手もまた突然シャルリュス氏に気づいてその場に釘づけになり、根を張った植物よろしく身じろぎもせず、老けてきた男爵の肥満体を感嘆のまなこで眺めた。しかし私がいっそう驚かされたのは、シャルリュス氏の態度が変わると、ただちにジュピアンの態度もなにやら秘術の法則にでも従うかのように歩調を合わせたことである。男爵は、自分の受けた感銘をこんどは隠そうとして無関心を装い、その場を立ち去りかねる風情で行きつ戻りつしては、自分の瞳の美しさが一段と引き立つと思うのか、じっと虚空を見つめ、うぬぼれた、気のなさそうな、滑稽な表情をしてみせた。するとジュピアンは、私がつねづね見慣れている謙虚で善良な表情をさっとかなぐり捨て、むしろ――男爵とはまるで対照的に――昂然と頭《こうべ》をもたげ、上体を得意満面の姿勢にすると、片方の握りこぶしを異様なほど無礼に腰にあてがい、尻を突きだし、奇跡的な僥倖のおかげで姿をあらわしたマルハナバチにたいしてランの花がするような媚《こび》をふくんだポーズをとってみせた。私はジュピアンがこんな気味の悪い恰好ができるとは考えてもみなかった。おまけに無言のふたりが織りなすこの場面で、ジュピアンに自分のパートを即興で演じるだけの才覚があるとは想いも寄らなかった。まるでジュピアンが(シャルリュス氏とはじめて対面したにもかかわらず)この場面をたっぷり時間をかけて稽古していたのかと思われたほどである。とっさにこれほどの完璧の域に到達できるのは、外国で同邦人に会ったときぐらいで、その場合ならたがいに一度も会ったことがなくても、それこそ以心伝心でおのずと双方に了解ができあがる。

もっともこの場面は、かならずしも滑稽なばかりではなかった。どことなく奇妙なところ、あるいはそう言ってよければ自然なところをとどめていて、その美しさはしだいに増大していった。シャルリュス氏は恬淡《てんたん》とした顔をとりつくろい、上《うわ》の空を装ってまぶたを伏せようとするがそれは不可能で、ときどきまぶたを上げてジュピアンに注意ぶかいまなざしを投げかける。にもかかわらずシャルリュス氏は(あとでわかるさまざまな理由ゆえか、それともあらゆるものの命をはかなく感じるので、どの挙措も的を射ることを願う結果あらゆる愛の光景が心打つものになるゆえか、このような場所でいつまでもこんなことをつづけられないと考えたために)、ジュピアンを見つめるたびにまなざしになんらかのことばを語らせようとしたからであろう、そのまなざしはふだん知り合いの人や未知の人に向けられるものとは似ても似つかぬものになった。氏がジュピアンをじっと見つめる特殊な執拗さは、「失礼、差し出がましいことですが、背中に長い白糸がついていますよ」とか、「間違いないと思うのですが、あなたもきっとチューリッヒのかたでしょう、あちらの骨董屋で何度もお会いしたような気がします」とか言う人とそっくりだった。シャルリュス氏の流し目のなかには、それと同じような問いが刻一刻と執拗にジュピアンに向けて放たれているかに見えた。その問いは、等間隔で際限なく反復され――度を越した贅沢な準備をへて――新たなモチーフ、転調、「再現」へと導かれるベートーヴェンの問いかけるようなフレーズを想わせた(12)。しかしシャルリュス氏とジュピアンのまなざしの美しさは、ほかでもない、これとは逆に、すくなくとも一時的にはこのまなざしがどこかへ行き着くことを目的としているようには見えない点にあった。男爵とジュピアンがこのような美しさを発揮するのを目撃したのは、これがはじめてである。ふたりの目に今しがた立ちあらわれたのは、チューリッヒの空ではなく、私がいまだにその名を言い当てることのできなかったオリエントの都市(13)だった。シャルリュス氏とチョッキの仕立屋の気を惹いたのがどんな点であったにせよ、ふたりのあいだには合意ができたようで、こうした無用のまなざしは、とり決められた婚姻の前に催される祝宴のごとき儀礼的前奏にすぎないように思われた。さらにもっと自然に近づけて解釈すれば――ひとりの人間は、数分のあいだ観察するだけで、つぎつぎと人間にも鳥＝人間にも昆虫＝人間にも見えるだけに、このような比較を重ねるのは当然なのだ――ふたりはまるで雄《おす》と雌《めす》の二羽の小鳥のように見え、雄のほうが先手を打とうとすると、雌――ジュピアン――はその手にはなんら応答せず、気のない表情で驚きもせず新たな友をじっと見つめているだけで、雄のほうが率先して行動をおこした以上、おそらくそれが相手を悩ませる唯一の有効な手立てと判断したからであろう、自分はただ羽づくろいをするだけにとどめている。とうとうジュピアンは、無関心を装うだけでは充分ではないと悟ったらしい。相手を征服したという確信と、相手に自分のあとを追わせ焦《じ》れったい想いをさせる挙に出ることのあいだには、ほんの一歩の距離しかない。そこでジュピアンは、仕事に出かけることに決めて、車用の正門から外に出た。といっても通りに出たのは二、三度、振りかえってからである。男爵はジュピアンの足跡を見失うのではないかと怖れて(空威張りの口笛を吹きながら大きな声で門衛に「さよなら」と言ったが、裏の台所に招いた客たちを接待しているほろ酔いかげんの門衛には聞こえもしなかった)、勢いよく飛びだして相手をつかまえようとした。シャルリュス氏が巨大なマル

(12)「新たなモチーフ」「転調」「再現」は、提示部、展開部、再現部からなるソナタ形式を示唆する。ベートーヴェンは第五交響曲の第一楽章など多くの楽曲でソナタ形式を使用し、その完成者とされる。

(13) ソドムの町を暗示。

ハナバチよろしく口笛の音をブンブンいわせながら門から出ていったのと時を同じくして、もう一匹、こんどは本物のマルハナバチが中庭にはいってきた。これはランの花があれほど長らく待ちわびていた相手、それなくしてはランが処女にとどまるしかないきわめて珍しい花粉を届けにきた相手ではないのか？　しかし私は、昆虫の乱舞を追うことから気をそらされた。というのも数分後、ジュピアンが戻ってきたかと思うと(シャルリュス氏の出現で気が動転して持って出るのを忘れてしまった包みを取りに戻ってきたのかもしれないし、ひとえにもっと自然な理由から戻ってきたのかもしれない)、そのあとを男爵が追ってきて、そちらにひときわ目を奪われたからである。男爵はことを急ごうとしたのか、チョッキの仕立屋に火を貸してほしいと頼んだが、すぐに気づいて「火を貸してほしいと頼んだが葉巻まで忘れてきたよ」と言った。歓待の法則が、媚を売らんとする規則にうち勝った。「おはいりなさい、お望みのものをなんなりと差しあげます」と言ったチョッキの仕立屋の顔には、軽蔑に代わって歓びの表情が浮かんだ。ふたりが中にはいると店の戸は閉ざされ、もはや私にはなにも聞こえなかった。マルハナバチのすがたも見えなくなり、それがランの花が必要とした昆虫なのかどうかはわからなかったが、めったにすがたを見せない昆虫と囚われの身の花にとって奇跡的交接の可能性が存在することを私はもはや疑わなかった。一方シャルリュス氏は（私としては、僥倖というべき偶然の事態をただ種類を問わず比較しているだけで、植物学のある種の法則と、ときにきわめて不適切に同性愛[14]と呼ばれるものとを科学的に関連づける意図など、これっぽっちも持ちあわせてはいない）、何年も前からこの館にはジュピアンが留守の時刻にしか来たことがなかったのに、ヴィルパリジ夫人の体調不良という偶然のおかげでチョッキの仕立屋と出会い、その仕立屋とともに幸運にありついたのである。男爵のごとき種類の人間にそんな幸運を授けるのは、あとで見るようにジュピアンとは比べるべくもない若くて美しい男の場合もあり、その青年は男爵のような人間がこの地上で快楽の分け前を味わうために奉仕すべく運命づけられた男、つまり老紳士しか愛さない男である。

もっとも今しがた述べたことを私が理解できたのはようやく数分後にすぎない。それほど現実なるものには、目に見えないという特質が貼りつき、なんらかの状況が現

（14）　同性愛（ホモセクシュアリティ）は、ドイツ帝国刑法第一七五条（男性間の性行為を二年以下の懲役とする）の撤廃を求めたベルリン在住のハンガリー人文筆家カール＝マリア・ケルトベニー（一八二四―八二）が一八六九年に初めて用いた当時の新語。仏語（homosexualité）の初出は一九〇七年（『グラン・ラルース仏語辞典』）。プルーストは本篇の草稿帳「カイエ49」（一九一〇―一一頃）に「同性愛者 homosexuel という語はあまりにもゲルマン的かつ衒学的」で、「ここに概略を記した理論からすると同性愛者は存在しない」と書いていた。男の内に潜む「女」が男を求める以上「同性愛」とは言えないというのだ。

実からこの特質を剝ぎとるまではそんな状態がつづく。いずれにしても私は、元チョッキの仕立屋と男爵との会話がもはや聞きとれず、ひどくがっかりしていた。(15)そのとき私は、ジュピアンの店とごく薄い仕切り壁だけで隔てられた貸店舗のことをふと想い出した。そこへ行くには、いったんわが家のアパルトマンに上がって台所まで行き、裏階段で地下室まで降り、そのなかを中庭の幅だけ歩いて、数ヵ月前には家具職人が材木を詰めこんでいて今やジュピアンが石炭を置くつもりでいる地下の場所に着いたら、くだんの貸店舗へと通じる階段を数段のぼればいいだけだ。そうすれば私のたどる道筋はすべて覆い隠されて、だれにも見られる心配はないだろう。それがいちばん用心深いやりかたである。ところが私はこの方策を採らず、人目につかぬよう努力しながら、むき出しの中庭を壁に沿ってぐるりとまわった。人に見咎められなかったのは、私が賢明に振る舞ったというよりも、偶然のおかげだと思う。そして地下室を通ったほうがずっと安全であるのにそんな軽率な行動をしたという事実になんらかの理由があるとすれば、三つほど考えられる。第一に、私の側に待ちきれない気持があったからであろう。第二に、ヴァントゥイユ嬢の窓の前ですがたを隠して目撃した、あのモンジュヴァンの場面がぼんやり想い出されたせいかもしれない。(16)実際、私が目撃したこの種のことがらが演じられるときには必ずひどく慎重さを欠いた突拍子もない状況になるのを特徴としたので、部分的に身を隠しているとはいえ危険きわまる行為に出た代償として、はじめてそのような秘密があらわになるのだと思われた。最後に、あまりにも子供じみた考えなので告白するのも憚られる第三の理由が、じつは無意識のうちに決定的な役割を果たしたのではないかと思う。私はサン＝ルーの軍事理論[17]を追認する――そしてその理論の反証を得る――ためにボーア戦争[18]を詳細に検討してからというもの、昔の探検記や旅行記を読みかえすようになっていた。その手の物語に夢中になった私は、その物語を日常の生活に当てはめてことさら勇気を奮い立たせようとしたらしい。私が発作に見舞われ、何日ものあいだ昼も夜も眠られないだけでなく横になることも飲んだり食べたりすることもできず、衰弱と苦痛がはなはだしく二度とその状態から抜け出せないと思われたときに想いうかべたのは、砂浜に打ちあげられ、食べた草の毒が体内にまわり、海水に濡れそぼる衣服のなかで高熱に震える旅人のことで、なんとか二日後に気分がよくなり、行き当たりばったりに歩いてあたり

(15)　そこに「材木を置く地下室があって、それはわが家の地下倉庫にも通じていた」(本訳⑦七七頁)。
(16)　モンジュヴァンで目撃したヴァントゥイユ嬢と女友だちの同性愛の場面(本訳①三四四頁以下)。
(17)　サン＝ルーがドンシエールで私に開陳した軍事理論(本訳⑤二三七―五三頁参照)。
(18)　ボーア将軍率いるトランスヴァール共和国のボーア人がイギリスに対抗した戦争(一八九九―一九〇二)。前巻でフォン大公は、この戦争をボーア将軍の視点から語っていた(本訳⑦四〇六頁と注415参照)。

に住む人はいないかと探しても、出会うのは人食い人種かもしれないという状況である。そんな旅人の話を読むと、私は元気を与えられ、希望をとり戻し、一時的にせよ意気消沈したのが恥ずかしくなる。イギリス軍と対峙したボーア人たちが、ふたたび安全な茂みにたどり着くまでに平坦地をいくつも横切らなくてはならないときでも恐れずわが身を危険にさらす勇気を想いうかべ、「これより臆病になるのは許されない」と私は考えた、「作戦の舞台はわが家の中庭にすぎないうえ、最近のドレフュス事件ではなにも恐れず何度も決闘をした(19)。自分が恐れなくてはならない剣といえば近所の人たちの目だけで、その隣人たちも中庭を眺めるよりほかにすることはいくらでもあるのだ。」

ところが貸店舗のなかにはいった私は、そこからジュピアンの店のどんなに小さな物音でも聞きとれることに気づき、床板をいささかなりとも軋《きし》らせないようにした。そしてジュピアンとシャルリュス氏がいかに不用心であったか、ふたりがどれほどの幸運に助けられたかを想った。

私は身じろぎもしなかった。ゲルマント家の馬丁が、おそらく主人たちの留守のあいだにやったのだろう、それまで物置にしまっていた梯子《はしご》をたまたま私のいる店舗のなかに立てかけていた。その梯子にのぼって上の小窓を開ければ、ジュピアンの店内にいるのと同じように話を聞くこともできたであろう。しかし私は物音を立てるのを怖れた。おまけにそんなことは無用であった。店舗にたどり着くのに数分を要したことも後悔するまでもなかった。なぜなら最初のうちジュピアンの店から聞こえてきたのは、はっきりしたことばにもならぬ音でしかなく、想像することばはほとんど交わされていなかったからである。とはいえその音は騒々しく、あとにかならず一オクターヴ高いうめき声が並行して聞こえてこなかったら、私はすぐそばで男がもうひとりの男の首をかき切っているのではないか、そのあと犠牲者が蘇生して殺人鬼ともども人殺しの傷痕をぬぐい去るために風呂を浴びているのではないかと思ったことであろう(20)。この件からのちに私は、苦痛と同じほど騒々しいものが快楽であること、とりわけ快楽の直後に身を清める行為が伴うときにはいっそう騒がしくなるという結論をひき出した(21)――ただし子供ができるという心配は、『黄金伝説』にありそうにもない例が出てくるとはいえ、この場合には問題になりえない――。およそ三十分後（その

(19)　この決闘は本作で語られていない。前巻で言及された「私がやってのけた決闘」（本訳⑦四〇頁）も同様。その時点で語られなかった人物の言動にあとで言及するのは、本作の特徴のひとつ。
(20)　プルーストは、女優レジャーヌ所有のローラン＝ピシャ通りのアパルトマンに住んでいたとき、「隣人が毎日狂ったようにする愛の営み」の声を「殺人」かと思うが、「女の叫びの直後に一オクターヴ低い男の叫び」が聞こえ安心したと語る（一九一九年七月十五日直後のジャック・ポレル宛て書簡）。

あいだに私は小窓から覗こうと忍び足で梯子にのぼったが小窓を開けはしなかった）、ようやく会話がはじまった。ジュピアンは、シャルリュス氏が与えようとする金銭を固辞していた。

ほどなくしてシャルリュス氏は、店の外に一歩ふみ出した。「なぜそんなふうに顎《あご》を剃っていらっしゃるんで？」とジュピアンは、甘えた口調で男爵に言う、「じつにいいものですよ、立派な顎髭は！」「ふん！　ぞっとする」と男爵は答えた。そのあいだも男爵はなおも戸口のところに立ちどまり、この界隈のことをジュピアンにあれこれ訊ねていた。「角の焼栗売りについてはなにも知らんかね？　いや、左手のヤツじゃない、あれは最悪だ、そうじゃなくて偶数番地側の、髪の真っ黒な、背の高いヤツだ。それから向かいの薬屋だけど、あそこには自転車で薬を配達するじつにかわいいのがいるね。」このような質問にジュピアンはきっと気を悪くしたのだろう、というのも昂然と胸を張って、裏切られた妖婦《ようふ》のような恨みがましい声でこう答えたからだ、「あなたって移り気な人ですねえ。」辛そうな気取った冷ややかな口調で発せられたこの叱責がシャルリュス氏の心を動かしたのか、氏は自分の好奇心が相手にひきおこした不興を消し去ろうと、ジュピアンになにか懇願した。あまりにも小さな声だったので私にはそのことばが聞きとれなかったが、おそらくふたりがなおも店内にとどまる必要のある頼みごとであったらしく、それに心を打たれたのかチョッキの仕立屋の苦痛は消え失せた。というのも、ごま塩まじりの髪の下で脂ぎって充血した男爵の顔をまじまじと見つめたジュピアンの顔は、自尊心を深く満足させられ幸福に浸りきった人の顔になっていたからである。シャルリュス氏からの頼まれごとをかなえてやろうと心に決めたジュピアンは、「あんた、尻《けつ》がでかいねえ!」と下品な指摘をしたあと、男爵に笑みを投げかけ、優位に立ちながらも、感謝のこもった、感に堪えぬような口調でこう言った、「いいとも、よしよし、大きな坊や!」

「路面鉄道《トラムウェー》の運転手の話に戻ると、」とシャルリュス氏はしつこく言った、「なんといっても帰り道でなにかと役に立つかもしれんからだよ。そりゃ私だって、一介の商人と思わせてバグダッドの町を歩きまわったカリフ(22)のように、その身体《からだ》つきに惹かれて一風変わったかわいい子のあとをつけてみるときがある。」このとき私は、ベルゴットにかんして注目したのと同じことに気づいた。ベルゴットは、万一、法廷に出て

(21) 本作に頻繁に援用されたエミール・マール『十三世紀フランスの宗教美術』(本訳①一六八頁図13、同三三〇頁図27、同④四二八頁図31、同四三二頁図32、同⑤七二頁解説など)によると、『黄金伝説』には、ローマ皇帝ネロが解放奴隷を寵愛し、媚薬の力でカエルを産ませたという記述がある。
(22) 『千夜一夜物語』で夜な夜なバグダッドの町をうろつく実在のカリフ、ハールーン・アッ＝ラシード(在位七八六―八〇九)のこと。

証言をしなければならない事態になっても、裁判官たちを納得させるに足る文言を使うのではなく、持ち前の文学的気質からおのずと頭に浮かんで自分でも嬉々として使えるいかにもベルゴットふうの文言を駆使するにちがいない。それと同じくシャルリュス氏も、チョッキの仕立屋にたいして、仲間内の社交人士を相手にするときと同様のことば遣いをして自分の口癖を一段と際立たせた。そんなしゃべりかたになるのは、自分の臆病さを抑えこむために度を越して高慢になるからか、それとも臆病ゆえに自分を抑えられず(というのも人は自分の環境とは異なる身分の人間を相手にするとふだんよりも動揺するからだ)、自分の本性をすっかりさらけ出してしまうからであろう。氏の本性とは、たしかに高慢そのものであり、またゲルマント夫人が指摘したようにいささか頭のおかしいところもあった。「その足どりを見失わないように」と男爵は話をつづける、「こっちはまるで少壮教授や、美男の若い医者のように、そのかわいい子と同じ路面鉄道《トラムウェー》にとび乗るんだ。かわいい子(23)なんて女性形を使うのは規則に従っているにすぎん(プリンスのことを話すのに、殿下《ソンナルテス》(24)はお元気ですか? と言うようなものだ)。その子がべつの路面鉄道《トラムウェー》に乗りかえると、こっちはペスト菌がついているやもしれぬ「乗継券《コレスポンダンス》」と称するとんでもないものを受けとらざるをえない。するとその番号札《ニュメロ》(25)がね、このわが輩にくれるにもかかわらず必ずしも一番とはかぎらんのだ！　そうして三度も四度も「車両」を乗りかえることもある。ときには夜の十一時にオルレアン駅(26)までたどり着いて無駄骨となり、そこから戻るはめになる始末さ！　それでもオルレアン駅から戻るのなら、まだましというもの！　たとえば一度なんぞ、その前に話の糸口が見つけられず、本物のオルレアンまで行ってしまった。あのおぞましい車両に乗ってみたまえ、眺めといえば「網棚」という三角に編んだ細工のあいだから沿線のおもな傑作建築物の写真が見えるのが関の山。空いている席がひとつしかなくてそこに座ると、目の前には歴史的建造物としてオルレアン大聖堂の「景観写真」が見えるだけ。これはフランスでもいちばん醜悪な大聖堂(27)でね、そんなふうにいやいや眺めさせられると、眼に炎症をひきおこすあのペン軸の先についたレンズ玉を

(23)　原語 la petite personne. 元来「(自分より)若い娘／婦人」の意。ここは「かわいい青年」を指す。

(24)　親王や皇太子には、男子でも「殿下」Son Altesse という女性形の尊称を用いる。

(25)　パリの路面鉄道《トラムウェー》は、一八七三年までに二十二路線が整備、当初は馬や蒸気や圧搾空気で牽引。本篇の舞台の一八九九年には、翌年の万博を目指して路線網が拡充、多くの車両が電化された。停車場で待つ客が多いときは「番号札《ニュメロ》」が発行される。乗り継ぎには最初の車両で「乗継券《コレスポンダンス》」を受けとり、乗り継ぎの停車場でつぎの車両の「番号札《ニュメロ》」をもらう(ベデカー『パリと近郊』一九〇四年版に拠る)。

(26)　ロワール河畔の町オルレアン(地図①参照)に向かう鉄道の起点として、一八四〇年にパリのオーステルリッツ河岸につくられた駅(地図②参照)。現在のオーステルリッツ駅。

(27)　オルレアン大聖堂は、十六世紀にユグノーによって破壊、十七世紀から再建され十九世紀に完成。

のぞいて大聖堂の塔をじっと無理やり見つめさせられたみたいに疲労困憊するんだ。私はその若い子といっしょにレ・ゾーブレ[28]で降りたが、残念なことに家族が（その子にはあらゆる欠点を想定していたが、まさか所帯持ちだったとはねえ）プラットフォームに出迎えていた！　パリに戻るための列車を待つあいだ、せめてもの慰めといえばディアーヌ・ド・ポワチエの家[29]を訪ねたことぐらい。この人は私の祖先の王族のひとりを魅了したが、私ならもっと活きのいい美人を選んだでしょうな。というわけで、ひとり淋しく帰るもの憂さをまぎらすために、寝台車のボーイとか乗合馬車の運転手とかと親しくなっておきたいのさ。まあ、そう気を悪くしないでくれたまえ」と男爵は話の結末をつけた、「どれもこれもタイプの問題だから。たとえば社交界の青年にたいしては、なんら肉体的な所有欲を感じなくても一度は触れておかないと気がすまない、いや、肉体に触れるという意味じゃなくて、その青年の心の琴線に触れるという意味だ。相手がこっちの手紙に返事も寄こさんというのではなく、しょっちゅう便りをくれて精神的にわが輩の思うままになりさえすれば、それで気が休まる、というか、すぐべつの青年に気をとられないかぎり、それで気が休まるはずなんだ。なかなか不思議なものさ、そうじゃないかね？　で、社交界の青年だが、ここにやって来る若者のなかできみの知り合いはいないかね？」「いるわけがないでしょ、あなた。そうだ！　いましたよ、髪が褐色で、いやに背の高いのが、片メガネをかけて、いつも笑ってて、よく振りかえる人ですが。」「だれのことかわからんな。」ジュピアンは青年の風貌をさらに補足したが、シャルリュス氏はだれのことなのか思い当たらなかった。あまりよく知らない相手だとその髪の色を想い出せない人は世間に意外と多いものだが、元チョッキの仕立屋もそのひとりであることを氏は知らなかったのである。しかしジュピアンのこの欠点を承知している私は、その肖像は褐色をブロンドに変えるとシャテルロー公爵[30]にぴったり当てはまる気がした。「庶民の出ではない青年たちの話に戻ると、」と男爵はことばを継ぐ、「目下、ひとりの奇妙な男の子に夢中になっている。頭のいいプチ・ブルジョワの若者でね、私にたいして常識はずれの失敬な応対をするんだ。[31]私がいかに桁はずれの重要人物であるか、そっちがいかに微細なビブリオ

(28)　オルレアンの一つ手前の、市街北郊の駅。トゥール行やボルドー行の急行が行き止まりのオルレアンを避けるために十九世紀中葉に新設された駅。急行でパリからオルレアンへ向かうには当駅で降り、軽便鉄道(現在はトラム)に乗り換えた。オルレアンは、プルーストが兵役を務めた町。

(29)　一八二五年開設のオルレアン歴史考古博物館。一八六二年に同市街のカビュ館に移転し、ディアーヌ・ド・ポワチエ(一四九九—一五六六)の「家」と称した。ディアーヌはアンリ二世(在位一五四七—五九)の愛妾。

(30)　「ブロンドの髪といい、鷲鼻の横顔といい」、「極めつきのゲルマントの人」(本訳⑦二〇〇頁)。

(31)　シャルリュス氏の言いなりにならない「私」のことか(本訳⑦四六一頁以下参照)。

属の細菌にも等しい存在であるか、それがまるでわかっておらん。まあ、どうでもい い、あんなロバみたいな愚かしい強情者は、私のやんごとなき司教の法服を目にして も好き勝手をほざくかもしれんて。」「司教ですか！」と大声を出したのはジュピアン で、シャルリュス氏が今しがた口にした最後の文言はなにひとつ理解できなかったが、 司教ということばに仰天したのだ。「でも、あまり宗教にはそぐわないお話のようで すが」とジュピアンは言う。「うちの家系には教皇が三人いるんだ」とシャルリュス 氏は答える、「それに枢機卿の称号ゆえに緋色の法衣をまとう権利だってある。大叔 父の枢機卿に姪がいて、その姪が私の祖父に枢機卿のかわりに公爵の称号を与えたの でね。だがあなたにはメタファーが通じないようだし、フランスの歴史にも興味がな さそうだ。もっとも、」と氏は、結論をくだすというより、むしろ警告を発するつも りなのか、こう言い添えた、「若者たちがわが輩を避けるのは、もちろん私を恐れて いるからで、尊敬するあまり口を閉ざし、まさか大声で私を愛しているなんて言えな いからだろうが、私がそんな若者たちの魅力に惹きつけられるには、その若者が立派 な社会的身分を持っていなくてはならぬ。そうはいっても、そうそう無関心を装って いると、その心づもりとは裏腹に、まるで正反対の結果になることもある。いつまで も愚かな無関心のふりをつづけられると、こっちだってむかむかしてくる。もっとあなたに身近な階級に例を求めれば、私の館を修理させたときなど、私に向かって、あなたをお泊めしましたわね、と言える名誉を得ようとしてありとあらゆる公爵夫人が張り合ったもので、そのなかに嫉妬する者が出ないよう、私は何日か館ならぬ「ホテル」(32)と称するところですごしたことがある。客室係のボーイのひとりと面識があったので、そのボーイに、車の扉を閉めてくれる一風変わったかわいい「ドアマン」(33)を寄こすように言いつけたのだが、そのドアマンがこっちの申し出をなかなか聞き入れてくれない。とうとう業《ごう》を煮やした私は、こっちの意図に邪心のないことを示すために、そのボーイを通じてあきれるほど高額の金を届けて、五分だけ部屋へ話しにくるよう頼んだ。ところが待てど暮らせどドアマンはやって来ない。それでこの男がつくづく嫌になって、そんな聞き分けのないおかしな小童《こわっぱ》の面構《つらがま》えを見ないですむよう、勝手口から外に出たくらいだ。ところが後でわかったところでは、ドアマンはこっちの手紙を一通たりとも受けとっておらず、手紙はすべて途中で握りつぶされていた。一通目は妬みぶかい客室係のボーイによって、二通目はくそまじめな昼間のフロントマンによって、三通目はくだんの若いドアマンを愛してディアナ(34)の起きる時刻にそれと寝

(32) 貴族の大きな館も、一般のホテルも、フランス語では hôtel(発音は「オテル」)という。
(33) chasseur(原義は「狩人」)。バルベックのホテルの「ドアマン」(本訳④二二五頁など)と同じ呼称。

ていた夜間のフロントマンによってだ。それでもこっちの嫌悪感は消えずに残っているから、そのドアマンがたとえ狩りの獲物として銀の皿にのせて運ばれてきたとしても、きっと吐き気を催してつき返すだろう。まあ残念な事態だが、まじめなことを話そうとしていたのに、そんな私の期待はいまやお終《しま》いになった。だが、あなたは私のために大いに役立ってくれる、仲をとりもってくれる。そうだ、お終いにはなっていない、そう考えるだけで元気はつらつとしてくる、まだこれからどのようにもなりうるんだ。」

蒙を啓《ひら》かれた私の目には、この場面の最初からシャルリュス氏のうちに、まるで氏が魔法の杖に打たれたかのように、突然、完全な革命がおきたように見えた。今までなにひとつ理解していなかった私には、なにも見えていなかったのだ。悪徳なるもの(人びとが便宜上そう呼んでいるもの)は、その存在を知らないかぎりは人間の目には見えないあの精霊のように、各自にとり憑いているらしい。善意にせよ、狡猾にせよ、名前にせよ、社交上のつき合いにせよ、いずれも露わになりにくく、人はそれを隠し持っているのだ。オデュセウスにしても、アテナに会ったとき最初はそれと気づかなかった(35)。それでも神々は他の神々からただちにそれと認知され、似た者はやはり似た者からすぐにそれと気づかれるのと同じで、シャルリュス氏もまたジュピアンから同類と認知されたのである。シャルリュス氏を目の前にしたそれまでの私は、妊娠した女性が目の前にいるのに身重《みおも》のからだに気づかず、婦人が笑みをうかべて「ええ、このところすこし疲れぎみでして」と何度も言っているのに、「いったいどうなさったのです?」などとぶしつけに訊ねる粗忽者《そこつもの》とそっくりだった。だがその粗忽者も、だれかから「あの人はおなかが大きいのですよ」と指摘されると、突然それに気がついて、もはやそのおなかしか見えなくなる。理性が目を開かせ、誤りがひとつ拭い去られると、われわれには感覚がひとつ増えるのである。

知り合いのなかにシャルリュス氏の同類が何人もいるのに、この法則の実例としてその知り合いを想いうかべたくない人は、ほかの人間となんら変わらぬ相手の一様な表面に、古代ギリシャ人たちに馴染みのことばを構成する文字(36)が、それまでは目に見えなかったインクによって記されて出現するまでの長いあいだ、その同類の輩にはなんの疑念もいだかない。当初、自分たちをとり巻く世界がまるで空白に見え、事情通

(34) ローマ神話の月と狩りの女神。月の出に起きる。狩りの女神と「狩人《ドアマン》」chasseur の語呂合わせ。
(35) 『オデュセイア』一三歌。イタケに着いたオデュセウスは羊飼いから身分を訊ねられて嘘をつくが、羊飼いは女神アテナの変装で、嘘はただちに糾弾される(本逸話は本訳④二九九頁にも出る)。
(36) 男色ないし青年愛の語。この人たちは前巻で「プラトン主義者」と呼ばれた(本訳⑦一四二頁)。

の目には映じる無数の装飾を欠いて見えていたことを納得するには、これまでの生涯で何度もヘマを犯しかけたことを想い出しさえすればよい。ある男の特徴を欠いた顔を見ているだけでは、その男が、われわれが「なんてひどいあばずれだ！」と言いかけた女の兄弟や、婚約者や、愛人だと想わせる点はなにひとつない。だがそのとき、幸い隣の人が耳打ちしてくれたひと言のおかげで、われわれは口に出しかけた致命的なことばを呑みこむ。たちどころに、まるでメネ、テケル、パルシン[37]ということばにも似て、この男は問題の女の婚約者だとか、兄弟だとか、愛人だとかいうことばがあらわれ、男の前でその女を「あばずれ」呼ばわりするのは不適切だと教えてくれる。この新たな要素がつけ加わるだけで、家族の残りのメンバーにかんして持っていた基礎知識は補充され、後退するなり前進するなりして、すっかり再編されるだろう。ケンタウロスの下半身に馬が組みこまれているように[38]、シャルリュス氏のうちに他の男たちと区別されるべつの存在が組みこまれ男爵と一体になっていたのだが、私は一度たりともその存在に気づくことはなかった。いまや抽象的にではなくようやく具体的に理解されたその存在は、目に見えぬすがたにとどまる能力をたちどころに喪失したばかりか、シャルリュス氏の新たな人間への転換もじつに完璧におこなわれた結果、氏の表情や声のまるで対照的なあらわれのみならず、私を相手にしたときの氏のむら気をはじめ、それまで私の頭には支離滅裂としか思えなかったあらゆることがらが、回顧的に理解のできる明白なものとなった。文字がでたらめに並んでいるとなんの意味も示さない一文が、文字を然るべき順序に並べ替えるだけで、二度と忘れえぬ考えを表出するのと同然である。

おまけにいまや私は、さきほどシャルリュス氏がヴィルパリジ夫人邸から出てくるのを目撃したとき、なぜ氏のことを女みたいだと思ったのかも理解できた。実際、氏はひとりの女なのだ！　氏の属している種族は、見かけほど矛盾した人間ではなく、男らしい男を理想とするのは、本人の気質が女であるからにほかならず、実生活がほかの男となんら変わらないのは外見だけにすぎない。人は、宇宙の万物を眺める目のなかにあらかじめ登録されたかのように、瞳の小さな表面に沈み彫り《インタリヨ》(39)にしたシルエットを宿しているもので、この種族の人にとってはそれがニンフのシルエットではなく、

(37)　バビロニアのベルシャツァル王の宮殿壁面に不思議な手で記された謎のことば。ダニエルの解読によると「メネは数えること」で王の治世は数えられて終焉を迎え、「テケルは量を計ること」で王は不足とみなされ、「パルシンは分けること」で王国は二分され人手に渡るという。神を怖れぬ傲慢な王を諫める予言で、その夜、王は殺されて国は滅びる(旧約聖書「ダニエル書」五章二六―二八)。
(38)　上半身が人間、下半身が馬のケンタウロスに関しては、モローの画(本訳⑦一八〇頁図15)を参照。
(39)　石のなかに図柄を陰刻したもの。本訳③三六三頁図30参照。

美青年のシルエットなのだ。呪われた不幸にとり憑かれ、嘘をつき、偽りの誓いを立てて生きてゆかざるをえない種族なのだ。なぜなら、あらゆる人間にとって生きる最大の楽しみである自分の欲望が、罰せられる恥ずべきもの、とうてい人には言えぬものとみなされていることを承知しているからである。この種族は、自分の神をも否認せざるをえない。なぜなら、たとえキリスト教徒であっても、被告として法廷の証言台に立つときには、キリストの前でキリストの名において、まるで誹謗中傷から身を守るように、おのが生命にほかならぬものを否認しなければならないからである。母なき息子でもある。臨終の母の目を閉じてやるときでさえ、母に嘘をつかざるをえないからである。友情なき友でもある。自分の魅力をしばしば認めてくれる相手からどんなに友情を捧げられ、また往々にして優しくなる心ゆえ相手にどれほど友情をいだいても、嘘に頼ることでしか育たぬつき合い、ついつい信頼と真情のあふれる想いを打ち明けると相手から嫌われ追い返されてしまうつき合いを、はたして友情と呼べるだろうか？　ただし相手が偏見を持たぬ、思いやりのある人であれば話はべつであるが、その場合でも相手は、そんな種族にたいする旧態依然の心理に惑わされて、告白された悪徳とはまるで無縁の愛情でさえその悪徳から生じたもの(40)のだと考えるだろう。判事によっては、原罪なり人種の宿命なりを根拠として、倒錯者は殺人を犯すもの、ユダヤ人は裏切りをするものと想定し、それを普通よりも大目にみる場合があるのと似ている。最後になるが——この種の人間について少なくとも当時の私が想い描いていたがあとで修正される理論によれば、こうした人間は自分こそものごとを理解して生きてゆけると錯覚し、そのせいで矛盾が見えなくなっているが、かりにその矛盾があらわになれば憤慨するにちがいない——、愛の希望があるからこそ幾多の危険や孤独を耐えしのぶ力が湧いてくるのに、その愛の可能性がほぼ閉ざされた恋人である。なぜなら、この恋人が想いを寄せるのは女らしい点をなんら持ちあわせぬ男、つまり倒錯者でない男である以上、その男から愛されるはずはないからである。そんなわけで金を払って本物の男を手に入れ、そのように金で身体を売った倒錯者を想像力によって本物の男と想いこむに至るのでなければ、この恋人の欲望はけっして充たされないだろう。名誉を得てもはかなく、自由を謳歌するのも一時的で、やがて犯罪は発覚する。地位も不安定で、前日まではロンドンのありとあらゆるサロンで歓待され、あ

(40)　原語 inverti(s). 性の倒錯(inversion)は、ベルリンの精神科医カール・ヴェストファール(一八三三―九〇)の用語「反対の性感覚」を仏訳した精神科医のシャルコ(一八二五―九三)とマニャン(一八三五―一九一六)の論文「性感覚の倒錯」(一八八二)を嚆矢とする当時の新概念。『グラン・ラルース仏語辞典』は「倒錯者」も「倒錯」も初出を一九〇七年とする。プルーストは「同性愛」よりも「倒錯」を多用(前注14参照)。

らゆる劇場で喝采されていた詩人が、翌日にはあらゆる家具付きの貸間から締め出され、頭を休める枕さえ見出せず(41)、サムソンのように石臼《いしうす》をまわし(42)、またサムソンと同様こう言うのだ、

男と女はべつべつに死んでゆくだろう(43)。

ユダヤ人たちがドレフュスのまわりに結集したように、大多数の人が犠牲者のまわりに結集する大きな不幸の日をべつにすると、同類の者の共感からも――ときには同類の社会からさえ――排除されている人たちで、同類の者に、鏡に映されたように自分のすがたを直視する嫌悪感を与える。この鏡は、そんな同類を実物以上に見せることはなく、自分自身のうちに認めるのを避けてきたあらゆる欠陥を際立たせ、自分たちが愛と呼んでいるものが(この同類たちは、愛ということばに広い意味を持たせ、社会の常識に合わせて詩や絵画や音楽や騎士道や禁欲などが愛につけ加えてきたあらゆるものを自分たちの愛にもつけ加えていた)、みずから選んだ美の理想から出てきたものではなく、不治の病いから生じたものと悟らせるのだ。これまたユダヤ人と同じく(といっても自分と同じ人種の者としかつき合わず、つねに口にするのはお決まり

のことばや定着した冗談だけというユダヤ人はべつである)、たがいに同類の者を避け、むしろ自分とは正反対の、自分を受け入れない人たちを探し求め、その人たちから手厳しい拒絶を受けてもそれを許し、その人たちからお愛想を言われると有頂天になる。しかし自分がこうむる排斥や自分がなめる恥辱のせいで同類の者同士で寄り集まることもあり、そうするとイスラエルの民の迫害にも似た迫害によって、ついには、ときには立派だがたいていは見るに堪えない一種族に特有の肉体および精神の特徴を備えるにいたる。同類の者とのつき合いが(正反対の種族にも溶けこんで同化し、見かけはとても倒錯者とは思えぬ者が、なおも倒錯者らしさをとどめる者に浴びせるあらゆる嘲笑にもかかわらず)息抜きになり、また同類との暮らしが支えにさえなり、自分たちがひとつの種族であることを否定しながらも(その種族の名を言われるのは最大の侮辱になる)、その種族であることを隠しおおせた者がいると、好んでその仮

(41) オスカー・ワイルド(一八五四―一九〇〇)への暗示。アルフレッド・ダグラスとの男色事件で投獄され(一八九五―九七)、出獄後は主にパリで暮らし孤独な死をとげる。プルーストは『サント=ブーヴに反論する』の「サント=ブーヴとバルザック」(一九〇九執筆)で同性愛者ワイルドに「降りかかる運命」を語っていた。
(42) ペリシテ人からイスラエルの民を解放した怪力のサムソンは、愛人デリラの裏切りで怪力を奪われ、牢屋で粉をひかせられる。ドゥカン作「石臼《いしうす》をまわすサムソン」(本訳⑥三六頁図2)参照。
(43) 前出、アルフレッド・ド・ヴィニーの詩篇「サムソンの怒り」から。前注2参照。

面を剝ごうとする。その者を傷つけるためというよりも――それも嫌いではないが――むしろ自己弁護のためで、まるで医者が虫垂炎を探りだすように歴史のなかにまで倒錯を探し求め、イスラエルの民がイエスもユダヤ人だったと言うのと同じで、得々としてソクラテスも倒錯者のひとりだったと指摘するが、しかし同性愛が正常な状態であったときには異常な者は存在しなかったこと、キリスト以前には反キリスト教徒など存在しなかったこと、恥辱のみが犯罪をつくることには想い至らない。というのも恥辱に耐えて生き残ったのは、どんな説教や見せしめや懲罰にも逆らう者だけで、あまりにも特殊なその生来の体質は(それが高い徳性を伴うことはありうるもの)、盗みとか残忍とか不誠実とかのように高い徳性とは相容れないが一般の人にはずっとわかりやすくそれゆえ容赦されやすい悪徳よりも、なおのこと他の人びとに忌み嫌われるのである。こうして仲間の結束を固めた種族は、集会所《ロッジ》をもつ本物のフリーメーソンよりもずっと広くゆきわたり、はるかに効率的に暮らしていて、それでいて怪しまれない。というのもその結束は、そもそも嗜好、欲求、習癖、危険、修練、知識、取引、語彙などの同一性に基づくもので、その内部では、たがいに知り合おうと願わないメンバー同士でも、自然な合図であれ慣例による合図であれ、無意識の合図であれ意図した合図であれ、さまざまな合図によってただちに仲間だとわかるのだ。

その合図は、大貴族の車のドアを閉めてやる乞食にはその大貴族こそが、父親には娘の婚約者こそが、また自分の病気を治したい、告解をしたい、裁判で自己弁護をしなければならないと考えている人には、それぞれ会いに行った医者や、司祭や、弁護士こそが自分の同類だと教えてくれる。この種族のだれもが自分の秘密を守らざるをえないが、門外漢には想いも寄らぬ他人の秘密を共有しているがゆえに、その目にはどんなに荒唐無稽な冒険小説でさえ真実に見える。連中の小説じみて時代錯誤にみちた暮らしでは、大使が徒刑囚の友人であったり、公爵夫人邸を辞去した大公が、おどおどした一介のプチ・ブルジョワには真似のできない貴族としての教育ゆえに身についた自由闊達な足どりで、街のごろつきとの話し合いへ赴いたりするからだ。神にも世間にも見捨てられた少数派とはいえ、人類のなかで重要な一部を占め、嫌疑をかけられたところには存在せず、思いがけないところにのさばり、罰せられずに広がっている。そのメンバーは、庶民のなかにも、軍隊にも、寺院にも、徒刑場《とけいば》(44)にも、玉座にも、つまり至るところに存在する。最後になったが、この種族の少なくとも大多数は、べつの種族の人たちと危険なほど親密に情愛をこめて暮らし、その人たちを挑発して、

(44) フランスの徒刑場(bagne)は、十八世紀のガレー船廃止後はブレストやトゥーロン(地図①)等の軍港に、十九世紀中葉の帆船廃止後はギアナやニュー・カレドニア等の植民地に置かれた(一九五三廃止)。

おのが悪徳をまるで自分のものではないかのような口ぶりで面白おかしく語りあうが、そんな演技は、世間の盲目と誤謬ゆえにまんまと成功し、スキャンダルが発生してこの猛獣使いが食われてしまう日まで何年もつづくこともある。それまでは連中も、自分の暮らしを隠したり、じっと見つめたいところから視線をそらしたり、目をそらしたいところをじっと見つめたり、自分の使うことばでは多くの形容詞の性を変えたりせざるをえないが、そうした社会的な拘束といえども、自分の悪徳ないし世間が不適切にも悪徳と呼ぶものが、他人にたいしてではなく自分自身にたいして、自分の目には悪徳とは見えない形で強制する内心の拘束と比べれば、いずれも大したことはないのである。ところがそんな同類のなかで、もっと実際家の性急な人たちは、必要とする相手を普通の暮らしで探し求めるだけの余裕もなければ、同好の士の結社から生じる生活の単純化や時間の節約をやめるだけの余裕もなく、自分に二通りの交際社会をつくり、その第二の社会では自分と同類の者だけを構成員とするのだ。

このことが目立つのは田舎から出てきた貧しい人たちで、コネはなく、いつか有名な医者か弁護士になるという野心以外には何も持ちあわさず、頭のなかにいまだ意見なるものが存在せず、身体にはマナーを欠き、早急に意見とマナーを頭と身体に備えるつもりでいるさまは、自分の役に立つまじめな職業に就いて名士たらんとする人が、その職業ですでに「出世した」先輩たちの家で目にとまった家具とそっくりの家具を自分のカルチエ・ラタンの小部屋にも買い求めるのに似る。この人たちにとっては、デッサンや音楽や失明などの素質と同じく知らぬまに遺伝的に受け継いだ特殊な嗜好は、ただひとつの根強く横暴な独創性なのかもしれず、その独創性のせいで、ほかの分野ではその話しかたや考えかたや着こなしや髪型などを採りいれている相手との会合、つまり自分のキャリアに役立つはずの会合をすっぽかさざるをえない夜もある。そうでなければ同級生や、教師たちや、功成り名遂げた保護者然とした同郷人としかつき合わない自分の界隈でも、同じ特殊な嗜好に導かれて自分に近づいてくる他の若者をただちに見つけ出してしまう。たとえば小さな町で、ともに室内楽と中世の象牙細工が好きだというので公証人と第二級(45)の教師とが親しくなるのと同じであろう。この人たちは、自分のキャリアにおいて指針とするのと同様の功利的本能やプロ意識をほかでもない気晴らしの対象にも適用し、古い嗅ぎタバコ入れや日本の浮世絵や珍しい花の愛好家たちが集まる門外漢お断りの会合と同じくよそ者をだれひとり入れない会合で、特殊な嗜好の若者たちと再会するが、その会合では、あれこれ教えられる楽しみゆえに、また交換の恰好の機会ゆえに、さらに競合を怖れる気持ゆえに、切手市

(45) 高等中学校《リセ》の第五学年(下から第六級、第五級、……第一級、最終級)。日本の高校一年に相当。

にも似て、専門家同士の親密な仲のよさと同時に、蒐集家同士の猛烈な対抗意識がみなぎっている。この連中が自分たちのテーブルをもつカフェ[46]では、それがそもそもなんの会合なのか、釣りの同好会なのか、編集主幹同士の会なのか、アンドル県[47]人会なのか、だれひとりわかる者はいない。それほど連中は、服装には一分《いちぶ》の隙もなく、表情は控えめにして冷ややかで、数メートル先で流行の出で立ちをして愛人の女の自慢話に興じている若き「伊達者《リオン》」[48]たちのほうも、こっそり見つめるだけである。ところが目も上げられずその若者たちに心酔していただけの連中も、ようやく二十年後、ある者はいまやアカデミー会員にならんとし、ある者は社交クラブの古参会員にならんとするとき、若き「伊達者《リオン》」のなかでいちばん魅力的だった男、いまや太って白髪まじりのシャルリュスそっくりの男が、実際には自分たちの同類であったこと、ただしべつの場所や交際社会では他の外的徴候や見慣れぬしるしを身にまとっていたせいで見誤っていたことに気づくだろう。とはいえ同類のさまざまな集団の突出ぶりはまちまちであった。「左派連合」が「社会主義連盟」とは異なり[49]、メンデルスゾーン音楽協会がスコラ・カントルムとは異なるように[50]、夜によってはべつのテーブルに過激派たちが集まり、袖口の下にブレスレットをはめ、ときには襟元にネックレスをつけ、たがいに執拗に見つめあい、忍び笑いや高笑いをもらして愛撫しあうので、居合わせた中学生の一団はやむなく早々に逃げだし、ボーイはといえば、まるでドレフュス派の客の相手をする夜のように内心の憤慨をおし殺して慇懃《いんぎん》に給仕をしているが、チップをもらうほうが得策と考えるのでなければ喜んで警察を呼びに行くところである。

　このようなプロ化したさまざまな組織にたいして、精神は孤独な人たちへの好みを対置するが、それには一方では大した欺瞞を必要としない。精神は、そうするにあた

(46)　行きつけのカフェに、ホモセクシュアルの仲間だけの定められたテーブルがあることを示す。

(47)　一七九〇年以来のフランス中部の県。県庁所在地はシャトールー(地図①参照)。

(48)　耳目をひく、裕福で粋な男女。サン＝ルーがその典型とされた(本訳④二〇二頁と注168参照)。

(49)　十九世紀末の「左派連合」(作中ではUnion des gauches)は、むしろBloc des gauchesと呼ばれた。ドレフュス支持の共和派を糾合したヴァルデック＝ルソー内閣(一八九九―一九〇二)を構成した中道進歩主義者、急進主義者、社会主義者の一部(ミルラン)などの連合。「社会主義連盟」は、この政府と対立した社会主義者たちの連合を指すのか。世紀末にはジャン・ジョレスらの「独立社会主義者連盟」、ポール・ブルースらの「フランス社会主義労働者連盟」、マルクス主義を標榜するジュール・ゲードの「フランス労働党」、ジャン・アルマンらの「革命的社会主義労働党」などが乱立。一九〇二年にはこれらの大多数を、一九〇五年にはその全体を糾合した「フランス社会党」が誕生した。

(50)　メンデルスゾーン(一八〇九―四七)の音楽は、死後の百年間、ワーグナーの中傷(「音楽におけるユダヤ性」〔一八五〇〕)をはじめ、反ユダヤ主義の洗礼を受けて、評価が低迷した。スコラ・カントルムは、ヴァンサン・ダンディ(一八五一―一九三一)ら三名が一八九六年に開設した音楽学校。グレゴリオ聖歌などの古楽を復興するとともに幅広い声楽・器楽の研鑽を重視して当時の音楽教育を刷新した。ダンディは、ワーグナーの音楽に大きな影響を受けたうえ、反ユダヤ主義者であった。

り、理解されぬ愛と自分に思われるものほど組織化された悪徳とかけ離れたものはないと信じる孤独な人たちに追随すればいいだけである。しかし他方では、そこには欺瞞がつきまとう。というのも、これら多様な範疇の組織は、さまざまな生理上のタイプに応えてくれるのと同様、病気の進展において、いや、たんに社会の進展においてつぎつぎと生じる事態にも応えてくれるからである。そして実際、孤独な人たちもいつの日か、ときには投げやりな気持から、ときには利便を求めて、たいていそのような組織に溶けこむようになる(いちばん頑固に反対していた人たちも最終的には自宅に電話をとりつけたり、イエナ家(51)の人たちを受け入れたり、ポタン(52)で買い物をしたりするのと同じである)。もっともそうした孤独な人たちは、組織ではたいてい歓迎されない。どちらかといえば暮らしぶりが清純で、経験に乏しく、夢想に浸りすぎて飽和状態にあり、プロたちが拭い去ろうと努めてきた女々《めめ》しい特殊な性格をはるかに際立たせているからである。おまけに正直に言えば、そんな新参者のなかには、内部で女が男と一体を成しているばかりか、それを醜く外にあらわす者がいて、ヒステリー患者のように両膝と両手を震わせ、甲高《かんだか》い笑いをともなう痙攣にとり憑かれると、とうていふつうの男には見えない。隈のできた憂鬱そうな目をしたサルが、前足でものをつかむことができ、スモーキング(53)を身にまとい黒のネクタイをしているからといって、男には見えないのと同様である。そのようなわけでこの新たな入会希望者は、はるかに放埒な生活をおくる組織のメンバーから、つき合うとこちらの信用を落としかねない相手とみなされ、その入会は困難をきわめる。それでも受け入れられた新参者は、たとえば商店や大企業が個人の生活を変革し、それまではあまりにも高価で手に入らず見つけるのさえ困難であった食品を手の届くものにしてくれた場合と同じく、組織の便宜を享受できるようになり、独力では群衆のなかに発見できなかったものに今や過剰なまでにとり巻かれる。こうして数えきれないほど欲望のはけ口を手に入れても、それにもかかわらず社会的拘束が想いのほか重くのしかかる人たちもいる。そんな人たちは、内心の拘束こそ感じたことはなくても、自分のような愛は実際よりもずっと稀なものだと考える者にとりわけ見出される。さしあたり考慮に入れないでおきたいのは、おのが性癖の例外的性格ゆえに自分が女性よりも優れた存在だと想いこんで女性を軽蔑し、同性愛を偉大な天才や栄光の時代の特権とみなす人たちで、自分

(51) 由緒正しい一流貴族が毛嫌いした帝政貴族の代表(本訳②三三二頁以下、同⑦三八二頁以下参照)。
(52) 十九世紀中頃に創業したパリ初のスーパーマーケット形式の食品店フェリックス・ポタン。二十世紀初頭にはセバストポール大通り、マルゼルブ大通りなど五店を数えた(二十世紀末まで存続)。
(53) 原語 smoking. タキシードを指す当時の新語(本訳⑦二九九頁注279参照)。

の嗜好を他人とわかち合おうとするときも、モルヒネ中毒の人がモルヒネを他人とわかち合いたいときにするように、もともと同じ嗜好の持主と思われる人を相手にするのではなく、伝道の熱意に駆られるのか、それにふさわしいと思われる人を相手にする。ほかの人たちが、シオニズムとか、兵役拒否とか、サン＝シモン主義とか、菜食主義とか、アナーキズム(54)とかを説くときの熱意と同じである。なかには、朝まだ寝ているところを不意にのぞいてみると、みごとに女性の顔をしている者がいる。それほど表情には万遍なく女性のすべてがあらわれている。髪自体も、それを裏づける。髪のうねりはいかにも女らしく、ほどけてもごく自然に編み毛のように頬のうえに垂れている。この若い婦人、若い乙女、つまり、わが身を閉じこめている男の肉体の無意識のなかで微かに目覚めたガラテイア(55)が、だれに教えられたわけでもないのに自分自身で牢獄のごく小さな出口をいとも巧みに見つけ出し、おのが生命に必要なものを見出す術《すべ》を心得ているのには目を瞠《みは》らずにはいられない。このすばらしい顔をもつ青年は、きっと「ぼくは女だ」などとは言わないだろう。たとえその青年が――さまざまな理由から――ひとりの女と暮らしているとしても、その女には自分が女であることを否認し、男と関係を持ったことは一度もないと誓うかもしれない。ところがいっしょに暮らすその女が、今われわれが描き出したように、パジャマを着て両腕をさらけ出し、黒髪の下のうなじをあらわにしてベッドに寝ている男のすがたを見つめたとしよう。パジャマは婦人用のキャミソールになり、顔は美しいスペイン女のそれになっている。愛人である相手の女は、わが目に打ちあけられたこの告白、ことばや行為による場合よりも真実をあらわにするこの告白に、愕然とする。おまけに、まだ実行されていなかったとしても、行動がかならずこの告白を裏づけるにちがいない。人はだれしも自分の快楽に従うからである。この男の悪徳がさほど重症でなければ、男は異性のなかに快楽を求めることもある。ところが倒錯者にとって悪徳がはじまるのは、さまざまな他人と交際するときではなく（他人との交際はじつに多くの理由から要請

（54）いずれも十九世紀の中葉から世紀末に生まれた思想。シオニズムは、ドレフュス事件による反ユダヤ主義の猛威を背景に、故郷パレスチナの地にユダヤ人の祖国を再建する運動。後にイスラエル国家成立（一九四八）に結実。兵役拒否は、「平和教会」の影響などでプロテスタント諸国では十九世紀後半から二十世紀初頭にかけて認められたが、カトリックのフランスでは重罪に処された（良心的兵役拒否が認知されたのは近年のこと）。サン＝シモン主義は、本作に出る『回想録』の作者サン＝シモンの子孫にあたるアンリ・ド・サン＝シモン（一七六〇―一八二五）が唱え、弟子たちが広めた、特権階級なき産業社会を目指す思潮。菜食主義はどの時代にも存在したが、用語として定着したのは世紀末（『グラン・ラルース仏語辞典』は初出を一八八八年とする）。アナーキズムは、中世の神秘主義者にも認められるが、政治的主張としてまとまったのはプルードン（一八〇九―六五）の一八五〇年代の著作による。

（55）図1参照。

図1　ギュスターヴ・モロー『ガラテイア』
（オルセー美術館）

ガラテイア（「乳白色の女」の意）は，海神ネーレウスの50人ないし100人いるとされる海のニンフ（ネーレイデス）のひとり．オウィディウス『変身物語』巻13によれば，ひとつ目の巨人ポリュペモスに横恋慕され，恋人アキスを殺される．モローの描いた上図は，海の洞窟で眠る裸身のガラテイアを，ポリュペモスが嫉妬と憧憬のまなこで見つめている場面．本作が1880年のサロン（官展）に出品されたとき，作家ユイスマンスは「多くの宝石の光に照らされた洞窟のなかに，比類なき晴れやかな宝石，つまりガラテイアの白い肉体が収められている」と書いた．19世紀末にはエドモン・テニーの個人蔵だったが，プルーストが愛読したアリー・ルナンの『ギュスターヴ・モロー』（1899年「ガゼット・デ・ボザール」誌連載，1900年単行本）で詳しく採りあげられていた．

されるものだ)、ほかでもない女たちと快楽を味わおうとするときである。この青年はさきに描き出したように明らかに女であるから、青年を見つめて欲望をおぼえた女たちは(特殊な嗜好の持主でなければ)、シェークスピアの喜劇で青年に変装した娘に失望する女性たち(56)と同じで、落胆する運命にある。勘違いはお互いさまで、倒錯者自身もそれは承知のうえで、変装がとり除かれると相手の女が味わうはずの幻滅を察して、性にまつわるこんな錯誤がいかに気まぐれな詩趣の源泉になるかを悟るのだ。そもそもこの青年が、気むずかしい愛人にたいして(愛人がゴモラの女でないかぎり)「ぼくは女だ」と告白せぬように気をつけたとしても甲斐はなく、男のうちに無意識裡に存在する明々白々たる女が、まるで蔓《つる》植物のように、じつに狡猾、機敏かつ執拗に、男性の器官を探し求めるのだ！　白い枕のうえに垂れたその巻き毛を眺めるだけで、この青年が夜になると、両親の意にも自分の意にも反して両親の手から抜け出してゆくとき、それは女を求めているのではないことがわかる。愛人がいくら青年を懲

(56)　とくにシェークスピアの喜劇『十二夜』に登場する娘オリヴィア。青年シザーリオ(じつは娘ヴァイオラの男装姿)に想いを寄せるが、その恋は相手が女であるがゆえに実らない。プルーストは一九二〇年、『公現祭の夜』の題名で仏訳出版された『十二夜』を編集者ジャック・リヴィエールから借りて読み(同年七月二日直後のリヴィエール宛て書簡)、草稿帳に「『公現祭の夜』において性の混同をひきおこす変装と同じで、倒錯からは詩情が生まれる」(「カイエ60」)と記していた。

らしめ、閉じこめても、翌日になるとこの男＝女は、マルバアサガオがその巻きひげをツルハシや熊手のあるほうへ伸ばすように、(57)どこかの男にまといつく手立てを見つけているだろう。われわれはこの男の顔のなかに、心を打つさまざまな気遣い、ほかの男たちには見られぬ気品ある自然な愛想のよさを見出して感嘆するのだから、この青年が求めているのはボクサーだと知ってどうして嘆くことがあろう？　これらは同じひとつの現実の、相異なる局面なのだ。さらに言えば、これらの局面のうちわれわれに嫌悪の情をいだかせる局面こそ、いちばん心を打つ局面であり、どんなに繊細な心遣いよりも感動的なのである。というのもそれは、自然が無意識のうちにおこなう感嘆すべき努力のあらわれにほかならないからだ。性をめぐるさまざまな欺瞞にもかかわらずこうして性がみずから企てる自己認識は、社会の当初の誤謬のせいで遠くに追いやられていたものへと忍び寄ろうとする秘かな企てに見える。おそらくきわめて内気な少年期をすごした男のなかには、快楽をひとりの男の顔に結びつけることさえできれば満足して、どのような肉体的快楽を享受できるかについてはさして関心を向けない者もいる。これにたいして、おそらくもっと激しい欲望をいだくせいであろう、自分の肉体的快楽の対象をなんとしても限定する男たちもいる。こんな男たちが自分の想いを告白すれば、世間一般の顰蹙《ひんしゅく》を買うだろう。ところがこの男たちもサトゥルヌスの星[58]のもとでのみ暮らしているとはかぎらない。前者の男たちにとっては女性が完全に排除されているが、この後者の男たちにとってはそうではないのだ。前者の男たちにとって、おしゃべりや媚のような頭のなかの恋愛がなければ女性なるものは存在しないに等しいが、後者の男たちは、女を愛する女性を探し求め、その女性から若い男を手に入れてもらったり、若い男とすごす快楽をその女性に増幅させてもらったりする。おまけにこの男たちは、それと同じやりかたで、男と味わうのと同じ快楽をその女性たちを相手に味わうこともできる。そんなわけで前者の男を愛する男たちからすると、嫉妬をかき立てられるのは相手の男がべつの男と味わう快楽だけで、それだけが自分には裏切りに思える。なぜならその男たちは、女と愛情をわかち合うことはなく、そうしているように見えても慣習として結婚の可能性を残しておくためにすぎず、女との愛情から与えられる快楽をまるで想像できないので、耐えがたく思えるのは自分の愛する男が味わう快楽だけだからである。ところが後者の男たちは、しば

（57）前巻にも援用された（本訳⑦二七七頁注369）メーテルランクの『花の知性』（一九〇七）は、ツタの「巻きひげ」が本能的に「壁に立てかけた熊手やスコップの柄のほうへ伸びてゆく」と語っていた。

（58）土星のこと。その影響下にあると憂鬱、悲哀に陥るとされる（ヴェルレーヌの『サテュルニアン詩集』はこの語義の用例）。ここでは古い占星術で土星が倒錯の愛を司るとされたことを踏まえる。

しば女性との愛によっても嫉妬をかき立てられる。というのもこの男たちは、女性と結ぶ関係において、女を愛する女性からすると相手の女役を演じているうえ、同時にその女性もこの男たちが愛する男に見出すのとほとんど同じ快楽を与えてくれるので、嫉妬する男は、自分の愛する男がまるで男にも等しい女に首っ丈になっているように感じると同時に、その男がそんな女性にとっては自分の知らない存在、つまり一種の女になっていると感じて、その男がまるで自分から逃れてゆくような気がするのである。ここでは、友人たちをからかい両親にショックを与える目的で、子供っぽい一種のいたずら心から、むきになってドレスのような服を選んで身につけたり、唇を赤く塗ったり、目にアイシャドーをつけたりする、そのような若い愚か者たちには触れないでおこう。そうした連中は放っておけばいい。いずれその連中が、自分の気取りがあまりにも高くついたことに気づき、悪魔にそそのかされて犯した過ちをプロテスタントふうの厳めしい服装によって償うべく生涯にわたって空しく努力するすがたに出会うからである。このような若気の至りは、フォーブール・サン＝ジェルマンの若い貴婦人たちが、おおかたの顰蹙を買う生活をおくり、ありとあらゆる慣例を無視して家族をないがしろにしたあげく、当初はそこをくだるのがおもしろく、いや、むしろくだってみずにはいられなかった坂を、こんどは粘りづよく登ろうとするが成功しないのに似ている。最後になったが、ゴモラと契約をとり交わした男たちに触れるのも後まわしにしよう。このことは、いずれシャルリュス氏がその手の男たちと知り合うときに詳しく語ることにしたい。あれやこれやの変わり種の男たちも、すべてそれが登場するときまで触れないことにして、この最初の報告を終えるにあたり、さきに話題にしかけた孤独な男たちについてのみ、ひとこと述べておこう。この男たちは、自分の悪徳が実際よりもずっと例外的なものだと想いこみ、長いあいだ、といっても他の男たちよりも長いあいだというにすぎないが、そうとは知らずわが身に宿してきた自分の悪徳を発見したその日から孤独に暮らすことに決めた人たちである。こうしたことを言うのは、最初はだれひとりとして自分が倒錯者であるとか、詩人であるとか、スノッブであるとか、悪人であるとか、そんなことには気づかないからだ。恋愛詩を覚えたり猥褻な画像を眺めたりした中学生が、同級生の男子に身をすり寄せたとしても、女への欲望と同じ情動に駆られてその子と気心が通じあうのだと想いこんでいたにすぎない。この中学生からすれば、ラ・ファイエット夫人なりラシーヌなりボードレールなりウォルター・スコットなりを読むと、そこに自分の感じるものの実質が認められるのだから、どうして自分が皆とは異なる人間だと信じられるだろう？　いまだに自分自身を観察するすべを心得ておらず、そこに自分の好みでつけ加えられたものがあること、感情は同じでも対象は異なること、自分が欲望をいだく相手はダイアナ・ヴァーノンではなくてロブ・ロイ(59)であることには気がつかないのだ。このような少年の大多数は、その知性がもっと明瞭にものを見ることができるようになる以前には、おそらく慎重な防御本能のなせる業《わざ》なのであろう、自分の部屋の鏡や壁という壁を多色刷石版《クロモ》(60)の女優たちの肖像で覆いつくし、こんな詩をつくる。

ぼくがこの世で愛するのはクロエ(61)だけ、
神々しいまでに美しく、髪はブロンド、
そんな恋慕に、わが心はおぼれる。

それゆえこうした男たちの人生の当初には、のちに濃い褐色へと変わる子供時代のブロンドの巻き毛のように、のちには二度と見出されなくなる嗜好が存在したと想定すべきだろうか？　いや、女たちの写真は、もしかすると偽善のはじまりなのではないのか、またほかの倒錯者にとっては嫌悪のはじまりとも言えるのではないのか？　だが孤独な倒錯者とは、ほかでもない、偽善に苦しむ人たちなのである。これとはべつのコロニーを形成するユダヤ人たちの例を援用しても、孤独な倒錯者たちが教育の影響をほとんど受けないこと、また、きわめて巧妙にその性癖へたち戻ることを充分には説明できないだろう。この者たちがたち戻ろうとするのは、自殺のごときただただ恐ろしい行為へではなく（狂人であれば、周りの者がどんなに用心しても自殺へと走るもので、身を投げた川から救い出されても今度は毒を飲んだり拳銃を手に入れたりする）、ほかの種族の男たちからすればその者たちが必要とする快楽など理解できず、想像もつかず、それを嫌うだけではなく、それにともなう危険や絶えざる恥辱にぞっとするほかない生活なのである。こうした孤独な倒錯者を想い描くには、飼い馴らされることのない動物、たとえば手なずけられたと言われていても依然として野獣であるライオンの仔《こ》などを考えるべきだとは言わないまでも、すくなくとも白人たちの快適な生活に嫌気がさして、野生の生活の危険とそれにともなう不可解な歓びのほうを好む黒人たちを考えるべきかもしれない。この孤独な倒錯者はある日、自分が他人にも自分自身にも嘘をつけない人間であることを自覚すると、田舎で暮らす決心を

(59) ロブ・ロイはウォルター・スコットの同名小説（一八一七）に登場するスコットランドの実在の無法者。主人公フランシスとその恋人ダイアナ・ヴァーノンに援助の手を差しのべ、ふたりを結婚に導く。

(60) 原語 chromo(s). 十八世紀創案の多色刷石版《クロモグラフィー》 chromographie の省略形。十九世紀にポスター・絵葉書・本の挿絵などの印刷に普及、多くは低俗な図版という意味で使われた。オフセット印刷の原型。

(61) ロンゴス作と伝わる古代ギリシャの少年と少女の恋物語『ダフニスとクロエ』のヒロイン。

して、極悪非道に走るのを嫌ってか誘惑されるのを怖れてか同類の者（それはごく少数だと信じこんでいる）から遠ざかり、屈辱ゆえか一般の人からも遠ざかる。一度も真の成熟に達したことがなく、憂鬱な気分におちいるこの連中が、ときに月の出ていない日曜など、小道をぶらぶら散歩していて、とある十字路までやって来ると、ひとことも言い交わしたわけではないのに、そこには近隣の城館に住まう幼友だちが待っている。そしてふたりは闇夜の草のうえで、ことばを交わすこともなく、ふたたび昔の戯れをはじめるのだ。平日にはたがいの家を訪問しあって、四方山話《よもやまばなし》に花を咲かせるが、まるでなにもなかったし今後もなにもないかのように、ふたりとも起きたことにはいっさい触れない。ただふたりの関係に、いささか冷淡や皮肉やいらだちや恨みや、ときには憎しみがまじるだけである。やがて隣人は、馬に乗って過酷な旅に出かけ、雄ラバにまたがって数多くの尖峰を登攀《とうはん》しては、雪に埋もれて寝たりする。とり残された友人は、自分の悪徳とは詰まるところ虚弱な体質なり出不精で臆病な生活なりにあると考え、海抜数千メートルの高所で自由を謳歌する相手の内にはもはや悪徳が生き延びることはあるまいと悟る。案の定、その相手は結婚する。見捨てられた男は、それでも治らない（ただし倒錯はのちに見るように治ることもある）。朝には、台所で牛乳配達の若者の手から生クリームを受けとることを求め、欲情に駆られる夜には、酔いどれ男を家まで送ってやったり盲人の上っ張りの乱れを直してやったりする。倒錯者のなかには、生活がときに変わるように見える者もたしかにあって、その悪徳（世間でいう悪徳）がふだんの習慣的行為にもはや現れない者もいる。しかしかならずしも消えてしまうわけではなく、隠れていた宝石はまたぞろ姿をあらわす。病人の尿の量が減っても、それだけ余分に汗をかいているだけで、排泄はつねに必要とされるのだ。ある日、この同性愛者の若い従弟《いとこ》が亡くなり、その慰めようもない悲嘆を見ていると、男の欲情は方向転換をして、この従弟へのもしかすると純潔な愛情、肉体の所有を求めるよりも相手の尊敬を保とうとする愛情のなかに注がれていたと納得できる。予算の総額はなんら変わらなくても、出費の一部がべつの活動へと振り向けられたような具合である。蕁麻疹《じんましん》が出るとふだんの体調不良がいっとき消え失せる病人にも似て、倒錯者にあって親戚の若者へと向けられた汚れなき愛情は、病巣の転移によって一時的にそれまでの習癖を消失せしめたかに見えるが、この代用の病気がいつの日か治癒すると、もとの習癖は息を吹きかえす。

そうこうするうち、孤独な男の隣人である結婚した男が戻ってくる。その夫妻を夕食に招待せざるをえなくなった日、孤独な男は、若妻の美しさと夫が若妻にしめす愛情とを目の当たりにして、過去のことを恥じ入る。すでに身重となっている夫人は、早めに帰らなければならず、夫をひとり残して出てゆく。夫は、いよいよ帰る段になると、友人にちょっとそこまで送ってほしいと言う。友人は、当初は脳裏になんの疑念も浮かべないが、十字路までやって来ると、やがて父親となる登山家に無言のまま草のうえに押し倒される。こうしてふたたび逢瀬がはじまるが、それがつづくのは若妻の従弟が近くに越してくるまでのあいだで、その後はこの従弟がいつも夫の散歩の相手になる。夫のほうは、捨てられた友人が自分に近づこうとして会いに来ると怒り狂い、いまや嫌われていることを察する機転も持ちあわせぬことに憤慨して友人を追い払ってしまう。それでも一度、この不実な隣人の使いとして見知らぬ男がやって来る。しかし捨てられた友人は、多忙にまぎれて相手に会えず、その見知らぬ男がいかなる目的でやって来たのかを知るのはずっと後になってからである。

かくして孤独な男は、ひとり鬱々として暮らす。楽しみといえば、近くの海水浴場に出かけて駅の係員にものを訊ねるくらいである。ところがその駅員は昇進して、フランスのはるかかなたへ赴任してしまう。孤独な男は、もはやその係員に汽車の時刻や一等の料金を訊くわけにもゆかず、家に帰ってグリゼリディス[62]よろしく塔にこもって夢想にふける前に、いかなるアルゴ船の乗組員にも救い出してもらえぬ奇妙なアンドロメダ[63]や、砂のうえに打ちあげられて空しく息絶えるクラゲのように、いつまでも浜辺にたたずむか、それとも汽車が出る前にプラットフォームになにするでもなく立って乗客の群れを見つめている。だが、そのまなざしは、べつの種族の人びとには無関心なものにも人をばかにしたものにも上《うわ》の空のものにも見えるかもしれないが、ある種の昆虫が同属の昆虫を惹きつけるために身を飾る艶やかな輝きや、ある種の花がわが身を受精させてくれる昆虫を惹きつけるために提供する蜜のように、特殊な快楽の愛好者の目を誤らせることはないはずだ。その快楽は、向かう先を特定するのは困難であるが、そんな愛好者に差し出されていて、相棒が見つかればこの専門家も奇抜なことばを語ることができるかもしれない。そうしたことばをかけられても、せいぜいプラットフォームにいるぼろをまとった男が関心を示すふりをするぐらいで(64)、それもただ物質的な利得を期待してのことにすぎない。コレージュ・ド・フランスで、受

(62)　試練に耐えて貞節を守る伝説の女性。『デカメロン』、『ペロー童話集』、マスネのオペラに出る。
(63)　母親がその美貌は神にも優ると自慢したせいで神々の怒りを買い、怪物の生贄として海岸の岩に鎖で縛られる。怪物を退治してアンドロメダを救ったのは(「アルゴ船の乗組員」ではなく)ペルセウス。プルーストは、孤独で病身の自分を「男性のアンドロメダ」にたとえ、自分を見捨てて遠ざかる友人に「嫉妬」を覚えると書き送った(一九〇二年六月六日直後のアントワーヌ・ビベスコ宛て書簡)。
(64)　一五三〇年創設の「王立教授団」を母体とするフランスの研究・教育機関。各分野の最高権威が教授団を構成し、講義は自由聴講制で、単位や免状を発行しない。ソルボンヌの脇に現存(地図②)。

講者のいないサンスクリットの教授の教室にまるで講義を聴きに来たように入ってゆく人が、ただ暖をとるのが目的であるのと変わらない。これはクラゲなのだ！　ランなのだ！　ただ本能にのみ従っていたバルベックでの私は、クラゲが大嫌いであった[65]。しかしミシュレのように博物誌や美学の観点からクラゲを見るすべを心得ると、私にはそれがすばらしい紺碧《こんぺき》の枝付燭台[66]に見えた。クラゲというのは、透明なビロードのごとき花弁を備える、薄紫色《モーヴ》をした海のランではないか？　動物界や植物界の多くの生物と同じで、バニラエッセンスを生みだす植物も、雄の器官と雌の器官とが仕切りで隔てられているせいで、ハチドリやある種の小さなミツバチが一方から他方へと花粉を運んでくれるか、人間が人工的に受精させるかしなければ実を結ぶことがない[67]。それと同じでシャルリュス氏は（肉体的な意味では雄と雄との交わりは不毛であるから、ここにいう受精なる語は精神的な意味に解すべきであるが、ひとりの男が自分の味わいうる唯一の快楽と出会うことができ、「この世ではあらゆる心」が「おのが音楽と情熱と芳香」をだれかに捧げることができる[68]事実は、あだや疎かにはできない）、やはり例外的な存在と呼んでいい人間のひとりであった。なぜなら、たとえその種の人間がどれほど多くても、ほかの人にとってはごく容易な性的欲求の充足が、あまりにも多くの諸状況、しかもめったに出会えぬ諸状況の偶然の一致に左右されるからである。相思相愛が実現するには、ふつうの人間の場合にもきわめて大きな困難、ときには克服不可能にも見える困難に遭遇するものであるが、シャルリュス氏のごとき男たちにとっては（これから少しずつあらわれる、すでに予見できた妥協策、中途半端な合意に甘んじる欲求によって要請された妥協策をべつにすると）相思相愛はさらにきわめて特殊な困難をともなう。どんな人間にもつねに稀にしか生じない相思相愛は、その男たちにはほぼ不可能なものとなり、その男たちにとっての真に幸せな出会い、あるいは自然がその男たちに真に幸せなものと思わせる出会いは、正常な恋人の幸福とは比べるべくもない、なにやら常軌を逸した、選り抜きの、深い必然性を備えたできごとと化す。キャピュレット家とモンタギュー家との憎しみ合い(69)などは、おとなし

(65)「ねばねばしたクラゲが出てバルベックの浜辺が嫌になることもあった」（本訳④一三五頁）。

(66)『プチ・ラルース・イリュストレ』（一九一二）から転載した図2参照。プルーストが読んでいたミシュレ『海』（一八六一）では、大きなクラゲが「豪華な枝を備えたクリスタルの大燭台」にたとえられた。

(67) バニラの木の人工授精法についてはブレオーテ氏が説明していた（本訳⑦三七九頁と注370参照）。

(68) ヴィクトル・ユゴーの詩集『内心の声』（一八三七）所収の、一一番詩篇の第一節。

(69) シェークスピアの『ロミオとジュリエット』で、キャピュレット家はジュリエットの、モンタギュー家はロミオの家族。両家の対立が、相思相愛のふたりの恋を妨げる。

図2

く役所に出かけるつもりでいた元チョッキの仕立屋が、太鼓腹の五十男と出会い、幻惑されてよろめくまでに乗り越えたありとあらゆる種類の障害や、愛をもたらす元来ごくまれな偶然にさらに自然が課した特殊な選抜に比べれば、ものの数にもはいらない。それゆえ当然こちらのロミオとジュリエット[70]は、ふたりの愛がいっときの気まぐれではなく、ふたりの気質の合致によって準備されていた正真正銘の宿命であり、それも自分たち自身の気質のみならず、自分たちの祖先の気質や、もっと遠くから自分たちが受け継いだ遺伝によって準備された宿命であり、それゆえふたりにとり憑いた存在は、誕生以前からふたりのものであり、われわれが多くの前世をすごしたさまざまな世界を統御している力にも匹敵する力によってふたりを惹きつけたのだと、そう信じるのだ。シャルリュス氏のせいで私は、ランの花があれほど待ち焦がれていた花粉をマルハナバチが運んできたのかどうか、しかと確かめることはできなかった。ランの花がその花粉を受けとる機会は、めったにない偶然によるほかなく、一種の奇跡とも呼びうる事態である。しかし私が今しがた目撃したのもまた、それとほぼ同種の、それに勝るとも劣らぬ不思議な奇跡だった。ふたりの出会いをこの観点から考察したとたん、私にはその出会いのすべてが美の相貌を帯びるように思われた。雄花が、雌花から遠く離れているせいで昆虫が存在しなければ受精できない花のために昆虫にそ

似ている。(74) シャルリュス氏は、支配される者から支配する者へと変貌を遂げ、激しい不安を解消されて心が落ち着き、たちまち欲望をそそらなくなった訪問客を追い返してしまう。要するに倒錯なるものは、倒錯者があまりにも女性に似すぎて女性と有用な関係を持てなくなることから生じるものだから、多くの両性花が受精しないままになる、つまり自家受精の不和合性に陥るという一段と高次の法則と関連しているのだ。男らしい男を求める倒錯者が、しばしば自分と同じく女性化した倒錯者を相手にすることに甘んじているのは事実である。しかし倒錯者たちは女性に属していないというだけで充分であり、わが身に女性の萌芽を残してはいるが、それを使うことはできない。これは多くの両性花や、カタツムリ(75)のようなある種の雌雄同体の動物にも生じることで、自分自身では受精できず、べつの両性花やべつの雌雄同体によってのみ受精できるのである。そんなわけで倒錯者たちは、好んでわが身を古代オリエントやギリシャの黄金時代に関連づけ、さらに昔の、雌雄異体の花も単性の動物も存在していな

(72) キバナノクリンザクラ Primula veris は、やはりダーウィンが研究したサクラソウの一品種。
(73) 繊毛虫類にほぼ相当する旧称。多くは無性生殖(分裂など)で増殖する。
(74) メーテルランクの『花の知性』によると、シオガマギクの雄蕊は「昆虫に花粉をふりかける」。
(75) 生殖孔に雌雄の生殖器を収める。そこから出した雄性器を相互の雌性器に挿入して受精する。

かった試行の時代、つまり女性の生体組織のなかに雄の器官の傷痕が、男性の生体組織のなかに雌の器官の傷痕がそれぞれ残っていたと思われる原初の雌雄同体の状態[76]にまでさかのぼろうとする。いまや私には、当初わけのわからなかったジュピアンとシャルリュス氏の表情[77]をともなう身振りは、キク科と呼ばれる花が遠くから見えるように頭状花序の舌状花を高くかかげたり、ある種の長短花柱の花がその雄蕊をたわませて向きを変え、昆虫のために道をつけるかと思えば、昆虫に清めの液をふりかけたりする、ダーウィンに言わせれば昆虫に向けられた誘惑のしぐさ[78]と同じほど、いや、この瞬間にも中庭で昆虫を惹きつけている蜜の香りや花弁の輝きと同じほど、興味ぶかいものに思われた。この日を境にシャルリュス氏は、ヴィルパリジ夫人を訪ねる時刻を変えることになったが、それはもっと便利なべつの場所でジュピアンに会えないからではなく、きっと午後の太陽と灌木の花が、私にとってもそうであったように、ジュピアンの想い出と切り離せなくなったからであろう。おまけに氏は、ジュピアンと姪をヴィルパリジ夫人やゲルマント公爵夫人をはじめとする赫々《かっかく》たる顧客たちに推薦し、この推薦に逆らったり単になかなか従わなかったりした数人の貴婦人を、見せしめのために、あるいは氏の支配欲に盾突いてその逆鱗に触れたがゆえに、恐ろしい意趣返しの対象にしたからであろう、顧客たちはなおさらジュピアンの姪の若い刺繡《ししゅう》職人をひいきにした。氏はそれだけでは満足せず、ジュピアンの地位をどんどん実入りのいいものにし、最終的には自分の秘書として雇い、あとで見られるような地位につけた。「まあ！　なんて運のいい人でしょう、あのジュピアンは」とフランソワーズは言った。フランソワーズは人の親切を、自分に向けられたものか他人に向けられたものかによって少なすぎるとか多すぎるとか判断するきらいはあったが、もっともこの場合は、ジュピアンを心底から愛していたから、親切が多すぎると考える必要はなかったし、妬みを覚えることもなかった。「まあ！　なんていい人でしょう、男爵は」[79]とフランソワーズは言い添えた、「立派で、信心ぶかく、とっても申し分のない人！もし私に結婚させなければならない娘がいて、おまけに私もお金持の世界にいるのなら、目をつむって娘を男爵にあげるでしょうね。」「でもね、フランソワーズ」と私の

(76)　プラトンが『饗宴』で伝えた、人間は元々、男と女、男と男、女と女が背中合わせに合体した姿だったが、ゼウスがこれを二つに分離したため、元の片割れを求める欲求が異性愛や同性愛となったとする説を想わせる（本訳⑦四九頁注20）。胎児の性別も最初は未分化とされる。

(77)　キク科（原語 composées. 現代では astéracées）の花、たとえばタンポポでは、ひとつの花に見えるものは個々の舌状花（柄のない舌状の花）が花茎先端の平面に密生している状態（頭状花序）。

(78)　前注9などに掲げたダーウィン『同種植物における花の多様な形態について』で展開された説。

(79)　原文 le baron. 敬意を示すには「さま」を付して「男爵さま」Monsieur le baron と言うべき。

母はやさしく言う、「それじゃあ、その子に何人も旦那さんができてしまうでしょ。その子をもうジュピアンに約束していたこと、忘れたのかしら。」「あら！　もちろんおぼえてますよ」とフランソワーズは答える、「でも、あの人も、女をとっても幸せにしてくれる人ですからね。お金持だの、ひどい貧乏人だのといっても、生まれついた性格はどうなるもんじゃありません。男爵とジュピアン、これはもう同じ種類の人間でしょう。」

もっとも私は、根本的な真相の暴露を目の当たりにして、そのときは選び抜かれた交接の選別的性格をあまりにも大げさに考えていた。シャルリュス氏と同類の男たちはだれしも、たしかに常軌を逸した人間である。なぜなら、人生のさまざまな可能性に譲歩することがなければ、この手の男はもっぱらべつの種族の男の愛、すなわち女を愛する男（したがって自分を愛してくれるはずのない男）の愛を求めるからである。ランの花がマルハナバチに言い寄るようにジュピアンがシャルリュス氏のまわりを回ってみせたのを目撃した私が、そのとき中庭で信じたのとは違って、人が憐れむこうした異例の存在は、この書物が進むにつれて見られるように、また最後にようやく明らかになる理由によって、おびただしい数にのぼり、その人たち自身、その数が少なすぎることよりも、むしろ多すぎることを嘆いている。というのも「創世記」が記すように、天の神にまでその叫びが届いたというあの悪行《あくぎょう》をことごとく住民がやってのけたのかどうかを確かめるためにソドムの城門に配置されたふたりの天使(80)は、慶賀するほかないことながら、主《しゅ》がその選択をひどく誤ったのであって、その任務はソドミスト(81)にのみ託すべきだったのである。ソドミストであれば、「私は六人の子供の父親で、情婦もふたりいます」などという言い訳を聞いたからといって、炎の剣(82)をみずから進んで下におろしたり、制裁の手をゆるめたりすることはなかったであろう。そして、むしろこう答えたにちがいない、「なるほど、それでお前の妻は嫉妬の苦しみに耐えているのだ。だがお前は、その女たちをゴモラの町で選んだのではないときは、かならずヘブロンの羊飼いの男と夜をすごしているではないか。」そしてソドミストは、ただちに相手の男を、火と硫黄の雨で滅ぼされようとしているソドムの町へ追い返したであろう。ところが事態はまるで逆となり、告白しない隠れソドミストはことごとく逃れ去って、たとえ途中でひとりの若者を見つけてロトの妻のように振り返っ

(80) 主は「ソドムとゴモラの罪は非常に重い」とする訴えを聞き、その行状を確かめるため「二人の御使《みつか》い」をソドムにつかわした(新共同訳「創世記」一八章二〇節、一九章一節)。

(81) 原語 sodomiste. 男色、とくに肛門性交(ソドミー)をする人。現代ではふつう sodomite を用いる。

(82) アダムとイヴを追放した神は、エデンの東に智天使《ケルビム》と炎の剣を配置した(「創世記」三章二四節)。

たとしても、そのためにロトの妻のように塩の柱に変えられることはなかった。(83) その結果、逃れたソドミストの子孫はおびただしい数に増え、その子孫のあいだでこの振り返るしぐさは癖となって生き残ったのである。ふしだらな女たちが、ショーウインドーに並べて飾られた靴を見ているふりをしながら、ひとりの男子学生のほうを振り返るしぐさとそっくりである。これらソドミストの末裔は、「大地の砂粒が数えられる者がいるなら、この子孫も数えられるかもしれない」(84) という「創世記」のべつの一節を当てはめることができるほど、じつに数が多く、地上のいたるところに定着し、ありとあらゆる職業にたずさわり、どんなに閉鎖的な社交クラブにも出入りしている。それゆえあるソドミストがそこに入会を許されない場合、それは反対票の黒玉の大多数をソドミストが投じたからで、ソドミストたちは祖先が呪われた町から逃れるのを可能にした虚言を遺伝として受け継いでいて、抜け目なくソドミーを罪悪だと糾弾するのだ。この人たちがその町に戻る日がいつか来るかもしれない。たしかにソドミストたちは、あらゆる国で、オリエントふうの、教養にあふれ音楽好きで、悪口のとび交うコロニーをつくっていて、それはさまざまな魅力的な美点と耐えがたい欠点をあわせもつ。こうした人びとのすがたは、より究められた形で、本書のつづきにおいて見られるであろう。だが作者としては、致命的な誤りにさしあたり警告を発しておきたかったのである。その誤りとは、シオニズムの運動が鼓舞されたのと同じように、ソドミストの運動を起こして、ソドムの町を再建せんとするところにある。ところがソドミストたちは、そんな町へ到着しても、ソドミストだと見られないようただちにその町を離れ、ほかの都市で妻をめとり、何人もの情婦を囲うことになるうえ、そもそもほかの町ならありとあらゆるまっとうな気晴らしができる。ソドムへ行くのはどうしても必要に迫られた日だけで、自分の住まう町に人けがなくなり、背に腹はかえられないときだけである。要するにすべては、ロンドンや、ベルリンや、ローマや、ペトログラード(85)や、パリにおけるように進行するだろうということだ。

いずれにしてもその日、公爵夫人を訪ねる前の私は、そんな遠くまで見通していたわけではなく、ジュピアンとシャルリュスの交接に気をとられて、マルハナバチによる花の受精を見損なったかもしれないことを残念に思ったのである。

(83)　主がソドムを滅ぼす前にロトと妻とふたりの娘を逃がしてやるが、ロトの妻は逃げる途中、主の命令に背いて「後ろを振り向いたので、塩の柱になった」(新共同訳「創世記」一九章一六―二六節)。

(84)　主がアブラハムに子孫の繁栄を約束したことば。新共同訳では「大地の砂粒が数えきれないように、あなたの子孫も数えきれないであろう」(「創世記」一三章一六節)。

(85)　サンクト＝ペテルブルクの、本作出版時における旧称(一九一四―二四)。

ソドムとゴモラ 二

第一章

社交界におけるシャルリュス氏、――ある医者、――ヴォーグーベール夫人の特徴ある顔、――アルパジョン夫人、ユベール・ロベールの噴水、ウラジーミル大公の上機嫌、――ダモンクール夫人、シトリ夫人、サン＝トゥーヴェルト夫人など、――スワンとゲルマント大公との奇妙な会話、――電話で話すアルベルチーヌ、――私の二度目で最後のバルベック滞在に先立ついくつかの訪問、――バルベックへの到着[86]、――心の間歇。

（86）　ＮＲＦ初版、プレイヤッド版では「バルベックへの到着」と「心の間歇」とのあいだに「アルベルチーヌにたいする嫉妬」なる項目があるが、本文には該当する挿話が存在しない（井上究一郎訳注が指摘）。これを削除するＮＲＦ二一版、フォリオ版、ＧＦ版に倣う。

招待されているかも定かでないゲルマント大公妃邸での夜会に急いで駆けつける気になれない私は、外でぶらぶら時間をつぶしていた。しかし夏の日の光も、私と同様さほど急いで動こうとする気配はない。時刻はもう九時をまわっているのに、コンコルド広場の日の光はルクソールのオベリスクをバラ色のヌガーのように見せていた(87)。やがて日の光がオベリスクの色合いを変化させ、それをまるで金属のような材質へと変えてしまうと、オベリスク自体は一段と貴重なものに見えたばかりか、ますます細身になってほとんどしなうかと思われた。その貴重な宝石は、たわめることもできそうな、いや、すでに微かにねじ曲げられているような気がした。いまや空には月が出て、一部を欠くとはいえ、きれいに房《ふさ》の皮をむいたオレンジのひと房のように見える。そんな月も、しばらく経つとこのうえなく堅牢な黄金製かと見まがうばかりになる。その月の背後に哀れにもひとり身を潜める小さな星が、孤独な月の唯一の伴侶となる一方、月のほうは、この女友だちの身を守りつついっそう大胆に前に進み出ては、思わず手にする武器のように、オリエントのシンボル(88)よろしく見事な金色《こんじき》の大鎌を振りかざすだろう。

　ゲルマント大公妃の館の前で、私はシャテルロー公爵に出会った。そのときの私は、自分は招かれざる客ではないかという三十分前にはまだ私にとり憑いていた危惧を

――やがてその危惧にふたたび捕えられはするが――すっかり忘れていた。人は、べつのことに気が紛れて心配ごとを忘れてしまい、危険な時間をやりすごしてずいぶん経ってからようやくその心配ごとを想い出すことがある。私は、若い公爵に挨拶をして、館のなかにはいった。しかしここで些細な状況をひとつ書きとめておかなければならない。やがて起こるできごとを理解していただくのに役立つからである。

その夜、いや数日前の夜から、それがだれであるかには気づかず、しきりにシャテルロー公爵に想いを馳せる者がいた。ゲルマント大公妃の門衛である(当時「呼び屋《アボワイユール》」(89)と言われていた)。シャテルロー氏は、大公妃からすると――親戚のひとりではあったが――とうてい親しい間柄ではなく、大公妃のサロンに招待されたのはこれがはじめてだった。氏の両親は、十年前から仲違いしていた大公妃とほんの二週間前に和解

(87)　コンコルド広場(地図②参照)のオベリスクは、古代エジプトのルクソール神殿前に立っていた二本の記念碑のひとつ(本訳③一四六頁図8参照)。高さ約二十三メートル、バラ色の花崗岩製。エジプト総督から寄贈、ルイ=フィリップ王の指示で一八三六年に広場に設置された。「私」は、ゲルマント館(セーヌ川右岸)から、コンコルド広場を経て、左岸ヴァレンヌ通り(地図②)の大公邸(次巻で明記)へ向かったと考えられる。晩春から初夏のパリの日没は午後九時頃(現在の夏時間では十時頃)。

(88)　三日月はイスラムのシンボル。トルコの国旗(三日月に星)など多くのイスラムの場所を飾る。

(89)　原語は aboyeur「吠える人」。館の入口で到着客、劇場の出口で車を待つ客の名を大声で告げた。

したが、その夜はどうしてもパリを離れざるをえない用事があって、息子を代理に寄こしたのである。ところで数日前、大公妃の門衛はシャンゼリゼでひとりの青年と出会い、魅力的な人だとは思ったが、その身元はわからずじまいだった。その青年が、気前はよかったけれど愛想よくしてくれなかったからではない。門衛は、こんなに若い紳士にこそ示さなくてはならないと考えたあらゆる愛の証《あかし》を、むしろ紳士から受けとったのである。しかしシャテルロー氏は、軽率であったのと同じほど臆病でもあって、相手が何者かわからない以上、隠している自分の身分を明かすことはすまいと心に決めていた。もし相手の素性を知ったなら、氏はさらに大きな恐怖――ただし根拠のない恐怖――に襲われていたであろう。氏は、自分をイギリス人だと思わせるにとどめ、想いも寄らぬ快楽と施しを与えてくれた人にまた会いたくて熱心にあれこれ問いただす門衛の質問には、いっしょにガブリエル大通り(90)を歩きながら「アイ・ドゥ・ノット・スピーク・フレンチ」と答えるにとどめた。

　ゲルマント公爵は、ゲルマント＝バイエルン大公妃のサロンには――自分の従兄弟《いとこ》の母方の出自を理由にして――やはりどことなくクールヴォワジエ家の嫌みが鼻につ(91)くという素振りをしていたが、一般の人は、社交界のほかでは見られない革新性ゆえに大公妃を進取の気性に富んだ卓越した知性の持主だと評価していた。ゲルマント大公妃邸では晩餐が終わると、あとの夜会がどれほど大規模なものであっても、小人数《こにんずう》のグループをつくって必要なら互いに背を向けていられるように椅子が配置される。そうしておいて大公妃は、社交の才覚を示すべく、そこがお気に入りという顔をしてどこかのグループへ行って腰をおろす。とはいえ大公妃は、ほかのグループのひとりを選んでそばに呼び寄せることも辞さない。たとえば、べつのグループに加わって背を見せているヴィルミユール夫人の襟首がいかに美しいかをドゥタイユ氏(92)に指摘し、当然のことながら氏がそれに同意すると、大公妃はためらわず大声を出す、「ヴィルミユールの奥さま、ドゥタイユさんが画伯として奥さまのうなじに見とれていらっしゃいますよ。」ヴィルミユール夫人は、それが会話に加わるようにとの直接の誘いだと悟って、乗馬に慣れた器用な身のこなしで、椅子をゆっくり四分の三ほど回転させ、まわりの人たちをいっさい煩わせず、大公妃とほぼ向かい合わせになる。「ドゥタイユさんをご存じではありませんの?」と女主人は訊ねる。相手の夫人が巧みに慎ましくこちらを向いただけでは、女主人には不充分なのだ。「存じあげませんが、作品は

(90) シャンゼリゼ公園の北側(地図②)。祖母の発作の舞台にもなった(本訳⑥三〇四頁、同三一三頁)。
(91) 従兄弟(ゲルマント大公)の母親がクールヴォワジエ家出身であるゆえ、その権威主義が漂うの意。
(92) 当時の現存画家。図3の解説も参照。

図 3　エドゥアール・ドゥタイユ『夢』(オルセー美術館)

当時の現存画家ドゥタイユ(1848–1912)は，写実的な戦争画を得意とし，従軍した普仏戦争の場面をはじめ，ナポレオン戦争の歴史画，パリのパンテオン(地図②参照)の三幅壁画『栄光に向けて』(1902–05)などを描いた．パリ・オペラ座落成式当日の大階段を描いた画(本訳⑤ 84 頁図 7)も参照のこと．上図は 1888 年のサロンに出品されたドゥタイユの代表作で，ブーランジェ事件を機に高まった愛国心に応えた画．普仏戦争敗北の報復を期する第三共和国の新兵たちが仮眠中に見ている夢が，ぼかした筆致で空に描かれている．共和暦(革命暦)2 年に総動員された兵士たち，ナポレオン一世の大陸軍(だいりくぐん)(1805–14)，アルジェリア遠征軍(1830)の 3 軍である．ナショナリストで反ドレフュス派であったドゥタイユは，現世の栄誉に輝き，1910 年には英国王エドワード七世の依頼でグレフュール夫人(ゲルマント公爵夫人のモデルのひとり)の晩餐会に招待された．この招待は『ゲルマントのほう』で「公爵夫人がイギリス国王と王妃をもてなすレセプションにあえてドゥタイユを招いた」(本訳⑦ 196 頁)という記述に反映されている．

拝見しております」とヴィルミュール夫人は、敬意と好感のこもった、多くの人がうらやむ当意即妙の受け答えをして、呼びかけられただけでは正式に紹介されたわけではないからか、高名な画家に向けて感じとれないほどの微かな会釈をする。「どうぞこちらに、ドゥタイユさん、ヴィルミュール夫人にご紹介しますわ。」するとヴィルミュール夫人は、さきほど画家のほうを振り向いたときと同じほど器用に、『夢』(93)の画家のために席をつくってやる。ここで大公妃は、自分のために椅子を前に押しだす。実際、大公妃がヴィルミュール夫人に声をかけたのは、規定の十分間をすごした最初のグループから離れて、第二のグループに同じだけの時間を割くためのきっかけにすぎなかったのである。こうして四十五分のうちに大公妃はすべてのグループを訪ねるが、その都度、好みで出し抜けに決めた訪問に見せかけながら、なによりもその目的は、「大貴婦人がいかに客をもてなす術《すべ》を心得ているか」をごく自然に際立たせることにあった。しかし今は夜会の招待客たちが到着しはじめたときで、女主人は入口からさほど遠くないところで——背筋をのばして威儀を正し、まるで王妃のような威厳をただよわせつつ、目を独特の光でらんらんと輝かせて——美人とはいえぬふたりの妃殿下とスペイン大使夫人とのあいだに腰かけていた。

(93)　図3参照。

私は、先に到着した数人の招待客の列のうしろに並んでいた。私の真向かいに見えた大公妃の美貌は、並みいる貴婦人たちのなかで、たしかにパーティーの唯一の想い出となるほど抜きん出たものではなかった。しかし女主人としての顔には、非の打ちどころがなく、きわめて立派なメダルに彫られた顔の趣があって、私の脳裏にはこの夜会の記念になるほどの印象を残した。大公妃は、夜会の数日前、招待客たちに出会うと「おいでくださるんでしょ？」と言うのが慣わしで、その招待客たちとのおしゃべりを大そう楽しみにしているかのような口ぶりである。ところが事実はその反対で、大公妃にはなにも話すことがなく、招待客たちが目の前にやって来ても立ちあがりはせず、ふたりの妃殿下と大使夫人との空疎なおしゃべりをいっとき中断して「ご親切においでくださいまして」と礼を言うだけにとどめる。そのことばにしても、わざわざ来てくれた招待客の親切に感謝しているのではなく、ここでも自分の親切を際立たせるのが目的なのである。それから相手をただちに招待客たちの流れのなかに投げ捨てるかのように、「ゲルマント氏は庭の入口にいますから」と言い添え、相手がそちらへ出向いて自分をそっとしておいてくれるように仕向ける。相手によってはなにも言わず、自分のすばらしい縞瑪瑙《オニキス》のような目を見せるだけにとどめることさえあって、そんな応対をされた相手は、ひとえに宝石の展示会にやって来たようなものである。

私のすぐ前にいたのは、シャテルロー公爵であった。

奥のサロンから微笑んだり手を挙げたりする人たちの挨拶にいちいち応えなくてはならなかった公爵は、門衛に気がつかなかった。ところが門衛のほうは、最初の瞬間からあの人だとわかった。あれほど知りたいと願ったこの人の素性が、今にもわかるのだ。前々日の「イギリス人」にどんな名前で取りつぐべきかと訊ねた門衛は、ひたすら感激していたわけではなく、それを訊ねるのはぶしつけで気の利かないことだと思った。自分がこれから秘密をみなに暴露するような気がして(とはいえ、だれひとりなんの疑念もいだいていなかった)、こうして秘密を嗅ぎつけて公《おおやけ》にするのは罪深いことに思われたのである。招待客が「シャテルロー公爵」と答えるのを聞いた門衛は、あまりの光栄にうろたえ、しばし口が利けなかった。そんな門衛をじっと見つめた公爵は、相手がだれかを悟って万事休すかと思ったが、そのあいだに門衛はわれに返り、紋章図鑑をよく見ていたからなのか、ぱっとしない呼称を自分で勝手に補い、職業上の力強さを親密な愛情でやさしくくるんで、大声でどなった、「シャテルロー公爵殿下閣下!(94)」だが早くも私の名が告げられる番である。まだ私に気づいていない女主人に夢中で見とれていた私は、この門衛が私にとって――シャテルロー氏の場

(94) 原文 Son Altesse Monseigneur le duc de... 付加された「殿下閣下」はともに王室の成員の呼称。

合とはべつの形で——果たそうとしている恐ろしい役割のことを考えていなかった。この男は死刑執行人のような黒い服を着ているうえに、そのまわりをとりかこむ従僕の一団は、晴れやかなお仕着せに身をつつんだ屈強の男たちで、闖入者《ちんにゅうしゃ》をつかまえて外に叩きだす構えでいる。門衛から名を訊ねられた私は、断頭台につながれる死刑囚のように機械的に自分の名を告げた。門衛はすぐさま厳かに顔をあげると、私が招待されていない場合は私の自尊心を、招待されている場合はゲルマント大公妃の自尊心を、それぞれ傷つけるのを怖れた私がその名を小声で告げるよう頼みこむ暇すら与えず、館の天井を揺るがすほど勢いよく、その憂慮すべき名を叫んだ。

かの高名なハックスリー[95](この人の甥は目下イギリス文学界で卓越した地位を占めている[96])の語るところによれば、女性患者のひとりが社交界に行けなくなったのは、人から慇懃なしぐさで肘掛け椅子を勧められても、そこにしばしば老紳士の座っているのが見えたからだという。その婦人は、椅子を勧めるしぐさか、老紳士の存在か、そのどちらかが幻覚であることは承知していた。すでにだれかの座っている椅子をそんなふうに勧められることなどありえないからである。婦人は、この病いを治すにはふたたび夜会に出なくてはいけないとハックスリーから命じられたとき、親切に椅子を勧めてくれる身振りこそ現実なのか、はたまた存在もせぬ幻影に惑わされて衆人環視のなか本物の紳士の膝のうえに座るはめになるのかと、しばし深刻なためらいを覚えた。その束の間の不安は、過酷なものだった。だがそのときの私の不安ほどには深刻でなかったかもしれない。私の名が起こりうる大災害の前兆の音のようにとどろくのを聞いたときから私は、どのみち私には悪意はないと主張するために、いかなる疑念にもさいなまれていないという顔をして、断固たる態度で大公妃の前へと進み出なければならなかった。

数歩前まで近づくと、大公妃は私のすがたを認めた。しかし私がなんらかの陰謀の犠牲になったのは疑いえないと感じたのは、大公妃がほかの招待客を相手にしたときのように座ったままでいるのではなく、立ちあがって私のほうに進んできたからである。ところが一瞬後、私は安堵のため息をついた。それは、ハックスリーの患者が意を決して肘掛け椅子に座ろうとしたところ、椅子にはだれもおらず、老紳士のすがたこそ幻覚だったと悟ったときに漏らした安堵のため息と同じであろう。大公妃が微笑

(95) トーマス・ヘンリー・ハックスリー(一八二五―九五)。イギリスの生物学者、医者、哲学者。『自然における人間の位置』(六三)など多数の著作があり、ダーウィンの進化論の熱烈な支持者として知られる。

(96) 作家オールダス・ハックスリー(一八九四―一九六三)のこと。前出の生物学者の孫(「甥」ではない)。『ソドムとゴモラII』出版時、すでに詩集数冊、短編集『リンボ』(一九二〇)、小説『クローム・イエロー』(二一)を出し、一九一九年には書評でプルーストの『花咲く乙女たちのかげに』を絶讃していた。

みながら私に手を差しのべてくれていたからである。しばらく立っていた大公妃には、つぎのように終わるマレルブの詩節に特有の優雅さがただよっていた。

その嬰児らの名誉のために天使たちは立ちあがる。[97]

大公妃は、あいにく公爵夫人がまだ到着していないと詫びたが、まるで公爵夫人がいなければ私が退屈するだろうと言わんばかりだった。この挨拶の口上を言うために大公妃は私の手をとって私のまわりをぐるりと優雅に回ったので、私はその渦に翻弄される気がした。そのとき大公妃が、コティヨン[98]を先導する貴婦人よろしく、象牙製のくちばし型の握りのついたステッキとか、腕時計とかを渡してくれるのではないかと期待しかけたほどである。じつをいえば大公妃は、そんなものはなにひとつくれず、ボストン・ワルツ[99]を踊るでもなく、むしろベートーヴェンの神聖不可侵な四重奏曲を耳にしてその崇高な響きを乱すのを怖れたかのように、そこで会話を中断した。というより会話を始めもせず、ただし私がはいってくるのを認めたときの喜色満面の顔はそのままに、大公のいる場所を教えただけである。

大公妃から遠ざかった私は、もはや二度とそばに戻る気になれなかった。大公妃には私に話すことなど皆無のようであったし、じつに毅然として断頭台にあがった多くの貴婦人に劣らず高貴で、惚れぼれする長身のこの美女は、その途方もない善意をもってしても私にまさかメリッサ水(100)を勧めるわけにもゆかず、すでに二度まで口にした「大公は庭にいますから」をくり返すほかあるまいと感じられたからである。ところが私にとって大公のそばへ行くのは、私の疑念がべつの形でよみがえるのを感じることにほかならなかった。

いずれにしても、だれか私を紹介してくれる人を見つけなければならない。あたりの会話を圧倒して聞こえてきたのは、とめどなく口をついて出るシャルリュス氏のかしましいおしゃべりで、その相手は知り合ったばかりのシドニア公爵閣下である。同じ職業の人はたがいにそれとわかるものであるが、どうやら同じ悪癖の持主もそうで

(97)　フランソワ・ド・マレルブ(一五五五―一六二八)の長編詩『聖ペテロの涙』(八七)所収の「アンリ三世へのスタンス」から。ヘロデ王に虐殺された嬰児たちの昇天を謳った一句。

(98)　舞踏会のフィナーレの踊り。騎士役と貴婦人役のカップルが先導し、多種多様な踊りやゲームをしたあと、花やミニ・タンバリンなどの記念品を配布する(『二十世紀ラルース辞典』に拠る)。

(99)　ウィンナー・ワルツがアメリカに移入されてスローテンポになったもの。ヨーロッパに逆移入され(仏語としての初出は一八八〇年代)、二十世紀初頭に流行した。

(100)　メリッサ(レモンバーム)の精油に多数のハーブを混ぜた気つけ薬。一六一一年にカルメル会修道士が調合。幾多の変遷を経て、ストレス・疲労・消化不良への効用を謳って現存。

あるらしい。シャルリュス氏とシドニア氏は、それぞれただちに相手の悪癖を嗅ぎつけたようで、その悪癖とは、社交界に出ると両者とも、いかなる人の口出しも許せぬほどひとりでしゃべりつづけることである。名高いソネット(101)にも言うように、この病いにはつける薬がないと判断したふたりは、黙るのではなく、相手がなにを言おうとお構いなく一方的にしゃべりまくる決意を固めたと見える。そんなわけで、モリエールの喜劇で何人もの人物がてんでんばらばらのことを同時にしゃべるときのような(102)、がやがやいう騒音が生じていた。そもそも男爵は、持ち前のけたたましい声ゆえに自分の優位を信じてシドニア氏の弱々しい声をかき消せるものと想いこんでいるが、だからといってシドニア氏がしゅんとするわけではなく、シャルリュス氏がいっとき息をつぐとその空隙は、動じることなく弁舌を振るうスペイン大貴族のささやき声で埋められてしまう。私はゲルマント大公に紹介してほしいとシャルリュス氏に頼みたいのは山々だったが、氏が私に(当然のことながら)腹を立てているのではないかと心配していた。氏の提案を二度まで袖にしたうえ、氏があれほど優しく家まで送ってくれた夜のあとも無音《ぶいん》を決めこみ、おそろしく恩知らずな振る舞いにおよんでいたからである。とはいえ私はその言い訳として、その日の午後に目撃したジュピアンとシャルリュス氏のあいだに生じた場面を予見していたなどと言うつもりはまったくない。そんなことは予想だにしなかった。少し前になるが、シャルリュス氏にいまだ手紙の一通さえ書こうとしない怠慢を両親から叱責されたとき、たしかに私はいかがわしい提案を受けろと言うのかと両親を激しくなじった。しかしそのときの私は、ただただ腹立ちまぎれに、両親がいちばん不快に思うことばを言いたい一心で、でたらめな返答を口走ったにすぎない。実際には、男爵の提案の裏に官能的なもの、いや、愛情めいたものが潜んでいるとは想像もできなかった。私が両親にそんなことを言ったのは、ただの出まかせだったのである。しかし未来は、ときに知らぬまにわれわれのうちに棲まうものらしく、嘘八百を言ったつもりのことばが間近の現実をはっきり描き出すこともあるのだ。

　シャルリュス氏は、謝意を表明しなかったことならきっと私を赦してくれるだろう。ところが氏を憤慨させるのは、私が今夜こうしてゲルマント大公妃邸に来ている事実が、しばらく前から大公妃の従姉妹《いとこ》(103)のところへ招待されている事実と相まって、「そ

(101)　詩人フェリックス・アルヴェール(一八〇六-五〇)の『つれづれなる時』(三三)所収の「イタリア風ソネット」の冒頭、「わが魂にその秘密あり、わが生にその秘密あり／永遠の恋も一時の想い／その病いには希望なし」を踏まえる。フランソワーズ付きの従僕が手紙に引用していた(本訳⑦四九一頁と注540)。

(102)　モリエール『病は気から』二幕五場でアルガンとディアフォワリュスが同時にしゃべる場面など。

(103)　ゲルマント公爵夫人。

うしたサロンには私の口利きがなければはいれない」という仰々しい宣言(104)をあざ笑うように見えるからにちがいない。重大な過ち、償いようのない深刻な過失とも言うべきで、私は然るべき指揮系統に従わなかったのだ。シャルリュス氏としても、自分の命令に従わない者や自分が憎んだ者に向けて落とす雷《かみなり》が、そこにどれほど激しい怒りをこめようとも、多くの者からいまや張り子の虎と受けとられ、どんな相手をもどこからなりとも追い出せるだけの力をもはや持たないことは承知しているだろう。それでも氏は、衰えたりといえどもなお強大な自分の権力が、私のような新参者の目には無傷のまま維持されていると信じているのかもしれない。そう考えた私は、こうして私が出席しているだけで氏の主張への皮肉な反証に見えてしまうパーティーで、氏にものを頼むのはお門違《かどちが》いだと判断した。

　そのとき私は、かなり凡庸なひとりの男にひきとめられた。E…教授(105)である。ゲルマント一族の館で私を見かけた教授は驚いていた。私もここで教授を見かけて、それに劣らず驚いた。というのも大公妃邸でこの手の人物に出会うのは、これまでもこれから先も例がなかったからだ。教授は、最近、感染性の肺炎に倒れてすでに終油の秘跡を受けていた大公の命を救ったばかりで、この件へのゲルマント大公妃の格別の感謝がこのような慣例を度外視した招待の要因になったのである。この種のサロンにはだれひとり知り合いがなく、さりとて死の使者みたいに際限なくうろつくわけにもゆかず、私のすがたを認めた教授は、生涯ではじめて私に言うべきことが無数にあるのに気づき、これでやっと平静を装うことができると考えて私のほうへ歩み寄ってきたのだ。ほかにもうひとつ理由があった。教授は、けっして誤診をしないことを重要視していた。ところが届く郵便物の数が多いせいで、一度しか診たことのない患者の場合、その病状がはたして自分の診断どおりの経過をたどったのかどうか、かならずしも充分には想い出せなかった。読者は憶えておられるかもしれないが、祖母が発作をおこしたとき、私は祖母を教授のところへ連れて行った。教授がやたらと勲章を縫いつけさせていた夕べである。それから時は流れ、教授はそのあと送られてきた死亡通知をもはや想い出せなかったらしい。「お祖母《ばあ》さまはたしか亡くなられたのでしたね？」と私に言った声には、確信に近い気持がおもてに出て、それが微かな危惧を鎮めていた。「ああ！　やっぱり！　もっともお祖母さまを拝見した当初から、私の診断はまったく悲観的でしたね、よく憶えておりますが。」

(104)　氏は「私」に「館の門を開く鍵、「開けゴマ」」は、わが輩が握っておる」（本訳⑥二七一頁）、「私の「開けゴマ」がなければ、大公妃のお屋敷には近づくことはできん」（本訳⑦四八六頁）と語った。
(105)　発作をおこした祖母を診察して「もう助かりません」と断言した医者（本訳⑥三二四頁以下参照）。

こうしてE…教授は、祖母の死を知った、というか改めて知ったのである。ただし教授の名誉のために、ひいては医学界全体の名誉のために言っておかなければならないのは、それを知った教授がなんら満足の意を表明しなかったばかりか、もしかすると満足を感じることさえなかったことである。医者の犯す間違いは数えきれるものではない。医者はふつう、食餌《しょくじ》療法にかんしては楽天的で、結末については悲観的である。「ワイン？　ほどほどに嗜《たしな》むのなら害はありません、要するに強壮剤ですから……。肉体の快楽？　結局それも機能のひとつですから。やりすぎなければ構いません、おわかりですね。なにごともやりすぎはいけませんよ。」そう言われると病人は、奇跡的快復をもたらすはずの水と禁欲をふたつとも捨て去りたくなる！　これとは違って、心臓に異常があったり蛋白尿が出ていたりすると、そう長くはないとみなされる。重大な障害、しかも機能障害があると、えてして癌が想定される。こうなるといくら診察を受けても無駄で、不治の病いをくい止めることはできない。見放されて独力でなんとかするほかない病人が、ようやく自分に厳格な食餌療法を課して、やがて治るか、すくなくとも生き延びたとする。医者は、とうにペール＝ラシェーズに葬られたものと思っていた患者からオペラ大通りで挨拶されると、相手の帽子をもちあげる仕草を、自分をあざ笑う無礼な振る舞いだと思うだろう。二年前、なにも恐れぬ愚か者に死刑を言い渡した重罪裁判所の裁判長が、その男に目と鼻の先を無邪気に歩きまわられても、これほど腹を立てることはないだろう。概して医者というものは（もちろんすべての医者がそうだというのではなく、優れた例外のあることを頭の中から排除しないでおこう）、自分の診断が当たるのを歓ぶよりも、それが否定されるのにことさら不満といらだちを覚えるものである。そう考えるとE…教授が、自分の診断が間違っていなかったことを知ってどれほど大きな知的満足を覚えたとしても、私たち一家を襲った不幸のことは悲しみをこめてしか話せなかったのも合点がゆく。教授が会話を手短に切りあげようとしなかったのは、話していれば平静を装ってその場に残っていられるからである。私を相手にここ数日の猛暑のことを話題にした教授は、文学の素養があって正しいフランス語をしゃべることができるにもかかわらず、「この高熱(107)は辛くないですか？」と言った。これは医学が、モリエールの時代から知識の点では若干の進歩をとげたものの、語彙の点ではなんら進歩していないからだ。教授は、こうも言い添えた、「必要なのは、とくに暑すぎるサロンでは、このような天気がひきおこす発汗を避けることです。これに有効なのは、お帰りになってなにか飲み

(106)　パリの東部地区にある墓地（地図②参照）。プルーストの両親および本人もここに埋葬された。
(107)　原語 hyperthermie は医学用語で、人体の高熱を指す。気温に用いる語ではない。

たくなったときの暑気[108]でしょう。」(もちろん熱い飲みものという意味である。)

祖母が死んだときの状況に鑑みてこの問題に関心のあった私は、最近、ある優れた学者の著作で、発汗は、ほかから出すべきものを皮膚から出してしまうので腎臓によくない、という説を読んだところであった。私は、祖母が死んだときの猛暑を嘆いて、その死を猛暑のせいにしたいくらいだった。そのことをE…教授に話したわけではないのに、教授はみずから私にこう言った、「ひどく暑い天気にも長所がありましてね、発汗が多量になって、そのぶん腎臓の負担が減るのです。」医学とは厳密な科学ではないのである。

私にしがみついたE…教授が求めていたのは、ひたすら私から離れないことであった。ところが私の目には、ゲルマント大公妃の前で一歩さがったあと、右、左と、交互に足を引いて膝を折る大げさなお辞儀をしている人物が映った。ヴォーグーベール侯爵[109]である。最近、ノルポワ氏の紹介で面識を得ていた私は、この人なら館の主人に紹介してくれるのではないかと期待した。ヴォーグーベール氏が、若いときのどのようなできごとの結果として、シャルリュス氏とはソドムの国で「昵懇《じっこん》の仲」と社交界で言われる仲間内(もしかすると唯一の人)になったかは、この書物全体のバランスからしてここで説明している余裕はない。しかしテオドシウス王のもとに派遣されたフランス公使が、男爵と同様の欠点をいくつか備えていたとしても、それをごく淡く反映していたにすぎない。男爵の場合、相手を魅了したいという欲望をいだいても、軽蔑されないまでも正体を見破られるのではないかという――これまた身勝手な想いこみの――危惧をおぼえ、それゆえ共感と憎悪が交互におもてに出てしまうが、ヴォーグーベール氏のしめす共感と憎悪の交錯は、ずっと穏やかで、感傷的な、間の抜けた形であらわれた。ヴォーグーベール氏の禁欲と「プラトニックな愛情」ゆえに(大の野心家であった氏は、外交官試験を受ける年齢のときから、あらゆる欲望を犠牲にしてこの二点を守っていた)、とりわけ氏の知的無能ゆえに、そうした共感と憎悪の交錯は滑稽なものになっていたとはいえ、とにかく氏もそんな交錯をあらわにしていた。シャルリュス氏の場合、過剰な賞讃のことばが正真正銘の華麗な雄弁によって声高に発せられたかと思うと、狡猾にして辛辣きわまる愚弄のことばがそれに興趣を添え、目の前にいるのが正真正銘の男だという永久に消えない印象を相手に残すが、これに反してヴォーグーベール氏の場合、共感の表明はいかにも下らない人間や上流社交界

(108) 原語 chaleur. ふつう外気の暑さを指す。
(109) テオドシウス王訪仏を準備したフランス大使。ノルポワ氏が賞讃していた外交官(本訳③八四頁以下参照)。以下の「公使」の身分は「特命全権公使」の意で、大使の代理、または大使を兼ねる。

人士やお役人が言いそうな平々凡々たるもので、不平の表明は(男爵の場合と同じくたいていは完全なでっちあげであったが)才気を欠いた絶えざる悪意から出たもので、その悪意たるや、公使が六ヵ月前に口にし、しばらくするとふたたび口にする可能性のある言い分とつねに食い違うだけに、なおさら人びとの顰蹙を買ってしまう。このような変化のなかに認められる規則正しさは、ヴォーグーベール氏の生涯のさまざまな局面にほとんど天体の運行にも通じる詩情を与えていたが、それをべつにするとこれほど天体を想わせない人間もいなかった。

氏が私にした挨拶は、シャルリュス氏ならしたはずの挨拶とは似ても似つかぬものであった。ヴォーグーベール氏はこの挨拶に、みずから社交界と外交の流儀と信じている多くの流儀をこめたうえ、そこに騎士を想わせる、はつらつとした、にこやかな雰囲気をにじませた。それは一方では生活の楽しさを満喫しているように見せかけるためであり——内心では、昇進もせず引退の瀬戸際に追いこまれた挫折の経歴のことを想い悩んでいた——、他方では若くて男らしい魅力的な人間に見せるためであったが、魅惑にみちたものでありたいと願っている自分の顔の周囲にしわが寄って消えないのを見て、もはや鏡を見る気にもなれないでいたのだ。とはいえ氏は、実際に誘惑したいと願っていたのではなく、そんなことを考えただけで、世間のうわさになるのではないか、物議をかもすのではないか、恐喝されるのではないかと恐ろしくなった。氏が児戯に類する非行をやめて完全な禁欲生活へと移行したのは、オルセー河岸(110)に想いを馳せて大いに出世しようと考えた日以来のことで、それからは檻《おり》に入れられた動物のような表情できょろきょろとあたりを見やるが、そのまなざしには恐怖と欲望と愚鈍とがあらわれていた。氏の愚鈍たるや相当なもので、思春期の悪童たちも今や子供ではないことに想い至らないうえ、新聞売りが目の前で「ラ・プレス！(111)」と叫ぶと、正体がばれてあとをつけられたかと思って、欲情どころか激しい恐怖でがたがたと身を震わせた。

　ところが恩知らずなオルセー河岸のために快楽を犠牲にしたヴォーグーベール氏には、快楽のかわりに――そのせいで氏はなおさら人を喜ばせたいと願ったのだが――いきなり心の昂ぶるときがあった。なんら正当な根拠もなく、なんの取り柄もない青年を公使館員にするために、氏がいかに大量の手紙を送って本省を閉口させたか、どんなに個人的策略を弄したか、どれほどヴォーグーベール夫人の信用の残高をとり崩したか（夫人の恰幅のよさ、高貴な出自、男まさりの風貌ゆえに、とりわけ夫の凡庸

(110)　フランス外務省のこと（地図②参照）。
(111)　一八三六年創刊の日刊紙。大部数を誇り、バルザックなどの小説を連載。一九一八年まで存続。

さゆえに、卓越した能力をもつ夫人のほうが公使の真の職務を代行していると思われていた)、それは知る人ぞ知るである。もっとも数ヵ月後か数年後には、そのとるに足りぬ公使館員が、なんら悪意はなくても、すこしでも冷淡な態度をとったように見えるだけで、公使はもう軽蔑されたか裏切られたと想いこみ、かつて恩恵をほどこしたときと同様のヒステリックな熱意でこんどは館員を処罰しようとした。ありとあらゆる手立てを講じてその館員を本国へ送り返そうとし、本省の外交局長は毎日のように手紙を受けとった。「かような悪者をなぜいっこうに私のもとから追い払ってくださらないのか？　すこし鍛え直したほうが本人のためかと思います。あの男に必要なのは、すこしばかり赤貧の苦しみをなめることでしょう。」かくしてテオドシウス王のもとに駐在する公使館員の職はあまり快適なものではなかった。しかしこれ以外のあらゆる点においてヴォーグーベール氏は、社交人士としての申し分ない良識のおかげで、外国においてフランス政府を代表する最良の外交官のひとりであった。のちに氏に代わって、優秀と称して諸事万端に通じるジャコバン派の男が赴任すると、ほどなくフランスとこの王の治める国とのあいだに戦争が勃発した。

ヴォーグーベール氏は、シャルリュス氏と同じで、さきに挨拶するのを嫌っていた。ふたりとも相手の挨拶に「応える」ほうを好んだのは、この前に会ったときから今までに相手が自分にまつわる陰口を耳にしたかもしれないとつねづね心配していたからで、そうでなければふたりとも自分から手を差し出したであろう。私を相手にしたヴォーグーベール氏は、そんな後先《あとさき》のことを自問するまでもなかった。年齢の違いというだけのことであっても、実際、私から先に挨拶をしたからである。氏は、感激して嬉しそうに答礼をしたが、その目は、まるで食《は》むのを禁じられたウマゴヤシが両側にあるかのように落ち着きなく動きつづけている。私は、氏にはまずヴォーグーベール夫人に私を紹介してくれるように頼むのが礼儀にかなうと判断して、大公への紹介はあとで頼むことにした。氏は私を自分の妻に紹介するのだと考えると、自分のためにも妻のためにもすっかり嬉しくなったようで、確固とした足どりで私を侯爵夫人のほうへ連れて行った。夫人の前に着くと、氏は片手と両目で私を指し示して、あたうかぎりの敬意の印をあらわそうとしたが、にもかかわらず押し黙ったままで、数秒後には元気よく引きさがって、私だけを妻のかたわらに残した。夫人はすぐさま私に手を差しのべはしたが、その愛想のいい仕草をだれに向けているのかは知るよしもなかった。というのも私が気づいたように、ヴォーグーベール氏はどうやら私の名前を忘れてしまったらしく、もしかすると私には見覚えすらなく、ただし礼儀上そう言うのは

（112）　フランス革命を推進した急進的党派の意から転じて、広く強硬な共和派を指す。

憚られたので、単なるパントマイムで紹介をすませたのである。これでは私の段取りが先へ進むわけはない。私の名前さえ知らない婦人に、どうして一家の主人へ紹介してもらえるだろう？　おまけにしばらくはヴォーグーベール夫人とおしゃべりをするほかなくなった。これはふたつの点で私の気を滅入らせた。ひとつには、この夜会に長居をするつもりはなかったからで、アルベルチーヌが（切符を渡してあったボックス席で『フェードル』を観ているはずである）、夜中の十二時前に会いに来ることになっていた。たしかに私は、アルベルチーヌにいささかも惚れてはいなかった。今夜、本人を来させるのも、ただただ官能的欲望に身をゆだねるためにすぎない。もっとも、一年のうちでことのほか酷暑となるこの時期には、解放された官能はむしろ味覚の器官へと向かい、冷たいものを求めがちである。官能が渇望するのは、若い娘の接吻であるより、オレンジエードや水浴であり、眺める月までが皮をむかれ、その汁気《しるけ》で空の渇きをうるおす果物に見える。しかしながら私としては、アルベルチーヌに寄り添って——そもそも海の波の冷たさを想い出させてくれる娘である——、多くの魅力的な顔が（というのも大公妃の主催する夜会には多くの貴婦人のみならず多くの娘たちも顔を見せていた）私に残さずにはおかない未練を断ち切るつもりでいたのだ。(113)もうひとつには、恰幅のいいヴォーグーベール夫人の、ブルボン家を想わせる陰気な顔が、ちっとも魅力的ではなかったからである。

外務省では、べつに悪意をこめたわけではないが、この夫婦ではスカートをはいているのが旦那で、半ズボンをはいているのが奥さん、と言われていた。ところがこの指摘には、人が思っていた以上の真実が含まれていた。ヴォーグーベール夫人は男だったのである。ずっと以前から男だったのか、それともしだいに今のような男のすがたになったのか、それはどうでもよい。どちらの場合でも、人は自然のきわめて感動的な奇跡のひとつに立ち会っていると言うべきで、とりわけ後者の場合、人間界を植物界に似たものとする奇跡なのである。前者の仮説に立つと――ヴォーグーベール夫人は結婚前からつねにこれほどの男まさりだったと仮定すると――、自然は、悪魔のごとき慈悲ぶかい奸計をめぐらして、若い娘に、人をあざむく男の風貌を与えたことになる。こうしておくと、女嫌いでそれを治したいと望んでいる若者がいると、中央市場の強力《ごうりき》を想わせる屈強の男をわが婚約者にする口実ができて大喜びする。これとは逆の場合、つまり女が当初から男

(113) ブルボン家の王族の風貌、多くルイ十六世（在位一七七四―九二）特有の鷲鼻を指す（『グラン・ラルース仏語辞典』）。『プチ・ラルース・イリュストレ』（一九一二）から転載したルイ十六世の風貌（図4）参照。

図4

の特徴を備えていたわけではなく、夫に気に入られようとして無意識に少しずつ男の特徴を身につけた場合には、ある種の花が昆虫を惹きつけようとしてその昆虫とそっくりの外見を自分に与えるような、一種の擬態がはたらいている。自分は愛されていない、男ではないという、そんな無念の想いが女を男らしくするのである。いま検討している例を離れても、きわめて正常などれほど多くの夫婦がしだいに似てきて、ときにはたがいの長所をとり替えるに至ることに、気づかなかった者がいるだろうか？ドイツの元宰相であるビューロー大公(114)は、イタリア人女性と結婚していた。ピンチョの丘(115)で夫妻に会った人は、ついにはドイツ人の夫がイタリアふうの繊細さを身につけ、イタリア人の大公妃がドイツふうに無骨になったのに気づいたはずである。このような法則からは外れる突飛な例になるが、だれもが知るのはフランス人の高名な外交官(116)で、その名によってのみ出自が想起される、それこそオリエントで最も名高い家系である。この外交官の内には、成熟して歳をとるにつれて、想いも寄らなかったオリエント人がすがたを露わにし、そのすがたを見ているとトルコ帽さえあれば完璧なのにと残念に思うほどである。

　今しがた触れた先祖伝来のすがたが歴然としてきた大使(117)にはまるで無縁の素行に話を戻すなら、ヴォーグーベール夫人の体現していたのは、たとえ先天的なものであれ後天的なものであれ、プファルツ選帝侯の皇女(118)によって不滅のものとなった典型で、皇女はいつも乗馬服に身をつつみ、夫から男らしさ以上のものを受けとり、女嫌いの男のあらゆる欠点を共有して、うわさが好きでしたためる手紙では、ルイ十四世の宮廷の大貴族たちが互いにもつ関係をあばき立てていた。ヴォーグーベール夫人のような婦人の風貌の男性化を一段とつのらせる原因のひとつは、そんな婦人が夫から愛してもらえず、それを恥じる結果、おのが内なる女らしさを少しずつ枯渇させてゆく点

(114) ベルンハルト・フォン・ビューロー(一八四九―一九二九)、ドイツの政治家。一八八六年、カンポレアーレ(シチリア)公女マリア・ベッカデッリと結婚(ビューロー大公妃の名でサロンを主宰)。皇帝ヴィルヘルム二世の宰相(一九〇〇―〇九)、ローマ駐在大使などを務める。晩年をすごしたローマで没。オイレンブルク事件(「訳者あとがき(八)」参照)に関連して、同性愛の嫌疑を受ける。

(115) ローマの北東に位置する、街を見下ろす丘。別荘と庭園が整備され、ローマ市民の憩いの場。

(116) モーリス・パレオローグ(一八五九―一九四四)。フランス大使としてソフィア(一九〇七―一二)、ペトログラード(一九一四―一七)に赴任。プルーストの友人ロベール・ド・ビイが外交官としてソフィアに赴任中の同僚で、プルーストの書簡にも名が出る。パレオロゴス(仏語パレオローグ)家は、十一世紀に遡るビザンチンの名家で、東ローマ帝国最後のパレオロゴス王朝(一二六一―一四五三)を統治した。

(117) 五行前の「フランス人の高名な外交官」(モーリス・パレオローグ)を指す。

(118) ルイ十四世の弟フィリップ一世(女装を好み、寵臣を愛する男色家)の二度目の妻となったオルレアン公爵夫人(一六五二―一七二二)。モンテーニュなどを愛読する教養人。男まさりのでっぷりした醜女《しゅうじょ》であることを自認、宮廷の内幕を暴露する膨大な手紙を残した(本訳⑦四二九頁と注461参照)。

にある。そうした婦人たちは、夫の持たないさまざまな美点や欠点まで身につけるに至る。夫がますます軽薄になり、いっそう女性化して、一段と遠慮がなくなるにつれて、夫人のほうは本来なら夫が実行すべきさまざまな美徳を体現して、魅力のない肖像のような存在になるのだ。

恥辱や倦怠や憤慨の痕《あと》が、ヴォーグーベール夫人の端正な顔を曇らせていた。悲しいことに私は、夫人が興味と好奇心をいだいて私をまじまじと見つめているのを感じた。どうやら私のことをヴォーグーベール氏が気に入りそうな若者、夫が歳をとって若者を愛するようになった今では夫人自身がそうなりたいと願わずにはいられない若者のひとりと見ているらしい。夫人は、まるで田舎の婦人たちが、流行のブティックのカタログを見て、そこに描かれた美人(実際にはどのページにも同じ人物が出てくるのだが、ポーズを変えて多様な衣装を着ているとべつの女性がたくさん描かれているように錯覚する)によく似合うテイラードドレスと同じ恰好をしたいと夢みるときのように、注意ぶかく[119]私を見つめている。そのときヴォーグーベール夫人を私のほうへ惹きつける植物的な力が強すぎたのか、夫人はついには私の腕を握って、オレンジエードを飲みに行きましょうと言った。しかし私は、もうすぐ帰らなければならないのにまだ館の主人に紹介してもらってもいない、と言い訳をして解放してもらった。

館の主人が数人の客とおしゃべりをしている庭への入口は、私からそう遠くないところにあった。ところがその距離は、そこへゆき着くには絶えざる砲火をくぐり抜けなければならないとき以上に、私には恐ろしいものに思えた。

私を紹介してくれそうな婦人たちの多くは庭にいて、すばらしい夜会だと昂奮しているふりをしながら、そのじつなにをしていいのかわからないでいた。この種のパーティーは、たいてい期日前に開催された予行演習のようなもので、翌日、招待されなかった人たちの注意を惹くまでは、まるっきり現実味を欠いている。真の作家は、多くの文士につきもののばかげた自尊心など持たないから、つねに自分をことのほか褒めたたえてくれていた批評家の文章を読んでいて、ほかの凡庸な作家たちの名は引き合いに出されているのに自分の名が出ていないことに気づいても、そんなことに驚いて拘泥している暇はない。書くべき本が自分を待っているからである。ところが社交界の婦人は、なにもすることがなく、「フィガロ」紙に「昨日、ゲルマント大公夫妻は盛大な夜会を開催した、云々」という記事が出ているのを見ると、思わず「なんてこと！　三日前にマリー＝ジルベールと一時間もおしゃべりをしたのに、あの人、なにも言わなかったわ！」と声をあげ、いったいどんなことでゲルマント大公夫妻の機

（119）植物に備わる、水分を求める力。

嫌を損ねたのかと頭を悩ます。ただし大公妃主催のパーティーにかんするかぎり、ときには招かれた人たちが、招待されなかった人たちと同じほど驚くこともあった。というのもパーティーはまるで降って湧いたかのように開催され、ゲルマント大公妃が何年も忘れていた人たちにお呼びがかかるからだ。それに社交人士はたいていつまらぬ人間であるから、同類の士を評価するときにだれもが考慮するのは相手の好意の度合いだけで、招かれると大好きになり、排除されると大嫌いになる。何年も忘れられていた人たちのことに戻ると、実際、大公妃がたとえ親しい人でも招かない場合、しばしばその原因は、その人を追放処分にした「パラメード」の機嫌を損ねるのではないかと心配したからであった。すると大公妃はきっと私のことをシャルリュス氏には話さなかったはずだ、さもなければここには招待されていなかっただろう。いまや氏は庭を前にして、ドイツ大使のわきで、館のなかへ通じる大きな階段の手すりに肘をついていたから、まわりに男爵を崇拝する三、四人の婦人が集まってそのすがたをほとんど覆い隠していたとはいえ、招待客たちは男爵の前に出て挨拶せざるをえなかった。男爵はその挨拶に、いちいち相手の名前を挙げて応えている。つぎからつぎへと「こんばんは、デュ・アゼーさん、こんばんは、ラ・トゥール・デュ・パン＝ヴェルクローズの奥さま、こんばんは、ラ・トゥール・デュ・パン＝グーヴェルネの奥さま、こんばんは、フィリベール、こんばんは、お親しい大使夫人」などと言う声が聞こえてくる。そんな甲高い声がつづき、それが中断されるのは好意的な忠告なり質問なりが挟まれるときで(氏はそれにたいする相手の返事などには耳を傾けない)、そのときだけシャルリュス氏の口調は、穏やかになり、無関心を示すためにわざとらしくなり、温厚なものになった。「小さなお嬢さんが風邪をひかぬよう気をつけてください、庭はいつも少しばかり湿気がありますから。こんばんは、ブラントの奥さま。こんばんは、メクランブールの奥さま。お嬢さんはいらしてますか？　あのバラ色のすてきなドレスをお召しで？　こんばんは、サン＝ジェラン。」このような氏の態度には、たしかに高慢なところがあった。シャルリュス氏は、このパーティーで自分が卓越した地位を占めるゲルマントの一員であることを自覚していた。しかし氏の態度には高慢なところがあったのみならず、このパーティーという語自体が、氏のような美的才能に恵まれた人間にとっては、それが社交人士の館で開催されるのではなくカルパッチョやヴェロネーゼの画のなかに描かれた場合のように、好奇心をそそる、豪華絢爛な意味を想起させたのである(120)。いや、それよりもむしろ、ドイツの王族でもあったシャルリュス氏(121)は『タンホイザー』でくり広げられる祝宴を想いうかべ、自分が辺境伯になったつもりで、ヴァルブルク城の入口で招待客のひとりひとりに親切な優しいことばをかけている気になっていたようで、そうなると城や庭園へはいってゆく招待客たちの流れを迎えるのは、有名な「入場行進曲」の何度も何度もくり返される長いフレーズなのである[122]。

しかし私としては、そろそろ心を決めなくてはならない。木陰にはたしかに多少とも面識のある婦人たちのすがたが認められるが、その婦人たちはすっかり別人に見える。婦人たちが公爵夫人邸でザクセン焼きの皿の前に座っているのではなく、大公妃邸でマロニエの枝の下に座っているからだろう。その場のエレガンスなど、この変化をどうすることもできない。たとえこの場のエレガンスが「オリヤーヌ」のところよりずっと劣っていたとしても、私は同じ困惑をおぼえたであろう。われわれのサロンでも、電気が消えて代わりに石油ランプを灯すはめになれば、すべてが一変して見える。そんなためらいから私を抜け出させてくれたのは、スーヴレ夫人[123]である。「こんばんは」と夫人は私のそばに来て言った、「ゲルマント公爵夫人にはずいぶん長いことお会いになっていらっしゃらないでしょ?」夫人はこの手の言いかたに、ただ無意味にそれを口にしているのではないことを示す抑揚をつけるのに長《た》けていて、その点で、なにを話していいのかわからず、しばしばひどく漠然とした共通の知人を引き合いに出して何度でも声をかけてくる人たちとは違っていた。それどころか夫人は、まなざしを導線としてこんな意味を伝えるすべも心得ていた、「あなたがどなたかは承知していますよ。ゲルマント公爵夫人のところでお会いした若いかたでしょ、よく憶えていますわ。」ところが、ばかげたものに見えながら繊細な意図を秘めたさきの文言が私に差しのべてくれた保護の手は、残念なことにじつにはかないもので、私がそれにすがろうとしたとたんに消え失せた。スーヴレ夫人は、有力者への口利きをするときには、頼んだ人の目にはその人を推薦しているように見えると同時に、有力者の目にはその人を推薦していないように見えるべく仕向けるすべも心得ていて、この二重の意味をになう仕草によって、依頼者には感謝の貸しをつくりながら、有力者にはなんの借りもつくらないのだ。この貴婦人の格別の厚情に勇を鼓《こ》して私がゲルマント大公にご紹介いただけませんかと頼んだところ、夫人は、館の主人のまなざしがこ

(120) パーティーの原語 fête は「祝典」「祝宴」の意。カルパッチョの連作『聖女ウルスラ伝』の求婚使節団歓迎セレモニー(本訳①三八一頁注218、同④五四六頁図40参照)や、ヴェロネーゼの大作『カナの婚宴』(ルーヴル美術館)には、盛期ヴェネツィアの貴族たちの豪華な祝典が描かれている。

(121) 氏の父親は先代のゲルマント公爵。ゲルマント家の祖先はしばしばバイエルン出身とされる。

(122) 「入場行進曲」は『タンホイザー』二幕四場、チューリンゲン方伯(「辺境伯」ではない)主催の歌合戦のためにヴァルトブルク城(「ヴァルブルク城」ではない)で貴族たちを迎える場面で演奏される。

(123) パルム大公妃の友人で、オリヤーヌが絶対に招待しなかった婦人(本訳⑦二四四—四五頁参照)。

ちらを向いていない瞬間をとらえ、母親のようにやさしく私の両肩をかかえると、あちらを向いていて夫人を見ることなどできない大公の顔に微笑みかけながら、私を大公のほうへ押しやったが、その動作は、庇護すると見せかけて効果なきを狙ったもので、私はなんの成果も得られず、出発点とほとんど変わらぬ状態に捨ておかれた。社交人士の卑劣さとは、このようなものである。

私の名前を呼んで挨拶にやって来た婦人の卑劣さは、これ以上にひどいものであった。私はその婦人とことばを交わしながら、婦人の名前を想い出そうとした。晩餐会で同席したことも、婦人の言ったこともよく憶えている。ところが婦人の想い出が蓄えられている内面の地帯へいくら注意を凝らしても、そこにくだんの名前を見出すことはできない。だが名前はそこにあるはずだ。わが思考は、その名前を相手に一種のゲームを開始し、なんとか名前の輪郭をとらえ、その最初の文字を見つけ、その全貌を明らかにしようとしたが、それは徒労であった。名前の大きさや重さはだいたいの見当がつくものの、その形となると、内面の闇にうずくまる不可解な囚われ人にこれぞと思う形をあてがっても、「これではない」と思うばかりである。私の精神は、たしかにどんなに難しい名前でもつくり出すことができる。だが残念ながら、つくり出すのではなく、再現しなければならないのだ。精神のいかなる活動も、現実に従わなくていいのであれば、いずれもたやすいものであろう。この場合、私はなんとしても現実に従わざるをえない。ようやく一挙に、その名前の全体がやって来た、「アルパジョン夫人」だ。やって来た、というのは正確ではない。その名前が、自分自身の推進力によって私の前にすがたをあらわしたとは思えないからである。また私は、この婦人にかんするさして重要ではない多くの想い出にたえず助太刀を求めていたが(たとえば私は「ほら、スーヴレ夫人の友人で、ヴィクトル・ユゴーについて、じつにおめでたい賞讃をするかと思えば、身の毛もよだつ恐怖と嫌悪をおぼえるあの婦人だよ」(124)といった激励のことばをかけて助太刀を求めていた)、私と名前のあいだを飛びかうそうした想い出が、どんな形にせよその名前を浮かびあがらせるのに役立ったとは思われない。人がある名前を見つけ出そうとする際に記憶のなかで演じられるこの大がかりな「かくれんぼ」では、一連の諸段階を経て相手へと近づくわけではない。なにも見えない状態がつづいたあと、不意に正確な名前があらわれるが、それは見当をつけていた名前とはまるで違っているのだ。名前がわれわれのほうにやって来たのではない。そうではなく、われわれは暮らしてゆくにつれ、名前のはっきり見える地

(124)　アルパジョン夫人(ゲルマント公爵の元愛人)は、ユゴーの作は「あふれんばかりの想像力」を備えると褒める一方、「ロシア語かシナ語」かと思うほど「意味不明」だと言った(本訳⑦三二一頁)。

帯から時間をかけて遠ざかってゆくものらしく、それにもかかわらずいきなり薄暗がりを突き抜けたように明確に見えるようになったのは、意志と注意力を鍛えたおかげで私の内なる眼力がひときわ鋭くなったからだと思われる。いずれにせよ忘却と想起とのあいだに多くの移行段階が存在するとしても、その移行段階は意識されない。というのも本当の名前を見つけるまでに通過したさまざまな途中の名前は、どれもこれも間違っていて、われわれをなんら本当の名前に近づけてくれないからである。それらは厳密に言えば名前とも呼べないしろもので、たいていは正しい名前には出てこない子音などの集合体にすぎない。もっとも、無から現実へと至るこの精神のはたらきはきわめて不思議なもので、その間違った子音の集合体にしても、結局、われわれに正しい名前を捉えさせるために前もって不器用に差しのべられた助け船だという可能性だってある。「そんなことをくどくど聞かされても」と読者は言うだろう、「問題の婦人がどんな点で不親切なのか全然わからない。作者よ、あなたがこんなにも長々と脱線して先に進まぬからには、読者としてもあなたの時間をあと一分だけつぶさせて、こう言わせていただきたい、そのときのあなたのような若さで(主人公はあなたではないのなら、あなたの主人公のような若さで)これほどもの覚えが悪く、よくご存じのご婦人の名前すら想い出せないとは困ったことではないか。」いかにも、読者よ、これは困ったことだ。おまけにこの事態は、思考の明晰な地帯からすべての名前やことばが消え失せ、いちばん親しかった人たちの名前を自分につぶやくことすら永久に諦めざるをえない、そんな時の到来を予告しているように感じられて、あなたが思っておられる以上に悲しい事態なのである。よく知っている人たちの名前を想い出すのに若い時分からこんなにも苦労しなければならないとすれば、いかにも困ったことだ。しかしこのような記憶障害が、あまり親しくない人たちの名前、忘れても至極当然で、わざわざ苦労して想い出す気にもならない名前の場合にのみ生じるのであれば、そんな記憶障害にも御利益《ごりやく》がないわけではない。「へえ、どんな御利益で？」さてさて、読者よ、それは病気のみが、それなくしては知ることのできぬ仕組みに気づかせ、それを学ばせ、分析させてくれるからである。毎晩ぐったりベッドに倒れこみ、目覚めて起きるまで死んだように眠る人は、睡眠について、大発見とはいわないまでも少なくとも小さな指摘をしようと一度でも考えるだろうか？　自分が眠っていることさえほとんど自覚していないのではないか。睡眠のありがたみを悟り、睡眠という闇をいくらかでも解明するには、多少の不眠は無駄ではない。欠陥のない記憶は、さまざまな記憶現象の研究をうながす非常に強力な刺激剤とはなりえないのだ。「で、結局、アルパジョン夫人はあなたを大公に紹介してくれたんですかい？」そうではなかったが、つべこべ言わず、私に話のつづきを語らせてくれたまえ。

　アルパジョン夫人はスーヴレ夫人よりもずっと卑怯なマネをしたが、その卑怯には、はるかに弁解の余地があった。夫人は、社交界ではつねづね自分になんの力もないことをわきまえていた。夫人の力は、ゲルマント公爵と関係を持ったことでさらに弱まり、公爵に捨てられたのが致命傷となった。大公に紹介してほしいという私の頼みを聞いて不機嫌になった夫人は、沈黙を決めこみ、おめでたいことにその沈黙で私の言ったことが聞こえなかったふりができると想いこんだらしい。自分が怒りのあまり眉をひそめていることにすら気づかなかったようだ。もしかすると気がついていたのかもしれないが、そんな矛盾など意に介さず、そのしかめ面でもって、あまり不躾《ぶしつけ》にならない形で私に遠慮せよとの教訓を垂れたのかもしれない。つまり、もの言わぬ教訓、それでいてやはり雄弁な教訓である。

　そもそもアルパジョン夫人は、たいそうご機嫌斜めであった。多くの人の目がルネサンス様式のバルコニーのほうを見あげていて、そのバルコニーの角から、たいていこの時期にはそこにとりつけられていた巨大な彫像のかわりに身をのりだしているのが、その彫像にも劣らぬ彫刻美を備えた華麗なシュルジ＝ル＝デュック公爵夫人(125)で、バザン・ド・ゲルマントの心のなかでアルパジョン夫人にとって替わったばかりの女性だったからである。夜の冷気を防ぐためにまとった白いチュールの薄物の下のしなやかな身体は、飛びたつ勝利の女神(126)かと思われた。私はもはやシャルリュス氏に頼るほかなかったが、氏は階下の、庭に通じる部屋にひっこんでいた。私は心おきなく（シャルリュス氏が見せかけのホイスト(127)の勝負に熱中しているふうを装い、招待客など目にはいらぬふりをしていたからだ）、芸術的にわざとシンプルにこしらえた氏の燕尾服を眺めて感嘆することができた。仕立屋でなければ見抜けないちょっとした工夫のおかげで、その燕尾服にはホイッスラーの黒と白の「ハーモニー(128)」のような趣があった。いや、黒と白と赤、というべきかもしれない。というのもシャルリュス氏は、燕尾服の胸飾りのところに、マルタ騎士団の騎士がつける白と黒と赤の七宝の十字架(129)を幅広のリボンにつけて吊していたからである。そのとき男爵の勝負は、甥のクールヴ

(125)　公爵の新たな愛人で「侯爵夫人」として言及あり（本訳⑦三二四頁）。このあとも「侯爵夫人」。

(126)　公爵が好むとされた『サモトラケのニケ』（本訳⑦二九五頁参照）と同様、勝利の女神は有翼。

(127)　イギリス発祥のトランプゲーム。十八―十九世紀に流行した。ブリッジの原型とされる。

(128)　ホイッスラーの肖像画（本訳④四三頁図5「灰色と緑色のハーモニー」、同三六三頁注307「グレーとピンクのハーモニー」を参照）に使われたタイトルを想わせる。この一節はタイプ原稿では「ホイッスラーの母親の衣装のように黒地に白」（『灰色と黒のアレンジメント――母の肖像』への暗示）。ホイッスラーが描いたロベール・ド・モンテスキウの肖像のタイトルは『黒と金色のアレンジメント』。

ォワジエ子爵を連れてきたガラルドン夫人(130)によって中断された。この甥は、きれいな目鼻立ちの、生意気そうな顔をしている。「ねえ、お従兄《にい》さま」とガラルドン夫人は言う、「甥のアダルベールを紹介させてくださいな。アダルベール、ほら、有名なパラメード叔父さまですよ、おうわさはいつも聞いてるでしょ。」「こんばんは、ガラルドンの奥さま」とシャルリュス氏は答える。そして青年には見向きもせずに「こんばんは、ムッシュー」と言い添えた口調が無愛想で、その声が無礼きわまりないものだったので、みなは仰天した。ことによるとシャルリュス氏は、ガラルドン夫人が自分の品行に疑念をいだいていること、それを一度ほのめかさずにはいられなかったことを承知していて、その甥に愛想のいい応対をすれば夫人から尾鰭《おひれ》をつけてあることないこと言われかねず、それをきっぱり断ち切ると同時に、若者への無関心を派手に見せつけておこうとしたのかもしれない。あるいはこのアダルベールなる男が、叔母のことばに充分うやうやしい態度で応えたと氏には思われなかったのかもしれない。あるいは、この感じのいい親戚の若者にはあとで言い寄ろうと心に決め、あらかじめ先制パンチを見舞ってことを有利に運ぼうとしたのかもしれない。君主たちが外交交渉をはじめるのに先立ち、まずは軍事行動に出て交渉を有利に進めようとするのに似る。

　大公に紹介してほしいという私の依頼をシャルリュス氏に聞き入れてもらうのは、

思ったほどむずかしいことではなかった。一方では、ここ二十年ほど、このドン・キホーテはじつに多くの風車と格闘し（たいていは失敬な振る舞いをしたと男爵の主張する親戚たちが相手だった）、ゲルマント家のだれそれは「とうてい招待できぬ人間」だからその館には招待されてはならぬとあまりにも頻繁に言い渡してきたので、そう言われた親戚の者は、自分の大好きな人たち全員と仲違いするはめになるのではないか、興味を覚えた何人かの新顔とも死ぬまでつき合えないのではないかと怖れて、義兄弟ないし従兄弟のこんな雷鳴のごとき不可解な怨恨《えんこん》に同調していたら、いずれ妻も兄弟も子供も捨てよ[131]と言われかねないと心配していた。ところがゲルマント家のほかの人たちよりも頭のいいシャルリュス氏は、自分の除名処分が二度に一度しか守られ

(129) マルタ騎士団への加入は貴族の名誉で（本訳⑦五〇九頁注553参照）、シャルリュス氏もその一員（同五〇八頁）。紋章のマルタ十字架は、十字の先が二つに割れて尖る。十六世紀の騎士がかけたマルタ十字架（『二十世紀ラルース辞典』から転載の図5）参照。

(130) ゲルマント公爵夫人の従姉妹で、クールヴォワジエ一族のひとり（本訳②三一四頁、同⑦二二一頁参照）。

(131) イエスのことば、「父、母、妻、子供、兄弟、姉妹を、更に自分の命であろうとも、これを憎まないなら、わたしの弟子ではありえない」（新共同訳「ルカによる福音書」一四章二六節）を踏まえる。

図5

ていないことに気づき、将来を見越して、いつか自分自身が排除される日の来ることを怖れたのだろう、小を捨てて大に就くようになった。俗にいう自分を安売りするようになったのである。おまけに氏は、大嫌いな相手なら何ヵ月でも何年でもひどい目に遭わせる能力を持ちあわせていたが――そんな相手には人が招待状を出すことを許さず、その邪魔をする人の肩書きなど氏にはものの数ではなかったから、それがたとえ王妃でも、まるで人足《にんそく》みたいに格闘したであろう――、それにもかかわらずあまりにも頻繁に怒りを爆発させるので、その爆発はかなり断片的なものになるほかなかった。「ばか者、とんでもない悪党だ！　身のほどを思い知らせてやる、下水のなかに掃き捨ててやる、申し訳ないが街の衛生に無害というわけにはいかんぞ」と氏がどなるのは、たとえ自宅にひとりでいても、手紙を読んで無礼だと思ったり、だれかの告げ口を想い出したりしたときである。しかし第二のばか者があらわれて新たな怒りにとらわれると、前の怒りは消え失せ、最初の男がほんの少しでも敬意を示すと、その男にかき立てられた激怒は、憎悪を築く土台になるほど長つづきはせずに忘れ去られてしまう。このような事情ゆえに私は――氏が私にたいして不機嫌になっていたにもかかわらず――大公に紹介してほしいと氏に頼みこんだとき、まんまと氏の同意をとりつけることができたのかもしれない。ところが私は、気がとがめたのか、氏の後ろ盾を頼りに強引に割りこんで居座ろうとする不届き者と受けとられないよう、こう言い添えてしまった、「いえ、ご夫妻のことはよく存じています、大公妃にはずいぶん親切にしていただきました。」「ほほう、そんなにご存じなら、どうして私があなたを紹介する必要があるんです？」氏はつっけんどんな口調でそう答えると、私に背を向け、教皇大使、ドイツ大使[132]、私の知らない名士の三人を相手に、見せかけのホイストの勝負を再開した。

そのとき、かつてエギュイヨン公爵[133]がめずらしい動物を飼っていた庭の奥から、大きく開け放たれたいくつもの扉越しに私のところまで、鼻をくんくん鳴らす音が聞こえてきた。多くのエレガンスの粋《すい》を嗅いで、なにひとつ逃すまいとする、そんな音が近づいてきたので、念のため音のするほうへ歩み寄ると、耳元で「こんばんは」とささやいたのはブレオーテ氏[134]だった。そのことばは、刃のこぼれたナイフを研ぐときの

(132) 世紀の変わり目に教皇庁派遣駐仏大使を務めた(一八九九—一九〇四)のはベネデット・ロレンツェッリ(一八五三—一九一五)。世紀末の駐仏ドイツ大使はゲオルク・ヘルベルト・ツー・ミュンスター伯爵(一八二〇—一九〇二)。

(133) 十七世紀以来の名門貴族。一番有名なエギュイヨン公爵はルイ十五世時代の軍人・政治家エマニュエル＝アルマン・ド・ヴィニュロ・デュ・プレシ(一七二〇—八八)。本篇のタイプ原稿には「十八世紀にエギュイヨン＝ゲルマント公爵が博物学者としての好奇心から庭で育てさせたキジや、異国のカモや、クジャク」とあり(プレイヤッド版に拠る)、同公爵をゲルマント家の祖先とした構想が窺われる。

くず鉄の立てる音に聞こえたのではなく、まして耕作地を荒らすウリ坊の叫び声に聞こえたはずもなく、救世主になりうる人の声に聞こえた。氏はスーヴレ夫人ほどの権勢家ではないけれど、夫人のようなおそろしく面倒見の悪い人ではなく、アルパジョン夫人よりもずっと親しく大公と口が利けるうえ、ゲルマント家の人たちのあいだで私が占める地位について、幻想をいだいているかもしれないが、もしかすると私自身よりも精通しているかもしれない。私としても最初はひとしきり、氏の注意を惹くのにいささか苦労した。というのも氏は、鼻孔をひろげ、鼻の粘膜の小突起をひくひくさせながら四方八方に顔を向け、まるで目の前に無数の傑作が展示されているかのようにものめずらしげに、片メガネ越しに目を見開いていたからである。それでも私の頼みを聞くと氏は、私を大公のほうへ連れてゆき、まるでプチ・フールを勧めてうまいですよと皿を渡すときみたいに、型どおりの通俗的なやりかたで私を大公に紹介した。ゲルマント公爵の応対が、本人がそうしようと思いさえすれば愛想よくなり、友だちづきあいの気配を帯び、和気あいあいとして親しげであるのにたいして、大公の応接は、堅苦しく、厳粛で、高慢なものに思われた。大公はほとんど微笑みもせず、いかめしく私を「ムッシュー」と呼んだ。公爵が従兄弟の尊大な態度をあざ笑うのを私はしばしば耳にしていた。しかし大公が私に言った最初のことばは、その冷ややかさと生真面目さからしてバザンのことば遣いと好対照をなすものであったが、ただちに私は、根っから横柄なのは、最初の訪問を受けたときから「対等に」話しかける公爵のほうで、ふたりの従兄弟のうち本当に気取らないのは大公のほうだと悟った。私は大公の慎みのなかに、はるかに立派な感情を見出したのだ。それは大公には想いも寄らないものであるからとうてい平等の感情とは言えないが、すくなくとも目下の者に払うことのできる敬意である。これはどんなに階層化された社会にも見られることで、たとえば裁判所や大学で、自分の高い職責を自覚した検事総長や「学部長」が示す伝統的な尊大さのなかには、ずっと現代的な人たちのひょうきんな友だちづきあいに含まれる以上の、真の気取りのなさが隠されているもので、その検事総長や学部長といっそう親しくなると、さらに多くの親切心や、真の率直さや、親愛の情が隠されていることがわかる。「あなたもお父上と同じキャリアの道を歩まれるおつもりですか？」と大公は、よそよそしいが関心をあらわにした口調で訊ねた。それがただの好意によるご下問だと悟った私は、その質問に手短に答え、大公が新たな到着客を迎えられるようにその場を離れた。

スワンのすがたが見えたので私は話しかけようとしたが、そのときゲルマント大公

(134) 前巻で「私」がゲルマント公爵邸において晩餐をともにしたスノッブな貴族。雑学の大家。

が、その場でオデットの夫の挨拶を受けるのではなく、まるで吸い上げポンプのような力でただちにスワンを庭の奥のほうへひっぱって行った。それは「あの男を追い出すためだ」と言った者さえ何人かいた。

　社交界のなかにはいりこんで気が散っていた私は、翌々日の新聞を読んでようやく、夜会のあいだじゅうチェコ(135)のオーケストラが演奏をしていたこと、刻々とベンガル花火が打ちあげられていたことを知った。そんな私がいくらか注意力をとり戻したのは、有名なユベール・ロベールの噴水(136)を見にゆこうと考えたときである。

　噴水と同じほどに古い立木が何本もある立派な樹林に囲まれた空き地に、ぽつんと離れて植えられた観のある噴水は、遠くから見ると、すらりとして微動だにしない固体のように感じられ、そよ風に揺れるのは、はるかに軽く青白く震えて、羽根飾り(137)のように垂れさがる先端だけかと思える。十八世紀は、このエレガントな輪郭をごく洗練されたものに仕上げはしたが、吹きあげの型を固定してその生命を止めてしまったように思われた。これだけ離れていると、それが水とは感じられず、むしろ芸術作品を前にしている印象を受ける。てっぺんにたえず湧きあがる湿った雲にしても、まるでヴェルサイユの宮殿のまわりに集まる雲のように、その時代の性格を維持しつづけている。ところが近くで見ると、古《いにしえ》の宮殿の石材のようにあらかじめ引かれた図面を忠実に再現していながら、つねに新しく吹きあがる水は、建築家の昔の指示に従おうとしながら、それに背くように見えることでしかその指示を正確に実現することはできない。飛び散る無数の飛沫《しぶき》だけが、遠くから見てひたすら一挙に吹きあげている印象を与えるからである。一挙に吹きあげるといっても実際には、散乱して落下するのと同様に頻繁に中断しているのだが、遠くの私には、曲げることもかなわぬ緻密な隙間のないものが連続しているかに見えるのだ。一本の線に見えるこの連続した水は、少し近寄ると、吹きあげのどの高さにおいても、砕けそうになると、その横に並行して吹きあげる水があらたに戦列に加わることによって保持されていることがわかる。この並行する吹きあげは、最初の吹きあげよりも高くあがるが、さらなる高みがすでにこの第二の吹きあげにとって重荷になると、こんどはそれが第三の吹きあげへと引

（135）　ボヘミア・モラヴィア・シレジア三地方を指す。チェコスロバキア共和国の成立は一九一八年。

（136）　大公邸の噴水は、前巻でオリヤーヌが「それに噴水でしょ、それはもう、パリのなかにヴェルサイユがあるみたい」と予告していた（本訳⑦五二九頁）。ユベール・ロベールは十八世紀の造園家、画家。サン＝クルーの大噴水の画が「コンブレー」に出てきた（本訳①九八頁、同一〇一頁図4参照）。

（137）　原語 panache. 何本もの羽根を集めた飾り。兜の上や、ベッドや聖体行列の天蓋などにつけた。図6は十七世紀の移動天蓋の羽根飾り（『二十世紀ラルース辞典』から転載）。

図6

き継がれる。もっとそばで観察すると、力を失った水滴の群れは、水柱から落ちてくる途中で、上昇してくる水滴とすれ違い、ときにはぶつかって砕け散り、たえまなく吹きあげる水にかき乱された空気の渦のなかに巻きこまれて宙を舞ったあと、水盤のなかに崩れ落ちる。これらの水滴は、まっすぐに張りつめた水柱にたいして、ためらいがちに逆方向へ落ちてゆくことで水柱の邪魔をするとともに、おだやかな蒸気となって水柱をぼかしている。水柱はそのてっぺんに、無数の小さな水滴からなる細長い雲をいただき、変わることのない金褐色で描かれたかに見えるその雲は、全体としては壊れず動かずにいるが、そのじつ急速に上へと伸びあがって、空の雲の仲間となる。あいにくその雲は、一陣の風が吹くだけで、斜めに地上へと送り返されてしまう。ときには吹きあげられた水が、指示に従わず横にそれることがあり、適当な距離をとらず不用意に見とれている群衆は、すっかりびしょ濡れになってしまう。

そんな罪のないアクシデントは、ふと一陣の風の立つとき以外はめったに起こらないが、たまたまそんなアクシデントの一例がかなり不愉快な結果をもたらした。アルパジョン夫人は、小耳に挟んだうわさから、ゲルマント公爵が——実際にはまだ到着していなかった——シュルジ夫人といっしょにバラ色の大理石の回廊にいるものと想いこんでいた。その回廊に向かおうとしたアルパジョン夫人が、水盤の縁石《ふちいし》から立ちあがる二列の列柱《コロネード》のあいだの空間を通って行こうと列柱のひとつにさしかかったとき、あたたかい風がさっと強く吹いて噴水をねじまげ、この美女を水浸しにした。水は、肌もあらわなデコルテからドレスのなかへ流れこみ、夫人は湯船に浸かったみたいにずぶ濡れになった。そのとき、夫人からさして遠からぬところで、ずいぶん大きな声がとどろいた。まるで全軍に聞こえるほどの大音声《だいおんじょう》であったが、間《ま》を置いて響いたせいか、軍の全体にではなく各部隊に順ぐりに発せられたように聞こえた。それは水に浸かったアルパジョン夫人を見てウラジーミル大公(138)が腹をかかえて大笑いした声で、のちに大公は、あれは生涯で遭遇したいちばん愉快なできごとのひとつだと好んで語ったという。思いやりのある何人かが、このモスクワの人に、あの婦人にひとこと慰めのことばをかけてやるべきではないか、とうに四十の坂を越しているのに、だれの助けも借りずスカーフで身体を拭きながら、からかうように水盤の縁石を濡らしている水の災禍をなんとか切り抜けようとしているのだからと指摘すると、心根のやさしい大公は、ぜひともそうしてやらねばなるまいと思ったのだろう、軍隊ふうにとどろく最後の笑い声がやっと鎮まったとたん、さらに耳を聾する新たな大音声が聞こえて

(138) ロシア大公ウラジーミル・アレクサンドロヴィチ(一八四七―一九〇九)。皇帝アレクサンドル二世の三男。近衛兵司令官など軍の要職に就く。芸術の庇護者で頻繁にパリに滞在、大音声で知られた。

きた。「ブラボー、おばあさん！」と大公は、劇場でやるように拍手して叫んだのである。アルパジョン夫人は、自分の若さではなく手際のよさを褒められて、気分を害した。水の音で話し声がよく聞こえなかったにもかかわらず、そのとき、水の音を制してとどろいた殿下の怒鳴り声に気づいた人から、「大公殿下があなたに何かおっしゃったようですよ」と言われた夫人は、「とんでもない！　あれはスーヴレ夫人におっしゃったのですわ」と答えた。

私が庭を横切って階段をあがると、大公がスワンとともに皆の前から姿を消していたせいか、そこではおのずとシャルリュス氏のまわりに招待客の人だかりができていた。ルイ十四世がヴェルサイユに不在のときには、王弟の「ムッシュー」(139)のところに大勢の人が集まったのに似ている。私は通りがかりに男爵に呼びとめられたが、そのとき後ろからふたりの婦人とひとりの青年が男爵に挨拶をしようと近づいてきた。

「嬉しいですな、ここでお会いできるとは」と男爵は私に手を差しだして言った。

「こんばんは、ラ・トレムイユの奥さま、こんばんは、あなた、エルミニーさん。」

しかしおそらく男爵は、ゲルマント一族の館では自分がボスの役割を果たしていると私に言ったことを想い出して、自分の気に入らぬことを阻止できなかった場合でもその事態に満足しているふうを装おうとしたのだろうが、いかにも大貴族らしい遠慮のなさと、ヒステリー患者みたいに昂奮する人の陽気さゆえに、その満足の意はただちに皮肉という形をとった。「嬉しいですが」と氏はことばを継いだ、「しかしなんたってひどく滑稽な事態ですな。」そう言って氏は呵々大笑《かかたいしょう》したが、その笑いは氏の歓びをあらわしていると同時に、人間のことばではその歓びを表現できない無力を証明しているかに思われた。そのあいだにも何人かの招待客は、シャルリュス氏がいかに容易には近づけない人物であるか、またいかに無礼きわまる「罵倒」をするに似つかわしい人物であるかを心得ていて、好奇心に駆られて近寄ってきては、失敬なまでに慌てふためき一目散に逃げだした。「まあ、そう腹を立てなさんな」と氏はやさしく私の肩に手をかけて言う、「わかるだろう、私があなたを愛していることくらい。こんばんは、アンティオッシュ、こんばんは、ルイ＝ルネ。噴水は見ましたね？」と氏が私に訊ねた口調は、訊ねているというより確認しているようだった。「ずいぶんきれいでしょう？　じつにすばらしい。もちろん、余計なものをいくつか取り払えば、もっとよくなるかもしれん、そうなるとフランスには並ぶものなしだ。だが、あのままでもすでに最高級のものでしょう。ブレオーテなら、照明ランプを多数とりつけたのが玉に瑕《きず》だと言うだろうが、それはこのばかげたアイデアを出したのがブレオーテ本

(139)　宮廷で「ムッシュー」は王弟を指した。オルレアン公フィリップ一世(一六四〇—一七〇一)。男色家。

人だということを忘れさせる魂胆ですぞ。だが結局ブレオーテにしても、あれを醜悪にしたといってもほんのわずかのことだ。傑作というのは、創りだすよりも、台なしにするほうがはるかにむずかしいものでね。もっともすでに私たちも、ブレオーテにはユベール・ロベールほどの力量はないとうすうす気づいてはいたが。」

　ふたたび私は、館にはいる招待客の列に並んだ。「私のすてきな従姉妹《いとこ》[140]にはずいぶんお会いになっていらっしゃらないのでしょうか？」と大公妃は私に訊ねた。さきほど入口で座っていた肘掛け椅子をあとにしてきたらしく、私はその大公妃に従ってサロンに戻った。「従姉妹は今夜来るはずです、午後に会いましてね」と女主人は言い添える、「来るって約束しましたから。それにあなた、イタリア王妃[141]主催の晩餐会には私どもふたりとご一緒してくださいますね、大使館で、木曜日に。ご都合のつく殿下や妃殿下はみなお集まりになるでしょう、ずいぶん気おくれがしますわ。」大公妃は、殿下や妃殿下などに気おくれするような人間ではなく、そのサロンは殿下や妃殿下であふれているうえ、「うちのコーブルク[142]たち」と言うときは「うちのワンちゃんたち」と言うときと同じ口調だった。それゆえゲルマント大公妃が「ずいぶん気おくれがします」と言ったのは単なる軽口で、社交界人士にあってこの軽口は、虚栄のことばよりずっと幅を利かせている。大公妃は、自分自身の家系図にかんして、歴史の教授資格者《アグレジエ》(143)が持つほどの知識も持ちあわせなかったが、自分の知り合いについては、その人たちにつけられたあだ名に通じていることをしきりに誇示しようとした。ラ・ポムリエール侯爵夫人はしばしば「ラ・ポム」(144)と呼ばれていたが、その夫人邸で翌週に開かれる晩餐会にはいらっしゃいますかと私に訊ねて、私が行かないと答えると、大公妃はしばし沈黙した。それから、ひとえに聞きかじりの知識と、月並みな考えと、世智への同調とをひけらかす以外になんの理由もなく、こう言い添えた、「なかなか感じのいいかたですよ、ラ・ポムは！」

大公妃が私と話しているあいだに、ちょうどゲルマント公爵夫妻がはいってきた。しかし私は当初ふたりを出迎えには行けなかった。その途中でトルコ大使夫人(145)につかまったからである。夫人は、私がそばを離れたばかりの女主人を指すと、私の腕をつ

(140)　オリヤーヌのこと。
(141)　モンテネグロ王女エレナ（一八七三—一九五二）のこと。一八九六年に後のイタリア王ヴィットーリオ・エマヌエーレ三世（在位一九〇〇—四六）と結婚し、イタリア王妃となる。
(142)　ドイツ中部ザクセン＝コーブルク＝ゴータ公国（一八二六—一九一八）の「殿下」（本訳⑦五一四頁で大公妃邸の常連として公爵が言及）。とりわけゲルマント公爵夫人が「私どもの従兄弟《いとこ》」と称するブルガリア大公フェルディナンド（一八六一—一九四八）がそのひとり（同⑦四〇八頁と注420参照）。
(143)　国家試験で与えられる高等中学校《リセ》で最高位の教授資格。一八〇八年に創設され、現在に存続。
(144)　原語 la Pomme は「リンゴ」の意。

かんで大声で言った。「なんとまあ、すてきなかたでしょう、大公妃は！　どなたよりも格段に優れたかたですね！　もしも私が男でしたら、」と夫人は、オリエントふうのいささか下品な、官能的快楽への嗜好をあらわにしてつけ加える、「この世のかたとは思えないほどすてきなあの女性に生涯を捧げますわ。」私は、大公妃はたしかに魅力的な人だと思うが、その従姉妹の公爵夫人のほうをもっとよく知っていると答えた。「でも比べるのは無理ですわ」と大使夫人は言う、「オリヤーヌは、メメやババル(146)から才気を学んでいますが、それにひきかえマリー＝ジルベールは、これはもう大人物ですから。」

私は、自分の知り合いについて自分で考えるべきことを他人からこうして反論の余地なく指摘されるのは、あまり好きになれない。それにゲルマント公爵夫人の価値についてトルコ大使夫人が私よりも確かな評価をくだせるという根拠はなにもない。おまけに、これも大使夫人にたいする私のいらだちの説明になるが、単なる知人の欠点、いや友人の欠点でさえ、われわれにはまさしく正真正銘の毒となるけれど、幸いなことにわれわれはその毒に「免疫」を備えている。私はいかなるものであれ科学的な比較の体系をここで提示する気はないし、アナフィラキシー(147)を持ちだすつもりもないが、われわれの単なる社交上のつき合いにも友人との関係にも一種の敵意が潜んでいるもので、それは一時的に沈静化していても発作的にぶり返す。相手が「自然な」態度でいるかぎり、ふだんこの毒にあてられることはめったにない。トルコ大使夫人が、自分の知り合いでもない人のことを「ババル」とか「メメ」とか呼んだせいで、ふだんなら夫人を我慢できる存在たらしめている「免疫」作用がいきなり途切れてしまったのだ。私は夫人にいらだちをおぼえたが、それは不当なことであった。夫人がそんな言いかたをしたのは、「メメ」と親しい間柄であると信じこませようとしたわけではなく、にわか仕込みの知識でこうした貴族たちをそう呼ぶのがお国のしきたりだと信じた結果にすぎないからである。夫人は数ヵ月のあいだに初歩的な経験を積みはしたが、段階をふんで全課程を学び終えたわけではないのだ。しかしよくよく考えてみた私は、大使夫人のそばにいると不愉快になるのには、もうひとつべつの理由があることに気づいた。それほど以前のことではないが「オリヤーヌ」のところで、この同じ外交官夫人が、然るべき根拠のありそうなまじめな顔で、ゲルマント大公妃はまったく虫が

(145)　ゲルマント公爵邸での夜会で、リュクサンブール大公の妻の祖父は「粉ひき」(本訳⑦四三〇頁)だとか、公爵には「娘を預けても危険はないが息子は託せない」(同四三四頁)とか語った夫人。
(146)　それぞれシャルリュス男爵とブレオーテ氏の愛称。
(147)　注射、ハチ毒、食物によって起こる、過剰で重篤なアレルギー反応。一九〇二年初出の新語。

好かないと私に言ったことがあったからだ。しかし私は、こうした意見の急変などには拘泥しないほうがいいと考えた。今夜のパーティーに招待されたことが、夫人のこの豹変をもたらしたからである。大使夫人が私にゲルマント大公妃は卓越した女性だと言ったとき、その気持はまったくうそ偽りのないものだった。夫人はつねづねそう考えていたのだ。ところがこれまで大公妃邸に招待されたことがなかったので、こうした招待漏れにたいしては原則として意思表示の意図的棄権という形で応えるべきだと思ったのであろう。今やこうして招待され、今後もきっと招待される見込みになって、はじめて夫人の共感は自由に表明されたのである。われわれが他人についていだく大多数の意見の要因を説明するには、なにも恋の恨みとか、政権からの締め出しとかを持ちだす必要はさらさらない。人の評価など、畢竟《ひっきょう》あやふやなもので、その人から招待されたかされなかったかで決まるようなところがある。おまけに私と連れだってサロンを見てまわったゲルマント公爵夫人に言わせると、トルコ大使夫人は、「よくしてくれる」人であった。なかんずく、うんと重宝がられる人らしい。社交界の正真正銘のスターたちは、もう社交界に出るのにうんざりしている。だからそんなスターをなんとしてもひと目見たいと思う人は、往々にして、そのスターがほとんどひとりで暮らしている地球の反対側にまで移住せざるをえなくなる。しかしオスマン帝国の大使夫人のように社交界に出入りしてまだ間もない婦人たちは、社交界のいわば至るところで目立たずにはいられない。この婦人たちは、この種の夜会とか大パーティーとか呼ばれる興行には欠席するどころか、瀕死の状態でも連れて行ってもらおうとする便利な人たちである。パーティーには熱心に欠かさず出席してくれる、つねに当てにできる端役なのだ。それゆえ愚かな若者たちは、これが偽りのスターであるとはつゆ知らず、この婦人たちこそ粋の女王だと想いこむ。そんな若者たちに、連中の知るよしもない女性で、社交界から身を退《ひ》いてクッションに絵を描《か》くのに凝っているスタンディシュ夫人(148)が、いかなる根拠ですくなくともドゥードーヴィル公爵夫人(149)に匹敵する大貴婦人であるかを説明するには、講義が必要なくらいだ。

　ふだんの暮らしでは、ゲルマント公爵夫人の目はぼんやりとして、いささか憂鬱そうである。夫人は、だれか友人に挨拶のことばを言わなければならないときだけ、そ

(148)　スタンディシュ夫人（一八四七—一九三三、旧姓名エレーヌ・デ・カール）はモンテスキウ伯爵の従姉妹でグレフュール夫人の親友。エドワード七世の皇太子時代の愛人。プルーストは「七年任期時代（マク＝マオン大統領の任期）の貴婦人」と呼んだ（一九一二年五月のロベール・ド・ビイ宛て書簡）。

(149)　ドゥードーヴィル家は、名門貴族ラ・ロシュフーコー家の分家（ゲルマント家との関係を公爵が暗示、本訳⑦四一四頁）。ドゥードーヴィル公爵ソステーヌ（一八二五—一九〇八）は正統王党派。夫人はポリニャック大公家のヨランド（一八五五没）、再婚相手はリーニュ大公家のマリー（九八没）と、いずれも名門の出。

の都度わが目に機知の明かりを輝かせるので、まるでその友人自身がなにか才気あふれることばであり、しゃれた警句であり、料理にうるさい人にとってのご馳走であると言わんばかりで、それを賞味した通人の顔に繊細な歓びの表情があらわれるかのごとき事態である。しかし大がかりな夜会ともなると夫人はあまりにも多くの人に挨拶をしなければならず、挨拶を終えるたびに明かりを消していたら疲労困憊するのは目に見えている。文学の通人であれば、演劇界の大御所の新作を観るために劇場に出かけるときは、つまらぬ一夜になるはずはないという確信を顔にあらわし、座席案内係に持ちものを預けながら、すでに口元には洞察を秘めた微笑みの用意を、思慮深いまなざしには皮肉っぽい賞讃の用意を整えている。それと同じで公爵夫人も、到着したとたん、夜会のあいだじゅう灯しつづける明かりをつける。そしてティエポロ(150)ふうの華麗な赤の夜会用コートを渡して、首枷《くびかせ》さながらに首を覆うルビーの首飾《カルカン》(151)りをあらわにし、社交界の貴婦人らしくおのがドレスに、仕立屋のような素早くて念入りで万全な最後の一瞥を投げかけると、オリヤーヌは身につけた他の宝石に劣らず自分の目もきらめいていることを確かめるのだ。ジューヴィル氏をはじめ数人の「一言居士《いちげんこじ》」が、公爵のもとへ飛んできて、サロンにはいるのを止めようとしたが無駄であった、「おや、ご存じないんですか、気の毒なママ(152)が危篤なのを？　今しがた終油の秘跡が授けられたそうです。」「知っておる、知っておる」と答えたゲルマント氏は、邪魔者を押しのけて中にはいろうとする。公爵は「臨終の聖体拝領がとびきりの効果をあらわしたのだ」と言い添え、大公邸の夜会のあとでなんとしても出ようと心に決めている舞踏会のことを想うと、その楽しみに頬がゆるんだ。「私どもはパリに戻っていることを知られたくなかったのですが」と公爵夫人は私に言った(153)。ちらっと会ったオリヤーヌから出席するという約束を得ていたと大公妃が私に語ったことで、この公爵夫人の発言は前もって否定されていたが、公爵夫人はそんなこととは想いも寄らなかったのだ。公爵は、長いこと睨みつけて五分間も妻を困らせたあと、「あなたのご心配はオリヤーヌに話しておきましたよ」と私に言った。その心配には根拠のなかったことがわかり、その心配を解消するための口利きをいっさいする必要がなくなった今、公爵

(150) ヴェネツィアの画家(一六九六－一七七〇)。ピンクや赤などパステルふうの色調を特色とする。

(151) 昔の囚人を縛りつけた首枷のように首全体を覆う金や宝石の首飾り。十四世紀末から十七世紀にかけては襟の一部をなした。『二十世紀ラルース辞典』から転載した図7を参照。

(152) 公爵の従兄オスモン侯爵アマニアンの愛称。危篤の報は、本訳⑦五〇九－一〇頁参照。

(153) 公爵も午後、夫人が席を外しているとき、「私」に同じことを言っていた(本訳⑦五一一二頁参照)。

図7

夫人は、それこそばかげた心配だと言って私を長々とからかった。「とんでもないお考えですこと、あなたが招待されていないなんて！　いつだって招待が来ているでしょ！　それに私という者がおりましたでしょ、私の力では従姉妹のところへ招待させることはできなかっただろうとでもお考えで？」　夫人がこのあとも頻繁に私のためにもっと骨の折れる数多くの尽力をしてくれたことは、言っておかなければならない。それでも私は、夫人のことばを私が遠慮しすぎているという意味に受けとらぬよう注意した。貴族が愛想のよさを示すときに口に出したり黙して語ったりすることばの正確な意味を、私もそろそろ心得るようになっていた。この愛想のよさは、それが向けられる相手の劣等感を慰めてくれるありがたいものであるが、さりとて劣等感を完全に払拭するには至らない。そうなると愛想のよさにもはや存在理由がなくなるからである。「だってあなたは私どもと対等なのですよ、私どもより上だとはいわないまでも」とゲルマント夫妻は、あらゆる行動によってそう告げているように思われた。しかし夫妻がおよそ考えられるかぎり最もやさしい口調でそう告げるのは、自分たちが愛され賞讃されるためであって、それを真《ま》に受けてもらうためではない。この愛想のよさが虚構であると識別できる人、それが夫妻のいう育ちのいい人で、この愛想のよさを真に受けるのは育ちが悪いのである。おまけにほどなくして私が受けた教訓は、貴族の愛想のよさのある種の形態が持ちうる広がりと限界とをこのうえなく正確に私に教えてくれた。それはモンモランシー公爵夫人(154)がイギリス女王のために催した午後のパーティーでのことである。立食パーティーの部屋にはいるのにちょっと行列のようなものができていて、その先頭を女王がゲルマント公爵に腕をあずけて進んでいた。私が到着したのは、そんなときである。公爵は空いているほうの手で、すくなくとも四十メートルは離れたところから、何度も私に呼びかける友愛の合図をして、その合図は私に、心配せずに近寄ってもいい、サンドイッチのかわりにとって食うようなひどい目には遭わせない、と告げているように見えた。しかし宮廷のことば遣いに上達しかけていた私は、一歩たりとも近づかず、四十メートル離れたところから、ろくに知らない人を相手にそうするように、深々とお辞儀だけして笑みは浮かべず、ついで反対側へと歩みをつづけた。私がたとえ傑作を書くことができたとしても、ゲルマント夫妻はこの挨拶ほどには褒めたたえなかったであろう。私のこの挨拶は、この日に五百人以上の人に答礼をしなければならなかった公爵の目にとまったばかりか、公爵

(154) 名門貴族モンモランシー公爵家は、アダルベール・タレーラン＝ペリゴール(一八二七—一九一五)の母親で途絶えたが、アダルベールは一八六四年にナポレオン三世からモンモランシー公爵の称号を授かっていた。ゲルマント公爵がこの経緯を説明している(本訳⑦五四八頁と注608参照)。

夫人の目にもとまり、その公爵夫人は私の母に出会ったとき、そのことを話しはしたものの、私が間違っていて近づくべきだったとは言わず、夫は私のお辞儀に感心していた、お辞儀にあれほど多くのことを含ませるのは不可能だ、と言ったのである。夫妻はたえずこの挨拶にありとあらゆる美点を見出したが、とはいえ、そのいちばん大切に思われた美点、すなわちその挨拶が慎みぶかいものであったという美点には触れず、また私自身をたえず褒めたたえたが、その賛辞は過去の行為への褒美というより、むしろ将来のための指図であると私は悟った。ちょうど学校の校長が、それとなく生徒たちに匂わせるこんな指図を想わせた、「生徒諸君、くれぐれも忘れないように、これらの賞は諸君のためというよりも、来年もまた諸君を当校へ通わせてくださるご両親のために与えられるものですよ。」そんなわけでマルサント夫人などは、自分の交際社会にべつの世界の人間がはいってくると、その人間の前で慎みぶかい人たちのことを「呼びに行くと見つかるが、それ以外のときには忘れられている人だ」と褒めそやした。いやな臭《にお》いのする召使いに、風呂にはいるのが健康に一番いいと言って遠まわしに注意するようなものである。

ゲルマント公爵夫人がまだ玄関の間《ま》にいて、私がそこで夫人と話をしていたとき、これから先もけっして間違えずに識別できる特徴のある声が聞こえてきた。この場合それは、シャルリュス氏と話しているヴォーグーベール氏の声である。臨床医には、診察している病人がシャツをたくしあげる必要もなく、また病人の呼吸音に耳を傾ける必要もなく、その声を聞くだけで充分な場合がある。このあと私は、どこかのサロンにいて、そんな男の声の抑揚や笑い声にハッとしたことが何度あるだろう。その男としては、それでも自分の職業に見合うことば遣いや自分の交際範囲の人たちのものの言いかたをそっくり真似たうえで、厳格な気品なり、なれなれしい下品なりを装っているのだが、調律師の音叉のように訓練された私の耳には、その男の調子はずれの声を聞くだけで「シャルリュスの仲間だ」とわかるのだ！　そのとき、ある大使館の職員一行が通りかかり、シャルリュス氏に挨拶をした。問題にしているこの種の病いを私が発見したのはその日(シャルリュス氏とジュピアンを目撃したとき)にすぎないけれど、私が診断をくだすには、あれこれ問診や聴診をする必要はなかっただろう。ところがヴォーグーベール氏は、シャルリュス氏と話をしていながら、確信が持てないように見えた。とはいえ氏は、思春期のときの疑念を払拭して、どう対処したらいいのか心得ていて然るべきであった。倒錯者は、自分のような男は世界中でたったひとりだと想いこむが、ずっと後になると——これまた極端ではあるが——唯一の例外はむしろ正常な男だと想像するにいたる。ところが野心家でありながら小心者のヴォーグーベール氏は、もうずいぶん前から、氏にとって快楽となりえたはずのものに身を委ねてはいなかった。キャリア外交官の経歴が、氏の生活に修道院にはいったのと同様の効力をおよぼしたのである。この経歴に加えて、政治学院の授業に熱心に通いつめたせいで、氏は二十歳のときからキリスト教徒のような純潔を守っていた。したがってヴォーグーベール氏は、どんな感覚も使わずにいると力強さと活発さを失って萎縮するのと同じで、文明人がもはや穴居時代の人間と同じような力仕事や鋭敏な聴覚の行使ができないように、シャルリュス氏にはめったに欠けることのない特殊な洞察力を喪失していたのだ。それゆえこの特命全権公使は、パリでも外国でも公式の宴会のテーブルについているとき、正装に身をつつんでいながら内実は自分と同類である者をもはや識別できないでいたのである。シャルリュス氏は、同じ嗜好の持主として自分の名を挙げられると憤慨したが、他人のその嗜好ならいつも面白がって言いふらしたので、そのシャルリュス氏が口にした数人の名前は、ヴォーグーベール氏にうっとりするほど快い驚きをもたらした。長い歳月を経たあとで、いまさらその僥倖を利用しようと考えたからではない。そうではなくて、こうした名前の速やかな暴露は、ラシーヌの悲劇においてジョアスがダビデの一族であることをアタリーやアブネルに教えたり(155)、王妃の座にあるエステルにはユダ公の血が流れていることを明かしたりする[156]暴露にも似て、X国の公使館や外務省のある部局の様相を一変させ、これらの公館を事後的にエルサレムの寺院やスーサの玉座の間《ま》と同じほど神秘的なものたらしめた。揃ってシャルリュス氏の手を握りにきた若い大使館員たちを見て、ヴォーグーベール氏は『エステル』でこんな声をあげるエリーズのように感嘆のていであった。

　おお、なんと多くのけがれなく美しい乙女らが
　群れなしてわが目にあらわれ、四方八方から出てくることか！
　その顔にはなんと愛らしい恥じらいが描かれていることか[157]！

ついでもっと「教えて」もらいたくなったヴォーグーベール氏は、うすら笑いを浮かべながら、シャルリュス氏に問いかけるような間の抜けた好色の目を投げかけた。

(155)　ラシーヌ『アタリー』で、異端の神を信奉するアタリーは、ダビデ一族を皆殺しにして権力を握るが、匿《かくま》われていたダビデ王家の生き残りのジョアスにやがて復讐されて殺される。ジョアスを匿って育てた大祭司ジョアドは、土壇場（五幕五場）でジョアスの身分をアタリーとアブネルに暴露する。

(156)　ユダヤの出自を隠してペルシャ王妃となったエステルは、ユダヤ人撲滅計画を知って自分の出自を王に打ち明ける（ラシーヌ『エステル』三幕四場）。「ユダ公の」youpin は、ユダヤ人蔑視の形容詞。

(157)　ラシーヌ『エステル』一幕二場で、エステルの腹心エリーズが語るイスラエルの民の娘たち。

「だって、当然でしょ」とシャルリュス氏は、無知蒙昧の輩に語りかける学者のような、博識を鼻にかける口調で言った。するとただちにヴォーグーベール氏は(これにシャルリュス氏はひどくいらいらした)、老練な常習犯たる駐仏X国大使がでたらめに選んだわけではないこの若き書記官たちからもはや目を離さなくなった。ヴォーグーベール氏は黙して語らず、私にはそのまなざしが見えただけである。しかし子供のときから黙っているものにも古典のせりふを貸し与えるのを慣わしにしている私は、モルデカイが信奉する宗教への熱意から王妃のそばには同じ宗教を奉じる娘だけを配置したと、エステルがエリーズに説明することばを、ヴォーグーベール氏の目に言わせようとした。

しかし叔父上のわれらが民への愛は
この宮殿にシオンの娘たちを住まわせ給い、
運命に翻弄されしうら若き花々は、
我と同じく異国の空のもとに移植された。
世俗の人の目から離れたところで育てるべく、
叔父上(優れた大使)は力を尽くし意を用いる。(158)

ヴォーグーベール氏は、目にものを言わせるだけではなく、とうとう口を利いた。「とうてい言えませんね」と氏は憂鬱そうに言う、「私の駐在する国では同じことがないなんて？」「たぶんあるでしょう」とシャルリュス氏は答える、「テオドシウス王をはじめとして。もっともあの人にかんしてはなにも確かなことは知りませんがね。」「まさか！　とんでもない！」「だったらあれほどそれらしい様子をするわけがない。それに少々気取りますしね、あの人は。ほら、「あらまあ、あなた[159]」のたぐいを使うでしょ、私がいちばん忌み嫌う言いかたですよ。あんなのといっしょに通りを歩く気にはとうていなれんよ。もっとも、あれがどんな男だか、あなたはよくご存じでしょう、この点じゃ非常によく知られてる人ですから。」「あのかたについて、とんでもない思い違いをしておられます。それに感じのいいかたです。フランスとの協定が調印されたとき、王さまは私を抱擁してくださいました。あんなに感動したことはありません。」「そりゃ、あなたの望みを言ってやる好機でしたな。」「まさか！　なんてこと

(158)『エステル』一幕一場。原文はエステルの一人称のせりふ。プルーストは主語を叔父モルデカイ（仏語マルドシェ）に変更し、そこに「優れた大使」ヴォーグーベールの心情を重ね合わせた。

(159) 原文 ma chère. スノッブな女性化した呼びかけ。ここは同性愛者の「オネエことば」を暗示。

を！　ぞっとします、あのかたに少しでも疑われたりしたら！　でもその点、私には心配はありませんが。」すぐそばにいて聞こえてきたこのことばに、私は心のなかでこう朗唱せずにはいられなかった。

王はこの日まで私が何者かご存じなく、
この秘密にかぎり私の口はつねに閉ざされる。(160)

なかば無言、なかば口に出されたこの対話は、わずかの時間しかつづかず、私がゲルマント公爵夫人とともにサロンを見てまわろうと二、三歩あゆみだしたとき、褐色の髪のひときわ美しい小柄な婦人が公爵夫人を呼びとめた。
「お目にかかりたいと思っておりましたの。ダヌンツィオ(161)がボックス席からあなたをお見かけしまして、T…大公妃に宛てた手紙のなかで、あんなに美しいかたを見たことはないと書きました。ダヌンツィオはあなたと十分でもお話しできるのなら命をなげうってもいいと書いています。たとえ会えない、会いたくないとおっしゃられましても、いずれにしても、その手紙はいまや私のものになりました。ですからお会いいただける日取りを決めてくださいまし。ここでは申しあげられない内密のこともいくつかございます。あなたは私のことがおわかりでないようですね」と婦人は私に向けて言い添えた、「パルム大公妃のところでお目にかかりましたわ(私は大公妃邸へ一度も行ったことがなかった)。ロシア皇帝はあなたのお父上がペテルブルクに派遣されるのをお望みです。もし火曜日にいらっしゃるのでしたら、イズヴォリスキー(162)も来ていますので、その件もあなたにお話しになるでしょう。ねえ、あなたに差しあげるものがございますの」と婦人はこんどは公爵夫人のほうを向いてつけ加える、「あなた以外のどなたにも差しあげない品でございます。イプセン(163)の三つの戯曲の自筆原稿で、本人がつき添いの老看護人に持たせて届けてくれたものなのです。ひとつだけ手元に残して、あとのふたつを差しあげますわ。」

ゲルマント公爵は、こうした申し出をあまり喜ばなかった。公爵にはイプセンやダ

(160)『エステル』一幕一場。エステルが自分の出自を王に打ち明けられないと言うせりふ。

(161)ガブリエーレ・ダヌンツィオ(一八六三—一九三八)、イタリアの作家。債権者を逃れて移り住んだパリ(一九一〇—一四)で、ドビュッシーとの合作音楽劇『聖セバスティアヌスの殉教』(一一)を発表。これを鑑賞したプルーストは「台本がひどく退屈」と書く(一一年五月二十三日のレーナルド・アーン宛て書簡)。

(162)アレクサンドル・イズヴォリスキー(一八五六—一九一九)、帝政ロシアの外交官、政治家。英露関係の強化に尽力。駐仏大使を務め(一九一〇—一七)、ロシア革命後もフランスにとどまり同地で没。

(163)ヘンリック・イプセン(一八二八—一九〇六)、『人形の家』で知られるノルウェーの劇作家。一九〇〇年に脳卒中で執筆不能になる。プルーストは高く評価していた(本訳③二八三—八四頁と注250参照)。

ヌンツィオが死んだのか生きているのか判然としないうえ、作家や劇作家が何人も妻を訪ねてきて、妻を自作に描こうとするのが目に浮かんだ。えてして社交人士は、本というものを一つの面だけ取り払われた立方体のように考えがちで、作者は出会った人たちを大急ぎでそのなかへ「ぶちこむ」のだと想像する。それはもちろん卑怯なやり口で、作家なんてろくでもない連中だ。そんな連中に「ことのついでに」会っておくのはたしかに楽しいことかもしれない。会っておけば、本や新聞雑誌への寄稿文を読むときに作家の「手の内」がわかって「仮面をはぐ」ことができる。とはいえいちばん賢明なのは、つき合いを死んだ作者にとどめておくことだ、と考える。ゲルマント氏が「申し分なくまっとうな人」とみなしていたのは、「ゴーロワ」紙(164)の死亡記事の担当者だけである。すくなくともこの男は、公爵が記帳をした葬儀では「とりわけ」著名とされる参列者の筆頭にゲルマント氏の名を挙げるだけにとどめてくれる。自分の名前を掲載されたくないときは、公爵は記帳するかわりに故人の家族にお悔やみ状を届けて哀悼の意をあらわす。もしも新聞に「届いた弔意の手紙は、ゲルマント公爵をはじめ、云々」と出た場合、それは遺族の計らいであり、該当欄の担当者が悪いのではなく、故人の息子か兄弟か父親がやらせたことだとわかり、公爵は今後その人たちとはつき合わないことに決める（このことを公爵は、成句の意味もよく弁えぬまま「ひと悶着《もんちゃく》ある」(165)と呼んでいた)。それはともかく公爵は、イプセンやダヌンツィオの名やふたりの生死の不確かなことに眉をひそめたが、私たちのかなり近くにいたので、ティモレオン・ダモンクール夫人の多岐にわたる親切なことばを聞かないわけにはゆかなかった。美貌のみならず才気にも惚れぼれとする魅力的な女性で、その美貌と才気のどちらか一方だけでも人気を博したにちがいない。ところが夫人は、現在の暮らしとはまるで異なる階層の出で、はじめ憧れていたのは文学サロンだけで、つぎつぎ友人にしたのはもっぱら大作家で――とはいえ夫人はじつに品行方正でけっしてその愛人にはならなかった――、どの作家からも自筆原稿をそっくり譲りうけ、自分のために本を書いてもらったので、ふとしたことでフォーブール・サン＝ジェルマンに出入りするようになったとき、この文学的特権が役に立ったのである。いまや夫人は、社交の席に出ているだけでわが身から放たれる恩恵のほかになんの恩恵も与える必要がないほどの地位を獲得していた。しかし昔から如才なく手管を弄してあれこれ世話をやくのに慣れていたので、もはやその必要がなくても依然としてそうしていたのだ。どんなときでも夫人は、なんらかの国家機密を教えてやったり、さる大立

(164)　保守派日刊紙(本訳④五二七頁注406)。ゲルマント家の葬儀参列者を報じる(同⑦二一一頁参照)。
(165)　「ひと悶着ある」avoir maille à partir は「もめごとになる」の意。「つき合わない」の意味はない。

者を紹介してやったり、巨匠の水彩画を贈ったりできた。このような自分になんの利益ももたらさない魅力には、たしかに多少の虚偽も混じってはいたが、しかしそんな魅力のおかげで夫人の人生は華々しい紛糾の絶えぬ一篇の喜劇となったのであり、夫人の尽力で多くの知事や将軍が任命されたのも紛れもない事実であった。

ゲルマント公爵夫人は私と並んで歩きながら、その目から発する紺碧《こんぺき》の光を自分の前の虚空にぼんやりと漂わせ、知り合いになりたくない人たちがいると、ときに遠くからその危険な暗礁を察知して避けようとした。招待客のつくる二列の垣根のあいだを私たちが進んでゆくと、招待客たちは自分が「オリヤーヌ」と近づきになることはけっしてないのを心得ていて、せめて妻にオリヤーヌを拝ませてやろうと、まるで珍しい品でも見せるようにこう言う、「ユルシュル、早く、早く、ゲルマント夫人を見においで、あの青年と話してる人だよ。」この人たちは、もっとよく眺められるようにと、七月十四日の軍事パレードや、グランプリ・レース(166)のときのように、いまにも椅子の上にまで登りかねない気配である。ゲルマント公爵夫人がその従姉妹よりも貴族的なサロンを主宰していたからというわけではない。前者のサロンの客のなかには、後者がとりわけその夫のせいでけっして招待しない人たちも含まれていた。オリヤーヌ自身をはじめラ・トレムイユ夫人(167)やサガン夫人(168)などが親しくつき合ったアルフォンス・ド・ロチルド夫人[169]などは、大公妃からけっして招待されるはずはなかったが、公爵夫人邸には頻繁に出入りしていた。プリンス・オヴ・ウェールズが公爵夫人邸には連れて行ったものの大公妃には嫌われるだろうと連れて行かなかったヒルシュ男爵[170]なども同じ扱いを受け、ほかにもボナパルト派の名士には、いや共和派の名士にも、公爵夫人の関心を惹きはするが、頑固一徹の王党派である大公はとうてい歓迎しない人たちがいた。大公の反ユダヤ主義も、これまた根本原則であって、いかに信望の厚いエレガントな貴婦人の前に出ても揺らぐことはなかった。大公はスワンを終生の友として、ただしゲルマント家のなかでシャルルと呼ばずスワンと呼ぶただひとりの人間として、自分の館に受け入れていたが、それはスワンの祖母が、ユダヤ人と結婚したプロテスタントで、ベリー公爵の愛人であったことを知っていて、スワンの父親はプ

(166) パリのグランプリ・レースは、ブーローニュの森のロンシャン競馬場(地図②参照)で、一九〇九年までは六月の第二日曜日に、それ以降は最終日曜日に開催された(プレイヤッド版注に拠る)。

(167) 歴史家シャルル・ド・ラ・トレムイユ公爵(一八三八—一九一一)の夫人マルグリット(一八四〇—一九一三)。夫はシャルル・アース(スワンのモデル)の友人で「スワンの恋」に出てきた(本訳②一七二頁など)。

(168) 本作で何度も言及されたサガン大公妃ジャンヌ(一八三九—一九〇五)。本訳⑥一六一頁と注171参照。

(169) ユダヤ金融資本家アルフォンスの夫人レオノーラ(一八三七—一九一一)。本訳⑥二七三頁と注281参照。

(170) モーリッツ・フォン・ヒルシュ(仏語モーリス・ド・イルシュ)男爵(一八三一—九六)。バイエルン出身のユダヤ人銀行家。鉄道事業で財をなし、抑圧ユダヤ人の救済に尽力。パリにも広壮な館を構えた。

リンスの落とし胤《だね》だとする伝説(171)をときに信じようとしたからである。この仮説によると、そもそも間違った仮説であったが、スワンはカトリック教徒の息子であり、その父親はブルボン王家の一員、その母親はカトリック教徒というわけで、スワンはキリスト教徒以外の何者でもなくなるのだ。

「まあ、こんなすばらしいものをご存じなかったの？」と公爵夫人は、私たちのいる館を話題にして私にそう言った。しかし公爵夫人は、従姉妹の「大邸宅」を褒めたたえると、急いで「自分のつつましい穴倉」のほうが何倍も好きだと言い添えた。「ここは見物するにはすばらしいところですけれど、数々の歴史的事件がおこったあんな部屋でじっと寝ていなければならないとしたら、死ぬほど悲しくなりますわね。まるでブロワのお城(172)やフォンテーヌブローのお城で、いえ、ルーヴル宮殿などで閉館後にとり残されて、忘れられてしまったときの気分でしょうか。淋しさをこらえる手立てといっても、自分がモナルデスキ(173)の暗殺された部屋にいると思うことぐらいしかありませんね。これじゃカモミール(174)としては不充分でしょう。あら、サン＝トゥーヴェルト夫人がお見えですわ。ついさきほど、あのお宅で晩餐をしてきたところです。あすは年に一度の大がかりな会を主催なさるので、もうお寝《やす》みかと思っていましたのに。でもあのかたはね、パーティーとなると出ずにはいられないんです。もしパーテイーが田舎で開かれていたら、欠席するどころか家具運搬馬車《タピシエール》(175)に乗ってでも駆けつけていらっしゃるところですよ。」

じつをいえばサン＝トゥーヴェルト夫人が今晩やって来たのは、よその館のパーティーに欠かさず出席する楽しみのためというよりも、自分のパーティーの成功を確実なものにすべく最後の参加者を募るためで、翌日に主催するガーデン・パーティーではなばなしく動きまわってくれる部隊をいわば最終的《イン・エクストレミス》に閲兵するためであった。というのも何年も前からサン＝トゥーヴェルト夫人邸でのパーティーの招待客は、昔とは客筋がまるで違っていたからである。昔はちらほらと見かけただけのゲルマント家の交際範囲に属する高名な貴婦人たちが――女主人の丁重なもてなしに感激して――

(171)　スワンを「ベリー公爵の落とし胤《だね》の息子」とする説は既出（本訳⑦五一五頁と注562参照）。

(172)　ロワール川沿いの古城（地図①参照）。ギーズ公アンリ一世の暗殺（一五八八）の舞台となった。

(173)　スウェーデン女王クリスティーナお気に入りの臣下モナルデスキ侯爵は、臣下の裏切りを信じた女王の命令で、一六五七年十一月十日、滞在中のフォンテーヌブロー（地図①参照）の城で暗殺された。

(174)　消炎、消化、安眠に効能があるとされるハーブティー。

(175)　原語 tapissière. 屋根付で、四方の側面が開いている、家具や絨毯（tapis）の運搬用馬車。『二十世紀ラルース辞典』から転載の図8参照。

図8

すこしずつ女友だちを連れてきたのだ。と同時に、それと並行して、ただし逆方向の作用によって、サン＝トゥーヴェルト夫人は、エレガントな社交界では名の知られていない人たちの数を年ごとに減らしていった。しばらくのあいだは「竈分《かまわ》け(176)」方式がうまく機能したおかげで、立派なパーティーのことは黙して語らず、そこから排斥された人たちだけを招いてその連中同士で楽しませ、その連中を立派な人たちといっしょに招待しなくてすんだ。この連中は、なにを不平に思うことがあるだろう？プチ・フールだって出るし、立派な音楽のプログラムだって用意されている（まさにパンと見世物《パネム・エト・キルケンセス》(177)ではないか？　そんなわけでその昔、サン＝トゥーヴェルト夫人のサロンの創設期には、まるで流《る》謫《たく》の身となったふたりの公爵夫人が二柱のカリアティード(178)よろしくサロンのぐらつく棟《むね》を支えているのが見られたものだが、それといわば対照をなすかのように、近年では立派な社交人士にまじる異質なふたりだけが目立った。カンブルメール老夫人と、さる建築家の奥方で美声の持主ゆえに頻繁に歌を所望される婦人である。このふたりは、もはやサン＝トゥーヴェルト夫人邸にはだれひとり知り合いがおらず、消え失せた仲間たちを嘆き悲しみながら、自分たちが邪魔者なのを痛感しては、渡りの時機を逸してしまった二羽のツバメのように今にも寒さで凍え死ぬ想いであった。かくして翌年、ふたりは招待されなかった。フランクト夫人は、音楽の好きな従姉妹《いとこ》のカンブルメール老夫人のために働きかけをしてみた[179]。しかしつぎのようなことば以上に色よい返事はもらえなかった。「でも、お気に召すのでしたら、いつだって音楽を聴きにおはいりくださってかまいませんのよ、咎められるいわれなどいっさいありませんから！」カンブルメール老夫人は、いかにも熱意を欠いた招待だと悟って、出かけるのを控えた。

サン＝トゥーヴェルト夫人は、ほかでもない、のけ者たちのサロンを大貴婦人たちのサロン(外見上は粋《すい》を極めたこのサロンの最新の形)へと変容させたのだから、社交シーズン最高のパーティーを翌日に催す当人がわざわざ前夜におのが部隊に最後の招集をかけにやって来る必要があるのかと、奇異に思う人がいるかもしれない。しかしそれはサン＝トゥーヴェルト夫人のサロンの優越なるものが、「ゴーロワ」紙なり「フィガロ」紙なりで午後や夜のパーティーの報告記事を読むだけの社交生活しか知

(176) 原語 fournées.「ひと竈で焼くパン」から転じて「行動・運命を共にする一団」の意。

(177) 古代ローマの詩人ユウェナリス(六〇頃―一三〇頃)が、政治的関心を失いパン(食物)と見世物(娯楽)しか求めない市民を皮肉った警句(「健全なる精神は……」で知られる『風刺詩集』第十歌八一行)。

(178) ギリシャ建築などで棟を支える女人像の柱(本訳③二九四頁図23参照)。

(179) カンブルメール老夫人とフランクト夫人の「従姉妹《いとこ》同士」は、二十年ほど前にもサン＝トゥーヴェルト夫人邸での夜会に出席していた親しい間柄(「スワンの恋」本訳②三一二頁参照)。

らず、そんなパーティーに一度も出たことのない人たちにとってのみ存在する優越だったからである。新聞を通じてしか社交界を知らぬこうした社交人士たちは、イギリスやオーストリアをはじめ各国の大使夫人たち、ユゼスとかラ・トレムイユとかの公爵夫人たち、その他もろもろの貴婦人たちの名前が列挙されているだけで、サン＝トゥーヴェルト夫人のサロンはパリ随一のものと想いこむが、実際には最下級のサロンのひとつであった。新聞の報告記事が間違っていたわけではない。名前を挙げられた大多数の貴婦人たちはたしかに出席していた。しかしどの婦人も、懇願され、礼儀を尽くされ、世話をやかれたあげく、サン＝トゥーヴェルト夫人には限りなき名誉になるからとお義理で来ていたにすぎない。もてはやされるよりも敬遠されるサロン、いわば指図されてお勤めとして出かけるだけのサロンに幻惑されるのは、「社交界消息」欄を愛読する婦人たちに限られる。その婦人たちは、正真正銘のエレガントなパーティーを見過ごしてしまう。そちらのパーティーで女主人は、「選ばれし人の仲間」にはいりたくてうずうずしている公爵夫人たちを全員揃えることもできるが、そのうちの二、三人にしか声をかけず、しかも招待客の名前を新聞には発表させないからだ。それゆえこうした女主人は、こんにち宣伝なるものが獲得した影響力を過小評価しているのか歯牙にもかけないのか、スペイン王妃[180]にはエレガントな貴婦人と思われているが、大衆には認められていない。その女主人がいかなる貴婦人なのか、王妃は承知しているが、大衆は知らないからである。

サン＝トゥーヴェルト夫人は、このような貴婦人ではなく、熱心な働きバチとして、翌日のために招待客をひとり残らず蜜のように採取すべくやって来たのである。シャルリュス氏は招待されていなかった。サン＝トゥーヴェルト夫人邸に行くのをつねに拒んでいたのである。しかし氏は多くの人たちと仲違いしていたので、サン＝トゥーヴェルト夫人は氏の不在をそんな性格のせいにすることができた。

この夜会にオリヤーヌしか出ていないのであれば、たしかにサン＝トゥーヴェルト夫人もわざわざ出向くまでもなかったであろう。招待を口頭で伝えたオリヤーヌからは、にこやかな承諾の返事をもらっていたからである。こうしたうわべだけの好意を振りまくのはアカデミー会員たちの得意とするところで、会員たちの家を立候補の挨拶に訪れた候補者はこれでその票をあてにできると確信し、感激して帰ってゆく。ところがこの夜会に来ているのはオリヤーヌだけではなかった。アグリジャント大公は

(180) 当時のスペイン王はアルフォンソ十三世(在位一八八六－一九三一)。王妃とは、一九〇二年まで摂政を務めた母親で先王の妃マリア・クリスティーナ(一八五八－一九二九)か、または一九〇六年にアルフォンソ十三世の王妃となったヴィクトリア英女王の孫娘、スペイン名ビクトリア・エウヘニア(一八八七－一九六九)。

来てくれるだろうか？　またデュルフォール夫人はどうだろう？　というわけでサン＝トゥーヴェルト夫人は、不測の事態に備えて、みずから足を運ぶのが当を得たやりかただと考えたのである。かくして夫人は、ある人たちにはそれとなく、べつの人たちには命令口調で、漏れなく全員に、二度と見られない想像を絶する余興の数々があると遠まわしに予告するとともに、ひとりひとりにその人が会いたい人物や会っておく必要のある有力者が来るはずだと約束した。そして翌日のシーズン最高のガーデン・パーティーの主催者として夫人に年に一度だけ与えられるこのような職権──古代社会におけるある種の行政官のような職権──のおかげで、夫人には一時的な権威が授けられたのである。招待者リストはできて締め切られていたから、夫人は大公妃のサロンをゆっくり見てまわりながら、つぎからつぎへとひとりひとりに「あすは私の会をお忘れなく」と耳打ちしながら、避けるべき醜女とか、昔の級友という理由で「ジルベール」のところには受け入れられているが自分のガーデン・パーティーに招待してもなんの箔もつかない田舎貴族とかを見かけると、あいかわらず笑みは浮かべながらも目をそらすのを束の間の誇りとした。夫人がそんな連中には話しかけないのが得策と考えたのは、そうしておけばあとで「ご招待は口頭でいたしましたの、あなたさまは残念ながらお見かけしなかったもので」と言えるからである。こうして夫人は、一介のサン＝トゥーヴェルト夫人にすぎないのに、探るような目つきで大公妃の夜会の構成メンバーを「ふるい」にかけていた。そのように振る舞うことで、自分がほかでもない正真正銘のゲルマント公爵夫人になった気でいたのである。

とはいえ当の公爵夫人にしても、人が思うほど好き勝手に挨拶したり微笑んだりしていたわけではない。たしかに一部では、公爵夫人が挨拶や微笑みを拒否するのは、自分の意志によることであった。「だってあの人にはうんざり」と夫人は言う、「一時間も、あの人の開催なさる夜会の話のお相手をしなければならない義務などございまして？」

そのとき、ひどく黒いひとりの公爵夫人(181)が通りかかるのが見えた。この人は顔が醜いうえに愚か者で、常軌を逸した振る舞いに出るせいもあって、社交界からとは言わないまでも、エレガントな貴婦人たちの内輪の集まりからは締め出されていた。「まあ！」とゲルマント夫人は、まがいの宝石を見せられたときの目利きのような醒めた正確な一瞥をくれて言う、「あんなのまで中に入れるのね、ここは！」黒い毛の生えた吹出物が顔じゅうにある欠点だらけの婦人を見ただけで、ゲルマント夫人はこの夜会をおそろしく凡庸な会と決めつけた。じつはこの婦人といっしょに育てられたのだ

(181) 原文 une duchesse fort noire. なにが「ひどく黒い」のか不可解な表現。実態はすぐ後でわかる。

が、いっさいつき合いを断っていたのだ。婦人のお辞儀にも、ひどく冷淡な会釈を返しただけである。「理解に苦しみますわ」と公爵夫人は言い訳をするみたいに言う、「マリー＝ジルベールがあんなクズといっしょに私たちを招待するなんて。きっとここにはありとあらゆるクズが揃っているのでしょう。メラニー・プルタレス(182)のところのほうがずっときちんとしていましたわ。あの人だってその気になればロシア正教会の聖務会院(183)とかオラトリオ会(184)とかの人たちを呼べたでしょうが、すくなくともそんな日には私たちを招くのを遠慮していましたからね。」しかし多くの場合(185)、挨拶や微笑みを拒むのは、芸術家などを招くのを嫌った夫ともめごとになるのを怖れる臆病のせいであり(「マリー＝ジルベール」は多くの芸術家を庇護していたので、公爵夫人はドイツの高名な女性歌手などから話しかけられないように用心しなければならなかった)、またナショナリズムにたいする懸念もあったからである。公爵夫人は、シャルリュス氏と同じくゲルマント家の才気を保持する者として、社交的見地からナショナリズムを軽蔑していたが(いまや世間は、参謀本部を称えるために、ある種の公爵よりも平民の将軍のほうが偉いとみなしていた)、それでも自分が危険思想の持主だという烙印を押されるのが目に見えていたので、ナショナリズムには大幅な譲歩をしたうえで、反ユダヤ主義のこの交際圏にあってスワンに手を差し出さざるをえないはめになるのを怖れていた。この点で公爵夫人は、大公がスワンを中に入れず「言い争いめいたこと」をやってのけたと聞いて、すぐにホッとした。人前で「かわいそうなシャルル」などと会話を交わさなくてもすむからで、シャルルは内輪で慰撫しようと思ったのである。

「おや、またもうひとり、何者でしょう、あの人は？」とゲルマント夫人が大声をあげたのは、いささか風変わりで小柄な、まるで喪中のようにきわめて簡素な黒いドレスに身をつつんだ婦人が、夫とともに、自分に深々とお辞儀するのを見かけたからである。公爵夫人はそれがだれなのかわからず、例によって傲慢な態度で、まるで侮

(182) エドモン・ド・プルタレス伯爵夫人メラニー（一八三六－一九一四）。ウジェニー皇后の女官、第二帝政期の美女。そのサロンにはヨーロッパ中の上流貴族や要人が集い、プルーストも招かれた（本訳⑦一三五頁注86参照）。プルタレス家は、亡命ユグノーの家系の実業家で、莫大な財産を築いた。公爵夫人が「メラニー・プルタレス」と貴族の「ド」を省いたのは、プロテスタントや帝政を嫌うゆえか。

(183) ピョートル大帝が一七二一年に設置したロシア正教会の最高統括機関（一九一七年まで存続）。

(184) パリのオラトリオ教会（サン＝トノレ通り一四五番地、地図②参照）は、元来カトリックのオラトリオ会の教会であったが、ナポレオンの許可により一八一一年からプロテスタントの会堂となる。

(185) このパラグラフの最初（「そのとき、ひどく黒い……」）からこの直前（「……遠慮していましたからね。」）までの本文は最終段階における自筆の加筆。「しかし多くの場合」は、加筆以前の前パラグラフの「たしかに一部では、公爵夫人が挨拶や微笑みを拒否するのは……」をひき継ぐ。

辱されたとでも言いたげに上体をそらし、返礼もせず相手をにらみつけた。「あの人、何者なの、バザン」と公爵夫人が呆れたように訊ねているあいだ、ゲルマント氏はオリヤーヌの無礼をとりつくろうべく、奥方にお辞儀をして夫君の手を握る。「ほら、ショースピエールの奥さまだよ、ずいぶん失礼なことを言ったもんだ。」「どなたかしら、ショースピエールって?」「シャンリヴォーおばさんの甥御さんだよ。」「なにもかも知らないことばっかり。で、あの女のかたはどなた、どうして私にお辞儀なさるのかしら?」「なにをばかな、よく知ってるじゃないか、シャルルヴァル夫人のお嬢さん、アンリエット・モンモランシーだよ。」「あら! それなら、お母さまはよく存じていましたわ、感じのいい、とても才気のあるかたで。どうしてあの人、私の知らない人と結婚したのかしら? ショースピエール夫人っておっしゃるの?」公爵夫人はこの最後の名前を、問いただすような、間違えはしないかと心配しているような口調でたどたどしく発音した。公爵は険しい目で妻を見すえた。「あなたが思っているほどおかしなもんじゃないよ、ショースピエールというのは!(186) ショースピエールの親父《おやじ》さんは、さっき名前を出したシャルルヴァル夫人とか、ほかにもセヌクール夫人やデュ・メルルロー子爵夫人とかの兄弟だった。立派な人たちだよ。」「ああ! もうたくさん」と公爵夫人は、あたかも猛獣使いの女が野獣の恐ろしい目にひるんだと見られたくないときのように、大声をあげた。「バザン、あなたのお話って楽しいわね。つぎからつぎへとそんな名前をどこから見つけていらしたのか知りませんけれど、お見事！　ショースピエールは知らなかったけれど、私だってバルザックぐらい読んでいますよ、あなただけじゃありませんわ、ラビッシュ(187)だって読んでいますもの。シャンリヴォーはいいですね、シャルルヴァルも気に入りましたが、なんといっても傑作はデュ・メルルローでしょう。もっとも、ショースピエールだって悪くないわ。よくこれだけ集めたものね、ふつうじゃ考えられないわ。ねえ、あなたは本をお書きになるんですから」と公爵夫人は私に言う、「シャルルヴァルとデュ・メルルローは憶えておかなくては、これ以上のものは見つかりませんよ。」「そんなのを使ったら裁判ざたになって刑務所行きだよ、なんてひどい忠告をするんだ、オリヤーヌ。」「このかたがひどい忠告を聞いてそれに従いたいのなら、私ではなくて、もっと若い人にいくらでも忠告を頼めるはずだわ。でも、このかたは、ただ本を書きたいだけなんですから！」私たちからかなり遠くで、目の醒めるように美しく威厳にみちた若い婦人が、一面にダイヤモンドをちりばめたチュール地の白いドレスにつつまれて、しとやかに

(186)　これまでの親戚関係の記述からすると「シャンリヴォー夫人」とすべきか（プレイヤッド版注）。
(187)　ウジェーヌ・ラビッシュ（一八一五―八八）。ブルジョワの生態の風刺を十八番《おはこ》とした劇作家。

浮かびあがった。その優雅な美しさにひき寄せられた人の群れを相手に話しこんでいる婦人を、ゲルマント夫人はじっと見つめた。「妹さんはどこへお出になっても一番お美しいですね、今夜もなんて魅力的なこと」とゲルマント夫人は、椅子に腰かけながら、そのとき通りかかったシメー大公[188]に言った。フロベルヴィル大佐がやって来て(この人には同姓の叔父[189]がいた)、ブレオーテ氏と同様、私たちのかたわらに腰をおろした。一方ヴォーグーベール氏は、身体を左右に揺すりながら(氏はその過剰なまでの礼儀正しさをテニスに興じるときも守って、ボールを受ける前にいちいちペアを組んだ著名人に許可を求めるので、氏の組は否応なく負けてしまう)、シャルリュス氏のそばに戻ろうとした(そのときまでシャルリュス氏は、氏がどんな女性よりも讃美していると公言するモレ伯爵夫人[190]の大きく広がったスカートにほとんど覆い隠されていた)。たまたまそのとき、新たにパリに派遣された外交使節団の数人のメンバーが男爵に挨拶をしていた。ことのほか聡明そうな若い書記官に目をとめたヴォーグーベール氏は、シャルリュス氏を見すえてにやりとしたが、その笑みには見るからにただひとつの問いがあらわれていた。シャルリュス氏は、他人の評判なら平気でおとしめたかもしれないが、他人の発したほかの意味にはとりえない笑みのせいで自分自身の評判が台なしになるかもしれぬと感じて憤慨した。「私はその方面のことはなにも知らんのです。どうか詮索癖はご自身の胸にとどめ置きください。それを表に出されては興ざめというもの。それにこの件では、あなたもとんでもないドジを踏んだものですな。思うにあの青年はまるっきり正反対の人間ですぞ。」このときシャルリュス氏は、愚か者から告発を受けたことに腹を立て、本当のことを言わなかったのだ。もし男爵が真実を言ったのであれば、くだんの書記官は大使館における例外的存在ということになるだろう。実際その大使館にはきわめて多種多様な人材が配置されていたが、ひどく凡庸な人間が何人も含まれていたので、そんな人材を選んだ動機はなにかと問うてみた人は、倒錯よりほかにその動機を見つけることができなかったにちがいない。外交を司るこの小さなソドムの集団の長には、逆にレビューの司会者のような滑稽なまでに度を越して女好きの大使が据えられ、その大使が倒錯者の部隊に型どおりの演習をさせる図は、まるで対照の妙を狙ったのかと思われた。大使は、日頃どんなことを目にしようと、倒錯の存在を信じなかった。その証拠は、大使がすぐさま自

(188) シメー大公ジョゼフ(一八五八―一九三七)のことか(妻クララは本訳④二七三頁注240参照)。妹エリザベート(一八六〇―一九五二)はグレフュール伯爵夫人。若いプルーストが憧れた貴婦人。
(189) サン=トゥーヴェルト夫人の夜会に出ていたフロベルヴィル将軍(本訳②三三〇頁以下参照)。
(190) 自分の名の記された封筒を名刺代わりに公爵夫妻邸に置いていった婦人(本訳⑦五四二頁参照)。

分の妹をひとりの代理公使と結婚させたことで、その代理公使を女の尻を追いまわす男だと勘違いしたのである。それ以来この大使はいささか迷惑な存在となりはて、やがて新しい大使閣下が着任すると、その新任者が大使館全体の均一なホモ体質を守った。ほかの多くの大使館もこの大使館と覇《は》を競ったが優等賞を争うには至らず（全国学力コンクール(191)の優等賞はつねにある一定の高等中学校《リセ》が獲得するのに似る）、それから十年以上の歳月を経て、この完全に均一な集団のなかにもようやく異質なヘテロ館員が何人も雇われる事態となり、ようやくべつの大使館がこの忌まわしい栄冠を奪って先頭に立つことができた。

スワンとことばを交わさなければならない心配から解放されたゲルマント夫人は、もはやスワンが館の主人となにを話したのかを知りたいという好奇心しか覚えなかった。そこで公爵は「どんな話だったかご存じですか？」とブレオーテ氏に訊ねた。「私が仄聞《そくぶん》したところでは」と氏は答える、「作家のベルゴットがスワン邸で上演させた、ちょっとした一幕物のことだったようです。もっとも、みごとな出来ばえだったとか。ところが役者がジルベールそっくりの顔つきだったそうで、もともとベルゴットの御仁が実際ジルベールそっくりの顔を描こうとしたというんです。」「あらまあ、ジルベールのそっくりさん、ぜひ見たかったわ」と公爵夫人は夢みるような笑みをうかべて言う。「このちょっとした芝居のことで」とブレオーテ氏は嚙歯類《げっしるい》(192)のような顎《あご》をつき出してつづきを言う、「ジルベールがスワンに釈明を求めたんです。するとスワンは、だれもが非常に気の利いた答えだと思ったのですが、ただこう言ったらしい、「いやあ、とんでもない、ちっとも似ちゃいませんよ、あなたのほうがずっと滑稽ですから！」もっとも、」とブレオーテ氏はなおも言う、「この寸劇はすばらしい出来だったそうです。モレ夫人もそこにいらして、ずいぶん楽しまれたとか。」「あら、モレ夫人もそこに？」と公爵夫人は驚いて言う、「そうだわ！　きっとメメがお膳立てをしたのでしょう。あの手の場所は、いつだってそんな始末になるもので、だれもがいつかはそこへ行くようになるのに、主義として自分から身を退いた私など、自分の殻に閉じこもって退屈するだけですわ。」ゲルマント公爵夫人は、ブレオーテ氏の話を聞いたときから(スワンのサロンについてではなくても、少なくともこのあとすぐにスワンと会う場合について)読者もおわかりのようにすでに新たな見方をするようになっていた。「あなたのご説明は」とブレオーテ氏に向けてフロベルヴィル大佐は言った、「一から十まで捏造ですな。私にはそうだと言える根拠がありますぞ。大公

(191)　全国の高等中学校《リセ》から最優秀生徒が参加する学力コンクール(一七四七年に創設、現在も存続)。
(192)　リス、ネズミ、ヤマアラシなど嚙歯目《げっしもく》(ネズミ目)の動物。犬歯がなく上下の前歯でかじる。

はひたすらスワンに痛罵《つうば》を食らわせ、公然とあんな見解を披瀝する人間はもはやこの館に顔を出すまでもないと、われらが祖先のことばを借りるなら、万々知らしめただけなんです。私に言わせれば、ジルベール叔父があんなに罵倒したのも至極当然で、それどころか、あのようなまぎれもないドレフュス支持者とは半年以上も前にケリをつけておくべきでした。」

哀れなのはヴォーグーベール氏であろう、テニスのひどくのろまなプレイヤーから今度は容赦なくひっぱたかれる無力なテニスボールそのものとなってゲルマント公爵夫人のほうへ投げ出された氏は、うやうやしく挨拶をしたものの、ろくろく相手にしてもらえなかった。オリヤーヌは、自分と同じ社交界に出入りする外交官は――あるいは政治家は――例外なく間抜けだと確信して暮らしていたのである。

フロベルヴィル氏は、すこし前から社交界に広がった軍人にたいする厚遇をもちろん享受していた。ただ不幸にも氏が妻とした女性は、まぎれもないゲルマント家の親戚ではあったが、極端に貧乏な親戚でもあって、氏自身も財産を失っていたので、ふたりにはほとんど社交上のつき合いもなく、たまたま親戚のだれかが死んだり結婚したりする重要な機会でもないかぎり見向きもされない部類の人間であった。そのような機会にのみ一流社交界という宗派共同体の正真正銘の一員となるのは、名ばかりのカトリック教徒がそれこそ年に一度だけ聖卓(193)に近づくようなものである。サン＝トゥーヴェルト夫人は、いまは亡きフロベルヴィル将軍にたいする敬愛を裏切ることなく、あれこれと大佐夫妻の力になり、夫妻の小さなふたりの娘にも衣装や気晴らしを与えていたが、そんな援助がなければ夫妻の物質的窮乏はけだし悲惨なものになっていたであろう。ところが大佐は、気立てのいい男で通っていたが、感謝の気持をもたない男だった。自分に恩恵を施してくれる夫人が、年がら年じゅう節度なく繰り広げる豪勢な暮らしを羨んでいたのだ。年に一度のガーデン・パーティーも、自分にとっても妻や子供たちにとっても絶対に欠かせないすばらしい楽しみだったが、サン＝トゥーヴェルト夫人がそれを鼻にかけて喜んでいるかと思うとうんざりした。新聞各紙にこのガーデン・パーティーが予告され、ついでその新聞が、詳しい報告記事のあとに抜け目なく「この立派なパーティーについてはまた触れることになろう」と書き添えておき、そのあと何日にもわたって貴婦人たちの装いについて詳細な補足説明などを掲載したりすると、そのすべてにフロベルヴィル夫妻は不愉快になった。たいした楽しみもない自分たちにとってこの午後のパーティーこそあてにできる楽しみであったのに、ついには毎年、天気が悪くてパーティーの成功がおぼつかなくなるのを願うよう

(193)　原語 la sainte table. 信者が聖体拝領を受ける祭壇や内陣欄干などの神聖な場所を指す。

になり、晴雨計を見てパーティーを台なしにする雷雨の徴候を読みとると欣喜雀躍《きんきじゃくやく》する仕末だった。

「ねえ、フロベルヴィル、あなたと政治を論じる気はないが」とゲルマント氏は言った、「でもスワンについては、率直に言ってあの男の私どもにたいする振る舞いは言語道断でしたな。社交界でかつて私どもやシャルトル公爵の庇護を受けておきながら、ドレフュス支持を公言していると聞きますからね。あのスワンがこんなことになるとはとうてい信じられんのです、なにしろ美食家だし、現実主義者だし、蒐集家だし、古書の愛好家だし、ジョッキーの会員だし、みなの尊敬を一身に集めていたし、いい店にも通じていてよそでは飲めない最高のポルトを届けてきたし、ディレッタントだし、妻子ある男だし。いやはや、すっかりだまされましたよ。いや、私なんかどうだっていいんです、どうせ愚かな老いぼれで、そんな人間の意見なんぞ相手にしてもらえん、まあ乞食同然の身ですから。しかしオリヤーヌのためだけにでも、あんなことはすべきではなかった、受刑者を信奉する輩とユダヤ人どもを公然と非難すべきだったでしょう。」

「もちろん家内があの男につねづね示してきた友情からすれば」とことばを継いだ公爵は、その有罪無罪について内心ではどんな意見をいだこうとも、ドレフュスを国家反逆罪で弾劾することが、フォーブール・サン＝ジェルマンに受け入れてもらった恩義へのいわば感謝の表明になると考えていたのは明らかだ、「あの男は仲間とたもとを分かつべきでしたな。オリヤーヌに訊いてごらんなさい、そりゃ、あの男に心底から友情をいだいていたんですから。」公爵夫人は、無邪気でもの静かな口調のほうが自分のことばがいっそう劇的で真摯に聞こえると考えたのだろう、口から漏らすのはただ真実のみと言いたげな小学生のような声で、目にはもっぱら憂鬱そうな表情を付与して言った、「その通りです、なにも隠す理由などありません、心底から敬愛していました、シャルルのことは！」「ほら、おわかりでしょう、私が無理に言わせているわけじゃない。なのにあの男ときたら、恩をあだで返すようなマネをしたんです、ドレフュス派などになって！」

「ドレフュス派といえば」と私は言った、「フォン大公もそうだと聞きましたが。」「おっ！　フォンの話をしてくださってよかった」とゲルマント氏は大きな声を出した、「うっかり忘れるところでしたよ、月曜日に晩餐に来てくれと頼まれていたのを。しかしあれがドレフュス派であろうとなかろうと私にはまったくどうでもいいことだ、なにせ外国人ですから。そんなことはちっとも気にならない。だがフランス人となると話はべつだ。たしかにスワンはユダヤ人です。しかしこんにちまで私は――フロベルヴィルには申し訳ないが——めでたいことにユダヤ人だってフランス人になりうると信じていたんです、ユダヤ人といっても、立派な、社交人士の場合ですよ。で、スワンは、これにぴったり当てはまる人間でした。ところがです！　私が間違っていたと認めざるをえないようなことをしてくれた。あんなドレフュス（有罪であろうが無罪であろうが、ちっともスワンの交際範囲の人間ではなく、一度も会ったことのない人間）の味方をして、自分を家族のように受け入れて身内同然に扱ってくれた社交界に盾突いたんですから。言うまでもなく私たちは全員スワンの保証人だったわけで、私としてもスワンの愛国心について自分の愛国心と同じように保証できると思っていた。いやはや、ひどい恩返しをするものだ。正直なところ、あの男にかぎってこんな仕打ちをするとは想像だにできなかった。もっとまともな人間だと思っていたよ。才気もありましたからね（もちろんあの男なりの才気ですが）。そりゃ、これまでにも恥ずべき結婚という非常識なマネをした男だというのは承知していますよ。そうそう、ご存じですかな、スワンの結婚でひどく心を痛めたのはだれか？　それが家内です。しばしばオリヤーヌは、私が無感動のふりと呼びたくなる症状を呈します。だが根は、異常なほど感じやすいタチでしてね。」　ゲルマント夫人は、こんなふうに自分の性格を分析されて嬉しかったが、夫の言うことに慎みぶかく耳を傾けるだけで、なにも言わなかった。賛辞に同意するのは気が咎めたからであり、なによりも夫の話の腰を折るのを怖れたからである。たとえゲルマント氏がこんなことを一時間も話しつづけたとしても、夫人は音楽を聴かされるときのように身じろぎもしなかっただろう。「それで想い出すのは、家内がスワンの結婚を知ったときに気分を害したことですね。私どもがあれほど友情を示してきた相手にしては、とんでもない仕打ちだと思ったのです。スワンをずいぶん愛していましたから、ひどく悲しみました。オリヤーヌ、そうじゃないかね?」ゲルマント夫人は、これほど直截に訊ねられたのは、もうこれでお終《しま》いと感じられた相手の賛辞をそれとなく肯定できる具体的事実なのだから、もはや答えるほかないと思った。夫人は、それが「実感」だと思わせたいだけになおのこと取り繕ったおずおずとした率直な口調で、控え目にやさしく言った、「その通りですわ、バザンは間違っていません。」「といっても、さきの言いかたはまだ正確ではなかった。仕方ありません、愛は愛なんですから。ただ私に言わせると愛も然るべき則《のり》を越えてはいけない。そりゃ私だって、若い者、はなたれ小僧が、夢物語に等しいものにのぼせあがるのは、まだ許せますよ。ところがスワンは、頭のいい大のおとなで、確かな気遣いもでき、絵には目利きで、シャルトル公爵やジルベール本人とも親しい人間ですからね!」もっとも、こう言ったときのゲルマント氏の口調はじつに感じのいいもので、氏に頻繁に見受けられる俗悪なところは微塵もなかった。氏の話しぶりには、かすかに憤慨のまじる悲しみがこもっていたが、氏の全身からは、レンブラントの描いたある種の人物、たとえばシックス市長のような人物[194]の、人あたりがよくて気前のいい魅力をつくる威厳あるやさしさが醸し出されていた。ドレフュス事件におけるスワンの振る舞いが道義にもとることを公爵が疑問の余地はないと感じたのは、それほど自明の理だったからである。公爵がこの件で感じていた深い悲しみは、きわめて大きな犠牲を払ってその教育に精魂を傾けた子供のひとりが、お膳立てしてやった立派な地位をみずから踏みにじり、一家の方針や先入観からすればとうてい許容できない無分別な行動で、尊敬されてきた家名に泥を塗るのを目の当たりにした父親の悲しみである。ゲルマント氏は、かつてサン＝ルーのドレフュス支持を知ったときも、たしかにこれほど辛そうな深い驚きをあらわすことはなかった。だがそれは第一に、氏が甥のことを悪の道に迷いこんだ若者とみなし、本人が素行を改めるまではなにをしでかしても不思議ではないと考えていたのにたいして、スワンは氏が「第一級の地位にある落ち着いた男」と呼んでいる人間だったからである。第二に、とりわけ考慮すべきは、かなり長い時間が経過するあいだに、歴史的にはさまざまな事件がドレフュス派の主張の正しさを部分的に証明するかに思われた一方、反ドレフュス派の反撃がますます激しさを増し、当初は純粋に政治的であった波紋が社会の全体にまで広がっていたことである。いまや軍事優先と愛国心の問題となって社会に荒れ狂う怒りの大波は、嵐のはじめには見られなかった威力を備えるに至った(195)。「いいですか」とゲルマント氏はつづきを言った、「スワンがなんとしてもユダヤ人たちを支持しようとするから言うのですが、それほど後生大事なユダヤ人たちの立場からしても、スワンは計り知れないドジを踏んだものです。なぜなら身をもって証明したんですからね、ユダヤ人はみな秘かに結託していて、たとえ面識のない相手でも同じ種族の一員であれば支援の手を差しのべるよう強制されているに等しいってことを。あれはみなの安全を脅《おびや》かす男ですぞ。私どもはあきらかに寛大につき合いすぎた。本人が高く評価され、われわれに受け入れられ、われわれが親交を結んだ唯一のユダヤ人であっただけに、このスワンのやったヘマは、なおのこと大きな反響を呼ぶでしょう。だれもが「一ヲ聞イテ十ヲ知レ《アブ・ウノ・ディスケ・オムネス》(196)」だと思うでしょう。」(こんな都合のいい引用がちょうどいいと

(194) 図9参照。

(195) 一八九八年十月二十五日、フランスは「最も深刻な反ユダヤ主義の暴動の舞台」となった(「思想」二〇一三年十一月「時代の中のプルースト」特集号所収、村上祐二「一八九八」に拠る)。一八九九年初夏にはレンヌ軍法会議で再審が開始される一方、その法廷でラボリ弁護士が撃たれる(本訳⑦九三頁と注55参照)など、反ドレフュス派の反撃も激化した(後注315参照)。

図9　レンブラント・ファン・レイン『ヤン・シックスの肖像』(アムステルダム，シックス・コレクション)

ヤン・シックス(1618–1700)は，布地製造を営むアムステルダムの裕福な家庭に生まれ，家業のかたわら詩作や美術蒐集にいそしみ，1691年に73歳でアムステルダム市長になる．若くしてレンブラントと交友を結び，後に庇護者として画家の窮状を救った．レンブラントは，エッチングで29歳の『窓辺で読書するヤン・シックス』(1647)を描いたが，小説本文の「シックス市長のような人物の，人あたりがよくて気前のいい魅力をつくる威厳あるやさしさ」を描いているのは，1654年制作の上掲肖像画．プルーストは，ルーヴル美術館所蔵の画家の作品のみならず，1898年10月にアムステルダムで開催された大規模なレンブラント展も鑑賞し，断章「レンブラント」を書いた．プルーストが愛読したローランス版「大画家」シリーズの1冊『レンブラント』(1911)に転載された上図には，小説本文と同様，『シックス市長の肖像』という題名が添えられていた．

きに記憶のなかに見つかったという満足は、うぬぼれた笑みとなって、裏切られた大貴族の憂鬱を明るいものにした。）

大公とスワンのあいだに正確にはなにがおきたのか、私はどうしてもそれを知りたくて、もしスワンが夜会に残っているのならぜひとも会いたい気持だった。この気持を打ち明けると、公爵夫人は「そうですか」と私に答えた、「私はそれほどあの人に会いたいとは思いませんの、さきほどサン＝トゥーヴェルト夫人のお宅で小耳に挟んだところでは、あの人、死ぬ前に奥さんとお嬢さんを私に会わせたいと考えているとか。そりゃ、あの人の病気にはほんとうに心が痛みますけれど、でも第一、それほどの重病ではなさそうですし。それに結局、病気なんて理由になりませんわ、それじゃ、あまりにも安易でしょ。才能のない作家でも、こう言えばすみますもの、「アカデミーの会員選挙ではぜひ私に投票してください、家内が死にそうなので最後に喜ばせてやりたいのです。」死にかけてる人ならだれにでも会わなければならないのなら、もうサロンなんて成り立ちませんわ。私の御者だって「娘がひどく悪いのです、どうか私がパルム大公妃邸に招待されるようご配慮を」って売りこめるでしょ。私、シャル

（196）ウェルギリウス『アエネーイス』第二歌六五―六六行、トロイア人に木馬を受け入れさせる策略を語ることば、「この一つの悪事からすべてを察してください」（岡道男・高橋宏幸訳）に基づく慣用句。

ルが大好きで、あの人の頼みを断るのが非常に辛いので、あの人から頼まれずに済むように会わないでおきたいの。あの人がおっしゃるような命にかかわる重病ではないことを心から願っていますわ。でも本当にそんな事態になるのだとしても、だからといってふたりの女性にお会いする機会だとは思えませんの。ふたりは、いちばん気持のいいお友だちを私から十五年間も奪った元凶ですし、あの人はふたりを私に託すつもりかもしれませんけれど、そうすればあの人に会えるわけでもないでしょ、もう死んでしまっているんですから！」

ところがブレオーテ氏は、さきにフロベルヴィル大佐からにべもなく否定されたことをいまだに想いめぐらしていた。「いや、あなたのお話が正しいことを疑うわけじゃありませんが」と氏は言う、「私の説もたしかな筋から聞いたものなんです。それを話してくれたのはラ・トゥール・ドーヴェルニュ大公ですから。」「驚きましたな、あなたのような物知りがいまだにラ・トゥール・ドーヴェルニュなんておっしゃるとは」とゲルマント公爵が口をはさんだ、「いいですか、あれは全然そんな人じゃありませんよ、あの家系で残っているのはたったひとりで、オリヤーヌの叔父のブイヨン公爵です。」

「ヴィルパリジ夫人のご兄弟ですか？」と私は、ヴィルパリジ夫人がブイヨン家の令嬢だったことを想い出して訊ねた[197]。「おっしゃる通りです。オリヤーヌ、ランブルサック夫人がご挨拶しておられるよ。」実際、ランブルサック公爵夫人から、気づいた知り合いの人に向けて、ときどきかすかな微笑みが流れ星のように浮かんでは消えてゆくのが見られた。ところがこの微笑みは、はっきりとした形をとって積極的になにかを肯定したり、声にはならずとも意味の明らかなことばを伝えたりするのではなく、ただちに、なにも見分けられない一種の理想的法悦のなかに埋没してしまう。そのあいだ夫人が頭《こうべ》を垂れているのは、いくぶん耄碌《もうろく》した高位聖職者が聖体拝領にやって来た大勢の女性たちに投げかける恍惚とした祝福のしぐさを想わせた。もっともランブルサック夫人はちっとも耄碌していたわけではない。しかし私はこの種の大時代な上品さにはすでに見覚えがあった。祖母の女友だちは、コンブレーでもパリでも社交上の集まりに出ると、だれもが天使のような清らかな顔をして挨拶するのを慣わしとしたもので、それは教会でとりおこなわれる聖体奉挙[198]や葬儀のときに知り合いの人に気づいて、あるかなきかの会釈を投げかけると、それがすぐさま祈りへと移行する

(197) ヴィルパリジ夫人のブイヨン家の出自は「コンブレー」で言及された(本訳①五七頁)。同家は、一八〇二年に途絶えた名門貴族ラ・トゥール・ドーヴェルニュ家の分家。本訳①五九頁注33参照。
(198) ミサで、聖別されたパンとブドウ酒を司祭が高く掲げて信者に示す儀式。

のに似ている。ところでゲルマント氏がふと口にしたひとことは、私が試みていた比較の作業を補って完璧なものにしてくれた。「そのブイヨン公爵にあなたは会っておられますよ」とゲルマント氏は言った、「きょうの午後あなたが書斎にはいっていらしたとき、ちょうど出ていった人、あの小柄な白髪の人がそうですよ。」それは私がてっきりコンブレーのプチ・ブルジョワかと思った人であったが、[199] よく考えてみると、ヴィルパリジ夫人に瓜ふたつだったことに気づいた。ランブルサック公爵夫人の消え入りそうなお辞儀と祖母の女友だちのお辞儀が似ていることは、すでに私の関心を惹きはじめていた。大貴族であれプチ・ブルジョワであれ、閉ざされた狭い社会に暮らす人たちには古い作法がそのまま残存していることを私に教えてくれたからで、そんな作法は、アルランクール子爵やロイザ・ピュジェの時代[200]の教育がどのようなものであったか、その教育に反映している精神がいかなるものであったかを、考古学者のように発見させてくれる。この類似にも増して、ブイヨン公爵と同年配のコンブレーのプチ・ブルジョワとの外見の完全な一致がいまや一層はっきりと私に想い出させてくれたのは(以前にも私は、ある銀板写真《ダゲレオタイプ》を見て、サン＝ルーの母方の祖父であるラ・ロシュフーコー公爵[201]が、衣装といい、風貌といい、物腰といい、私の祖父と瓜ふたつであることに驚いたものだ)、社会階層の相違など、いや、個人の相違さえ、遠く離れて見れば、ある時代の均一性のなかに埋没してしまうことである。じつをいえば衣装の類似や風貌などに反映する時代精神は、ひとりの人間のなかでその階級よりもずっと重要な地位を占めている。階級が重要な地位を占めるのは当人の自尊心と他人の想像力のなかにすぎず、ルイ＝フィリップの時代の大貴族が、ルイ十五世(202)の時代の大貴族よりもむしろルイ＝フィリップの時代のブルジョワに似ていることに気づくには、ルーヴル美術館の部屋をあれこれ見てまわる必要などないのだ。

そのとき、ゲルマント大公妃が庇護しているバイエルンのぼさぼさ髪の音楽家がオリヤーヌに挨拶した。その挨拶にオリヤーヌは軽い会釈で応えたが、公爵は、妻が自分の知らない奇妙な風体《ふうてい》の、自分の勘の知らしめるところでは評判の芳《かんば》しからぬ男に挨拶しているのを見て腹を立て、妻のほうを向いて「なんだこの不作法者は？」と問

(199)　「私」がコンブレーの人かと思った「小柄な白髪の男」のことは、本訳⑦五〇六—〇七頁参照。

(200)　ランブルサック夫人と「私」の祖母が育ったルイ＝フィリップの七月王政(一八三〇—四八)の時代。アルランクール子爵(一七八九—一八五六)は作家。『世捨て人』(一八二一)で認められ、『シャルル五世治下の反逆者』(三二)や『やり手の王様』(三四)などで新体制を批判する歴史小説を刊行。ロイザ・ピュジェ(一八一〇—八九)は女流作曲家。とくに一八三〇年代から自作の歌をサロンなどで歌った。

(201)　先代のゲルマント公爵のことか。ラ・ロシュフーコー家との繋がりは本訳⑦四一四頁参照。

(202)　ルイ十四世の曾孫《ひまご》(在位一七一五—七四)。

いただすような恐ろしい顔をした。気の毒なことにゲルマント夫人の立場はすでにかなり厄介なものとなり、このような虐待を受ける妻にくだんの音楽家がすこしでも憐れみを感じていたら早々に退却したであろう。ところが音楽家は、公爵をとり巻くいちばん古参の友人たちが目の前にいることが多少の動機となって無言のお辞儀をしたのに、その公爵の友人たちの面前でこんな侮辱を受けることに我慢できず、知らぬわけではないゲルマント夫人に挨拶をしたのは当然の権利だと主張しようとしたのか、あるいは抵抗しがたい得体の知れぬ衝動に駆られてヘマな振る舞いに出て——本来ならむしろ才気に頼るべきであったのに——礼儀作法をひたすら額面どおりに守ろうとしたのか、ゲルマント夫人になおも近づいてこう言った、「公爵夫人、公爵にご紹介の栄をたまわりたく存じます。」これにはゲルマント夫人もほとほと困り果てた。とはいえ、たとえ夫に浮気される妻という身であろうと、結局わが身はゲルマント公爵夫人であるわけで、自分の知り合いを夫に紹介する権利まで剝奪されていると見られるのを承服できるわけがない。「バザン」と公爵夫人は言った、「エルヴェックさんをご紹介します。」

「あすサン゠トゥーヴェルト夫人邸にいらっしゃいますかとはお訊ねしません」とフロベルヴィル大佐は、エルヴェック氏の時宜を得ない請願によって生じた不愉快な印象を吹きとばすために、ゲルマント夫人に言った、「パリじゅうの名士がいらっしゃいますからね。」そのあいだにゲルマント公爵は、くるっと一挙に身をひるがえして無礼な音楽家と向き合うと、雷神ユピテルよろしくおのが巨体に無言の憤怒《ふんぬ》をあらわにしてしばらく仁王立ちとなった。目は怒りと驚愕にめらめらと燃えあがり、髪はまるで火口から噴き出したかのように縮れて波うっている。公爵は、こうした挑発的態度によってバイエルンの音楽家など知るはずもないことを周囲の者に知らしめるようにに見えたが、ついで衝動にでも駆られなければ要請された礼儀は尽くせないと言わんばかりに、白い手袋をはめた両手を背中で組むと、さっと身体を前に倒して深々としたお辞儀を音楽家に食らわせた。そのお辞儀は度外れな仰天と激怒のこもるじつに唐突で威勢のいいものだったので、震えあがった芸術家は、腹に恐ろしい頭突《ずつ》きを食らわぬよう、自分もお辞儀をしながら後ろに飛びのいた。「それがあいにくパリにはおりませんで」と公爵夫人はフロベルヴィル大佐に答えた、「じつは私(申しあげられるようなことではないのですが)、この歳になるまでモンフォール＝ラモリ[203]のステンドグラスを見たことがございませんの。お恥ずかしいことですけれど、そうなんです。

(203) パリ西方約四十五キロの村(地図①参照)。サン＝ピエール教会には十六世紀のステンドグラスが残るが、当時も現在も有名ではない。今はむしろモーリス・ラヴェルの家(在住一九二一―三七)で知られる。

それでこの無知の罪を償おうと、あすはそれを見に行くことに決めましたの。」ブレオーテ氏は、あざとい笑みをうかべた。実際、氏は、この歳までモンフォール＝ラモリのステンドグラスを知らずにいることのできた公爵夫人からすれば、この美術見物が「炎症をおしても」やる手術のような緊急性をいきなり帯びるはずはなく、二十五年以上も延期してきたものをあと丸一日延ばしたところでなんら困ることはないと悟ったのである。公爵夫人が立てた見物の計画とは、ほかでもないゲルマント夫妻独特の流儀による政令発布で、サン＝トゥーヴェルト夫人のサロンは、どう考えても本当に立派なサロンとは言いがたく、「ゴーロワ」紙の社交欄に出る名士の名でわが身を飾るために名士を招待するだけのサロンであり、そこで見かけない貴婦人たち、それがひとりならその不在の貴婦人にこそ、最高のエレガンスの認証が授けられるべきだと知らしめたのだ。ブレオーテ氏の繊細な楽しみは、社交人士たちがゲルマント夫人を見守るときの詩的な歓びに裏打ちされていた。身分のさほど高くない社交人士にはとうてい真似のできないさまざまなことを夫人がやってのけるのを見ているだけで笑みがうかぶのは、自分の耕地に縛りつけられた農夫が、はるかに自由で裕福な、自分には雲の上の存在にも等しい人たちを見て微笑むのと同じようなものである。このブレオーテ氏の繊細な楽しみは、フロベルヴィル氏が押し殺しはしたもののまたすぐにこみあげてきた有頂天の歓びとは似ても似つかぬものであった。

フロベルヴィル氏は、自分の笑い声を聞きとがめられぬよう必死に堪《こら》えて真っ赤になっていたが、にもかかわらずしゃっくりみたいにこみあげる歓びにことばを途切らせながら、憐れみのこもる口調でこう言った、「そうですか！　かわいそうなのはサン＝トゥーヴェルト叔母ですな、これじゃあ病気になりますよ！　ご都合が悪いとは！　なんともお気の毒ですな、お目当ての公爵夫人に来てもらえないとは、大打撃ですな！　これにはきっと参るでしょう。」そう言い添えた氏は、身をよじって笑った。昂奮に酔いしれた氏は、手の舞い足の踏むところを知らずを絵に描《か》いたように、思わず足を踏みならし、揉み手までした。ゲルマント夫人は、その好意を汲んで片目と口端《くちは》でフロベルヴィル氏に微笑みはしたが、それでもあいかわらず死ぬほど退屈に感じられて、とうとう氏のそばを離れることに決めた。

「あら、私、これで失礼せざるをえません」と夫人は言って、憂鬱そうなあきらめの顔をしてみせ、残念と言わんばかりに立ちあがった。夫人の青い目に呪縛されると、やさしく音楽を奏でるような声は、妖精の発する詩的な嘆きの声かと思われた。「バザンがすこしマリーに会いに行くよう申しておりますので。」じつをいえば夫人は、フロベルヴィルの話を聞くのにうんざりしていたのだ。夫人は、モンフォール＝ラモリ行きをしきりに羨ましがっているこの男は、かの地のステンドグラスのことなど今はじめて聞いたにちがいないこと、一方ではなにがあってもサン＝トゥーヴェルト夫人の午後のパーティーはすっぽかさないことを重々承知していたのである。「ではさようなら、あまりお話しできませんでしたわね、でも社交界っていつもこんな調子で、ゆっくりお会いできず、言いたいことも言えません。もっとも、どこへ行っても、人生って同じことなのでしょうね。死んだあとは、もっと具合がよくなるものと期待しましょう。死んでしまえば少なくともデコルテを身につける必要はなさそうね。でも、わかりませんわよ。ことによると大きなパーティーのたびに自分のお骨《こつ》とウジ虫をさらすはめになるのかも。きっとそうだわ。ほら、ランピヨンおばさんをご覧なさい、あれと、胸あきのドレスを着せた骸骨とのあいだに、それほど大きな違いがあるでしょうか？　あの人はそう思われたって当然でしょう、すくなくとも百歳にはおなりですからね。私が社交界にデビューしたとき、すでに神聖な怪物《モンストル・サクレ》(204)のおひとりで、私なんてその前に行ってお辞儀するのを拒んでいたぐらいでした(205)。もうずいぶん前に亡くなられたものと思っていましたわ。そう思うのでなければ、あのおすがたは説明がつかないでしょう。なんだか背筋の寒くなる、拝まずにはいられないおすがたですね。まるで「カンポサント(206)」だわ！」公爵夫人はフロベルヴィルのそばを離れていたが、相手は追いかけてきた。「最後にひとことだけ申しあげたいのですが。」夫人は少々いらいらして「まだなにかおありで?」と横柄に言う。氏は、公爵夫人が土壇場になってモンフォール=ラモリ行きを思い直しはしないかと心配したのだ。「さきほどはサン=トゥーヴェルト夫人を悲しませてはいけないと思って申しあげませんでしたが、出席されないとおっしゃったので奥さまのために喜んでいるのです。なにせあのお宅では麻疹《はしか》がはやっていますから!」「まあ! たいへん!」と病気を怖がるオリヤーヌは言う、「でも私は大丈夫ですわ、もうやりましたから。二度はかからないそうですね。」「医者はそう言いますが、私の知り合いには四度もかかったのが何人もいますよ。まあいいです、あなたにはご注意申しあげましたから。」そう言った本人は、つくり話の麻疹に本当にかかってベッドに寝たきりにでもならなければ、何ヵ月も前から楽しみにしていたサン=トゥーヴェルト夫人のパーティーへの出席をあきらめるは

(204) 原語 monstre(s) sacré(s) は「近寄りがたい怪物」の意。現用「演劇界などの大御所(スーパースター)」の意はコクトーの同名劇(初演一九四〇)から生まれた新語義(『グラン・ラルース仏語辞典』など)。ただしこの一節(一九二一)の「怪物」の裏にもすでに「社交界の大御所」の含意が感じられる。

(205) 「スワンの恋」のサン=トゥーヴェルト夫人邸の夜会で、実際オリヤーヌは「大嫌いなランピヨンの奥さま」から身を隠していた(本訳②三四三頁)。

(206) 図10、図11参照。camposanto の原義「神聖な野」は、「神聖な怪物」との語呂合わせ。

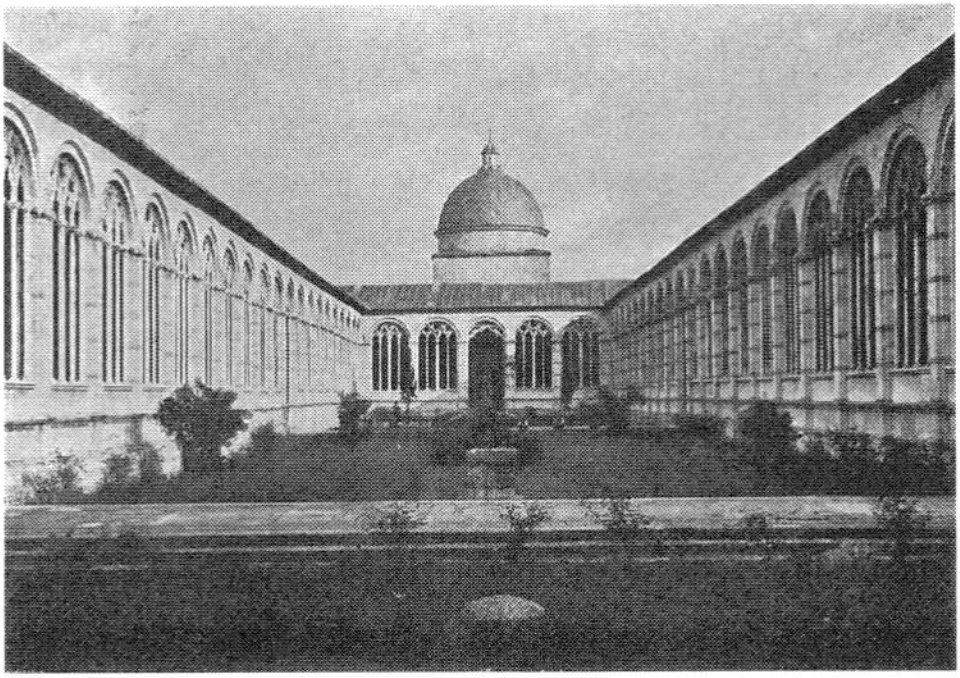

図 10　ピサの
カンポサント

図 11　「死の勝利」

「カンポサント」camposanto はイタリア語で「墓地」「霊廟」の意. 各地に存在するが, ピサのドゥオモ広場に鐘楼(ピサの斜塔)などとともに建つカンポサントが代表的作例(13 世紀後半から 15 世紀後半の建立). ゴシック様式の回廊が中庭をとり囲む(図 10). 北翼の回廊壁面には, 旧約聖書のアブラハムの物語を描いたベノッツォ・ゴッツォリのフレスコ画(その一部「アブラハムと天使」本訳① 92 頁図 2 参照), 南面には作者不詳の「死の勝利」「最後の審判」「地獄」の三幅フレスコ画が存在したが, 1944 年 7 月 27 日の連合軍の空襲で大部分が消失. 図 11「死の勝利」の左端には, 騎乗の貴族たちが棺のなかでウジ虫に食われる死体を発見する場面が描かれている. 図版はともに「著名芸術都市」シリーズの 1 冊『ピサとルッカ』(1914)から転載.

ずがない。そこへ行けば多くのエレガントな貴婦人に会える楽しみがある！　それよりも大きな楽しみは、いろんな失態を目の当たりにできることだ。なによりも楽しみなのは、そんな貴婦人たちと近づきになれたと長いこと自慢できるうえ、そんな失態を誇張したりでっちあげたりして嘆いてみせられることだ！

私は公爵夫人が席を移したのを潮どきに立ちあがり、喫煙室へ行ってスワンのことを訊ねようと思った。「ババルが話したことなど、ひとことだって信じてはいけませんよ」と公爵夫人は私に言う、「あのかわいいモレがあんなところにもぐり込む(207)なんて絶対にありえません。私どもの気を惹こうとして、あんなことを言うのです。モレ夫妻はだれも招かないし、どこにも招待されない人たちで、げんに旦那さまはご自分で「われわれはふたりとも出不精なもので」とおっしゃってますわ。あの人がいつもわれわれ、われわれとおっしゃるのは、王さまがご自身のことをわれわれと仰せになるのとは違って、奥さまを含めてのことのようですが、これはくどくど申しません。でも私、裏事情にはよくよく通じていますのよ。」公爵夫人と私は、ふたりの青年とすれちがった。タイプは異なるがふたりとも飛びきりの美男子で、その美貌はひとりの同じ女性の血をひくものだった。ゲルマント公爵の新しい愛人、シュルジ夫人のふたりの息子

(207)　ブレオーテ氏の話で、モレ伯爵夫人がスワン家に出入りしていたこと(本巻一七九頁)。

である。ふたりとも母親譲りの完璧な美しさに輝いていたが、それぞれ別様の美しさだった。ひとりの男の肉体には、シュルジ夫人から伝わる立派な威厳が脈打っていて、母親と息子に共通する大理石のような頬には、同じように熱っぽく赤味を帯びた神聖不可侵な純白さがみなぎっていた。しかしもうひとりが受け継いでいたのは、ギリシャふうの額であり、完璧な鼻であり、彫像のようなうなじであり、きわめて深い表情をたたえた目であった。かくして女神の分かち与えた多様な贈りものから成るふた通りの美貌は、その美しさの要因がふたりの埒外にあることを想起する抽象的な楽しみを与えてくれた。まるで母親の主要な特性がふたつの異なる肉体に具現化され、ひとりの青年には母親の背丈と顔色とが、もうひとりには母親のまなざしが体現されていると感じられるのは、さまざまな神々がユピテルやミネルヴァの「力」や「美」(208)を体現していることを想わせる。ふたりはゲルマント氏を「両親の親友です」と言って尊敬していたが、とはいえ兄は公爵夫人には挨拶に行かないのが賢明だろうと思った。その理由をしかと把握していたわけではないかもしれないが、公爵夫人が自分の母親に反感をいだいているとは勘づいていたようで、私たちを見るとわずかに顔をそらした。弟はといえば、愚鈍なうえに近視とあって、とうてい自分の意見をもつ気概はなく、いつも兄に追随していたから、これまた兄と同じ角度に顔を傾けた。かくして兄のあとに弟がつき従い、ふたりしてゆるゆると遊戯室のほうへ進みゆく図は、さながら一対の寓意像であった。

その部屋にたどり着こうとしたとき、私はシトリ侯爵夫人に呼びとめられた。いまだに美しい婦人であるが、口角泡《こうかくあわ》を飛ばす勢いである。相当に高貴な家に生まれた夫人は、華々しい結婚を追い求め、曾祖母がオマール＝ロレーヌ家(209)の出であるシトリ氏を夫にしてその願いを実現した。しかしこの満足が得られると夫人は、反対ばかりする性格のせいでたちまち一流社交界の人士たちを毛嫌いするようになったが、だからといって社交生活を完全に排除したわけではない。夜会では全員をひとり残らず嘲笑しただけではなく、その軽蔑があまりにも強烈なので、笑うだけでは厳しさが足りないとでも思うのか、喉までひいひい鳴らした。「あれあれ！」と夫人は、今しがた私から離れてすでに少しばかり遠くにいたゲルマント公爵夫人を指して私に言った、「あきれるしかありませんわねえ、こんな生活が送れるとは。」はたしてこれは真実に目覚めない異教徒たちに怒り狂った聖女のことばなのか、それとも殺戮《さつりく》に飢えたアナーキストのことばなのか？　いずれにせよこんな暴言は、どう考えても正当化され

(208)　ローマ神話で、主神ユピテルは力と権威を象徴し、ミネルヴァは知恵・芸術・戦争などの女神。
(209)　オマール公爵家、ロレーヌ公爵家は、ともにフランス王家に繋がる名門貴族。

るわけがない。第一、ゲルマント夫人の「送っている生活」はシトリ夫人の生活と(憤慨をべつにすれば)ほとんど違わない。シトリ夫人は、公爵夫人がマリー＝ジルベールの夜会に出席するという退屈きわまりない犠牲を払うことができるのを見て唖然としたという。ただし断っておかなければならないが、この場合シトリ夫人は、実際に親切を尽くしてくれる大公妃が大好きで、その夜会に出てくれれば大公妃が大喜びすることを知っていた。それゆえ夫人は、天賦の才があると見込んだ女性ダンサーからロシアの振付の秘訣を教えてもらう約束を断って、このパーティーに出席したのである。オリヤーヌが招待客たちにあれこれ挨拶するのを見てシトリ夫人が感じた強烈な憤慨はまともにとり合うべきものではないと考えられる第二の理由は、ゲルマント夫人にも、症状はずっと軽いとはいえ、シトリ夫人をむしばむ病いの徴候があらわれていた点にある。ゲルマント夫人が生まれつきその病いの萌芽を宿していたことは、そもそもすでに指摘した。(210) 詰まるところシトリ夫人よりも聡明なゲルマント夫人は、すべての価値(単に社交上の価値だけに限らない)を否定するこのようなニヒリズムをシトリ夫人以上にいだいてもなんら不思議ではない。ところがある種の美点は、隣人の欠点を批判してその人を苦しめるよりも、その欠点を我慢する助けになることも事実である。優れた才能の持主なら、愚か者とは違って、ふだん他人の愚行など気にもとめないだろう。公爵夫人の才気がどのようなものであるかは長々と描いてきたから、それが高度な知性とはなんら共通点を持たないとしても、それでもやはり才気であり、統辞法をさまざまな形で（翻訳家のように）巧みに駆使する才気であることは納得していただけるだろう。ところがシトリ夫人には、自分の美点ときわめてよく似た美点まで軽蔑するだけの才気はまるで備わっていないように思われた。夫人は、すべての人を愚か者と決めつけたが、そのじつ会話や手紙では、そんなに軽蔑している相手よりも劣る自分を見せていた。おまけに夫人の破壊欲にはきわめて強いものがあって、社交界をほぼ見限ってから探し求めたさまざまな楽しみも、ひとつまたひとつと、その恐ろしい破壊力の犠牲になった。夜会をやめて音楽の会に出かけるようになると、夫人はこんなことを言い出す。「こんなものを聴くのがお好きなの、音楽なんてものが？　ああ！　まったく！　それも時によりけりね。それにしても退屈ったらないわ！　あら！　ベートーヴェン、もううんざり《ラ・バルブ》！」ワーグナーには、さらにフランクやドビュッシーには、「もううんざり《ラ・バルブ》」と言うのさえ面倒なのか、夫人は理髪師《バルビエ》のように顔に手をあてがうだけにした(211)。やがて、なにもかもが退屈になった。「なんて退

(210)　夫人は「野性味を失って抑制的になってはいた」が「残忍でおてんばな活力と魅力」を宿し、幼いときから「ネコをいじめたりウサギの目玉をくり抜いたりしていた」という（本訳⑦三五〇頁参照）。

屈なんでしょう、きれいなものって！　あら！　絵なんて、頭が変になるだけ。おっしゃるとおり退屈ねえ、手紙を書くなんて！」しまいに夫人は、人生自体が退屈な《ラザント》[212]ものだと公言した。もっとも夫人が人生以外のなにと比べて人生を退屈だと判断したのかは判然としなかった。

　私がゲルマント公爵夫人の館で晩餐をとった最初の夜、夫人がこの部屋について話してくれたこと[213]が原因なのかはわからないが、この遊戯室ないし喫煙室には、嵌《は》め木を絵柄にした床をはじめ、三脚の椅子、人びとをじっと見つめる神々や動物の像、椅子の肘掛けに横たわるスフィンクス、とりわけ、多かれ少なかれエトルリアやエジプトの芸術を模した象徴的文様で覆われた大理石や七宝モザイクの巨大なテーブルがあって、私はまるで本物の魔法の部屋にいる気分になった。ところでシャルリュス氏は、きらきら光る卜占《ぼくせん》台のようなテーブルに椅子を近づけて腰かけ、どんなカードにも手を触れず、およそ周囲のできごとには無関心で、私がはいってきたことにも気づかなかった。そんな氏は、ほかでもない、おのが意志と推論のかぎりを尽くして星占いをする魔術師かと思われた。氏は、三脚椅子に腰かけたピュティア[214]よろしく顔から飛び出さんばかりの目をじっと凝らしていたのみならず、どんなわずかな身動きも許されない作業から気をそらさないためか、さきほどは口にくわえていた葉巻も、それをふかす気持のゆとりがないのか(計算問題を解いている人が、解答が出るまでは他のことをする気にならないのと同じだ)、わきに置いたままである。氏の向かいの肘掛け椅子の両肘に二体の神獣がうずくまるのを見ると、男爵はスフィンクス(215)の謎を解こうとしているのかと思ってしまうが、じつはその肘掛け椅子に腰かけてゲームに興じている若い生身のオイディプスの謎のほうが気がかりなのだ。ところでシャルリュス氏がこれほどまで一心不乱に精神の全能力を傾注して見つめている図柄は、ふつう幾何学ノ方法デ《モレ・ゲオメトリコ》研究する図形ではなく、若きシュルジ侯爵の顔の輪郭が提示する図柄であった。それを前にシャルリュス氏がこんなに没頭しているからには、その図柄は、なにやら菱形に配置された語とか、なぞなぞとか、代数の問題とかで、氏はその謎を解明するか、そこから公式を導き出そうとしているように見えた。氏の前には、巫女

(211) 慣用句「もううんざり《ラ・バルブ》」は元来「頬(顎)髭」。「髭《ラ・バルブ》」を指して「もううんざり《ラ・バルブ》」を暗示した。
(212) 「退屈な《ラザント》」は動詞 raser「剃る」の形容詞形。「もううんざり《ラ・バルブ》」よりも頻繁に用いる。
(213) 夫人は「ジルベールに帝政様式の遊戯室の家具をそっくり譲った」と語った(本訳⑦三九二頁)。
(214) デルポイのアポロン神殿で、大地の裂け目をまたぐ三脚椅子に座り、裂け目から立ちのぼるガスで神がかり状態となって神託を告げた巫女《みこ》。
(215) 女性の顔、ライオンの身体に翼の怪物。山中で旅人に「朝は四本足、昼は二本足、夜は三本足なのは何か」という謎を出し(答えは人間)、間違えた者を食べる。これを退治したのがオイディプス。

の神託のように謎めいたしるし、「掟」の板に刻まれた図柄があり、それは青年の運勢のたどる方向を老魔術師に教えてくれる魔法の文字かと思われた。突然、氏は、私からじっと見つめられていることに気がついて、夢から醒めたように顔をあげると、赤面して私に微笑んだ。そのときシュルジ夫人のもうひとりの息子が、ゲームをしている息子のそばに来て、そのカードをのぞきこんだ。私からふたりが兄弟だと聞いたシャルリュス氏の顔には、これほどみごとで、しかもこれほど相異なる傑作を生みだした一家にたいする賞讃の念が思わず色に出た。おまけに男爵の感激をさらに募らせたのは、シュルジ＝ル＝デュック夫人のふたりの息子が、同じ母親から生まれたばかりか同じ父親から生まれたと知ったことである。ユピテルの子供たちは、たしかに似ていない。しかしそれはユピテルが交わったのが、最初がメティスで、そこから賢い子供たちが生まれる運命であったのに、ついでテミス、さらにはエウリュノメ、ムネモシュネ、レトとつぎつぎに交わり、最後にようやくユノーを妻にしたのが原因である。(216) ところがシュルジ夫人は、たったひとりの父親からふたりの息子を産み、その息子たちは夫人から美貌を、ただし相異なる美貌を受け継いだのである。

　私がようやく喜んだのは、スワンが部屋にはいってきたからである。ただ部屋が非常に広いせいで、最初スワンは私に気がつかなかった。私の喜びには悲しみも混じっていたが、ほかの招待客たちは、もしかすると私と同様の悲しみを感じることはなく、むしろ間近に迫った死の、俗にいう顔にあらわれた死相の、想いも寄らぬ特異な形にいわば魅入られていたのかもしれない。招待客の全員が失敬ともいえる驚愕の表情をこの顔に注いだが、その表情にはぶしつけな好奇心や残忍な心とともに、平穏であると同時に不安をかきたてる自己省察が含まれていたようだ（ロベールなら「快キカナ《スアウェ・》大海ニ《マリ・マグノ》(217)」と「想イ出セ汝ガ塵ナルヲ《メメント・クイア・プルウィス》(218)」をないまぜにした心境と言っただろう）。というのもスワンの両頬は、病いによって欠けゆく月のようにそぎ落とされ、おそらく鏡で自分の顔を眺めるときのような一定の角度から見た場合をのぞくと、目の錯覚だけで見かけの厚みを与えられているはかない舞台装置のように、いまや見る影もなかったからである。そしてスワンのポリシネル(219)ふうの鼻は、整って好感のもてる顔のなか

(216)　ヘシオドス『神統記』末尾近くのゼウスの結婚に拠る。プルーストは、詩人ルコント・ド・リールの仏訳（一八六九）に拠り、ゼウスとヘラ（ギリシャ名）をユピテルとユノー（ラテン名）に変更した。

(217)　「快きかな、大海に波乱あるとき、対岸から他人の不幸を眺めるのは」というルクレティウスのことば（本訳⑦二一八頁に既出）。ロベールにはラテン語箴言の引用癖がある（同三六四頁参照）。

(218)　復活祭の四十六日前の「灰の水曜日」に司祭が信者の額に灰をつけながら唱える文言。原罪を犯したアダムに神が言った「塵《ちり》にすぎないお前は塵に返る」（新共同訳「創世記」三章一九節）に基づく。

(219)　フランスの喜劇や人形芝居に登場する道化。鉤鼻が特徴のひとつ（本訳⑤二九三頁図25参照）。

に長いあいだ吸収されていたが、鼻を小さく見せていた頰がなくなったせいか、あるいは一種の中毒症状たる動脈硬化の影響で、酔っぱらったときのように赤らみモルヒネを摂りすぎたときのように変形したせいか、いまや巨大に膨れて真っ赤になり、さる一風変わったヴァロワ王家の人(220)の鼻に見えるというよりも、むしろ年老いたヘブライ人の鼻のように見えた。そもそもここ数日のスワンにあっては、その血筋が、血筋の特徴をなす体型とともに、ほかのユダヤ人との精神的連帯を一段と際立たせていたのかもしれない。この連帯感は、スワンが一生のあいだ忘れていたかに思われたが、不治の病いと、ドレフュス事件と、反ユダヤ主義のプロパガンダとが互いに結びついて目覚めさせたものである。イスラエルの民のなかには、非常に鋭敏で繊細な社交人士でありながら、舞台裏に控えていて生涯のある一定の時期になると芝居の人物のように登場する野蛮人と予言者をうちに秘めている人たちがいる。スワンはそうした予言者の年齢に達していたのだ。その顔からは、溶けてゆく氷のかたまりから多くの面が消失するように、病いの影響で多くの輪郭がことごとく消え失せ、たしかに顔を見ればスワンは変わり果てていた。しかし私はそれ以上に、スワンが私にとっていかに変化したかに驚かずにはいられなかった。この優れた教養人、会えばけっして退屈させられることのない男、私がこの男に昔なぜあれほどの神秘をまとわせることができたのか、いまや理解できなくなっていたのである。かつてこの人がシャンゼリゼにあらわれたとき私は胸がどきどきして、絹の裏地のフード付マントに近づくのも恥ずかしく思われたし、この人が暮らすアパルトマンの戸口では呼び鈴を鳴らすのにも途方もない動揺と恐怖にとらわれずにはいられなかったが、そんな神秘は住まいだけではなく本人からも雲散霧消していた。そして本人とおしゃべりをするのだと考えても、それが私にとって快適であったりそうでなかったりするだけで、それが私の神経系統になんらかの作用を及ぼすことはもはやなかった。

おまけにスワンは、きょうの午後ゲルマント公爵の書斎で会ったとき——要するに数時間前——と比べても、なんと変わり果てたことだろう！　大公とのあいだにやはりひと悶着あって、ひどいショックを受けたのだろうか？　そんな想像をするまでもなかった。重篤な病気にかかった人は、ごくわずかの努力を求められただけで、すぐ

(220)　ヴァロワ家がフランスを統治したのは一三二八年から一五八九年まで。鼻が大きく、一風変わった王の一例としては、父王と対立、即位後も権謀術数を駆使して中央集権を確立したルイ十一世（在位一四六一―八三）が挙げられる（『プチ・ラルース・イリュストレ』一九一一年版から転載の肖像図12参照）。本巻ではブルボン家特有の「鷲鼻」も暗示されていた（一一五頁の注113と図４のルイ十六世の肖像参照）。

図 12

に過労でぐったりしてしまう。すでに疲れている病人をほんのすこし夜会の熱気にさらしただけで、その顔はゆがんで青ざめる。熟れすぎたナシや変質しかけた牛乳が、一日も経たぬうちに変わり果てるのと同じである。そのうえスワンの髪はところどころ透けて見え、ゲルマント夫人に言わせると、毛皮屋の手助けを必要とし、樟脳《しょうのう》の入れかたが悪かった毛皮のような惨状を呈していた。私は喫煙室を横ぎってスワンに話しかけようとしたが、あいにくその時だれかの手に肩をたたかれた。「やあ、こんばんは、丸二日の予定でパリに来ているんだ。きみの家に寄ったら、ここに来ていると言われたのでね、そんなわけで叔母のパーティーにぼくの来臨の栄を授けたのはきみだよ。」サン＝ルーだった。私はこの邸宅がいかに立派だと思うかを話した。「そう、かなりの歴史的建造物だね。ぼくには退屈にしか思えないけれど。パラメード叔父には近寄らないようにしよう、さもないと食いつかれるからね。モレ夫人が帰ってしまったので(というのも今や手綱を握ってるのは夫人なんだ)、叔父は途方に暮れているのさ。まったく見ものだったらしい、一歩たりとも夫人のそばを離れず、馬車に乗せてようやく放したそうだ。なにも叔父を恨んでるわけじゃないが、いつもぼくに厳しい態度をとってきた親族会議が、いちばん浮かれ騒いでいた親族のメンバーで構成されてるのは滑稽というほかないね。その筆頭が、だれよりも放蕩にふけってきたシャルリュス叔父だよ。ぼくの後見監督人でありながらドン・ファンも顔負けの女たらしで、あの歳になってもその方面は引退しないんだ。いっときぼくに保佐人をつけることが問題になったよ。いい歳をして女の尻ばかり追い回している連中が集まって問題を検討し、ぼくを呼びつけて母に辛い想いをさせているなんて説教調で言ったりしたが、ぼくが思うに、たがいに顔を見合わせて笑わずにはいられなかったはずさ。その会議のメンバーを調べてみたまえ、女のスカートをめくるのにもっとも長《た》けた者だけをわざわざ選んだとしか思えないよ。」わが友人がシャルリュス氏に呆れているのはとうてい正当なこととは思えなかった。そのシャルリュス氏のことは措《お》くとしても、べつのさまざまな理由から、もっともこの理由は後に私の頭のなかで変更されるが、ばか騒ぎをしていたか今もしている親戚たちが若者に分別を説くのは異常であるとロベールが考えるのは間違っていた。

遺伝や血筋による類似だけが原因だとしても、説教をする叔父が、頼まれて叱責する対象である甥とほとんど同じ欠点を備えているのは避けられないことである。ただし叔父はその説教になにも偽善をまじえているのではなく、新たな状況が生じるたびにこれは「べつの問題」だと想いこむ人間の能力にだまされているにすぎない。この能力のおかげで人間は、芸術や政治などに関するさまざまな誤謬を正しいものとして受け入れ、それが十年前、自分が糾弾していたべつの流派の絵画や、憎んで当然と信じていたべつの政治の問題などについて、そのときは真実だと想いこんでいたのと同じたぐいの誤謬であるとは気づかず、以前の誤謬は捨て去っているのに、こんどは新たな仮装ゆえにそれが類似の誤謬だとは認識できずに共鳴してしまうのである。もっとも叔父の過ちが甥の過ちとは異なる場合でも、遺伝はやはりある程度まで因果律になりうる。というのも、写しが原本とは異なるように、結果はかならずしも原因に似るわけではないからで、たとえ叔父の過ちのほうが格段に悪質であっても、叔父は自分の過ちのほうが重大ではないと完全に信じこむことができるのである。

　シャルリュス氏が憤慨してロベールを叱責していたとき、そもそもこの時期のロベールは叔父のほんとうの嗜好を知らなかったが、かりに男爵が自分自身の嗜好を不名誉なものと考えていた時期のことであったとしても、男爵は社交人士の観点から、ロベールのほうが自分よりはるかに罪深い人間だとすっかり心底から信じることができたであろう。ロベールは、この叔父が道理を説いて聞かせる役目をひき受けたとき、あやうく社交界から締め出されるところだったではないか？　もうすこしでジョッキーの会員選挙にも落選するところだったではないか[221]？　最低の部類の女のために常軌を逸した出費をしたうえ、作家、役者、ユダヤ人といった、だれひとり社交界のメンバーではない輩と親しくつき合い、謀反人の見解となんら変わらぬ意見をまくし立て、身内の皆に苦痛を与えたせいで、笑い者になっているではないか？　そんな破廉恥な暮らしが、このシャルリュスの暮らしぶりとどうして比べられよう？　この私は現在まで、ゲルマント家におけるわが地位を守ってきたばかりか、その地位をいっそう高めることができた。なにしろ社交界では絶対の特権を享受し、選りすぐりの人士から求められ褒めそやされる存在であり、ブルボン家の王女たる著名な女性と結婚し、その女性を幸せにしたうえ、その死後もふつう社交界では見られぬほど熱心かつ几帳面に追悼の意を捧げて、それゆえ良き夫であったのみならず良き信徒でもあったのだから、というわけである。

「でも確かなのかい、シャルリュス氏にそんなにたくさんの愛人がいたというのは？」と私は訊ねた。もちろん私は、嗅ぎつけた秘密をロベールに暴露せんとする悪魔的な意図など持ちあわせなかったが、それでもロベールが間違ったことを確信ありげにとくとくと言いつのるのを聞いていらいらしたのだ。ロベールは、私をおめでたい奴だと思ったのか、返事のかわりに肩をすくめただけである。「だけどぼくはその

(221)　ゲルマント公爵はロベールのジョッキー会員当選は危ういと言っていたが（本訳⑥一四二頁）、スワンによると「難なく当選」したという（同⑦五二六―二七頁参照）。

ことで叔父を非難してるんじゃないよ、叔父としては至極当然のことだと思うんだ。」そう言ってロベールが私に説明しはじめた理屈は、バルベックの時期ならみずから嫌悪を覚えたにちがいないものだった(そのころのロベールは誘惑者を破廉恥漢と非難するだけでは足りず、死刑こそ大罪に見合う唯一の罰であると言っていた)。そのころはまだ恋をして嫉妬に苦しんでいたからである。そのロベールが、こんどは娼家の礼讃までした。「そういうところでしか見つからないんだ、自分の足に合う靴は、つまり軍隊でいう自分に合うサイズはね。」バルベックで私がこの手の場所のことをほのめかすと、ロベールは激昂して嫌悪の情を示したものだが、もはやそんな感情を持たないロベールの話を聞いて、私はそうした場所を教えてくれたのはブロックだと言った。ところがロベールは、ブロックの通っていた娼家はきっと「おそろしく惨めな、貧乏人の楽園」にちがいないと答えた。「まあ場所にもよりけりだけど、で、結局どこだったの?」この問いに私はことばを濁した。ロベールがあれほど愛していたラシェルがルイ金貨一枚で身を売っていたのがその娼家だったことを想い出したからである[222]。「いずれにしても、もっといいところを教えてやるよ、すごくいい女たちがいるんだ。」ブロックが教えてくれた娼家よりも実際にずっといいという、ロベールのよく知るその娼家にできるだけ早く連れていってほしいと私が言うと、ロベールはあす発つので今回は無理だと、心底残念そうな顔をした。ロベールは「つぎの滞在のときにしよう」と言い、「いずれわかるさ、若い子もたくさんいるよ」と秘密めかしてつけ加えた、「かわいいお嬢さんもいて……たしかオルジュヴィルといったかな、正確に言うと、これ以上はない立派な家柄のお嬢さんで、母親は多少ともラ・クロワ＝レヴェックの血を引いているそうで、これは一流《グラタン》(223)の人たちだよ、勘違いでなければ、オリヤーヌ叔母ともいくらか縁つづきらしい。もっとも、本人を見るだけで立派な家柄の子だとわかるんだ（私はロベールの声にいっときゲルマント家の精霊の影が広がるのを感じたが、それは雲のように非常に高いところを通りすぎて立ち止まることはなかった）。あれはすごい掘り出しものに思えるね。両親ともずっと病気らしく、娘の面倒が見られないそうだ。当然、娘のほうは退屈しのぎをするだろう、そこでぜひきみから気晴らしを与えてやってもらいたい、あの子のためにも！」「そうかい！で、きみはいつ戻ってくるの？」「わからないんだ、でもきみがどうしてもだれか公爵夫人をというのでなければ（ロベールがそう言うのは、貴族階級にとって公爵夫人の称号はとびぬけて輝かしい地位を指すただひとつの称号で、庶民にとってのプリン

(222)　本訳③三三〇―三一頁、および同⑤三四二―四七頁参照。
(223)　「上流階級」を指す一八八〇年代の新語義。既出、本訳⑥五二頁と注39、同⑦二一七頁参照。

セスに相当するからだ)、べつのたぐいになるけど、ピュトビュス夫人(224)の筆頭小間使いがいるよ。」

　そのときシュルジ夫人が、息子たちを探しに遊戯室にはいってきた。そのすがたを見るとシャルリュス氏は愛想よく夫人に歩み寄ったが、これに侯爵夫人は、男爵からひどく冷淡な扱いを受けると思っていただけに、なおのこと嬉しい驚きを覚えた。というのも男爵はつねづねオリヤーヌの保護者として、一族のなかでただひとり――一族の人たちは、公爵の遺産目当てと公爵夫人への嫉妬から、公爵の勝手放題にたいてい目をつぶっていた――兄の愛人たちを容赦せず遠ざけていたからである。それゆえシュルジ夫人は、怖れていた態度を男爵がとったのならその動機を難なく理解できたはずであるが、男爵からそれとは正反対の愛想のいい応対を受けて、その動機にまるで見当がつかなかった。男爵は夫人を相手に、かつてジャケ(225)が描いた夫人の肖像画を褒めたたえた。その賞讃は熱をおびて感激にまで高まったが、その感激は、侯爵夫人が離れてしまわぬよう、敵の部隊をある地点にとどめておく作戦についてロベールが使っていたことばを借りるなら、夫人を「ひきつけておく」ための一部は打算であったが、それでも男爵の本心から出たものであったかもしれない。というのも、だれもがシュルジ夫人の目と威風堂々たる物腰とを息子たちのなかに認め、それを好んで賞讃したのにたいして、男爵は、それとは逆向きの、だが同じように強烈な歓びを味わうことができたからである。つまり、息子たちの魅力が母親のなかに寄せ集められているのを再発見する歓びで、それ自体はまるで肖像画のようになんら欲望をそそらなくても、肖像画にいだく美的賞讃の念が、肖像画に呼び醒まされた欲望に糧《かて》を与えてくれるのだ。その欲望が、ジャケの描いた肖像画にあとから官能的魅力を付与してくれたので、男爵はこの瞬間、シュルジ家のふたりの息子の生態の系譜を研究するためにその肖像画を手に入れたいと思ったにちがいない。

「ほら、ぼくが針小棒大に言い募っていたのではないとわかるだろう」とロベールは私に言った、「ちょっと見てみたまえ、叔父のシュルジ夫人への執心ぶりを。ここまでやられたんじゃ、ぼくだって呆れるさ。オリヤーヌが知ったら、かんかんに怒るだろう。結局、ほかに女はいくらでもいるんだから、よりによってあんなのに飛びつかなくてもよかったのに」とロベールはつけ加えた。ロベールもまた、恋をしていな

(224) コタールが自分の患者として「ピュトビュス男爵夫人」の名を挙げていた(本訳②一八四頁)。

(225) ギュスターヴ・ジャケ(一八四六―一九〇九)、当時の風俗画家。ユゼス公爵夫人など多くの貴婦人の肖像を描いた。プルーストは、画家の遺作の競売カタログ(一九〇九年十一月)に序文を寄せたロベール・ド・モンテスキウから同カタログを寄贈されていた(同時期のモンテスキウ宛て書簡)。

いすべての人たちと同様、人間は熟慮に熟慮をかさね、さまざまな長所や相性によって愛する相手を選ぶものと想いこんでいたのだ。おまけにロベールは、叔父を女にうつつを抜かす男だと誤解したうえ、恨みもあってか、シャルリュス氏のことをあまりにも軽々《けいけい》に語ったといえよう。だれかの甥であれば、いつかはその報いを受けずにはいられない。遺伝する習性は、たいてい遅かれ早かれ叔父を媒介にして伝わるからだ。それゆえドイツの喜劇『叔父と甥』(226)にタイトルを借りた肖像画集をつくれば、そこでは叔父が、最終的には自分に似てくる甥を、たとえ意識せずとも細心の注意をこめて見守るすがたが見られるだろう。さらに私は、甥の妻の叔父といった実際には血のつながりのない叔父たちもそこに加えるのでなければ、この肖像画集も画竜点睛《がりょうてんせい》を欠くと言いたい。実際、多くのシャルリュス氏の同類は、自分だけがよき夫であり、さらに女を嫉妬させない唯一の夫であると確信しているので、自分の姪を愛する気持から、たいていその姪も一人のシャルリュスと結婚させるからだ。これがさまざまな類似のもつれをいっそう錯綜させる。そして姪を愛する気持は、ときには姪の婚約者にたいする愛情と一体化することもある。このような結婚はなんら珍しいものではなく、しばしば幸せな結婚と呼ばれている。

「なんの話をしていたんだっけ？　そうそう、あの大柄でブロンドの、ピュトビュス夫人の小間使いのことだったね。あれは女も愛する女のようだけど、そんなことはきみにはどうでもいいだろう。率直に言うが、ぼくはあんなに美しい女性は見たことがない。」「それじゃ、かなりジョルジョーネふうなのかい？」「ものすごくジョルジョーネだよ(227)！　ああ、もし暇があってパリですごせるんだったらなあ！　いくらでもすばらしい経験ができるんだが！　それから、またべつの女に移るんだ。だって恋愛なんてものはね、いいかいきみ、嘘八百なんだよ、ぼくはすっかり目が醒めた。」やがて私は、ロベールが恋愛に劣らず文学からも目が醒めたと知って驚いた。この前に会ったときは、もっぱら文学者たちへの幻想から醒めたかに見えたが（「あれは皆ペテン師とその仲間だ」とロベールは言っていた）、それはラシェルと親しかった文学者たちへの当然の恨みから出たものと説明できた。実際その文学者たちはラシェルに、「べつの人種」であるロベールの影響下に置かれているかぎり才能の開花はおぼつかないと言い聞かせ、ロベールから何度も招待された晩餐の最中に、ラシェルといっしょに面と向かってロベールを嘲笑したからである。しかし実際には、ロベールの

(226)　フリードリヒ・フォン・シラー（一七五九―一八〇五）の三幕喜劇『叔父と間違えられた甥』（一八〇三）。当時、『叔父か甥か？』（一八九二）や『叔父と甥』（一九〇九）の題名で仏訳が出版された。

(227)　図13参照。

図 13　ジョルジョーネ『眠れるヴィーナス』(ドレスデン，アルテ・マイスター絵画館)

夭逝した盛期ヴェネツィアの画家ジョルジョーネ(1476 頃-1510)の生涯と作品は詳らかでない．プルーストの時代にはティツィアーノ『田園の奏楽』(ルーヴル美術館)もジョルジョーネの作とみなされていたが，当時から画家の代表作として知られるのは『眠れるヴィーナス』(1510)．ティツィアーノの『ウルビーノのヴィーナス』(1538)をはじめ，アングル『グランド・オダリスク』やマネ『オランピア』(本訳⑦ 174-75 頁図 12・13 参照)に大きな影響を与えたとされる．小説の主人公「私」にとってヴェネツィアへの夢想はつねにジョルジョーネの画と結びついていた(本訳② 443-46 頁)．図版は，当時の著作，ジョルジュ・ドレフース『ジョルジョーネ』(1914)から転載．

「文学」(228)にたいする愛情はなんら深いものでも、その真の本性から出たものでもなく、ラシェルへの愛情から派生したものにすぎず、その愛情が消えると、快楽を追い求める男たちへの嫌悪や貞淑な女性への厳粛な敬意とともに、文学への愛も消え失せていたのである。

「あの若いふたりは、なんとも変わってますな！　ご覧なさい、侯爵夫人、あんなにゲームに熱中するのも珍しいですよ」とシャルリュス氏は、シュルジ夫人にふたりの息子を指して言って、ふたりの正体をまるで知らないふりをした。「きっとふたりともオリエントの人でしょう。目鼻立ちになんとなく特徴がありますね、トルコ人かもしれません」と氏が言い添えたのは、いま一度なんら他意のないふりをして、あいまいな反感を示しておけば、その反感があとで好意に変わったとき、ふたりの正体を知ってはじめて生じるその好意は、もっぱらシュルジ夫人の息子という身分に向けられたものと証明されるだろう、という魂胆なのだ。あるいはそれだけではなく、シャルリュス氏は、天賦の才であるおのが傍若無人ぶりを見せつけるのを歓びとしていたから、ふたりの若者の素性を知らないと思われている一刻をとらえ、シュルジ夫人を餌食《えじき》にして楽しもうと、いつもの嘲笑をやってのけたのかもしれない。スカパンが主

(228)　原語 les Lettres. 哲学・歴史・文学を含む人文的教養。七行前の「文学」も同義。

人の変装をいいことに、主人をさんざん杖で打ちすえる(229)のと同じようなものである。

「あれは私の息子たちです」とシュルジ夫人は言って顔を赤らめたが、夫人がもっと利口で、もっと身持ちの悪い女であったなら、赤面することもなかったであろう。その場合には、シャルリュス氏が若い男に示す完全な無関心や嘲笑の構えが本心から出たものではなく、それと同じく氏が女性に示すうわべの賞讃もまた真の本性ではないことを悟ったはずである。シャルリュス氏から最大級のお世辞をえんえんと聞かされた夫人は、こうして話しながら氏が後ほど気づかなかったふりをする青年にじっと注いでいたまなざしに、嫉妬を感じることもできたはずである。そのまなざしは、シャルリュス氏が女性たちに向けるまなざしとはまるで異なるものであったからだ。心の奥底から出てくる特殊なまなざしで、服の仕立屋が他人の着ている服にまっさきに注ぐまなざしでその職業をあらわにするのにも似て、夜会のときでもおのずと若い男たちへと向かわずにはいられないまなざしである。

「そうですか！　それは不思議ですな」とシャルリュス氏は、あいかわらず傍若無人に答え、あらかじめ想定しているように見せかけていた現実とはまるで異なる現実に、さんざん思考をめぐらしてようやくたどり着いたといった顔をした。「でも、おふたりを存じあげないのです」と氏が言い添えたのは、さきの反感の表現がいささか度を越してしまい、息子たちを引き合わせようとする侯爵夫人の気持を萎えさせたのではないかと心配したからである。「ふたりを紹介させていただいてもよろしいでしょうか?」とシュルジ夫人はおずおずと訊ねた。「いや、それは！　どうかお考えどおりに。私は結構ですが、あんなお若いかたがたにとっては私なんぞそれほど面白い人間じゃないかもしれませんから」とシャルリュス氏は一本調子に言って、礼儀上やむなく応じざるをえない人につきものの躊躇と冷淡をあらわにした。

「アルニュルフ、ヴィクチュルニアン、急いでこちらに」とシュルジ夫人が言うと、ヴィクチュルニアンはさっと立ちあがった。アルニュルフのほうは、兄のようには遠くがよく見えないせいか、おとなしく兄のあとに従った。

「こんどは息子たちの番ときた」とロベールは私に言った、「まったく抱腹絶倒だよ。その家の飼い犬のご機嫌までとろうとするんだから。(230) 叔父はジゴロ(231)が大嫌いなだけに、ますます滑稽だな。ほら、見てみたまえ、なんてまじめな顔をしてふたりの話を聞い

(229) モリエールの喜劇『スカパンの悪だくみ』三幕二場。召使いのスカパンは、刺客に狙われている主人を助けると称して袋のなかに匿い、刺客のふりをして袋のなかの主人を棍棒で打ちすえる。

(230) モリエール『女学者』一幕三場で、衒学趣味の一家の娘アンリエットは、衒学を嫌う恋人のクリタンドルに、両親から結婚の同意をとりつけるために出入りのエセ学者の機嫌もとるように忠告する。

(231) 十九世紀中葉には「娼婦の愛人」、一九一二三年頃から「素行の怪しい優男《やさおとこ》」を意味する。

ていることか。もしぼくがふたりを叔父に紹介しようとしたら、きっとけんもほろろに追い払われただろう。ねえ、ちょっとオリヤーヌに挨拶しておかなくてはいけない。パリに来てもゆっくりできないので、ここで皆に会っておきたいんだ、そうでないと名刺を置きに行かなければならないのでね。」

「いかにも育ちのいい、行儀のいいお子さんですな」とシャルリュス氏が言っていたところだった。「そうでしょうか？」と答えたシュルジ夫人は、ご満悦である。

スワンは、私のすがたを目にとめて、サン＝ルーと私のほうに近づいてきた。スワンにあっては、ユダヤ人の快活さは、社交人の冗談ほどに洗練されたものではなかった。「こんばんは」と私たちに言う、「まずいですね！　こうして三人いっしょだと、きっと「組合[232]」の会合かと思われますよ。あやうく金の出どころはどこかと探られかねません。」スワンは、背後でボーセルフイユ氏が聞いているのに気づいていなかった。将軍は思わず眉をひそめた。私たちのすぐそばで、シャルリュス氏の声が聞こえてきた。「なんですと？　あなたはヴィクチュルニアンとおっしゃるのですか、『骨董室[233]』に出てくるように」とシャルリュス氏が言ったのは、ふたりの若者との会話をつづけるためである。「はい、バルザックの」とシュルジ兄弟の兄のほうが答えた。この小説家の作品など一行たりとも読んでいなかったが、先生から数日前、デスグリニヨンと同じ名前だと教わったばかりだったのである。シュルジ夫人は、息子がひときわ輝くのを眺めるとともに、シャルリュス氏がわが息子の教養にご満悦なのを見て有頂天になった。

「ルーベ[234]は全面的にわれわれの味方だそうです、完全に確かな筋から出た情報でね」とスワンはサン＝ルーに言ったが、こんどはさらに声をひそめて将軍に聞かれないようにした。スワンにとっては、ドレフュス事件が関心の中心を占めるようになって以来、妻の共和派の人たちとの交友が以前よりも興味ぶかいものとなりつつあった。「こんなことを申しあげるのも、おふたりがどこまでもわれわれと一緒に歩んでくださるものと承知しているからです。」

「いや、それほどでもありません。あなたの完全な誤解ですよ」とロベールは答えた、「なんともまずい展開になった事件でして、こんな事件に首を突っこんだのを大いに後悔しているんです。私にはなんの関係もないことですから。もしやり直せるも

(232)　反ユダヤ主義者がその陰謀を喧伝していた「ユダヤ人組合」(本訳⑥一四六頁と注135参照)。

(233)　バルザックの小説(一八三八)。主人公ヴィクチュルニアン・デスグリニョンは、美貌の青年。

(234)　エミール・ルーベ(一八三八―一九二九)、穏健共和派のフランス大統領(在任一八九九―一九〇六)。ドレフュス再審を推進し、一八九九年六月四日(本篇の現時点はおよそ同年晩春)、オートゥイユで反対派のある男爵から杖で殴られる。再度の有罪判決が出た十日後の同年九月十九日、ドレフュスに恩赦を与える。

のなら、こんどは遠く離れているでしょう。私は兵士ですし、なによりも軍の味方ですから。きみ、しばらくスワンさんといっしょにいるなら、あとで会おう、ぼくは叔母のところに行ってくるから。」しかし私は、ロベールが話しに行ったのはアンブルサック嬢のところであるのを見て、ロベールがふたりの婚約の可能性について私に嘘をついていたのだと考え、(235) 耐えがたい悲しみを覚えた。それでも私は、ロベールは三十分前にマルサント夫人からアンブルサック嬢に紹介されたばかりだと知って、いくぶん気が晴れた。アンブルサック家は大金持なので、マルサント夫人がこの結婚を望んでいたのである。

「ようやく」とシャルリュス氏はシュルジ夫人に言った、「バルザックを読んだことがありバルザックのなんたるかを心得ている、教養ある若者に会えましたよ。しかもその若者に出会えたのが、めったにそんなこともなくなった場所、つまり私の同類の館、われらが一族の館であるだけに、なおのこと嬉しいのです。」氏はそうつけ加えたことばに力をこめた。ゲルマント家の人たちは、どんな人間も同等と考えているふりをしているが、そんな試みも空しく、盛大なパーティーで高貴な「生まれ」の人たちと同席し、なかでも高貴な「生まれ」とはいえ自分たちよりも下位の人たちと同席し、その人たちを喜ばせたいと思い、また喜ばせることのできる場合には、躊躇なく一族の古い想い出をもち出すものだ。「昔は」と男爵はつづきを言う、「貴族といえば、知性においても心情においても最高の人、という意味でした。ところが今や、われわれのなかでヴィクチュルニアン・デスグリニョンのなんたるかを心得ている人にはじめて出会ったという始末。いや、はじめてというのは間違いだ。ポリニャック家にもひとり、モンテスキウ家にもひとりいますから(236)」とシャルリュス氏が言い添えたのは、息子がこのふたりと同格に扱われれば、侯爵夫人は有頂天になるほかないのを知っていたからである。「そもそもおふたりのご子息はそれだけの血筋ですよ、母方のお祖父《じい》さまは十八世紀の名高いコレクションをお持ちでした。いつか昼食にでも来てくだされば、私のコレクションもご覧に入れましょう」と氏は若いヴィクチュルニアンに言った、「バルザックの自筆の訂正が書きこまれている『骨董室』の珍しい版もお見せしましょう。ふたりのヴィクチュルニアンをそんなふうに対面させれば楽しいでしょうな。」

私はスワンのそばを離れる気になれなかった。スワンは、その病人の身体が、さま

(235) ロベールは真偽を質した「私」にアンブルサック嬢との結婚を否定した(本訳⑤二一四頁参照)。
(236) ともにフランスの名門貴族。当時の読者は、プルーストとも親交のあったエドモン・ド・ポリニャック大公(本訳⑦四一八頁と注450参照)とロベール・ド・モンテスキウ伯爵を想いうかべたはず。

ざまな化学反応の観察されるレトルト(237)としか思えないほど、疲労の極に達していた。その顔は、プルシアンブルーの小さな斑点がいくつも出て、もはや生者の世界のものとは思われず、高等中学校《リセ》で「実験」後の「理科」の教室に残るのがいやになるあの臭《にお》いと同様の、独特の臭気を放っていた。私はスワンに、ゲルマント大公とずいぶん長いこと話しておられたのではないか、それがどんな話であったか教えていただけないか、と訊ねた。「いいですよ」とスワンは言った、「でも、その前にしばらくシャルリュス氏やシュルジ夫人とあちらにいらっしゃい、ここでお待ちしていますから。」

実際シャルリュス氏は、シュルジ夫人に、この部屋は暑いのでいっときべつの部屋へ行って腰をかけましょうと提案し、ふたりの息子には母親と同行するように言わず、私を誘っていた。そんなやり口で、ふたりの若者を餌《えさ》でおびき寄せながら、ふたりには執着していないふりをしたのである。おまけに私にたいしては、シュルジ＝ル＝デュック夫人がおおかたの顰蹙を買っていただけに、安手《やすで》の礼儀を尽くしたにすぎない。

私たちが行き止まりの出窓の手前に腰をおろしたとたん、折あしく、男爵の嘲笑の的となっていたサン＝トゥーヴェルト侯爵夫人が通りかかった。夫人は、自分がシャルリュス氏に快く思われていないことを隠そうとしたのか、あるいは人前でそれを柳に風と受け流そうとしたのか、また、なによりも男爵とこんなに和気あいあいと話している婦人と親しいことを示そうとしたのか、美貌の誉れ高いその婦人に見くだすような親しげな会釈をした。それにたいして相手の婦人は、横目でシャルリュス氏を見つめながら、愚弄の笑みで応えた。ところがサン＝トゥーヴェルト夫人は、私たちの背後の奥まで行って翌日の招待客の探索をつづけようとしたせいで、あまりにも狭い窓辺に閉じこめられ、なかなか抜け出せなくなった。ふたりの若者の母親の目におのが毒舌を際立たせたいシャルリュス氏は、これ幸いと、この機会を逃さなかった。私が悪気もなく愚かな質問をしたのが、氏に十八番《おはこ》の話題をとくとくとして開陳する口実を与え、私たちの背後でほとんど身動きのできないサン＝トゥーヴェルト夫人は、気の毒なことにそれを一語も漏らさず聞かされる仕儀となった。「まったく失敬な若者ですよ」と氏はシュルジ夫人に私を指して言った、「その手の生理的欲求は隠しておくという人間として守るべき最低限の配慮さえせず、私にサン＝トゥーヴェルト夫人のところへ行くのかと訊ねたんです、思うに、私に下痢なのかと訊いたらしい。いずれにせよ用をたすのなら、あんなところへ寄るより、もっと快適な場所へ行こうとしますよ。あの人は、記憶違いでなければ、私が社交界に、つまりあの人とはべつのところに出入りしはじめたとき、

（237）蒸留の化学実験を行う器具。『二十世紀ラルース辞典』から転載の図14参照。

図14

たしか百歳のお祝いをしていたはず。そうはいっても、あの人以上におもしろい話を聞かせてくれる人がおりますかな？　第一帝政と王政復古の時代の、(238)みずから目撃し、かつ体験した歴史的な想い出はもとより、内輪の話だってどんどん出てくるでしょう。きっとその内輪話はちっとも「神聖な《サン》」ものではなく、きわめて「卑猥な《ヴェルト》」(239)ものでしょうな、なにしろその尊敬すべきお転婆さんは尻軽だったわけですから。そんなわくわくする時代のことを訊きたくてもできないのは、私の嗅覚が敏感なせいでしょう。そのご婦人がそばにいらっしゃるだけで充分でしてね、突然「うへっ！　こりゃ、わしの使った便槽をこわしたのか」と思うが、なんのことはない、侯爵夫人が招待かなにかの目的でお口を開かれただけなんです。これで、おわかりでしょう、もし不幸にして私が夫人のところへ出かけるはめになれば、便槽はみるみる増殖して恐ろしい汲み取りタンクになってしまう。しかし夫人がお持ちの神秘的な名前を聞くと、金婚式《ジュビレ》などとっくにすぎた人なのに、私はいつも大喜び《ジュビラシオン》であの「退廃的」と称するばかげた詩句を想い出すんです。「いやはや、若かりし《ヴェルト》、若かりし《ヴェルト》、その日のわが魂は……(240)。」しかし私が必要としているのは、もっと清潔な本来の若さです。うわさでは、あの疲れを知らぬ健脚女は「ガーデン・パーティー」とやらを何度も開いているようですが、まあ私に言わせれば「下水道散策へのお誘い」ですな。あなたはあそこへ糞《くそ》だらけになりにいらっしゃるんですか？」と氏から訊ねられたシュルジ夫人は、こんどは困りはてた。というのも男爵の手前、行かないふりをしたいのは山々だが、サン＝トゥーヴェルト夫人の午後の会に欠席するぐらいなら命を数日縮めてもいいと考えていたからで、夫人は折衷策で切り抜けることにした。つまり迷っていることにしたのだ。夫人のこのためらいは、いかにも愚かな素人の考えそうな、あまりにもさもしく見え透いたものだったので、シャルリュス氏は、気に入られたい相手とはいえ、シュルジ夫人の誇りを傷つけるのも怖れず、夫人に「それしきのことではだまされんぞ」と言いたげに笑いだした。

「いろいろ計画を立ててくださるかたがたには、いつも感心いたします」と夫人は言った、「私はよくぎりぎりのときになってお断りしますの。夏のドレスの都合で、なにもかも変わってしまいますので。まあ、そのときの気分で決めることになるでしょう。」

(238) 第一帝政は一八〇四年から一八一四年、王政復古は一八一四年から一八三〇年。
(239) 原語はそれぞれ saint と verte (s). サン＝トゥーヴェルト Saint-Euverte へあてつけた地口。
(240) ガブリエル・ヴィケール(一八四八—一九〇〇)が、アンリ・ボークレールと協力し、アドレ・フルーペットの偽名で発表した、デカダン派の詩を揶揄する『退廃詩集』(一八八五)からの引用。

私はといえば、シャルリュス氏のふるったおぞましい弁舌に憤慨していた。できることならガーデン・パーティーの主催者に褒めことばをかけて喜ばせてやりたい気分であった。ところが遺憾なことに社交界では、政界と同じく、犠牲者はじつに意気地のないもので、われわれはいつまでも虐待者を恨んでいるわけにはゆかない。サン＝トゥーヴェルト夫人は、私たちが入口を塞いでいた窓辺からようやく抜け出したが、通りすがりにうっかり男爵の身体に触れてしまい、思わず反射的に出たスノビスムが夫人のあらゆる怒りを吹き飛ばしたのか、きっと以前にもそうしたように本題に入るきっかけになればとの期待からなのか、「あら！　ごめんなさい、シャルリュスさま、どこかお痛めになりませんでした？」と大声をあげ、まるで主人の前にひざまずかんばかりにへりくだった。シャルリュス氏は、返答がわりに皮肉な高笑いをして、ひとこと「こんばんは」と言ったきりで、夫人のほうから挨拶されてはじめてその存在に気づいたと言いたげなこの挨拶自体が、あらたな侮辱だった。ついにサン＝トゥーヴェルト夫人は、私まで辛くなるほど極端に卑屈な態度で近寄ってきて、私を脇に連れてゆき、耳元でこうささやいた。「いったい私がシャルリュスさんになにをしたというのでしょうか？　あの人は私が愛想よくしてくれないと思っていらっしゃるそうですが。」夫人はそう言って大笑いした。私は、にこりともしなかった。一方では、夫人が実際に自分ほど愛想のいい人間はいないと信じていて、また他人《ひと》にもそう信じさせようとしているのは、ばかげていると思った。他方では、自分が口にしたおもしろくもないことで大笑いする人は、その哄笑を自分で一手にひき受けてしまい、相手を哄笑に加われなくするものだと気づいた。

「ほかの人たちは、あの人が私から招待されないので気を悪くしている、と言うのです。でも私、なかなかあの人を招く気にはなれません。どうやら私にすねていらっしゃるようでして(この表現は私には弱すぎる気がした)。なにが不服なのか調べて、明日いらして教えてくださいな。もしあの人が後悔して、お伴をしたいという気になられたら、どうぞお連れください。赦されない罪はありませんから。そうなれば私も楽しみです、どんなにシュルジ夫人がお困りになるか。すべてあなたにお任せします。こうしたことでは、あなたの勘がいちばん鋭いようですし、それに私、お客を集めてまわっているように見えるのは嫌なんです。いずれにしてもあなたのこと、なんとしても当てにしておりますわ。」

私は、スワンが待ちくたびれているにちがいないと考えた。おまけにアルベルチーヌとの約束があるので、あまり遅くならないうちに帰りたかった。そこで私は、シュルジ夫人とシャルリュス氏に暇乞《いとまご》いをして、遊戯室にいる病人のところへ戻った。私はスワンに、庭で大公と話していたのは、ブレオーテ氏から(その名前は出さなかったが)聞かされたような、ベルゴットのちょっとした一幕物に関係したことなのかと訊ねた。スワンは笑いだした。「本当のことなどなにひとつありませんね、なにからなにまででたらめで、まったくばかばかしいうわさですよ。前代未聞でしょう、いきなりそんな間違いが発生するなんて。そんなことを言った張本人はだれなのかと問いただすような野暮はしませんが、そのうわさがどんなふうにおのずと形づくられたものなのか、この狭い交際範囲の経路を順ぐりにたどって調べてみたくなりますね。それにしても大公が私になにを言ったのか、そんなことがどうして皆の興味を惹くのでしょうか？　まったく詮索好きな人たちだ。私は一度もそんな好奇心をいだいたことなどありません、恋をして嫉妬に狂ったときはべつですが。しかしそのおかげで多くのことを学びましたよ！　あなたは嫉妬ぶかいほうですか？」　私は、一度も嫉妬を感じたことがない、嫉妬がどんなものかさえ知らない、と答えた。「ほう！　それは慶賀に堪えません。まあ嫉妬もほんの少々なら、さほど不愉快なものでもありません、理由はふたつありましてね。第一に、詮索好きでない人も、そのおかげで他人の生活に興味をいだくからです。第二に、それが女性を所有し、いっしょに馬車に乗り、相手をひとりで出かけさせない楽しみを実感させてくれるからです。でもそんな気分を味わえるのは、病気のごく初期のときか、それとも病気がほとんど完治したときだけでしょう。その中間の期間は、世にも恐ろしい責め苦を味わうばかりでしてね。もっとも、いまお話ししたふたつの楽しみを、正直いって私はほとんど味わってはいませんが。第一の楽しみを味わえなかったのは、長いことじっくり考える能力のない私の性格上の欠点のせいですし、第二の楽しみを経験できなかったのは、状況のせいというか、私が嫉妬した相手の女、つまり多くの女という意味ですが、その女が悪かったのでしょう。でもそんなことはどうでもいい。ものごとにもはや執着しなくなっても、それに執着したという経験にはそれなりの意味があるものです、いつだって他人にはわからないさまざまな理由が介在していたのですから。そんな感情の想い出は、自分のうちにしか存在しないと感じられる。その想い出を見つめるには、自分のなかに立ち返るほかありません。観念論者にしか通じないもの言いをどうか笑わないでいただきたいのですが、申しあげたいのは、私は人生をずいぶん愛したし、芸術をずいぶん愛したということです。ところが疲労困憊してもはや他人とともに生きてゆけなくなると、私自身がいだいた非常に個人的なこうした昔の感情がですよ、あらゆる蒐集家の悪い癖かもしれませんが、じつに貴重なものに思えてくる。で、自分の心をまるでショーウインドーのように自分自身に向けて開いて、他人がとうてい経験しなかったであろう数々の恋愛をひとつまたひとつと眺めてみる。そうすると今や他人よりもはるかに大切になったこのコレクションに愛着があって、マザランが自分の蔵書を手放すのを嫌ったように[241]、といっても不安に駆られたりはしませんが、それといっさい別れてしまうのは業腹《ごうはら》だと思うんです。いや、大公との会談のことに戻りましょう、これをお話しする相手はひとりだけのつもりでした。そのひとりとはあなたですよ。」私にはスワンの話が聞きとりづらかったが、それは私たちのすぐそばで、遊戯室に戻ってきたシャルリュス氏がえんえんと話しつづけていたからである。「で、あなたも本をお読みで？　なにをしていらっしゃるのかな？」と氏が訊ねた相手のアルニュルフ伯爵は、バルザックの名前さえ知らない男だった。しかし近視のせいであらゆるものが小さく見えてしまい、非常に遠くを見ているような表情になる結果、そのギリシャ彫刻の神像にはめずらしく詩情がただよい、その瞳には遠くの神秘的な星々のような光が刻まれていた。

「すこし庭を歩きませんか」と私はスワンに言った。一方、アルニュルフ伯爵は、すくなくとも精神的な発育は充分でないと示すような舌足らずな声[242]を出し、おめでたい自己満足をあらわにする正確さでシャルリュス氏に答えていた。「いや、ぼくは、どっちかというとゴルフとか、テニスとか、ボールとか、ランニングとかで、とくにポロです。」どうやらミネルヴァの役割も細分化されたのか、ある種の都市では「叡知」の女神たることをやめ、おのが一部を純粋にスポーツ、馬術を司る「アテナ・ヒッピア」に具現化したらしい[243]。アルニュルフ伯爵がサン＝モリッツにも出かけてスキーをしていたのも、パラス・トリトゲネイア[244]が高峰まで登って騎手たちを捕えるからだろう。「ははあ！」とシャルリュス氏は答え、相手を見くだす薄ら笑いをうかべた。それは相手を小ばかにしていることを隠そうとさえしない知識人の薄ら笑いである。こうした知識人は、そもそも自分が他人よりも格段に優れていると自負し、きわめて聡明な人たちの知性さえ軽蔑し、相手にべつの面で好感をいだくと、どれほど愚鈍な

(241)　絶対王政の基礎を確立した宰相マザラン（一六〇二―六一）が残した膨大な蔵書は、フランス最初の公共図書館となった（現在のフランス学士院のマザリーヌ図書館、地図②参照）。プルーストは一八九五年六月、同図書館に無給司書の職をえるが、そのあと休職をつづけ、一九〇〇年に辞職した。

(242)　原語 *zézayant(e)*. シュ[ʃ]をス[s]、ジュ[ʒ]をズ[z]と舌足らずに発音する、の意。

(243)　ローマ神話のミネルヴァ（「叡知」の女神で芸術・医学・商業などを司る）は、ギリシャ神話における都市の守護女神アテナに相当。後者は戦争・馬術・芸術などを司り、「アテナ・ヒッピア」信仰の典型例は、アテナに捧げられたパルテノン神殿に描かれた騎馬行列（本訳⑦一六〇頁図11参照）。

(244)　本来アテナと共に育った海神トリトンの娘パラスを指すが、しばしばアテナと同一視された。ギリシャの神々を讃える『オルペウス讃歌』のルコント・ド・リール訳（一八六九）に「パラス」つまり「トリトゲネイア」が「高峰をめぐり」「騎手たちを追いかける」とある（GF版、プレイヤッド版注）。

相手すらきわめて聡明な人たちと大差はないと考えるのだ。シャルリュス氏は、アルニュルフに話しかけるだけで、みなが羨ましく思って認めざるをえない優越性を相手に授けたつもりのようだった。「いや」とスワンは私に答えた、「ひどく疲れていて歩けないのです、どこか隅っこに腰かけましょう、もう立っていられないので。」その通りだった。ところが話しはじめると、早くもスワンにある種の活気が戻ってきた。いかにうそ偽りのない疲労でも、とりわけ神経質な人の場合、それに注意を向け、それを記憶するせいで抜けきらない疲労というものがある。疲れていることを気にしだすと俄然ぐったりしたりするもので、疲労から快復するにはそれを忘れるだけで充分な場合がある。疲労困憊していながら疲れを知らぬ人たちもいて、そんな人たちは、やって来たときは憔悴のあまり立っていることさえできなくても、話しているうちに水に浸された花のように生気をとり戻し、自分自身のことばから何時間でも活力をくみとることができるが、その活力はあいにく聞き手には伝わらないようで、話し手がますます元気になるにつれて聞き手はいよいよぐったりしたりする。もちろんスワンは、かならずしもそうした疲れを知らぬ人間ではなかった。とはいえスワンは、生命力にあふれ死への抵抗力をそなえる頑健なユダヤ人種に属していて、その人種のだれもがそのような特質を分かち持っているかと思われる。ユダヤ人種自体が迫害を受けているように、その各個人もそれぞれ病気に見舞われて恐ろしい断末魔の苦しみと際限なく格闘し、およそ考えられる死期をすぎてもなお苦しみつづけることがあり、いまやその顔で見えるものといえば予言者のように頬と顎をおおう髭と、そのうえにそびえて最後の息を吸おうと膨らむ巨大な鼻だけになると、祈りの儀式も近づいたようで、臨終に間に合うようにと遠方の親戚たちの行列もいよいよ始まり、それがアッシリアのフリーズに描かれたような機械的な動きで進んでくる(245)。

私たちは腰をおろそうとして、シャルリュス氏とシュルジ家のふたりの若者とその母親からなる一団から遠ざかろうとしたが、その前にスワンは、母親の胴衣のうえに、情欲もあらわな大きく見開かれた通人のまなざしを長々と注がずにはいられなかった。スワンは、もっとよく見ようと片メガネまではめ、私に話しかける最中もときどきその婦人のほうへ視線を投げかけた。私たちが座ると、スワンは言った。「これから一語一語そのままに大公と交わした話をお伝えしますが、さきほど申しあげたことを想い出してくだされば、この打ち明け話の相手になぜあなたを選んだのか、わかっていただけるでしょう。それにはもうひとつべつの理由もあるのですが、それはいずれお

(245)　ダレイオス大王宮殿の射手のフリーズ(本訳⑥三七頁図３)参照。ユダヤ人を古代アッシリア人にたとえる比喩は頻出(同⑥三四―三五頁、④二九四頁と注264、④二九六頁図17と二九七頁図18参照)。

わかりになる日が来るでしょう。「ねえ、スワン」とゲルマント大公は言いました、「しばらく前からあなたを避けているように見えたとしたら、どうかお赦しください(私はそのことにはちっとも気づきませんでした、病気でしたし、私自身がみなさんを避けていましたから)。第一に、そのうわさは私の耳にも聞こえてきましたし、私自身も予想はしていたことですが、いまや国論を二分する不幸な事件であなたは私とはまるで正反対の見解をお持ちでした。で、そのご意見を面と向かって聞かされたら、私はひどく辛い想いをするだろうと考えたのです。大公妃[246]は、二年前、義理の兄弟にあたるヘッセン大公[247]からドレフュスは無罪だと聞かされたとき、そのことばを激しく非難するだけでは気がすまなかったにもかかわらず、私が相当にひどい神経過敏症なもので、私の機嫌をそこねるのを怖れてそれを私に伝えなかったほどでした。それとほぼ同じころでしょうか、スウェーデンの王太子[248]がパリに立ち寄られたとき、おそらくウジェニー皇后[249]がドレフュス派だといううわさを耳にされて、その皇后を大公妃とお取り違えになったことがありました(おかしな取り違えだとおっしゃるでしょう、なにしろ世間で言われる名家の生まれではなく、一介のボナパルトに嫁いだスペイン女と、家内のような地位の女性とを混同したのですから)。その王太子は家内にこうおっしゃったのです、『大公妃、お目にかかれて二重に嬉しく存じます、ドレフュス事件について私と同じお考えだとうかがっているからです、なんら驚くことではありません、妃殿下はバイエルンのご出身ですから。』そうおっしゃった王太子にはこんな答えが返ってきました、『殿下、私はいまやフランスの大公妃にすぎません、ですから私の考えはすべての国民と同様でございます。』ところが、スワンさん、一年半ほど前、ボーセルフィユ将軍と話していた私の心に、あの訴訟の進めかたに、間違いどころか、重大な不法行為があったという疑念が生じたのです。」

私たちの話はシャルリュス氏の声に中断された（スワンが自分の話をほかの人に聞かれるのを嫌ったのだ）。シャルリュス氏は（そもそも私たちに配慮する気などさらさらなく）、シュルジ夫人を送ってゆく途中でそばを通りかかり、ふたりの息子のことが気になるのか、あるいは現在の一刻が終わってしまうのを見たくないゲルマント一

(246)　妻のこと。「家内」や「妻」と言うよりも、あらたまった表現。

(247)　ダルムシュタットを首都としたヘッセン大公国（一八〇六－一九一八）の君主。ドレフュス事件当時は、第五代大公エルンスト・ルートヴィヒ（一八六八－一九三七、在位一八九二－一九一八）。

(248)　スウェーデン王オスカル二世とゾフィア・フォン・ナッサウ（本訳⑥四三頁、一三六頁、同⑦三六七頁参照）の長男、グスタフ・アドルフ（一八五八－一九五〇）。のちにグスタフ五世として即位（在位一九〇七－五〇）。

(249)　ナポレオン三世のウジェニー皇后（一八二六－一九二〇）は、グラナダのスペイン貴族の娘。結婚当初、ボナパルト家にふさわしい女性とは認められなかった。反ユダヤ主義を嫌悪したことで知られる。

族特有の願望のせいで一種の不安な無力状態におちいったのか[250]、なおも夫人をひきとめるべく立ち止まったのだ。ところで少しあとでスワンが教えてくれた情報によって、私がシュルジ＝ル＝デュックという名前に見出していた詩情は完全に消え去った。シュルジ＝ル＝デュック侯爵夫人は、従兄弟《いとこ》のシュルジ伯爵がつつましく自分の地所で暮らしていたのに比べると、社交界ではるかに高い地位を享受し、格段に立派な姻戚関係をもっていた。しかし称号の最後につく「ル・デュック」[251]には、私が勝手に想像してブール＝ラベやボワ＝ル＝ロワ[252]などと関連づけていたような起源があるわけでは全然なかった。そんな名がついたのは、王政復古の時代にひとりのシュルジ伯爵が、ルデュックないしル・デュックという大金持の企業家の娘と結婚したからにすぎない。この企業家自身、化学製品を製造する当代随一の富豪で貴族院議員も務めた人物の息子であった。国王シャルル十世は、この結婚から生まれた子供のために、すでに一族にはシュルジ侯爵という爵位が存在していたので、シュルジ＝ル＝デュック侯爵という称号を創設してやった。この一家は、ブルジョワの名前を添えられはしたが、巨万の富のおかげで王国最高のいくつかの名家となんの支障もなく姻戚関係を結ぶことができた。それゆえ現在のシュルジ＝ル＝デュック侯爵夫人も、高貴な出自のおかげで第一級の地位を享受できるはずであった。ところが背徳の魔がさしたのか、既成の地位を軽蔑して婚家をとび出し、破廉恥きわまりない生活を送ることになった。かくして二十歳のときには自分にひれ伏す社交界を軽蔑しきっていたが、やがて三十の峠をむかえ、ごく少数の忠実な女友だち以外は十年来だれからも挨拶されなくなると、社交界との断絶が無性にさびしくなり、生まれながらに所持していたものを今度はひとつひとつ苦労して取り戻そうとした(こうした行きつ戻りつは珍しいことではない)。親戚の大貴族たちは昔は夫人から否認され今度は夫人を否認したが、夫人は、その大貴族たちをつれ戻すことができて嬉しいのは、幼いころの想い出をいっしょに語りあえるからだと弁解した。夫人は自分のスノビスムを覆い隠すためにそう言ったのだが、自分でそう思うほど嘘をついたわけではなかったのかもしれない。「バザンは、私の青春のすべてですわ！」と夫人は、公爵が自分のもとへ戻ってきた日に言った。実際、多少はその通りであった。ところが公爵を愛人にしたのは夫人の誤算だった。

(250) ゲルマント公爵邸での夜会でも、夫妻は招待客が「帰るのを遅らせようとし」(本訳⑦四四二頁)、ゲルマント一族全員が身につけている「ことばのエレガンス」(同四四六頁)で別れの挨拶を述べた。
(251) 原語 le Duc. 本来は「公爵」の意。
(252) 前者 Bourg-l'Abbé(パリのセバストポール大通り脇のパッサージュと通りの名、地図②参照)は「大修道院長の町」の意で、後者 Bois-le-Roi(フォンテーヌブローの北約十キロの町、地図①参照)は「王の森」を意味する。

というのもゲルマント公爵夫人の女友だちはみな公爵夫人の味方につき、かくしてシュルジ夫人は苦労して登ってきた坂道をまたしても下るはめになったからだ。「それでは、」とシャルリュス氏は、なんとしても会談をひき延ばそうと、くだんの夫人に語りかけているところであった、「あのみごとな肖像画にも私の敬意をお伝えください。どんな具合ですか？　どうなりましたかな？」「それが、」とシュルジ夫人は答えた、「ご存じかと思いますが、もう手元にはございません、主人の意に染まなかったものですから。」「意に染まなかった？　現代の傑作ですぞ、ナティエの描いたシャトールー公爵夫人(253)にも匹敵するかという傑作で、それにも劣らぬ威厳あふれる殺戮《さつりく》の女神を描かんとした作ですからね。ほれ！　あの小さな青い襟をごらんなさい！　じつはフェルメールだって、あれ以上の手腕で布地を描いたことなど一度だってありはしません。おっと、あまり大きな声で言っちゃいかん、スワンが聞きつけて、お気に入りのデルフトの巨匠の仇を討たんとこっちに襲いかかってきては困りますからな。」侯爵夫人は振りかえり、夫人に挨拶すべく立ちあがっていたスワンに微笑みかけて、手を差しだした。しかしすでに高齢のスワンは、道徳的意志を奪われて、世評に無関心になっていたせいか、肉体の力が奪われて、欲望が昂じる一方でその欲望を隠そうとするバネが緩んでしまったせいか、侯爵夫人の手を握りながらその胸のふくらみを上方から間近に目にしたとたん、注意ぶかく真剣な、無我夢中の、気がかりなまなざしで、しげしげと胴衣の奥までのぞきこんだうえ、夫人の芳香に酔いしれた鼻孔は、目についた花に今にもとまろうとするチョウのように、ぴくぴく震えた。だが突然スワンは、とらわれていた目眩《めまい》をふり払った。するとシュルジ夫人も、困惑しつつ、深い吐息をおし殺した。それほどに欲望というものは、ときに相手に伝染するのだ。「画家が気を悪くしまして」と夫人はシャルリュス氏に言った、「肖像画をひきとってしまいましたの。以前に聞いたうわさでは、今ではディアーヌ・ド・サン＝トゥーヴェルトのところにあるとか。」「とうてい信じられませんな」と男爵は即座に答えた、「傑作にもそんな悪趣味があるとは。」

「あの男、ご婦人に肖像画の話をしていますが、こっちだってシャルリュスなどに負けずに弁じますよ、あの肖像画のことなら」とスワンは私に、わざとのろまなちんぴら風の口調で、遠ざかるふたりを目で追いながら言った。「その手の話なら、シャルリュスよりも私のほうが楽しめるんだ」とスワンは言い添えた。私はシャルリュスをめぐるうわさは本当なのかとスワンに訊ねた。そんなことを訊ねた私は、二重に嘘をついたことになる。世間のうわさはなにも知らなかったうえ、私の疑問が事実であ

（253）図15参照。

図 15　ジャン＝マルク・ナティエ『夜明け(シャトールー公爵夫人)』(ヴェルサイユ宮殿)

ナティエ(1685–1766)は，ロシア皇帝ピョートル一世と皇后の肖像(1717)で注目され，1740 年代からルイ十五世の宮廷画家として多くの王族・貴族の肖像を寓意画として描いた．ナティエが「夜明け」の寓意像(手にした松明の光で頭上の星が消えゆく夜明けどき)として上図(1740)に描いたのはマイイ＝ネール侯爵の 5 女マリー＝アンヌ(1717–44)で，当時はルイ・ラ・トゥールネル侯爵(1708–40)の夫人．姉のルイーズ・ジュリーに代わり 1742 年からルイ十五世の愛妾となり，43 年には王からシャトールー公爵夫人の称号を授かり，王の野営にまで同行して権勢をふるった．

ることは今日の午後から百も承知だったからである。スワンは、なんてばかなことをとでも言いたげに、肩をすくめた。「要はじつに気持のいい友人、ってことですよ。それが純粋にプラトニックなものだということは断るまでもないでしょう。ほかの人よりも感傷的な男、というだけですね。一方で女性とはけっして深い関係にはならないので、あなたのおっしゃる非常識なうわさになんとなく信憑性があるように見えるのでしょう。シャルリュスは男友だちを大いに愛しているのかもしれませんが、それは頭と心のなかだけで、それ以外には絶対なにも起こらなかったと請け合えますよ。いやはや、やっとしばらく静かに話せそうですね。さて、ゲルマント大公はつづけてこう言いました、「正直に申しますと、訴訟の進めかたに違法性があるかもしれないと考えることは、ご存じのように軍隊崇拝者である私には、はなはだ辛いことでした。それでもう一度、将軍と話しましたが、残念ながらこの点、疑問の余地はなくなりました。率直に言いますが、それまでのどの段階でも、無実の者がこのうえなく不名誉な刑罰を受ける可能性があるなどということは、私の頭をかすめたことさえありません。ところが違法性という考えにさいなまれた私は、それまでは読もうとも思わなかったものを調べはじめたのです。すると、こんどは違法性ということだけでなく無実ということでも、つぎつぎ疑念にとり憑かれました。私はそのことを大公妃に話すべきだとは思いませんでした。もちろん大公妃は、間違いなく私と同様のフランス人になりきっていました。それでも私としては結婚した日から、ずいぶん気取って大公妃には祖国フランスの美点を余すところなく誇示し、また私にとってその軍隊はフランスの精華だと大公妃に語ってきましたから、たしかに何人かの将校のみにかかわることとはいえ、私の疑念を打ち明けるのは辛くてできませんでした。私も軍人の家に生まれた人間なので、将校たちが間違いを犯しうるとは信じたくなかったのです。それでこの一件をまたまたボーセルフイユに話したのですが、将軍が打ち明けてくれたのは、多くの邪《よこしま》な陰謀が企てられたこと、明細書《ボルドロー》はドレフュスの手になるものではない可能性があること、しかしドレフュス有罪の明々白々たる証拠が存在することでした。それがアンリ文書だったのです。ところが数日後、それが偽書だと判明しました。[254]そのときから私は、大公妃には内緒で、毎日『シエクル』紙[255]や『オロール』紙[256]を読みはじめたのです。やがて疑いの余地はいっさいなくなり、私はもはや眠れなくなりました。そんな精神的苦悩を私どもの友人であるポワレ神父に打ち明けたところ、驚いたことに神父も同じ確信をいだいていることがわかりました。そこで神父に頼んで、ドレフュスと、その不幸な妻と子供たちのためにミサをあげてもらいました。そうこうするうち、ある朝、大公妃の部屋にはいったところ、小間使いが手にしていたものを隠すのが見えたのです。私が笑いながらそれはなにかと訊ねると、小間使いは顔を赤らめて答えようとしない。私は家内には全幅の信頼を置いていたのですが、この件にはひどく狼狽しました(きっと大公妃もそうだったにちがいありません、侍女《カメリスト》(257)からその件を聞いたでしょうから)。というのも家内のマリーが、そのあとの昼食のあいだ、ほとんど口を利いてくれませんでしたから。私はその日、ポワレ神父に、翌日ドレフュスのためにミサをあげていただけるかと訊ねました。」　やれやれ！」とスワンは小声で言って、話を中断した。私が顔をあげると、ゲルマント公爵がそばに来ていた。「失礼しますよ、おふたりさん。ねえ、お若いかた」と公爵は私に言う、「じつはオリヤーヌの使いで来たのです。マリーとジルベールが、オリヤーヌに夜食に残ってくれと頼んだようで、相客は五、六人だけで、ヘッセン大公妃(258)、リーニュ夫人(259)、タラント

(254) ドレフュス事件の経緯については、本訳⑤二一七頁注185参照。一八九八年七月七日、ドレフュスの有罪を立証するはずのアンリ中佐の文書が国会に提出されたが、同年八月十三日、それが偽造と判明、アンリは八月三十一日に自殺する。これに先立つ同年二月のゾラ裁判については、その直後(同年早春)のヴィルパリジ夫人のサロンでブロックとノルポワが語り合った(本訳⑥一三七頁以下参照)。

(255) 一八三六年創刊の日刊紙(一九三二年まで存続)。世紀末にはドレフュス再審を支持した。

(256) 一八九七年創刊のドレフュス派の日刊紙。九八年一月にはゾラの「われ弾劾す」を発表。

(257) スペイン貴婦人の「侍女」。転じて「小間使い」の意。コタール夫人も使用(本訳⑥三四五頁)。

(258) ヘッセン大公エルンスト・ルートヴィヒ(本巻二四三頁注247参照)の夫人。

夫人(260)、シュヴルーズ夫人(261)、アランベール公爵夫人(262)だというんです。あいにく私どもふたりは残ることができません、ちょっとした舞踏会に行くもので。」私はそれを聞いていた。しかしわれわれは、定められた時刻にしなければならない用事があると、その都度こうした仕事に慣れた内心の人物に、時間に注意して遅れずに知らせてくれるよう頼んでおくものだ。この内心の従僕は、何時間か前に私が頼んでおいたとおり、このとき私の想いから遠く離れた存在であったアルベルチーヌが、芝居が終わるとすぐわが家に来るはずだと想い出させてくれた。それゆえ私は、夜食の誘いを断った。ゲルマント大公妃邸にとどまるのが気に入らなかったわけではない。このように人間は、楽しみを何種類も持つことができる。そんな楽しみのなかで正真正銘の楽しみといえるのは、そのためなら他の楽しみをすべて捨て去ってしまう楽しみであろう。ところがこの捨て去られる楽しみも、それが目立つときには、いや、それだけが目立つときには、正真正銘の楽しみと取り違えられ、嫉妬に狂う者を安心させたりその追跡の目をくらましたりして、人の判断を誤らせる。とはいえわれわれがある楽しみをべつの楽しみのために犠牲にするには、わずかな幸福なり苦痛なりがあるだけで充分なのだ。ときには、さらに重大で、はるかに本質的な第三の楽しみが潜んでいるが、それはいまだわれわれの目には存在せず、われわれに心残りや落胆を感じさせることによってのみその潜在をあらわにしているにすぎない。ところがわれわれがやがて身をゆだねるのは、このような第三の楽しみなのだ。その一例を挙げると、ごくつまらない例だが、軍人は平時なら愛のために社交生活を犠牲にするだろうが、ひとたび宣戦が布告されると（愛国の義務などという考えを介在させる必要さえなく）、その愛を、愛よりも強力な、戦う情熱のために犠牲にするだろう。さてスワンは、くだんのいきさつを私に語って聞かせるのが嬉しいと言いはしたが、時刻がかなり遅いうえ本人の病状が病状であるだけに、こうして私と話をするのは疲労困憊することだろうと案じられた。この疲労は、度重なる夜ふかしや暴飲暴食のせいで命を縮めているのを自覚する人たちが、帰宅の途中でひどく後悔する疲労である。その後悔は、浪費家がまたぞろ途方もない出費をしてしまったときの後悔に似ているが、それでも浪費家は翌日

（259）ルイ・ド・リーニュ大公（一八五四―一九一八）と結婚したエリザベート・ド・ラ・ロシュフーコーか。
（260）タラント大公を名乗り、ジロンド県代議士（一九〇六―一九）を務めたルイ・シャルル・マリー・ド・ラ・トレムイユ公爵（一八六三―一九二一）の夫人か。ゲルマント公爵が語っていたように「トレムイユ家にタラント大公の称号が伝わった」（本訳⑦五四八頁）。
（261）シュヴルーズ家はフランスの名門貴族（本訳⑦二一一頁注172、同五四七頁注604参照）。ゲルマント公爵夫人は「シュヴルーズ夫人」との親交を誇示していた（本訳⑦二八九頁参照）。
（262）ケルンに発祥するアランベール家は十六世紀にリーニュ家と統合。公爵・大公位は現在につづく。

にはまたしても湯水のように金を使わずにはいられない。高齢のせいであれ病気のせいであれ、衰弱がある限度を越えると、睡眠を犠牲にし習慣を度外視して味わうどんな快楽や放縦もかなりの厄介ごとになる。話し好きの人は、礼儀上または昂奮のあまり話しつづけるが、今のうちなら寝つける時刻はとうにすぎていること、あとで不眠と疲労のせいで自責の念に駆られることを承知している。おまけに一時的な楽しみもすでに終わりを告げ、肉体からも精神からも力が抜け、聞き手には気晴らしに思えることを快く受け入れられない。このような肉体と精神は、旅立ちや引っ越しの日のアパルトマンに似ている。トランクのうえに腰をかけ振り子時計に目を注ぎながら、訪問客の相手をするのは苦役そのものである。「やっとふたりきりになれましたね」とスワンは私に言った、「さて、どこまで話しましたっけ。そうでしたね、大公がポワレ神父に、ドレフュスのためにミサをあげていただけるかと訊ねた、というところまででした。「『(263)それはできかねます』と神父は私に答えました（私と言いましたが、とスワンは断った、話しているのは大公ですよ、おわかりですね？）、『同じように今朝ドレフュスのためにミサをあげてほしいとべつのかたから頼まれていますので。』『なんですって』と私は神父に言いました、『ドレフュスの無罪を確信しているカトリック教徒が私以外にもいるのですか？』『そういうことですね。』『でも、そのもうひとりの支持者が確信をいだいたのは、私よりもずっと最近のことでしょう。』『いえ、その支持者は、あなたがまだドレフュスは有罪だと信じておられたころから、私にミサをあげさせておられましたよ。』『そうですか！　それじゃあ私どもの周囲の人間じゃありませんな。』『ところがそうなんです。』『ほんとうですか、私どものなかにもドレフュス派がいるんですか？　それは気になりますね、知り合いになれたら腹蔵なく話してみたいですよ、そんな変わり種の大した御仁とは。』『ご存じのかたですよ。』『してその名前は？』『ゲルマント大公妃です。』私は、家内がナショナリストの意見に同調し、フランス人としての信仰をいだいているものと信じて、それを傷つけるのを怖れていたのですが、そのあいだ家内は、私の宗教上の意見や国を愛する気持を脅かすのを怖れていたのです。家内は家内で、私と同じように考えていたのですね、しかも私などよりずっと以前から。おまけに私が家内の部屋にはいったときに小間使いが隠したのは、家内のために毎日買いに行っていた『オロール』紙でした。スワンさん、そのときから私は、この件で私の考えがどれほどあなたのお考えに近いかをお話しすれば、きっと喜んでいただけるだろうと考えたのです。もっと早くお話しできなかったことをお赦しください。私が大公妃にもずっと黙っていたことを考え合わせてくだ

（263）　ここから始まるゲルマント大公の話が一段落するのは二五六頁の一四行目。

されば、あなたと同様に考えることは、あなたと異なる考えをいだく場合よりも、いっそうあなたから遠ざかる結果になっただろうと納得していただけるでしょう。というのもこの話題に触れるのは、私には限りなく辛いことでしたから。ひとつの間違いが生じた、いや、いくつもの重大な犯罪がおこなわれたことを信じれば信じるほど、軍を愛する私の心からますます血が流れるのです。あなたが私と同じ意見をお持ちだとしても、まさか私と同様の苦痛を覚えておられるとは想いも寄らなかったのですが、しかし先だって小耳に挟んだところでは、あなたは軍を誹謗中傷することも、その軍を中傷する輩にドレフュス支持者が同調することも、きびしく批判なさったそうですね。それで私の腹は決まりました、正直に申しますと、幸いごく少数とはいえ何人かの将校にかんする私の意見をあなたに打ち明けるのは辛いことでしたが、もうあなたを避ける必要はないのだと思うと、とりわけ私が以前べつの見解を持っていたのは下された判決の正当性に一点の疑念もいだかなかったからだとあなたが悟ってくださるのだと思うと、やっと肩の荷をおろした気分です。私が判決に疑念をいだいてから願うことができたのはただひとつ、過ちを償うことです。」このゲルマント大公のことばには、正直いって深く感動しました。もしあなたが私と同じように大公をご存じで、大公がどれほど長い道のりを歩んでようやくここへ到達されたかをご存じでしたら、きっと大公を賞讃なさるでしょうし、実際、大公はそれに値する人物ですよ。それに大公の意見はすこしも意外ではない、まっすぐな心根の人なんです！」スワンは、きょうの午後、ドレフュス事件にかんする意見は遺伝によって決まると、今とは正反対の説を私に語ったことを忘れていたようだ。すくなくとも知性だけは遺伝しないと考えて、サン＝ルーの知性こそが、遺伝にも打ち勝って、本人をドレフュス支持者にしたと主張していたのだから。(264) ところがスワンはついさきほど、この勝利は長くはつづかず、サン＝ルーが反対陣営に移ってしまったことを知った。それで、きょうの午後には知性に割り当てていた役割を、今度はまっすぐな心に与えることにしたのだ。実際つねに事後に気づくのだが、われわれは、敵陣営の人たちが敵の党派に属しているのは、その党派のなかの正当なものに起因するわけではないと考えるものだし、われわれと同じ意見の人たちの考えについては、その道徳的本性があまりにも低俗すぎて引き合いに出せないときはその知性を、その洞察力があまりにも脆弱なときはそのまっすぐな心を、その考えの要因とみなしているのである。

いまやスワンは自分と同じ意見の持主なら、昔なじみのゲルマント大公でも私の旧友のブロックでも等しなみに聡明だと想いこみ、それまで遠ざけていたブロックまで

(264) サン＝ルーのドレフュス支持を「きわめて聡明な人ですから」と語っていた(本訳⑦五二四頁)。

昼食に招待した。スワンがゲルマント大公はドレフュス支持者だと言うと、ブロックは大いに興味をそそられた。「それじゃあ、ピカールのための請願リスト(265)に署名してもらわなくては。大公のような人の名前があると効果抜群ですからね。」しかしスワンはイスラエルの民としての熱烈な信念と、社交人士としての如才なき節度とをあわせ持っていて、習い性《せい》となった節度をいまさら捨て去ることができず、ブロックが署名の回状を大公に送ることは、たとえ下心がないと装うとしても決して許可しなかった。「大公が署名できるわけがありません、不可能なことを頼んではいけません」とスワンはくり返し言った。「あれは愛すべき人で、何千里もの道を歩んでようやくわれわれのところへたどり着いてくれました。大いにわれわれの役に立ってくれる可能性のある人間です。しかし大公があなたの請願リストに署名をすれば、身内の評判を落とすだけで、われわれのせいで懲らしめられ、真情を打ち明けたことを後悔して二度とそんなことはしなくなるでしょう。」おまけにスワンは、自分の署名も断った。自分の名前があまりにもヘブライふうで(266)、かえって逆効果だというのだ。さらにスワンは、なにごとによらずドレフュス再審に関することには賛成したが、反軍キャンペーンにはいっさいかかわらないようにした。これまで一度も身につけたことがなかったのに、七〇年に若き国民遊撃兵(267)としてもらった勲章をつけるようになり、遺言書にはさきに記していた措置とは違って、レジオン・ドヌール勲章のシュヴァリエ受勲者(268)にふさわしい儀仗礼《ぎじょうれい》が捧げられることを求める付属書をつけ加えた。その結果、コンブレーの教会のまわりには一個中隊の騎兵が集結した。その昔フランソワーズが、戦争になる事態を見すえ、その行く末を嘆いた騎兵である(269)。とどのつまり、多くの人には熱狂的なドレフュス派とみなされていたスワンは、ブロックの回状への署名を拒んだために、わが旧友の目にはナショナリズムに毒された煮え切らぬ勲章好きと映ったのである。

スワンは、部屋に居合わせたあまりにも多くの友人たちにいちいち別れの挨拶をす

(265)「明細書《ボルドロー》」の筆跡がエステラジーのものだと告発して陸軍上層部から疎まれたピカール中佐は、一八九八年二月に退役処分を受け、同年七月から九九年六月十三日まで一年近く収監された。ピカールのための請願書署名は、九八年九月に計画されたり（同月のストロース夫人宛て書簡）、同年十一月二十七日付「オロール」紙に発表されたりした（プルースト自身も署名した）。

(266)「スワン」Swann の名は「白鳥」（英語 swan）を想起させる。一方、外交官ノルポワのように wa を仏語ふうに「ヴァ」と発音すると（本訳③九七頁の「スヴァン」参照）、むしろ独語の「白鳥」Schwan「シュヴァーン」を想わせ、東方由来として「ヘブライふう」と感じられるのか？

(267)一八七〇年の普仏戦争で、国外へ派遣された兵士（『二十世紀ラルース辞典』に拠る）。

(268)国家に功績のあった軍人や政治家などに授与される勲章。シュヴァリエは五等級の最下位。

(269)機甲部隊を見てフランソワーズは「若い人は命を大事にしない」と嘆いた（本訳①二〇三頁）。

るはめになるのを避けて、手も握らず私のそばを離れたが、その前にこう言った。「お友だちのジルベルトにぜひ会いに来てください。ほんとに大きくなって変わりましたよ、お会いになっても本人だとはわからないでしょう。来てくだされば、あの子がどれほど喜ぶことか！」私はもはやジルベルトを愛してはいなかった。私にとってジルベルトは死んだも同然の存在で、長いことその死を悼んで泣き暮らしたが、そのあと忘却がやって来て、今ではたとえ生き返っても、本人がもはや入る余地のない私の人生のなかに組み込まれることはないだろう。私からはジルベルトに会いたい気持が消滅したばかりか、愛していたときは、愛さなくなったらもう会いたいとも思わぬことを見せつけてやると毎日心に誓っていたが、そんな気持すら消えていた。

それゆえ私はジルベルトにかんしては、心から再会を望んでいたのに、いわゆる「自分の意志ではどうにもならぬ」事情のせいで再会が妨げられていたと見せかけることしか考えなかったが、実際にはそうした事情が少なくとも一定期間つづくのは意志がそれを阻止しなかっただけのことである。私はスワンの招待を留保つきで受け入れるどころか、これまで会うのを妨げてきて今後も会うのを妨げるはずの不測の事態をこと細かに娘に説明するとスワンが約束するまで、相手を放さなかった。「もっとも、あとで家に帰りしだいお嬢さんに手紙を書きますよ」と私は言い添えた、「ただし、よく言っておいてください、脅迫状のようなものだって。なぜなら、ひと月かふた月かしたら、私はすっかり暇になってお嬢さんを震えあがらせますから、以前と同じようにお宅に入り浸りになりますよ。」

スワンと別れる前、私はその健康にもひとこと触れた。「いいえ、そんなに悪いわけじゃありません」とスワンは答えた、「もっとも、さきにも申しあげたように、かなり疲れていましてね、どうなろうとあらかじめ諦めはついています。ただ正直なところ、ドレフュス事件の結末を見ないで死ぬのは、なんともいまいましい。あの悪党どもは、あの手この手を心得ていますからね。最終的に連中が敗北するのは疑いようがありませんが、それでもやっぱり非常に強力な輩で、いたるところに後ろ盾を持っていますから。どんなに首尾は上々と見えても、一挙にがらっと崩れるんです。ドレフュスが名誉を回復し、ピカールが大佐として復権するまでは、なんとしても生きていたいのですが(270)。」

スワンが出てゆくと、私はゲルマント大公妃のいる大きなサロンに戻ったが、当時の私はいつか大公妃と非常に親しくなるとは考えもしなかった。大公妃がシャルリュス氏に寄せていた情熱のことも、当初は知るよしもなかった。ただ私は、男爵が本人

(270)　ドレフュスの無罪判決とピカールの復権(陸相に就任)は一九〇六年で、スワンの死後のこと。

にはなんら珍しくない敵意をゲルマント大公妃にはいっさい示さず、昔と同様の、もしかすると昔以上の愛情をいだきながら、ある時期から大公妃のことが話題になると不満げないらいらした表情をすることに気づいたにすぎない。男爵が晩餐をともにしたい人のリストに、大公妃の名前を入れることもなくなった。

それ以前にも私は、きわめて意地の悪いある社交人士から、大公妃はすっかり人が変わった、シャルリュス氏に首っ丈なのだ、とたしかに聞かされはしたが、しかし私はそんな陰口をばかげたものだと思って憤慨していた。私が自分のことを話している最中にふとシャルリュス氏のことが出てくると、とたんに大公妃の注意力が一段と高まるのに気づいて驚いたこともあった。あたかも病人が、自分のことを語っている人の話を上《うわ》の空でぼんやり聞いていて、いきなり自分の病名が出てきたのに気づいて興味をおぼえ嬉しくなるのとそっくりだ。たとえば私が「そのことでシャルリュスさんが私に話してくれたところでは……」と言うと、大公妃はゆるんでいた注意力の手綱を締めなおす。一度など私が大公妃を前にして、シャルリュス氏は目下ある人物にかなり強い関心をいだいていると言ったとき、私はいっとき大公妃の目のなかに普段とは異なるきらめきがよぎるのを見て驚いた。両の瞳に筋のようなひびを走らせたそのきらめきは、話し相手のなかにその人の気づかぬうちにこちらのことばによってゆり動かされたなんらかの想いから生じたものであり、その秘かな想いは、ことばでは表現されないが、揺さぶられた心の底からまなざしの表面へと浮かびあがり、一瞬まなざしを変化させるのだ。しかし私のことばが大公妃の動揺をさそったとしても、私はどうしてそうなったのかは考えてもみなかった。

もっとも、ほどなく大公妃は、シャルリュス氏についてほとんど単刀直入に私に話してくれるようになった。大公妃はごく一部の者が男爵について流しているうわさのこともほのめかしたが、いかにもばかげた浅ましいつくり話だという口ぶりであった。しかしその一方で、大公妃はこうも言った、「パラメードのような計り知れない価値をもつ男の人に恋をする女は、その人をあるがままにそっくり受け入れて理解し、その人の自由、気まぐれを尊重し、その人の困難をとりのぞき、その苦痛を慰めてやることに専念できるだけの、高い見識と献身の心を備えていなければなりません。」大公妃は、このきわめて漠然としたことばによって自分がなにを讃美せんとしているかをみずからあらわにしたのであり、それはときにシャルリュス氏自身がやってのけたことである。実際シャルリュス氏が、それまで氏をめぐるうわさが中傷なのか真実なのか判断できずにいた人たちにこう言うのを、私は何度聞いたことだろう。「なにせ私は、人生でさんざん山あり谷ありの浮沈を経験し、ありとあらゆる人間と知り合い、王さまも泥棒も大ぜい知りましたね、まあどちらかといえば泥棒のほうがやや好みですが、あらゆる形で美を追い求めてきました、云々。」氏は、みずから巧妙と信じるこんなことばで、うわさが流れているとはつゆ知らぬ人たちにはそのうわさを否定し（というか、本当らしく見せたいという嗜好や措置や配慮ゆえに、些細なことにすぎないとみずから判断して真実の一端をつい漏らしてしまい）、一部の人たちからは最後の疑念をとりのぞき、いまだなんの疑念もいだいていない人たちには最初の疑念を植えつけたのである。というのも、あらゆる隠匿でいちばん危険なのは、過ちを犯した当人が自分の心中でその過ち自体を隠匿しようとすることである。当人がその過ちをたえず意識するせいで、ふつう他人はそんな過ちには気づかず真っ赤な嘘のほうをたやすく信じてしまうことにもはや想い至らず、それどころか、自分ではなんの危険もないと信じることばのなかにどの程度の真実をこめれば他人には告白と受けとられるのかも見当がつかないのだ。もっとも、そんな告白をせずに隠そうと努めても、いずれその努力は間違いだと気づいただろう。というのも一流の社交界では、寛大すぎる支持を得られない悪徳など存在しないからで、姉妹の片方が他方に姉妹としての愛情以上のものをいだいていると知ったとたん、姉妹をいっしょに寝かせるために城館をすべて模様替えした人の例まである。しかし大公妃の恋心がいきなり私の目にも明らかになったのは、ある特殊なできごとがきっかけであった。ただしそのできごとをここで詳述するつもりはない。それを語ろうとすると、シャルリュス氏が、その前に出ると異様なほど気後れする乗合馬車の車掌に会う準備としてヘアアイロンを当てさせる理髪師との約束を断ることができず、さる王妃の死に目に会えなかったという、まるでべつの話になるからだ。とはいえ大公妃の恋心の話にケリをつけるために、どんな些細なできごとが私の目を開かせてくれたかだけを述べておこう。私はその日、大公妃とふたりきりで馬車に乗っていた。私たちが郵便局の前を通りかかったとき、大公妃は馬車を停めさせた。従僕を連れていなかった大公妃は、マフからのぞかせた一通の手紙を投函すべく、みずから馬車を降りようとした。私は大公妃をひきとめ、大公妃は私を軽くふり払おうとしたが、早くもふたりとも互いの最初の身動きが、大公妃のそれはある秘密を守るかに見えてそれが秘密だと漏らすしぐさであり、私のそれは相手の防御の邪魔をする不躾《ぶしつけ》なしぐさだと悟っていた。さきに冷静さをとり戻したのは、大公妃のほうである。大公妃は急に顔を真っ赤にして手紙を渡したので、私は受けとらないわけにゆかなかった。だが投函するとき、盗み見る気はなかったのに、手紙の宛て先がシャルリュス氏であることが見えてしまったのである。

閑話休題、ゲルマント大公妃邸における最初の夜会のことに戻ると、私は大公妃に別れの挨拶をしに行った。いとこの公爵夫妻が私を送ってやろうと、非常に急いでいたからである。ゲルマント氏は、それでも弟にひとこと挨拶をしようとした。戸口のところで立ち話をしたシュルジ夫人から、シャルリュス氏が自分と息子たちに親切にしてくれたと聞かされた公爵は、弟のその寛大な好意に、しかもこの種のことで弟がはじめて示してくれた好意に心底から感動し、そう長く眠りこむはずのない身内の感情を呼び醒まされたのだ。私たちが大公妃に別れを告げているとき、公爵がわざわざシャルリュス氏にあからさまに礼こそ言わずとも自分の愛情を伝えようと思ったのは、実際その愛情を抑えられなかっただけかもしれないが、今夜のような振る舞いが兄の目にとまらぬはずはないと男爵に想いおこさせるためだったのかもしれない。あとで連想によって役に立つ想い出が浮かぶよう、ちんちんの芸をした犬に砂糖を与えるのとなんら変わりはない。「これ、弟」と公爵は、シャルリュス氏を呼びとめ、その腕を優しくかかえながら言った、「兄貴の前をなんの挨拶もせずに通ることはないだろう。さっぱり会わなくなったね、メメ、お前にはわからんだろう、こっちがどんなに淋しい想いをしているか。古い手紙を探していたら亡くなったおふくろの手紙が見つかってね、どれもこれもお前への愛情にあふれた手紙だったよ。」「ありがとう、バザン」と答えたシャルリュス氏の声は尋常ではなかった。母親のこととなると、感動せずには話せないのだ。「ゲルマントにお前のための別棟をつくる計画のことは、そろそろ任せると言ってくれるだろう」と公爵はことばを継いだ。「ふたりの兄弟がお互いあんなにやさしくなさっているのはすてきね」と大公妃はオリヤーヌに言った。「ほんとにそう！　これほどの兄弟はそうそういませんわ。あなたをお招きしますよ、あの人といっしょに」と公爵夫人は私に言った、「あの人と仲が悪いわけじゃないのでしょ……。それにしても、なにをあんなに話すことがあるのかしらねえ」と皮肉な口調でつけ加えたのは、ふたりのことばがよく聞きとれなかったのだ。公爵夫人は、ゲルマント氏が弟とは嬉々として昔話に興じる一方、その話から自分をいくぶん遠ざけていることに、つねづね嫉妬めいた感情をいだいていた。ふたりの兄弟がこうして差し向かいで談笑しているときに、自分が好奇心を抑えきれずそばに寄っても煙たがられるだけだと感じていたのである。しかしこの夜は、そうしたふだんの嫉妬に、もうひとつの嫉妬がつけ加わっていた。というのも、シュルジ夫人がゲルマント氏からお礼を言ってもらうつもりで弟の親切な振る舞いを氏に告げたのと同時に、ゲルマント夫妻に忠誠をつくす何人もの女友だちから、夫の愛人が夫の弟と差し向かいでいるのを見たとご注進に及ばれた公爵夫人は、それをひどく苦にしていたのである。「憶えてるかい、ゲルマントですごした昔はよかったなあ」と公爵はシャルリュス氏につづきを言う、「夏にときどきゲルマントに来てくれたら、またふたりで懐かしい生活ができるんだよ。あのクールヴォー爺さんのこと、憶えてるかい。「パスカルはなにゆえ人の心をみだすのか？　なぜなら本人の心がみだ……みだ……」「……れている[271]からです」とシャルリュス氏は、先生に答えを言う生徒のような発音で言った。「「では、パスカルはなにゆえ心がみだれているのか？　なぜなら本人が人の心をみだ……みだ……」」「……[272]すからです。「よくできた、合格だ、そのうえ優秀の特記ももらえるぞ、それに公爵夫人[273]からはシナ語の辞書がもらえるだろう。」これは憶えてるだろ、バザン、あのころはね、バザン、ぼくはシナ語に夢中でね。」「憶えてるとも、メメ！　それに、エルヴェ・ド・サン＝ドニ[274]がお前のために持ち帰ってくれた古い大きな壺だって、ありありと目に浮かぶよ。お前は生涯をシナで暮らすと言って家族を脅していたなあ、それほどあの国に夢中になっていたんだね。もうあのころからお前はあっちこっちほっつき歩くのが好きだった。いやあ、一風変わった人間だったなあ、みなと同じ好みを一度も持ったことがないんだから……」だがそう言ったとたん、公爵は満面をポッと紅潮させた。弟の品行の実態はいざ知らず、すくなくともその評判は聞いていたからである。公爵はその件をけっして弟には話さぬよう注意していただけに、それをほのめかすように聞こえかねないことを言ってしまったことに困惑し、さらにその困惑を顔に出してしまったことにいっそう困惑した。一瞬の沈黙のあと、公爵は「もしかするとお前は」と言って前言をうち消そうとした、「だれかシナの女にでも首っ丈だったのかもしれん。その後は多くの白人女性に惚れたり惚れられたりしたようだが、今晩お前がおしゃべりをした相手の婦人だってずいぶん喜んでいたそうだよ、お前のことがすっかり気に入ったらしい。」公爵は、シュルジ夫人のことは話すまいと心に決めていたのに、ヘマをしたせいで狼狽して頭がすっかり混乱し、とっさにいちばん身近な人をもち出してしまったが、この人は兄弟の対話のきっかけになりはしたものの対話のなかに出てきてはならぬ人であった。しかしシャルリュス氏は、兄が顔を赤らめたのに気づいた。そこで男爵は、あたかも真犯人が、自分の仕業だとはつゆ知らず人びとが目の前で犯罪のことを話題にしているとき、困った顔を見せないよ

(271) 原文は「みだ……みだ……」trou... trou...「……れている」...Blé.「人の心を乱す」troublant と「乱れている」troublé の語呂合わせと、形容詞 troublé を「穴」trou と「小麦」blé に分割した地口。

(272) 原文は「みだ……みだ……」trou... trou...「……す」Blanc. 形容詞「心を乱す」troublant の語尾の t を c に変え（発音は両者とも「ブラン」）、「穴」trou と「白い」blanc に分割した駄洒落。

(273) バザンとパラメードの母親にあたる、先代のゲルマント公爵夫人。

(274) 実在のシナ学者（一八二三–九二）。全体が姓で、ファーストネームはレオン。一八七四年からコレージュ・ド・フランス教授。プルーストは、ロベール・ド・モンテスキウ主催の「ヴェルサイユにおける文学パーティー」の批評文（一八九四）で、招待されていたシナ学者の未亡人の出で立ちを描写していた。

う、むしろ危険なその話をつづけさせるべきだと思うのと同じなのか、「それは嬉しいね」と答えてこう言った、「だがそれよりも、兄貴がその前に言ったことばに戻りたいんだ、まさに正鵠を射ていると思われるんでね。兄貴は、ぼくがみなと同じ考えを一度も持ったことがない、と言っただろ。いや、考えと言ったんじゃなくて、好み、って言ったんだ。まったくその通りだな！　ぼくはみなと同じ好みなど一度だって持ったことがない、まったくその通りだよ！　兄貴は、ぼくが特殊な好みを持っていた、と言ったんだ。」「そんなことは言ってないぞ」とゲルマント氏は異を唱えた。氏は、実際そんなことばは使わなかったし、そのことばの意味する現実が弟にあるとは信じていなかったのかもしれない。そもそも公爵が、奇抜な言動を理由に弟を苦しめる権利が自分にあると思うはずがない。いずれにしても根拠がひどくあやふやで、あるいは充分に秘められていて、男爵のとび抜けた地位をなんら損なわない言動であった。おまけに公爵は、男爵のこのような状況はきっと自分の愛人たちの役に立つと察知して、それと引き換えにいくらか親切を尽くしておく価値があると思っていたのだ。ゲルマント氏は、たとえこのとき弟のなにか「特殊な」関係を嗅ぎつけたとしても、いずれ弟が自分を手助けしてくれることを期待し、また敬うべき往時の想い出もあって、その関係を許して目をつむり、必要とあればそれに手を貸しさえしたにちがいない。

「もういいでしょ、バザン、ではさようなら、パラメード」と公爵夫人は、怒りと好奇心にさいなまれ、もはや我慢できずに言った、「もしこちらで一夜をすごすとお決めになったのなら、私たちも夜食に残ったほうがいいのよ。マリーと私はもう三十分も立たされてるんですよ。」公爵は意味ありげな抱擁をして弟と別れ、私たちは三人して大公妃の館の巨大な階段をおりた。

その階段では、いちばん上方の数段の両側に幾組もの夫婦が散らばって、それぞれ自分の馬車が寄せられるのを待っていた。公爵夫人は両脇に夫と私を従えて階段の左側に寄り、みなから離れてすっくと立ち、すでにティエポロふうのコートを身にまとい首にルビーの飾りを巻いたそのすがたは、そのエレガンスと美貌の秘訣を探りださんとする大勢の男女から食い入るように見つめられていた。そのゲルマント夫人と同じ段の、ただし反対側の端に立って自分の馬車を待っていたのはガラルドン夫人で、従姉妹《いとこ》の公爵夫人の訪問をいつか受けたいという希望はとうの昔にあきらめ(275)、従姉妹が目にはいらぬふうを装うために、とりわけ従姉妹から挨拶してもらえない証拠を提供するはめにならぬよう、背を向けていた。ガラルドン夫人は、ひどくご機嫌斜めだった。そばにいた紳士たちがそれを義務と心得てか、しきりに自分にオリヤーヌのこ

(275)　昔は従姉妹が「一度も招待してくれなければ訪ねても来ない」と憤慨していた(本訳②三一四頁)。

とを話したからである。「私はちっともあの人に会いたいとは思わないんです」と夫人はその紳士たちに答えていた、「もっとも先ほどちらっと見かけましたけれど、老けましたわねえ、本人もこれには参っているとか。バザン自身がそう言っているんです。もちろん、わかりますわ、そりゃあんなに頭が悪く、性悪女のように意地も悪く、マナーも悪いとなると、自分でも悟りますわねえ、容色が衰えたらもうなんにも残らないことぐらい。」

　私はすでにオーバーコートを着ていたが、風邪をひくのを怖れるゲルマント氏は、私と階段をおりながら、こんなに暑いのにと私を咎めた。ところが、多少ともデュパンルー猊下《げいか》(276)の影響を受けた世代の貴族はひどく拙劣なフランス語をしゃべるようで（カステラーヌ一家(277)は例外である）、公爵はその考えをこう言いあらわした。「外に出るまでは着ないほうがいいですよ、すくなくとも一般的命題としては。」私にはこのときの退出のようすが今もありありと目にうかぶ。私の記憶違いでなければ階段のうえにはサガン大公(278)もいたはずで、まるで額縁をとり払った肖像画のようなそのすがたも目にうかぶ。これが出かけた社交界の夜会の最後となった大公は、公爵夫人に敬意をあらわすために帽子をとり、ボタンホールに挿したクチナシの花とよく合う白い手袋の手でそのシルクハットをゆったりと大きくまわしたが、それがアンシャン・レジームの羽根飾りつきフェルト帽でないのが不思議に思われたのは、この大貴族の顔にはアンシャン・レジーム期の何人もの先祖の顔がそっくり再現されていたからである。大公が公爵夫人のそばにいたのは少しの時間だけであったが、たとえ一瞬でも、そのポーズは一幅の活人画になり、いわゆる歴史的情景を形づくるのに充分であった。おまけに大公はこのあと亡き人となり、生前にはちらと見かけただけであったから、私にとっては歴史上の人物、すくなくとも社交界における歴史上の人物になってしまい、私と面識のある女性や男性がじつは大公の妹や甥だと考えると不思議な気がするのだ。

　私たちが階段をおりていたとき、その階段をあがってきたのは、疲れた風情の似合う四十がらみの婦人で、実際にはもっと歳をとっていた。パルム公爵の私生児だというううわさのオルヴィレール大公妃(279)で、そのやさしい声にはどこかしらオーストリアふうの訛りの響きが感じられた。背が高く、うつむきかげんの身体を花柄の白い絹のド

(276)　フェリックス・デュパンルー（一八〇二—七八）、オルレアンの司教。教理問答の普及に尽くした。

(277)　十一世紀に遡る南仏プロヴァンスの名門貴族。プルーストは当代のダンディー、ボニファス（愛称ボニ）・ド・カステラーヌ伯爵（後に侯爵、一八六七—一九三二）と親交を結び、社交界の慣習などを教わるとともに、その卓抜なことば遣いを小説に採り入れた（本訳⑥一〇六頁と注97参照）。

(278)　前注ボニの伯父、サガン大公ボゾン・ド・タレーラン＝ペリゴール（一八三二—一九一〇）。「スワン夫人をめぐって」の幕切れにも登場、スワン夫人にやはり「大仰《おおぎょう》なお辞儀」をした（本訳③四五五頁参照）。

レスにつつみ、ダイヤモンドとサファイアをあしらった馬具のような装身具の下に、いくぶんくたびれたみごとな胸を揺らして進んでくる。計り知れぬほどに高価で煩わしいほどに重い真珠をあしらった面懸《おもがい》(280)を窮屈に感じる王の牝馬《ひんば》のように頭をふりふり、衰えてなおいっそう情愛のこもる青い目から優しく魅力的なまなざしをあちらこちらに投げかけ、帰ろうとする大多数の招待客に親しげに会釈をする。「結構な時間にお着きですのね、ポーレット！」と公爵夫人は言う。「あら！　ごめんなさい！　でも、ほんとに物理的に不可能だったものですから」とオルヴィレール大公妃は答える。こうした言いまわしはゲルマント公爵夫人から借用したものであったが、そこに大公妃は、持ち前の優しさのみならず、じつに情愛にみちた声に含まれるはるか昔の威勢のいいチュートン人(281)訛りから生じた真摯な趣を添えていた。遅れたのは、事情を話せば長くなる生活上の厄介ごとがあったからだと匂わせ、はしたない他の夜会のせいではないと見せかけたが、じつは今いくつも夜会をはしごしてきたところだったのである。しかし、こんなに遅れて到着せざるをえなかったのは、そんな夜会のせいではない。ゲルマント大公が長年にわたり妻にオルヴィレール夫人を招待するのを禁じていたので、この禁足を解かれてからも夫人は、招待されたがっていると見えぬよう、ゲルマント大公妃の招待にはただ名刺を置くだけの答礼で我慢してきた。このやりかたを

二、三年つづけたあと、夫人自身がすがたを見せるようになったが、まるで芝居の帰りみたいに非常に遅い時刻にやって来た。そうすることで夫人は、夜会それ自体にも夜会に出て人目を引くことにもまるっきり執着のないふうを装い、ひとえに大公と大公妃に会うのを目的に、ほとんどの招待客が帰ってしまい「大公夫妻とゆっくりできる」ときを狙って、ふたりだけを目当てに好意から訪ねてくるのだという顔をした。「オリヤーヌもほんとに最低ランクに落ちたものね」とガラルドン夫人はぶつくさ言っていた、「オルヴィレール夫人なんぞに話しかけるのをバザンが放っておく気が知れないわ。ガラルドン氏[282]ならそんなことは私に許さなかったでしょう。」私はといえば、オルヴィレール夫人は、ゲルマント家の館のそばで私にじっと流し目をおくり、こちらを振り向いたり、あちこちの商店のショーウインドーの前で立ち止まったりした婦人[283]だと気づいていた。ゲルマント夫人は私を紹介した。オルヴィレール夫人は感

(279) モデルは、前注274に記したシナ学者エルヴェ・ド・サン＝ドニの未亡人ルイーズ＝マルグリット＝エリザベート(一八四九―一九三〇)。パルマ公国最後の統治者ロベルト一世(在位一八五四―五九)の私生児とされる(ペインター『プルースト伝』)。パルマ公国は二度にわたりハプスブルク家が統治した。

(280) 原語 licol. 馬の頭と首からくつわにかける革紐。現代語の頭絡《とうらく》にあたる。

(281) 広義には古代ゲルマン民族を指す古称。

(282) 「主人」「夫」と言うよりも、あらたまった(気取った)表現。

じのいい応対をしたが、さほど愛想よくしたわけでも、むっとしたわけでもなかった。みなにするのと同じように、おだやかな目で私を見つめはした……。しかしその後は、夫人に出会っても、身を任せるかと思えたほどの流し目を私におくることは二度となかった。若い男がある種の婦人から——あるいはある種の男から——そのときはこちらに見覚えがあるやに見える特殊なまなざしで見つめられても、相手と知り合いになり、こちらが相手の親しい人の友人だとわかると、もはや二度とそんなまなざしを受けとれなくなるのだ。

馬車が寄せられたとの知らせがあった。ゲルマント夫人は下におりて馬車に乗るべく赤いスカートをつまみあげたが、ガラルドン夫人を見つめると、もしかして悔恨にとらわれたのか、相手を喜ばせたいという欲求に駆られたのか、いや、なによりも、うんざりするその行為をひきのばすのが物理的に不可能でそれを短く切りあげる好機だと思ったのか、たった今そのすがたに気づいてふと思いついたかのように、階段をおりる前に、同じ段の片方の端からもう一方の端まで歩いて、大喜びの従姉妹に手を差しだした。「ずいぶんお久しぶりね！」と公爵夫人は言うと、この決まり文句に含まれるとされる遺憾の意や真っ当な詫び言をそれ以上くどくど述べる必要がないよう、おびえた顔をして公爵のほうを振り返った。実際、公爵は、私といっしょに馬車のほうへ降りていたが、妻がガラルドン夫人のそばへ行ってほかの馬車が寄るのを妨げているのを見て、かんしゃく玉を破裂させていた。「やっぱりオリヤーヌはまだまだきれいだわ！」とガラルドン夫人は言った、「私たちの仲が冷えきっていると言う人たちもいますが、おかしな言い草ね。私たちは、他人にとやかく言われる必要もない理由で何年も会わずにいることもありますが、多くの共通の想い出があってとうてい別れることなどできません。それに結局、オリヤーヌだって百も承知でしょう、毎日会っていながら血統の違う大ぜいの人たちよりも、ずっと私を愛していることぐらい。」実際ガラルドン夫人は、想いを寄せる女には相手にされないのに、その女がかわいがる男たちよりも自分のほうがずっと愛されていると他人に信じこませようと躍起になる男とそっくりだった。おまけにガラルドン夫人は(ゲルマント公爵夫人を話題にしつつ、先ほどの発言とは矛盾することなどお構いなく振りまいた賛辞によって)、公爵夫人がエレガントな大貴婦人として生涯の範とすべき行動指針をまるで自家薬籠中のものにしていることを間接的に証明してしまった。大貴婦人であれば、このうえなくみごとな自分の衣装がおおかたの賞讃と羨望をかき立てているときには、階段を端から端まで歩いてでもその羨望を鎮めるすべも心得ていなければならないと

(283)　家のそばで「私を待ち伏せ」、「身を任せかねない仕草」をした婦人(本訳⑦七八―七九頁参照)。

いう指針である。「せめて靴を濡らさないように注意してくれないと」（ちょっと雷雨の降ったあとだった）と公爵は言った。待たされたせいで、まだ腹の虫が治まらなかったのである。

帰り道では、二人乗四輪箱馬車《クーペ》(284)が手狭で、例の赤い靴はやむなく私の靴のそばに寄らざるをえず、ゲルマント夫人は自分の靴が私の靴に触れるのさえ気遣って、公爵に言った。「このお若いかた、今にも仕方なくこうおっしゃるわ、ほら、どこかの風刺画にあったでしょ、「奥さま、すぐに私を愛しているとおっしゃって結構ですから、そんなに私の足を踏んづけないでください」って。」もっとも私の想いは、ゲルマント夫人からは遠く離れていた。サン＝ルーから、売春宿に出入りする高貴な生まれの令嬢と、ピュトビュス男爵夫人の小間使いのことを聞いて以来、両階級に属する多くの美女に日ごとかき立てられていた私の欲望はまとまってこのふたりに収斂した。一方には、品はないが目の醒めるような美人の、名家に奉公して鼻高々で、公爵夫人たちのことを話すのに「私たち」と言うほど威厳にみちた小間使いたちがいて、他方には、馬車や徒歩で通りかかるのを見かけたことはなくても、舞踏会の報告記事に出るその名を見ただけで私が恋い焦がれる若い令嬢たちがいて、私はその令嬢がどこで夏をすごすのかと『城館年鑑』(285)を丹念に調べて（しばしば類似の名前に惑わされたりするが）、つぎからつぎへと西フランスの平原や、北フランスの砂丘や、南フランスの松林などで暮らすことを夢見る始末だった。しかし、このうえなく甘美な官能的肉体を融合して、サン＝ルーから教えられた理想のすがたに合致する尻軽な令嬢とピュトビュス夫人の小間使いを造型しようとしてもうまくはゆかなかった。私が所有できるふたりの美女には、実際に会わないかぎりわからぬもの、つまり個性が欠けていたのである。私の欲望がむしろ令嬢たちへと向かう数ヵ月のあいだは、サン＝ルーの話してくれた娘がどんな身体をしているか、どんな人物であるかを想いうかべようとしたし、また小間使いのほうが好ましく思われる数ヵ月のあいだは、ピュトビュス夫人の小間使いを同じように想いうかべようと躍起になったが、いずれも無駄であった。とはいえ、多くの名前さえ知らぬ逃げ去る存在、どうあっても再会するのは困難をきわめ、知り合うのはさらに困難をきわめ、いわんやものにするのは不可能かもしれぬ存在にたいして覚えた不安な欲望にたえずさいなまれたあげく、そんな移り気ではかなく名もない美人の集合体のなかに、すくなくとも私が望めば確実に手にはいる、人相

（284）　本訳③三五九頁、図28参照。
（285）　一八八七年から一九三七年まで刊行された貴族年鑑。プルースト自身、貴族について調べるときに参照していた（一九一五年十月ないし十一月のリュシアン・ドーデ宛て書簡など）。

書きを備えた選り抜きの美女をふたり確保できたことは、なんと安心なことだろう！　私はそんな二重の快楽を味わえるときを、まるで仕事にとりかかるときのように後まわしにしたが、いつでも好きなときにその快楽を得られるという確信があるせいで、その快楽を手に入れる必要さえほとんど感じなかった。睡眠薬を手元に置くだけで、それを必要とせずに眠れるようなものである。私がこの世で欲望を感じる対象はいまやそのふたりの女だけになり、たしかにその顔さえ想いうかべられなかったが、サン＝ルーがその名前を教えてくれ、その厚情が得られることを保証してくれたのだ。そんなわけでさきのサン＝ルーのことばは、私の想像力には過酷な仕事を課すことになったが、私の意志には相当のくつろぎと永続的な休息を授けてくれたのである。

「さて！」と公爵夫人は私に言った、「舞踏会のほかに、なにかお役に立てることはございませんかしら？　どこか紹介してほしいサロンがありまして？」私は、紹介してほしいサロンはひとつだけあるが、奥様にはあまりエレガントとは思えないところではないかと心配だ、と答えた。「どなた？」と公爵夫人は、ほとんど口を開かずに、脅すようなしゃがれ声で訊ねた。「ピュトビュス男爵夫人です。」夫人は、今度ばかりは腹の底から怒った顔をした。「まあ！　それはダメ、なんてことを、私をばかにしてはいけません。どうした風の吹きまわしでそのあばずれの名を知ったのかは忘れましたけれど、あれは社交界のクズですよ。うちに出入りする小間物商のおかみさんに紹介してくれとおっしゃるようなものね。いえ、それ以下でしょう、だってそのおかみさんは感じのいい人ですから。正気とは思えませんわ、あなたのおっしゃることは。いずれにしても、くれぐれもお願いしておきますけれど、私が紹介した人たちには礼儀正しく、名刺を置いてから会いにいらしてくださいね。その人たちが知らないピュトビュス男爵夫人のことなどはどうかお話しにならないように。」私は、オルヴィレール夫人はいささか尻軽ではないかと訊ねた。「あら！　とんでもない、どなたかと間違えておられますわ、あの人はむしろ淑女を気取るほうかしら。そうでしょ？　バザン。」「そうだね、いずれにしてもあの人には、とやかく言われるようなことはなにもなかったと思うな」と公爵は言った。

「いっしょに舞踏会にいらっしゃいませんか？」と公爵は私に訊ねた。「ヴェネツィアのマントを貸してあげますよ、これをものすごく喜ぶ人がいるんです、まずはオリヤーヌですが、これは言うまでもありません、じつはパルム大公妃なのです。いつもあなたを褒めそやしておられますよ、なにかというとあなたの話ばっかり。あなたは運がいいですな――いささかお歳ですから――もう艶《つや》っぽいことは一切なさらない。さもなければ、きっと大公妃の騎士《シジスベ》(286)にされていますよ、私の若い時分のことばで、さしずめ貴婦人に忠誠を誓う騎士ですな。」

私には舞踏会に行きたい気持はなく、アルベルチーヌと会う約束のほうが大切だった。それで誘いを断った。馬車はすでに停まっていて、従僕は表門を開けるように頼み、馬は門が大きく開かれるまで前足で地面を蹴っていたが、やがて馬車は中庭にはいった。「では失敬(287)」と公爵は私に言った。「私、こんなにマリーの近くに住んでいるのがときに残念でなりません」と公爵夫人は言う、「マリーは大好きですが、いますこし会う回数が減ると助かります。でも今夜ほど家が近いのを残念に思ったことはありませんわ、あなたとご一緒できるのがほんのわずかな時間でしたからね。」「さあさあ、オリヤーヌ、長話はいかんよ。」公爵夫人は、ちょっとおあがりになりませんか、とさえ言った。私が、これから訪ねてくる若い娘がいるのでお寄りできないと言うと、夫人も公爵も大笑いした。「あなたって、おかしな時間に訪問をお受けになるのね」と夫人は言った。「さあ、お前、急ぐぞ」と公爵は妻に言う、「もう十二時十五分前だぞ、衣装をつける時間だ……。」公爵は、戸口の前で、厳重に見張っていたふたりの杖を持った婦人に出くわした。スキャンダルになるのを防ぐため、真夜中であったにもかかわらず、山の上からあえて降りてきたのである。「バザン、どうしても前もってお知らせしておきたかったの、あなたが例の仮装舞踏会で人に見られるといけませんからね。かわいそうにアマニアンは亡くなりました、一時間前に。(288)」公爵は一瞬うろたえた。この山暮らしのいまいましいふたりの女からオスモン氏の逝去を知らされたからには、自分にとってくだんの仮装舞踏会があえなく潰《つい》えるのが目に浮かんだのである。しかし公爵はすぐさま気をとり直すと、ふたりの従姉妹にこう言い放った。そのことばには、楽しみを諦めまいとする決意とともに、フランス語の言いまわしを正確に身につけられない欠陥があらわになった。「亡くなっただと！　そんなはずはない、言いすぎだ、言いすぎだ！」そう言うと公爵は、アルペンシュトック(289)を手にこれから夜半の登攀《とうはん》をするふたりの親戚の女にはもはや構わず、部屋付きの従僕につぎつぎと様子を訊いた。「私の兜《かぶと》はちゃんと届いているかな？」「はい、公爵さま。」「息をするための小さな穴はちゃんとあるかな？　窒息させられるのはご免だからな、まったく！」「はい、公爵さま。」「ああ！　なんてこった、いやな夜だ。ねえオリヤーヌ、ババルに訊いておくのを忘れたよ、プーレーヌ(290)はあなたが履くのかどうか！」

(286)　原語 sigisbée. 貴婦人のパーティーや観劇などのエスコート役にして愛人。十八世紀イタリアで流行し、十九世紀フランスで使われた文語。「もはや皮肉でしか用いない」(『二十世紀ラルース辞典』)。
(287)　原語 À la revoyure は俗語(『二十世紀ラルース辞典』および『グラン・ラルース仏語辞典』)。
(288)　ブレキニー伯爵のふたりの娘は、午後にも従兄の危篤を知らせにきた(本訳⑦五一〇頁参照)。
(289)　原語 alpenstock. 山歩き用の杖。十九世紀後半に独語から導入、仏語の発音はアルペンストック。

「でも、あなた、オペラ＝コミック座の衣装係が来ているんですから、教えてもらえますわ。でも私は、それがあなたの拍車と合うとは思えませんけれど。」「じゃあ衣装係のところへ行くとしよう」と公爵は言った、「では失礼、お若いかた。私たちが試着をするあいだ、おもしろいから見に来てはどうですかと言いたいところだが、ただしそうなるとおしゃべりが始まってしまう、もうすぐ十二時だし、パーティーが完璧なものになるためには遅刻はできませんので。」

私もまた、できるだけ早くゲルマント夫妻と別れようと気がせいていた。『フェードル』は十一時半ごろに終わる予定で、そこから駆けつける時間を入れても、アルベルチーヌはもう来ているにちがいない。私はまっすぐフランソワーズのところへ飛んでいった。「アルベルチーヌさんは来ているかい？」「どなたもいらしてませんけど。」なんだと、これはだれも来るはずがないという意味なのか？　私はひどく動揺した。アルベルチーヌの訪問が確かなものでなくなると、それが今やことさら欲望をそそるものに思われたからである。

フランソワーズも困惑していたが、それはまるっきりべつの理由からであった。自分の娘を食卓に座らせ、たっぷりご馳走を食べさせていたせいである。しかし私の帰宅の音を聞きつけ、料理を片づけ針と糸を並べて夜食ではなく針仕事をしていたように見せかける時間はないと判断すると、フランソワーズは「この子がスープをひと口いただいたところでして、私が無理やり鶏のガラをしゃぶらせたんです」と言って、娘の夜食をとるに足りないものに見せかけたが、まるでご馳走だと非難されたときのような口調だった。たとえ昼食や夕食のときでも、私がうっかり台所にはいってゆくと、フランソワーズはもう食べ終えたふりをして、こんな言い訳さえした、「ほんのひと切れ」または「ほんのひと口、いただこうと思いまして。」しかしこちらは、テーブルに所狭しと並べられた料理の数々を目にとめ、いきなりはいってきた私に不意をつかれたフランソワーズが、べつにそうではないのに悪事をはたらいていたみたいに料理を隠してしまう暇もなかったのを見てとると、すぐに事態を納得する。それからフランソワーズはこうつけ加えた、「さあ、行っておやすみ、きょうはもう充分働いたからね（そう言ったのは、娘が私たちになんら負担をかけず、食べるものも食べずに暮らしているのみならず、私たちのために身を粉《こ》にして働いて

(290) 原語 souliers à la poulaine. 先が細長くそり返った靴。ポーランド起源で、十四世紀中葉から十五世紀末にかけて上流階級で流行した。十五世紀のプーレーヌ（『二十世紀ラルース辞典』から転載の図16）参照。公爵はルイ十一世（在位一四六一-八三）に、夫人はイザボー・ド・バヴィエール（一三七一-一四三五）に扮する予定だった（本訳⑦五〇一頁参照）。

図16

いるように見せかけたのだ）。台所にいても邪魔になるだけだし、お客さまをお待ちの旦那さまにはとくにご迷惑だからね。さあ、おあがり」と、娘を寝にあがらせるには自分の権威を使わざるをえないかのように言い添えたが、娘としては夜食にありつけない以上そこにいるのは体裁をとりつくろうためにすぎず、私がさらに五分もいたら、自分から退散したにちがいない。フランソワーズは私のほうを向くと、庶民階級の立派なフランス語にいささか個人の癖をまじえたフランソワーズ特有のことばで、こう言った、「旦那さま、ほうらこの子、眠くて眠くて顔がつぶれそう。」私のほうは、フランソワーズの娘とおしゃべりをする必要がなくなって喜んでいた。

　前に触れたように、この娘は母親の故郷のすぐそばの小さな村の出であったが、そこは地形も作物も方言も異なり、わけても住民のある種の特性が違っていた。たとえばフランソワーズの「肉屋の女[291]」とフランソワーズの姪とはきわめて仲が悪かったが、ふたりとも使いに出ると何時間も「姉妹のところ」や「従姉妹のところ[292]」に入り浸り、自分からおしゃべりを切りあげることができないという共通点をもっていて、そのおしゃべりのあいだに使いに出たはずの動機など吹っ飛んでしまい、帰ってきたときにこちらが「それでノルポワ侯爵は六時十五分に会ってくださるのか？」と訊ねても、額をたたいて「あら！　忘れてました」と言うことさえなく、「あら！　旦那さまがそうお頼みになったとは思ってませんでした、ただご挨拶すればいいんだと思ってました」と答える始末である。こんなふうに一時間前に言いつけられたことにも「冷静な頭を失う」一方、それにひきかえ姉妹や従姉妹から一度でも聞かされたことを頭からとりのぞくのは不可能だった。たとえば肉屋の女は、イギリスはプロイセンとともに七〇年にフランスに戦争をしかけたと聞くと（私がそれは間違いだといくら説明しても無駄で）、三週間に一度は、なにかの会話のおりに私にこうくり返す、「そりゃイギリスがプロイセンとともに七〇年にフランスにしかけた戦争のせいでしょうが。」「それは間違いだって何度も言っただろう。」そう言われても肉屋の女からは、その確信がなんら揺らいでいないことを意味する答えが返ってくる、「どっちにしても、だからといってイギリス人を恨むわけじゃありませんよ、もうずいぶん時間が経ちましたからね、云々。」べつのときには、イギリスとの戦争を推奨するので、私がそれに

(291)　フランソワーズの「肉屋の姪」のこと（本訳⑤三二〇頁参照）。この直後に出る「姪」とは別人。

(292)　原文 chez la sœur, chez la cousine. 自分の「姉妹」や「従姉妹」に定冠詞をつけるのはフランソワーズと共通の間違い（本訳⑤三二〇頁参照）。以下の発言もフランソワーズと共通の特徴。

(293)　一八七〇年の普仏戦争は、プロイセンとフランスの戦争。

(294)　原文 il a coulé de l'eau sous les ponts は、不適切な用法。正規には il coulera de l'eau sous les ponts「（……までには）（橋の下を水が流れる→）多くの時間がかかるだろう」と未来形で用いる。

は賛成できないと言うと、こう答えた、「もちろんいつだって戦争はないほうがいいんです。でもやんなきゃなんないときにゃ、すぐにやっちまうほうがいいんです。さっきも姉が言ってましたが、イギリスが七〇年にフランスにしかけた戦争のあと、通商条約のせいでフランスは破産状態ですからね。あの連中をやっつけちまえば、イギリス人はひとりもフランスには入れませんよ、三百フラン[295]の入国料を払わないかぎりね、私たちだって今イギリスに行くときにそうしてるでしょ。」

　人口五百にも満たず、クリやヤナギの木々、ジャガイモやテンサイの畑にとり囲まれたこの小さな村の住民の性格とは以上のようなもので、もとよりずいぶん正直であるが、話しだすと耳を貸さぬほど頑固で、相手には口を挟ませず、かりに話をさえぎられると、なんの話だったかを何度でもくり返すせいで、そのおしゃべりにはついにバッハのフーガのような揺るぎなき安定性が備わるのであった。

　フランソワーズの娘は、これとは正反対というべきで、頑迷固陋《がんめいころう》な田舎の畦道《あぜみち》から抜け出してきた現代女性を自任し、パリの隠語を使い[296]、それにまつわる冗談をひとつ残らず口にした。フランソワーズから私が「さる大公妃邸からお帰りだ」と聞くと、「あら！　きっとココナッツ[297]の大公妃でしょう」と言う。私が来客を待っているのを見ると、私の名前がシャルルだと信じているふりをする。私がばか正直にそんな名前ではないと言うと、娘はここぞとばかりに言い返す、「あら！　そうだと想いこんでいましたわ！　シャルル待つ《アタン》（いかさま師《シャルラタン》）(298)だと思っていました。」これはあまりいい趣味ではなかった。しかしこの娘がアルベルチーヌの到着の遅いのを慰めるかのようにこう言ったとき、私はさきのことばほどに無関心ではいられなかった。「もしかするとえんえん(299)待たされるかもしれませんよ。もう来ないでしょう。やれやれ！　今どきのはすっぱ《ジゴレット》(300)娘ときたら！」

　このように娘の話しかたは母親の話しかたとは違っていた。しかしもっと奇妙なのは、娘の母親の話しかたがその祖母の話しかたと違っていたことである。この祖母が生まれたのは、フランソワーズの故郷にごく近いバイヨー＝ル＝パン(301)だったからだ。もっとも双方の土地の方言には、双方の景色と同じく、わずかな違いがあった。フラ

(295) 約十五万円。
(296) この「新参のパリジェンヌ」はパリの「下品な略語」を乱発した（本訳⑤二二〇―二二一頁参照）。
(297) 原語 à la noix de coco.「いい加減な」「価値のない」を意味する当時の最新の成句（『グラン・ラルース仏語辞典』は一九一九年を初出とし、『二十世紀ラルース辞典』はこの新語義を記載せず）。
(298) 原文 Charles attend (charlatan). 語呂合わせで「私」を「いかさま師」と決めつけた冗談。
(299) 原語 à perpète.「永久に」à perpétuité の意の隠語ないし俗語。
(300) 原語 gigolette. ジゴロ gigolo の女性形。十九世紀中葉の新語。世紀末には「街娼」も意味した。
(301) シャルトルとイリエの中間にある村（地図①参照）。

ンソワーズの母親の故郷は、傾斜して谷へとくだる土地で、よくヤナギの木を見かけた。ところがこの地とはまるで無縁のはるか遠方のフランスの一地方に、メゼグリーズとほとんど同じ方言を話すところがあったのだ(302)。私はそのことを発見したとき、同時にそのことに悩まされた。というのも、あるときフランソワーズがこの地方の出身でそこの方言を話すわが家の小間使いと無我夢中で話しているのに出くわしたことがあるからで、ふたりにはほぼ相手の言うことが通じるのに、私にはふたりの話がさっぱり理解できず、ふたりはそれがわかっていながら、遠く離れた土地で生まれたにもかかわらず同郷の人であるという喜びゆえに許されるとでも思うのか、まるで他人に知られたくない話をするときのように私の前でその外国語を話すのをやめなかった。この言語地理学と女中の仲間意識をめぐる風変わりな学習は、毎週、台所でつづけられたが、私はそれになんの喜びも感じなかった。

　表門が開くたびに門衛が電気のボタンを押して階段を明るく照らすことになっていたし(303)、まだ帰宅していない借家人はいなかったから、私はすぐさま台所を出ると控えの間《ま》にもどって腰をかけ、ドアカーテンの横幅がすこし足りずにわが家のアパルトマンの玄関のガラス戸を完全には覆いきれず、その隙間に階段の薄暗がりが縦に暗い筋を映している箇所をじっと見張った。もしこの筋がいきなり黄金色《こがねいろ》になったら、アルベルチーヌが階下にはいってきた証拠で、あと二分もすれば私のそばにやって来るという徴候なのだ。ほかにこんな時刻にやって来る者などいるはずがない。それゆえ私はじっとそこに陣どって、その筋から目を離さなかったが、その筋はいつまでも暗いままであった。よく見えるように私は身体全体を乗り出していたが、いくら目を凝らしてもその黒い縦の線は私の熱烈な願いには応えてくれず、意味のある突然の魔法によってそれが明るい金色《こんじき》の棒状に変わると私に与えられるはずの小躍りする歓びは味わえなかった。ゲルマント邸での夜会のあいだは三分たりとも想いうかべなかったアルベルチーヌに、今やこれほど激しい不安をおぼえる始末だ！　しかも、以前ほかの娘たちにたいして、とりわけなかなかやって来なかったジルベルトにたいして覚えたじりじりと待つ焦燥感が呼び醒まされ、たんに肉体の快楽が得られないかもしれぬと考えるだけなのに、私には辛い精神的苦痛がひきおこされた。

私はやむなく自分の部屋に帰った。フランソワーズがついてきて、もう夜会から戻ったのだから、ボタンホールにいつまでもバラの花を挿している必要はないと考えた

(302)　この前後の記述に拠るかぎり、フランソワーズの故郷はメゼグリーズと考えるべきか。
(303)　現代では階段の各階踊り場のボタンを自分で押すと、しばらく点灯して自動的に切れる自動消灯装置「ミニュトリ」minuterie を設置。この語義の初出は一九一二年(『グラン・ラルース仏語辞典』)。

のだろう、私からその花を取ろうとした。その仕草は、アルベルチーヌはもう来ないかもしれないと私に告げているようで、アルベルチーヌのためにエレガントな社交姿のままでいたいという私の気持を無理やり暴露するように感じられて、私はいらだった。そのいらだちがいっそう募ったのは、乱暴に身を振りほどこうとした私が花をくしゃくしゃにしてしまい、それを見たフランソワーズがこう言ったからである、「そんなめちゃくちゃせんで、私に取らせてくださりゃよかったのに。」もっとも、フランソワーズのどんな些細なことばでも私の癇《かん》にさわった。こうして人を待っていると、会いたい人の不在があまりにも辛く、ほかの人の存在はとうてい我慢できないのだ。

フランソワーズが部屋から出てゆくと私は、今ごろアルベルチーヌのためにおしゃれをする気になるのなら、夜にアルベルチーヌを呼び寄せて互いに愛撫をくり返していたころ、何日も剃らない無精髭を何度も見せたのは不手際だったと考えた。そんな私にアルベルチーヌが愛想をつかし、私をひとり捨ておくような気がしたのだ。もし今からでもアルベルチーヌが来るのなら、すこしは部屋を飾っておこうと考えた私は、それが私の所有する一番きれいなもののひとつだったからトルコ石をあしらったブックカバーを、何年も絶えてなかったことだが、ふたたびベッド脇のテーブルのうえに置いた。それはベルゴットの小冊子のカバーとしてジルベルトが私のためにつくらせてくれたもので、ずいぶん長いあいだ瑪瑙《めのう》玉とともに私の就寝中つねにそばに置かれていた(304)。もっとも、あいかわらずやって来ないアルベルチーヌ本人と同じくらい私に辛い想いをさせていたのは、アルベルチーヌがこの瞬間、私の知らない場所をもとよりわが家よりも快適と考えて、そんな「べつの場所」にいることだった。ほんの一時間ほど前、私はスワンに自分は嫉妬を感じることのできない性分だと言ったが、それとはまさに裏腹の事態となり、この辛い想いは、かりにアルベルチーヌともっと頻繁に会っていたのなら、今だれと時間をすごしているかを知りたいという不安な欲求に変わっていたかもしれない。夜は更けてアルベルチーヌのところへ人を遣わすのは憚られたが、もしかするとアルベルチーヌは何人かの女友だちとどこかのカフェで夜食をとっていて、私に電話をかける気になるかもしれないと期待した私は、交換機をまわし、ふだんこの時刻には郵便局と門衛所とをつないでいる線を切りかえ、自分の部屋につながるようにした。受話器は、フランソワーズの部屋に面した小さな廊下に置いておくほうが簡単でわずらわしくもないが、それでは役に立たなかった。文明の進歩は、ひとりひとりの人間の想いも寄らぬ美点なり新たな欠点なりをあらわにするものので、人はその友人からすると以前よりも大切な人間になったり我慢のならない人間

(304)「瑪瑙玉」と「小冊子」の包みについては、本訳②四六六―六七頁参照。

になったりする。そんなわけでエディソンの発明(305)は、フランソワーズにもうひとつ欠点を付与する結果となった。その欠点とは、どれほど役に立ちどんなに緊急を要しても、電話を使うのを拒否するという振る舞いである。電話の使いかたを教えようとすると、予防注射を嫌がる人のように、なにかしら理由をつけて逃げてしまう。それゆえ電話は私の部屋に設置され、両親がうるさがらないよう、呼び出し音はごく単純な回転音に替えてあった。その音を聞きのがすのを怖れて、私は身じろぎもせずにいた。じっと動かずにいると、何ヵ月かぶりにあらためて振り子時計のチクタクいう音に気がついた。フランソワーズが部屋の片づけにやって来た。そして私に話しかけるが、私はそのいつまでも月並みな話がつづくおしゃべりが大嫌いで、それを聞かされている私の気持は、刻一刻、心配から不安へ、不安から完全な幻滅へと変わった。とはいえフランソワーズにかけてやらなくてはならないあいまいな満足の意のことばとは違って、自分の顔がひどく悲しげなのに気づいた私は、見せかけの無関心とこの辛い表情との乖離の言い訳をするのに、リューマチで辛いのだと言い張った。そのあと私は、フランソワーズのおしゃべりのせいで、それがいくら小声とはいえ(フランソワーズが小声だったのはアルベルチーヌがやって来るかもしれないと考えていたからではなく、その時刻はとうに過ぎていると判断していた)、もはや鳴らぬ音かもしれないが、救いとなる電話の音が聞こえないのではないかと心配した。ようやくフランソワーズは寝に行った。その出てゆく音が電話の音をかき消してしまわぬよう、私は愛想のない穏やかな顔で送り出した。そして、ふたたび耳を澄まして辛い想いをした。というのもなにかを待ち受けているときは、物音を聞く耳から、物音を検討して分析する頭へ、さらに頭から、分析結果の伝わる心へと、二度の伝達があまりにも迅速におこなわれるせいで、心でじかに聴いている気がするからである。

呼び出し音を聞きたいという願望、つねにますます不安を募らせるだけで決してかなえられぬこの願望はたえずぶり返して、私をさいなんでいた。そんな胸を締めつける孤独な不安の渦の激しい高まりが絶頂に達したとき、夜の雑踏のパリの奥からいきなり私に近づいてきて、私の書棚のわきから不意に聞こえてきたのは、機械の音でありながら崇高な音、まるで『トリスタン』のなかで打ち振られるショールや牧人の吹く草笛を想わせるような、[306]電話の回転音だった。私は飛びついた、アルベルチーヌな

（305）電話の発明者はエディソンではなく、グラハム・ベル。加入者は世紀末に飛躍的に増加し、仏全土で一八九七年には約四万四千人、一八九九年には約六万一千人。当初は郵便局が電話をつないだ。

（306）ワーグナー『トリスタンとイゾルデ』二幕二場冒頭ではイゾルデが「白い布」を振ってトリスタンに合図をし、三幕一場では羊飼いが草笛の音でイゾルデの船の到着をトリスタンに知らせる。

のだ。「こんな時間に電話をしてご迷惑じゃないかしら？」「いや、ちっとも……」と私は欠びを抑えて言った。というのもアルベルチーヌが非常識な時間と言うからには、こんな遅い時刻にもかかわらずすぐにでもやって来るための言い訳で、来ないつもりではないからだ。「来るのかい？」と私は無関心な口調で訊ねた。「でも……やめとくわ、どうしても来てほしいというのでなければ。」

私の一部はすでにアルベルチーヌのなかにあり、その他の部分もこれに合流したがっていた。どうしてもアルベルチーヌに来てもらう必要があったが、私は最初そうは言わなかった。電話で話しているのだから、いざとなれば相手を来させるなり、こちらから相手の家に駆けつけるなり、いつでも言うことを聞かせられると思ったのだ。「じつは、あたしね、いまおうちのそばにいて」とアルベルチーヌは言う、「あなたのところから少し遠いのよ、あなたからのお便りをちゃんと読んでいなかったの。やっと出てきたお便りを読んで、あなたが待っているんじゃないかと心配になったの。」これはアルベルチーヌの嘘にちがいないと感じた私は、腹立ちまぎれに、今となっては会いたい気持よりも困らせてやりたい気持から、無理にでもアルベルチーヌを来させたくなった。とはいえ最初は突っぱねておき、あとで相手の同意をとりつけようとした。それにしても、どこにいるのだろう？　本人のことばに混じって、自転車乗りの鳴らす警笛ラッパ(307)とか、歌っている女の声とか、遠くの楽隊の音とか、ほかのさまざまな音が馴染みの声と同じくはっきり響いてきて、いま私のそばに存在するのは、そうした現場にいるアルベルチーヌにほかならないことを示している。まるで現場の土塊《つちくれ》といっしょに周囲のイネ科の雑草も運ばれてきたみたいである。私に聞こえてくるさまざまな音は、アルベルチーヌの耳にも届いてその注意力を妨げているはずで、その音は本題とは無関係な、それ自体としては無用の細部でありながら、明らかに奇跡の生じたことを示すには(308)どうしても必要な本物の細部であり、パリのどこかの通りを描き出してくれる飾り気はないが魅惑にみちた特徴であり、アルベルチーヌが『フエードル』を観た後わが家に来るのを妨げた知られざる夜をかいま見させる残酷な特徴でもある。「最初に断っておくけど、来てもらいたくて言うわけじゃないんだ、こんな時間に来られてもはなはだ迷惑だからね……」と私は言った、「眠くて倒れそうなんだ。それに、まあ、面倒なことが山のようにあってね。ただ、どうしても言っておきたいのは、ぼくの手紙には誤解の余地などなかったことだ。承知しました、という返事だってくれたじゃないか。ちゃんと読んでいなかったというのなら、どういう

(307) 当時の自転車には(初期の自動車と同様)、警笛ラッパがついていた。
(308) 電話によって、遠くの現実が自分の耳にまで届くという奇跡が生じたこと。

意味で承知したんだい？」「承知しましたとは言ったけど、なにを承知したのかよく憶えてなかったの。でも、あなた怒ってるのね、困ったわ。『フェードル』なんかに行かなければよかったわ、こんな面倒なことになるってわかっていたら……」と言い添えたアルベルチーヌは、あることで過ちを犯しておきながら、べつのことで咎められたと信じるふりをするあらゆる人間と同じだった。『フェードル』はちっともぼくの不満の原因じゃないよ、だって、ぼくが行くように言ったんだから。」「じゃあ、あたしのこと恨んでるのね、困ったわ、今夜はもう遅すぎるし、そうでなけりゃお伺いしたんだけど、でも、あすか、あさってなら、お詫びにうかがうわ。」「そりゃ、だめだ、アルベルチーヌ、お願いだよ、ぼくの一夜をふいにしたんだから、せめて何日かはそっとしておいてもらいたいね。これから二週間か三週間は、暇がないんだ。ねえ、ぼくたちが腹を立てたままでいるのが嫌なら、まあ、きみにも道理があるかもしれないんで、それなら、どうだろう、ぼくはこんな時間まで待っていたんだし、きみはまだ外にいるんだから、どうせ疲れついでだ、すぐに来てくれてもいいんだ、コーヒーでも飲んで目を醒ましておくから。」「それって、あすに延ばすことはできないかしら？　というのも、具合の悪いことに……」こんなまるで来る気のない言い訳のことばを聞きながら私が感じたのは、すでにバルベックで九月のモーヴ色の海を前にしてこのバラ色の花のそばですごす瞬間へと私の日々を駆り立てていたあのビロードのような顔に再会したいという欲求に、それとはまるで異なるべつの要素が痛ましくも合体せんとしていたことである。私はコンブレーで、ひとりの人を狂おしく追いもとめる欲求を母を通じて学んだ経験があり、それは母から二階にはあがって来られないとフランソワーズの口づてで告げられたら死ぬしかないとまで思いつめた欲求であった。この古い感情は、浜辺の花のバラ色に彩られた表面の肌だけを官能の対象とするはるかに新しいもうひとつの感情と結びついて一体化し、ただひとつの要素になろうとしていたが、そうした合体の作業はたいていい、ほんの数刻しか存続しない新たな物質(化学的な意味での物質)をつくるだけで終わってしまう。すくなくともその夜、またその後も長らく、このふたつの要素は離ればなれのままであった。しかし電話でさきの最後のことばを聞いた私は、アルベルチーヌの生活は私のはるかかなたにあって(もとより物理的にそうだというのではない)、それを見出すにはつねに骨の折れる探索を必要とすること、おまけにその生活は野戦の要塞、いや、さらに念入りに後に「カムフラージュした」(309)と呼びならわされる要塞のように組み立てられていることをすでに悟りはじめていた。おまけにアルベルチーヌは、社会的には一段と格上の人間ではあったが、つぎのようなたぐいの女の仲間だったのである。こちらの手紙を届けた使いの者にたいして、門衛の女が、ではお帰りになったら渡しておきましょうと約束するが、こちらは外で出会った女に宛てて手紙を書いたつもりなのに、やがて、その女とはほかでもないこの門衛で、それゆえ女は住所を教えた家――ただし門衛の詰所――にちゃんと住んでいることに気づかされる（一方でその家は小さな売春宿で、門衛はそのおかみだとわかる）。あるいは、その女が住所として教えた建物には、女とグルになった共犯者たちが住んでいて、女の秘密を明かすことはなく、その建物経由で手紙は女のもとへ届きはするが、じつは女はその建物には住んでおらず、せいぜい持ちものを置いているだけなのだ。要するに逃げ道を五つも六つも用意している生活で、当の女に会おうとして、あるいはその女の正体を知ろうとして訪ねても、右とか左とか前とか後ろとかへ行きすぎるばかりで、何ヵ月も、何年も、なにひとつ知らずじまいになりかねない。アルベルチーヌにかんするかぎり、私はけっしてなにひとつ知ることはないだろう、真実の細部と虚偽の事実とを何度も何度もないまぜにした迷路のなかにはいりこみ、けっしてそこから抜け出せないだろう、そして相手を囚人のように閉じこめないかぎり（それでも逃げ出すのだが）、そんな事態は際限なくつづくだろう、私にはそんな気がした。その夜、この確信は私の心に一抹の不安をよぎらせただけであったが、その不安のなかには長期にわたる苦悩の予兆めいたものが震えているように感じられた。

「とんでもない」と私は答えた、「さっきも言ったけど、これから三週間は暇がないんだ、あすもダメだし、べつの日だって同じだよ。」「わかったわ、じゃあ……急いで駆けつけるけど……困ったわ、いま女のお友だちのところにいるんだけど、その人が……」アルベルチーヌはすぐ来ると言ったが、その申し出を私が受け入れるとは思っていないのだ、この申し出は本心ではないのだ、そう感じた私は相手に決断を迫ろうとした。「その友だちはぼくとどんな関係があるんだい？　来るのか、来ないのか、それはきみの問題だろ、べつにぼくが来てくれと頼んだわけじゃなく、きみ自身が来ると言いだしたんだからね。」「そんなに怒らないでよ、すぐ辻馬車にとび乗って、十分後にはそっちに着くから。」かくしてパリの夜の奥から私の部屋まで、遠くにいる人の行動範囲をうかがわせる目に見えぬメッセージがすでに放射されていたが、この最初のお告げのあとでパリの闇から浮かびあがったのは、かつてバルベックの空の下で知ったあのアルベルチーヌである。あのとき、グランドホテルのボーイたちはテー

（309）　原語 camouflé(es). 敵の目を欺くため兵士・武器・要塞などに迷彩を施す仏語「カムフラージュ」(camouflage)は、航空機による偵察に対抗して第一次大戦で考案された新技法。一九一五年には軍に「カムフラージュ」部門が創設され、画家や彫刻家が動員された(『二十世紀ラルース辞典』)。

ブルに食器セットを並べながら夕陽の光でまぶしそうにしていたし、すべて開け放たれたガラス窓を通じて、夕べのほのかな微風が、散歩する最後の人たちが残る浜辺から、夕食をとる最初の客がまだ席についていない広いダイニングルームへと自由に流れていたし、カウンターの背後に掛かる鏡のなかには、リヴベルへ向かう最終の船の赤い胴体が通りすぎても、その灰色の煙がなおも長いこと漂っていた。私はアルベルチーヌが遅れた理由などもはや考えてはいなかったが、フランソワーズが部屋にはいってきて「アルベルチーヌさんがいらっしゃいました」と告げたとき、私が顔を動かしもせず「どうしてアルベルチーヌさんはこんな遅い時間に来たのだろう？」と答えたのは、ただ本心を隠そうとしたにすぎない。しかしこんなうわべだけの真剣味をとりつくろった疑問を口にした私が目をあげ、この疑問を真《ま》に受けた返事をしてくれるものと期待したフランソワーズを見たとき、生命の宿らぬ衣服と顔の特徴とに雄弁に語らせる技法にかけてはかのラ・ベルマにもひけをとらないフランソワーズが、その胴衣にも、いちばん白いところを表面に集めて出生証明のごとく人目にさらしている髪にも、また疲労と忍従のせいでたわんだ首にも、それぞれ的確な指示を出す術《すべ》を心得ていたことに気づき、私は感嘆するとともに怒りを禁じえなかった。その胴衣と髪と首があらわしていたのは、こんな歳にもかかわらずこうして真夜中に睡眠中のなまあたたかいベッドから引きずり出され、肺炎になる危険をおかして大急ぎで服を着なければならなかったことへの憐憫だったからである。それゆえアルベルチーヌが遅い時刻にやって来たことを詫びるように見えたのではないかと心配した私は、「いずれにしてもアルベルチーヌが来てくれてよかった、万々歳だ」と言って、心からの歓びをあらわにした。その歓びが長いあいだ純粋なものにとどまることができなかったのは、フランソワーズのこんな返事を聞いたからである。不平ひとつ漏らさず、抑えきれない咳を懸命に抑えようと努力しているようにも見えるフランソワーズは、ただ寒そうにショールをかき合わせただけで、まずはその叔母の近況を忘れずに訊ねたことも含めてアルベルチーヌに言ったことを私に残らず伝えた。「そりゃ言ってやりましたよ、旦那さまはお嬢さまがもう来ないかと心配しておられたって。だって訪ねて来るような時間じゃありませんからね、もうじき朝ですよ。きっといろいろ楽しめる場所にいたんでしょう、だって、旦那さまをお待たせして悪かったとも言わないで、人をばかにしたみたいに答えたんです、「遅くても来ないよりましでしょ!」って。」そしてフランソワーズはこう言い添えたが、そのことばは私の胸に突きささった。「あの口ぶりじゃ、きっと身を売ってたんですよ。できれば隠れていたかったのかもしれませんが、でも……」

私はさして驚かなかった。いま記したようにフランソワーズは、頼まれた用事の報告に、自分が口にしたことは喜んで長々と伝えるが、すくなくとも肝心の相手の返事はめったに言わず、例外的に私たちの友人が言ったことばを伝えるときでも、それがどんなに短いことばであれ、必要とあらばそのことばがどんな表情や口調で表明されたかを断言して、たいていそのことばにこちらが傷つく要素をつけ加える工夫をする。私たちの言いつけで出かけた商店でそこの主人から侮辱を受けたときでも、侮辱といってもフランソワーズがおそらくそう想いこんだだけであろうが、フランソワーズとしては私たちを代表し私たちの名において話して侮辱を受けたのだから、その侮辱は間接的に私たちに及ぶのだと考えて、なんとか無理にでも納得する。そんなことを聞かされたこちらは、侮辱というのはフランソワーズの誤解で、被害妄想にとり憑かれているのではないか、商人がみな同盟を結んでフランソワーズに敵対しているわけではない、とでも答えるほかなかった。もっとも私にとって、商人たちの感情はどうでもよかった。しかしアルベルチーヌの感情となると、同列には考えられない。フランソワーズから「遅くても来ないよりましでしょ!」という皮肉なことばが伝えられたとき、ただちに私の心には、アルベルチーヌが夜の終わりをいっしょにすごしていた友人たちが想いうかんだ。きっと私とつき合うよりも楽しい友人たちなのだ。「おかしな人ですね、ちっちゃな平べったい帽子をのっけてるでしょ、なのに目が大きくて、それでこっけいに見えるんでしょうか、なんたってあのコート、虫くいだらけで、とっとといかけはぎ屋(310)に出せばよかったのに、笑わせますね」とアルベルチーヌをばかにしたように言い添えたフランソワーズは、私と同じ印象をいだくことはめったにないが、それでも自分の印象をなんとしても人に知ってもらいたいのだ。私はといえば、この笑いが軽蔑と愚弄を意味することを了承していると見られるのを嫌って、やられたものはやり返そうと、フランソワーズの言うちっちゃな平べったい帽子など見たこともなかったが、こう答えた、「お前の言う「ちっちゃな平べったい帽子」だけど、うっとりするほどすばらしいじゃないか……」「あんなの、なんの値打ちもありゃしません」とフランソワーズは、今度は率直に言って、心からの軽蔑をあらわにした。そこで私は（自分の偽りの返事が、私の怒りの表明ではなく真実の表現であると思わせるべく、穏やかなゆっくりした口調で、ただしアルベルチーヌをあまり待たせぬよう時間を浪費することなく）フランソワーズにつぎのような残忍なことばを投げかけた。「お前はよくできた人だね」と私はさも優しげに言った、「親切だし、長所だって数えきれないほどある。ただし、おしゃれな服装にかんしては、ことばをちゃんと発

(310)　原語 estoppeuse. フランソワーズの間違い。正しくは stoppeuse「かけはぎ屋」。

音して言い間違いをしないことと同じで、パリに着いた日からちっとも進歩していないなあ。」 この非難は、ことのほかばかげたものだった。というのも、われわれが正確な発音をこれほど誇りにしているフランス語の単語はどれも、ラテン語やザクセン語を訛って発音したガリア人の口が犯した「言い間違い」にほかならず(311)、われわれの言語はいくつかの他の言語を誤って発音したものだからである。生きた状態の言語の神髄、フランス語の過去と未来、これこそフランソワーズの間違いのなかで私の興味を惹いて然るべき問題であった。「かけはぎ屋」のことを「いかけはぎ屋」と言うのは、大昔から生き残って動物の生命がたどった諸段階を示してくれるクジラやキリンのような動物と同じほど、興味ぶかいことではないか? 「それに」と私は言い添えた、「これだけ何年経ってもおぼえられないんだから、これからだって金輪際《こんりんざい》おぼえられないだろう。でも悲観することはないよ、おぼえられなくてもお前はやっぱりとてもいい人だし、牛肉のゼリー寄せをつくらせたら天下一品だし、ほかにもいろいろ立派なことができるんだから。お前がなんの変哲もない帽子だと思ったものは、五百フラン(312)もするゲルマント大公妃の帽子を真似てつくったものなんだ。もっとも近々アルベルチーヌさんにはもっと立派な帽子をあげるつもりだけどね。」 私はフランソワーズのいちばん嫌がるのが、虫の好かない人間のために私が散財することだと知っていたのである。フランソワーズはなにか答えたが、突然、息切れがして、そのことばはほとんど聞きとれなかった。のちにフランソワーズに心臓の持病があると知ったとき、私は相手の言い草にこんな反駁をする残忍で不毛な快楽を一度たりとも差し控えなかったのをどれほど悔やんだことだろう！　おまけにフランソワーズがアルベルチーヌを毛嫌いしていたのは、相手が貧しくて、フランソワーズが私の優れた点とみなしているものになにもつけ加えることができなかったからである。フランソワーズは、私がヴィルパリジ夫人に招待されるたびに嬉しそうに微笑む。それにひきかえアルベルチーヌはお返しをしないと言って憤慨する。やむなく私は、アルベルチーヌがくれたと称する贈り物をでっちあげるに至ったが、フランソワーズはそんな贈り物があるとはいささかも信じなかった。このお返しをしないことは、とりわけ食事にかんしてフランソワーズの顰蹙を買った。アルベルチーヌがお母さんから招待されているのに、私たちがボンタン夫人宅に招待されないのは（もっとも夫人は、かつて夫が本省に飽きたときと同じであちこちの「赴任地」を引き受けるので、一年の半分はパリにいな

（311）　中世のフランス語は、ケルト系の先住民族（ガリア人）がローマ帝国の影響下で話すようになった訛りの多いラテン語（俗ラテン語）を基礎に、ゲルマン語などの影響を受けて形成された。

（312）　約二十五万円。

かった)、フランソワーズの目には私の女友だちの失礼な振る舞いと映り、それをフランソワーズはつぎのコンブレーの俗諺《ぞくげん》を唱えてそれとなく咎めた。

私のパンを食べましょう。
——いただきます。
あなたのパンを食べましょう。
——もうお腹《なか》がいっぱい。

私は手紙を書いているふりをした。「だれに書いていたの?」とアルベルチーヌははいってきて言った。「きれいな女友だちで、ジルベルト・スワンっていうんだけど、知らないかな?」「知らないわ。」私はアルベルチーヌに今夜のことをあれこれ問いただすのは諦めた。そんなことをしたらアルベルチーヌを責め立てることになり、時間が時間なので、ふたりが仲直りをして接吻と愛撫へと移るだけの余裕がなくなると感じたのだ。だから、のっけから接吻と愛撫という段取りにしたいと思ったのである。もっとも私は、いくらか心は鎮まったとはいえ、幸せな気分ではなかった。相手を待っているあいだは度を失って途方に暮れている状態だから、待ち人の到着後もそんな状態がなおも心に残り、相手がやって来たら安心できてどんなに嬉しいだろうと想い描いていたような気分にはなれず、どんな楽しみも味わえない。アルベルチーヌが目の前に来ているのに、狼狽した私の神経は昂ぶりつづけ、依然として相手を待っているのだ。「ちょっと許可書(313)をもらえるかい、アルベルチーヌ。」「お好きなだけどうぞ」とアルベルチーヌは心底やさしく言う。私はこれほどかわいいアルベルチーヌを見たことがなかった。「もうひとつ、いいかい？　わかるだろ、ぼくにはこれが嬉しくて、嬉しくて。」「あたしはその何倍も何倍も嬉しいわ」とアルベルチーヌは答えた。「あら！　きれいなブックカバーね！」「よかったら記念にあげるよ。」「ありがとう……」愛する女性のことを考えるとき、もはや愛さなくなる時点でのわが身になって考えようと試みたら、人は現実ばなれした夢想から永久に醒めるだろう。ジルベルトのブックカバーや瑪瑙玉がその昔あれほど重要であったのは、純粋に内的な状態にすぎなかったのだ。なぜなら今の私にとってそれはなんの変哲もないブックカバーとビー玉だからである。

(313)　原語 un bon.「接吻許可書」のこと(本訳⑦五八頁参照)。訳文は、プルーストの自筆原稿とタイプ原稿に基づく新プレイヤッド版とフォリオ版に拠る。NRF版(一九二三)ではこの箇所を「ちょっとキスしていいかな、アルベルチーヌ」に変更(GF版も踏襲)、直後の対話にも一部異同がある。

私はアルベルチーヌになにか飲みたくはないかと訊ねた。「あそこにオレンジと水があるようだけど」と相手は答える、「あれでいいわ。」こうして私は、アルベルチーヌの接吻とともに、ゲルマント大公妃邸ではそれより格段に優れたものに思えた冷たい飲みものを味わうことができた。水のなかに絞りこんだオレンジが、それを飲む私に伝えてくれるように感じられたのは、熟れた果実の秘かな生命であり、果物とはまるっきり別世界に属する人間の身体のある種の状態にたいする霊験あらたかな作用であり、人間の身体の生命を維持する力には欠けるがそれに好ましい潤いを与えるはたらきであり、果物によって私の知性にではなく私の感覚に開示される無数の神秘であった。

アルベルチーヌが帰ってしまうと、私はジルベルトに手紙を書くとスワンに約束したことを想い出し、これはすぐに書いたほうが親切だと思った。私は、かつて何冊ものノートに書きつけて文通している気になっていたジルベルト・スワンの名を、今度はなんの感動もなく、うんざりする宿題の最後の一行を仕上げるみたいに封筒のうえに記した。というのも昔この名前を書いていたのはほかでもないこの私であったのにたいして、いまやその役目は、習慣が協力者とする多くの秘書のひとりに委ねられていたからである。この秘書は、習慣の力添えで最近わが家に配属され私に仕えたばかりで、ジルベルトを直接には知らず、私がその話をするのを聞いてかつて私の愛していた娘だと承知しているだけで、その名前にはなんの実感も湧かないだけになおさら冷静にジルベルトの名を記すことができたのである。

私はこの秘書を冷淡だと責めることはできなかった。現在ジルベルトに向き合っているこの私なる人間は、かつてジルベルト自身がいかなる存在であったかを理解するために選ばれた最良の「証人」であった。ブックカバーと瑪瑙玉は、アルベルチーヌを相手にした私にとって、それがジルベルトにとってそうであったところのもの、すなわちそこに内的情熱など反映させることのないすべての人にとってそうであるはずのありきたりのものになり果てていた。ところが今や私の心には新たな動揺が芽生え、それがまたしても事物や言葉の本来の力を変質させつつあった。アルベルチーヌがなおも私に感謝を表明して「あたし、トルコ石って大好き！」と言ったとき、私は「それを死滅させないでね」と言って、まるで貴重な宝石に託すようにそのトルコ石にふたりの友情の将来を託したが、そんな将来が、かつて私をジルベルトに結びつけていた感情を維持することができなかったのと同様、アルベルチーヌになんらかの感情を育むことなどできるはずもなかった。

この時期にある現象が生じた。それをここで採りあげる必要があるのは、ほかでもない、歴史の重要な時期にきまってあらわれる現象だからである。私がジルベルトに手紙を書いていたとき、ゲルマント氏は仮装舞踏会から帰ったところで、まだ兜をつけたまま、あすはどうしても正式の喪に服さざるをえないと考え、予定していた鉱泉療法を一週間早めることに決めた。それから三週間後、公爵が鉱泉療法から戻ってきたとき(私はいまジルベルトへの手紙を書き終えたばかりだから、ずいぶん先の話になるが)、公爵が当初はドレフュス事件に無関心で、ついで熱烈な反ドレフュス派になったのを見てきた友人たちは、その公爵が(まるで鉱泉療法が効いたのは膀胱だけではなかったかのように(314))つぎのように答えるのを聞いて、驚きのあまり声も出なかった。「そりゃ審理はやり直しで、あれは無罪放免になる。なにもしていない人間を有罪にするわけにはいかんからね。フロベルヴィルみたいな耄碌爺《もうろくじじい》はついぞ見たこともありませんな? フランス人を屠殺へと(これは戦争のことを言わんとしたのだ)追いやろうとしている将校だ! おかしな時代になったもんだ!」じつは三週間のあいだに公爵は、鉱泉療法の地で、三人の魅力的な婦人(さるイタリア人の大公妃とその義理の姉妹)と知り合ったのである。その三人が読んでいる本やカジノで上演中の芝居について漏らす二言《ふたこと》、三言《みこと》を聞いただけで、ただちに公爵は、これは優れた知性を備えた婦人たちで、公爵のことばを借りると、とうてい太刀打ちできぬ相手だと悟

ぞろ目

本来は二つのさいころに同じ目(数)が出ることをいう。しかし最近は、同じ数が三つ以上並んだ場合も「ぞろ目」と呼ぶようになってきた。単なる偶然と思いつつも、ぞろ目は縁起が良いような気がするのも確か。二〇〇八年一月一一日発行、『広辞苑』第六版。一のぞろ目が、どうか『広辞苑』をお使いくださる皆様の幸運の先駆けとなりますように。

った。それだけにくだんの大公妃からブリッジをやりませんかと誘われたとき、公爵はなおのこと嬉しくなった。ところが大公妃のところに着いて早々、身も蓋《ふた》もない反ドレフュス派の情熱に駆られた公爵が「さて、例のドレフュスの再審は、とんと聞かなくなりましたね」と言ったところ、大公妃と義理の姉妹は「今ほど再審が間近になったことはありませんよ、なにもしなかった人を流刑地にとめおくわけにはいきませんからね[315]」と答えたので、公爵は愕然とした。「え？　え？」と公爵はまずは口ごもった。まるでそれまでは聡明だと想いこんでいた人を笑い者にする奇妙なあだ名がこの家では使われているのを発見したかのような気持である。ところが数日もすると、この家でそう呼ばれるのを耳にした人が意気地なく付和雷同し、なぜかわからぬままに「おい、ジョジョット[316]」と大声で呼ぶようになるのと同じで、公爵は、新たなしき

(314)　鉱泉の「霊験あらたかな水」(本訳⑥一九七頁参照)を飲むと老廃物の排出を助けるとされた。

(315)　本篇の現時点(大公妃邸の夜会はおよそ一八九九年の晩春、公爵の鉱泉療法はその直後)は、ドレフュス事件の転換点。同年六月三日、破毀院は九四年の判決を破棄、軍法会議に差し戻す。六月九日、ドレフュスは流刑地(悪魔島《ディアブル》)を出て、七月一日にはレンヌの軍事監獄に収容。七月十八日、エステラジーが「明細書《ボルドロー》」の執筆を認めたとの報道。八月七日、レンヌ軍法会議で再審開始。八月十四日、レンヌの法廷でラボリ弁護士が撃たれる(本訳⑦九三頁と注55参照)。九月九日、ドレフュスに懲役十年(情状酌量付)の新たな有罪判決。九月十九日にはルーベ大統領がドレフュスに恩赦を与える。

たりになおもとまどいながら、それでもこう言うようになった、「なるほど、なにも悪いところがないというのなら。」三人の魅力的な婦人は、公爵の歩みが遅いのを見てとって、少しばかり手厳しく対処した、「だって結局、頭のいい人で、なにかあったなどと信じた人なんてだれもいませんわ。」ドレフュスに不利になる「極めつけの」事実が出てきて、公爵がこれなら三人の魅力的な婦人も宗旨替えをするだろうと思ってそれを告げに来るたびに、三人の婦人は大笑いし、じつに巧みな論法を駆使して、それはなんの価値もない滑稽千万な説だと苦もなく証明してみせた。かくして公爵は、熱烈なドレフュス派となってパリに戻ってきたのである。われわれは三人の魅力的な婦人がこの場合かならずしも真実の使者とはいえないなどと主張するつもりはなく、どんなに揺るぎない確信に貫かれた男の場合でも、そのつき合いのなかに十年に一度ぐらいは聡明な夫婦なり魅力的な一婦人なりがやって来て、数ヵ月もするとその男の意見を百八十度転換させてしまうのは、注目すべきことだと言いたいのだ。おまけにこの観点からすると、このまじめな男と同じように振る舞う国は多いもので、ある民族に敵意を燃やしていた多くの国でも、半年後にはその気持を変えて正反対の同盟関係を結ぶことになるのである。

しばらく私はアルベルチーヌに会わなかったが、私の想像力をかき立てなくなったゲルマント夫人に会わない代償なのか、ほかの妖精たちとその住処《すみか》を訪ねることはやめなかった。その住処が妖精たちと切り離しえないのは、螺鈿《らでん》や七宝《しっぽう》をつくる貝殻や、銃眼つきの小塔に似た貝殻が、それをこしらえてそこに身を潜める軟体動物と切り離せないのと同様である。こうした貴婦人たちの格付けをせよと言われても、私にはできなかっただろう。あまりにも無意味な問題なので、問題を解くことはおろか問題を立てることさえ困難だったからである。奥方に会うには、まずはその妖精の館に近づかなければならない。ところが奥方のひとりは、夏の数ヵ月は毎日きまって昼食後に客を迎えるので、館に着く前には辻馬車の幌を下ろさせる必要があるほど太陽は容赦なく照りつけ、その想い出は私の気づかぬうちに全体の印象のなかに組みこまれた。私はクール＝ラ＝レーヌ(317)に行けばいいだけだと思っていたが、現実的な男なら軽蔑したかもしれぬそんな会合に到着するまでに、私は実際にイタリアを周遊しているときのように目がくらみ無上の歓びを味わうので、私の記憶のなかで館はこうした印象と

(316)　女優サラ・ベルナールなどの肖像を描いた当時の画家ジョルジュ・クレラン(一八四三－一九一九)がマドレーヌ・ルメール夫人のサロンで呼ばれていた愛称「ジョット」を想わせる(一八九六年七月三日頃のレーナルド・アーン宛て書簡でプルーストが報告したルメール夫人とクレランとの会話)。

(317)　コンコルド広場とアンヴァリッド橋とのあいだ、セーヌ川の北に沿う大通り(地図②参照)。

もはや切り離しえないものとなる。おまけに暑い季節で、時間が時間だから、奥方は招待客を迎える一階の大きな長方形のサロンの鎧戸をすべて閉めきっている。最初は女主人と招待客のすがたがはっきり見分けられず、ゲルマント公爵夫人さえ見分けられなかったが、その公爵夫人が例のしゃがれ声でそばに座るよう私に勧めてくれた椅子は、「エウロペの略奪」(318)を描いたボーヴェ織の肘掛け椅子である。そのあと私の目にも見分けられたのは、周囲の壁にかかる大きな何枚もの十八世紀のタピスリーで、そこに描かれたマストにタチアオイの花をあしらう何艘もの帆船の下にいると、セーヌ川沿いの館にいるのではなく、オケアノスの岸辺のネプトゥヌスの宮殿にいる気がして、ゲルマント公爵夫人までがなにやら水の女神に見えてしまう。これとは異なるサロンもすべて数えあげようとしたら、とうていきりがない。この例が充分に示しているように私は社交サロンの評価にさまざまな詩的印象を組みこんでいたが、合計点を出すときにはこの詩的印象をけっして考慮の対象にしたことがなく、それゆえあるサロンの美点を計算すると、私の足し算が正しかった例《ためし》は一度もなかった。

　もとより誤りの原因はそれだけではなかったが、いまはバルベックへ出かける直前で(残念なことにそこに滞在するのはこれが二度目で最後となるだろう)、社交界の描写をあれこれ始める余裕はなく、それは後の機会に譲ることにしたい。ただここで言っておきたいのは、私がジルベルトに手紙を書き、スワン家の人びとのもとへ復帰するように見えたことについて、オデットは第一に正しくない理由を見つけたが(私の生活がどちらかといえば軽薄で、社交界を愛しているように見えるという理由)、それに加えてこれまた見当はずれの第二の理由をつけ加えることもできたかもしれない。私はこれまで同じひとりの人間に社交界が提示するさまざまな局面を想い描くにあたり、ひとえに社交界は変化しないという前提に立ってきた。だれひとり知り合いのいなかった同じ婦人がみなの館を訪れるようになったり、主導的な高い地位についていたべつの婦人が見向きもされなくなったりすると、それは同じ交際社会でときに生じる純粋に個人的な浮き沈みにすぎず、株への投機で派手な破産や望外の儲けが生じるようなものだと考えたくなる。ところが、かならずしもそれだけではないのだ。社交界のさまざまな動向は(芸術上の運動や政治上の危機、つまり世間の人びとの嗜好を思想劇へ、ついで印象派の絵画へ、ついで複雑なドイツ音楽へ、ついで単純なロシア音楽へ、あるいは社会思想、正義の思想、宗教的反動、愛国心の高まりなどへと導く変化に比べると、ひどく下等なものではあるが)、やはりこうした広範な動きの、遠い、屈折した、不確かな、ぼやけた、移ろいやすい反映なのである。したがってサロ

(318)　図17参照。

図 17　フランソワ・ブーシェ『エウロペの略奪』
（ルーヴル美術館）

フェニキアの都市テュロスの王女エウロペを見初めたゼウスは，雄牛にすがたを変え，背中にエウロペを乗せてクレタ島まで連れ去った．この「エウロペの略奪」は，ティツィアーノやヴェロネーゼなど多くの画家が描いているが，上図はフランス・ロココ美術を代表する画家フランソワ・ブーシェ(1703–70)の 1747 年の作．ブーシェは，ルイ十五世とポンパドゥール侯爵夫人に重用され，ボーヴェ織やゴブラン織の下絵も数多く手がけた．

ンなるものも、静止した不動の状態で描くわけにはゆかない。これまではそうした不動の状態が人間のさまざまな性格の研究には好都合だったかもしれないが、その人間の性格もまた、ほとんど歴史的ともいえる動向のなかにいわば巻きこまれてゆくのである。知的な動向を知ろうと多少ともまじめな意欲を燃やす社交人士たちは、新しいものへの嗜好ゆえに、そうした動向に接することのできる環境に出入りするもので、それまでは埋もれていても、優れたマンタリテ(319)への期待をなおもみずみずしく体現している女主人のほうを好むもので、長らく社交界の権力を行使してきた婦人たちは、そんな期待もしおれて色あせ、その長所も短所も心得ている社交人士たちの想像力をもはやかき立てない。こうして各時代は、新たな女性や女性グループのなかに体現されるものらしく、最新の好奇心を刺激するものと密接に結びついたその女性たちは、まるで最後の大洪水から生まれた未知の種の生物のように、そのときはじめてその衣装をまとってあらわれたように見えて、じつは新たな執政《コンシュラ》政府時代や総裁《ディレクトワール》政府時代が出現するたびに更新される抗しがたい魅力をそなえた美女なのである(320)。しかし新たな女主人はたいてい、はじめて大臣になったが四十年来あらゆる手立てを講じても陽の当たるポストに恵まれなかった政治家たちと同様、ひとえに社交界では無名であった

(319)　個人や集団の行動様式や考え方。サン＝ルーやブロックが好んだ当時の新用語（一八七七初出）。

が、それでもずいぶん前から仕方なく社交界の「ごく少数の親しい」数名だけを招いていた婦人たちなのだ。もちろんそうでない場合もあって、つぎからつぎへとバクストやニジンスキーやブノワのみならず、ストラヴィンスキーの天才を世に知らしめたバレエ・リュス(321)の驚異的な隆盛とともに、こうした新たなすべての偉人たちの若き後見人たるユルベレティエフ大公妃が、頭のうえに巨大な羽根飾りを揺らして登場し(322)、そんなものを見たことのなかったパリジェンヌたちがこぞってその真似をしたときは、人びとがこの不思議な女性はバレエ・リュスのダンサーたちの手でおびただしい量の荷物のなかに入れられ、いとも貴重な宝物のように運ばれてきたのだと信じても不思議はなかった。ところが「リュス」の公演のたびに舞台脇のいつもの特別ボックス席のユルベレティエフ大公妃のかたわらにまるで本物の妖精のように座を占める、それまで貴族階級には無名だったヴェルデュラン夫人のすがたが見られるようになるとき、このヴェルデュラン夫人とはディアギレフのバレエ団とともに新たに到着した婦人だと信じかねない社交人士たちに、われわれは、この人はすでにさまざまな時期を生きて多様な変貌をとげてきた婦人で、今度の変貌がこれまでの変貌と異なる点はただひとつ、この女主人《パトロンヌ》がかくも長期にわたり空しく待ち望んだ栄光にいたる変貌のこれが最初の一歩であるという点だけで、今やその栄光は保証されたも同然で、ますます足どりを速めて栄光への道を進むはずだ、と答えることができるだろう。スワン夫人はといえば、夫人が体現している新しさには、たしかに同じような集団的性格は見られ

(320)　たとえば両時代の老獪《ろうかい》な政治家タレーラン＝ペリゴール(一七五四—一八三八)から見ると、総裁政府時代《ディレクトワール》(一七九五—九九)には氏を外相に推薦したスタール夫人(一七六六—一八一七)、執政政府時代《コンシュラ》(一七九九—一八〇四)には氏が妻としたグラン未亡人(一七六二—一八三四)が、代表的サロンの主宰者。

(321)　セルゲイ・ディアギレフ(一八七二—一九二九)を座長に一九〇九年から二九年までパリを中心にヨーロッパ各地で公演、一世を風靡したロシアのバレエ団(仏語バレ・リュス)。超人的跳躍で人気を博したヴァーツラフ・ニジンスキー(一八九〇—一九五〇)を看板ダンサーに、その振付(『牧神の午後』など)をはじめ、画家レオン・バクスト(一八六六—一九二四)やアレクサンドル・ブノワ(一八七〇—一九六〇)らの描いた色彩鮮やかなオリエントふうの舞台装置、ストラヴィンスキー(一八八二—一九七一)の斬新な音楽(『火の鳥』『ペトルーシュカ』『春の祭典』)などで、従来のバレエ芸術を一新した。既出の「バクストの天賦の才」(本訳④六三九頁)、ニジンスキーを想わせるダンサー(本訳⑤三八四頁と注342)への言及を参照。プルーストは、一九一〇年六月十一日、グレフュール夫人に招待されてオペラ座で『クレオパトラ』『レ・シルフィード』『シェエラザード』を観たのを皮切りに、『聖セバスティアヌスの殉教』(一一)、『春の祭典』と『薔薇の精』(一三)、『パラード』(一七)、『シェエラザード』の再演(二〇)、『キツネ』(二二)などを鑑賞した。

(322)　架空の人物。モデルは、さまざまな芸術家を庇護したミシア・セール(一八七二—一九五〇)。図18はジャン・コクトー(一八八九—一九六三)の描いた、羽根飾りをつけてバレエ・リュスの公演『ヨセフ物語』(一九一四)を見るミシア(左はディアギレフ、右は画家ホセ＝マリア・セール)。

図 18

なかった。そのサロンがひとりの男を中心にまとまっていたからで、死に瀕したその男は、自分の才能が枯渇しかけたときに俄然、無名の状態から栄光の絶頂へと押しあげられたのである。その男ベルゴットの作品にたいする読者の熱狂ぶりは並外れたものであった。ベルゴットは一日じゅう見世物のようにスワン夫人のサロンですごし、夫人は有力者には「あのかたにお話ししておきましょう、あなたのための文章を書いてくださいますよ」と言う。もっともベルゴットは、それができる状態にあり、スワン夫人のためにちょっとした一幕物さえ書いてやった。いっそう死に近づいていたとはいえ、私の祖母の容体を訊ねに来ていたころと比べると、いくらか持ち直していたのだ。ひどい肉体的苦痛がベルゴットに摂生を強いたからである。病気というものは、患者にいちばん言うことを聞かせられる医者であって、親切や学識にたいしては口約束でお茶を濁す人でも、苦痛にはおとなしく従うものだ。

スワン夫人のいささかナショナリストふうで、それにもまして文学的で、なによりもベルゴット色の顕著なサロンとは違って、ヴェルデュラン家の小派閥は、たしかにいまや格段に現下の関心を惹くものだった。小派閥は、実際、このとき緊張の極に達していた長期にわたる政治危機の活動拠点、つまりドレフュス再審支持派の拠点になっていたのである。しかし社交人士はたいてい再審反対派であったから、ドレフュス支持派のサロンなどというものは、べつの時代であったならコミューン派のサロンというものと同じほどにありえないものに思われていた。自分が企画したある大きな展覧会をきっかけにヴェルデュラン夫人と知り合ったカプラローラ大公妃(323)は、この小派閥から興味ぶかい構成員を何人かひき抜いて自分のサロンのメンバーにしようとの魂胆から、ヴェルデュラン夫人を訪ねて長居をしたことがあり、そのとき(小粒ながらゲルマント公爵夫人を気どって)わざと常識とは正反対の立場に身を置き、自分の出入りする社交界の人間はどれもこれも愚鈍だと断言したので、ヴェルデュラン夫人はそれを大へん勇気ある発言だと思った。ところがこの勇気たるや情けないもので、のちにバルベックの競馬場に出かけた大公妃は、ナショナリストの貴婦人たちが目を光らせていたせいでヴェルデュラン夫人に挨拶にゆく勇気が出なかった。スワン夫人の場合、反ドレフュス派の面々は、これとは違って夫人が「思想穏健」であることに感謝していて、そうした夫人の態度はユダヤ人と結婚した女であるだけに二重に価値あるものとみなされた。とはいえスワン夫人を訪ねたことのない人たちは、夫人は数名

(323)　十六世紀のパラッツォ・ファルネーゼが建つ町カプラローラ(ローマ北方のヴィテルボ近郊、地図①参照)に名を借りた架空の人物。プルーストは一九一三年、「カプラローラという場所にあるパラッツォ・ファルネーゼは借りられるのか」と訊ねている(十一月十四日のヴォードワイエ宛て書簡)。

の名もなきイスラエルの民とベルゴットの弟子だけを招待しているのだと想いこんでいた。スワン夫人よりも格上の婦人たちでさえ社交界の尺度ではそのように最低ランクに位置づけられることがあり、それはその婦人の出自のせいであったり、婦人がよその晩餐会や夜会に出かけるのを好まず、そんな席にけっしてすがたを見せないのは招待されなかったからだと誤解されるせいであったり、あるいは婦人が自分の社交上のつき合いをいっさい口にせず、もっぱら文学と芸術のことしか話さないせいであったり、あるいは人びとがその婦人宅を訪ねている事実を隠しているか、それとも話し相手に失礼にならぬよう婦人がその人たちを招いている事実を隠しているかのどちらかであったり、とどのつまり無数の原因のせいで最終的にはその婦人がある人びとの目には招待されぬ人に映ってしまうのだ。オデットの場合もそうであった。エピノワ夫人は、「フランス祖国同盟」[324]への献金を頼むためにスワン夫人に会いにゆくはめになったとき、まるで出入りの小間物屋の店にでも立ち寄るような気持で出かけ、そもそも軽蔑するどころか知りもしない人の顔ばかりだろうと確信していたところ、扉が開いたときその場に釘づけになった。想いこんでいたようなサロンではなく、まるで夢幻劇における早変わりの場面転換がおこなわれたかのように魔法の広間があらわれ、目を瞠らせる端役たちが長椅子になかば身を横たえたり肘掛け椅子に座ったりして女主人をファーストネームで呼んでいるなかに、エピノワ大公妃自身でさえとうてい自宅に呼べない妃殿下や公爵夫人たちが集い、オデットがやさしく見守るなか、いまやデュ・ロー侯爵[325]、ルイ・ド・テュレンヌ伯爵[326]、ボルゲーズ大公[327]、エストレ公爵[328]といった面々が、そんな貴婦人たちのところへオレンジエードやプチ・フールを運んで、さながら王室のパン係やお酌役を務めていたからである。エピノワ大公妃は、そうとは意識せぬまま社交的価値は人間の内面にあると考えていたから、スワン夫人をその肉体からひき離したうえで相手をエレガントな貴婦人の肉体に入れ直さざるをえなかった。新聞などにその生活をさらけ出さない婦人たちの送っている生活の実態はわかりようがなく、そのせいである種の状況には神秘のベールがかかっている（それゆえサロンは多様化する結果になる）。オデットの場合、最初は、ベルゴットと知り合いになりたいと願う一流社交界の名士数名がごく内輪の晩餐にやって来たのだ。オデットは近年になって身につけた如才なさで、それをひけらかすことはしなかった。そうした人士

（324）一八九八年結成の反ドレフュス派の組織。最盛期には会員約四万人を擁した。
（325）アルマン・デュ・ロー・ダルマン侯爵（一八三一―一九一九）。ジョッキー・クラブ会員。
（326）当時のパリ社交界名士のひとり。特殊なシルクハットの持主として前巻に登場（本訳⑦五一七頁）。
（327）ジョヴァンニ・ボルゲーズ大公（一八五五―一九一八）。イタリアの名門貴族ボルゲーゼ家の一員。
（328）エストレ公爵シャルル（一八六三―一九〇七）。ソステーヌ・ド・ドゥードーヴィル公爵（前注149）の長男。

のために、つねにそのサロンでは——オデットがヴェルデュラン夫人から分離独立後もその伝統を墨守していた少数精鋭の名残かもしれない——自分の食器セットが置かれている[329]。オデットは、本人がへとへとになるのも構わずベルゴットを伴って、何度もその人士たちを興味ぶかい「初演」に連れてゆく。その人士たちは、出かけたさきの社交界でそうした新奇なものに興味をいだきそうな何人かの婦人にオデットのことを語って聞かせる。相手の婦人たちは、ベルゴットと親しいオデットは多かれ少なかれその作品執筆に協力しているものと想いこみ、フォーブールのどれほど傑出した貴婦人よりもはるかに頭のいい女性だと信じたが、それはその婦人たちがおのが政治的期待のすべてをドゥーメール氏[330]やデシャネル氏[331]のごとき何人かの筋金入りの共和派に託している一方、自分たちがいつも晩餐に招待するシャレット家[332]やドゥードーヴィル家[333]のような王党派の人びとの手に委ねられればフランスは破滅だと考えているのと同じ理由による。オデットの地位のこのような変化は、本人が目立たぬように振る舞ったので、それだけなおのこと確実かつ急速に実現したが、「ゴーロワ」紙の社交欄に頼りがちな世間の人びとはそうしたサロンの消長にはいっさい気づかなかったので、ある日、いちばんエレガントなホールのひとつで慈善事業の一環としてベルゴットの芝居の公開総稽古が開催されたときは、まさに青天の霹靂《へきれき》だった。作者の席である正面ボックス席で、スワン夫人の横に座ったのが、マルサント夫人とともにもうひとり、ゲルマント公爵夫人の影がしだいに薄くなるにつれて（栄誉栄達の上にあぐらをかいて風前の灯火《ともしび》になりつつあった）、時代の花形《リオンヌ》(334)、女王となりつつあるモレ伯爵夫人だったからである。モレ伯爵夫人がボックス席にはいるのを見たとき、人びとはオデットについて「あんな人が台頭してくるとはよもや想いもしなかった、もう最高位にのぼりつめたね」と言ったものだ。

そんなわけでスワン夫人は、私がふたたびその娘に近づこうとしたのはスノビスムゆえだと思ったのかもしれない(335)。

(329)「スワンの恋」で、ヴェルデュラン夫妻は晩餐に客を招待するのではなく、客たちは夫妻宅にめいめい「自分の食器セットを置いて」いた（本訳②二四―二五頁参照）。

(330) ポール・ドゥーメール（一八五七―一九三二）は急進派の政治家。大蔵大臣（一八九五―九六、一九二一―二二、二五―二六）、インドシナ総督（一八九七―一九〇二）、共和国大統領（一九三一―三二）を歴任、一九三二年に暗殺された。

(331) ポール・デシャネル（一八五五―一九二二）は進歩党の党首。本訳③三二一頁に既出（同注17参照）。

(332) ナント（地図①参照）発祥の名門貴族シャレット・ド・ラ・コントリ家。一門のフランソワ＝アタナーズ（一七六三―九六）はヴァンデの反乱のカトリック王党派の首領。十九世紀後半のアタナーズ（一八三二―一九一一）も正統王党派で、ブルボン家最後の王位継承候補者シャンボール伯（本訳⑥二五七頁注261）を支持。

(333) ラ・ロシュフーコー家の分家（本巻注149参照）。メンバーは正統王朝派。

(334) 原語 lionne. 耳目をひく粋な女を指す。男性形はサン＝ルーなどを形容（本訳④二〇二頁参照）。

オデットは、こうした輝かしい女友だちに囲まれていたにもかかわらず、きわめて注意ぶかく芝居に聞き入った。劇場に来ているのはひたすら芝居を聞くためと言いたげなその振る舞いは、かつて健康のため、運動のためと称してブーローニュの森を散歩していた(336)ときとそっくりだった。昔はこれほどちやほやしなかった男たちが、バルコニー(337)までやって来て、みなに席を立たせるのも意に介さずオデットのほうに手をのばし、その錚々《そうそう》たるとり巻きと近づきになろうとした。オデットはといえば、皮肉どころか好意のこもる微笑みをうかべ、そうした男たちの問いかけに辛抱づよく答え、信じられぬほどの落ち着きを装っていたが、その落ち着きはうそ偽りではなかったのかもしれない。こうして人目にさらされるのも、つつましく隠してきた普段どおりの親しい交際を遅ればせながら人前に出したにすぎないからである。衆目を集めるこの三人の婦人の背後には、ベルゴットが鎮座し、そのまわりにはアグリジャント大公、ルイ・ド・テュレンヌ伯爵、ブレオーテ侯爵のすがたが認められた。どんな席にも招待される名士たちは、それ以上の評価を得ようと思えば他人とは異なる斬新な工夫をするほかないのだから、その近くにいると今をときめく劇作家や小説家にひとり残らず会えると期待できそうな、きわめて優れた知性の持主と評判の女主人に惹かれることで自分の価値を証明できるのは、ゲルマント大公妃邸の夜会に出るよりも、はるかに心ときめき生気あふれることだというのもたやすく理解できる。大公妃の夜会など、なんの出し物も新機軸もないまま長年くり返されてきただけで、われわれがじつに詳しく描写したさきの夜会といつも似たり寄ったりのものであった。いささか好奇心から見捨てられたゲルマント家の大社交界では、ベルゴットがスワン夫人のために書いた軽妙な小品とか、ヴェルデュラン夫人邸にピカール、クレマンソー、ゾラ、レナック、ラボリら(338)が一堂に会した（社交界がドレフュス事件に関心をもちえたとしての話だが）正真正銘の「緊急対策(339)」会議とかのように、新たな知的流行がそれにふさわしい娯楽として結実することがなかったのである。

　ジルベルトもまた母親の地位向上の役に立った。スワンの叔父のひとりが最近八千万(340)に近い大金をジルベルトに遺贈したために、フォーブール・サン＝ジェルマンがこ

(335)　さきに暗示されていたスワン夫人の「見当はずれの第二の理由」（本巻三一七頁）はこれを指す。

(336)　スワン夫人の「健康のための散歩《フッティング》」（本訳③四五一頁）を参照。

(337)　オデットたちの座る「正面ボックス席」すぐ下の一段と高くなった席（本訳⑤九〇頁図9と解説）。

(338)　いずれもドレフュス再審派の大立者。ドレフュス事件は本訳⑤二二七頁注185、クレマンソーは同⑥一六九頁注180と同⑦五二五頁注574、レナックは同⑥一五九頁注160、ラボリは同⑦九三頁注55参照。

(339)　原語 de Salut Public.「国難を救う緊急対策の」を意味する。フランス革命期の一七九三年や、それに倣ってパリ・コミューン期の一八七一年などに設立された「公安委員会」がこれを名乗る。

(340)　単位はフラン。約四百億円。

の娘に関心をいだきはじめたからである。そんな幸運とは裏腹に、そもそも死に瀕していたスワンは変わらずドレフュス支持の立場を堅持していたが、それは妻の損失にはならず、むしろ利益になった。損失にならなかったのは人びとがこう言ったからだ、「スワンは耄碌して、ばか丸出しだ、あんなのは放っておこう、重要なのは細君だけだ、魅力的な女だし。」ところがスワンのドレフュス支持さえオデットの役に立ったのである。オデットは、かりにひとりで放っておかれたら、思わずシックな上流婦人たちに遠慮なくはたらきかけて、かえって身の破滅を招いたかもしれない。それにひきかえオデットが夫を連れてフォーブール・サン＝ジェルマンの晩餐会に出ている夜には、ふだんは頑として自分の殻に閉じこもっているスワンが、オデットがだれかナショナリストの婦人にでも紹介されるのを見かけると、大声でずけずけ言ってくれるのだ、「これ、オデット、どうかしてるぞ。頼むからおとなしくしていてくれ。どうして反ユダヤ主義者に紹介してもらうような卑屈なマネをするんだ。断じて許さん。」社交人士たちはふだん皆からちやほやされていて、こんな傲慢にも無礼にも慣れていない。自分たちよりも「上」だと自任している男をはじめて目の当たりにしたのだ。社交人士たちはこのスワンの不平不満をこぞって語りあい、かくしてオデットのもとには角を折った名刺がどっとばかりに届いた。さてオデットがアルパジョン夫人を訪問したときは、共感あふれる旺盛な好奇心の渦がまきおこった。「あのオデットさんをご紹介してご迷惑じゃございませんでしたか」とアルパジョン夫人は言った、「とってもいいかたですのよ、マリー・ド・マルサントから紹介された人なんです。」「とんでもない、それどころか、ことのほか聡明な人だそうですね、魅力的なかたですわ。私のほうこそ、ぜひお目にかかりたいと思っておりましたの、で、どこにお住まいか教えてくださいませんか。」アルパジョン夫人は、スワン夫人に、一昨日は自宅で非常に楽しかった、あなたのためにサン＝トゥーヴェルト夫人のほうは喜んですっぽかした、などと語った。そしてこれは本当だった。というのもスワン夫人のほうを好むのは、お茶の会には出かけずコンサートに行くのと同様、自分の聡明さを示すことだったからである。とはいえアルパジョン夫人は、サン＝トゥーヴェルト夫人とオデットのふたりが同時に訪ねてきたときは、サン＝トゥーヴェルト夫人がスノッブであることを承知のうえで、見くだしている相手でありながらそのレセプションには愛着があったので、サン＝トゥーヴェルト夫人にはオデットが何者であるかを知られないようあえて紹介しなかった。するとサン＝トゥーヴェルト侯爵夫人は、これはどこかの大公妃できっと外出を嫌うせいでこれまで見かけなかったのだろうと考えて長居を決めこみ、オデットの言うことに遠回しに答えていたが、アルパジョン夫人は頑としてオデットを紹介しなかった。根負けしたサン＝トゥーヴェルト夫人が帰ってしまうと、「あなたを紹介しなかったのは」と女主人はオデットに言った、「だれもがあの人のところへ行くのを嫌がっていますのに、あの人がやたらと招待したがる人だからですの、紹介していればあなたもきっと逃げられなくなったでしょう。」「あら！　そんなことべつに構いませんのに」とオデットは未練がましく言った。しかしオデットは、だれもがサン＝トゥーヴェルト夫人宅へ行くのを嫌がっていることは心にとどめ、たしかにそれは間違いではなかったけれど、その事実から自分の地位はサン＝トゥーヴェルト夫人よりも格上だという結論をくだした。実際は、サン＝トゥーヴェルト夫人の地位はこのうえなく高いものであったが、オデットには地位と言えるものなどなにひとつなかったのである。

ゲルマント夫人の女友だちはみなアルパジョン夫人と親しくつき合っていたが、それに気づかぬオデットは、アルパジョン夫人から招待されると、心が咎めるような表情で言った、「わたし、アルパジョン夫人のところへうかがいますの、きっと時代遅れの人間だとお思いになるでしょう。わたしにはショックでしてね、ゲルマント夫人のことを考えますと。」（もっともオデットはゲルマント夫人とは面識などなかった。）選り抜きの男たちは、スワン夫人が一流社交界の人士をほとんど知らないのは、夫人がはるかに優れた女性であり、おそらくは大の音楽通であるからだろうと考え、スワン夫人のところへ出かけるのは、ある公爵にとって理学博士の学位がそうであるように、いわば社交界とは関係のない資格だとみなしていた。もっとも、なんの地位もない婦人たちがオデットにひき寄せられたのは、まるで正反対の理由による。その婦人たちは、オデットがコンセール・コロンヌ[341]に通い、ワーグナー崇拝者だと公言しているのを知ると[342]、それならきっと「食わせ者[343]」にちがいないと決めつけ、どんな女なのか知りたいという好奇心に火をつけられたからだ。ところが自分自身の地位すら心許ないその婦人たちは、オデットとの親交が人目に触れて自分の評判を落とすのを怖れ、慈善コンサートでスワン夫人を見かけても顔を背けたが、それはロシュシュアール夫人[344]の見ている前で、バイロイトに出かけたかもしれぬ女——それはなにをしでかすか知れたものではない女という意味だった——に挨拶などできるわけがないと判断した

(341) エドゥアール・コロンヌ(一八三八—一九一〇)が一八七三年に創設したオーケストラ(現在に存続)。シャトレー座を中心に、サン=サーンス、マスネ、ドビュッシー、ラヴェルらのフランス現代音楽、ワーグナー、リヒャルト・シュトラウスなどを演奏した。プルーストも何度か演奏を聴いていた。

(342) オデットは昔「バイロイトの音楽祭に行きたい」とスワンに金の無心をした(本訳②二五八頁)。

(343) 原語 farceuse. ふつう「いたずら好き」の意だが、古めかしいくだけた言いかたで「素行のよくない人」を意味する(プルーストのこの箇所を例に挙げる『グラン・ラルース仏語辞典』に拠る)。

からである。人を訪問しているときは、だれもが別人になる。ブレオーテ氏は、妖精のごとき貴婦人たちの館を訪れて不思議な変身をとげるのみならず、スワン夫人のサロンを訪れるとなると、そこに普段のとり巻きが存在せず、パーティーには出かけないで家にこもり大きな丸メガネ(345)をかけて「ルヴュ・デ・ドゥー・モンド」誌を読むと(346)きと同様の満足げな表情になり、オデットへの訪問がなにやら神秘的な儀式を執りおこなうように見えることで、いきなりブレオーテ氏の株があがり、本人まで新たな人間になったように見えた。モンモランシー＝リュクサンブール公爵夫人(347)がこの新しい環境にやって来たらどんな変貌をこうむるかを観察できるのなら、私は多くの犠牲を厭わなかったであろう。しかしモンモランシー＝リュクサンブール公爵夫人は、とうていオデットなどに紹介できるような人ではなかった。このモンモランシー夫人は、オリヤーヌにたいして、オリヤーヌが夫人にたいするときよりもずっと好意的であったが、そのゲルマント夫人についてこう言って私を仰天させた。「あのかたは才気あふれる人たちをご存じで、みなさんから好かれていますが、まあ、もうすこし首尾一貫した頭脳と気概をお持ちなら、ご自分のサロンを開けたでしょうに。そんな執着がなかったのですね、もっともですわ、みなにもてはやされて、あれでお幸せなんですから。」ゲルマント夫人が「サロン」を開いていないというのなら、いったい「サロン」とは何なのか？　この発言を聞いて私はびっくり仰天したが、私がモンモランシー夫人邸に行くのを楽しみにしていると打ち明けたときのゲルマント夫人の驚きようは、それに劣らず大きなものだった。オリヤーヌは、モンモランシー夫人を年老いたうすのろだと思っていたのだ。「まだしも私は」とオリヤーヌは言う、「そこへ行く義務があります、だって叔母ですから、でもあなたはねえ！　あのかたは感じのいい人たちを惹きつけることさえできないんです。」ゲルマント夫人が理解できなかったのは、私は感じのいい人たちには気乗りのしない人間であり、夫人から「アルパジョン

(344) ロシュシュアール家は同名の町（リモージュの西約三十キロ）に八百年間君臨した子爵家、十三世紀からモルトマール（同北西約三十五キロ）も治めた。ルイ十四世の寵妾モンテスパン夫人（一六四〇―一七〇七）、その妹でフォントヴロー修道院（ソーミュールの南東約十五キロ）女子大修道院長マリー＝マドレーヌ・ド・ロシュシュアール＝モルトマール（一六四五―一七〇四）などを輩出した。地名は地図①参照。

(345) 原語 besicles. 旧式の大きなメガネ（図19参照）。語義と図は『二十世紀ラルース辞典』に拠る。現代ではメガネのことをふざけて指すときにしか用いない。

(346) ブレオーテ氏は、同誌に掲載された「モルモン教徒に関する論文の著者」（本訳⑦三五二頁）。

(347) モンモランシー＝リュクサンブール家は、一六六一年、モンモランシー家のフランソワ＝アンリと、ピネー＝リュクサンブール家のマドレーヌ＝シャルロットとの結婚で誕生、一八七八年まで存続。

図19

のサロン」と聞くと目には黄色いチョウが浮かび[348]、「スワンのサロン」と聞くと（スワン夫人は冬のあいだ六時から七時にかけて在宅していた）羽にふんわり雪をのせた黒いチョウ[349]が想いうかぶ人間だということである。ゲルマント夫人からすると、まだしもスワン夫人のサロンなら、とうていサロンとは言いがたく自分は出入りできないが、「才気ある人たち」が集うのであなたが出入りするのは許される、だがリュクサンブール夫人[350]はもってのほか！　というのだ。夫人としても、かりに私がなにか注目されて然るべき作品をすでに「生み出して」いたのなら、才能にいささかスノビスムが結びつくこともありうると結論したかもしれない。ところが私は、夫人の落胆をどん底にまでつき落とした。私がモンモランシー夫人のところへ行くのは（ゲルマント夫人が信じているように）「メモをとって」「取材をする」ためではないと打ち明けたのだ。しかしゲルマント夫人の勘違いは、社交界を描く小説家たちの勘違いと大差はなく、この小説家たちは、スノッブな男ないしはスノッブとみなされる男の振る舞いを外部から情け容赦なく分析はするが、想像力のなかで社交の春が満開となる時期のその男の内面にわが身を置こうとはけっしてしない。とはいえモンモランシー夫人邸に行けばいかに大きな喜びを味わえるかを知ろうとした私自身も、いささか落胆した。夫人が住んでいたのは、フォーブール・サン＝ジェルマン[351]にある古い邸宅で、そのなかに小さな庭で隔てられた棟がいくつも建っていた。入口の丸天井の下には、ファルコネ(352)作といわれる泉の精をあらわした小さな彫像が立っていて、なるほどそこからたえず水気がしみ出している。そのすこし先に控える門衛の女は、悲しいのか、神経衰弱なのか、偏頭痛なのか、風邪なのか、いつも目を真っ赤にして、こちらの言うことにはいっさい返事をせず、あいまいなしぐさで公爵夫人の在宅を告げると、「ワスレナグサ」を満たした鉢のうえに、両のまぶたから数滴の涙をそそぐ。その小さな彫像はコンブレーのさる庭にあった小さな石膏の庭師像を想わせるので、私はその泉の彫像を

(348)「アルパジョン」Arpajon と「黄色いチョウ」papillon jaune（パピヨン・ジョーヌ）の音の類似による連想か。町の名をめぐる「私」の夢想を想わせる（「土地の名―名」本訳②四三七―三八頁参照）。

(349) 冬の夜が「雪」と「黒」を想起させるのか。「スワン」Swann は「白鳥」swan を暗示。スワン夫人が寒中には室内でも羽織った「白い毛皮」は消え残った「冬の雪」を想わせ、サロンには「雪の玉《ブール・ド・ネージュ》」（オオデマリ）が飾られていた（本訳③四四四頁参照）。なお「チョウ」papillon には「蛾《が》」や「移り気な人」の意味が、複数形の「黒いチョウ」（本文は単数）には「陰気な想念」の意味もある。

(350) この一節における「モンモランシー夫人」と「リュクサンブール夫人」は、いずれも「モンモランシー＝リュクサンブール公爵夫人」のこと。

(351) この場合は、セーヌ川左岸の地理上のフォーブールを指す（本訳①四九頁注22参照）。

(352) エチエンヌ＝モーリス・ファルコネ（一七一六―九一）、フランスの彫刻家。ポンパドゥール夫人の後援でセーヴル磁器製作所の彫刻部門を統括。代表作にルーヴル美術館所蔵の『水浴する女』（五七）など。

見るのを楽しみにしていたが、その楽しみとは比較にならぬ大きな喜びを与えてくれたのは、控えの間《ま》にあって、シネラリアの――青また青の――花をいっぱいに活けた花瓶をいくつも置いた、昔のある種の湯治施設の階段のように音がよく響いてこだまする湿っぽい大階段であり、とりわけユーラリの部屋の呼び鈴[353]の音とそっくりの呼び鈴の音である。この音は私を有頂天にしたが、あまりにもとるに足りないことに思われてモンモランシー夫人には説明しなかったので、この貴婦人は私がいつもうっとりしているのを見ていながら、その理由を悟ることはけっしてなかった。

(353) ユーラリは、コンブレーで教会や司祭の手伝いをして小遣いを稼ぎ、レオニ叔母を見舞っていた女性。レオニ叔母を訪ねてくるユーラリが鳴らす「呼び鈴」は「コンブレー」に出てきたが(本訳①一六五頁)、「ユーラリの部屋の呼び鈴」への言及はこの箇所が最初。

心の間歇

私の二度目のバルベック到着は、最初の到着とはずいぶん違ったものになった。支配人みずからポン＝タ＝クールーヴルまで私を出迎えに来て、おしゃくいのお客をどれほど大切にしているかとくどくど述べたので、私は自分が貴族にされてしまうのではないかと心配したが、ほどなくそれは支配人のことばの記憶違いで、おしゃくいのとは単におとくいのという意味だとわかった。おまけにこの男は、新しいことばを覚えるにつれて、前に憶えていたことばをどんどん間違えるのだ。支配人は私に、ホテルのいちばん上をお取りしておきましたと告げた。「どうか、失礼を欠くとはお考えになりませんよう。お客さまにはもったいない部屋をさしあげて困りましたが、そうしましたのは騒音関係でして、こうしておきますと上にはだれもいませんので、おまくが疲れません（鼓膜《こまく》のことである）。ご安心ください、どの窓もバタンと音を立てずに閉めさせます。この点、わたしは耐えがたい人間ですから（支配人としてはこの点、自分は従業員から容赦しない人間だと思われていると言いたかったのだろうが、口にしたことばは自分の考えではなく、もしかすると各階のボーイたちの考えをあらわしていたのかもしれない)。」 もっとも、与えられたつづきの部屋は、最初の滞在のときと同じ部屋であった。つまり部屋の高さは変わらなかったが、支配人の基準からすると私の評価は高まっていたのだ。支配人は、そのほうがよろしければ暖炉に火を焚いてくださって結構ですが(というのも医者たちの言いつけで、私は早くも復活祭になると出かけてきた)[354]、天井に「ひひわれ」ができないか心配だという。「とくにいつもご注意いただきたいのは、勢いよくともされるときは、前の火が使いきる(燃えつきるの意)までお待ちくださることです。と申しますのも大切なのは、暖炉の棚を燃やさぬよう避けることでして、いくぶん華やぐようにとその上に置かせました古いシナの大きなかつらもの[355]が傷みかねませんので。」

支配人はシェルブールの弁護士会長が亡くなったと、ひどく悲しそうに私に教えてくれたうえで、「いや、ろうしゅうの人でしたね」と言って(おそらくろうかいのつもりだろう)、こんなに死期が早まったのはほうらくの生活のせいだと匂わせたが、それはほうらつの意味だった。「もうしばらく前から、夕食後サロンでまろぶのを見ていましたからね(おそらくまどろむの意)。最後は、ずいぶんお変わりになって、あの人だと知っていなければ、会ってもほとんどそれと感謝できませんでしたから（きっと、感知できなかった、のつもりだろう）。」

それにひきかえ嬉しいのは、カーンの裁判所長がつい最近レジオン・ドヌール勲章のコマンドゥール級(356)の「じょ(357)」を受けたことで、「もちろん資格はいろいろあるのでしょうが、とくにあの人の大した無力(358)のせいで与えられたとか。」それにこの叙勲のことはきのうの「エコー・ド・パリ(359)」でもふたたび採りあげられていたが、自分はまだ「最初のパラフ(360)」（パラグラフの意）しか読んでいない、そこではカイヨー氏(361)の政策

(354)「私」の出発はゲルマント大公妃邸の夜会（晩春頃）のあと、というこれまでの記述とは矛盾する。

(355) 原語は postiche「かつら」。正しくは potiche「やきもの」「つぼ」と言うべき。

(356) 五等級のうちの第三等。スワンが受けたのは最下位の第五等（本巻二五九頁参照）。

(357) 正しくは「じゅ」（綬）。支配人が口にした原語は cravache（鞭）だが cravate（綬）と言うべき。

(358) 原語 impuissance. インポテンツも意味する。皮肉なのか、「権力」puissance を言い違えたのか。

(359) 一八八四年創刊の日刊紙（一九四四廃刊）。大富豪エドモン・ブラン（一八五六―一九二〇）を社主に保守愛国を主張。モロッコ事件（一九〇五、一九一一）や第一次世界大戦では反ドイツの論陣を張る。

(360) 原語 paraphe.「花押《かおう》」の意。

(361) ジョゼフ・カイヨー（一八六三―一九四四）、共和派の政治家。ドレフュスを支持、政教分離に賛成。蔵相として累進制所得税法案を作成（のちに第一次大戦中に実現）、保守派の憎悪を買う。とくに「フィガロ」紙がカイヨーの政策を批判する論陣を張ったため、その主筆カルメットは蔵相の妻に射殺される（一九一四）。『スワン家のほうへ』（一九一三）冒頭のカルメットへの献辞と解説参照（本訳①九頁、二一一頁）。

が手厳しく批判されている、「もっとも新聞の言うとおりですね」と支配人は言う、「われわれ国民をドイツの屋根の下に置きすぎですよ（支配下のつもりである）。」ホテル経営者のくり出すこの種の政治談義をひどく退屈に思った私は、聞くのをやめてしまった。そしてバルベックを再訪しようと決める契機となったさまざまなイメージを想いうかべた。私が期待したのは、最初の滞在では靄《もや》のかかった光景であったが、そのときのイメージとはずいぶん違って、今度はむしろ燦々《さんさん》と光あふれる光景であった。とはいえこのイメージもまた、私の期待を裏切ることになるだろう。想い出によって選び出されたイメージも、想像によってつくられ現実によって破壊されたイメージと同じく、恣意的で、偏狭で、捉えがたいものだからである。われわれの外部にある現実の場所には、夢想の情景よりも記憶の情景のほうが多く含まれる、などという根拠はどこにもない。おまけに新たな現実に触れると、われわれは出かけてきた当初の欲望さえ忘れてしまい、その欲望に嫌悪さえ覚える可能性だってある。

　私がバルベックに出かける気になった一因は、ヴェルデュラン夫妻が、何人もの信者がこちらの海岸でバカンスをすごすのを知って、そのためにシーズンのあいだカンブルメール氏の城館のひとつ（ラ・ラスプリエール）を借りることに決め（ヴェルデュラン夫妻の招待を受けたことのなかった私は、パリで一度も訪問できなかったお詫びに田舎の住まいへ会いに行けば歓迎されるだろうと思った）、そこにピュトビュス夫人を招待していたことにある。それを知った夜（パリでのことだが）、私はすっかり自制を失い、わが家の若い従僕を遣わして、ピュトビュス夫人が侍女《カメリスト》をバルベックへ連れてゆくのかと訊ねさせた。夜の十一時のことだった。門衛は長い時間をかけてやっと門を開け、驚いたことに私の使いを追い払わず、警察を呼ぶこともせず、ひどく無愛想な応対をするにとどめ、知りたかった情報を使いの者に教えてくれた。門衛によると、実際その筆頭小間使いは女主人につき従って、まずはドイツの鉱泉へ、ついでビアリッツ(362)へ、そして最後にはヴェルデュラン夫人のところへ行く予定だという。それで私は安心し、この件が手中にあると知って満足した。通りで出会うだけで伝手《つて》のない美女たちをもはや追跡する必要はなくなり、ひと晩ヴェルデュラン家で問題の小間使いの女主人と晩餐をともにした事実が、かの「ジョルジョーネ(363)」へのなによりの紹介状になるのだ。おまけに小間使いは、ラ・ラスプリエールを借りたブルジョワ夫妻のみならず、その所有者一家とも、とりわけサン＝ルーとも私が知り合いだと知って、私にいっそう好感をいだいてくれるかもしれない。そのサン＝ルーは、遠方から

（362）　スペイン国境に近い大西洋岸のリゾート地（地図①参照）。
（363）　想いうかべた小間使いに「私」がつけた呼称。本巻二二一頁と図13参照。

私を（ロベールの名さえ知らない）小間使いに紹介するわけにはゆかないからと、私のためにカンブルメール家の人たちに熱烈な手紙を書いてくれた。ロベールは、カンブルメール夫妻があれこれ役に立ってくれるのとはべつに、ルグランダン家出身の嫁であるカンブルメール若夫人と私とはきっと興味ぶかい話ができるだろうという。「聡明な女性だからね」とロベールは私に請け合った、「もちろんある程度まで、という意味だ。そりゃきみに決定的なことは言えないよ（「決定的な」ことというのは、「崇高な(364)」ことの代わりにロベールが使いはじめたことばで、好みの表現の主なものを温存して、残りのいくつかを五、六年ごとにとり替えるのだ）、でも並の女性じゃない、個性もあるし、直感もあるし、当意即妙の受け答えもできる。まあ、ときどきいらいらさせることもあって、「一流《グラタン》(365)ぶって」ばかなことを言うのが、カンブルメール家の連中ほどエレガントでない者もいないだけになおさら滑稽でね、その若夫人もかならずしも最先端に通じている(366)わけではないが、まあ結局つき合うには、いちばん我慢できる部類の女性だろう。」

ロベールの紹介状が届くと、カンブルメール夫妻は、サン＝ルーに間接的に愛想よくしておこうとするスノビスムゆえか、夫妻の甥のひとりがドンシエールでサン＝ルーから親切にしてもらったことへの返礼なのか、いや、それよりもきっと人がよくて歓待を家風としているからなのか、何度も長い手紙を寄こして、ぜひ拙宅にお泊まりいただきたい、もっと気楽なほうがよろしければ宿をお探しいたします、と書いてきた。サン＝ルーが私はバルベックのグランドホテルに泊まる予定だと答えると、お着きになりしだいお訪ねいただきたい、ご訪問が遅れるようなら自分たちのほうから出向き、かならずガーデン・パーティーにご招待いたします、との返事があった。

　ピュトビュス夫人の小間使いを本質的にバルベック地方に結びつけるものなど、たしかになにひとつ存在しない。その小間使いがバルベックにあらわれても、それが私にとって、かつてメゼグリーズへ向かう途中、ひとり空しく、ありったけの欲望の力をこめて何度も呼び出そうとしたあの農家の娘のような存在にはならないだろう。

　とはいえ私は、ある女の未知数の平方根を求めるような悪あがきは、ずいぶん前にやめてしまった。そんな未知数など、たいてい相手に紹介されただけで跡形もなく消え失せるからだ。それでも久しく訪れていなかったバルベックでは、土地と小間使いとのあいだに必然的関係が存在しないので、いくぶん現実感を味わえる利点はあるだ

（364）ロベールは「崇高なジャガイモ」「崇高なベニョワール席」と言っていた（本訳⑦三六三頁参照）。

（365）本巻二一七頁注223参照。

（366）原語 à la page. 新語義で「最新の話題や慣習についてゆける」の意（『二十世紀ラルース辞典』）。

ろう。これがパリだと習慣のせいで現実感がかき消されてしまい、私自身の家であろうと馴染みの寝室であろうと女のそばで味わう喜びは、さまざまな日常の現実にとり巻かれているせいで、新たな生への道が切り拓かれるという幻想をいっときたりとも与えてくれない(というのも習慣は第二の天性であるとしても、天性の残忍さも魅惑も持ちあわせない習慣は、われわれが天性のなんたるかを知るのを妨げるからだ)。だがそんな幻想も、新たな土地でなら味わえるかもしれない。そこでなら太陽の光を浴びるだけで感受性がよみがえり、ほかでもない欲情の対象たる小間使いが私をかぎりなく昂奮させてくれるだろう。ところが後でわかるように、さまざまな事情が重なってこの小間使いはバルベックに来なかったばかりか、小間使いがやって来ることを私がなによりも恐れるようになり、その結果、私の旅の主たる目的は達成されなかったばかりか、追求されることとさえなかった。考えてみればピュトビュス夫人がこんなシーズン早々にヴェルデュラン夫妻を訪ねてくるはずもない。しかし人がいったん選んでしまった快楽は、その実現が保証されているかぎり遠い先のことでも差し支えはなく、その快楽を待つあいだ、あちこちで気に入られるように努めるのは大儀だから、人を愛することなど不可能だと達観していればいいのだ。おまけに私は、最初のときのような現実離れした気持に駆られてバルベックへ出かけようとしているのではない。

想い出のなかには、純粋な想像のなかと比べれば、つねにより多くのエゴイズムが含まれている。だから私は、これから身を置く予定の場所には見知らぬ美女があふれていることを知っていた。浜辺というのは舞踏会に劣らず多くの美女に出会える場所で、私が前もってホテルの前の堤防での散歩を想いうかべたときの楽しみは、ゲルマント夫人が華やかな晩餐会に招待してくれるかわりに、舞踏会を催す女主人たちにパートナー役のリストに加えるべき人として私の名をもっと頻繁に推薦してくれたら覚えたにちがいない楽しみと同じである。バルベックで女性たちと知り合うのは、以前には困難をきわめたけれど、今度はいともたやすく実現するだろう、最初の旅では欠けていた知り合いや後ろ盾がいまや大勢いるからだ。

私は、支配人の声で、夢想から呼び醒まされた。その政治談義にろくろく耳を傾けていなかったのである。話題は変わって支配人は、裁判所長が私の到着を知って喜んでいる、今夜にも私の部屋に会いにくるだろう、という。疲れを感じはじめた私は、そんな訪問を考えると怖じ気づき、なんとかその訪問をやめさせてほしいと頼みこみ（支配人はそれを請け合った）、さらに念を入れて、最初の夜だけでも使用人たちに私の階を見張らせてほしいと懇願した。支配人は自分の使用人たちを気に入っているふうではなかった。「あの連中のあとをたえず追っかけていなくちゃならんのです、なにしろ無気力に欠けた者ばかりでしてね。私が目の前にいないと動こうともしません。エレベーターボーイを伝令役としてお部屋のドアのところに立たせましょう。」私はあの男もようやく「ドアマン主任」になったのかと訊ねた。「あれはうちではまだ充分な古株とはいえません」と支配人は答える、「もっと年上の仲間が何人もおりますから、そんなことをすれば大騒ぎになります。なにごとにもだんだん[367]がございます。エレベーターを前にした程度がいいのは（態度のつもり）私も認めるのですが、仰せの地位につくにはまだ少しばかり若いのが困るところです。ずいぶん昔からいる者たちと対照をなしてしまいます。いささか真剣さが足りませんでね、そのことが原始の長所ですから（きっと根源の長所、いちばん重要な長所と言わんとしたのだろう）。ほら、てつものに懲《こ》りてと言うでしょう（私の話し相手はあつものと言おうとしたらしい[368]）、それぐらいの気持になってくれませんとね。もっとも、私を信用してくれさえすればいいんです。こっちは熟練ですから。グランドホテルの支配人として一人前になる前に、パイヤールさん[369]のもとで初陣《ういじん》を飾りましたからね。」この比喩に感じ入った[370]私は、支配人みずからポン＝タ＝クールーヴルまで出迎えてくれたことに礼を述べた。「いえ！　どういたしまして。おたかい御用で（おやすいの意）。」もっとも、私たちはもうホテルに着いていた。

私という人間全体がくつがえる事態というべきだろう。最初の夜、疲労のせいで心臓の動悸が激しくて苦しくなった私は、その苦痛をなんとか抑えながら、ゆっくり用心ぶかく身をかがめて靴をぬごうとした。ところがハーフブーツの最初のボタンに手を触れたとたん、私の胸はなにか得体の知れない神々しいものに満たされてふくらみ、身体は嗚咽《おえつ》に揺さぶられ、目からは涙がとめどなく流れた。私を助けに来て、魂の枯渇から私を救おうとしている存在、それは数年前、同じような悲嘆と孤独にうちひしがれ、私がすっかり自分を見失っていたときにやって来て、本来の私をとり戻してくれた存在だった。というのもそれは、私であると同時に、私以上の存在だったからである（中味以上であり、中味とともに私に運ばれてきた容器だった）。今しがた私は、記憶のなかに、私の疲労をのぞきこんだ、愛情にあふれ、心配げな、がっかりした祖母の顔、あの到着した最初の夜のままの祖母の顔を見たばかりだ(371)。私がその死をちっとも嘆き悲しまないのを自分でも不思議に思い、それゆえ気が咎めていた、祖母と呼

(367)　原語は granulations「つぶつぶ」。支配人は gradations「段階」のつもりで言ったらしい。

(368)　支配人は ça lui mettra du plomb dans la tête「(頭に鉛→)これに懲りて少しは慎重になるだろう」のつもりで、avoir du plomb dans l'aile「(羽に鉛→)痛手を負っている」を用いた。

(369)　イタリアン大通りとショセ゠ダンタン通りの角（地図②）で一八八〇年から営業のレストラン。

(370)　支配人が今度はめずらしく「一人前になる」「初陣《ういじん》を飾る」という比喩を正しく使ったため。

ばれていたにすぎない人の顔ではなく、シャンゼリゼで発作をおこして以来はじめて、意志を介さず完全によみがえった回想のなかで、生きたその実在が見出された正真正銘の祖母の顔である。この実在は、われわれの思考によって再創造されてはじめて、われわれにとって存在するものとなる（そうでなければ尋常でない戦闘に加わった人間はだれしも偉大な叙事詩人になってしまう）。そんなわけで私は、祖母の両腕のなかに飛びこみたいという狂おしい欲求に駆られつつ、たった今——事実のカレンダーと感情のカレンダーとの一致をしばしば妨げるアナクロニズムのせいで埋葬から一年以上も経って——ようやく祖母が死んだことを知ったのである。もとより私は祖母が死んでから、しばしば祖母のことを語ったし、祖母のことを考えもしたが、恩知らずでエゴイストな冷酷きわまりない若者であった私のことばや考えの底には、祖母に似たものはけっしてなにひとつ含まれていなかった。なぜなら軽薄で、快楽を好み、病気の祖母を見慣れていた私は、自分のなかに、実際の祖母の想い出をただ潜在的な状態でしか収容していなかったからである。われわれの心の総体というものは、いつなんどき考察しても、いかに心の豊かさをあれこれ数えあげても、ほとんど架空の価値しかもたない。あるときはこれこれの豊かさが、またあるときはべつの豊かさが、使われずにいるからだ。たとえば私の場合、それはゲルマントという呼称にまつわる想像上の豊かさについても、もっと重大な祖母の想い出にまつわる現実上の豊かさについても当てはまることである。このような記憶の混乱には、心の間歇(372)が関係している。われわれが内心のあらゆる豊かさ、すぎ去ったさまざまな歓び、ありとあらゆる苦悩をたえず所有していると錯覚するのは、おそらく肉体が存在するからで、そこに甕《かめ》のようにわれわれの精神活動が収容されていると信じるからだろう。そうした歓びや苦悩が出ていったり戻ってきたりすると想像するのも、これまた正しくないのかもしれない。いずれにせよ、かりにそうした歓びや苦悩がわれわれのうちに残存しているとしても、そんな感情はたいていわれわれにはなんの用もなさぬ知られざる領域にとどまり、なかでもいちばん日常的な歓びや苦悩でさえ、意識のなかで、そんな歓びや苦悩との共存を排除するさまざまな異質の想い出によって抑圧されている。ところがそうした歓びや苦悩が保存されている感覚の枠組みがとり戻されると、こんどはその歓びや苦悩が相容れないすべてのものを排除する力をそなえ、その歓びや苦悩を体験し

(371)　祖母は、最初のバルベック到着の夜、「私」が「自分で服を脱ぐしぐさをした」とき、「懇願するような眼《まなこ》で、ジャケットとハーフブーツの最初のボタンにかけた私の手を制止した」（本訳④八一頁）。

(372)　「心の間歇」intermittences du cœur は、『スワン家のほうへ』出版直前のタイプ原稿では小説全体のタイトルだった。本来「心臓の不規則な鼓動」を指す（「不整脈」intermittences du pouls など）。プルーストはこれを精神に当てはめ「心の現象の（断続的な）不規則性」の意味で用いる。

た自我だけをわれわれのうちに棲みつかせるのだ。ところで私が今しがたいきなり連れ戻された自我は、かつてバルベックへ到着したとき祖母が私の身につけていたものを脱がせてくれたあの遠い夕べ以降は存在していなかったので、祖母が私のほうにかがみこんだその瞬間へと私が合流したのは、ごく当然のことながら、その自我のあずかり知らぬきょうの昼間の直後ではなく、昔となんの断絶もなく――まるで時間には異なるさまざまな系列が並行して存在するかのように――あの最初の夕べの直後になった。それほど長いことすがたを消していた当時の私の自我がふたたび私のすぐそばに存在したので、私にはその直前に祖母の発したことばさえ聞こえる気がしたが、それは空耳でしかなかった。まだ眠りから醒めきらぬ人が、消えゆく夢のなかの物音をすぐそばで聞くような気がするのと同じであろう。もはや私は、祖母の両腕のなかに身を潜め、祖母に接吻してその気苦労の傷痕をぬぐい去ろうと躍起になる存在でしかなかった。その存在は、私がしばらく前から私自身のうちに継起したさまざまな存在のどれかであったときには想いうかべることさえ困難であっただろうが、少なくともほんのいっとき以前の存在ではなくなった今では、そうした以前の存在のひとつがいだいていた欲望や歓びを感じようと努力してもそもそも不毛で、これまた同様の困難を覚えたであろう。部屋着をはおった祖母がそんなふうに私のハーフブーツのほうへ身をかがめたときより一時間ほど前、暑さで息が詰まりそうな通りをあてもなく歩いていた私が、菓子屋の前で祖母に接吻したい気持に駆られ、もはやこれ以上ひとりで待っていられないと思いつめたことも想い出した。(373) ところが私は、その同じ欲求がよみがえった今になって、これから何時間待とうと祖母はもはや二度と私のそばには戻らぬことを悟った。私がやっと今しがたそのことに気づいたのは、心を張り裂けんばかりに膨らませながらはじめて生きた真の祖母を感じたことによって、つまりようやく祖母を見出したことによって、祖母を永久に失ったことを知ったからにほかならない。永久に失ったのだ。私にはよく呑みこめなかったが、私はつぎのような矛盾にひき裂かれる苦しみを耐えしのぶよう努めるほかなかった。つまり一方には、私が感じたまま私のなかに生き残り、私のために捧げられた生存と愛情があり、この世の始まりから存在したはずのどんな偉人の才能やいかなる天才も祖母にとっては私の欠点のひとつにも値しないと思えたほどに、私のみを対象とし、私のみを目的とし、つねに私へと向けられていた愛がある。ところが他方では、そんな無上の喜びを現在のものとしてふたたび体験したとたん、まるでたえずぶり返す肉体的苦痛のように虚無の確信がその喜びに割りこんでくるのが感じられ、その虚無は、かの愛情を想う私のイメ

（373）　外の通りでの散歩と祖母に会いたい欲求は、本訳④七二―七四頁参照。

ージを早くも消し去り、かの生存そのものを破壊し、私たちふたりの共通の宿命かと思われたものを過去にさかのぼって無に帰せしめ、祖母のすがたを鏡のなかに見るようにふたたび見出した瞬間、その祖母を、あたかも他のだれでもよかったかのように偶然のいたずらによって私のそばで数年間をすごしただけの存在、その存在にとって私などそれ以前にはなきに等しくそれ以後にもなきに等しくなるような、ただの見知らぬ女にしてしまっていた。

　しばらく前から味わっていたさまざまな快楽ではなく、今の私にも味わえる喜びがあるとすればただひとつ、過去そのものに修正をほどこして、祖母が生前に感じていた苦痛を軽減してやることだった。ところが私が想い出したのは、祖母が買って出てくれた苦労、たしかに健康には好ましくはないが祖母には嬉しかったはずの苦労につきもので、その苦労のほとんど象徴となっていたあの部屋着すがたの祖(374)母だけではない。いまやすこしずつ想い出したのは、私が機会あるごとに必要なら誇張してまで自分の苦しみを見せつけて祖母に辛い想いをさせ、まるで私の愛情を見せてやれば私の幸せを見せてやるのと同様に祖母を幸せにできると言わんばかりに、あとで祖母に接吻してやれば祖母の辛い想いも消え失せると信じていたことだ。さらにいっそう悪いことに、今でこそ幸せといえば、愛情を表情にあらわして私のほうへ傾けられた祖母の顔のおもてに幸せが広がるのをわが想い出のなかに見出すことしか考えられない私であるが、昔は常軌を逸した怒りに駆られて祖母の顔からどんなにささやかな喜びさえ根絶しようと躍起になっていた。たとえばサン＝ルーが祖母の写真を撮ってくれた日など、おあつらえ向きの薄暮のなかで祖母が大きなつばの帽子をかぶってポーズをとったとき、しなをつくったのが滑稽なまでに子供っぽいと思ったことを祖母に黙っていることができず、私はいらだちもあらわな棘《とげ》のあることばを口走ってしまい、祖母の顔がひきつったことから、その一撃が効いて祖母を傷つけたことがわかった。(375) どんなに接吻を浴びせても祖母を慰めることが永久にできなくなった今、そのことばにひき裂かれるのはこの私だった。

だが私は、あの祖母の顔のひきつりや心の苦しみをもはやけっしてぬぐい去ることはできないだろう、いや、ぬぐい去ることができないのは、むしろ私の心の苦しみなのだ。というのも故人はもはやわれわれの内部にしか存在しないので、われわれが故人に食らわせた打撃をあくまでも想い出そうとすると、自分自身をたえず打ちのめす

(374)　祖母の「パーケルの部屋着」は、病気の家族を「徹夜で看病するための愛用の女中着であり、看護服であり、修道衣」だった(本訳④七九頁参照)。

(375)　最初のバルベック滞在中のできごと。本訳④三二一―三二二頁参照。

結果になるからである。この苦痛がどれほど過酷であろうと、私はそれに全力でしがみついた。この苦痛こそ、祖母の想い出から出たものであり、その想い出がまぎれもなく私のうちに現存する証拠だと感じられたからである。私が祖母を本当に想い出すことができるのは、ひとえに苦痛を通じてであると悟り、そうであれば祖母の記憶を私のうちにつなぎとめている苦痛の釘がもっと私のなかに食いこめばいいとさえ思った。私は、その苦痛をことさら優しいものにしようとも、その苦痛を美化しようとも思わなかった。遠く離れていてもその人なりの個性を失わず、こちらを憶えていて解消できぬ仲むつまじい関係にある人にたいしてするように、祖母の写真(サン＝ルーが撮ってくれて私が肌身離さず持っていた写真)にことばをかけたり祈ったりして、祖母はただ不在なだけで一時的にすがたが見えないのだと想いこもうともしなかった。私がいっさいそうしなかったのは、ただ苦しみたいと願ったわけではなく、意識せぬままいきなりわが身に受けた苦痛の独自性をあるがままに尊重したいと願ったからであり、死後の生存と虚無とが交錯するかくも不思議な矛盾が私のうちにあらわれるたびに、その苦痛の特有の掟にしたがい、その苦痛をつねに甘受しつづけようと願ったからである。こんなにも苦しく目下のところ不可解な印象から、いつの日か多少の真実をとり出すことができるかどうかは判然としなかったが、かりに私が多少の真実をとり出せるとすれば、それは突如として出現したこの特殊な印象からでしかないと心得ていた。この印象は、私の知性によって描き出されたわけでもなく、私の臆病な心によってねじ曲げられ和らげられたわけでもなく、死それ自体によって、死の突然の啓示によって、まるで雷《いかずち》のように、人間業《わざ》でない超自然の図柄で、ふたつに裂けた不思議なみぞのように私のなかに穿《うが》たれたからである。（祖母のことを想わずに暮らしてきたこれまでの忘却については、それにとり組んでそこから真実をひき出そうと考えることさえできなかった。なぜなら忘却は、否定以外のなにものでもなく、人生の真の瞬間を再創造できず、そのかわりに型どおりの愚にもつかぬイメージを提示するだけの、思考の衰退以外のなにものでもないからだ。）とはいえ自己保存の本能、われわれを苦痛から守ってくれる叡知による創意工夫が、いまだくすぶる瓦礫のうえに早くも再建を始めるべく、有益でありながら忌まわしいおのが仕事の最初の基礎を据えようとしていたようで、私としても愛する人が口にした見解をいまだに祖母が持つことができるかのように、祖母がなおも生きていて私もいまだ祖母のために生きつづけているかのように、そんな見解を想い出す安らぎを味わっていたのかもしれない。ところが私が眠りに落ちたとたん、つまり外界の事物にたいして私の目が閉ざされるいっそう真正な時間へと没入したとたん、睡眠の世界が（その入口に立つと知性と意志はいっときその機能を喪失し、残酷な正真正銘の印象からもはや私を救ってくれない）、不思議にも明るく照らし出されて半透明になった五臓六腑の奥深くに、死後の生存と虚無との苦痛にみちた総合のすがたを屈折させて映しだした。睡眠の世界では、内的な認識は、こちらの内臓器官の混乱に依存して心臓の鼓動や呼吸のリズムを速めるものらしい。同じ分量の恐怖や悲哀や後悔でも、それが睡眠中に静脈に注射されると百倍もの力で作用するのだ。睡眠という地下都市の大動脈をくまなく探索しようと、七曲がりの内なる「忘却の川《レテ》」(376)に乗り出すかのようにおのが血の流れる暗い波間に乗り出したとたん、威厳あふれる偉大な人影がつぎつぎとあらわれ、われわれに近づいては遠ざかり、涙に暮れるわれわれを置き去りにする。暗い玄関ポーチの下にさしかかるたびに祖母のすがたを探すが見つからない。それでも私には祖母が今もなお生存していると感じられるが、ただしその命は、想い出の命のように衰えて弱々しい。暗闇がしだいに広がり、風も強くなってくる。私を祖母のところへ連れて行ってくれるはずの父がやって来ない。突然、私は息ができなくなった。心臓が固まってしまうように感じられ、私はもう何週間も前から祖母に手紙を書くのを失念していたことを想い出した。そんな私を祖母はどう思っているだろう？「しまった」と私は思う、「きっとみじめな想いをしているだろう、昔の女中部屋かと思うほどの小さな貸し部屋に入れられ、雇われたつき添いの世話係がいる以外はひとりぼっちで、動くこともままならない。あいかわらず少しばかり麻痺があって、一度も起きあがろうとしなかったのだ！　祖母は死んだあと、ぼくからすっかり忘れ去られたと思っているにちがいない。どんなにひとりぼっちで、見捨てられた気分でいることだろう！　そうだ！　早く駆けつけて会ってやらなくては！　もう一刻も待てない、父の到着など待っていられない、いったいどこにいるんだ？　どうしてアドレスを忘れたのだろう？　ぼくのことを憶えていてくれるといいのだが！　どうして何ヵ月も忘れてしまったのだろう？」あたりは真っ暗で、これでは見つけられるはずがない、風が強くて前にも進めない。だが目の前を歩いているのは父ではないか。私は大声を出す、「お祖母《ばあ》さんはどこ？　アドレスを教えて！　元気なの？　なに不自由なくしておられるというのは確かなの？」——「確かだとも」と父は言う、「安心していい。つき添いはきちんとした人だし、必要なものを買ってもらえるように、ときどきほんの少しだけどお金も送っているしね。お祖母さんは、ときにお前がどうしているかとお訊きになる。お前が本を出すことも伝えておいた。嬉しそうだったよ、涙をぬぐっておられた。」そのとき私は、祖母が死んでしばらくして、まるで暇を出された老女中みたいに、見ず知らずの女みた

（376）　冥府の川の名で、その水を飲むと前世を忘れるとされた。

いに、へりくだった口調で涙ながらに私にこう言ったような気がした。「それでもたまには会いに来てくれると約束しておくれ、何年も私を放っておかないでね、よく考えるのよ、あなたは私の孫だからね、お祖母さんというのは孫のことを忘れられないものなのよ。」 祖母のこれほど従順で優しく辛そうな顔をふたたび目に浮かべた私は、すぐにでも駆けつけ、そのとき答えるべきだったことを言ってやりたかった。「だってお祖母さん、ぼくにはいつだって好きなだけ会えますよ、ぼくにはこの世でお祖母さんしかいませんから、けっして離れません。」 祖母が寝ているそばに行ってやれなかった何ヵ月か、ぼくから音沙汰がなくて祖母はどれほど泣いたことだろう！ どう思っただろう？ それで私はまたしても泣きながら父にこう言った、「早く、早く、アドレスを、ぼくを連れてって！」 ところが父は言う、「それがね……会えるかどうかわからないんだ。それに、ほら、ずいぶん弱っている、ひどく弱っているんだよ、もう以前のお祖母さんじゃない、会ってもお前のほうが辛くなるだろう。おまけに通りの正確な番地を想い出せなくてね。」「でも、どうなの、お父さんならわかるでしょ、死んだ人はもう生きていないというのは本当じゃないって。人がなんと言おうと、やっぱり本当じゃないんでしょ、だってお祖母さんは、まだ生きているんだから。」 父は悲しげに微笑んだ。「いや！ それだってかろうじてだ、そう、かろうじてなんだよ。お前は行かないほうがいいと思う。なに不自由なくしておられて、手伝いの人が来てなんでもきちんとしてくれているんだから。」「でも、ひとりになるときがよくあるんでしょ?」「そうだね、でもそのほうがお祖母さんにはいいんだ。あれこれ考えなくてすむからね、考えると苦しくなるばかりだから。考えるってのは、たいてい苦痛の原因になるんだ。もっとも、ほら、お祖母さんはひどく憔悴している。そりゃお前が行くときには正確なことを教えてやるさ、さしあたり行ってもなにもすることはないだろうし、つき添いの人がお前をお祖母さんに会わせてくれるかどうかもわからないし。」「でもお父さんだってわかるでしょ、ぼくがずっとお祖母さんのそばで暮らしてゆくことぐらい、シカ、シカ、フランシス・ジャム、フォーク。[377]」しかしすでに私は、蛇行する真っ暗な大河をさかのぼり、生者の世界が開ける水面にまで浮上していた。それゆえ、いっとき前には私にまだごく自然に明快な意味と論理をあらわしていた「フランシス・ジャム、シカ、シカ」という一連のことばも、私がもう一度それ

(377) 原文は cerfs, cerfs, Francis Jammes, fourchette「セール、セール、フランシス・ジャム、フルシェット」。[s][r][f]の子音、[ɛ]の母音のくり返しは、一連の語が音韻的類似から発生したことを示唆する。フランシス・ジャム（一八六八—一九三八）は、プルーストが「その作品に驚嘆する」（一九一二年一月初頭のルイ・ド・ロベール宛て書簡）と高く評価した同時代の詩人。

をくり返しても、もはや私になにも提示せず、私もそれがなんであったのか想い出せなかった。父がさきほど私に言ったアイアスと[378]いう語が、なにゆえただちになんの疑問の余地もなく「寒いから気をつけて」という意味になったのか、それさえもはや理解できなかった。私は鎧戸を閉め忘れていて、燦々《さんさん》とふりそそぐ光で目が醒めたのだろう。しかし私は、祖母がかつて何時間もうち眺めていた海の波を目の前にしていることに堪えられなかった。その波の無関心な美しさという新たなイメージが、もはや祖母がその波を見ていないという想いによって、たちまち完璧なものになったからだ。できることなら波の音にも耳をふさいでしまいたかった。浜辺にあふれる光が、いまや私の心に空洞を穿つからだ。あらゆるものが私に、幼い子供の私がかつて祖母とはぐれたとき[379]の公園の小径《こみち》や芝生と同じく「そんな人は見かけませんでしたよ」と告げている気がするうえ、天空の青白く神々しい丸みにすっぽり覆われた私は、祖母のいない地平を閉じこめる青味がかった巨大な鐘をかぶせられたように息苦しくなった。私はもうなにも見まいと壁のほうを向いたが、あろうことか目と鼻の先に存在するのは、かつて祖母と私のあいだで朝の使者役を果たしてくれた仕切り壁である[380]。この仕切り壁は、感情のありとあらゆる微妙なニュアンスをヴァイオリンのように従順に表現できる楽器で、祖母の目を醒ましてしまうのではないかという危惧と、祖母がすでに目覚めている場合はよく聞こえずやって来てくれないのではないかという危惧との両方をきわめて正確に祖母に伝えると同時に、つづいてすぐさま今度は第二の楽器の応答のように、祖母がすぐに行きますよと私に伝えて安心させてくれたものだ。この仕切り壁は、まるで祖母が弾く指のタッチにいまだ振動しているピアノのように思われて、私はとうてい近づけなかった。もとより今の私には、たとえその壁をもっと強く叩いたところで、もはや祖母の目を醒ますこともなく、なんの返事も聞こえず、もはや祖母は来てくれないこともわかっていた。そして、もしも天国が存在するのなら、私が神に願うことはただひとつしかなかった。つまり、天国で私がこの仕切り壁を三度ノックすると、どれほど多くのノックのなかからでもその音を聞きわけられる祖母が、べつのノックで応えて「心配しないでね、かわいいネズミさん、待ちきれないのはわかるけど、すぐに行きますからね」と知らせてくれること、そして永久といえども私たちふたりにはさほど長い時間ではないだろうから、その天国に私を祖母とともに

（378）トロイア戦争の武将の名。ソポクレス『アイアス』（ルコント・ド・リールの仏訳あり）では、ヒツジの群れを仇敵と思い殺害、そのあと正気に戻り自害。プルーストは「親を殺した息子の感情」（一九〇七）で、母親を殺害して自殺した友人アンリ・ヴァン・ブラランベルグをアイアスにたとえた。

（379）「幼い子供だった私が人混みのなかで祖母とはぐれた」不安は、本訳⑤二九五―九六頁参照。

（380）最初のバルベック滞在時の「ハーフブーツ」につづく挿話、本訳④八一―八三頁参照。

に永久にとどまらせてくれるよう神が配慮してくれることである。

支配人がやって来て、お食事に降りていらっしゃらないのですか、と訊ねた。念のためダイニングルームでお客さまの「配置」[381]に気をつけていたのですが、お見かけしなかったので、また以前のように息詰まりになられたのかと心配したという。支配人は、ちょっとしたただの「喉の災禍」[382]だといいのですがと言い、それだって「カリプチュス」[383]で鎮まると聞いたことがあると請け合った。

支配人はアルベルチーヌからの伝言を手渡した。今年はバルベックに来るはずではなかったが予定を変えて、三日前からバルベックにではないけれど、路面《トラム》で十分ほどの隣駅の保養地に来ている、旅でお疲れかと思って最初の夜は遠慮したが、いつ会えるか知らせてほしい、という。私は、アルベルチーヌ本人が来たのかと訊ねた。会うためではなく、会わずにすませるためである。「そのとおりです」と支配人は答えた、「で、それもできるだけ早くとおっしゃっています、あなたさまに完全に貧窮の事情がないのでなければと[384]。このとおり」と支配人は結論を言う、「ここでは皆があなたさまを欲しているのです、節局のところ[385]。」しかし私は、だれにも会いたくなかった。

とはいえ私は、昨日ここへ到着したときは、海水浴場[386]での暮らしの怠惰な魅力にふたたびとり憑かれた気分でいた。以前と同じリフトが、こんどは軽蔑ではなく敬意をこめてなのか口をつぐみ、嬉しくて顔を真っ赤にして、エレベーターを動かしてくれた。昇降路に沿ってあがってゆきながら私は、前回には見知らぬホテルの神秘と思われた場所をふたたび通りぬけた。なんの後ろ盾も権威もない一介の観光客として見知らぬホテルに着くと、部屋に戻ってくる常連客たちにせよ、夕食に降りてくる娘たちにせよ、奇妙な輪郭を描いて延びてゆく廊下を通りすぎるメードたちにせよ、あるいはお付きの婦人を連れてアメリカからやって来て夕食に降りてくる娘にせよ、だれからもじろりと見つめられるが、その人たちのまなざしにはこちらの期待するものはなにひとつ読みとれないのが普通である。ところが今回の私は、勝手知ったるホテルの空間をあがってゆく心安らかな楽しさを味わっていた。まるでわが家にいるような安

(381)「配置」placement は「席」place と言うべき。

(382) 原語 un tout petit «maux de gorge». 複数 maux ではなく、単数 mal を使うべき。

(383) calyptus なる語は存在しない。正しくは eucalyptus「ユーカリ」と言うべきところ。オーストラリア原産の高木で、当時、葉の粉末や精油には解熱・防腐作用があってカタルに効くとされた（『二十世紀ラルース辞典』）。現代でも、ユーカリの精油をアロマテラピーに用いる。

(384) 原文 à moins que vous n'ayez pas de raisons tout à fait nécessiteuses. 最後の形容詞は「緊急の」(nécessaires や urgentes)を用いるべき。「事情がなければ」が正しい(n'ayez pas の pas は不要)。

(385) 原語 en définitif. 正しくは en définitive「結局のところ」と言うべき。

(386) 当ホテルの用語で、エレベーターボーイのこと（本訳④七四頁と注49参照）。

心感があり、私はつねにやり直さなければならない作業、まぶたをひっくり返すよりも厄介な作業、つまり周りに存在するさまざまな恐ろしい事物の心のかわりに、こちらの馴染みの心をそれらの事物にかぶせる作業をいま一度やり終えていたのである。私は、いきなり心の動転がおこるとはついぞ想わず、こう考えていた。いまさら毎回べつのホテルへ出かける必要などあるだろうか？　新たなホテルでは、夕食をとるのもはじめてなら、どの階にもどの戸口にも配置されて魔法のごとき暮らしの見張り役を務めているかに見える竜のように怖い門番も、慣性の力によっていまだ無力化されておらず、豪華ホテルやカジノや浜辺がまるでポリプ母体(387)のように集めて共生させているとしか思えない未知の女性たちにも近づかなければならないからだ。

私は、あの面白味を欠いた裁判所長が一刻も早く私に会いたがっていることに喜びさえおぼえていた。私の目には――手を洗いながら、グランドホテルの石鹼のひときわ香り高い特殊な匂いを久しぶりに嗅いだだけで――、夜が明けたら見えるはずのうち寄せる波や、海の紺碧の峰々や、そのさまざまな氷河や滝、さらには海の高まりとなにげない威厳がすでに浮かんでいた。その石鹼の香りは、現在の瞬間と過去の滞在とに同時に含まれるように感じられ、部屋に戻るのはネクタイをとり替えるときだけという特殊な暮らしに実在する魅力のように、現在と過去のあいだに漂っていた。べッドのシーツは、ごく薄手で軽く大きくてマットレスの下に折りこむことができず、毛布のまわりに渦を巻いて膨れあがり、以前なら私を悲しませたにちがいない。今度はそのシーツも、厄介にも丸く膨らんだ帆のうえで、最初の朝に目を醒ます希望にみちた輝かしい太陽をそっと寝かしつけているように見えた。ところが結局その太陽はあらわれなかった。その夜のうちに、恐ろしく神々しい現存がよみがえった(388)からである。私は支配人に、出ていってほしい、だれも部屋に入れないでくれと頼んだ。じっと寝ているからと言い渡し、よく効く薬を薬局へ買いに行かせるという支配人の申し出を断った。相手は断られて喜んだ。「カリプチュス」の匂いで宿泊客たちの気分が悪くなるのを怖れたからである。おかげで私は支配人から「お客さまは時流をよくお読みで」(「判断が正しい」という意味らしい)と褒められ、こんな忠告まで頂戴した。「ドアのせいで汚れないようご注意ください、錠前のことで、ドアに油を「引き出さ」せましたので。かりに従業員のなかにお部屋をノックする者がいましたら、ビンタを「巻かれる」でしょう。これは二度と言いません、私は「復習」を嫌いますので（もちろん、同じことを二度くり返す、のつもりである）。ただ、いかがでしょう、元気づ

(387)　かつて浜辺の乙女たちが「ポリプ母体」にたとえられた（本訳④三九六頁、注328と図29参照）。
(388)　十七行前の「心の動転」と同じく、最初の夜に生前の祖母のすがたがよみがえったこと。

けに少し年代もののワインなどは、下におおざけがございます（どうやらおおだるの意味らしい）。なにもヨナタンの首みたいに銀のお盆にのせて持って来たり(389)はいたしませんし、申しあげておきますがシャトー＝ラフィット(390)ではございませんで、ほぼそれともうろうのものです（どうとうの、の意）。それから、ごくごく軽くてもたれませんから、小さなシタビラメのフライをつくらせましょう。」私はどれも断ったが、その魚（シタビラメ《ソル》）を生涯に何度も注文してきたはずの男が、それを木のヤナギ《ソール》のように発音する(391)のを聞いて仰天した。

　支配人があれほど約束したにもかかわらず、しばらくするとボーイが、カンブルメール侯爵夫人の角を折った名刺を届けにきた。私に会いにきた老婦人は、私が部屋にいるかと訊ねさせ、私が前日に着いたばかりで加減がよくないことを知ると、それ以上は固執せず、二頭立て八本バネの古い幌付四輪馬車《カレーシュ》(392)に乗って（おそらく薬屋とか小間物屋とかの店先で停まり、馬車からとび降りた従僕が店にはいって勘定を支払ったり買い物をしたりしながら）フェテルヌへと帰っていった。そもそもバルベックの通りのみならず、バルベックとフェテルヌのあいだに位置する小さな町や村の通りでは、人びとはかなり頻繁にこの幌付四輪馬車《カレーシュ》の走る音を耳にしたり、その豪華な装備に見とれたりした。この遠出は、なにも行きつけの商店の前で停まるのが目的ではなかった。そうではなくて目的は、およそ侯爵夫人にはそぐわない田舎貴族やブルジョワの家で催されるおやつの会やガーデン・パーティーにあった。侯爵夫人は、出自と財産の点では近在の小貴族たちを見くだすはるか高みに君臨していたが、非の打ちどころのない人の好さと気取りのなさゆえ、自分を招待してくれた人を落胆させないよう、まったく取るに足りぬ近隣の社交上の集まりにも出かけていたのである。カンブルメール夫人としては、遠路はるばる訪ねて、小さなサロンの熱気に息を詰まらせ、たいていは才能もない女性歌手の歌を聴かされ、音楽通として知られる地域の大貴婦人として後でその歌手を大げさに褒めてやらなくてはならないくらいなら、どこかへ散歩に出かけるか、小さな湾にまどろむ波がそぞろ花のあいだへわけ入っては消えてゆくフェテルヌのみごとな庭園にたたずんでいるほうが楽しかっただろう。[393]ところが夫人は、メーヌヴィル＝ラ＝タンチュリエールやシャトンクール＝ロルグイユーの貴族で

（389）サロメが「盆に載せて」持って来させたのは「洗礼者ヨハネ（ヨカナーン）の首」（「マタイによる福音書」一四章）。支配人はペリシテ人と戦った英雄ヨナタン（「サムエル記上」一四章）と混同した。
（390）ボルドーの北北西ポーイヤック（地図①参照）にある銘柄ワインのシャトー。十七世紀からセギュール家が製造、十八世紀に「王のワイン」と呼ばれ名声を確立。十九世紀後半にはロチルド家が所有。
（391）ヴァルナンとラルースの両発音辞典は、シタビラメ sole は [sɔl]、ヤナギ saule は [so:l] とする。
（392）本訳④一〇一頁、図9参照。

あれ特権的ブルジョワであれ、会の主催者がすでに自分の来訪をほぼ確実なこととして触れまわっているのを知っていた。にもかかわらずその日に外出してくだんのパーティーに顔を出さずにいたら、海岸沿いに点在する小さな浜辺からやって来る招待客のだれかが、侯爵夫人の幌付四輪馬車《カレーシュ》が通りかかるのを目撃したりその音を聞いたりしかねず、フェテルヌを離れられなかったという言い訳ができなくなる。一方で会の主催者たちは、カンブルメール夫人が自分たちの目には夫人にふさわしい場所とは思えない人たちの家で開催されるコンサートにまで出かけるのをいくら頻繁に見かけ、その事実によって人の好すぎる侯爵夫人の地位がいささか低下するように見えたとしても、いざ自分たちが夫人を招待する立場になると、さきの気持はすぐさま消え失せ、夫人が自分たちのささやかなおやつの会にはたして来てくれるだろうかと気をもむ始末である。何日も前からそんな不安にさいなまれていた主催者にとって、自分の娘なり別荘暮らしの素人なりの歌う最初の曲が終わったとき、招待客のひとりが(侯爵夫人がいまにも午後の会にやって来る間違いのない徴候として)侯爵夫人の例の幌付四輪馬車《カレーシュ》が時計屋とか薬局とかの前に停まっているのを見かけたと聞くのは、なんと安心できることだろう！　そうなるとカンブルメール夫人は(はたしてまもなく夫人は、義理の娘と目下夫人宅に滞在中の客人たちを伴ってはいってくるが、そんなに大ぜいで押し寄せてもいいかと訊ねて招待主から快諾を得ていたのだ）、主催者の目から見て、その輝きをとり戻すことになる。主催者として気苦労と出費を覚悟のうえで午後の会を開催しようとひと月前に決心したとき、秘かにその決心の動機となったのは、期待した夫人の来訪というこの報酬だったのかもしれない。主催するおやつの会にこうして侯爵夫人が来てくれたことを見届けた招待主がいまや想いおこすのは、身分の低い近隣の人たちのおやつの会にも出かけてくれる夫人の心遣いではなく、夫人の家柄が古く、その城館が豪華で、ルグランダン家出身の嫁がひどく無礼で、その横柄な態度がむしろ姑《しゅうとめ》のいささか生彩を欠く人の好さを引き立てていることである。早くも主催者は、「ゴーロワ」紙の社交欄に掲載される囲み記事で「ブルターニュの一隅で厳選されたメンバーによるきわめて愉快な午後の会、主催者に近々の再開催を約束させてようやく散会」という報告を読むような気がする。じつをいえば主催者は、その記事をごく内密に家族のあいだで作成して投稿していたのだ。毎日、新聞の到着を待つが、主催した午後の会のことがいまだに出ていないことに不安になり、カンブルメール夫人の出席も招待客にだけ知られ、多くの読者には伝わらないのかと心配す

（393）いずれもバルベック近郊の架空地名。前者には鉄道の最寄り駅がある（後出、四一三頁参照）。
（394）原語 franc-bourgeois. 元来は、中世において領主や聖職者から免税特権を授けられた市民。

る。ようやく幸運の日がやって来る。「バルベックにおける本年のシーズンは例を見ない華やかさである。いまや流行は午後の小コンサートで、云々。」これはありがたい、カンブルメール夫人の名前も正しく綴られ、「アトランダムに挙げた」ように見えるが、ちゃんと招待客のなかで真っ先に出ている。あとはただ、こんなぶしつけな新聞のせいで、招待できなかった人たちと一悶着おこしかねない、などと困った顔をしてみせるだけでいい、カンブルメール夫人の前では猫をかぶり、だれがこんな情報を送るなどという卑劣なマネをしたのでしょうと訊ねるふりをすればいいのだ。実際、侯爵夫人は、大貴婦人らしく好意的に答えてくれるはずだ、「さぞかしご迷惑でしょうね、でも私のほうは、あなたさまのところにお伺いしたことを皆さんに知っていただけて、なんとも嬉しゅうございました。」

手渡された名刺には、明後日に午後の会を催すというカンブルメール夫人の走り書きが読めた。これがほんの二日前であったなら、私は社交生活にかなりうんざりしていたとはいえ、夫人の庭園へと移植された社交の醍醐味を味わうのは確かにうそ偽りのない喜びになったことだろう。フェテルヌの日当たりに恵まれたその庭園には、地面いっぱいに茂ったイチジクやヤシの木とかバラの植え込みとかが海にまで広がり、たいていは地中海のように青く穏やかなその海に浮かべた一家の小さなヨットは、パーティーのはじまる前には、湾の対岸に点在する浜辺までいちばん大切な招待客たちを迎えにゆき、みなが揃うと、張りめぐらした帆を日除けにしておやつのための食堂になり、夕方には、乗せてきた人たちを送るためにふたたび湾を離れる。楽しい贅沢ではあるが、それだけにお金もかかり、その出費をいくらかでも賄《まかな》うべくカンブルメール夫人はさまざまな手立てで収入を増やそうと努め、なかでも、フェテルヌとはずいぶん趣を異にするラ・ラスプリエールをはじめて人に貸すことにしたのである。もとより二日前であったなら、会ったことのない小貴族たちがつどう新たな環境での午後の会は、パリの「上流生活」に染まった私の気分を変えてくれたことだろう！　だが今の私には、どんな楽しみにもなんの意味もなかった。それゆえ私は、一時間前にアルベルチーヌを追い返したのと同じく、カンブルメール夫人にも欠席を詫びる手紙を書いた。高熱が食欲を失わせるように、心痛が私のなかに欲望の生まれる可能性を抹殺したのだ。翌日は、私の母がやって来る予定であった。私は以前よりもいくぶん母のそばで暮らすのにふさわしい人間となり、母を以前よりも理解できる気がした。よそ者のような破廉恥な生活はいまや消え失せ、こみあげる悲痛な想い出がいばらの(395)冠を、母の心と同じように私の心にも巻きつけ、私の心を高貴なものにしていたから

(395)　イエスが十字架にかけられる前に頭にかぶせられたいばらの冠を暗示。

である。私はそう思った。ところが実際には、お母さん(396)の悲嘆のような正真正銘の悲嘆――愛する人を失ったとたん、文字どおりこちらの生命までも長いあいだ、ときには永久に奪ってしまう悲嘆――と、私の悲嘆のように、なんといっても一時的で、到来するのも遅ければ立ち去るのも早い悲嘆、そのできごとからずいぶん時を経てそれを真に「理解する」のでなければ感じることもできない悲嘆とのあいだには、大きな隔たりがあるのだ。私と同じように多くの人が感じる悲嘆とはそのようなもので、現在の私をさいなむ悲嘆がそれと異なるのは、この悲嘆が無意志的回想によってもたらされた点だけである。

母が味わったのと同様の深い悲嘆については、この物語の続篇に見られるように私もいつかそれを経験するが、しかしただちにそんな経験をしたわけではないし、またそれは私が想像していたような悲嘆でもなかった。ところが、まるでレチタティーヴォの歌手が、本来なら前もって自分の役柄をこころえ、それに合わせてその場に控えているべきなのに、ぎりぎりの時刻に到着して、自分のせりふを一度しか読まなかったにもかかわらず、出番が来てせりふを返す段になると、さきの遅刻にだれひとり気づかぬほど巧みにとり繕うのと同じで、私はその悲嘆を今しがた感じたばかりであったにもかかわらず、母がやって来たとき、その悲嘆をずっと以前から変わらず感じていたかのように母と話すことができた。どうやら母は、たんに私が祖母といっしょに滞在した土地と再会したせいで（じつはそれが原因ではなかったが）悲嘆を呼び醒まされたのだと思ったらしい。しかし私は、母の苦痛と比べればものの数ではなかったものの私もまた苦痛を味わって蒙を啓かれたがゆえに、そのときはじめて母がどんなに苦しんでいるかに気づいてたじろいだ。祖母が死んでから母の見せる、なにかを見すえたような涙のないまなざしは（そのせいでフランソワーズは母にいささかも同情を寄せなかった）、あの回想と虚無との不可解な矛盾に向けられていることを、私ははじめて悟ったのだ。それに、いつもの黒いベールは変わらないが、この新たな土地に着いた母がいっそうあらたまった服装をすればするほど、私は母におこった変化にますます驚いた。母がすっかり陽気さを失ったというだけでは充分ではない。まるで新たに鋳造された嘆きの像のように身動きひとつしない母は、なにか乱暴な動作をしたり高い声を出したりすると、自分のそばを離れぬ痛ましい人を傷つけるのではないかと怖れているふうだった。しかしとりわけ、クレープ地⁽³⁹⁷⁾のコートに身をつつんで入っ

（396）　以下の一節には「母」ma mère と「お母さん」maman の混在が目立つ。使いわけの基準は明確ではないが、「私」の愛情の対象としては「お母さん」が使われるとする本訳①四一頁注14参照。ただしこの一節における両者の混在は、同一語の反復（フランス語では嫌われる）を避ける面もある。

てきた母のすがたを見たとたん、私が目にしているのは——パリでは気づかなかったが——もはや母ではなく祖母だと、はたと気づいた。王家や公爵家では、当主が没するとその称号を息子が継ぎ、オルレアン公爵がフランス王に[398]、タラント大公がラ・トレムイユ公爵に[399]、レ・ローム大公がゲルマント公爵になる[400]のにも似て、それとは次元の異なるはるかに根の深い即位ではあるが、生者はしばしば死者にとり憑かれ、死者とそっくりの後継者となって死者の途切れた生を継承するのだ。お母さんの場合のように、母親の死後に娘の感じる悲嘆というのは、もしかするとサナギの殻を早めに破って変態の進行を速め、わが身に潜むもうひとりの存在の羽化をうながしているのかもしれない。母親の死という危機がなければ、途中の行程を省いて一挙に多くの段階をすっ飛ばすことはなく、その存在はもっと緩やかにしかあらわれなかったであろう。もしかすると今は亡き母親を哀惜する気持のなかには一種の暗示がこめられていて、その暗示が、そもそも体内に潜在していた類似点をわれわれの目鼻立ちのうえにひき寄せる結果になるのかもしれず、またその哀惜の気持が、われわれのとりわけ個性的な活動(母の場合には、持ち前の良識と、自分の父親から受け継いだからかい好きな陽気さ)を止めてしまうのかもしれない。愛する人が生きていたあいだは、たとえその人が不愉快に思おうと、われわれはそんな個性を怖れることなく発揮していたわけで、その個性は、もっぱら愛する人から受け継いだ性格とうまく釣り合いがとれていたのだ。ところが母親が死んでしまうと、母親とべつの人間になることに気が咎めるようになり、われわれが敬服するのは、母親がそうであった存在、べつの存在と一体化してはいたがわれわれもすでにそうであった存在、今後ひとえにそうあらんとする存在だけとなる(401)。この意味でのみ（一般に理解されている、あいまいな間違った意味ではなく）死は無駄ではなく、死者は依然としてわれわれに働きかけている、と言うことができる。いや、死者は、生者以上にも働きかけている。なぜなら、真の現実な

(397)　クレープは、喪章（腕章、帽章、ベールなど）に用いる生地（『二十世紀ラルース辞典』）。

(398)　オルレアン公爵の地位から王位に就いたのは、ルイ十二世（在位一四九八—一五一五）とルイ＝フィリップ王（在位一八三〇—四八）。前者の父シャルル・ド・ヴァロワ（一三九四—一四六五）、後者の父ルイ＝フィリップ二世（一七四七—九三）から、それぞれオルレアン公爵位を継いだが、父から王位を継承したわけではない。

(399)　タラント大公の称号はトレムイユ家に引き継がれた（本訳⑦五四八頁、本巻注260参照）。息子が父親の爵位をそっくり継承したのは、タラント大公でもあったシャルル・ベルジック・オランド・ド・ラ・トレムイユ公爵（一六五五—一七〇九）の死去に伴い、息子のタラント大公シャルル・ルイ・ブルターニュ・ド・ラ・トレムイユ（一六八三—一七一九）がラ・トレムイユ公爵を名乗ったのが代表例。

(400)　現ゲルマント公爵は、先代公爵（父）の死去に伴い、レ・ローム大公からゲルマント公爵となった。

(401)　母親の生前、その娘や息子はわが身に母親以外のもの（「べつの存在」）が同居する存在であったが、母親の死後はひたすら「母親がそうであった存在」になりきろうとする、の意。

るものは精神によってのみ取り出される精神活動の対象にほかならない以上、われわれが真に知ったといえるのは思考によって再創造せざるをえなかったものだけで、それは日々の生活がわれわれに覆い隠しているものだからである……。最後になるが、われわれは死者を哀惜する気持を大切にするあまり、故人の愛したものを偶像のごとく崇拝する。母は、祖母のハンドバッグを肌身離さず持っていて、それはサファイアやダイヤモンドでできたバッグよりも貴重なものとなった。祖母のマフをはじめ、ふたりの見かけの類似をいっそう際立たせるありとあらゆる衣服だけではなく、祖母がいつも手元に置いていたセヴィニエ夫人の数冊もやはり母は手放さず、たとえその『手紙』の自筆原稿をくれると言われてもこの数冊と取り替えることはなかったであろう。母はその昔、祖母が寄こす手紙にはセヴィニエ夫人やボーセルジャン夫人(402)の一句が引用されていない例《ためし》はないと祖母をからかったものだ。ところがお母さんがバルベックへ着く前に私に寄こした三通の手紙には、いずれもセヴィニエ夫人が引用されていて、まるで母から私に宛てた手紙ではなく、祖母から母に宛てた手紙のようであった。母は、祖母が毎日その手紙のなかで語っていた浜辺を見るために、堤防まで降りてゆきたいと言った。私が窓辺から、祖母の「晴雨兼用の傘(403)」を手にした黒ずくめの母が、おずおずと敬虔な足どりで、愛《いと》しい人の足が自分よりも前に踏んでいた砂のうえを進んでゆくのを見ていると、そのすがたは海の波に打ちあげられる死人を探しにゆく人のように見えた。母がひとりで夕食をとることがないように、私もいっしょに降りてゆかなければならなかった。裁判所長と、弁護士会長の未亡人が、母に紹介された。祖母にまつわるあらゆることにひどく感じやすくなっていた母は、裁判所長がかけてくれたことばにいたく感動し、それをいつまでも記憶にとどめて感謝の気持を忘れなかったが、それにひきかえ弁護士会長の妻が故人を想うことばをひとことも口にしなかったことには憤慨して、それを気に病んだ。実際には裁判所長もまた、弁護士会長の妻と同様、祖母のことなどまるで気にかけてはいなかったのだ。一方の感に堪えないことばと、もう一方の沈黙とに、母は大きな違いを見出したが、ともに死者に向けるわれわれの無関心をべつな形であらわしたものにすぎない。とはいえ母は、私が自分の苦痛の一端を思わず漏らしたことばに、とりわけ慰められる想いがしたのだろうと思う。私の苦痛を知ったお母さんは（私にあらんかぎりの愛情を寄せていたにもかかわらず）嬉しくなるほかなかった。それもまた、いろいろな人の心に祖母がいまも生存していることを証拠立てる一例だったからである。このあと母は毎日、自

（402）　祖母がセヴィニエ夫人とともに愛読した架空の『回想録』の作者。本訳④四九頁と注20参照。
（403）　原語 en-tout-cas. 十九世紀の新語義。コタール夫人も持っていた（本訳②四〇六頁参照）。

分の母親のしていたことを正確に再現しようとしたのか、浜辺に降りて腰をかけ、祖母の二冊の愛読書、ボーセルジャン夫人の『回想録』とセヴィニエ夫人の『手紙』を読んだ。母にとっても家族のだれにとっても、セヴィニエ夫人を「才気煥発の侯爵夫人」などと呼ぶのは、ラ・フォンテーヌを「好人物」呼ばわりするのと同じく[404]我慢のできないことだった。ところが母は、セヴィニエ夫人の手紙のなかで「娘や」という語を読むと、自分の母親から呼びかけられている気がするのであった。

　母は、亡き人を偲ぶこの巡礼をだれにも邪魔されたくなかったが、あるとき折悪しく浜辺で、娘たちを連れたコンブレーのさる婦人と出くわした。その婦人の名は、たしかプッサン夫人だったかと思う。しかし私たちは内輪では夫人のことを「あとで思い知るわよ」さんとしか呼んでいなかった。というのも夫人はたえずこの文言をくり返して、娘たちがみずから災いを招かぬように警告していたからである。たとえば娘のひとりが目をこすっているとこう言う、「いまに本物の目の炎症になって、あとで思い知るわよ。[405]」夫人は、遠くから悲しげにお母さんに何度も長々とお辞儀をしたが、それは弔意をあらわすためではなく、礼儀作法に則ったにすぎない。私たちが祖母を亡くさなくても、また不幸になる理由などなくても、夫人は同じようにお辞儀をしたであろう。コンブレーの広大な庭園にほとんど引きこもって暮らしている夫人は、すべてが耳障りに聞こえ、フランス語の単語のみならず人名にまで緩和措置をほどこしていた。つまり、シロップを注ぐ銀のさじを「キュイエール」と呼ぶのは耳障りだと考え、それゆえ「クイエール」と言っていたし、テレマックの優しい語り手を手荒に「フェヌロン」などと呼んでぶしつけになるのを怖れて、アクサン・テギュをつけると柔らかみが出ると想いこみ――私のいちばんの親友に、とりわけ聡明かつ親切で勇敢な、知り合った者ならだれもが忘れることのできないベルトラン・ド・フェヌロンという男がいて、私自身が万事承知のうえでやっていたのと同じように――つねに「フェネロン」としか言わなかった。(406) プッサン夫人の婿は、夫人ほど穏やかな人間ではなく、名前は忘れたがコンブレーで公証人をしていて、金庫の金をもち逃げし、とくに私の叔父にかなりの金額の損害を与えた。しかしコンブレーの大多数の人間はこ

(404)　ともによく使われた呼称。サント゠ブーヴも評論で同じ呼称を用いた（プレイヤッド版注）。

(405)　原文 Tu m'en diras des nouvelles. オデットがコタール夫人にケーキを勧めた「きっとお気に召しますわ」Vous m'en direz des nouvelles（本訳③三八四頁）と同じ表現。ただしプッサン夫人の発言は反語的で、「きっと泣きをみる／ほぞをかむ／吠えづらをかく」という意味を婉曲に言ったもの。

(406)　フェヌロン（一六五一―一七一五）は『テレマックの冒険』の作者。第一次大戦で戦死したプルーストの友人フェヌロン（一八七八―一九一四）はサン゠ルーのモデルとなる（本訳⑦一五五頁注107参照）。発音は「キュイエール」cuiller、「フェヌロン」Fénelon が正しく、「クイエール」cueiller、「フェネロン」Fénélon は間違い。アクサン・テギュ（eの上の ´ ）はふつう鋭い音をつくるとされる。

の家族のほかのメンバーとは非常に懇意にしていたので、けっして冷たい関係にはならず、みなはプッサン夫人に同情するだけにとどめた。夫人は人を招かなかったが、だれもが夫人の屋敷の鉄柵の前を通りかかるたびに足を止めて、庭園のみごとな緑陰に見とれるものの、それ以外にはなにも見えなかった。バルベックで夫人が私たちを煩わせたことはめったになく、私は一度出会っただけであるが、そのとき夫人は、爪を噛んでいる娘にこう言った、「いまに本物の瘭疽《ひょうそ》になって、あとで思い知るわよ。」

お母さんが浜辺で本を読んでいるあいだ、私はひとり部屋に残っていた。すると祖母の生涯における最後の時期のこと、その時期にまつわるあらゆること、たとえば祖母とふたりで最後の散歩に出かけたとき、開け放してあった階段のドアのことなどが想い出された。そうした想い出とは対照的に、その余の世界はまるで現実とは感じられず、私の苦痛のせいで見る影もなくなっていた。母は、とうとう私を無理やり外出させた。ところが一歩あゆむごとに、カジノや通りの忘れていた眺めが、たとえば最初の夕べに祖母を待ちながらデュゲ＝トルアンの銅像まで歩いた通り(407)などが、まるでゆく手をはばむ風のように立ちはだかり、私は一歩も前には進めず、目を伏せてなにも見まいとした。そしていくらか気力をとり戻してようやくホテルへと戻ったが、そのホテルに帰り着いても、最初に到着した夕方には再会できた祖母に、今やいくら待っても会えないことがわかっていた。それが今度の私にとっては最初の外出だったので、まだ会ったことのない多くの従業員がものめずらしげに私をじろじろと見た。ホテルの入口では、ひとりの若いドアマンがさっとキャップをとって私に挨拶すると、すばやくそのキャップをかぶり直した。私は、きっとエメがそのドアマンに、私に敬意を表するよう、エメの表現では「指令を伝えて」おいたのだと思った。ところがドアマンは、時をおかずホテルに戻ってきたべつの人にも、あらためてキャップをとった。じつをいえばこの男は、人生で自分のキャップをとってかぶり直すことしかできず、それだけを完璧にこなしていたのだ。自分にはほかのことはできないけれど、これには長《た》けていると悟ったドアマンは、この動作を一日にできるだけ多くこなすようにしていたので、おおかたの客からは秘かな共感を寄せられ、ドアマンを雇い入れる仕事を任されていたフロントマンからも同様の評価を得ていた。というのもフロントマンは、この掘り出し物と出会うまでは、一週間でお払い箱にならない者をひとりたりとも見つけられず、それに驚いたエメはこう言った、「といってもあの仕事じゃ求められるのは礼儀正しくすることぐらいで、そんなにむずかしいことじゃないんだがね。」支配人のほうも、ドアマンたちは立派な「押しかけ」を持つべきだと強調して

（407）ルイ十四世に仕えたフランス艦船の指揮官の銅像が立つ通りの散歩は、本訳④七三頁参照。

いて、これは辞めずに残留すべきだと言おうとしたのかもしれないが、「押し出し」という語を間違えて憶えていたのかもしれない。前回と比べてホテルの背後に広がる芝生の様相が一変していたのは、いくつか花壇がつくられたうえ、一本あった異国の灌木が引き抜かれただけでなく、最初の年、しなやかな茎のような身の丈と奇妙な色彩の髪によって入口の外を飾っていたドアマン(408)も引き抜かれたからである。このドアマンは、秘書として雇われ、さるポーランドの伯爵夫人に随行して去ったので、この点、ふたりの兄とタイピストになった姉の前例にならったといえる。この三人もまた、その魅力に惚れこんださまざまな国の男女とりまぜた名士たちに、やはりホテルから引き抜かれていったからである。ひとり残ったのが末弟で、やぶにらみだったせいか、もらい手がなかったのだ。この末弟は、ポーランドの伯爵夫人と他のふたりの兄の庇護者がバルベックのホテルにやって来てしばらく滞在することになったとき、ずいぶん嬉しそうだった。兄たちの境遇を羨んでいたとはいえ、兄たちを愛していたので、こうして数週のあいだ家族の情を大切にできるからである。フォントヴローの女子大修道院長も、自分の修道女たちを捨てておき、同じモルトマール家の出身で姉にあたるルイ十四世の寵妾モンテスパン夫人とともに、王の歓待を受けて宮廷に滞在したではないか(409)。この末弟にとってはこの年がバルベックに勤める最初の年で、まだ私のことを知らなかったが、以前から勤めている同僚が私に話しかけるときにムッシューと言ったあとに私の名をつけるのを聞いていたからであろう、最初から早速その真似をして満足げな顔をしたのは、知名の士とみずから判断した人のことを心得ていると誇示できるのが嬉しかったのかもしれないし、五分前にようやく知って欠くべからざるものに思われたしきたりに従うのが嬉しかったのかもしれない。この超豪華ホテルがある種の人たちに与える魅力を私は理解できる気がした。ホテルにはまるで劇場のような仕掛けがあり、無数の端役たちが天井に至るまでホテルを賑わしている。客はいわば観客にすぎないが、たえず芝居に参加していて、ホールの舞台上で単に俳優たちが芝居を演じているのではなく、豪華絢爛たる舞台上で観客の暮らしがくり広げられているように見える。テニスから帰ってきた人は白いフラノのジャケット(410)を着ているだけであるが、フロントマンは銀モールつきの青い燕尾服を着こんで、その客に届いた

(408)「華奢《きやしや》な長身」に「染めた髪」の「珍種の灌木」のようなドアマン（本訳④一五五—五六頁参照）。

(409) モンテスパン夫人とフォントヴロー女子大修道院長の姉妹については、本巻三三五頁注344参照。妹（女子大修道院長）は、姉（モンテスパン夫人）とルイ十四世が親密な関係にあったとき「何度も、しばしば長期にわたり宮廷に滞在した」という（サン＝シモン『回想録』一七〇四年の項）。

(410) くだけた遊び着の典型。「「豪華ホテル」の生活」に疎かったカンブルメール氏は、最初グランドホテルにあらわれたとき「白いフラノの服を着ていなかった」せいでばかにされた（本訳④一〇六頁）。

手紙を渡してくれる。このテニスの客が歩いて階段をあがるのを嫌うなら、これまた豪華な衣装を身につけたリフトがつき添ってエレベーターで上にあげてくれるから、やはり俳優たちにとり囲まれている気分になる。上階の廊下はどこも、パナテナイア大祭のフリーズ[411]にも似て、海を背景にした美女の群れというべき侍女《カメリスト》やお供《クーリエール》[412]たちがこっそり逃げてゆく場所で、供回りの美女を好む男たちは巧みに根まわしをして女たちの小部屋にまで忍びこむ。階下で幅を利かせているのは男たちで、とびきり若くて暇をもてあますボーイたちがたむろするホテルは、ユダヤ教キリスト教混在の悲劇[413]が具現化して四六時中上演されている観があった。だからボーイたちを眺める私は、ゲルマント大公妃邸でヴォーグーベール氏がシャルリュス氏に挨拶する大使館の若い書記官たちを見つめたときに想いうかべたラシーヌの『エステル』の詩句[414]ではなく、つい『アタリー』の詩句を心のなかでつぶやかずにはいられなかった。というのも十七世紀なら柱廊玄関と呼ばれていたと思われるホテルの玄関ホールにはいったとたん、とくにおやつの時間には、若いドアマンたちの「花咲く一団[415]」がまるでラシーヌ劇で合唱隊を務める若いイスラエルの娘たちのように突っ立っていたからである。しかし私には、そのなかのだれひとりとして、幼い王子ジョアスがアタリーから「してそなたのお役目[416]は？」と訊ねられて見つける漠然とした答えさえ見出せる者がいたとは

思えない。なんの役目も担っていなかったからだ。そのなかのだれもが、かりに老王妃アタリーのせりふのように、

それにしても、こんなところに閉じこもって
なにをしておいでなの(417)？

と訊ねられたら、せいぜいこう答えるのが関の山であっただろう、

この豪華絢爛の儀式のしだいを眺め

(411) 図20参照。
(412) 前者は、本巻二五一頁と注257参照。お供《クーリエール》 courrière は、旅の婦人につき添う腹心の小間使い（『グラン・ラルース仏語辞典』）。いずれも古めかしい用語。
(413) ラシーヌ晩年の宗教劇『エステル』（一六八九初演）と『アタリー』（一六九一初演）を暗示。ラシーヌは、ユダヤ教の聖典「旧約聖書」に依拠し、カトリックのサン＝シール学寮女子生徒のために二作を書いた。
(414) 大使館員たちを見る氏が『エステル』の詩句を想起させる箇所は、本巻一五五―五六頁と注参照。
(415) 『エステル』二幕八場。『アタリー』一幕一場では「大勢の神聖な民が柱廊玄関にあふれていた」。
(416) 『アタリー』二幕七場。正確には「毎日なにをしておいでか？」
(417) 同、二幕七場。さきの質問につづくアタリーのジョアスへの新たな質問。

図 20　パルテノンのエルガスティナイ(ルーヴル美術館)

パナテナイア大祭は，アテナイの守護神アテナに捧げられた 4 年に 1 度の大祭で，パルテノン神殿のフリーズはその行列をあらわす．北面フリーズの騎馬行列が有名だが(大英博物館所蔵の本訳⑦ 160 頁図 11 参照)，小説本文の「パナテナイア大祭のフリーズ」が暗示するのは神殿東面の上図，乙女たちの行列．4 人の乙女は，アテナ女神に捧げられる衣装ペプロスを織りあげたアテナイの上流貴族の娘たち(エルガスティナイ)．左手の男性は儀式の指揮官．18 世紀末にパルテノン神殿下で発見され，1798 年からルーヴル美術館所蔵．図版は，当時の代表的著作，マクシム・コリニョン『パルテノン――歴史，建築，彫刻』(1914)から転載．

それに貢献しております。(418)

ときには若い端役のひとりが、より重要な役柄の人物のほうへ歩み寄ることもあるが、その美貌の青年もやがて合唱隊のなかへ戻ってゆく。そしていっとき息抜きのもの想いにふける以外、役には立たず飾りとなるだけのうやうやしい日々の動きを全員で織りなすのだ。というのも全員が、「外出の日」はべつにして「世間から遠く離れて育てられ」、神殿前の広場を出たことがなく、『アタリー』に登場するレビ族と同じく聖職者のような暮らしをしているからで、豪華な絨毯を敷きつめた階段の下で演技をするこの「若くて信仰の篤い一団(419)」を目の当たりにすると、私が足を踏みいれたのは果たしてバルベックのグランドホテルなのか、それともソロモンの神殿なのかと疑問に思われるほどであった。

私はまっすぐ自分の部屋へあがった。たいてい私の想いは祖母が病いに臥せっていた最期の日々と、そのときの祖母の苦痛へと向かったが、私はその苦痛をふたたび体験することでそれをいっそう増大させた。他人の苦痛自体よりも耐えがたいのは、わ

(418)『アタリー』二幕七場。ジョアスの答え。
(419) 同、一幕二場。ジョザベト（ジョアスの伯母）が「レビ族の娘たち」を指していうことば。

れわれの憐憫の情が残酷にもその苦痛に加える新たな要因である。愛しい人の苦痛をただ想いうかべているだけだと思っているときでも、われわれの憐憫の情がその苦痛を誇大視しているものだ。だがもしかすると憐憫の情のほうが、実際に苦痛に耐えている人がその苦痛にいだく意識よりも、正鵠を射ているのかもしれない。苦痛に耐えている人たちの生活の惨めさは本人には隠されて見えないが、憐憫はそれをしかと見すえ、それに絶望しているからである。とはいえ私がその後も長らく知らないでいた事実を当初から知っていたら、私の憐憫の情はさらに深まり、祖母の苦痛をはるかに上回っていたことだろう。その事実とは、死の前日、いっとき意識の戻った祖母が、そばに私がいないことを確かめると、お母さんの手をとって熱のある唇を押しあて、「さようなら、娘や、これが永久《とわ》のお別れね」と言ったことである。母があれほどじっと見すえつづけているのも、この想い出なのかもしれない。ついで私にはなつかしい想い出がよみがえってきた。するとそれは私の祖母であり、私はその孫としか思われない。祖母の顔の表情も、私にしか理解できないことばで記されている気がする。祖母は私の人生のすべてであり、それ以外の人は祖母との関係においてのみ、つまり祖母がその人たちにくだす評価との関係においてのみ存在するだけだ。いや、そうではない、祖母と私の関係はあまりにもはかなく、偶然に左右されるほかないのだ。祖母はもはや私を知らないし、私も二度と祖母に会うことはないだろう。私たちはただふたりのために生きているわけではなく、祖母は赤の他人なのだ。その赤の他人の、サン＝ルーが撮ってくれた写真を、私は眺めているところだった。アルベルチーヌに会ったお母さんは、祖母と私のことで優しいことばをかけてくれた人だからと、ぜひそのアルベルチーヌに会うよう私に懇願していた。だから私はすでに会う約束をしていて、支配人にアルベルチーヌが来たらサロンで待たせるようにと言ってあった。支配人は私に、あのかたと女友だちの皆さんをずいぶん前から、あの人たちが「思純期」になる前から知っているが、当ホテルのことをとやかく言ったので快く思っていない、と語った。「あんな口を利くのは、よっぽど「イラスト」がないのでしょう。もっとも、私の聞いたのがあの人たちを中傷したことばだったのなら話はべつですが。」私は「思純期」というのは「思春期」のつもりで言ったのだろうと、たやすく見当がついた[420]。アルベルチーヌに会いに降りてゆく時を待つあいだ私は、何度も見つめて見慣れたせいで注意して見なくなった図柄のように、ロベールが撮ってくれた写

(420)　本文に収録されなかったが、タイプ原稿のこの箇所にはつぎの言及があった。「私は「イラスト」にはいっそう当惑した。「無学《イレットレ》」と混同したのかもしれず、さらにそれも「学《レットレ》」との混同だったのかもしれない。」「「イラスト」がない」と否定（「無学」）をさらに否定するのは支配人の誤謬の典型。

真をぼんやり見つめていて、そのとき突然、記憶喪失者が自分の名前を想い出したり、病人が人格を変えたりするように、あらためて「これが祖母で、ぼくはその孫なのだ」と考えた。フランソワーズがはいってきて、アルベルチーヌさんがおいでですと言ったが、写真を見るとこんなことを口にした。「お気の毒な奥さま、そっくりですねえ、ほっぺたのくろつぶ[421]まで。侯爵[422]が写真をとった日は、よっぽどお加減が悪かったんです、二度も具合が悪くなられて、「ねえ、フランソワーズや」とおっしゃいました、「絶対、孫に知られないようにね。」それで、みなさんの前じゃいつも陽気にしておられて、うまく隠しておられました。だけど、ひとりだと、ときどきちょっと頼りない気分かなと見えました。でもそんなようすはすぐおしまいなんです。それから、こんなふうにおっしゃいました、「万一、私になにかあったら、あの子にも私の写真が必要でしょう。これまで一度も撮ってもらったことがないのでね。」それで奥さまの言いつけで侯爵さまのところへ参りまして、奥さまのお頼みだということは旦那さまには言わないようお願いして、奥さまの写真をとっていただけないかとお訊きしました。ところが、承知だと知らせようと戻ってきましたら、ひどく顔色が悪いのでもうとりたくないとおっしゃるんです。「これじゃ写真なんか全然とらないほうがまし」とおっしゃいましてね。でもお利口なかたですから、つばを垂らした大きな帽子をかぶって、うまく案配なさり、明るい日なたに出なければ目立たなくなりました。写真がとれて、それはもう喜んでおられて、バルベックから戻れるなんて思っていない、とそのときおっしゃいました。私がいくら「奥さま、そんなお話はダメです、奥さまがそんなお話なさるなんて聞きたくありません」と申しましても聞いてもらえず、そうお考えだったんでしょうね。で、もちろん何日も前から食べられなくなっておられました。旦那さまを侯爵さまと遠くまで夕食に行かせるようになさったのも、そのせいですよ。ですから、テーブルにはつかず本を読んでるふりをして、侯爵の馬車が出ていったとたん、上にあがって寝ておられました。何日ものあいだ、若奥さまにお知らせして顔を見に来てほしいというお気持でした。でも、なにもおっしゃっていなかったので、やっぱりびっくりさせてはまずいとお考えになりました。「あの人は夫といるほうがいいのよ、そうでしょ、フランソワーズ。」」フランソワーズは、私を見つめ、突然「お加減でも悪い」のかと訊ねた。私がそうではないと答えると、フランソワーズは言った、「すっかりここに縛りつけられて、おしゃべりしちゃいました。

（421）原語 bouton de beauté.「吹出物」bouton と「ほくろ」grain de beauté とを混同した間違い。

（422）「侯爵」はサン＝ルー侯爵のこと。フランソワーズの発言には「侯爵」と「侯爵さま」が混在。後者のほうが正しい。

ご面会の時間がすぎてしまったかも。下に降りなくっちゃ。ここに来るような人じゃないんですけどね。それにあの早足じゃ、もう帰ってしまったかも。待つのが嫌いな人でしてね。あら失礼！　いまじゃアルベルチーヌさまも、ひとかどのお人ですから。」「そりゃ勘違いだよ、フランソワーズ、あれはいい人だ、ここにはもったいないぐらいの人だ。でも、きょうはお会いできない、って言ってくれないか。」

私が泣いているのを見たら、フランソワーズはどんなに私を憐れんで大げさなことばを吐くことだろう！　私は用心ぶかく顔を隠した。そうしなければフランソワーズの同情を買っただろう。しかし実際には、私のほうがフランソワーズに同情していたのだ。哀れな小間使いたちの気持になるのはむずかしいが、小間使いたちは、泣くのはその人に苦痛を与える行為だと思うのか、いや、私が小さいころフランソワーズは「そんなに泣かないでください、そんなにお泣きになるのは見ていられません」と言っていたので、もしかすると泣くのはむしろ小間使い自身に苦痛を与えるのか、いずれにしてもわれわれが泣くのをどうしても見ていられないらしい。われわれは大げさなもの言いやくどい釈明を嫌うが、それは間違いで、そのせいで田舎特有の哀切の情に心を閉ざしてしまう。たとえば濡れ衣《ぎぬ》かもしれぬ盗みのかどでお払い箱になった哀れな女中が、真っ青になり、咎められただけで重大犯になると思うのか突然ますます平身低頭し、父親がいかに正直で、母親がいかに堅気で、祖母からいかに立派な忠告を受けたかと、くどくど言いたてる大仰な話に、心を閉ざしてしまうのだ。もちろん、こちらの涙に耐えられない同じ召使いが、下の階の小間使いが風通しのいいのを好むのでわが家がその風通しを遮断するのは失敬だと考え、臆面もなくこちらを肺炎にしてしまうこともある。フランソワーズと同じく自分は正しいと信じているこのような召使いたちも間違えることがあるから、「公正」などありえないのだ。女中たちのどんなに些細な楽しみでさえ、主人たちの拒絶や嘲笑を招いてしまう。主人にはつねにどうでもいいことなのだが、それがあまりにもばかげた感傷だったり不衛生なことだったりするからである。それゆえ女中たちはこう言うかもしれない、「冗談じゃないわ、あたしがお願いするのは一年でたったこれだけなのに、それが受け入れてもらえないなんて。」しかし主人たちも、ばかげたことでなければ、また女中にとって——あるいは主人にとって——危険なことでなければ、もっと多くのことを受け入れるだろう。哀れな小間使いが、震えながら、犯してもいない罪まで告白せんばかりに「どうしてもとおっしゃるなら今晩にも出てゆきます」と言うのを聞くと、たしかに主人もこれほどの謙虚さには逆らえまい。しかし主人たるものは、たとえ年老いた料理女が、その由緒正しい生涯と先祖のことを鼻にかけ、箒《ほうき》をまるで王杖《おうじょう》のように握りしめ、おのが役目を悲惨なものに仕立てあげ、それをときどき涙で中断しては厳かに胸を張るのを前にしても、たとえ母親の遺産や誇らしい「農地」のことをもったいぶって脅すように言いつのるくだらなさに我慢できなくても、やはりそれに心を動かされなければならないと心得るべきであろう。この日、私はそのような情景を想い出して、というよりは想像して、それをわが家の老女中にあてはめた。それからはフランソワーズがどれほどアルベルチーヌに意地悪をしようと、私はこの老女中を愛するようになった。もちろん間歇的な愛情ではあるが、なによりも揺るぎない愛情、つまり憐憫に根ざした愛情が芽生えたのである。

　もちろんその日は一日じゅう祖母の写真を前にして苦しんだ。その写真が私を責めさいなんだのである。とはいえその夜の支配人の訪問は、さらに私を責めさいなむことになった。私が祖母のことを話して支配人からあらためてお悔やみのことばをかけられたとき、支配人がこう言うのを聞いたのだ(うまく発音できない語を使うのはこの男の好みである)。「そういえばお客さまのお祖母さまがあのしいしんをなさったときのことですが、私はお客さまにお知らせしようと思ったんです、なにせ、ほかのお客さまの手前、当ホテルには迷惑になりかねませんので。その夜のうちにお発ちになるのがよろしかろうと考えたのですが、ご本人がなにも言わないでほしい、二度とし

そんなことってありえるでしょうか？　ぼくがいくらキスしても、もう二度と微笑んでくれないの？」「仕方がない、死んだ人は死んだ人なんだ。」

それから数日後、私はサン＝ルーの撮ってくれた写真をなんとか穏やかな気持で眺められるようになった。その写真がフランソワーズから言われたことを想起させなくなったのは、その想い出が私にとり憑いて離れず、私がそれに慣れてきたからである。だがそれとともに、あの日の祖母のきわめて重篤な苦痛にみちた容体を想いうかべると、それに比べて写真のほうは、祖母のめぐらした狡知の恩恵をいまだに受けつづけ、その狡知が私に暴露されたあともなお私をだましつづけ、帽子のかげに顔をそっと隠した祖母をじつにエレガントな屈託のないすがたで示してくれるので、祖母は私が想像したほどには不幸ではなく、思ったより元気そうに見えたからでもある。とはいえその頰は、すでに選別されて屠《ほふ》られる番だと感じている家畜のまなざしにも似て、本人も知らぬまになにやら鉛色をおびて取り乱した独特の表情を浮かべていたからか、祖母は、まるで死刑を言い渡された人のような、意図せぬうちに陰鬱な顔になり、意識せぬうちに悲愴な顔になり、私はそれに気づかなかったけれど、そのせいでお母さんはその写真をけっして正視できなかった。その写真が、自分の母親の写真というよりも、母親の病気の写真、その病気が乱暴にも祖母の顔に食らわせた侮辱の写真のように思えたからである。

やがてある日、私はアルベルチーヌに人を遣わし、近いうちに会いに来てほしいと伝えてもらう決心をした。この季節にしては早い猛暑が訪れたある朝、遊んでいる子供たちや笑いさざめく海水浴客たちや新聞売りなどのおびただしい声が、はぜて飛ぶ火の粉のような燃える筆致で、灼熱の浜辺を私の脳裏に描きだしてくれ、さざ波がひとつまたひとつと寄せてはその浜辺をひんやり濡らすさまが目に浮かんだからである。そのときはもう、波の音にまじって交響楽団の演奏が始まっていて、波の音のあいだで多数のヴァイオリンがまるで海の上にさまよい出たミツバチの群れのようにうち震えていた。たちまち私はふたたびアルベルチーヌの笑い声を聞きたい、ふたたびその友人の娘たちにも会いたいという欲求に駆られた。大海原を背景に浮かびあがるその娘たちは、バルベックとは切り離しえない魅力として、バルベック特有の植物相《フローラ》として私の想い出のなかに残っていたのだ。それで私は、つぎの週に会えるよう、フランソワーズにアルベルチーヌ宛ての手紙を届けさせることに決めたのである。そのとき、ゆっくりと盛りあがる海は、大波が砕けるたびにクリスタルのような透明な水を流してメロディーを完全に覆ってしまうが、そのメロディーを形づくるフレーズは、イタリアの大聖堂の棟のうえで、青い斑岩《ポーフィリー》と泡のような碧玉《ジャスパー》でできた棟飾りのあいだに立ってリュートを奏でる天使たちのように、たがいに間隔を置いてあらわれた。ところがアルベルチーヌがやって来た日、天気はふたたび崩れて肌寒くなっていて、おまけにアルベルチーヌの笑い声を聞く機会も得られなかった。本人がひどく不機嫌だったからである。「今年のバルベックはつまんないわ」とアルベルチーヌは私に言った、「あまり長居はしないつもりよ。ほら、あたし、復活祭のときから来てるでしょう、もうひと月以上になるのよ。だれもいないし、こんなのが楽しいって思える？」雨が降ったばかりで、空模様も刻一刻と変わっていたけれど、ボンタン夫人の別荘のあるエプルヴィルという小さな浜辺と、かつて「下宿させてもらっていた」ロズモンドの両親宅のあるアンカルヴィルとのあいだを、本人の表現では「往復」していたというアルベルチーヌをエプルヴィルまで送っていったあと、ひとりになった私は、祖母といっしょにヴィルパリジ夫人の馬車で散策に出かけたときに馬車が通った街道のほうへ歩いてゆくことにした。陽は射していたが、あちこちにできた水たまりはいまだ乾いておらず、あたりの地面はまるで沼地のようになっていて、私は、かつて祖母がちょっと歩いただけで泥だらけになったことを想いうかべた。ところが街道に出たとたん、目もくらむ光景があらわれた。かつて祖母とともにやって来た八月には、ただ

（424）図21参照。

図 21　大聖堂の棟のうえの天使たち
（ヴェネツィア，サン・マルコ大聖堂）

小説本文の「大聖堂の棟のうえ」の「棟飾りのあいだ」に「間隔を置いて」立つ「天使たち」は，サン・マルコ大聖堂の正面中央扉口上に立つ6体の天使（上図）を想わせる（大聖堂の全体像は本訳① 358–59 頁掲載のベッリーニ『サン＝マルコ広場における十字架聖遺物の行列』に描かれている）．ヴェネツィアの守護聖人である福音書作者マルコが最上部に立ち，下にはその象徴であるライオンが控える．プルーストが 1900 年のヴェネツィア滞在に携行して愛読したラスキン『ヴェネツィアの石』第 4 章「サン・マルコ大聖堂」には，小説本文の描写と似て，これら天使たちの周囲の彫刻の石を「碧玉（ジャスパー）と斑岩（ポーフィリー）」とするとともに，これら「棟飾り」を「波の飛沫」にたとえる記述がある．上図は，プルーストが愛読した「著名芸術都市」シリーズの『ヴェネツィア』（1902）から転載．

葉叢《はむら》しか見えず、そこにリンゴの木々があるとわかるだけだったのに、いまやその木々は、未曾有の豪華絢爛たる一面の花盛りであった。その木々は、足を泥のなかに浸けたまま舞踏会の衣装に身をつつみ、類を見ないみごとなバラ色のサテンを陽光にきらめかせ、それを汚すまいとする気遣いなどさらさらない。遠くに見える海は、リンゴの木々からすると、まるで日本の浮世絵に描かれた遠景であろう。私が顔をあげて、花のあいだに、からりと晴れて鮮烈なまでに青い空を眺めようとすると、花のほうは隙間をあけてこの楽園の奥深さを見せてくれるように思われる。そんな紺碧の空のもと、いまだに冷たいそよ風が、ほんのり赤く染まる花束をかすかに揺らしている。おびただしい数の青いシジュウカラが飛んできて枝にとまり、花のあいだを跳びまわるのを花が寛大に許しているのを目の当たりにすると、この生きた美も、まるで異国趣味と色彩の愛好家によって人為的につくり出されたかに見える。しかしこの美しさが涙をさそうほどに心を打つのは、その洗練された芸術の効果をいかに極めようと、やはりこの美が自然のものと感じられ、このリンゴの木々が農夫たちと同じようにフランスの街道沿いの野原のただなかに立っていると実感されるからである。やがて太陽の光線にかわって不意に雨脚があらわれ、あたり一面に筋目をつけ、その灰色の網のなかに列をなすリンゴの木々を閉じこめた。しかしその木々は、降りそそぐ驟雨《しゅうう》のなか、凍てつくほど冷たくなった風に打たれながら、花盛りのバラ色の美しさをなおも掲げつづけていた。春の一日のことである。

第二章

アルベルチーヌの隠しごと、——アルベルチーヌが鏡のなかに眺める娘たち、——見知らぬ婦人、(425)——エレベーターボーイ、——カンブルメール夫人、——ニッシム・ベルナール氏の快楽、——モレルの奇妙な性格の最初の素描、——シャルリュス氏、ヴェルデュラン家にて晩餐。

このようにひとりで散歩するのが楽しくて、心のなかで祖母の想い出が薄れるのではないかと心配した私は、祖母がいだいた大きな精神的苦痛を思いやって、祖母の想い出をよみがえらせようとした。すると祖母の苦痛は、私の呼びかけに応えてわが身をうち立てようと、私の心のなかに巨大な柱を何本もそびえ立たせた。しかし私の心

(425)　本レジュメは、物語の順序を忠実に反映していない。たとえば「見知らぬ婦人」(小鉄道の車両で「ルヴュ・デ・ドゥー・モンド」を読む婦人で、次巻の最初に登場)は、「ニッシム・ベルナール氏の快楽」(本巻の五三八頁以降)のあとに配置すべきであろう。

はその苦痛には小さすぎるうえ、私にはそんな大きな苦痛を収容するだけの力がなかったのであろう、私の注意力はその苦痛が元どおりに再建されかけた瞬間に弛緩して、まるで盛りあがった波のドームが完成する前に崩れてしまうように、苦痛のアーチも相互につながる前に瓦解してしまった。

そうこうするうち寝ているあいだに見る夢から判断しただけでも、祖母の死をいたむ私の悲嘆がしだいに薄れてゆくのが確かめられたはずである。というのも夢にあらわれた祖母は、結局は無に帰したのだという私の考えに以前ほど押し潰されていなかったからだ。祖母はあいかわらず病身に見えはしたが、快復しつつあり、以前よりも元気になったかと思われた。そして祖母が非常に苦しかったことをほのめかそうとすると、私は何度も接吻して祖母の口を閉ざしてしまい、いまや全快して永久に大丈夫なのだと安心させた。私としては、懐疑的な人たちにも、死とは快復する病気にほかならないと納得してもらいたかったのである。ただし祖母は、昔のように自分からとっさに多彩なことばを口にすることはもはやなかった。祖母の口から出てくるのは、私のことばにたいする弱々しく従順な答えで、いわば単なるこだまにすぎない。もはや祖母は私自身の思考の反映でしかなかったのである。

まだ肉体的欲望をふたたび感じるには至らなかったが、それでも私はあらためて幸福を願う気持をアルベルチーヌから鼓舞されるようになった。われわれの心中にはつねに愛情を分かち合いたいという夢が浮遊していて、ある種の親近性によって、えてしてその夢は快楽をともにした女性の想い出に(その想い出がすでに多少とも茫漠としたものになっていれば)結びつくものである。そのような感情によって想い出されたアルベルチーヌの顔は、私の肉体的欲望をそそる風貌とはかなり異なる、もっと穏やかで、さほど陽気とはいえぬ風貌であった。おまけにこの感情は、肉体的欲望ほど性急なものではなかったから、私としてはアルベルチーヌがバルベックを発つ前に会っておくまでもなく、その感情の充足をその年の冬まで延ばしてもなんら痛痒《つうよう》を感じなかったであろう。ところが、いまだに心をひき裂かれる悲嘆がつづくさなかにも、肉体的欲望はよみがえるものだ。毎日ゆっくり長いあいだ休むように命じられてベッドに寝ていても、私はアルベルチーヌがやって来て、また以前の戯れを始めてくれることを願うようになった。子供を亡くしたその同じ部屋で、やがて夫婦がふたたび睦みあい、亡き幼子《おさなご》の弟をもうける例は、よく見られることではないか。私はそんな欲望をまぎらすべく窓辺にゆき、その日の海を眺めた。最初の年と同様、その日その日の海が同じであったことはめったにない。とはいえ目の前の海は、そもそも最初の年に見た海とは似ても似つかぬものであった。その原因は、前回とは異なり、季節はいまだ春でそれにともなう雷雨が多かったからか、あるいはたとえ最初の滞在時と同じ季節に来ていたとしても、かつて灼熱の日々に、怠惰でひ弱な靄《もや》のかかる海が、けだるく鼓動する青味をおびた胸をかすかに持ちあげながら浜辺で眠りこむのを目の当りにしたのとは違って、まるで異なる不安定な天候がこの海岸に寄りつかぬよう忠告したからか、あるいはなによりも、かつて意図的に遠ざけていたさまざまな要素に留意するようエルスチールから教えられた私の目が、最初の年には見るすべも知らずにいたものを長々とうち眺めることができたからかもしれない。以前の私は、ヴィルパリジ夫人とともにした野原の散策と、そばで流動しているのに近づきえない神話世界の永遠なる「大洋《オケアノス》」(426)との対比に目を奪われたが、いまや私にはそんな対比など存在しなかった。それどころか今の私には、日によっては海がほとんど田舎の光景そのものに見えるのだった。めったにない快晴の日には、灼熱のせいで、大海原のうえに野原を突っきるように一本の白く埃っぽい街道がつくられ、その背後には、漁船の細長い舳先《へさき》がまるで村の鐘塔のようにとび出している。煙突しか見えぬ曳《ひ》き船がはるかかなたで煙を吐いているのは、まるで人里離れて建つ工場に見える一方、水平線上にぽつんと白いものが四角に膨らんでいるのはたしかに帆の描く形ではあるが、にもかかわらず中味のつまった石灰岩のように見えて、一軒だけ離れて建つ病院や学校の一角が陽光に照らし出されたかと想わせる。そして太陽のほかに雲や風も出ている日には、その雲や風が、判断の誤りに輪をかけるとまでは言わないにしても、少なくとも最初にちらっと見たときの錯覚、つまりその一瞥によって想像力が思い描いたものを完成させてしまう。というのも、色彩の違いの際立つ空間が交互にあらわれると、まるで異なる作物の畑がとなり合う野原のように見え、海面が逆立ち、でこぼこして、まるで泥のように黄色くなると、堤防や土手の背後に隠れて見えない小舟のうえで身軽に動きまわる水夫たちが刈り入れをする農夫に見え、これらすべての重なる荒れ模様の日々には、大海原がなにやら多彩で、堅固な、起伏に富んだ、多くの人の住まう土地になり、私がかつて散策に出かけ今後もやがて散歩のできそうな、馬車の通行できる文明の開化した土地になってしまう。そんなあるとき、私は欲望を抑えきれず、着替えをして、アンカルヴィルまでアルベルチーヌを迎えに行った。ドゥーヴィルまで同行してもらい、私がフェテルヌにカンブルメール夫人を訪ね、ラ・ラスプリエールにヴェルデュラン夫人を訪ねているあいだ浜辺で待ってもらい、夜はふたりで帰ることにしよう、と考えたのだ。こうして私は小さなローカル鉄道に乗ったが、アルベルチーヌとその友人の娘たちからこの鉄道の地域における通称をすべて聞いていた。数え

(426)　ギリシャ神話では、円盤状の世界の周囲を大洋《オケアノス》が巡り、そこから川が地上に現れるとされた。

きれぬほどくねくね曲がるので「トルティヤール」と呼ばれ、なかなか進まないので「おんぼろ汽車《タコ》」と呼ばれ[427]、通行人たちをわきへ避《よ》けさせるための恐ろしい汽笛を備えているからというので「大西洋横断船《トランザトランティック》」[428]と呼ばれ、厳密にいえばドゥコーヴィルではないが軌道幅が六十センチしかないので「ドゥコーヴィル」[429]と呼ばれ、けっしてケーブルカー《フュニキュレール》ではないが断崖をよじ登るので「フュニ」と呼ばれ、バルベックからアンジェルヴィルを経由してグラットヴァストまで行くので「B・A・G」と呼ばれ、南ノルマンディー路面鉄道線《トラムウェー・デュ・シュッド・ド・ラ・ノルマンディー》の一部なので「路面《トラム》」とか「T・S・N」とか呼ばれていた。私は車両に乗りこんで腰をおろしたが、乗客は私ひとりだった。太陽がかんかん照りつけて息が詰まりそうで、青い日除けを下ろすと、ひと筋の日の光が射しこむだけになった。ところがたちまち私には祖母のすがたが見えた。私たちふたりがパリからバルベックへ向けて出発したとき、座っていた祖母が、ビールを飲む私を見るのが辛くて見ないことに決め、目を閉じて寝ているふりをしていたすがたである。昔は祖父がコニャックを飲むときに祖母が感じる苦しみに耐えられなかった私なのに、あのときは同様の苦しみを祖母に強いたのだ。祖母が私の健康を損なうと信じている飲みものを他人から勧められて飲む私のすがたを見るだけの苦しみではなく、私がそれを好きなだけがぶ飲みするのを黙認する苦しみを祖母に強いたのである。おまけに怒りだした私が息詰まりの発作をおこしたせいで、祖母はやむなく私が飲むのを手助けし、勧めざるをえなくなったわけで、私の記憶には、そうしてあきらめきった祖母の顔の、見まいとして目を閉じ、黙して語らぬ絶望のイメージが残っていた。その想い出は、まるで魔法の杖のひと振りのように、しばらく前から失いかけていた心をふたたび私にとり戻してくれた。私の唇全体が、死んだ祖母に接吻したいという必死の欲望に駆られているとき、いったいロズモンド(430)をどうできるというのか？　祖母の耐え忍んだ苦しみがたえずよみがえって私の心臓がきわめて激しく動悸を打っているときに、いったいカンブルメール夫妻やヴェルデュラン夫妻になにを話せるというのか？　私は車両のなかにとどまっていられなくなった。汽車がメーヌヴィル＝ラ＝タンチュリエールに着いたとたん、私は当初の計画をあきらめて降りてしまった。メーヌヴィルは、しばらく前から著しく重要な町となって特殊な評判を呼んでいた。多くのカジノを経営する歓楽の商人が、その近くに、豪華ホテルの贅沢と張り合えるほどに贅沢

(427)　「トルティヤール」「おんぼろ汽車《タコ》」の呼称は初回滞在時にも登場（本訳④五〇二―〇三頁参照）。
(428)　タイタニック号（一九一二沈没）で有名な大西洋横断船《トランザトランティック》は十九世紀末から二十世紀前半に隆盛をみた。
(429)　ポール・ドゥコーヴィル（一八四六―一九二三）設計の狭軌鉄道。本訳④六七六―七七頁の解説と図5参照。
(430)　アルベルチーヌのはず。ＮＲＦ版以来の校正ミスと思われる。

ではあるが悪趣味なある施設をつくらせたからで、この施設についてはあとで触れるが、ありていに言えばフランスの海岸にはじめて建てられたシックな紳士向きの娼家である。それはほかに類例のないものだった。どんな港町にもたしかに娼家はあるが、ただしそれは船乗りと好事家《こうずか》たちを相手にしたもので、そんな好事家は、非常に古い教会のすぐそばで、その教会と同じほど、古株に見え、敬うべき、コケの生えた女将《おかみ》がいかがわしい戸口の前にたたずみ、漁船の帰りを待っているのを見て喜ぶのである。

　多くの家庭から市長宛てに送られた抗議文も功を奏さずそこにこれ見よがしに建ったけばけばしい「快楽」の館を避けた私は、断崖まで行き、その曲がりくねった小径をたどってバルベックへと向かった。その小径ではサンザシの花の呼びかけが聞こえてきたが、私はそれに応えなかった[431]。近隣のリンゴの花ほどに裕福ではないサンザシの花は、シードル[432]を量産する業者の娘たちの淡いバラ色の花びらを備えた顔色のみずみずしさを認めはしたが、その装いを重苦しいものとみなしていた。サンザシの花は、自分の装いはそれほど豪華ではないが、しかし自分のほうがはるかに人気の的であり、気に入ってもらうにはしわくちゃの白いものを身につけるだけで充分だと心得ていたのである。

　ホテルに帰ってきた私は、フロントマンから一通の死亡通知を渡された。通知の差出人としてそこに名を連ねていたのは、ゴヌヴィル侯爵夫妻、アンフルヴィル子爵夫妻、ベルヌヴィル伯爵夫妻、グランクール侯爵夫妻、アムノンクール伯爵、メーヌヴィル伯爵夫人、フランクト伯爵夫妻、エグルヴィル家出身のシャヴェルニー伯爵夫人であった。この通知がなぜ私に送られてきたのかがようやく納得できたのは、デュ・メニル・ラ・ギシャール家出身カンブルメール侯爵夫人と、カンブルメール侯爵夫妻の名を認めたときであり、また亡くなったのは、カンブルメール夫妻の従姉妹《いとこ》にあたるエレオノール＝ユーフラジー＝アンベルチーヌ・ド・カンブルメールという名のクリクト伯爵夫人だと知ったときである。行間と字間を詰めた小さな字でこの地方の一族の名がすべて列挙されているのを見渡すと、ブルジョワの名はひとつもなく、とはいえよく知られた貴族の称号もひとつとして見当たらず、この地方貴族の一族郎党が、ヴィルやクールのような陽気な語尾や、ときにはもっと響きのにぶい（トの）(433)語尾をもつ自分たちの名——この地方のあらゆる興味ぶかい場所の名にほかならない——を誇示しているだけであった。これらの名は、その地の城館の屋根瓦や教会の粗塗りの壁

(431) 最初の滞在時のサンザシとの対話は、本訳④五九五—九六頁参照。
(432) リンゴの果汁を発酵させてつくる発泡酒。ノルマンディー地方の名産。
(433) それぞれ ville, court, tot. これらの語尾とそれを含む地名の語源は、次巻で話題になる。

を身にまとい、本館や丸屋根から不安定な頭をそっとのぞかせ、さらにそのうえに木組み《コロンバージュ》の円錐形屋根やノルマンディー地方特有の頂塔《ランテルノン》(434)をのせていて、五十里四方に並んだり散らばったりする美しい村をひとりの落伍者もひとりのよそ者もなくすべて招集し、それを密集隊形に配置したうえで、黒枠つきの貴族の書状というチェッカーボードのごとき小さな長方形のなかに収めた観があった。

母はすでに自分の部屋にあがって、セヴィニエ夫人のこんな文言を想いめぐらしていた。「私の気をまぎらせようとする人にはどなたもお会いしていません。そんな人たちは、遠回しなことばで、私にあなたのことを考えさせまいとするからで、それが私の気にさわるのです(435)。」母は、裁判所長から気晴らしをすべきだと言われたのである。その裁判所長は、私には「あれはパルム大公妃ですよ」とささやいた。この司法官の指し示した婦人がくだんの妃殿下とはなんの関係もない人だとわかって、私の心配は消え失せた。ところがパルム大公妃は、リュクサンブール夫人のところからの帰りに一泊するためホテルに部屋をとらせたらしく、そのうわさのせいで、多くの人は新たに到着する婦人をだれでもパルム大公妃だと想いこむ結果となり、そして私はといえば自分の屋根裏部屋へあがってそこに閉じこもる結果となった。

そんなところに私はひとりでいたくなかった。まだようやく四時という時刻である。

私はフランソワーズにアルベルチーヌを迎えに行かせ、午後の終わりをいっしょにすごそうとした。

アルベルチーヌがこのあと絶えず私にかき立てる辛い不信の念が、ましてこの不信の念の帯びる特殊な性格が、とりわけそのゴモラ的性格がすでに始まっていたと言ったら、それは嘘になると思う。たしかに早くもこの日から――とはいえその日が最初ではなかった――相手を待つ気持に一抹の不安がともなった。フランソワーズが迎えに出たきり長いことなんの音沙汰もなかったので、私は絶望しはじめた。ランプを灯してはいなかったが、日はほとんど暮れていた。カジノの旗が風にぱたぱた鳴っている。それより一段とかぼそい音で、はっきりしない不安な時間のどっちつかずのいらだたしい状態を音に出して募らせるかのように、潮の満ちる砂浜の静寂のなか、ホテルの前にとまった小さな手回しオルガンがウィンナー・ワルツを奏でている。ようや

（434）「木組み《コロンバージュ》」は木の骨組みを露出させるノルマンディー地方の典型的建築工法。「頂塔《ランテルノン》」は教会などの丸屋根の上にのる明かりとりの塔。図22はバイユー（地図①参照）大聖堂の「頂塔《ランテルノン》」。ローランス刊「著名芸術都市」シリーズの一冊『カーンとバイユー』（一九一二）から転載。

（435）一六七一年二月十一日の娘グリニャン夫人宛ての手紙。

図22

くフランソワーズは戻ってきたが、ひとりだった。「できるだけ急いだんですが、あの人、来ようとしなかったんです、髪がくしゃくしゃだからといって。一時間もめかしこんだりしなければ、五分もかからなかったんですけど。あのぶんじゃ、ここは香水店みたいになりますよ。来るそうですが、もうちょっと鏡の前で身なりを直したいんだそうです。もう来てると思ってたんですがねえ。」それからずいぶん経って、ようやくアルベルチーヌがやって来た。しかし今度のアルベルチーヌは陽気でやさしかったので、私の悲しみは吹っ飛んだ。そして私に(以前に言っていたこととは違って)シーズンいっぱいここに残るつもりだと告げ、最初の年と同じように毎日会えないかしら、と訊ねた。私は、いまはとても悲しい気分だから、パリでしていたようにときどき間際に使いの者を迎えにやらせるほうが好都合だ、と答えた。「万一つらい気持になったり、気が向いたりしたら、遠慮なく」とアルベルチーヌは言った、「あたしを迎えに寄こしてちょうだい、大急ぎで来るわ。それにホテルでスキャンダルになる心配がなければ、あなたの好きなだけいつまでもいてあげるわよ。」アルベルチーヌを連れてきたフランソワーズは、私のために力を尽くして私を喜ばせることができたときのご多分に漏れず、嬉しそうな顔をしていた。しかしその歓びのなかでアルベルチーヌ自身はなんの重要性も持たないようで、早くも翌日、フランソワーズはこんな意味深長なことを言った、「旦那さまはあのお嬢さんにお会いになってはいけません。あれがどんな性格の人だか私にはよくわかるんです、あれは旦那さまをきっと辛い目にあわせますよ。」アルベルチーヌを送ってゆくとき、照明のついたダイニングルームにいるパルム大公妃を見かけた。私は、自分のすがたを見られないように注意しつつ、大公妃のすがたをちらと目にとめたにすぎない。しかし正直いって私は、ゲルマント邸では王族の礼儀正しさに苦笑しただけであったが、こんどはある種の偉大さを見出した。君主たる者はどこへ出かけても自邸にいるように振る舞うのが原則とされるが、儀礼はそれを価値のない死んだ慣例にしてしまう。たとえば一家の長たる者は自宅でも帽子を手にし、それでもって単なる自宅ではなく君主の宮殿にいる気概を示すといったたぐいの慣例がそれである(436)。ところがパルム大公妃は、このような考えかたを明確に意識してはいなかったかもしれないが、それを自家薬籠中のものにしていて、その場の状況に応じてとっさに出てくる大公妃の行為はすべてこの考えかたの発露であった。大公妃は食卓を離れるときエメに多額のチップを与えたが、それはエメが自分だけのために働いてくれたとでも言いたげな、城館をあとにするにあたって自分の世話をやいてくれた給仕頭に褒美をとらせるかのごとき振る舞いだった。おまけ

(436)　ヴィルパリジ夫人が語った「王さまがお見えのとき」の作法を参照(本訳⑥四一―四二頁)。

に大公妃は、チップを与えるだけでは満足せず、愛想のいい笑みとともに、エメに二言《ふたこと》、三言《みこと》、やさしいお褒めのことばをかけた。大公妃は、母親から教えこまれた愛想のいいことばで、ホテルがゆき届いていればそれだけノルマンディー地方が栄えるとか、世界中のどんな国よりも自分はフランスが好きだとか、すんでのところでそんなことまでエメに言いかねなかった。大公妃の手からもう一枚の硬貨がすべり落ちた先はソムリエで、大公妃はソムリエをわざわざ呼び寄せ、閲兵を終えたばかりの将軍よろしく満足の意を伝えようとしたのだ。そのときリフトが大公妃から頼まれていた用件の返事を伝えに来て、これまたおことばと笑みとチップの栄に浴した。こうしたすべてに相手を励ます謙虚なことばが添えられていたのは、大公妃がいまや相手となんら変わらぬ人間であることを示すためであった。エメも、ソムリエも、リフトも、ほかの者たちも、自分たちに微笑んでくれた人には満面の笑みで応えなくては失礼になると思ってそうしたので、大公妃はたちまち召使いの一団にとり囲まれ、たがいに親切きわまりないことばを交わし合うことになった。こうした振る舞いは豪華ホテルでは異例のことで、その場を通りかかった人たちは、それが大公妃とはつゆ知らず、バルベックの常連客のひとりが、凡庸な出自のせいか、職業上の利害がからむせいか（もしかするとシャンパン取次業者の細君かもしれない）、正真正銘のシックなお客とは違って、召使いたちとさして変わらぬ振る舞いをしているのだと信じこんだ。私はといえば、パルムの宮殿を想いうかべ、この大公妃に授けられたなかば宗教的でなかば政治的な教訓(437)に想いを馳せた。大公妃は、庶民にたいして、いつか統治する日のために庶民の支持を獲得できるように振る舞っていたのである。いや、それどころか、すでに統治しているつもりだったのである。

私は部屋にあがったが、そこにひとりでいたわけではない。だれかがシューマンの曲をまろやかに弾くのが聞こえてきたからだ。たしかにわれわれの発散する悲しみやいらだちは、そばにいる者を、われわれがいちばん愛している人をもうんざりさせることがある。しかしどんな人間にもとうてい及ばぬほどに感情を募らせるものがあって、ピアノこそがそれである。

アルベルチーヌは、友人の娘たちのところへ出かけて数日留守にするときは、その日取りを私にメモさせたし、そんな日の夜に私が会いたくなる場合に備えてその友人たちの住所も控えさせていた。遠くに住んでいる娘はひとりもいなかったからである。かくしてアルベルチーヌを見つけようとすると、本人のまわりに娘から娘へとごく自然に絆となる花の輪ができていた。正直にいえば、そんな女友だちの多くは――私は

(437)　母親直伝の「福音書的スノビスムともいうべき高慢なまでに謙虚な教訓」(本訳⑦一九〇頁)。

まだアルベルチーヌを愛していなかった――あちこちの浜辺で私にひとときの快楽を与えてくれた。そんな好意あふれる若い女友だちの数は、それほど多いとは思えなかった。ところがごく最近ふと思い返してみると、その娘たちの名前が想い出された。数えてみると、この年のシーズンだけで十二人の娘が、私に一時的な愛のあかしを授けてくれたことになる。その後もうひとりの名前を想い出して、合計十三人になった。そのとき私は、この十三という数字にとどまることに子供じみた不吉な怖れを感じた。なんということか、私は最初のひとりを忘れていたことに気づいた。もはやこの世にはいないアルベルチーヌで、(438)それで十四人になったのである。

話を元に戻すと、私はアルベルチーヌがアンカルヴィルを留守にして出かけた先の娘たちの名前と住所をすべて控えていたが、しかしそんな日、私はむしろヴェルデュラン夫人を訪ねようと考えた。そもそもさまざまな女へと向かうわれわれの欲望は、つねに同じ力強さを備えているわけではない。その女なしにはすごせず悶々とする夜があっても、その後ひと月もふた月もその女に欲情を覚えないこともある。ここで詳しく考察する余裕のないこのような欲望の交替が原因となるほか、肉体の交わりでひどく疲れて一時的に老衰しているときに女のイメージにとり憑かれても、そんな女には額に接吻するくらいの気にしかなれない。アルベルチーヌには、ずいぶん間をおいて、たまにどうしても会わずにはいられない夜にだけ会っていた。そんな欲情に駆られたとき、アルベルチーヌがバルベックからかなり離れたところにいてフランソワーズが迎えに行けない場合、私はリフトにすこし早めに仕事を切りあげるように頼んで、エプルヴィルとか、ラ・ソーニュとか、サン＝フリシューとかまで迎えに行ってもらった。リフトは、私の部屋にはいって来ても、ドアを開けたままにする。というのも自分の「役目《ブーロ》」(439)は良心的にやってはいるが、それは朝の五時から多くの掃除をこなすという非常に過酷なもので、いちいちドアを閉める努力までする気になれないのか、ドアが開いていると指摘されると、あと戻りして最大限の力を傾けて軽くドアを押すのだ。この男の特徴をなすのは民主的な誇りであるが、自由業でもいささか従事者の多い弁護士や医者や文筆家などの職業に就いている人は、とうていこの男の誇りの域には到達できまい。この人たちは、べつの弁護士や医者や文筆家のことをただ「同業者」と呼ぶだけであるのにたいして、リフトは当然のことながら、たとえばアカデミ

(438)　現在の「私」にとって、アルベルチーヌが死んでいることを示す。

(439)　原語 boulot.「仕事」travail のくだけた表現。当時の新語義(『トレゾール仏語辞典』によると発音の同じ bouleau の形で一八八一年に初出、『プチ・ラルース・イリュストレ』〔一九一二〕では見出しがなく、『二十世紀ラルース辞典』〔一九二八〕では俗語として記載)。括弧はリフトの発言であることを示す。

ーのような限られた構成員にのみ当てはまる用語を使って、一日おきにリフト役をつとめるドアマンを指してこう言うのだ、「同僚に代わってもらえるか訊いてみます。」リフトはこれほど誇り高い男であるにもかかわらず、自分の報酬(440)と呼ぶものを改善する目的さえあれば、遠慮なく使い走りをして謝礼を受けとるので、フランソワーズはそれを忌み嫌っていた。「はじめて会うときは虫も殺さないような顔をしてるくせに、日によってはひどくつっけんどんになる男ですね。ああいう手合いはみな、小金《こがね》をせびるんですよ。」こうした手合いの範疇に、フランソワーズはあれほど頻繁にユーラリを入れていたが、遺憾なことに、いつの日かあらゆる災禍を招くはずの女だというので、すでにアルベルチーヌまでこの範疇に入れようとしていた。というのもフランソワーズは、あまり財産のない恋人のために、私がこまごました安手の装身具などをお母さんにせびっているのを頻繁に見かけて、それが許せなかったからであり、ボンタン夫人が女中をひとりしか雇わず、その女中にすべてを負担させていたからである。たちまちリフトは、私ならお仕着せと言うだろうが本人は制服と呼んでいるもの(441)を脱ぎ捨てると、麦わら帽をかぶり、ステッキを手に、足どりもさわやかに胸を張ってあらわれた。というのも母親から、「工員」や「ドアマン」のような身なりを絶対にするなと言われていたからである。仕事を終えてもはや工員でなくなった工員が、書物のおかげで学問に近づくことができるように、カノティエ[442]と一双の手袋のおかげでエレガンスに近づけるようになったリフトは、その夜はもうお客を上に運ぶのをやめ、手術着を脱いだ若い外科医や軍服を脱いだサン＝ルー軍曹のように、完璧な社交人士になったつもりである。そうはいってもリフトには野心がなかったわけでも、自分のカゴを巧みに操作してお客を階と階の中間に停めてしまわないだけの才覚がなかったわけでもない。しかしそのことば遣いは、間違いだらけだった。私がリフトを野心家だと思ったのは、上司にあたるフロントマン《コンシエルジュ》のことを、「私有の館」とドアマンが呼ぶものをパリに所有している人が自分の門衛のことを話すときと同じ口調で「うちのコンシエルジュ[443]」と言ったからである。エレベーターボーイのことば遣いとして不思議なのは、一日に何度となく客が「アサンスール」と言うのを聞いているはずなのに、自分では絶対に「アクサンスール[444]」としか言わないことだった。このエレベーターボ

(440) 原語 son traitement. 公務員の「俸給」の意。リフトは以前も「報酬」を使用(本訳④三四八頁)。
(441) 「お仕着せ」livrée.「制服」tunique. 前者は奉公人用、後者は詰め襟の制服。「民主的な」リフトは、前者を「今や廃れたぶしつけなことば」と嫌い、後者を使っていた(本訳④三四八頁)。
(442) ヨット遊びの人たちに愛用され十九世紀末に定着した麦わら帽。本訳④六八頁と注38、図7参照。
(443) 「コンシエルジュ」concierge は、ゲルマント家のような館(大邸宅)の「門衛」や豪華ホテルの「フロントマン」を指した。集合住宅の「管理人」も意味するが、現代ではふつう gardien という。

ーイには、こちらの神経をひどく逆なでするところがあった。それは私がなにを言っても、「もちろんです！」とか「そうでしょ！」といった合いの手を入れて話をさえぎることで、その合いの手は、私の指摘が当たり前でだれだってそう考えたにちがいないという意味にも、その点を私に注意したのは自分であるとして手柄にしたいのだとも受けとれる。この「もちろんです！」や「そうでしょ！」は、おそろしく勢いよく発声され、本人がけっして思いつかなかったはずの事柄にかんしても二分に一度は口をついて出てくるので、いらいらした私はすぐに反対のことを言いはじめ、相手がなにもわかっていないことを思い知らせてやろうとする。ところが相手はこうした私の第二の主張にも、それが最初の主張と相容れないことなどいっこうにお構いなく、これが不可避のことばだと言わんばかりに、やはり「もちろんです！」とか「そうでしょ！」とか答えるのだ。これと同様に私がとうてい許せなかったのは、この男が自分の仕事にかかわる専門用語のいくつかを、本来の意味で使えばなんら不都合はないのに、ひたすら比喩的な意味で使うことで、そのせいでひどく幼稚な洒落《しゃれ》を口にしたように聞こえた。たとえばペダルを踏むという動詞がその一例である。男はこの動詞を自転車で用足しに行ったときにはけっして使わない。そうではなく徒歩で、しかも時間に間に合うようひどく急いだときに、速く歩いたという意味でこう使うのだ、

「もちろんです、そりゃもう懸命にペダルを踏みましたからね！」　エレベーターボーイは、どちらかというと小柄で、身体のひ弱な、かなりの醜男《ぶおとこ》だった。にもかかわらず、背が高く、すらりとした、繊細な顔立ちの青年のことが話題になるたびに、こう言うのだ、「ああ！　それなら知っています、ちょうど私くらいの背格好の男でしょう。」　ある日、エレベーターボーイの返事を待っていた私が、階段をあがってくる足音を聞きつけて、待ちきれずに部屋のドアを開けたところ、それはエンデュミオン(445)のように美しい、信じられぬほど完璧な目鼻立ちのドアマンで、私の知らない婦人を訪ねてきたのだった。エレベーターボーイが戻ってきたとき、私はその返事をどれほど待ちきれずにいたかを説明して、やっと戻ってきたと思った相手はノルマンディー・ホテルのドアマンだったと話した。「ああ！　それならどの男かわかりますよ」とエレベーターボーイは答える、「ひとりしかいませんから、私と同じ背格好のボーイは。顔も私とそっくりなので、お互いよく間違えられるんです、まるで兄弟かと思うくらいでして。」　最後になるがこの男は、のっけからすべて呑み込んでいるという顔をしたがった。なにか頼もうとすると、すぐさま「はい、はい、はい、はい、よーく

(444)　エレベーターの仏語は「アサンスール」ascenseur で、「アクサンスール」accenseur は間違い。

(445)　ギリシャ神話の美貌の羊飼い。月の女神セレネの願いで不老不死を得て、永遠の眠りにつく。

わかっております」と、はっきり物わかりのいい口調で言うので、私もしばらくだまされた。しかし人間というものは、だんだん知るにつれて、腐食をひきおこす混合液に浸けられた金属のように、しだいにその長所(ときには短所)を失ってゆくものだ。私は用事を言いつける前に、エレベーターボーイがドアを開けたままにしていることに気づいた。私はそれを注意した。他人に聞かれるのではないかと心配したのである。相手は私の願いを聞き入れ、ドアの開きをやや狭くして戻ってきた。「これでご満足いただけるでしょう。でもこの階には、私たちふたりのほか、もうだれもいませんよ。」すぐさま私には、一人、ついで二人、ついで三人と、人の通る足音が聞こえた。これに私がいらだったのは、うっかり秘密が漏れる心配もさることながら、なによりもこの男がそれでもまったく動じることなく、廊下の行き来は当たり前と考えているのがわかったからである。「はい、あれは隣のお部屋の小間使いで、身のまわりのものを取りに行くのです。いえ、大したことじゃありません、ソムリエが鍵を持ってあがってきただけでして。いえ、いえ、なんでもありません、お話しくださって大丈夫です、同僚が勤務につくところですから。」この連中の通りかかる理由を聞いたからといって、立ち聞きされるのではないかという私の心配が減じるわけではないので、私は断乎たる命令をくだした。それでエレベーターボーイはドアまで戻りはしたが、

「バイク」(446)を欲しがっている男なのに自転車乗りの力には余るとでもいうのか、ドアを完全には閉めずに心持ち押すだけにした。「これでもう安心です。」安心とはよく言ったもので、すぐにアメリカ人の女性がはいってきて、部屋を間違えたと謝ってひきさがった。私はみずから力いっぱいドアをバタンと閉めてから(その音を聞いてべつのドアマンが、窓が開いていないかと確かめにきた)、「このお嬢さんを連れてきてくれたまえ」と言った、「よく憶えておくんだよ、アルベルチーヌ・シモネさんだ。もっとも、封筒にも書いてあるがね。私の使いだと言うだけでいいんだ。喜んでやって来るから」と最後の文言をつけ加えたのは、エレベーターボーイが私を見くださないための配慮である。「もちろんです!」「とんでもない、それどころか、喜んでやって来るのはちっとも当たり前じゃないんだ。ベルヌヴィルからここまで来るのはとても不便だからね。」「わかっています!」「きみといっしょに来るように言うんだよ。」「はい、はい、はい、はい、よーくわかっております」とはっきり利口そうに答えるが、その口調はかなり前から私に「好印象」を与えなくなっていた。その口調が、ほとんど機械的で、うわべの明快さの裏に多くのあいまいで愚かな考えを秘めているの

(446) 原語 moto. 当時の新語で『グラン・ラルース仏語辞典』は一九〇七年を初出とする。オートバイ motocyclette (同辞典では一九〇三年の初出)の略語で、少々くだけた言いかた。

を知っていたからだ。「何時ごろ戻って来られるだろう?」「そう長くかかぬません」とリフトは言い、ヌ ne とパ pas の余分な重複を避けるべしというベリーズの立てた規則を過度に適用して、いつも否定辞をひとつにとどめるのだ[447]。「問題なく行ってこられます。ちょうどこんの午後、二十人分の昼食のサロンがあったので、私の外出がとりやめになりましたから。そんの午後、私が外出する番だったんです。ですから今夜ちょっと外出しても当然なんです。私の二輪がお手元にありますから。これなら早くやれます。」そして一時間後、帰ってきてこう言う、「旦那さまにはお待たせしましたが、あのお嬢さんはお手前といっしょにいらっしゃいました。下におられます。」「いやあ! ありがとう、フロントマンが私に腹を立てたりはしないだろうか?」「ポールさんですか? あれは私がどこへ行ったかも知ぬません。ドアマン主任だってなにも言わないはずです。」ところが一度、私が「どうしてもあの人を連れてきてくれないと困るんだ」と言い渡してあったとき、エレベーターボーイはにやにやしてこう言った、「ご存じでしょうが見つからなかったんです。そこにはおられませんで。あんまりぐずぐず待っていらぬませんでした、ホテルから送られた同僚のようになるのではと心配でしたから。」(というのもリフトは、はじめて仕事に「はいる」entrer 場合には「帰る」rentrer を使って[448]「できれば郵便局に帰りたいのですが」と言う一方で、その埋め合わせなのか、あるいは自分の境遇が問題になるので言辞を和らげるためなのか、あるいは他人の境遇が問題になるのでさらに婉曲かつ陰険にほのめかそうとしたのか、ｒを省略して「同僚が送られた(449)ことは知ってるんです」と言った。）リフトがにやにやしたのは、意地悪からではなく、おどおどしていたからである。自分が過ちを犯しても、冗談めかして言えばその重大さを軽減できると信じていたらしい。それと同じで、リフトが「ご存じでしょうが見つからなかったんです」と言ったのは、ほんとうに私がすでにそのことを知っていると思っていたからではない。むしろその逆で、私がそれを知らないことをつゆ疑わず、なによりもそのことでおびえていたのだ。それゆえリフトは「ご存じでしょうが」と断っておいて、私に見つからなかったと知らせる文言を口にするときにわが身を貫くはずの苦悶を避けようとしたのである。過失の現場を押さえられてにやにやする相手に、けっして怒りをぶちまけてはいけな

(447)　モリエール『女学者』二幕六場で衒学者ベリーズが説明する文法規則。動詞を ne と pas で囲む否定文で、pas をつけないのは rien など他の否定辞があるとき。リフトは rien などがないのに「そう長くかかぬません」J'ai pas pour bien longtemps と pas だけの間違った否定文をつくる。

(448)　この間違いは最初のバルベック滞在時にすでに指摘されていた。「リフトにとって「帰る」rentrer というのは「入る」entrer という動詞の使い慣れた形だった」（本訳④三四七頁）。

(449)　原文 il a été envoyé. リフトが省略したｒを補って「追い出された」il a été renvoyé と言うべき。

い。相手は、あざ笑ってそうしているのではなく、こちらの機嫌を損なうのではないかとびくびくしているのだ。笑う者には、大いに同情し、心底からやさしくしてやろうではないか。リフトの心の動揺は、正真正銘の発作にも似て、卒中のように顔面を紅潮させたのみならず、ことば遣いまで変えて急になれなれしくした。ようやくリフトが私に説明したところでは、アルベルチーヌはエプルヴィルにはいなくて、九時にならないと帰ってこない、ときに、というのはたまたまという意味だが、もっと早く帰ってくるようなら、伝言してくれることになっているが、いずれにしても午前一時までにはこちらに来ているだろう、というのだ。

とはいえ私の心中に耐えがたい不信がはっきり形をとりはじめたのは、まだこの夜のことではなかった。端的にいえば、その不信はコタールのある指摘から生じたもので、問題のできごとが起こったのはそれから数週間後のことである。その日、アルベルチーヌとその友人の娘たちは、私をアンカルヴィルのカジノに連れて行きたいと言っていた。ところが本来(私は何度も招待してくれていたヴェルデュラン夫人を訪ねようとしていたので)そんなところで娘たちと鉢合わせをするはずはなかったのに、折悪しく路面《トラム》が故障して私はアンカルヴィルに足止めされ、復旧にかなりの時間を要することになった。修理が終わるのを待ちながらあたりを行きつ戻りつしていた私は、ばったりドクター・コタールと出くわした。アンカルヴィルに往診に来ていたのだ。相手はこちらから出した何通もの手紙にいっさい返事をくれなかったので、私は挨拶するのをためらった。しかし愛想のよさはどの人間にも一様に顕在化するわけではない。コタールは、社交人士たちのように規則ずくめの硬直した礼儀作法を守るようにはしつけられていなかったので、善意あふれる人間であるにもかかわらず、その善意がおもてに出る機会が到来するまではその善意に気づいてもらえず、善意のない男だと決めつけられていたのだ。コタールは非礼を詫びた。お便りはちゃんと受けとっていいます、あなたがいらしていることはヴェルデュラン夫妻に話しておきましたよ、夫妻はぜひお目にかかりたいと言っておられるので訪ねれば喜んでもらえるでしょう、今晩にもいっしょに行きませんか、これからこの小さなローカル線に乗って夫妻宅へ夕食に行くところですから、とまで言った。私は決心がつかず、故障はかなり長びきそうでコタールの汽車が出るまでにまだすこし時間があったので、相手を小さなカジノへ連れて行った。それは私がはじめてこの地に着いた夕方、ひどく淋しく見えた近在のカジノのひとつであったが(450)、いまや娘たちの喧騒があふれていて、娘たちは男の

(450) 沿線の「小さなリゾート地」は、いずれも「数軒の別荘」と「テニスコート」と、ときには「うつろで不安げな強風にパタパタあおられる旗を立てたカジノ」を設けていた(本訳④六八頁)。

パートナーがいないので女同士で踊っていた。アンドレがグリサード(451)をしながら私のそばにやって来た。私はまもなくコタールと連れだってヴェルデュラン夫妻のところへ出かけるつもりでいたが、そのとき最終的にコタールの申し出を断ってしまった。というのも不意にアルベルチーヌといっしょに残りたいという激しい欲望に駆られたからで、聞こえてきたアルベルチーヌの笑い声によって、たちまちバラ色の肌や、声がこすられながら通過してきた香りのいい内壁が想起されたのだ。ゼラニウムの匂い(452)のような刺激臭があり、官能的でおのずと内奥を露わにするその笑い声は、内壁の奥から、欲望を刺激する、秘やかな、重さを量ることさえできそうな粒子をいくつか運んできたように感じられた。

　私の知らないひとりの娘がピアノの前に座り、アンドレがアルベルチーヌにワルツをいっしょに踊ってほしいと言った。私はこんな娘たちとこの小さなカジノに残れるのだと考えると嬉しくて、コタールに、みなダンスがうまいですねと指摘した。ところがコタールは、医者としての独特の所見もあり、また、私が挨拶するのを見ていて私がこの娘たちの知り合いであることを承知していながら、そんなことにはお構いなしという礼儀知らずもあって、こう答えた。「そうですね、だが娘にこんな習慣を身につけさせているなんて、親御さんもずいぶん軽率ですなあ。私なら、むろんこんなところへ娘を来させたりはしません。でも、みな美人でしょうか？　顔立ちがよくわからんが。ほら、ご覧なさい」と、アルベルチーヌとアンドレがくっついてゆっくりワルツを踊っているのを示して言い添える、「鼻メガネを忘れてきたんでよく見えんのですが、あのふたりは間違いなく快楽の絶頂に達していますよ。あまり知られていませんが、女性はなによりも乳房で快楽を感じるものなんです。ほら、ふたりの乳房がぴったりとくっついてるでしょう。」たしかにアンドレとアルベルチーヌの乳房は、それまでずっと密着したままであった。ふたりはワルツを踊りつづけながら、コタールの見解を耳にしたからなのか、それを察したからなのかは判然としないが、わずかに互いの身をひき離した。そのときアンドレがなにかひと言アルベルチーヌにささやき、アルベルチーヌは、さきほど私が聞いたのと同様の、身体の奥から出てきたような、なんとも刺激的な笑い声をあげた。しかし今やその声が私にかき立てた昂奮は、ことさら耐えがたいものになった。アルベルチーヌがどうやらその声で、秘かにおぼえた官能の震えをアンドレに教え、それを確認させたように感じられたからだ。その笑い声は、得体の知れぬ祝宴の開始ないし終焉を告げる和音のように響いたのである。

(451)　バレエ用語(glissade)。床をすべるようなステップ。
(452)　ゼラニウムには葉と花に独特の芳香があり、精油はアロマテラピーに用いられる。

私はコタールとともに外へ出た。コタールとのおしゃべりに気がまぎれ、今しがた目にした光景はときおり想いうかべるだけですんだ。コタールの話がおもしろかったからではない。その話はそのとき、むしろとげとげしいものになっていた。というのも私たちはそのとき、相手は気づかなかったが、ドクター・デュ・ブルボンのすがたを見かけたからである。デュ・ブルボンは、バルベック湾の対岸にしばらく滞在していて、そこで多くの患者を診ていた。ところがコタールは、バカンス先では医業はやらぬとつねづね表明していたにもかかわらず、こちらの海岸で選り抜きの顧客を獲得したいという思惑があって、その実現にデュ・ブルボンが障害となっていたのだ。バルベックの地元の医者は、もとよりコタールの邪魔になりようがなかった。なにごとも心得ている非常に良心的な医者で、ちょっとでもかゆいと言えば、ただちに複雑な処方を書いてかならず然るべき軟膏なりローションなり糊膏《リニメント》なりを指示してくれる。マリー・ジネスト[453]の巧みな表現を借りれば、どんな怪我や傷にも「魔法をかける」すべを心得ていた。しかしこの医者には名声はなかった。とはいえコタールをいささか困惑させたことがある。コタールは、いまの講座を治療学の講座へと変更したいと望むようになって以来、中毒を自分の専門としていた[454]。中毒なるものは、医学の危険をともなう革新というべきか、薬局のつけるラベルを一新するのに役立ち、いまや薬局のどんな薬にも、類似の薬とは違っていっさい毒性がない旨、いや解毒作用さえある旨が明記されている。これが目下流行《はやり》の宣伝文句だが、以前の流行のかすかな名残として、ラベルの下のほうに読めないほど小さな字で、薬は入念に殺菌済みとの保証が記されている。中毒は病人を安心させるのにも貢献したようで、病人は自分の麻痺が中毒による不調にすぎないと知って喜ぶ。ところでバルベックに数日滞在していたさる大公が、片目が異様に腫れて、コタールに往診を頼んだことがあった。コタールは数枚の百フラン札(455)とひきかえに(教授はそれ以下の報酬では往診をしなかった)、炎症の原因を中毒と断定して解毒のための食餌療法を命じた。それでも目の腫れはひかず、大公がやむなくバルベックのなんの変哲もない医者に診てもらったところ、この医者は五分もかからず小さなゴミをとり出した。翌日には、もはやなんの症状もなかった。だが、もっと危険なライバルは、神経症治療で高名なデュ・ブルボン医師のほうだ。あの男が赤ら顔で快活なのは、神経の失調にたえず接しているにもかかわらず非常に健康であるうえ、患者を安心させるために、こんにちは、さようなら、などの挨拶と

(453)　あとで登場する(本巻五四六頁以下)、グランドホテルに滞在する外国の婦人の小間使い。
(454)　コタールは「私」の窒息も「中毒だと見抜き」牛乳療法をさせた(本訳③一六四—一六五頁参照)。
(455)　百フランは、約五万円。

ともに高笑いをするからだが、必要とあらば、あとで筋骨たくましい腕をふるって患者に拘束衣を着せるのを手伝うこともある。それでいて社交界でおしゃべりをする段になると、政治のことであれ文学のことであれ、「なんのお話ですか?」とでも言いたげに親身に相手の話にじっくり耳を傾けるが、まるで診察をしているときのように、ただちに意見を言うのは控える。だが結局のところあの男は、どんな才能があるにせよ、ただの専門家ではないか。そう考えたコタールの憤懣《ふんまん》は、あげてデュ・ブルボンに向けられたのである。もっとも、まもなく私は、ホテルに帰るべく、いずれヴェルデュラン夫妻を訪ねますと約束して、夫妻の友人たる教授に別れをつげた。

アルベルチーヌとアンドレにかんする教授のことばは私に深い傷を負わせたが、そのせいでただちに私が最悪の苦痛を感じたわけではない。毒がまわるのにも一定の時間を必要とするのに似ている。

アルベルチーヌは、リフトが迎えに行った夜、この男の安請け合いにもかかわらず、結局やって来なかった。そもそも往々にして愛が生まれる原因になるのは、相手の肉体的魅力よりも、むしろつぎのようなたぐいのことばである、「だめ、わたし今夜はふさがってるの。」われわれは友人たちといっしょにいるとき、この種のことばにさして注意を払わない。ひと晩じゅう陽気にすごし、そんな特定のイメージなど気にもかけない。そのあいだイメージは必要な混合液に浸されているのだ。帰宅するとそのネガがあらわれ、現像されて隈なく鮮明な像を結んでいる。それでわれわれは、前日であればなんでもないことで死のうとまで思いつめたかもしれないが、もはやそんな人生ではないことを悟る。なぜなら、死を恐れない気持に変わりはなくても、もはや相手と別れることなど考えられないからである。

とはいえ、午前一時(リフトが定めていた時刻)ではなく午前三時ともなると、それまでのようにアルベルチーヌがあらわれる可能性が減ってゆくと感じる苦しみは消え失せた。もう来ることはないという確信が、私に完全な安らぎ、さわやかな気分をもたらしたのである。今夜もまた、アルベルチーヌに会わなかった多くの夜となんら変わらぬただの一夜なのだ、私はそんな考えを出発点とした。そうすると、あすでもべつの日でもアルベルチーヌに会えるという想いが、甘んじて受け入れた虚無のうえに浮かんで、心をなごませた。こうして待ちわびる夜、胸を締めつける不安にとり憑かれるのは、なにか薬を飲んだのが原因ということもある。ところが苦しんでいる本人が解釈を間違え、やって来ない相手のせいで不安に駆られたのだと想いこむ。このような場合、恋心はある種の神経症と同じで、辛い不快感をいかにも不正確に解釈するところから生まれる。そんな解釈の誤りを正しても、すくなくとも愛にかんするかぎり、なんの役にも立たない。愛とは(その原因がなんであれ)つねに誤った感情だからである。

翌日、アルベルチーヌから手紙が届き、いまエプルヴィルに帰ってきたところで、あなたの手紙を見るのが遅れてしまった、あなたさえよければ今夜にでも会いにゆく、と書いてあるのを読んだとき、私にはその手紙のことばの背後に、かつてアルベルチーヌが電話で私に言ったことばの背後にも感じられたように、アルベルチーヌが私よりも好んだ楽しみや人間が潜んでいることが感じられた。あらためて私は、アルベルチーヌがなにをしていたのかを知りたいという苦しい好奇心に、つまり人がつねに心に宿している潜在的な恋心に、全身を揺すぶられた。いっとき私は、この恋心が私をアルベルチーヌに結びつけるだろうと思ったが、その恋心はその場でうち震えただけで歩みはじめることはなく、その最後のざわめきも消えてしまった。

最初のバルベック滞在のとき、どうやら私は――この点アンドレも私と同じだったのかもしれない――アルベルチーヌの性格を誤解していたらしい。アルベルチーヌは、私たちがいくら引きとめても無駄で、いそいそとガーデン・パーティーとか、ロバに乗っての散歩とか、ピクニックとかに出かけてしまい(456)、私は本人が軽薄なお人好しだからそうするのだとばかり思っていた。こんどの二度目のバルベック滞在で、私は、この軽薄さは見せかけにすぎないのではないか、ガーデン・パーティーもつくり話ではないにしても隠れ蓑《みの》にすぎないのではないか、という疑念にとらえられた。さまざまな形でつぎのような事態が生じたからである(事態といっても、あくまでも私から見た事態、レンズのこちら側から見た事態という意味で、そのレンズもけっして透明ではなく、向こう側の本当の事態を私は知るよしもなかった)。アルベルチーヌは、私にことのほか情熱的に愛を誓っていた。ところがしきりに時間を確かめて、これからある婦人を訪ねる予定がある、アンフルヴィルで毎日五時にお客を迎える婦人だという。私は、疑念にとり憑かれて体調まで悪くなり、アルベルチーヌにそばにいてほしいと頼み、くり返し懇願した。だがアルベルチーヌは、そんなことはできない(もう五分しかいられない)、そんなことをしたらその婦人を怒らせてしまう、なにせお客に愛想よくすることができず、すぐに気を悪くする退屈きわまりない人だ、と言う。「だけど一度ぐらい行かなくたって構わないだろう。」「それがダメなの、なによりも礼儀正しくしなければいけないって、叔母から教わったのよ。」「でも、きみが礼儀正しくしなかったのはこれまで何度も見たけど。」「それとこれとはべつよ、そうなると

(456) 「楽しい遊びに誘われると誘惑に抗しきれない」アルベルチーヌは、「私」やアンドレとの語らいの最中にも、約束の時間になると慌てて出かけてしまった(本訳④五三六―三七頁参照)。

あの人、あたしを恨んで、あたしのことで叔母にああだこうだと騒ぎたてるわ。それでなくてもあの人とはうまくいっていないのに。一度ぐらいあたしが会いに来ても当然と思ってるのよ。」「だけど毎日お客をもてなすんだろ。」そこでアルベルチーヌは、うっかり「辻褄の合わないこと」を言ってしまったと感じたのだろう、理由を変更した。「もちろん毎日お客をもてなすのよ。でもきょうは、あたし、あの人のおうちで何人かの女友だちと会う約束をしたの。そうしておけば、それほど退屈しないですむでしょ。」「それじゃあ、アルベルチーヌ、きみはぼくよりもその婦人や女友だちのほうが大切なのかい？　だって、その退屈な訪問を欠かさないために、具合が悪くて悲嘆に暮れているぼくをひとり置いてゆくんだから。」「訪問が退屈でも、あたしにはどうでもいいの。ただこれは、お友だちのためには嫌なことでもやらなくてはという気持なのよ。あとであたしの軽二輪馬車《カリオル》(457)で連れて帰ることになっていて、そうでないと、お友だちはみな帰れなくなってしまうわ。」私はアルベルチーヌに、アンフルヴィルからであれば夜の十時まで汽車があると指摘した。「そりゃそうね、でも、ほら、夕食に残ってゆくように言われることだってあるでしょ。なにせお客には愛想よくする人なのでね。」「そんなの、断ればいいだろう。」「そうなると叔母がますます怒っちゃうわ。」「でも、夕食をしても十時の汽車には乗れるよ。」「ちょっときついわ。」「それじゃ、ぼくだって、外で夕食をしたら汽車で帰ってこられないことになる。ねえ、アルベルチーヌ、こうしよう、簡単なことさ。外の空気にあたったほうが気分がよくなりそうだ。きみがどうしてもその婦人を見捨てられないというのだから、ぼくがアンフルヴィルまでいっしょに行ってやろう。いや、心配は無用、ぼくはエリザベート塔《トゥール》（その婦人の別荘）までは行かない、その婦人にも、きみの友だちにも会わないから。」アルベルチーヌは手ひどい打撃を食らったようで、その発言はとぎれとぎれになった。そして、海水浴はどうも自分には合わない、などと言った。「ぼくがついて行ったら困るのかい？」「あら、どうしてそんなこと言うの？　よくわかってるでしょ、あたしの一番の楽しみはあなたと出かけることだって。」突然、意見が変わっていた。「せっかくふたりで散歩するのなら、」とアルベルチーヌは言った、「バルベックの向こう岸まで行って、あっちでいっしょに夕食をしない？　そうすればすてきだわ。じつは向こう岸のほうがずっときれいなのよ。アンフルヴィルや、そのあたりの生い茂った緑ばかりのところは、もううんざり。」「でも、叔母さんの友だちのご婦人は、きみが会いに行かないと怒るだろう。」「しかたがないわ、でもそのうち機嫌も直るでしょう。」「いや、人を怒らせるものじゃないよ。」「どうせ気がつかないかもしれ

(457)　本訳④六五一頁、図51参照。

ないわ、毎日お客をもてなしてるんですもの。あした行っても、あさって行っても、一週間後になっても、二週間後になっても、いつだって大丈夫よ。」「で、きみの友人たちは？」「あら！　あたし、あの子たちに何度も見捨てられたの。こんどはあたしが見捨てる番よ。」「でも、きみが行こうという側じゃあ、九時をすぎると汽車がないよ。」「いいじゃない、どうってことないわ！　九時なら、問題ないわよ。それに帰りの問題なんかで二の足を踏むのはいけないわ。いつだって荷車や自転車ぐらいは見つかるんだし、それもなければ自分の足があるでしょ。」「いつだって見つかるって、アルベルチーヌ、そうはいかないよ！　アンフルヴィルのほうなら、すぐ近くにいくらでも小さな木造の停車場があるから問題ないけど、反対側は同じようにはいかないよ。」「反対側だって問題ないわ。ちゃんと無事に連れて帰ってあげるから。」アルベルチーヌは手はずを整えておきながら私には言いたくないことを私のために諦めようとしているのだ、さきほどの私と同様、これで惨めな想いをする者がきっと出てくるだろう、そう私は感じていた。私がついて行くと言ったので、アルベルチーヌはやろうとしていたことが不可能になると悟って、きっぱり諦めることにしたのだ。それでとり返しのつかぬ事態になるわけではないことを知っているのだ。というのも生活のなかで多くのことに手を出す女たちがすべてそうであるように、アルベルチーヌもけって弱まることのないもの、つまり相手の疑念と嫉妬を拠りどころにしていたからである。たしかにアルベルチーヌは疑念と嫉妬をかき立てようとはせず、むしろ逆の態度をとった。ところが恋する男は疑い深いもので、たちまち嘘を嗅ぎつけてしまう。そんなわけでアルベルチーヌは、ほかの女より善良というわけではないから、経験上（それが嫉妬のおかげだとはついぞ気づかず）、ある夜だれかを見捨てても、いずれその相手にかならず再会できると知り抜いていたのである。アルベルチーヌが私のために見捨てることになる私の知らないその相手は、きっと辛い想いにさいなまれ、そのせいでますますアルベルチーヌに恋いこがれるようになり（アルベルチーヌはその理由には気がつかない）、そんな苦しみを味わいつづけるのを嫌って、きっと私もそうするように、自分からアルベルチーヌのほうへ戻ってくるだろう。しかし私は、人を悲しませたくもなければ、自分で苦労をしょいこみたくもなく、あれこれ捜査し、多岐にわたっておびただしい監視をするという恐ろしい道には踏みこみたくもなかった。

「もういいよ、アルベルチーヌ、きみの楽しみを台なしにはしたくない、行ってきたまえ、アンフルヴィルのご婦人のところでも、便宜上そう言っているだけの人のところでも、ぼくにはどっちだっていいんだ。ぼくがきみといっしょに出かけない本当の理由はね、きみがそれを望んでいないからだ、ぼくとの散歩はきみがしたかったことじゃないからだ、その証拠にきみは、自分じゃ気づいていないが辻褄の合わないことを五回以上も言ったんだよ。」かわいそうにアルベルチーヌは、自分がどんな嘘をついたのかも正確にはわからず、自分が口にした数々の矛盾はもしかすると思いのほか重大なものだったのかもしれないと心配になった。「きっと辻褄の合わないことを言ったのでしょうね。海の空気のせいで頭がちゃんと働かないんですもの。人の名前もしょっちゅうとり違えて言っちゃうし。」そして私は(これは今ではアルベルチーヌがあれこれ優しいことばを口にしなくても私がたやすくアルベルチーヌを信じてしまうことを証明していたが)、ほとんど想いも寄らなかったこんなアルベルチーヌの告白を聞いて、胸を刺されるような苦痛をおぼえた。「仕方ないわ、わかりました、あたし行きますから」と悲痛な口調で言ったアルベルチーヌは、いまや私と夜をすごさなくてもいい口実を与えられて、もうひとりの相手との待ち合わせに遅れはしないかと時計を見ずにはいられなかった。「あなたってずいぶん意地が悪いのね。あなたと楽しい夜をすごすために予定をすっかり変えたのに、行きたくないなんて言うし、あたしを嘘つきだと責めるんですもの。これまであなたにこんなむごい仕打ちをされたことってないわ。海があたしのお墓になっちゃうわ、あなたにはこれでもう二度と会えないわね(このことばに私の心臓は高鳴ったが、それでも私はアルベルチーヌが翌日には戻ってくるものと確信していたし、実際そのとおりになった）。溺れて死んじゃうから、海に飛びこんで。」「サッポーのようにかい(458)。」「またそんな悪態をつくのね、あたしの言うことを疑うだけじゃなくて、あたしのすることも疑うのね。」「そうじゃない、ぼくにはなんの悪意もないんだ、誓ってもいい、サッポーが海に飛びこんだことくらい、きみだって知ってるじゃないか。」「いいえ、あなたは疑ってるのよ、あたしのことなんか全然信用してないんだから。」アルベルチーヌは、振り子時計が二十分前を指しているのを見ると、やらなければならないことをやり損なうと心配したのか、いちばん簡単な別れかたを選んだようで「さようなら、永久に」と悲嘆に暮れた表情で言うと、駆けるように飛び出していった（とはいえ翌日会いに来たときは、そんな別れかたをしたことを謝ったが、おそらくその日はお目当ての相手の予定がふさがっていたのだろう）。実際アルベルチーヌは、悲嘆に暮れていたのかもしれない。というのもアルベルチーヌは、いま自分のしていることを私よりも充分に自覚しているうえ、私がアルベルチーヌにたいする以上に自分自身にたいしてははるかに厳しく、同時にはるかに寛大でもあったから、こんなふうに私と別れた以上、もう私には会ってもらえないのではないかと心配していたのかもしれない。今にして思えば、アルベ

(458)　図23参照。

図23　ギュスターヴ・モロー『サッポーの死』(サン＝ロー美術館)

サッポーは，古代ギリシャのレスボス島の女流詩人(前7世紀末－前6世紀初頭)．渡し守の美青年パオンに袖にされ，島のルーカディアの断崖から身を投げたと伝わる．上図はその伝説を描いたモローの画(1876)．モローが作家オクターヴ・フイエ(1821-90)に寄贈したもので，作家の遺族から地元ノルマンディー地方サン＝ロー(地図①参照)の美術館に寄贈された．プルーストは，ポール・フラの「ギュスターヴ・モロー論」(1898)に掲載されたこの画の図版を参照して，当時未発表の文章(「詩――不思議な法則」1899年頃執筆)に「(モローの描いた『サッポー』のように)断崖のうえに彫像がくっきり浮かびあがる芸術の地」と書いていた．プルーストがモローの画に基づきサッポーの身投げを想い描いていた証拠である．なおサッポーとレスボス島は，「サフィズム」と「レズビアン」の語源として，女性同性愛を暗示する．プルーストは「ボードレールについて」(1921)で「レスボス」などの『悪の華』禁断詩篇に触れ，詩人は詩集に『レスボスの女』なる題名をつけようとしたほど，女性同性愛に「特別の関心」を寄せていたと語った．

ルチーヌのもうひとりの相手が私よりも嫉妬に苦しめられるほど、アルベルチーヌは私に執着していたようである。

数日後、バルベックで私たちがカジノのダンスホールにいたとき、ブロックの妹と従妹《いとこ》がはいってきた。ふたりとも見違えるほどきれいになっていたが、私は友人の娘たちがいる手前、挨拶をしなかった。というのも年下の従妹のほうは、私の最初の滞在時に知り合った女優(459)とだれ憚ることなく同棲していたからである。そのことが小声でほのめかされたとき、アンドレは私に言った、「あら! そのことなら、わたしもアルベルチーヌと同じ意見よ、ふたりともあんなぞっとすることはないと考えてるわ。」アルベルチーヌはといえば、私といっしょに長椅子に腰かけておしゃべりをはじめたとき、素行の怪しいふたりの娘には背を向けていた。しかし私は、そうして背を向ける前、ブロック嬢とその従妹がはいってきたとき、私の恋人であるアルベルチーヌの目に、突然、多大な関心の色があらわれたのに気づいていた。このいたずら好きの娘の顔をときにまじめで深刻ともいえる表情にしたあと、悲しげな表情に変えてしまう、多大な関心の色である。もっともアルベルチーヌはすぐに私のほうを向いたが、それでもまなざしだけは奇妙なまでにじっと動かず、まるで夢でも見ているよう

(459) この従妹が「讃美してカジノじゅうの顰蹙《ひんしゅく》」を買っていた女優「レア嬢」(本訳④五五七頁)。

であった。ブロック嬢とその従妹がさんざん大声を出して笑いころげ、はしたない嬌声をあげたあとようやく出てゆくと、私はアルベルチーヌに、あのブロンドの小娘(女優の恋人だという娘)は、その前日、花馬車レースで賞をとったのと同じ娘ではないかと訊ねた。「あら！　わかんないわ」とアルベルチーヌは言って、「ブロンドの女の子がいたの？　だって、あたし、あの子たちにはあまり興味がないし、よく見たこともないわ。ブロンドの子がいたの？」といぶかしげな冷めた口調で三人の女友だちに訊ねた。アルベルチーヌが毎日のように堤防で出会う娘たちをこれほど知らないと言い張るのは、私には極端な言い分に聞こえ、知らないふりをしているとしか思えなかった。「あの子たちも、あまりぼくらのほうを見なかったね」と私がアルベルチーヌに言ったのは、はっきり意識してそう考えたわけではないが、アルベルチーヌが女性を愛したことがあると仮定したうえで、あの娘たちはアルベルチーヌには惹かれず、一般的に言っていかに悪徳に染まった女たちでも見ず知らずの娘にまで気をとられることはないと教えこんで、アルベルチーヌにいっさいの未練を捨てさせようとする思惑があったのかもしれない。「あの子たちが、あたしたちを見つめていなかったというの？」とアルベルチーヌはついうっかり答えた、「しょっちゅうあたしたちを眺めてたわよ。」「だって、きみにはわかりようがないだろう」と私は言った、「あの子たちに背を向けていたんだから。」「じゃあ、あれはなんなの？」とアルベルチーヌは答えて、私たちの正面の壁にはめ込まれた大きな鏡を指し示した。そのときまでその鏡に気づかなかった私は、わが恋人が私に話しかけながら、気がかりに満ちた美しい目をじっと注いでいたのがその鏡であることを今になって悟ったのである。

コタールとともにアンカルヴィルの小さなカジノにはいった日から、なにもコタールの開陳した意見に与《くみ》したわけではないが、私にはアルベルチーヌがもはや同じ女とは思われず、そのすがたを見ると腹が立った。アルベルチーヌが別人に見えたのと同様、私自身も変わり果てたのだ。私はアルベルチーヌに好意をいだかなくなり、本人がいる前でも、あるいは本人がいなくても本人に伝わる可能性があれば、アルベルチーヌがいちばん傷つきそうなことを言った。とはいえ、そんなけんか腰が中断することもあった。ある日、私は、アルベルチーヌとアンドレのふたりがエルスチールの招待を受け入れたことを知った。きっとふたりはその帰りに、寄宿舎の女生徒みたいにふざけて素行の怪しい娘たちの真似をして、私の胸を締めつける秘かな乙女だけの快楽を見出すのだろう、そう信じて疑わなかった私は、ふたりの邪魔をして、当てにしている快楽をアルベルチーヌに味わわせまいと、予告もせず不意にエルスチール邸に押しかけた。しかしそこにはアンドレしかいなかった。アルベルチーヌは、叔母も招待されるべつの日を選んだという。それゆえ私は、コタールの説は間違っていたのだと思った。アンドレが女友だちを同伴せずに来ていたことが私に与えた好ましい印象はしばらくつづき、私の心にはアルベルチーヌにたいする以前よりもやさしい感情が醸成された。しかしその感情は、虚弱体質ゆえに一時的に快方に向かっても些細なことですぐふたたび病気になってしまう人たちの脆弱な健康状態と同じで、長くはつづかなかった。きっとアルベルチーヌは、アンドレをそそのかして、一線こそ越えずとも罪なきものとは言えぬ戯れをしたにちがいない。私はそんな疑念にさいなまれたあげく、ようやくその疑念を追い払うことができる。ところが治ったとたん、疑念はべつの形でぶりかえす。いまやアンドレが持ち前の優雅なしぐさで甘えるように頭をアルベルチーヌの肩にもたせかけ、なかば目を閉じて相手の首筋に接吻するさまが目にうかぶ。あるいは、ふたりは目配せを交わしたところだ。あるいはだれかの口から、ふたりきりで海水浴に行くところを見たということばが漏れたりする。なんの変哲もないそんな些事など、ふだん空気中にいくらでも漂っていて、たいていの人はそれを一日じゅう吸いこんでもなんら健康を損なわれず気分も害されないのに、あらかじめ素地を備えた人にはそれが病気の元凶となり、あらたな苦痛を生みだすのだ。ときにはアルベルチーヌに再会したわけでもなく、人からアルベルチーヌのうわさを聞いたわけでもないのに、私自身の記憶のなかに、ジゼルのそばにいたアルベルチーヌの当時はなんら罪なきものに思われた姿勢がよみがえる。私がようやく見出していた平穏はいまやそれだけでつき崩され、もはや外に危険な病原菌を吸いこみに行くまでもなく、コタールならそう言うだろうが私はみずから自家中毒に陥ってしまうのだ。そのとき私は、スワンがいかにオデットを愛したか、生涯にわたっていかに欺かれたかについて、聞きおよんでいたことをすべて想いうかべた。結局いまになって思い返してみると、私がすこしずつアルベルチーヌの性格の全体像をつくりあげ、私には完全に統御できないひとりの女の生涯の各時期について痛ましい解釈をしたときの仮説とは、畢竟《ひっきょう》、私が聞かされていたスワン夫人の性格の想い出であり、その固定観念であった。スワン夫人の性格について聞かされた数々の話が、のちに私の想像力に影響をおよぼし、アルベルチーヌは人の好い娘などではなく、もしかすると元売春婦と同じような背徳性と人を欺く能力を備えていたのだと私に想像させる結果となったのである。そして私は、万一そんな女を愛するはめになったら、どんな苦しみが待ち受けていることかと考えていたのだ。

ある日、私たちがグランドホテルの前の堤防上に集まっていたとき、私はアルベルチーヌに、ことさら手きびしく侮辱的なことばを投げつけたところで、それを聞いたロズモンドはこう言った、「まあ！　それにしてもあなたは、あの子に手のひらを返したような仕打ちをするのね、以前はなんでもあの子のためでなきゃ夜《よ》も日も明けず、いつもあの子のほうが機先を制していたのに、今じゃあなたはあの子を歯牙にもかけないのね。」私は、アルベルチーヌにたいする私の態度をいっそう際立たせるため、考えられるかぎり愛想のいいことばをむしろアンドレにかけていた。たとえ同じ悪徳に染まっているとしても、アンドレは病弱で神経衰弱ぎみの娘だから(460)まだしも赦されると考えたのだ。するとそのとき、私たちのいた堤防と直角に交わる丁字路へ、二頭の馬を小走りにしてカンブルメール夫人の幌付四輪馬車《カレーシュ》が進んでくるのが見えた。たまたま私たちのほうへ歩み寄ろうとしていた裁判所長は、その馬車に気づくと脇へ飛びのき、私たちと同じ仲間だと見られないようにした。ついで裁判所長は、侯爵夫人のまなざしが今にも自分のまなざしと出会うだろうと考え、大げさなしぐさで帽子をとってお辞儀をした。ところがそのまま「海通り」を進みつづけるかに見えた馬車は、背後のホテル入口のほうへ消えてしまった。それから十分ほどすると、リフトが息を切らして私のところへ通報にやって来た。「カマンベール侯爵夫人(461)がこちらぬいらして旦那さまにお会いになりたいとか。お部屋にもあがり読書室も探したのですが、旦那さまを見つけられませんでした。浜辺のほうを見てみようと思いついてよかったです。」リフトの説明が終わるか終わらないかのうちに、息子の嫁とひどく格式ばった紳士をしたがえた侯爵夫人が、私のほうへ進んできた。おそらく近隣で催された午後の会なりお茶の会なりからの帰りなのだろう。夫人がひどく猫背なのは、寄る年波のせいというよりも、おびただしい数の豪華な装身具のせいである。会いにゆく人たちの目に精一杯の「盛装」をしたことがわかる装身具を身につけるのが、相手にはより好意的に見え、家柄にもよりふさわしいことと考えていたのだ。かつて祖母がいちばん怖れていたのは、こんなふうにカンブルメール家の人たちがホテルに「乗りこんでくること」で、それゆえ私たちはバルベックへ出かける可能性があることをルグランダンには知らせないでおこうとしたのである。あのときお母さんは、そんなことはありえない、杞憂だと笑いとばした(462)。ところが今やその事態が生じたのである。ただしそれはべつの筋から出たことで、そこにルグランダンはなんら関与していなかった。「あたし、お邪魔でなければ、残っていてもいいかしら」とアルベルチーヌは私に訊

(460)　アンドレは「きゃしゃで知的な娘」で、「病気ぎみだった」（本訳④五三四—三六頁参照）。
(461)　「カンブルメール侯爵夫人」の名を憶えきれなかったリフトの間違い。
(462)　祖母はルグランダンの「妹のカンブルメール夫人がホテルに乗りこんできて」外出できなくなるのを嫌ったが、「お母さんは、祖母の危惧を笑いとばした」（本訳①二八八頁）。

ねた（その目には、私の言ったむごいことばに誘発された涙が滲んでいて、その涙に秘かに気づいた私はそれを喜ばずにはいられなかった）、「あなたに言いたいことがあるの。」カンブルメール夫人のかつらのうえには、いくつもの羽根飾りに加えてサファイアのピンをとめた帽子が無造作に載っていて、その帽子はまるで記章のように、見せびらかす必要はあるものの目立てばそれで充分で、載せる場所はどこでもよく、そのエレガンスも紋切り型で、しっかり固定しておくまでもないものに思われた。暑い日であったが、律義な夫人はダルマティカ[463]にも似た漆黒のケープを羽織り、そのうえに白テンのストール[464]をだらりと掛けていたが、そのストールの着用は、気温や季節とは関係がないらしく、むしろ出席する儀式の性格と関係があるように見えた。そしてカンブルメール夫人の胸のうえには、小さな鎖に吊した男爵夫人の冠章[465]が、司祭が胸に吊す十字架のようにぶらさがっていた。紳士のほうは、貴族の家柄に属するパリの高名な弁護士で、カンブルメール家に三日ほど滞在中であった。この人は、自分の職業で功成り名遂げたあげく、その職業をいくぶん軽蔑して、たとえば「自分が弁護をすると首尾上々だとわかるので弁護するのがつまらんのです」とか、「手術の成功が目に見えているのでもう手術するのがおもしろくなくて」とか言う人たちと同類である。聡明であるうえ芸術家肌のこの人たちは、出世して潤沢な収入のはいる円熟期に達すると、いまや同業者からも輝かしい「聡明さ」と「芸術家」気質の持主と認められ、それなりの趣味と見識を備えるにいたる。この人たちが情熱を注ぐのは、偉大な画家ではないが充分に高名な画家の手になる絵画で、自分のキャリアから得た莫大な収入を費やしてその作品を購入する。このカンブルメール一家の友人が選んだ画家はル・シダネル(466)であり、この友人自身きわめて感じのいい人だった。この人の話題には多くの書物も出てきたが、それは真の大家、つまり自己を統御できた大家のものではなかった。この芸術愛好家にあってただひとつ困惑させられる欠点は、いくつかの出来あいの言いまわしをしょっちゅう使うことであった。たとえば「大多数は」という言いまわしは、この人が話題にしていることがらは重要ではあるがそれだけでは充分ではないという印象を与えてしまう。カンブルメール夫人は、本人が私に語ったとこ

(463) 助祭がミサで着る、白い上っ張り。
(464) 原語 étole. 肩から両脇に膝まで垂らす絹や毛皮のストール(『二十世紀ラルース辞典』に拠る)。
(465) 冠章 tortil は、真珠をあしらった金の冠で、男爵位を示す。『プチ・ラルース・イリュストレ』(一九一二)から転載の図24参照。
(466) アンリ・ル・シダネル(一八六二—一九三九)、フランスの画家。印象主義や象徴主義の影響を受けながら、薄暮の庭やテーブルなどを描いて独自の画風を確立、「絵画のメーテルランク」と評された。パリの北北西約七十キロの村ジェルブロワ(地図①参照)を愛して一九〇一年から移り住んだ。

図24

ろによると、この日、友人たちがバルベックの近くで催した午後の会に出たついでに、ロベール・ド・サン＝ルーに約束したとおり私に会いに来たのだという。「あのかたもやがて数日こちらにいらっしゃいますわね。シャルリュス叔父さまも、こちらにいらっしゃる義理のご姉妹のリュクサンブール公爵夫人のところにご滞在とか。サン＝ルーさまもこの機会に叔母さまに挨拶なさって、以前の連隊(467)のみなさんとも再会なさるそうです、なにしろサン＝ルーさまはあちらで非常に敬愛されておられますから。私どもがよくお迎えする将校のかたは、どなたもサン＝ルーさまを絶讃なさいます。おふたりでフェテルヌにいらしてくだされば、どんなに嬉しいことでしょう。」私は夫人にアルベルチーヌとその友人の娘たちを紹介した。カンブルメール夫人は、私たちの名前を嫁に告げた。この嫁は、フェテルヌの近隣でつき合わざるをえない虫けら同然の貴族たちを相手にするときはけんもほろろの応対をし、自分の評判を落とすのを怖れて身をひいていたが、それにひきかえ私には晴れやかな笑みをうかべて手を差しだした。ロベール・ド・サン＝ルーの友人だというので安心して嬉しくなったのだろう。ロベールは、あまり見せたがらない繊細な社交的雅量を裏で発揮し、ゲルマント家と非常に親しい人間として私を紹介してくれていたのである。このようにカンブルメール若夫人は、姑《しゅうとめ》とは違って、両極端ともいえる二通りの礼儀作法を身につけていた。もし私が兄のルグランダンから紹介された人間であったら、夫人はせいぜい最初の、木で鼻をくくるような耐えがたい応対をしたことだろう。ところが私がゲルマント家と馴染みの人間だとわかると、いくら笑顔をふりまいても足りなかった。ホテルで訪問客を迎えるのにいちばん都合のいい部屋は、読書室である。以前は恐ろしい場所であったこの読書室に、私はいまや主人顔をして日に何度となく出入りしていた。そんな私は、長いこと精神病院に入っているが、さほど重症ではないので医者から院内の鍵を渡されている狂人のようなものだ。それで私は、カンブルメール夫人に、読書室にご案内しましょうと申し出た。私がその提案をしたのは、人間の顔が変わるのと同じく事物の顔も変わるもので、この読書室がもはや私を怖じ気づかせることも魔力を行使することもなくなっていたからである。ところが夫人はその提案を断って外にいるほうがいいと言うので、私たちはホテルの吹きさらしのテラスに座った。私は、そこにセヴィニエ夫人の一冊を見つけて拾いあげた。私に訪問客があると聞いてお母さんが慌てて逃げだしたとき、持ってゆく暇のなかった本である。お母さんは祖母と同じでこうした異邦人の侵入におびえ、包囲されて逃げだせなくなるのを怖れて素早く立ち去るので、父と私はつねづねそんなお母さんをからかったものだ。カンブ

(467)　サン＝ルーがかつて勤務したドンシエール(バルベックからそう遠くない内陸部)の連隊。

ルメール夫人は、日傘の司教杖のような柄とともに、刺繡をほどこした数個のバッグ、小物入れ、柘榴石《ガーネット》の数本の飾りひもが垂れる金の巾着《きんちゃく》、レースのハンカチなどをその手に握りしめていた。そんなものは椅子のうえに置くほうがずっと便利だろうと思われたが、しかし夫人の司祭のごとき教区めぐりと聖職にも等しい社交に欠かせぬ装飾品を手離すよう求めるのは、不作法でもあり無益でもあると私には感じられた。目の前の静かな海のあちこちには、カモメがまるで白い花冠のように浮かんでいる。社交的なおしゃべりではわれわれ自身が単なる「霊媒」の水準にひき下げられるせいで、また、われわれが自分でも気づかぬ自分自身の美点を援用するのではなく、同席の人たちが高く評価してくれると思われるものに頼って相手を喜ばせようとするせいで、私はルグランダン家出身のカンブルメール若夫人に向かって、本能的に夫人の兄のような口の利きかたをしていた。「あれは」と私はカモメを指して言った、「睡蓮のような不動性と純白さを備えていますね。」(468) 実際にカモメは、小さな波にたいして動かぬ標的を提供しているように見え、それとは対照的にカモメを揺さぶる波のほうは、そのカモメを追いかける動きになにやら意図が秘められ生命が宿るように感じられた。老侯爵夫人は、私たちの眼前に広がるバルベックの海のすばらしい眺めを飽きもせず褒めたたえ、ラ・ラスプリエールからは(ただし今年は住んでいないが)海原はかなり遠くにしか見えないと言って、私を羨んだ。老夫人には一風変わったふたつの習癖があって、それは芸術(なかんずく音楽)への熱狂的な愛情と、抜けた歯とに起因するものだった。夫人が美を論じるたびにその唾液腺は、ある種の動物の発情期における分泌腺と同じように分泌過多の状態になり、老夫人の歯がなく薄い髭のはえた口元には、場所柄をわきまえない唾液がたまる。するとただちに夫人は、まるで息を吹きかえした人のように大きく息を吸って、その唾液を呑みこんでしまう。話がいよいよ極めつきの偉大な音楽美におよび、夢中になった夫人が両腕をあげ、簡潔な評価のことばを吐きだすとき、そのことばは勢いよく咀嚼《そしゃく》され、必要とあらば鼻からも飛び出してくる。ところが私は、バルベックのありきたりの浜辺が実際に「海の光景」を提供してくれるとは考えたことがなく、カンブルメール夫人の簡単な評言を聞いただけでこの点にかんする私の考えは一変した。それにひきかえラ・ラスプリエールからの唯一無二の眺めを褒めたたえることばをいつも耳にしていた私は、そのことを老夫人に伝え、丘のいただきに建つ別荘の暖炉をふたつ備えた大きなサロンでは、一方に並んだ窓からは、いくつもの庭の向こうに、木の葉ごしにバルベックのかなたまでつづく海が眺

(468)　ルグランダンは生硬な美文調で話す。たとえばヴィルパリジ夫人の発言を褒めたときの「石碑のごとき迅速さとか、不滅の早撮りとかと呼ばせていただきたい点」という表現(本訳⑥六三頁)を参照。

められ、もう一方に並んだ窓からは、谷間が眺められるそうですね、と言った。「まあ、なんてお優しいかたでしょう。なんて素敵な表現でしょう、木の葉ごしの海って。うっとりしますわ、まるで……扇子みたい。」そう言った老夫人が、唾を呑みこみ、大きく息を吸いこんで髭を乾かそうとするのを見て、私はこの褒めことばが心の底から出たものだと感じた。しかしルグランダン家出身の若侯爵夫人は冷淡な態度を崩さず、私のことばではなく、姑のことばを軽蔑していることを示した。もっとも若夫人は、姑の知性を軽蔑していたばかりか、姑の愛想のよさも嘆かわしく思っていた。こんなにも愛想よくしたら、カンブルメール家を充分に高く評価してもらえないと気が気でなかったのである。「それになんてきれいな名前でしょう」と私は言った、「そんな名前はどれも由来を知りたくなりますね。」「あの名前の由来なら申しあげることができますわ」と老夫人はやさしく答えた、「あれは家族の住まいでしてね、私の祖母のアラシュペルが住んでいたのです、高名な家柄ではございませんけれど、まずまず立派な地方の旧家でして。」「どうして高名じゃないのかしら？」と嫁がすげなく口をはさんだ、「バイユーの大聖堂のステンドグラス[469]のひとつは一家の紋章で埋めつくされていますし、アヴランシュのいちばん大きな教会[470]には一族の墓碑がいくつもございます。こうした古い名前にご興味がおありなら」と言い添える、「いらっしゃるのが一年おそかったですね。じつはわたしどもが力を尽くして、ある土地の主席司祭のかたに、もとより司教区を変えるのはひと苦労ですが、クリクト(471)の主任司祭に就任していただきました。ある土地と申しますのは、わたしが個人的に地所を持っている、ここからずいぶん遠くのコンブレーというところで(472)、その地の司祭さま(473)が神経衰弱ぎみだと感じておられたのです。あいにく海の空気も高齢の司祭さまには合わなかったようで、神経衰弱がますます昂じてコンブレーに戻られました。しかしわたしどもの近くにおられたあいだ、ありとあらゆる古文書を楽しく調べてお歩きになり、この地域の地名についてなかなか興味ぶかい小冊子をお書きになりました。それで興に乗られたのか、こんどはコンブレーと近郊について分厚い本を書くことに余生を捧げておられるとか(474)。司祭さまがフェテルヌの近郊についてお書きになった小冊子をお送りしま

(469)　バイユー（地図①参照）の大聖堂（十一―十五世紀）は、少年の「私」を夢想に誘った（「赤味をおびた高貴なレースに包まれてひときわ高くそびえ、その頂《いただき》は最後のシラブルの醸《かも》しだす古色をおびた黄金色に照らし出されている」本訳②四三七頁）。ただしステンドグラスの大部分は十九世紀の作。

(470)　アヴランシュ（地図①参照）の大聖堂は老朽化して一七九六年に崩壊。町の主たる教会であるサン＝ジェルヴェ・バジリカ聖堂とサン＝サチュルナン教会も、ともに十九世紀末に再建されたもの。

(471)　架空の地域名。カンブルメール夫妻の従姉妹《いとこ》クリクト伯爵夫人の所領の地（本巻四一五頁参照）。

(472)　コンブレーにはルグランダンの別荘があり、妹の若夫人も地所を所有していたと考えられる。

(473)　レオニ叔母を訪問して教会の解説をしたコンブレーの司祭（本訳①二三一―四二頁参照）。

すわ。ベネディクト会修道士のような博識精励のお仕事です。それをお読みになると、義母《はは》がひどく謙遜してお話ししているわが家の古いラ・ラスプリエールについても、非常に興味ぶかいことがいろいろ出てきます。」「いずれにしましても今年は」とカンブルメール老夫人は答える、「ラ・ラスプリエールもわが家とはいえず、私のものではありません。でも、画家の素質をお持ちのあなたには、スケッチをしていただかなくては。ぜひともフェテルヌをご覧いただきたいのです、ラ・ラスプリエールよりもずっとよいところですから。」こんな発言が出たのは、カンブルメール一家がこれをヴェルデュラン夫妻に貸してからというもの、周囲を見おろす高台にあるラ・ラスプリエールの位置は、長年そう思っていたような海と谷間の両方を同時に見渡せるというこの地方ではほかに類を見ない利点をたちどころに喪失したばかりか、突然——あとから考えてみると——そこへ行くにもそこから出かけるにもつねに登ったり下りたりしなければならない不便なところに見えたのである。要するにカンブルメール夫人がそこを貸したのは、収入を増やすためというより、自分の馬を休ませるためかと思われた。そして夫人は、ふだんフェテルヌですごしていた二ヵ月のことはすっかり忘れて、海はずいぶん長いあいだ高みからまるでパノラマ館で見るようにしか眺めていなかったので、フェテルヌで海が四六時中ごくそばにあるのが嬉しいという。「この歳になって海を発見しましたの」と夫人は言った、「で、海を楽しんでおりますの！　じつにいい気分ですわ！　ラ・ラスプリエールはただでも貸して、フェテルヌに住まざるをえないようにしたいものです。」

「もっと興味ぶかい話題に戻らせていただきますと」とことばを継いだルグランダンの妹は、老侯爵夫人には「お義母《かあ》さま」とは言うものの、歳月をへて横柄な態度をとるようになっていた。「睡蓮の話をしておられましたね、クロード・モネの描いた睡蓮(475)はご存じでございましょ。なんという天才でしょう！　あれに興味を覚えますのは、ほかでもございません、わたしの地所があると申しましたコンブレーの近くに……(476)」と言いかけた若夫人は、コンブレーのことを立ち入って話さぬよう口をつぐんだ。「あら！　きっとその連作のことだわ、現代のもっとも偉大な画家のエルスチールがあたしたちに話してくれたのは」と、それまでひと言も口を利かなかったアルベルチーヌが大声を出した。「おや！　お嬢さまは美術がお好きなのね」とカンブルメ

(474)　プルーストがコンブレーの記述などのために参照したジョゼフ・マルキ神父の小冊子『イリエ』(一九〇四)に想をえた記述。本訳①一二一頁注72、同二四一頁注154参照。

(475)　図25、図26参照。

(476)　モネが描いたのとそっくりの睡蓮が見られることを暗示。本訳①三六五―六六頁と注212参照。コンブレーの「睡蓮」も本巻のこの箇所の「睡蓮」も、モネの画題と同じくnymphéasと記載。

図 25　クロード・モネ『睡蓮の池――緑のハーモニー』
（オルセー美術館）

モネがセーヌ川下流のジヴェルニー（地図①参照）の池に日本風の太鼓橋をかけ，睡蓮を本格的に描きはじめたのは 1899 年．そのなかで「睡蓮の池」と銘打った連作 9 点が 1900 年 11 月，パリのデュラン＝リュエル画廊で開かれた「クロード・モネ近作展」に出品された．いずれも画面中央に太鼓橋を配した同一の構図で，緑（上図）をはじめ，ピンクやブルーなど，色彩のヴァリエーションを描いた．プルーストはこの展覧会を友人のストロース夫人と鑑賞，のちに，この連作は「花を植えたというよりは，さまざまな色調と色彩を植えつけた」「色彩の園」だと書く（ノアイユ夫人の詩集『めくるめき』に関する 1907 年の書評）．

図26　クロード・モネ『睡蓮』(パリ,
マルモッタン美術館)

上図は，1909年5-6月にデュラン＝リュエル画廊にて展示された「睡蓮——水の光景」連作48点(1903-08)の1点．前回の「睡蓮の池」連作と異なり，画面にはしだいに岸辺と木々が消えて水面と睡蓮だけが描かれ，一日の時刻や天候の違いによる空模様が水面に反映されている点が大きな特徴(上図では夕焼けの空が水面に映る)．プルーストはこの「睡蓮」連作に触発され，展覧会と同時期(1909年5月頃)，草稿帳の1冊「カイエ4」に「コンブレー」の睡蓮の描写を書きつけた(本訳① 365-66頁の睡蓮の最終的描写にかなり近い文章)．カンブルメール若夫人の発言が示唆するように，コンブレーの睡蓮にはモネの「睡蓮」連作の影が落ちている．

ール老夫人も大声で言うと、深くひと呼吸して、飛びだしかけた唾を呑みこんだ。

「お嬢さん、おことばですが、私はむしろル・シダネルのほうが好きなんです」と弁護士は、通人ぶった様子で笑みをうかべて言った。弁護士はその昔、エルスチールの「奇抜な作」をいくつか鑑賞した、というより人が鑑賞しているのを見たことがあって、こうつけ加えた、「エルスチールは才能に恵まれた人でした、ほとんど前衛画家のひとりとして認められていたのですが、なぜかその道を歩みつづけるのをやめて、人生を棒に振りましたね。」カンブルメール若夫人は、エルスチールについては弁護士の意見に賛成したが、この招待客を落胆させるのも構わず、モネはル・シダネルに匹敵すると言い張った。とはいえこの若夫人を愚か者と決めつけることはできない。私にはまるで無用のものと感じられる知性にあふれていただけのことである。おりしも陽は傾き、いまやカモメたちは、モネの同じ連作中のべつの画に描かれた睡蓮のように黄色くなった。私は、その連作を知っていると言い、さらに(あえてその名を告げるのは控えたが、あいかわらず若夫人の兄のことば遣いの模倣をつづけ)、(477)昨日いらっしゃらなかったのは残念ですね、いらしていれば今と同じ時刻にプッサンの光をご覧になれましたよ、とつけ加えた。カンブルメール＝ルグランダン夫人は、ゲルマント家の人たちとは面識のないノルマンディーの一介の田舎貴族が、昨日いらっしゃるべきでした、などと言おうものなら、きっと気を悪くして上体をそり返らせたにちがいない。しかし私がもっとなれなれしい口を利いたとしても、夫人は優しく甘くとろけるようになったであろう。この晴れた午後の終わりの熱気のなかでカンブルメール若夫人は、私がご馳走するのを忘れていたプチ・フールの代わりに、希有なことに大きな蜜の巣と化し、私はそこから思うがままに蜜をあさることができたのである。ところがプッサンの名は、夫人の社交家としての愛想のよさを損なうことはなかったが、芸術愛好家としての夫人の抗議をひきおこした。この名を聞いたカンブルメール若夫人は、ほとんど立てつづけに六度も舌打ちをした。ばかなマネをする子供に向かって、それを始めたのを叱責すると同時に、それをつづけるのを禁ずる舌打ちと同じである。「後生ですから、モネのような天才としか言いようのない画家のあとで、プッサンみたいな才能のない古くさい凡才を持ち出さないでください。つつみ隠さず申しますと、退屈な(478)多くの画家のなかでもいちばんあくびの出る画家ですわ。仕方ありませんでしょう、あんなものをわたしは絵とは呼べませんので。モネ、ドガ、マネ、そう、こ

(477)　ニコラ・プッサン（一五九四―一六六五）。フランス古典主義を代表する画家として、シャルリュスも引き合いに出していた（本訳④二七五頁）。本訳②四五一頁注275と四五二頁図30参照。

(478)　原語 barbifiant.「退屈な」を意味する二十世紀初頭の新語（『グラン・ラルース仏語辞典』）。

れこそ画家というもの！　じつに不思議なのは」と夫人は、自分自身の考えが浮かぶ空中の漠とした一点を探るようにうっとりと見つめて言い添える、「じつに不思議なのは、以前はマネが好きだったんです。今でもやはりマネは大好きなのですが、もしかするとモネのほうがもっと好きな気がしましてね。ほら！　あの大聖堂の数々(479)！」夫人は、自分の嗜好がたどった変遷を私に教えるのに、気兼ねをすると同時に、それに劣らぬ自己満足を感じていたらしい。そして夫人の嗜好のたどった諸段階は、夫人の考えでは、モネ自身の画風の変遷に劣らず重要なのだと感じられた。もっとも、夫人から賞讃の気持をこうして打ち明けられたからといって私が光栄に思ういわれはなかった。というのも夫人は、たとえ偏狭きわまる田舎女を相手にしても、五分も経たないうちに同じ賞讃の気持を打ち明けたくなったにちがいないからだ。モーツァルトとワーグナーの区別もつかないアヴランシュのある高貴な婦人が、カンブルメール若夫人の前で「私どものパリ滞在中にはおもしろい新作はございませんでした、一度オペラ＝コミック座に出かけたとき『ペレアスとメリザンド(480)』をやっていましたが、ひどいものでした」などと言おうものなら、カンブルメール若夫人は憤慨するばかりか、大声で「とんでもない、あれはちょっとした傑作ですよ」と注意して「文句を言い」たくなる。これはもしかするとコンブレーの習癖で、私の祖母の姉妹(481)から譲り受けたものだったのかもしれない。この姉妹は「大義名分のために闘う」と称して、毎週、楽しみとする晩餐会では、文芸や芸術を解さぬ俗物どもから自分たちの神々を擁護しなければならないと息巻いていた。カンブルメール若夫人がこと芸術の話になるとこんなふうに「血が騒ぎ」、好んで「言い争う」さまは、ほかの人たちが政治を論じてそうなるのとなんら変わらない。夫人がドビュッシーの味方をするやりかたは、まるで素行を糾弾された女友だちの肩を持つときと同じであった。とはいえ夫人も、「とんでもない、あれはちょっとした傑作ですよ」といくら言ってみたところで、叱責した相手の芸術的教養がにわかに進展して最終的にふたりが議論の余地なく意気投合する事態になるわけではないことは、重々承知していたはずである。「プッサンをどう思うか、ル・シダネルに訊いてみなくては」と弁護士は私に言った、「閉じこもりっきりの無口な人ですが、私ならなんとか聞き出せますから。」

「でも」とカンブルメール若夫人はつづきを言う、「わたし夕陽にはぞっとしますの、

(479)　図27参照。
(480)　メーテルランクの戯曲に基づくドビュッシー作曲のオペラ。一九〇二年四月、パリのオペラ＝コミック座で初演。プルーストは一九一一年二月、これをテアトロフォンで聴き、文体模写をつくった。
(481)　「コンブレー」に登場した、口うるさいセリーヌとフローラ(本訳①六二―七二頁参照)。

図 27　クロード・モネ『ルーアン大聖堂——朝の印象』(オルセー美術館)

カンブルメール若夫人のいう「大聖堂」とは，モネがセーヌ川河口近くの町ルーアン(地図①参照)で描いた「ルーアン大聖堂」連作(1892–93)を指す．1895 年 5 月の「モネ展」(デュラン＝リュエル画廊)に，その約 20 点がまとめて展示された．プルーストは 1890 年代後半執筆の小説『ジャン・サントゥイユ』の一断章に，モネの「大聖堂」連作を採りあげ，「目に見えない正面玄関」や「霧が訪れる時刻」のすばらしさを語った．また北仏アミアン(地図①参照)の大聖堂正面について「霧のなかに青く沈んでいたのが，朝には眩いまでに輝き，午後には陽光を吸って分厚く黄金(こがね)色に化粧し，日が沈むころにはバラ色に染まって，早くも夜の気配がしのびよる」とモネの連作を彷彿とさせる描写をしたうえで，この箇所に「クロード・モネの描いた『一日のさまざまな時刻に見たルーアン大聖堂』(カモンド・コレクション)」と注記している(1900 年発表の「アミアンのノートルダム大聖堂におけるラスキン」)．これはイザアック・ド・カモンド伯爵(1851–1911)が蒐集し，死後ルーヴル美術館に遺贈されたコレクションで，そのなかに「ルーアン大聖堂」連作 4 点(現在オルセー美術館所蔵)が含まれていた．上図はその 1 点．

ロマンチックで、オペラみたいでしょ。そのせいで義母《はは》の家も大嫌いなんです、南仏の植物ばっかりで。いらっしゃればわかりますが、まるでモンテ＝カルロ(482)の公園ですもの。だからわたし、あなたのいらっしゃるこの海岸のほうが好きなんです。ずっともの淋しく、ずっと本物らしくて、海の見えない小径もありますから。雨の日には泥だらけで、そりゃもう別世界。まるでヴェネツィアにいるみたいで、「大運河」は大嫌いですが、あの小さな路地ほど心を打つものは見たことがありません。もっとも周りの雰囲気の問題ですけれど。」「ところが」と私は、カンブルメール若夫人の目にプッサンの復権を図るただひとつの方法は、プッサンが再びもてはやされていると夫人に教えるほかはないと悟って、こう言った、「ドガ氏はシャンティイのプッサン(483)ほど美しいものは知らないと断言していますよ。」「そうなんですの？　シャンティイのプッサンは知りませんが、」とカンブルメール若夫人は、ドガと異なる意見を表明するのは差し控えてこう言う、「でもルーヴルのプッサンのことなら申しあげることができますわ、どれもおぞましい作です。」「ドガはそれも口をきわめて褒めています。」「じゃあ、こんど見直してみなくては。どれもずいぶん前に見た画ばかりで、頭のな

(482)　地中海に面する、モナコ公国最大の保養地(地図①参照)。
(483)　図28参照。

図 28　ニコラ・プッサン『嬰児虐殺』
（シャンティイ，コンデ美術館）

パリの北方シャンティイ（地図①参照）の城館は，ルイ＝フィリップの 4 男オマール公爵アンリ・ドルレアン（本訳④ 289 頁の肖像参照）が最後の所有者．公爵はみずから蒐集した膨大な美術コレクションを城館に収蔵，その配置を変更しないという条件で 1897 年に城館と蒐集品をフランス学士院に遺贈した（公開は翌 98 年で，小説中の現時点の直前）．そのなかにフランス古典主義を代表する画家ニコラ・プッサンの膨大なデッサンと 5 点の油彩画が存在する（1899 年刊『シャンティイ――コンデ美術館絵画目録』では他の 4 点と合わせて計 9 点をプッサン作としていた）．上図『嬰児虐殺』（1625–29 頃）のほか，『ヌマ・ポンピリウスとニンフのエゲリア』（31–33），『バッカスの少年時代』（25–35 頃），『父親の剣を見出すテーセウス』（38 頃），『二人のニンフのいる景色』（59 頃）の計 5 点．『嬰児虐殺』はオマール公爵が 1854 年に購入した最初のプッサンで，5 点のなかで最も有名な作．大勢の嬰児が殺される場面を描く従来の宗教画の伝統を破り，プッサンは兵士と母親と嬰児の三者を中心とする緊迫した画面をつくりあげた．プッサンは過去の巨匠としては珍しく，17 世紀末から 19 世紀末までさまざまな流派の画家に霊感を与えた．エドガール・ドガ（1834–1917）もそのひとりで，プッサンの画を 10 点ほど模写し，「プッサン風スタイル」の均衡ある画面を理想とした．プルーストは世紀末にストロース夫人のサロンでドガ（反ドレフュス派だった）と会っている．

かでちょっと古びていますから」と夫人は、しばしの沈黙の後に答え、やがてプッサンについて間違いなく好ましい評価をくだすとしても、私が今しがた伝えた情報に拠るのではなく、ルーヴル美術館のプッサンの画をあらためて最終的に調べ直してはじめて前言をひるがえす能力が身につくのだと言わんばかりだった。私は、夫人はまだプッサンを賞讃してはいないが、その機会を二度目の熟慮のときまで延期するからには前言撤回をすでに始めたも同然と考えて満足し、いつまでも若夫人をいじめるのをやめ、今度はその姑にフェテルヌの花がすばらしいとのうわさを何度も耳にしたと言った。老夫人は謙遜して、多くの植物を育てている小さな裏庭のことを話した。朝、部屋着のまま、木戸を押してその庭にはいり、クジャクたちに餌をやり、産み落とされた卵をあつめ、ジニアやバラの花をつみ、その花をテーブルセンターのうえに並べて、生クリーム添えの卵焼き(484)や小魚のフライの縁飾《ふちかざ》りにすると、庭の小径が想い出されるという。「たしかにバラの花はたくさんあります」と老夫人は言った、「バラ園が住まいのすぐそばにあるせいで頭が痛くなる日もございます。その点、ラ・ラスプリエールのテラスのほうが快適で、風がバラの香りを運んで来ても、くらくらすること

(484)　ウー・ア・ラ・クレーム (œufs à la crème)。内側にバターを塗った型にパンを敷き、その上に生クリームをのせて卵を割り、塩・コショウをしてオーヴンで焼く。

はありません。」私は若夫人のほうを向いて「まるで『ペレアス』ですね」と、相手の現代趣味を満足させてやるつもりで言った、「テラスまであがってくるバラの香りというのは。(485) その強烈な香りが曲に漂っているせいか、枯草熱(486)とバラ熱にかかりやすい私など、この場面を聴くたびにくしゃみが出たものです。」「なんという傑作でしょう、『ペレアス』は!」とカンブルメール若夫人は大声をあげた、「わたし、もうあれにはぞっこん。」そう言うと夫人は、世慣れぬ女がしなをつくるような仕草をして私に近づき、想いうかぶ音符をひとつひとつ指で弾いてなにやら口ずさみはじめたが、それは私が想像するに、ペレアスの別れのことば(487)のようであった。カンブルメール若夫人はそれを執拗につづけたが、まるで夫人がいまこの場面を私に想い出させている こと、いや、むしろ夫人自身がこの場面を想い出していることを私に誇示するのが重大事のようであった。「あの美しさは『パルジファル』(488)も顔色なしですね」と夫人は言い添える、「『パルジファル』では、もっとも偉大で崇高な箇所に、なんとも美しい調べのフレーズが輝くのが玉に瑕《きず》で、そもそも美しい調べなんて時代おくれですからね。」「奥さまは大変な音楽家でいらっしゃると伺っています」と私は老夫人に言った、「ぜひ弾いていただきたいものですね。」カンブルメール=ルグランダン夫人は、ぷいと海を見つめ、この話題には加わらない。若夫人は、義母の愛しているものなど音楽ではないと考え、人が義母に認める才能にしても、実際きわめて傑出した才能であったが、才能と言い囃《はや》されているだけのつまらぬ小手先の芸とみなしていたのだ。ショパンの弟子のただひとりの生き残りであるカンブルメール老夫人が、「師」の弾きかた、つまり「心情」は、師の弾きかたを通じてこの自分にだけ伝わったと言明していたのはもっともなことであったが、ショパンのように弾くことは、このポーランドの作曲家をなによりも軽蔑するルグランダンの妹にはなんの価値の保証にもならなかった。「あっ！　飛んでゆく」とアルベルチーヌは大声をあげて、私にカモメを指さした。お忍びの花のすがたを今やかなぐり捨てたカモメが、いっせいに太陽に向けて舞いあがるところだった。「巨大な翼《つばさ》は歩く妨げとなるばかり(489)」とカンブルメール若

(485)　『ペレアスとメリザンド』三幕三場、ペレアスは地下からテラスに出てやっと息をつき、「濡れたバラの香りがこのテラスまであがってくる」と言う。ここで短調の音楽が嬰へ長に転じる。一九一一年二月、テアトロフォンでこの曲を聴いたプルーストは、この一節には「海の冷たさと、そよ風に運ばれてくるバラの香りとが浸みこんでいる」と書いた(同年三月四日のレーナルド・アーン宛て書簡)。

(486)　鼻がかゆく、くしゃみが出る病気(本訳⑥九四―九五頁と注87参照)。プルーストが悩まされた。

(487)　ふたりが会う最後の場面(四幕四場)で、ペレアスがメリザンドに言う別れのせりふ「お会いするのもこれが最後かもしれません、永久に立ち去らなければなりませんから」のことか。

(488)　本作にこれまでも何度か出てきたワーグナー最後の楽劇(一八八二初演)。プルーストは一八九四年一月にコンセール・コロンヌで一部を聴いた。全曲がパリで上演されるのは一九一四年から。

夫人は言った。どうやらカモメをアホウドリと混同したらしい。「あたし、カモメって大好き。アムステルダムでよく見たの」とアルベルチーヌは言う、「カモメって海の匂いがするわ、街路の石畳《いしだたみ》にいても潮の香りを嗅いでいるのね。」「あら！　オランダにいらしたの、じゃあフェルメールはご存じ？」とカンブルメール若夫人は高飛車に訊ねたが、その言いかたは「ゲルマントのかたがた[490]をご存じ？」と訊ねたような口調だった。スノビスムは、対象を替えても、その語調を変えることはないのである。アルベルチーヌは「いいえ」と答え、フェルメールの作品を生きている人間たちだと思ったようだが、その間違いは気づかれなかった。「あなたに音楽を聴いていただけるのは大へん嬉しゅうございますが」とカンブルメール老夫人は言った、「なにせ私の弾くものは、あなたがたの世代の興味をもはや惹かないものばかりでしてね。なにぶん私はショパン崇拝の気運のなかで育ったものですから」と小声になったのは嫁を恐れていたからで、嫁がショパンなど音楽ではないから上手に弾くとか下手に弾くとかは意味のない表現だと考えているのを承知していたのである。[491]若夫人も、義母がピアノを巧みに弾き、音があわ立つような演奏をすることは認めていた。しかし「あの人が音楽家だなんて、わたしには絶対に言えません」というのがカンブルメール＝ルグランダン夫人の結論であった。なぜなら自分は「進んでいる」と信じているうえ、

(芸術だけのこととはいえ)「いくら左翼になっても充分ではない」と言い募るだけに、音楽はたんに進歩するだけではなく、ひたすら一直線に進歩するものと考え、ドビュッシーはいわばワーグナーを超えてワーグナーよりも少々進歩した存在なのだと想いこんでいた。若夫人は気づかなかったが、一時的にうち負かした相手から完全に自由になるには、その相手から奪った武器を使うほかない以上、ドビュッシーも、数年後に夫人がそう信じるほどワーグナーと無縁だったわけではなく、すべてを表現し尽くしたあまりにも完璧な作品に人びとが飽きてきたときに、それとは正反対の欲求を充たしてやろうとしたまでなのだ。さまざまな理論が一時的にこうした反動を支えたのは言うまでもない。政治において、単式誓願修道会を制限する法案(492)や、東洋における戦争(493)を支持する理論(自然の理に反する教育、黄禍論、等々の理論)が出てきたのと軌

(489)　ボードレール『悪の華』所収の詩篇「アホウドリ」の最終行。アホウドリにたとえられ、想像力の翼をもつ「詩人」は、日常ではぶざまな姿をさらすことを示唆。プルーストは、この詩句は「真の才能をもつ者」にとって「正鵠を射ている」と語っていた(一八九九年九月二十四日の母親宛て書簡)。

(490)　原語 les Guermantes. 前行の「フェルメール」は les Ver Meer. 複数定冠詞 les は、「……家の人びと」という意味にも「……の作品」という意味にもなる。

(491)　老夫人と嫁はすでに「スワンの恋」におけるサン＝トゥーヴェルト夫人邸の夜会に登場し、ふたりのショパンをめぐる対立が問題になっていた(本訳②三一九—二〇頁と注194参照)。

を一にする。忙しい時代にふさわしいのはテンポの速い芸術だと言われたこともあるが、この説も、未来の戦争は二週間以上つづくことはありえないとか、乗合馬車の時代にはなじみであった片隅は鉄道の発達によってさびれるが、やがて自動車によって見直されるだろうとかいった言い草となんら変わらない。聴衆の注意力がつづかないような音楽はいけないと声高に主張されたこともあるが、じつは人間には多種多様な注意力が備わっていて、人間のもっとも高度な注意力を呼び醒ませるかどうかは、ほかでもない芸術家の腕しだいなのだ。こんなことを言うのも、凡庸な文章なら十行読んだだけで疲れてあくびをする人たちが、毎年あきもせずバイロイトまで旅をして『四部作』[494]を聴いているからである。もっとも、一時的にせよ、ドビュッシーがマスネと同様の脆弱な作曲家とみなされ、メリザンドの身震いがマノン[495]の身震いのランクにまで評価を落とす日もやって来るにちがいない。なぜならさまざまな理論や流派というのは、細菌や血球と同じで、たがいに相手を食い合い、その闘争によって生命を維持するものだからである。だがそのような時はまだ到来していなかった。

証券取引所でひとつの銘柄に高騰の動きが出ると、それをきっかけに同業種の株が揃って値上がりするように、それまで見向きもされなかった何人かの芸術家はそうした反応の恩恵に浴していた。その芸術家たちが軽蔑されぬ才能をもっていたゆえなのか、それとも単に——そんな芸術家たちを推奨すれば斬新なことが言えるだろうと——その芸術家たちが軽蔑されていたゆえなのかもしれない。人びとはそればかりか、孤立した過去のなかに何人か独立不羈《ふき》の才能を探し求めることもした。現在の動向がそのような才能の再評価に影響を与えるはずはないと思われたが、新しい巨匠のひとりがその才能ある人の名をしばしば引き合いに出すと言われていたからである。そんな現象が生じるのは多くの場合、どんな巨匠であれ、またその巨匠の属するのがどんなに閉鎖的な流派であれ、その巨匠が一風変わった感情から、どんなところに見出されようと才能ある人を評価したり、あるいは才能とは言えなくても以前に味わったな

(492) アウグスティヌス、バシリウス、フランシスコ、ベネディクトゥスの四大会則による盛式誓願修道会(ordres)とは異なり、単式誓願修道会(congrégations)は単一の会則に基づく。十九世紀末の反教権主義政権は、中等教育におけるイエズス会の隆盛を食い止めるため、「自然の理に反する教育」として非難した。単式誓願修道会を制限し、一九〇一年には同会を事前許可制とし、一九〇四年には同会による教育を禁止した。一九四〇年代のフランス解放に伴い、これらの法律は停止される。

(493) 日露戦争(一九〇四-〇五)が日本の勝利に終わり、黄色人種(日本人)が白人種を凌駕して世界を制覇する危険が説かれ、黄禍論(le péril jaune)が当時のジャーナリズムを賑わした。

(494) ワーグナーの四部作『ニーベルングの指環』(一八七六全曲初演)。バイロイト音楽祭の呼び物。

(495) アベ・プレヴォーの小説『マノン・レスコー』に基づきジュール・マスネ(一八四二-一九一二)が作曲した人気オペラ『マノン』(一八八四初演)のヒロイン。メリザンドと同じく、最終幕で息絶える。

んらかの心地よい霊感を青春時代のなつかしいひとときを想い出させてくれるものとして評価したからである。あるいは巨匠が、べつの時代のある芸術家の手になるただの小品のなかに、しだいに自覚を深めた自分自身がつくりたいと願ったのと同種のものを認めたからということもある。この場合、巨匠はその昔の人に先駆者を見たのだ。その昔の人のなかに、べつの形の一時的で部分的なものとはいえ、兄弟同士のような努力を認めてそれを愛したのである。プッサンの作品にはターナーの作を想わせる箇所があるし(496)、モンテスキューのなかにはフロベールの一文かと思われるものが認められる(497)。ときには巨匠の偏愛にかんするうわさは、出所も定かでないまま巨匠の属する流派のなかに広まった間違いから生じた、という場合もある。ところが引き合いに出された名前が、タイミングよく流派という集団の庇護の恩恵を享受できたのは、巨匠の選択にはなにがしかの自由、正真正銘の趣味が介在するが、流派のほうはたんに理論にのみ従って行動するからである。そんなわけでわき道にそれながら進むという通常のコースをたどった精神が、ある方向に曲がったかと思うと、つぎには反対の方向へと進みながら、いくつかの作品に高みから光を当てたとき、公正や革新を求める気運ゆえか、あるいはドビュッシーの嗜好ないし気まぐれゆえか、あるいはもしかするとドビュッシーが口にしたことさえない発言ゆえか、そのなかにショパンの作品がつけ加えられたのだ。かくして世間が全幅の信頼を寄せる審判者たちから推奨され、『ペレアス』にたいする賞讃の恩恵にも浴したショパンの作品は、新たな輝きをとり戻し、その作品をあらためて聴く気のなかった人たちまでがその作品を好きになりたいと願うようになった結果、その人たちは心ならずも好きになったはずなのに、自分の意志で好きになったと錯覚する始末である。ところがカンブルメール＝ルグランダン夫人は、一年の一部を田舎で暮らしていた。パリに滞在しているときでも病気がちで、自分の部屋ですごすことが多い。そんな不都合は、カンブルメール若夫人が自分の用いる表現を選択するさいに感じられ、夫人が流行《はやり》の表現と想いこんでいるものはむしろ書きことばで使うのにふさわしい表現であったが、夫人にはその微妙な違いが見分けられなかった。というのも夫人はそうした表現を、人びととの会話からではなく、

(496)　図29、図30参照。

(497)　啓蒙思想家モンテスキュー（一六八九―一七五五）の文章は古典的名文とされる。一方フロベールは、プルーストに言わせると「統辞法」で世界の認識を一新した「文法上の天才」で（『サント＝ブーヴに反論する』のフロベール）、モンテスキュー『リュシマコス』（一七五四）のつぎの文におのが「先駆」を認めたという（「フロベールの文体について」一九二〇）。「アレクサンドロスの悪徳はその美徳と同じく極端であった。怒ると手がつけられず、残忍になった。」（Les vices d'Alexandre étaient extrêmes comme ses vertus: il était terrible dans la〔モンテスキュー原文は sa〕colère; elle le rendait cruel.）直前の名詞をつぎの文の主語人称代名詞とする自在な循環的構文がフロベールに通じる。

図29　ニコラ・プッサン『冬——大洪水』（ルーヴル美術館）

図30　ターナー『大洪水』（ロンドン、テイト・ギャラリー）

本文は，古典主義画家プッサン（カンブルメール若夫人は「古くさい凡才」と軽蔑）にも印象派の先駆者ターナー（1775–1851）に通じるヴィジョンが認められる，の意．実際ターナーは，1802年の大陸旅行ではじめてルーヴル美術館を訪れたとき，プッサン晩年の連作『四季』（1660–64）の1点『冬——大洪水』の色彩に強く惹かれた．ただし納得できない面もあり，約2年後，それを乗り越える画としてプッサンの画と同名の『大洪水』（1805）を描いた．プッサンの構図や色彩と比べると，ターナーの画面では人体や木々などが，空と水の境界も不分明な激しい動きのなかに翻弄されている．

むしろ書物から仕入れていたからである。もとより会話は、新しい表現を知るためには必要でも、世評を正確に知るためにはさほど必要なものではない。ところがショパンの『ノクターン』の再評価は、いまだ批評家たちの文章によって告知されていなかった(498)。このニュースは、ただ「若者たち」のおしゃべりによって伝えられていたにすぎない。それゆえカンブルメール＝ルグランダン夫人は、この刷新を知らなかったのである。だから私は、ショパンは流行おくれであるどころかドビュッシーお気に入りの作曲家だと夫人の義母に話すことによって、ビリヤードにおいてクッションを使って玉に当てるのと同様の間接的方法で、それを若夫人に教えてやる喜びを味わうことができた。「あら、それって興味ぶかいお話ですわね」と嫁は笑みを浮かべて答えたが、それは『ペレアス』の作者が口にした逆説にすぎぬと言いたげであった。とはいえ若夫人がこれからショパンを聴くときには、敬意をこめるだけでなく、嬉しそうに

(498)　ショパン(一八一〇-四九)の『ノクターン』(夜想曲)全二十一曲(二七-四八頃)のうち、ジョルジュ・サンド(一八〇四-七六)と地中海のマヨルカ島滞在中(三八-三九)に作曲されたのは一一番と一二番(op. 37-1, 37-2)。プルーストは、マヨルカ島の「ショパンが『ノクターン』を作曲した家」のことを語っている(一九一六年七月十一日のオゼール宛て書簡)。ショパンの音楽が本格的に再評価されたのは生誕百年の一九一〇年頃から。ドビュッシーはショパンの『ピアノ全作品』(デュラン刊、一九一五-一七)の楽譜を校訂して、この再評価に貢献した。

聴くことが確実となった。それゆえ私のことばは、老夫人にとっては解放の時を告げる福音となり、その顔には私にたいする感謝の表情が、わけても歓喜の表情が浮かんだ。老夫人の目は、『ラチュード――三十五年の虜囚[499]』という芝居の主人公ラチュードのように輝き、その胸は、ベートーヴェンが『フィデリオ』において囚人たちがようやく「生気よみがえる空気[500]」を呼吸する場面で強調したように大きく膨らみ、海の空気を吸いこんだ。私は、老夫人がまわりに髭のはえた唇をいまにも私の頬に押しあてるのではないかと思ったほどだ。「あらまあ、ショパンがお好きなの？　このかたショパンがお好きなのよ、このかたショパンがお好きなのよ」と老夫人は、感涙ゆえの鼻声を張りあげ、それはあたかも「あらまあ、フランクト夫人[501]とも面識がおありなの？」とでも言うような口調であったが、私のフランクト夫人との関係はなんら老夫人の関心を惹かなかったのにたいして、私がショパンに詳しいことは老夫人をいわば芸術的陶酔に投げこんだという違いがあった。唾液が分泌過多になるだけでは足りなかったのである。老夫人は、ドビュッシーがショパンの再発見にいかなる役割を果たしたかは理解しようとさえせず、ただただ私の評価を好意的だと感じたにすぎない。音楽的昂揚が老夫人を虜にしていた。「エロディー[502]！　エロディー！　このかたショパンがお好きなのよ。」老夫人の胸は盛りあがり、両腕は空《くう》をたたいた。「やっぱりね！　感じていたんですよ、あなたは音楽家に違いないって」と老夫人は叫んだ、「わかりますよ、あなたのようなゲエエエジュツカなら、あれがお好きなことぐらい。すばらしいことですわ！」　そう言った声はがらがらした耳障りなもので、ショパンへの熱愛を私に語らんとした老夫人が、デモステネス(503)にならって海岸の小石を口いっぱいに詰めこんだかと思われた。ついに引き潮のときが来て、そのしぶきは夫人がよける間《ま》もなくベール(504)に達してそれに浸みとおった。ショパンの想い出に熱中するあまり、刺繡をしたハンカチで、泡を吹くよだれをぬぐった。ようやく侯爵夫人は、よだれが口髭をびしょ濡れにしていたのである。

(499)　ピクセレクールとブルジョワ共作の歴史メロドラマ（一八三四初演、九三、一九〇三再演）。ラチュードは実在の山師（一七二五―一八〇五）。ポンパドゥール夫人に爆弾入りと称する小箱を送付して金をせびり、三十五年間、虜囚。芝居の大団円で、解放された主人公の目が輝く（プレイヤッド版注）。プルーストは「ラチュードの三十年の虜囚」に言及していた（一九一七年六月二十日のスーゾ夫人宛て書簡）。

(500)　『フィデリオ』（一八一四初演）第一幕のフィナーレ直前、中庭に出た囚人の合唱、「ああ嬉しい、自由な空気のなかで楽々と呼吸ができるなんて」。プルーストは、ペレアスのせりふ「やっと息がつける！」（前注485参照）は「『フィデリオ』の模倣」だと書いていた（前注485に引用のアーン宛て書簡）。

(501)　カンブルメール老夫人の従姉妹《いとこ》（本巻一六六―一六七頁と注179参照）。

(502)　カンブルメール若夫人のファーストネーム。べつの箇所では「ルネ」と記述（本訳④三六頁）。

(503)　古代アテネの政治家、雄弁家（前三八四―前三二二）。口に小石を入れて発声練習をしたと伝わる。

「あらたいへん」とカンブルメール＝ルグランダン夫人は私に言った、「義母《はは》がちょっとゆっくりしすぎて、お夕食に叔父のシュ’ヌーヴィル[505]が見えるのを失念してるようです。おまけにカンカンは待つのが大嫌いなものですから。」私はカンカンがなにかわからず、もしかすると犬のことかと考えた[506]。しかしシュヌーヴィルなるいとこたちについては、つぎのとおりであった。若侯爵夫人にとって、いとこたちの名前をこんなふうに発音する喜びは歳とともに薄れてはいた。しかしその昔、若夫人が結婚を決意したのは、この喜びを味わうためであった。ほかの社交集団では、シュヌーヴィル家の人たちを話題にするときは、ふつう貴族を示す「ド」deの無音のeを発音しない（少なくとも「ド」の前に母音で終わる名詞がくるときは必ずそうなり、そうでないときは子音を連続させてマダム’・ド・シュ’ノンソーと言えないので[507]、「ドゥ」と強く発音せざるをえない）。それゆえふつうは「ムッシュー・ド’・シュヌーヴィル[508]」と発音する。ところがカンブルメール家では、その逆の発音がしきたりで、おまけにそれを守るのが絶対の義務であった。名前の前に「私の従兄弟」mon cousinをつけようと「私の従姉妹」ma cousineをつけようと、かならず「シュ’ヌーヴィル」Ch'nouvilleと発音しなければならず[509]、「シュヌーヴィル」Chenouvilleと発音するのは御法度だった（ただし、いとこのシュヌーヴィルの父親については、連中も私たちの叔父《オンクル》と言っていた。ゲルマント一族のように私たちの「叔父《オンク》」(510)と言うほどフェテルヌの貴族たちは「一流《グラタン》」ではなかったからで、そもそもゲルマント家に蔓延する、子音を発音しなかったり外国名をフランス語ふうに改変したりしてわざとちんぷんかんぷんにした語彙は、昔のフランス語や現代の俚言《りげん》と同じほど理解に困難をきわめた)。あらたにカンブルメール家の一員となる者はだれしも、ほどなくこのシュ、ヌーヴィルなる発音について注意を受けたが、ルグランダン嬢にはその注意は無用であった。ある日、訪問先で会ったある娘が「叔母のユゼ」とか「叔父《オンク》のルーアン」とか言うのを聞いたとき、(511)ルグランダン嬢はそれがふだん自分がユゼスやロアンと発音している名家の名だとは

(504) 原語 voilette. 帽子から垂らす小さなベール。『二十世紀ラルース辞典』から転載の図31参照。

(505) 原語 Ch'nouville.「シュヌーヴィル」Chenouville の冒頭音節を支える母音の発音を脱落させた。

(506) カンカンは、夫のカンブルメール侯爵の愛称。『ソドムとゴモラ』の後半(次巻)に説明が出る。

(507) 原語 Madam' d' Ch'nonceaux. 母音の支えなしに[m][d][ʃ]の三子音を連続して発音するのは不可能。

(508) 原語 Monsieur d' Chenouville.「ド」de の無音の e を脱落させた発音。

(509) 前者 cousin[kuzɛ̃]は母音で終わり(「ド」de の無音の e を発音しない)、後者 cousine[kuzin]は子音で終わる(de を「ドゥ」と強く発音)が、ふつう Chenouville はつねに「シュヌーヴィル」と発音する。

(510) 原語 onk.「叔父《オンクル》」oncle の最後の子音 [l] を抹消した発音。

図31

すぐにわからず、まるで目の前の食卓に使いかたのわからぬ新しい器具が置いてあってそれを使って食べはじめることができない人のように、驚きと困惑と恥ずかしさをおぼえた。しかし当日の夜や翌日には、すでに嬉々として語末の子音を省略して「叔母のユゼ」と言っていた。ルグランダン嬢は、前日にはこの省略に唖然としていたのに、いまやこれを知らないのは低俗だと思うようになり、ユゼス公爵夫人の胸像のことを話した女友だちのひとりに、高慢な口調で「せめてきちんとマム・デュゼ[512]と発音するくらいはできるでしょ」と答えていた。このときからルグランダン嬢は、父親から譲りうけた正々堂々と築かれた莫大な財産や、自分が受けた完全無欠の教育、たとえばソルボンヌでカロ[513]の講義にもブリュンチエール[514]の講義にも熱心に出席し、コンセール・ラムルー[515]の演奏会にも通いつめたことなどは、堅固な物質をしだいに微細な要素へと変容させる作用のせいか、今後はすべて蒸発し、最終的にはいつの日か「叔母のユゼ」と言える喜びへと昇華する運命にあることを悟った。そんなわけで結婚後しばらく、ルグランダン嬢には、大好きだった数人の女友だちとのつき合いは仕方なく諦めるとしても、好きでもない数人の女友だちとは相変わらずつき合いつづけ、そんな相手に「叔母のユゼを紹介するわ」と言ってやりたい(そのために結婚するのだ)という願望がとり憑いていた。そんな自慢ができる婚姻関係を結ぶのは無理だと悟ったときでも、「あなたを叔母のシュヌーヴィルに紹介するわ」とか、「あなたをユゼ家の人たちもいらっしゃる晩餐に招待するわ」とか言えることを楽しみにしていた。ところがいざカンブルメール氏と結婚してみると、ルグランダン嬢はこのふたつの文言のうち前者を口にする機会には恵まれたが、後者を口にすることはできなかった。夫の両親の出入りする社交界が、新婦が結婚前にそう想いこんでいたもの、今もなお夢見ているものとは違ったからである。それゆえ若夫人は、サン＝ルーのことを私に話して（そのときロベールの表現を借用した若夫人は、私が若夫人に話すときにルグラン

(511)　ともにフランスの名門貴族。ユゼス Uzès 公爵とサン＝ルーの親交は、本訳④二〇二頁、同⑤一九六頁と注161参照。ロアン家 Rohan については、本訳⑥六四頁と注52、同⑦四二〇頁と注435参照。「ある娘」の発音は「ユゼ」Uzai と語末子音を省略し、「ルーアン」Rouan と綴りを改変したもの。

(512)　原語 Mame d'Uzai. ユゼスの「ス」だけでなく、マダム Madame の「ダ」まで省略。

(513)　エルム＝マリ・カロ（一八二六―八七）はソルボンヌの哲学教授（六四―八七）。社交好きでパイユロンの『退屈社交界』（八一）で揶揄の対象となった。カロの社交界のべつの逸話（本訳⑥四七頁注34）参照。

(514)　フェルディナン・ブリュンチエール（一八四九―一九〇六）は批評家。進化論を唱えた文学史家。一八八六年から高等師範学校、ついでソルボンヌの教壇に立つ。反ドレフュス派。

(515)　ヴァイオリン奏者で指揮者のシャルル・ラムルー（一八三四―九九）が一八八一年に創設したオーケストラ（現在に存続）。当初はワーグナーの演奏で知られた。プルーストも一八九五年四月十二日、同楽団の『トリスタンとイゾルデ』の抜粋演奏に出かけた（コルブ編『プルースト書簡集』年譜に拠る）。

ダンのような口を利いたのに似て、それと逆の暗示がはたらいたのか、私に答えるときにロベールの口癖を真似たのであるが、それがラシェルからの借用だとは想いも寄らなかった)、親指と人差指の先をぐっと近づけ、両目をなかば閉じて、ようやく捉えることのできたきわめて微妙なものを眺めているような表情で「ほんとにおつむのすばらしいかた」と言い、熱烈にロベールを褒めたたえた。まるでロベールに恋しているると思われても不思議ではない口調であったが(そもそも以前ロベールがドンシエールにいたとき、この若夫人の愛人だという説が広まっていた)、実際には若夫人はそのことばを私からロベールに伝えてもらおうとしただけで、結局はこう言うのが目的だった。「あなたはゲルマント公爵夫人と非常に親しくしておられるでしょ。わたしは病気がちで、あまり外出しませんが、あのかたは選り抜きのお友だちだけの内輪の会に閉じこもっておられるそうですね、それは大へん結構なことで、そのせいでわたしはほとんど存じあげないのですが、でも申し分のない優れたかただとわかりますわ。」カンブルメール若夫人がゲルマント夫人をろくに知らないことを理解した私は、むしろ自分自身を若夫人と同様の卑小な存在たらしめようと、この話題には立ち入らず、若夫人に、お兄さまのルグランダンさんにはとりわけ親しくしていただきました、と答えた。その名を聞いた若夫人が逃げ腰になったのは、ゲルマント夫人のことに立ち入らなかった私の場合と同じであるが、しかし若夫人はその逃げ腰にさらに不満の表情をつけ加えた。私がルグランダンとの親交に触れたのは、私自身ではなく若夫人を辱めるためだと考えたからである。若夫人はルグランダン家に生まれたという絶望感にさいなまれていたのだろうか？　すくなくとも若夫人の夫の姉妹や義姉妹たちはそう主張したが、それはだれひとり知り合いがなく、なにひとつ知識もなく、カンブルメール若夫人の頭のよさと、教養と、財産と、病気になる前の肉体的魅力にただ嫉妬しているだけの田舎の貴婦人たちの言い分であった。この意地悪な貴婦人たちは、カンブルメール若夫人のことになると皆に、とりわけ庶民を相手に、「あの人の考えることはそれだけでしてね、それであの人の神経が参るのです」と言いつのり、相手が愚かな間抜けであれば、庶民というのはこんなにも恥ずかしいものだと暴露することで、庶民にたいする自分たちの好意をいっそう価値あるものに見せかけ、相手がこの発言を自分自身にも当てはめる繊細な小心者であれば、相手を丁重にもてなしつつ、間接的に相手を侮辱する快楽を味わうことができたのだ。とはいえこの貴婦人たちが義理の姉妹について真実を語ったと考えるなら、それは見当違いというものである。本人は、おのがルグランダン家の出自を忘れていたぐらいで、それをさほど気に病んではいなかった。若夫人が、私にその出自を想い出させられて腹を立てたものの、なんの話かわからぬふりをして黙りこんだのは、どうやら私の話を修正したり是認したりする必要はないと判断したからである。

「早めに失礼しますのは、なにも私どもの親戚が主たる原因ではございません」とカンブルメール老夫人が私に言ったのは、おそらく嫁よりも「シュヌーヴィル」と言う楽しみに飽きていたのだろう、「ずいぶん大ぜいで押しかけ、あなたさまもきっとお疲れと思ったからですの、あのかたなどは」と弁護士を指して言う、「そんなわけで奥さまと息子さんをここまでお連れになりませんでした。それで、あのおふたり、私たちを待ちながら浜辺を散歩なさって、そろそろ退屈しておられるころですわ。」私は老夫人からそのふたりの正確なすがたを聞きだし、大急ぎでふたりを探しに行った。夫人はキンポウゲ科のある種の花のような丸い顔をして、目元にはこれまた植物を想わせるかなり大きなアザがあった。人間の各世代は、同じ科の植物と同じように共通の性格を保持するものらしく、品種の分類に役立てるかのように、母親のしおれた顔に認められるのとそっくりのアザの膨らみが息子の目の下にも認められた。私がてきぱきと妻と息子にたいして親切に振る舞ったことに感激した弁護士は、私のバルベック滞在に関心を示した。「ここではあまりなじめないご気分でしょう、なにせ滞在客の大多数は(516)外国人ですからね。」弁護士はそう言いながら私をじっと見つめた。

多くは自分の顧客であるにもかかわらず外国人を嫌っていて、その外国人嫌いに私が反発しないかを確かめようとしたのだ。私が反発を示したら、弁護士は「もちろんＸ夫人はすばらしい女性かもしれません、あくまで原則論ですから」と言って引き下がったであろう。ところがこの時期の私は外国人にかんしてなんら意見を持たず、したがってなんの異も唱えなかったので、弁護士は自分が安全地帯にいると感じたらしい。パリの自宅にいつかル・シダネルのコレクションを見に来てほしい、カンブルメール家の人たちもいっしょに連れてきてほしい、と私に頼みさえした。私が当然カンブルメール家と親しい間柄だと想いこんだのである。「ル・シダネルといっしょにご招待しますよ」と言って、そのすばらしい日を私がそれこそ一日千秋の思いで待ち暮らすだろうと決めつけた、「いかにすてきな人かおわかりになります。どの画にもきっと魅了されますよ。むろん私ごときが大コレクターのかたがたに太刀打ちできるわけはありませんが、画家本人のお気に入りの画なら私がいちばん沢山もっているでしょう。バルベックからいらっしゃれば、きっとなおさら興味をいだかれることでしょう、その大多数は海の画ですから。」妻と息子は、植物的性格を備えているのか、沈思黙考のていで耳を傾けていた。この一家のパリの館は、いわばル・シダネルを崇める寺院

(516)「大多数は」en majeure partie は弁護士の口癖。本巻四五七頁参照。

のように感じられた。こうした寺院は、けっして無用の長物ではない。というのも神たる芸術家が自分自身について懐疑にとり憑かれたとき、自分の作品に生涯を捧げてくれた人たちの異論の余地なき証言の数々は、神の自己評価に生じた亀裂をたやすく塞いでくれるからである。

嫁の合図を見て、カンブルメール老夫人もようやく腰をあげながら私に言った、「フェテルヌにお泊まりになるお考えはないようですが、せめて昼食にでもいらっしゃいませんか？　今週のいつか、たとえばあすにでも。」そして好意たっぷりに、私に決断を迫るように言い添える、「いらっしゃればクリズノワ伯爵にも再会できますよ。」私はべつにその人と音信不通になっていたわけではない。そもそも知らない人だったのだから。老夫人はさらに心をそそる他の魅力も挙げて私の目を幻惑しようとしたが、はたとそれをやめた。帰ってきた裁判所長が、ホテルに老夫人の来ていることを知って、こっそり夫人をあちこち探しまわったあげく、しばらく待機したうえで、たまたま出会ったような顔をして挨拶にやって来たからである。私は、カンブルメール老夫人が私に申し出たばかりの昼食への招待をこの裁判所長にまで広げる気はないのだと悟った。とはいえ裁判所長はもう何年も前から、私が最初のバルベック滞在時にあれほど羨んだフェテルヌにおける午後の会の常連で、夫人とは私などよりずっと旧知の間柄であった。とはいえ社交人士にとっては、古くからの馴染みであることがすべてではない。むしろ新しい知り合いを好んで昼食に招くもので、新しい人たちのほうがはるかに好奇心をそそるうえ、それがサン＝ルーのような誉れ高い人の熱烈な推薦で知り合った人ならなおのことである。カンブルメール老夫人は、私に言ったことが裁判所長の耳には届かなかったものと踏んでいたが、それでも内心の咎めを鎮めるべく、裁判所長にできるだけ愛想のいいことばをかけた。水平線上にふだんは見えないリヴベルの対岸が黄金色《こがねいろ》の夕日の光につつまれ、そこに私たちがかすかに見分けたのは、フェテルヌの周辺にアンジェラスの時を告げる小さな鐘(517)で、それがバラ色と銀色に染まって水面からとび出しているのが光きらめく青空とわずかに区別できる。「これもまた、相当『ペレアス』ですね(518)」と私はカンブルメール＝ルグランダン夫人に指摘した、「どの場面かおわかりでしょう。」「もちろんわかっていますわ」との答えが返ってきたが、夫人の声にも顔にもなんらかの想い出につながる表情は造型されず、その笑みも根拠のないつくりものである。老夫人は鐘の音《ね》がこの地にまでもたら

(517) お告げの祈りを捧げる時を知らせる鐘。一日に朝・正午・夕方の三回鳴らされる。

(518) 先にも言及された『ペレアスとメリザンド』三幕三場、地上に出て「やっと息がつける」と声をあげたペレアスは「正午だ、鐘の音が聞こえる」と言う。ただし小説の本場面で鳴るのは夕べの鐘。

してくれた感動からいまだ醒めやらぬふうであったが、時間を考えて立ちあがった。「じつは」と私は言った、「バルベックからは、ふだんあの海岸は見えませんし音も聞こえません。きっと天気が変わって、水平線を二倍にも拡大してくれたんでしょう。それをお聞きになって帰ろうとなさったのですから、鐘の音がお迎えに来てくれたのでしょうね、きっと奥さまには夕食の合図の鐘なのでしょう。」裁判所長は、鐘の音にはいっこうに心を動かされないらしく、そっと堤防を見やって、今夜もこんなに人出が少ないのを残念がった。「あなたは本物の詩人でいらっしゃいますね」とカンブルメール老夫人は私に言った、「感動に震える心をお持ちの、正真正銘の芸術家だとわかります。ぜひおいでください、ショパンを弾いてさしあげます」と夫人は、感に堪えぬといった面持ちで両腕を高くあげ、口のなかの小石を動かしたみたいながらがら声で一語一語を発音しながらそうつけ加えた。ついで唾を呑みこむときがやって来て、老夫人は口髭の俗にアメリカふうといわれる薄い(519)毛を思わずハンカチでぬぐった。裁判所長は、はからずも大いに私の役に立ってくれた。侯爵夫人の腕をとって馬車まで連れて行ってくれたからで、ほかの人なら引き受けるのをためらうこのような行為も、ある程度の卑俗さと大胆さと自己顕示欲があれば実行できるもので、社交界ではむしろ歓迎される行為である。そもそも裁判所長は、もう何年も前から、私とは比べるべくもないほどそんな流儀を身につけていた。裁判所長には感謝しながらもそれを見習う気になれない私は、カンブルメール＝ルグランダン夫人と並んで歩いたが、夫人は私が手に持っている本を見たがった。セヴィニエ夫人の名を見ると、若夫人は不満げに口をとがらせた。そして夫人は、どこかの新聞ででも読んだ語を使ったのだろう、その語の女性形が口から出て十七世紀の作家に適用されると奇妙な印象を与えたが、こう私に訊ねた、「その人のこと本当にタレント持ち(520)だとお思いになって?」侯爵夫人は、街道へ出て帰途につく前に立ち寄らなければならない菓子屋のアドレスを従僕に告げた。その街道には夕方のほこりがバラ色にただよい、そこに間隔を置いてあらわれる丸いいただきの断崖が青くかすんでいる。侯爵夫人は、古参の御者に、馬のなかで寒がりの一頭は充分あたたかくしていたか、もう一頭は蹄《ひづめ》を痛めていないかなどと訊ねている。「お手紙をさしあげますわ、日取りのお打ち合わせに」と夫人は小声で言った。「嫁と文学の話をしておられましたね、なかなかすてきな人でござい

(519)　原文 la légère brosse, dite à l'américaine.「アメリカふう」とは「とりわけ自由奔放」を意味する(『二十世紀ラルース辞典』)。口元の「薄い毛」を手入れせず、のばし放題にしていたことを指す。

(520)　原語 talentueuse.「才能がある」avoir du talent をくだけて言う形容詞(一八六六初出)の女性形。ゲルマント公爵は「ある作家が「タレント持ち」だというのを読みました」と語った(本訳⑥一四七頁)。

ましょ」とつけ加えたのは、ちっともそうは思っていなかったが、自分の息子が金目当ての結婚をしたのではないと見せかけるためにそんなふうに言う習慣を身につけ――しかも人が好いので――それを墨守していたのである。「それにね」と夫人は、最後に感激のあまり例のもぐもぐをしてつけ加えた、「あれは大へんなゲエエエジュッツツカカですよ！」そう言うと夫人は、日傘の司教杖のような柄を高くかかげ、首を振りふり、馬車に乗った。おのが司教職を誇示する飾りをふんだんに身につけてバルベックの通りを経《へ》めぐるそのすがたには、堅信の(521)秘跡を授けるために巡回する老司教のおもむきがあった。

「あの人から昼食の招待を受けたでしょう」と裁判所長は、馬車が遠ざかり、私が友人の娘たちといっしょに戻ってくると、詰問の口調で言った。「私たちのつき合いは冷えきっていましてね。侯爵夫人は私から見放されていると思ってるんですよ。いや、私はじつにつき合いやすい人間なんです。私に会いたいという人がいれば、いつなんどきでも「はい」って答えてますからね。ところがあの人たちときたら、抜け目のない顔をして、私をひとり占めにしようとしたんです。いや！　困るんですな、それは」と裁判所長は、こまかな違いをあれこれ言い立てる人のように人差指を立てると、こう言い添えた、「それは許せんのです。なにせ私のバカンスの自由を侵害する行為ですからね。私としては「ちょっと待った！」と言わざるをえませんでした。あなたはあの人とうまく行っているようですな。まあ、あなたも私の年齢になれば、くだらんものだってわかりますよ、社交界なんて。で、後悔しますよ、こんなくだらんものを重視していたのかってね。さあて、夕食前にちょいと散歩でもするとしよう。では失礼、お若い皆さん」と裁判所長は、まるで五十歩も離れているところから舞台の袖に向けてどなるほどの大声で言った。

私がロズモンドとジゼルにさようならを言ったとき、ふたりはアルベルチーヌが立ち止まってついて来ないのを見て驚いた。「あら、アルベルチーヌ、どうしたの、何時かわかってるの？」「あなたたちは帰ってよ」とアルベルチーヌは高飛車に答え、「あたし、この人とお話があるの」とつけ加えて、この人に従うのだと言わんばかりに私を指し示した。ロズモンドとジゼルは、新たな敬意のこもった目で私を見つめた。私としては、すくなくともいっとき、ロズモンドとジゼルの目に、アルベルチーヌにとって私は帰りの時刻や友人たちよりもずっと重要な存在であり、余人のあずかり知らぬ重大な秘密さえ共有できる存在に映っていると感じられて嬉しかった。「じゃあ今晩は会えないの？」「わからないわ、この人しだいなの。いずれにしても、またあ

(521)　幼児洗礼を受けた信者が理解力のある年齢に達したとき、確実な信仰のために授けられる洗礼。

した。」友人の娘たちが遠ざかると、私は「ぼくの部屋にあがろう」とアルベルチーヌに言った。私たちはエレベーターに乗ったが、アルベルチーヌはリフトの前では口を利かなかった。主人というのは奇妙な人種で、主人同士では話をするのに使用人には口を利かないので、「使用人」(召使いのことをリフトはそう呼んでいた)のほうは、主人のささいな事情を知るにも個人的な観察や推理に頼らざるをえない習性のおかげであろう、「雇い主」にはとうてい太刀打ちできないほど鋭い勘を発達させている。人間の器官は、その器官を必要とする度合いが増加するか減少するかで、ますます強力になり鋭敏になることもあれば、萎縮することもある。鉄道ができて以来われわれは汽車に乗り遅れないための必要から時間を分単位で勘定することを覚えたが、古代のローマ人には、天文学がはるかに大まかであったのみならず、生活もこんなに忙しくなかったから、分単位の概念どころか定時という概念さえほとんど存在していなかった。それゆえリフトは、アルベルチーヌと私になにか心配ごとがあるのを察知して、それを仲間たちに知らせるつもりでいた。ところがリフトは、気配りというものを知らない男で、私たちにのべつ幕なしに話しかける。とはいえ私は、そのリフトの顔に、おのがエレベーターで私を上の階まで運ぶという常日頃の友愛と歓喜にあふれた表情に代わって、異様なまでに落胆と不安の色が出ていることに気づいた。その原因がどこにあるのかわからない私は、そんなことよりもアルベルチーヌのことに気をとられていたが、リフトの気をまぎらしてやろうと、今しがたお帰りになったご婦人はカンブルメール侯爵夫人というかたで、カマンベール侯爵夫人ではないと言った。そのとき私たちが通りすぎようとした階には、長枕をかかえたひどく醜い小間使いがあらわれ、エレベーターが出発するときにチップをもらえると思ったのか、私にうやうやしくお辞儀をした。私はその小間使いが、最初にバルベックに着いた夜に私が激しい欲望を感じたのと同じ小間使いかどうかを知ろうとしたが(522)、確かなことはわからなかった。リフトは、たいていの偽証者が見せる真剣な表情で、ただし落胆した顔の表情は変えずに、侯爵夫人からとりつぎを頼まれたのは間違いなくカマンベールという名だったと誓った。じつをいえばリフトの耳にはそれがすでに知っている名に聞こえたのは、無理からぬことである。そのうえリフトは、貴族階級についても、爵位のつくられる名前のいわれについても、エレベーターボーイではない多くの人と同様の漠然とした基本知識しか持ち合わせていないので、むしろカマンベールという名のほうが本当らしく思えたのであろう。このチーズを知らぬ者はいないので、侯爵位の名声がチ

(522)　最初のバルベック到着時にこの小間使いは登場しないと諸版は注記するが、「私」は「長枕をかかえた小間使い」に「情熱に駆られた夢にくり返し出てきた風貌」を見ていた(本訳④七四―七五頁)。

ーズを有名にしたのではないかぎり、その輝かしい名声から侯爵位をつくりだす人がいてもなんら驚くにはあたらない[523]。とはいえリフトは、私には間違っていたと認める気がさらさらないのを見てとり、また主人というのは自分のどれほど浅はかな気まぐれでも聞き入れられ、自分のどれほど明らかな嘘でも受け入れられることを望む人種だと承知していたから、よき召使いとして、今後はカンブルメールと申しますと私に約束した。町の店主や近郊の農夫なら、カンブルメール家の名前と人物を知らぬ者はいなかったので、たしかにリフトのような間違いは犯さなかったにちがいない。ところが「バルベック・グランドホテル」の従業員には、土地の者はひとりもいなかった。従業員たちは、すべての資材とともに、直接ビアリッツやニースやモンテ＝カルロ[524]から派遣され、一部はドーヴィルへ、また一部はディナール[525]へと向かい、残りの一部がバルベックに配属されていたのだ。

　ところがリフトの不安げな苦悶の表情はつのる一方であった。いつもの笑顔で私に献身ぶりを示すことをこれほど失念しているのは、なにか不幸に見舞われたにちがいない。もしかすると「送られた[526]」のではないか。それならリフトがここに残れるように尽力してやろうと、私は心に決めた。支配人は従業員のことなら私の決定をすべて是認すると約束して、「なにごともお好きなようになさってください、私が前もって是正しますので」[527]と言っていたからである。エレベーターを降りた直後、突然、私はリフトの悲嘆、落胆した顔がなんだったのかを悟った。アルベルチーヌが目の前にいたせいで、私はいつも乗るときに渡していた百スー[528]のチップをやらなかったのだ。それでこの愚かな男は、私が第三者の前でチップをひけらかすのを嫌ったことが理解できず、もうチップはこれっきりで金輪際なにひとつもらえないと考えて、想い悩んでいたのである。リフトは私が「素寒貧《すかんぴん》」(ゲルマント公爵ならそう言ったであろう[529])になったものと想いこみ、その推測によって、私にたいする憐れみの情をそそられたの

(523) カマンベールは、ノルマンディー地方ヴィムーチエの南東約四キロの小村(地図①参照)。同名のチーズは、同村で一七九一年頃にマリー・アレルが発明したと伝わる。その生産は十九世紀後半にノルマンディー各地で発展、他の地域にも広がった。爵位を冠したカマンベール・チーズも実在する。

(524) これらは大西洋岸とコート・ダジュールの大保養地(地図①参照)。グランドホテルの総支配人はビアリッツ、カンヌ、ディナールなどで営業する「ヨーロッパ随一のホテル経営者」とされていた(本訳④二一三—二一五頁)。

(525) 前者はノルマンディー地方の、後者はブルターニュ地方の海辺の保養地(地図①参照)。

(526) リフトの間違ったことば遣いで「追い出された」の意(本巻四三〇—三一頁と注449参照)。

(527) 原語 je rectifie.「是認します」je ratifie と言うべき。

(528) 一スーは五サンチーム(一フランの二十分の一)。百スーは、約二千五百円。

(529) 「素寒貧《すかんぴん》」dèche は俗語(初出は十九世紀中葉)。ゲルマント公爵は好んで庶民の俗語を使った。

ではなく、むしろ恐ろしい利己的失望に見舞われたのだ。私は、前日に法外な額のチップを与えてしまうと翌日にも熱烈に期待されている同額を与えないではいられなかったが[530]、それは母が決めつけるほどに無分別な振る舞いとは言えないと思った。しかし同時に、私がなんの躊躇もなくリフトの私への愛着の表明とみなしていたいつもの歓びの表情に、それまで私がなんの疑念もなく与えていた意味づけもまた、さほど確かなものとは思えなくなった。エレベーターボーイが五階から身投げせんばかりに絶望しているのを目の当たりにした私は、たとえば革命によって私たちの社会的身分が入れ替わった場合、ブルジョワとなったリフトは、おとなしく私のためにエレベーターを操作するのではなく、私をそこから突き落とすのではないか、社交界ではその場に不在の人についてたしかに失敬なことを言いはするものの、こちらが不幸な目に遭ったからといって侮辱するようなマネはしないのにたいして、ある種の庶民階級には社交界よりもひどい二心《ふたごころ》があるのではないか、とそんな不信感にとらわれた。

とはいえバルベックのホテルではリフトがいちばん欲得ずくの人間であったとは言えない。この点、従業員はふたつの範疇にわけられた。一方には、顧客に然るべきわけ隔てをする従業員がいて、老貴族のくれる妥当な額のチップには心を動かされても（おまけにこの老貴族は、ボートレイー将軍[531]に口を利いて、二十八日間の軍事訓練[532]を免除してやる手立てを備えていた)、「成金のよそ者《ラスタ》」(533)の思慮を欠いた施しには、それだけで相手が慣例を知らぬ男だと見抜き、本人の前でのみそれをご厚意と呼んでいた。もう一方の従業員にとっては、貴族も、知性も、名声も、地位も、マナーも、すべてなきに等しく、ただ数字しか眼中になかった。こちらの従業員には、ただひとつの序列しか存在せず、それは相手の持っている金、というより相手のくれる金の額であった。エメは数多くのホテルに勤務した経験から社交上の知識ならだれにも負けないとうぬぼれていたが、もしかするとエメ自身もこの範疇の人間だったのかもしれない。エメは、この手の金銭上の評価に、せいぜい社交的な外観をまとわせ、さらに家柄にかんする知識をまぶしたうえで、たとえばリュクサンブール大公妃については「あちらにはたんとお金があるんでしょ?」と言った(疑問符をつけたのは、ある顧客に、

(530)　作中の「私」だけではなく、プルースト自身もしばしば法外な額のチップを与えた。
(531)　ゲルマント公爵夫妻と親しい将軍のひとり(本訳⑦三二三頁、三三四頁、三七六頁参照)。
(532)　当時、兵役の義務(十九世紀末には三年、一九〇五年からは二年)を終えたあと、平時に定期的に招集された軍事訓練。三期にわかれ、一期が二十八日、二期も二十八日、三期が十四日であった。プルースト自身、一九〇八年、ダルスタン将軍の口利きで従僕ニコラ・コタンの「十三日」訓練を免除してもらおうと画策したことがある(同年七月十八日直後のレーナルド・アーン宛て書簡)。
(533)　原語 rasta.「うさんくさい成金外国人」の意。南米スペイン語 rastracueros「成金」から一八八一年頃につくられた仏語 rastaquouère の略語(『グラン・ラルース仏語辞典』では初出は一八八八年)。

パリの家で働く「シェフ」を見つけてやったりバルベックでは海の眺められる入口左手のテーブルを用意してやったりする前に、その顧客にかんする情報を得たり、すでに入手していた情報を最終的に点検したりするためであった）。ただしエメは、このような私利私欲に駆られていても、リフトのように愚かな絶望をあらわにしてその私欲を人目にさらすようなマネはしなかっただろう。もっとも、リフトのばか正直さには、ことを簡単にする利点があったかもしれない。大きなホテルの便利なところは、その昔ラシェルのいた娼家(534)の場合も同様だが、なんら仲介がなくても、百フラン札を見せるだけで、まして千フラン札ならなおのこと、たとえそのときはべつの人に与えられた謝礼であっても、ある従業員や女性のそれまでは冷ややかだった顔に微笑みと奉仕をもたらすことである。これとは違って、政治や愛人関係では、金銭と服従とのあいだにあまりにも多くの要素が介在する。介在する要素が多すぎるせいで、最終的には金銭によって微笑む人でも、金銭と微笑みを結びつけるその人なりの内的プロセスをうまくたどれない場合が多く、自分はもっとデリケートな人間だと信じているし、また実際にそうなのである。おまけにこのような場合、上品な会話からは「あとはどうすべきか承知しています、あす私は「死体安置所《モルグ》(535)」で見つかるでしょう」といった類のことばはとり除かれている。それゆえ上品な社交界では、小説家や詩人にはめったにお目にかかれない。これら至高の人間は、ほかでもない、言ってはならぬことを語る人種だからである。

ふたりだけになって廊下へと進むと、アルベルチーヌは私に言った、「いったいなにを怒ってるの？」私はアルベルチーヌを邪険に扱ったが、それはむしろ私自身にとって辛いことだったのだろうか？　その邪険は、恋人をこのような心配と哀願の状態へと追いこんであれこれ問いただせば、ずいぶん前からアルベルチーヌについて立てていたふたつの仮説のどちらが正しいかが明らかになるという、私なりの無意識の策略だったのではないか？　いずれにしても私は、アルベルチーヌのこの問いを耳にしたとき、長いこと待ち望んだ目標にようやく手が届くのだと思う人のように、ふと幸福感をおぼえた。私は返事もしないまま、アルベルチーヌを部屋のドアの前まで連れていった。ドアが開くと、部屋のなかを満たしていたバラ色の光は、さっと窓ぎわのほうへ後退し、夕方となって閉じられていたカーテンの白いモスリンを黄金色《こがねいろ》のランパ織(536)に変えた。私が窓辺まで行くと、カモメたちがふたたび波のうえにとまってい

(534)　百フランは約五万円、千フランは約五十万円。
(535)　十五世紀に発祥、一八六四年から一九一四年まではシテ島東端に設置され、身元不明の死体を公示した。その後、検死専門の「法医学研究所」としてオーステルリッツ橋北東岸に移転、現在に至る。

て、今度はバラ色をしている。私はそのことをアルベルチーヌに指摘した。「話をそらさないでよ」とアルベルチーヌは言った、「あたしのように率直に言ってちょうだい。」私は嘘をついた。まずは告白を聞いてもらわなくてはならない、じつはしばらく前からアンドレを情熱的に愛している、と言明したのだ。私はこの告白を単刀直入かつ率直にやってのけたが、そんなやりかたは芝居にこそふさわしいが、実人生では感じてもいない愛情を告白するときにしかやらない。私は、最初のバルベック滞在以前にジルベルトについた嘘[537]をふたたび使い、ただしそれをすこし変えて、今になってもう愛していないと言う私のことばをアルベルチーヌに信じてもらえるように、昔はきみに恋をしそうになったが、それから時間が経ちすぎて、きみは仲のいい友だちにすぎなくなった、今では自分からそうしようと思っても、あらためてきみにこれ以上の情熱的な想いをいだくのは不可能だろう、とまで言った。とはいえ、本人を前にしてこのようにアルベルチーヌへの冷淡な気持を強調しながら、私は――特殊な状況と特殊な目的があったせいで――、自分にはまるで自信がなく、女が自分を愛することも自分が女をほんとうに愛することも決してありえないと信じこんでいるあらゆる男の愛がたどる二段階のリズムをますます際立つように力強く奏でていたにすぎない。このような男は、自分自身がどんな人間であるかを充分にわきまえ、いかに異なる女を相手にしても自分が同じ希望や不安をいだき、同じつくり話をでっちあげ、同じことばを口にすることを悟ったうえ、かくして自分の感情や行動は、愛している女とはなんら密接かつ必然的な関係をもたず、ただその女のそばを通りすぎて岩礁にうち寄せる上げ潮のように女をしぶきでとり囲むだけであるとわきまえ、自分の感情がそれほど不安定であるからには、愛してほしいと願う相手の女が自分を愛するはずはないと猜疑心をますます募らせるのである。その女はわれわれのほとばしる欲望の前にたまたま現れた偶発事にすぎないのに、いかなる偶然のいたずらで、われわれがその女の欲望の対象となりうるのか？　そんなわけで、ふだん隣人にいだく単なる人間的な感情とはまるっきり異なる恋愛感情という特殊な気持を、やはり相手の女に吐露したいという欲求に駆られながらも、一歩でも踏みだして愛する女にこちらの愛情や希望を打ち明けはじめると、それだけでたちまち女の機嫌を損ねるのではないかと心配になり、自分の口にすることばはわざわざ本人のために考えたものではなく、べつの女たちのためにこれまでも使ってきたし今後も使うことになるものであるうえ、もし女

(536)　金糸などの絹糸を重ねて模様を浮き出させた緞子《どんす》ふうの織物。
(537)　「私」はジルベルトへの手紙に「もうあなたに会うこともないでしょう」(本訳③四〇四頁)とか「ふたりの心が離れてからというもの」(同四四一頁)とかと記して、うわべだけの無関心を装った。

がこちらを愛していなければこちらの言うことなど理解できないし、そうだとするとこちらの話は、無知な輩にたいして相手にはそぐわない精緻なことばをかける衒学者と同様のたしなみを欠くはしたないマネになる、とそう感じて恥じ入るほかなくなり、まずは身をひいてさきに告白した共感の想いをさっさと撤回するものの、そんな危惧や羞恥がこんどは反対のリズムの逆流をうながし、またもや攻勢に転じて、ふたたび敬意と支配をとり戻したいという欲求に駆られるのである。このような二段階のリズムは、ひとつの恋のさまざまな時期にも、さまざまな類似の恋のこれと対応するあらゆる時期にも認められ、とりわけ自分を高く評価するよりも自己分析をすることに長《た》けた人にかならず認められるものだ。私がアルベルチーヌを相手にくり広げていた弁舌に、それでもこのリズムがふだんよりも力強く際立っていたのは、私がふだんよりも早く、勢いよく、私の愛情が奏でる反対のリズムへ移行しようとしていたからにほかならない。

あまりにも長い間隔を置きすぎて今さら愛することはできないと私から告げられても、アルベルチーヌはそれを容易には信じられないだろうと考えたかのように私は、みずから私の風変わりな性格と呼ぶものについて、さまざまな相手との例を挙げて補足説明をした。私は多くの女性たちとのあいだで、相手の落ち度なのか私の落ち度なのか、愛する時機を逸してしまい、その後はどれほど愛そうとしても二度とその機会を得られなかったと釈明したのだ。そう言うことで私は、ふたたび愛せないことをまるで非礼でも詫びるようにアルベルチーヌに詫びるとともに、愛せない心理的理由をあたかも私に特有のものであるとアルベルチーヌに納得してもらおうと努めているような顔をした。しかし私はそんな釈明をし、アルベルチーヌに当てはめると真実とはいえないもののジルベルトの場合には紛れもなく真実であったことを縷々《るる》説明して、私の主張がとうてい信じてもらえないと思っているふりをしながら、じつはその主張をもっともらしく見せようと腐心していたのである。アルベルチーヌが私の「率直な話しぶり」を信じてそれを評価し、私の言い分を明らかに当然と認めているのを見てとった私は、率直な話しぶりを詫びて、真実を語るとつねに嫌われることは百も承知だし、そもそも真実はきみには不可解に見えるにちがいない、と言った。案に相違してアルベルチーヌは、私の誠実さに感謝したばかりか、そんな精神状態はよく見かけるきわめて自然なものだから手にとるようにわかる、とまでつけ加えた。

アンドレへの架空の恋心とアルベルチーヌへの無関心をアルベルチーヌに告白したとき、その告白がうそ偽りでもなく誇張でもないと受けとってもらえるように、私は礼儀上の心遣いといった口調で、この無関心はあまり額面どおりに受けとらないようにと、取ってつけたように念を押した。それでようやく私は、自分の愛をアルベルチーヌに気づかれる心配をせずに優しく話しかけることができた。この優しさは、ずいぶん前から自分に禁じていたものであっただけに、私には心地よく思われた。私は、打ち明け話を聞いてくれる相手をほとんど愛撫せんばかりだった。愛しているのは相手の女友だちのほうだと話しながら、私の目には涙があふれた。だが私は本題にはいって、ついにこう言った。きみも恋がどのようなものか、恋がいかに人を傷つけ苦しめるものかを知っているはずだ、だからぼくの長年にわたる友人として、きみがひきおこした大きな悲嘆を終息させる気になってくれないだろうか、いや直接にじゃないよ、こう言って気を悪くされると困るが、ぼくが愛しているのはきみじゃないからね、でも間接的にというか、アンドレを愛しているぼくの恋心に打撃を与えてくれないかな。私はそこで話を中断すると、一羽の大きな鳥が単独で慌ただしく遠くのほうを飛んでゆくのを眺めて、それをアルベルチーヌに指し示した。その鳥が、両の翼で規則正しく空気を打ちながら、夕日の残照に映えてあちこちに小さな赤い紙きれが落ちている感のある浜辺の上方を端から端まで、飛翔の速さをゆるめることも注意をそらすことも道筋からそれることもなく全速力で飛んでゆくさまは、重大な差し迫ったメッセージをはるかかなたへと届ける密使を想わせた。「あの鳥はすくなくとも目的地へまっしぐらね」とアルベルチーヌは私を咎めるように言った。「きみがそんなことを言うのは、ぼくの言わんとしたことがわかっていないからだよ。だけどこれを理解してもらうのは並大抵のことじゃないんで、ぼくは諦めたいくらいだ。きっときみを怒らせることになって、ゆき着くさきが目に見えるのでね、つまり、恋心をいだいて愛している女性とはちっとも幸福になれないうえに、仲のいい女友だちまで失ってしまうんだ。」「でも、誓ってもいいけど、あたし怒ったりしないわ。」アルベルチーヌの表情は、とても穏やかで憐れみをさそうほど従順に見え、私から幸福を授けられるのを待ち受けているように感じられたので、私はこらえきれず、その顔に――母にキスをするときと同じような喜びを覚えながら――キスをせずにはいられなかった。この新たな顔はもはや、つんと上を向いたバラ色の小さな鼻を備えたやんちゃで性悪な雌ネコのようなずる賢い赤味をおびた以前の顔ではなく、うちひしがれたような悲しみを一面にたたえ、あふれるほど広く平らに善意を流しこんで鋳出《いだ》された顔のように見えた。私の恋はアルベルチーヌとはなんの関係もない慢性的な狂気だとする考えは度外視して、相手の身になってみた私は、この健気《けなげ》な娘を前にして同情を禁じえなかった。ふだんは人から愛想よく誠実に扱われるのに慣れている娘が、自分にとっては仲のいい友人だと思っていた私という人間から何週間にもわたっていじめられ、それがついに迫害の極みに達したのだから。私がアルベルチーヌをこんなにも心の底から憐れんだのは、私の嫉妬ぶかい恋心などが雲散霧消してしまう観点、つまり私たちふたりの外にある純粋に人間的な観点に立ったからであるが、かりに私がアルベルチーヌを愛していなかったら、その憐憫はこれほど深いものにはならなかったであろう。とはいえ、愛の告白から仲違いへとリズムを伴って揺れるなか(このように正反対の動きが継起するのは、ほどけない結び目をつくってわれわれをある人にしっかり縛りつける、もっとも確実にして、もっとも有効にはたらく危険な手立てである)、二要素のリズムの一方を形づくる後退の動きのなかで、人間的な憐憫をこととする退潮にいまさら注目したところで何になるというのか? このような憐憫という退潮現象は、愛とは正反対に見えるが、もしかすると無意識のうちに愛と同じ要因から生じるのかもしれず、いずれにせよ愛と同じ結果をもたらすのだ。ひとりの女にどんな振る舞いをしたかをあとでひとつ残らず想い出してみると、自分の愛情を示したい、相手からも愛されたい、愛のあかしをわがものにしたいという欲望から出た行為よりも、まるで愛していない人を相手に単なる道徳的義務からそうするかのように、愛する人に与えた苦痛を償おうとする人間的欲求から発した行為のほうが、しばしば大きな位置を占めていることに気づく。「もう、まったく、あたしはどうすればよかったの?」とアルベルチーヌは私に訊ねた。そのときノックの音がした。リフトだった。アルベルチーヌの叔母が馬車でホテルの前を通りかかり、ひょっとして姪が来ていたら連れ帰ろうと立ち寄ったという。アルベルチーヌは、いまは降りてゆけない、自分を待たずに夕食をとってほしい、何時に帰るかわからない、と答えさせた。「でも叔母さんが怒るんじゃないの？」「とんでもない！　ちゃんとわかってくれるわ。」かくしてアルベルチーヌの目には――こんなことは二度とおこらないかもしれないが少なくとも目下のところ――私との話し合いが、諸般の事情に鑑みてなによりも優先されるべき疑いようのない重大事と映ったのであり、わが恋人はきっと本能的に家族の判例を参照し、ボンタン氏のキャリアが危険にさらされたときは旅行など問題にもならなかった状況などをあれこれ数えあげ、この重大事のために夕食の時間を犠牲にするのは叔母もしごく当たり前だと思うだろうと信じて疑わなかったのである。アルベルチーヌは、私をまじえず家族水入らずですごす遠くの時間を私のそばにまで引き寄せ、その時間を私に与えてくれたのであり、私はそれを思うがままに使えるのだ。私は、とうとう思いきってアルベルチーヌに、その暮らしぶりについて人からどんなうわさ話を聞いたかを伝え、同じ悪徳に染まる女たちには深い嫌悪を覚えるとはいえ、きみの共犯者の名前を聞くまではそんなことは気にもならなかったが、アンドレを愛しているだけにぼくがそのうわさにどんなに苦痛を感じているか、きみには容易にわかるはずだ、と言ってみた。ほかの女たちの名前も聞いたけれど、そんな女たちのことはどうでもよかった、と言い添えたほうが、もっとうまいやりかただったかもしれない。しかし私の心にはいりこんで私をひき裂いたのは、あのコタールの指摘による突然の耐えがたい暴露であって、それが全面的に効果を及ぼしたのであり、それ以外の原因ではなかった。もしもワルツを踊るふたりの姿勢についてコタールから指摘されなかったら、アルベルチーヌがアンドレを愛しているとか、すくなくともアンドレと愛撫しあい戯れたことがあるとか、そんなことを以前の私が自分で考えることはけっしてなかっただろう。それと同じで、そんな考えから、私にとってはそれとずいぶん異なる、アルベルチーヌがアンドレ以外の女たちとも愛情というだけでは言い訳にならないような関係をもつことがありうるという考えに移行することも、以前の私にはできなかったであろう。アルベルチーヌは、そのうわさは本当ではないと誓う前に、そんなうわさを聞かされた者ならだれもがそうするように怒りと悲しみをあらわにし、義憤に駆られた好奇心をむき出しにして、中傷をした未知の男がだれなのか知りたい、その男と対決してやっつけると息巻いた。とはいえアルベルチーヌは、すくなくとも私のことを恨んでいないと請け合った。「もしそのうわさが本当だったら、あたしはあなたにきっとそう打ち明けたにちがいないわ。でも、アンドレもあたしも、ふたりともそんなことは大嫌いなの。そりゃふたりとも、この歳になるまでには、髪を短くして男のように振る舞う、あなたのおっしゃるような素行の女たちを見たことはあるわよ。でも、ふたりとも、あれほど我慢のならないものはないの。」アルベルチーヌが私に与えてくれたのは誓いのことばだけであり、それは断言ではあるが証拠に裏づけられたことばではなかった。しかし、ほかでもない、そのことばがもっとも効率よく私の心を鎮めてくれた。嫉妬というものは病的疑念なる範疇に属するもので、その疑念は、断言の真実味よりも、むしろ断言の力強さによって解消されるからである。そもそも恋愛の特性は、われわれをいっそう疑い深くすると同時に、いっそう信じやすくする点にあり、愛する女にはほかの女よりも真っ先に嫌疑をかけるとともに、愛する女が否認すればたやすくそれを信じてしまう。世の中には貞淑な女だけがいるわけではないことが気になるには、つまりそれに気づくためには、恋をしてみなくてはならないのと同じで、貞淑な女が存在することを願うにも、つまりそれを確かめるためにも、恋をしてみる必要がある。みずから苦痛を求めながら、すぐに苦痛からの解放を求めるのもまた人間である。それゆえ苦痛から解放してくれる提案は、えてしてどれも真実味を帯びて見える。人はよく効く鎮痛剤に文句を言ったりはしない。そもそもわれわれが愛する相手は、どんなに多種多様であろうと、その相手がわれわれのものと見えるか、欲望をべつの人に向けていると見えるかによって、主たるふたつの人格を提示する可能性がある。第一の人格は、われわれが第二の人格の実在を信じるのを妨げる格別な力をもち、第二の人格によってひきおこされる苦痛を鎮める特殊な秘訣を備えている。愛する対象は、苦痛になるかと思えば薬にもなり、その薬は苦痛を止めもすれば悪化もさせる。ずいぶん前から私は、スワンの例が私の想像力と感受性に強烈な影響をおよぼしたせいで、そうであってほしいと願うことではなくそうなると困ることのほうを真実だと考える心の準備をしていたのは事実である。そんなわけでアルベルチーヌの断言がもたらした安らぎも、スワンのオデットとのなりゆきを想い出したせいで、いっときあやうく台なしになりかけた。とはいえ私は、スワンの苦しみを理解すべくその立場にわが身を置いてみようとしたときだけではなく、いまや問題になっている私自身のことを他人事《ひとごと》のように考えて真実を追究するときにも、最悪の場合をそれなりに考えておくのは当然ではあるが、にもかかわらず兵士がいちばん役に立つ部署ではなくいちばん危険にさらされる部署を選んでしまうのと同じように自虐的になり、いちばん辛い想定だという理由だけでその想定をほかの想定よりも正しいと考える過ちに陥ってはならない、と自分に言い聞かせた。それなりに立派なブルジヨワ家庭の娘であるアルベルチーヌと、子供のときに母親に売りとばされた粋筋《ココット》の女であるオデットとのあいだには、大きな隔たりがあるのではないか？　一方が口にしたことばは、他方が口にしたことばとそうそう比較できるものではなかろう。そもそもアルベルチーヌが私に嘘をついたところで、オデットがスワンに嘘をついたときのような利点があるわけではない。おまけにオデットがスワンに告白したことを、アルベルチーヌは今しがた私にたいして否定したばかりだ。したがって双方の状況における事実の違いを考慮に入れず、オデットの生活について私の知りえた事実のみに基づいてわが恋人の実際の生活を再構成するなら、その仮説に立つほうが苦しみは少なかろうと考えてその仮説を採用したくなるのと同じほど重大な——ただし逆方向の——推論の誤りを犯すことになるだろう。私の目の前にいるのは新たなアルベルチーヌなのだ。最初のバルベック滞在の終わりごろにもたしかに何度もかいま見たことのある、率直で、気立てのいいアルベルチーヌが、いまや私にたいする愛情から、私のいだいた猜疑を赦して、それを晴らそうとしてくれたのだ。アルベルチーヌは、ベッドに腰かけた自分の横に私を座らせた。私はアルベルチーヌが言ってくれたことに謝意をあらわし、ふたりは仲直りできたのだからもう二度と辛くあたることはないと約束した。私がやっぱり夕食には帰るべきだろうと言うと、アルベルチーヌは、こうしているのが嫌なのかと訊ねた。そしてふたりの仲違いを終わらせた私への褒美《ほうび》なのか、私の顔をひき寄せてこれまで一度もしたことのない愛撫をし、舌を私の唇に軽く押しあて唇をそっと開かせようとした。はじめのうち私は、唇をゆるめなかった。「ひどい意地悪ね、それって!」とアルベルチーヌは私に言った。

私はその夜のうちに発って、二度とアルベルチーヌに会わずにいるべきであった。そのときから私は、相思相愛ではない恋においてーー多くの人にとって相愛の恋など存在しない以上、たんに恋においてと言ってもいいーー人が味わえるのは、今のようなまたとない瞬間に私に授けられた見せかけの幸福にすぎず、そんな瞬間には、女の好意ゆえか、あるいは女の気まぐれゆえか、はたまた単なる偶然ゆえか、あたかもわれわれが心から愛されているかのように、そうした場合と同様の女のことばや行為とわれわれの欲望とがたまたまぴったり一致するのだと予感していた。私がこの幸福のかけらに出会わなければ、私ほど気むずかしくない人たち、あるいは私よりも恵まれた人たちにとって幸福がいかなるものでありうるのかに私は気づかずに死んでいたのだから、賢明なのはこの小さな幸福のかけらを興味ぶかくうち眺め、それを陶然として味わっておくことであっただろう。賢明なのは、私にはこの局面でのみすがたをあらわしたこの幸福のかけらは、ずっと広大で永続的な幸福の一部だと考えておくことであっただろう。さらに賢明なのは、この幸福の見せかけが翌日に否定されることがないように、いっときの例外的な偶然の作為によってのみ授けられた好意のあかしを、あらためてもう一度求めようとしないことであっただろう。私はバルベックを発って孤独のうちに閉じこもり、私がいっとき愛をこもらせることのできた声の最後の残響とハーモニーを奏でつづけているべきで、その声にはもはやそれ以上私に話しかけないことだけを求めるべきであっただろう。その声が、今後はべつのものになるほかない新たなことばを発して、その不協和音によって感覚の沈黙がかき乱されるのを怖れたからで、その沈黙のなかでこそ、まるでピアノのペダルを踏みこんだときのように、私の内部で長いあいだ幸福の調性が保たれたにちがいないからである。

アルベルチーヌとの話し合いで平静になった私は、ふたたび母のそばで暮らすようになった。母は好んで、祖母が若かったころのことを、やさしく私に語った。祖母の晩年を悲しみで暗澹《あんたん》たるものにしたのは自分かもしれないと私が自責の念に駆られるのを心配した母は、これまで私には伏せていたが、私の最初の勉学の成果を祖母が大へん喜んでいたころのことを好んで語った。私たちはあらためてコンブレーでのことを語りあった。母は私に、お前は少なくともコンブレーではよく本を読んだわね、バルベックでも仕事はできなくても読書はしなくてはいけませんよ、と言った。私は、それならコンブレーの想い出ときれいな絵皿[538]にとり囲まれるように『千夜一夜物語』を読みなおしたい、と答えた。母はかつてコンブレーで私の誕生日に本をプレゼントしてくれたときのように、私を驚かせようと、ガラン訳の『千一夜物語』とマルドリュス訳の『千夜一夜物語』[539]の両方をとり寄せてくれた。しかしふたつの翻訳にざっと目を通した母は、知的自由を尊重するとともに、私の思考活動に下手《へた》に介入するのを怖れていたし、女の自分は一方では必要な文学上の見識を欠いていると想いこみ、他方では自分には不快だという理由だけで青年の読書を判断すべきではないと考える気持もあって、私の読書に影響をおよぼすのは避けるべきだと思いながらも、私がガラン訳だけで満足してくれたらと願ったことだろう。いくつか物語を読んでみて、主題が背徳的で、表現が露骨なことに憤慨したのだ。しかしなによりも母は、自分の母親の形見として、祖母のブローチや、晴雨兼用の傘や、コートや、セヴィニエ夫人の本だけではなく、祖母が習慣とした考えかたやことば遣いまで大切に守り通して、どんな機会にも祖母ならどんな意見を述べるだろうかと考えていたから、祖母ならきっとマルドリュスの訳本を厳しく批判するだろうと信じて疑わなかったのである。母は、コンブレーで私がメゼグリーズのほうへ散歩に出かける前にオーギュスタン・チエリを読んでいるのを見た祖母が、私の読書と散歩には満足しながらも、「ついでメロヴエ君臨す」という半行句と不可分である王の名がその本ではメロヴィクと呼ばれている[540]のに憤慨し、またカロランジアンと言うのを拒否して、呼び慣れたカルロヴァンジアンを踏襲していた[541]ことを想い出すと言った。そこで私も、母に、ブロックがルコン

(538)　アリババと四十人の盗賊、アラジンと魔法のランプなどの絵が描かれた平皿（本訳①一三七頁）。

(539)　欧米にはじめて『千夜一夜物語』を紹介したのはアントワーヌ・ガラン（一六四六―一七一五）編纂の仏訳（一七〇四―一七）でタイトルは『千一夜物語』*Les Mille et une Nuits.* 子供向けリライト版の多くはガランに拠る。「ドゥリヤバール姫」（本訳⑦二八八頁と注263参照）もガラン版にのみ収録された物語。ジョゼフ＝シャルル＝ヴィクトール・マルドリュス（一八六八―一九四九）は、ガラン訳の恣意性を批判、「原文に忠実な完訳」を謳い、タイトルも変更して『千夜一夜物語』*Les Mille nuits et une nuit* を出版（一八九九―一九〇三）、ジッドらが高く評価した。ただし独自の加筆を施し（そもそも『千夜一夜物語』自体に定本は存在しない）、物語の官能性を強調したのが特徴。プルーストは一九一六年、友人に「船乗りシンドバッド」をどちらの版で読むべきかと訊ねている（五月ないし六月のリュシアン・ドーデ宛て書簡）。

(540)　「ついでメロヴェ君臨す」Puis règne Mérovée は十二音節《アレクサンドラン》詩句の半行句（六音節）。出典は、生徒の暗唱用に詩句を多用したゴーチエ神父（一七四六頃―一八一八）の『フランス史講』（一八〇七）と抜粋版『フランス史提要』（一八二一）。メロヴェは、メロヴィング朝の始祖クロヴィス（在位四八一―五一一）の祖父の仏語名（「私」の母の親しんでいた表記）。プルーストは、アナトール・フランスの少年時代の回想『わが友の書』（一八八五）の第七章「新たな愛着」における引用でこの詩句を知ったらしい。チエリは『メロヴィング朝史話』（本訳①一四六―四七頁の引用参照）で昔の発音に近い「メロヴィク」Merowig の表記を採用した。

(541)　カロリング朝の仏語は「カロランジアン」Carolingiens.『二十世紀ラルース辞典』第二巻（一九二九）は「昔はカルロヴァンジアン Carlovingiens と言った」と注記する。後者は二十世紀にも用例が残存。

ト・ド・リールにならってホメロスの神々をギリシャ名で呼んでいたことを祖母がどう考えていたかを話した。ブロックは、どんなに簡単なことがらにもギリシャ語の綴りを採用するのが自分の宗教的義務と考え、そこにこそ文学的才能が宿ると想いこむに至った。たとえば手紙のなかで、わが家で飲むワインは正真正銘のお神酒《みき》nectarだと書く段になると、ブロックはわざわざkを用いてnektarと綴るほどで、それゆえラマルチーヌの名を見ると冷笑した[542]。ところが祖母は、ユリスやミネルヴ[543]の名の出てこない『オデュセイア』など、もはや『オデュセイア』とは思われなかった。[544]そんな祖母は、親しんでいた『千一夜物語』が表紙のタイトルからして改変されているのを目にし、シェエラザードとかディナルザードとかいった不朽の親しい名前がもはや祖母がそう言うのに慣れていた通りに表記されておらず、さらにすてきなカリフや強力な魔神《ジェニー》が、イスラム教徒の物語にそんな言いかたを適用するのが許されるなら洗礼名を改変され[545]、一方は「カリファ」他方は「ジェンニ[546]」と呼ばれ、ほとんどそれと判別できなくなっていたら、いったいなんと言うだろうか？　それでも母はふたつの翻訳書を渡してくれ、私は疲れて散歩に出られない日に読むことにすると言った。

　もっとも、そんな日はそう頻繁にはやって来なかった。アルベルチーヌと友人の娘たちと私は、以前のように「一団となって」断崖のうえやマリー＝アントワネットなる農園レストランへ出かけておやつを食べたからである。しかしアルベルチーヌが私にこんな大きな喜びを与えてくれるときもあった。「きょうはちょっとあなたとふたりきりでいたいの、ふたりだけで会うほうがすてきでしょ」と言うのだ。そんなときアルベルチーヌは友人たちに、用事ができた、しかもなんらやましい用事ではないと告げ、ほかの仲間が私たち抜きでも散歩とおやつに出かける場合には、私たちは仲間に見つからぬよう、まるで恋人同士のようにふたりきりでバガテルとかラ・クロワ＝ドゥーラン(547)とかに出かけた。そのあいだ一団の娘たちは、私たちがそんなところにいるとは夢にも想わず、そこまではやって来ずに、もしかすると私たちに会えるかもしれないと思っていつまでもマリー＝アントワネットにいた。そのときの暑さは、今で

(542)　ブロックの心酔していたパルナス派の詩人ルコント・ド・リール（本訳①二〇六頁参照）が、ロマン派のラマルチーヌを「芸術家ではない」と断じ、代表作『瞑想詩集』（一八二〇）の「詩句は軟弱で、活力も情熱もない」（『最後の詩集』（一八九五）所収「ラマルチーヌ」）と批判していたことを踏まえる。その『瞑想詩集』の詩篇「秋」などには「美酒」nectar が出てくる。

(543)　「ユリス」Ulysse と「ミネルヴ」Minerve は、オデュセウスとミネルヴァの仏語名（現在も同様）。

(544)　前注539参照。

(545)　原語 débaptisé(s). 動詞 baptiser は「洗礼を施して名をつける」意のキリスト教用語。

(546)　ともにマルドリュス訳の表記。

(547)　いずれも「小さな一団」が利用していたバルベック近辺の農園レストラン（本訳④五五七頁参照）。

もありありと想い出される。日なたで働いている農家の若者たちの額から、玉の汗が、ぽたりぽたりぽたりと間《ま》を置いて規則正しく、まるでタンクからしたたる水滴のように垂直に落ちてきて、その落下と交互して、近くの「農園」では熟れた果実が木から落ちてきた。そのときの暑さは今もなお、すがたを隠したひとりの女の神秘とともに、私に差し出されるあらゆる恋のいちばんの核心を形成している。人からある女のことを聞き、それが一瞬たりとも想いうかべたことのない女であっても、このような猛暑の週にどこか人里離れた農場で会うのであれば、私はその女を知るためにその週のあらゆる約束を反古《ほご》にするだろう。その天気とその出会いがくだんの女とはなんの関係もないと知っても、どうにもならない。それが人をおびき寄せる餌《えさ》であると重々承知していても、私はそれにだまされ、釣られてしまう。かりにその女と会うのが寒い天気の日の街なかであったなら、私はその女に欲情をおぼえることはあっても、そこに小説じみた感情が伴うことも、その女に恋することもない。もとよりどんな恋でも、さまざまな状況の助けを借りて私を縛りつけてしまえば、同じように強力になるかもしれない。ただし、人生で出会う人たちの占める役割がしだいに小さくなってゆくにつれて、その人たちにたいするこちらの感情がもの憂くなるのと同じで、永くつづいてほしいと願う新たな恋もこちらの人生と同様に短くなり、それが最後の恋になることがはっきりするにつれて、その恋心もはるかにもの憂いものになるだけの話である。

バルベックには、いまだ人出が少なく、娘たちもあまりいなかった。ときどき砂浜に立ちつくす娘を見かけると、魅力のない娘なのに、多くの一致点からしてその娘は、かつて乗馬クラブや体操学校から友人の娘たちといっしょに出てくるのを見かけ、私が近づけずに絶望させられた当の娘であることが確かなように思われた。それが同じ娘なら（そのことはアルベルチーヌには言わないようにした）、かつてうっとりするほど魅力的だと思った娘は存在しないことになる。とはいえ私は確信がもてないでいた。そんな娘たちの顔は、私自身の期待や、欲望にともなう不安、それだけで充足した満たされた気分、さらには娘たちの身につけるさまざまに異なる衣装や、娘たちが速く歩くかじっと動かないでいるかなどによって、収縮したり膨張したり変形したりして、浜辺のうえで一定の大きさを占めるわけでも決まった形を示すわけでもないからである。とはいえ近くから見ると、二、三人、とびきり魅力的に思われる娘もいた[548]。そうした魅力的な娘のひとりを見かけるたびに私は、その娘をタマリス大通りや、砂丘のなかや、できることなら断崖のうえに連れてゆきたいと思った。しかし、無関心なと

(548)　バルベック（ないし近隣）の架空の通り。灌木タマリスク（仏語「タマリス」tamaris、和名「ギョリュウ」）の植わる並木道か。ただしタマリスクの葉は、人目を避けられるほど繁茂しない。

き比べると欲望のなかには行動の一方的な端緒となる勇猛心がすでにはいりこんでいるとはいえ、やはり私の欲望と、相手との抱擁を求める私の行動とは、ほかでもない躊躇や内気という無限の「空白」で隔てられていた。そこで私は、パティスリー兼カフェバーにはいり、たてつづけにポルトを七、八杯あおる。すると、私の欲望と行動とを隔てる埋めようのない溝のかわりに、アルコールの酔いが一挙に一本の線をひいて両者を結びつけてくれる。もはや躊躇や怖れのはいりこむ余地はない。その娘がいまにも私のもとへ飛んでくるような気がする。私は娘のそばへ行き、私の口からはこんなことばがひとりでに出てくる。「あなたと散歩がしたいのです。断崖のうえに行ってみませんか？　あそこならだれにも邪魔されませんよ、風よけの小さな森の裏手に組み立て式の小屋があって、いまはだれも住んでいませんから。」人生の困難はすべてとりのぞかれ、ふたりの身体がからみ合うのを妨げるものはないのだ。すくなくとも私の側にそれを妨げるものはなかった。こんなことを言うのは、ポルトを飲まなかった娘にとっては、障害が消え失せたわけではないからである。たとえ娘がポルトをあおり、娘の目にこの世がいくぶん現実感を喪失し、長年あたためてきた夢がそのとき不意に実現可能に思われたとしても、その夢はけっして私の腕に抱かれることではなかっただろう。

娘たちは、人数が少なかったばかりか、まだ「シーズン」に入っていないこの季節では、ゆっくり滞在しなかった。いま想い出されるのは、肌がコリウス(549)のように赤褐色で、目が緑色で、両頰が赤茶けた娘のことで、軽やかな両頰をもつその顔は、ある種の樹木の羽のついた種子を想わせた。いかなる風がこの娘をバルベックへ運んできたのか、またべつのいかなる風がこの娘を運び去ったのか、私にはわからない。それがあまりにも突然のことだったので私は何日も悲嘆に暮れ、その娘が二度と帰ってこないとわかったとき、私はその悲しみを思いきってアルベルチーヌに打ち明けた。

じつはこうした娘たちの大多数は、まったく面識のない娘であるか、ここ何年も会っていない娘であった。そんな娘たちに会う前に、私はしばしば手紙を書いた。その返事を読んで恋も可能かと思われたときは、なんと喜んだことか！　女性との友情がはじまったときは、たとえその友情があとで実を結ぶことはなくても、女性から受けとった最初の何通かの手紙はとうてい手放せない。いつも身近に置いておきたくなる。まるで受けとったばかりのみずみずしく美しい花をたえず眺めたり、近づいて匂いを嗅いだりするときとそっくりである。手紙のなかの暗唱している文言はなんど読み返しても快いものだし、それほど一字一句憶えていない文言の場合は、その表現にこめ

(549)　シソ科の観葉植物（学名 Plectranthus blumei. 和名ニシキジソ）。鮮やかな赤褐色の葉をつける。

られた愛情の度合いを確かめたくなる。相手は「あなたのいとしいお便り」と書いてきたのではないか？　ところが心地よい香りを嗅いだつもりでいると、ちょっとした幻滅に見舞われる。ひどく慌てて読んだせいか、相手の筆跡が読みにくかったせいか、そこに記されていたのは「あなたのいとしいお便り」ではなく、「あのいただいたお便り[550]」にすぎない。だがこれ以外は、じつに愛情あふれる文面だ。ああ！　こんなすてきな花があすも届いてほしいものだ！　やがてそれだけでは満足できなくなり、そのことばと実際のまなざしや声とをつき合わせてみたくなる。それで会う約束をして、いざ会ってみると——本人が変貌したわけではなかろうが——想い描いたすがたや個人的な想い出から妖精ヴィヴィアーヌ[551]に会えるものと当てにしていたのに、目の前にあらわれたのは長靴をはいた猫[552]である。それでも、また翌日にも会う約束をする。というのも、それはやはり例の娘であるし、こちらが欲望をいだいたのもその娘だからである。ところがわれわれが夢見た女性を対象とするこのような欲望は、なんらかの明確な目鼻立ちの美しさをどうしても必要とするわけではない。こうした欲望は、そんな夢見られた存在への欲望にすぎず、さまざまな香りと同じで漠然としている。安息香《ステイラックス》はプロテュライア[553]への欲望であり、サフランは大気《アイテル》への欲望であり、香料《アロマ》はヘラ[554]への欲望であり、没薬《ミルラ》は雲の香りであり、マナはニケ[555]への欲望であり、焚香《インセンス》は海の香りであるというようなものだ。ところが『オルペウス讃歌』(556)に謳われたこれらの香りは、この讃歌が崇める神々よりもずっと数が少ない。没薬《ミルラ》は雲の香りだが、さらにプロトゴノス(557)をはじめ、ネプトゥヌス(558)や、ネーレウス(559)、さらにはレト(560)の香りでもある。焚香《インセンス》は海の香りだが、さらに麗しのディケをはじめ、テミスや、キルケ(561)、さらには九人のミューズ、エオス、ムネモシュネ、日光、ディカイオシュネ(562)の香りでもある。

(550) 原文は «et votre chère lettre» と «en voyant cette lettre»。双方に似かよった文字が並ぶ。
(551) ブルターニュ伝説で、ブロセリアンドの森に棲み「湖の貴婦人」と謳われた妖精。円卓の騎士ランスロを育て、魔法使いメルランを魅了する(本訳⑥二六四頁図21と二六五頁の解説参照)。
(552) 『ペロー童話集』(一六九七)に出る「長靴をはいた猫」。狡知に長《た》けた不格好な策士。
(553) ギリシャ神話には出ないが、「万物の源泉」をあらわし、最初の神を意味する。
(554) ギリシャ神話でゼウスの妃、最高位の女神。
(555) マナは、エジプト脱出後に荒野をさまようイスラエルの民に神が与えた食物。ニケは勝利の女神。
(556) 神々や下位神格への讃歌八十数篇をオルペウスに仮託した書(三世紀頃)。神の名の後に奉じるべき香の名を記す。この前後の一節はルコント・ド・リールによる仏訳(一八六九)に拠る。
(557) オルペウス教で、アイテルとクロノスによって創られた卵から生まれた神パネスの別名。
(558) ローマ神話の海の神。ギリシャ神話のポセイドンに相当。
(559) ギリシャ神話の海神。五十人ないし百人とされる娘ネーレイデス(本訳④一五三頁参照)を生んだ。
(560) アポロンとアルテミスの母神。
(561) この三者は、それぞれ正義の女神、法と掟の女神、魔法の女神(魔女)。
(562) エオスは暁の女神、ムネモシュネは記憶の女神。ディカイオシュネは「正義」の意。

安息香《スティラックス》やマナや香料《アロマ》については、これらの香りを想起させる神々を挙げればきりがないほど、対応する神々の数はもっと多い。アンピエテス[563]は焚香《インセンス》を除くあらゆる香りをもち、ガイア[564]が斥けるのはソラマメと香料《アロマ》だけである。私がいだいたさまざまな娘への欲望も、これと似たようなものであった。娘の数ほど多くないそうした欲望は、どれもこれも似たり寄ったりの幻滅と悲哀へと変わり果てた。私は没薬《ミルラ》に欲望をいだいたことはない。それをジュピアンとゲルマント大公妃のために残しておいたのである。というのも没薬《ミルラ》はプロトゴノスへの欲望で、そのプロトゴノスは「両性具有で、雄牛のようにうなり、数々の乱痴気騒ぎをくり広げる、常軌を逸した忘れがたい神で、ディオニュソスの祭司たちの生贄のもとに嬉々として舞い降りる[565]」からである。

しかしシーズンはやがて最盛期を迎えた。毎日のように新しい客が到着し、『千夜一夜物語』の楽しい読書に代わる私の散歩の回数はいきなり増えた。おもしろくない原因のせいで、毎日が気の休まらないものになっていたからだ。浜辺はいまや娘たちであふれかえり、コタールから聞かされた見解のせいで、私は新たな疑念をいだかないまでも、この点にかんして敏感で傷つきやすくなり、そんな疑念が心中に生じないように用心し、若い女がバルベックにやって来るたびに心配で落ち着かず、アルベルチーヌがその娘と知り合いにならぬよう、できればその新たな到着客に気づかぬよう、いっしょにできるだけ遠くへ出かける提案をした。もちろん私がそれ以上に恐れていたのは、素行の悪さが目立ったり悪いうわさを聞いたりする女たちであった。私はそんなうわさは事実無根の中傷なのだとアルベルチーヌに言い聞かせようとしたが、もしかするとそんなことをしたのは、まだ意識していなかった心配ではあるが、アルベルチーヌは倒錯者と関係を結ぼうとしているのではないか、私のせいでそれができず残念に思っているのではないか、あるいは実例が多いという理由で、これほど広まった悪徳は非難してはいけないと信じているのではないか、などと心配したせいかもしれない。私としては罪深い女の悪徳をことごとく否定することで、やはり女の同性愛は存在しないのだと主張しようとしていたらしい。アルベルチーヌは、私があれやこれやの女の悪徳を信じないことを受け入れた。「そうね、あれはあの人がそう見せかけている好みだと思うわ、ちょっと気取るためなのよ。」しかしそれを聞いた私は、女性の潔白を主張したことを後悔しそうになった。以前はあれほど厳格だったアルベ

(563) アンピエテスは「毎年祝われるもの」の意で、ディオニュソス（バッコス）の別称。
(564) ギリシャ神話で「大地」の意。カオスから最初に生まれ、万物の母となった。
(565) 『オルペウス讃歌』（ルコント・ド・リール訳）第五篇「プロトゴノスへの讃歌」の概略を引用している。ジュピアンとゲルマント大公妃が引き合いに出されるのは、両者ともプロトゴノス（両性具有）の同類であるシャルリュス（男＝女）への欲望をいだいているから。

ルチーヌが、その種の趣味をもたない女でもそれを気取ろうとするほど、その「嗜好」がなにやら心をそそる有益なものと信じているように見え、それが私には不愉快だったのである。私は、もうどんな女にもバルベックには来てもらいたくなかった。ピュトビュス夫人がそろそろヴェルデュラン夫妻のところへやって来るころで、サン＝ルーが教えてくれた例の嗜好をもつ小間使いがこの浜辺まで散歩にやって来て、もし私がそばにいない日であればアルベルチーヌを堕落させようと試みるかもしれない、そう考えると私は心配でならなかった。コタールがつつみ隠さず伝えてくれたところでは、ヴェルデュラン夫妻は私にご執心で、コタールの言によれば私を追いまわすように見えることは避けながらも私に来てもらうためならどんなことでもするつもりだというのだから、私がパリに戻ったらゲルマント家の人たちを残らずお連れしますと約束すれば、ヴェルデュラン夫人はなんらかの口実を設けて、ピュトビュス夫人に、これ以上お引きとめできなくなったのでできるだけ早くお引きとり願いたい、と言ってくれるのではないか、と私はそんなことまで考えた。

そんなことを考えていたにもかかわらず私をとりわけ不安にしていたのはアンドレの存在だったので、アルベルチーヌのことばが与えてくれた心の鎮静はなおいくぶんは残っていた。とはいえ、やがてそうした鎮静もさほど必要ではなくなる見通しがついた。アンドレは、だれもが到着するシーズンのほぼ最盛期になるとロズモンドやジゼルといっしょに帰る予定だとわかり、アルベルチーヌのそばにいるのもあと数週間になったからである。おまけにその数週のあいだアルベルチーヌは、自分の言動をすべてお膳立てして、私に疑念が残っていればそれをうち消し、ふたたびあらたな疑念が生じないようにしてくれた。けっしてアンドレとふたりきりにならないように気を配り、私とふたりで帰るときは私に戸口まで送ってほしい、ふたりで出かけるときは私に戸口まで迎えに来てほしいと言い張った。そのあいだアンドレも同様に努力して、アルベルチーヌに会うのを避けているように思われた。このようにふたりのあいだには見るからに合意があったばかりか、ほかの徴候からしても、アルベルチーヌは私との話し合いをアンドレに打ち明け、私のばかげた疑惑を鎮めてほしいと頼みこんだにちがいなかった。

そのころバルベック・グランドホテルでちょっとしたスキャンダルが起きて、それは私の心痛の傾向をいささかも変えることはなかった。ブロックの妹は、しばらく前からさる元女優と秘かな関係をもっていたが[566]、やがてふたりはそれだけでは満足でき

(566) この記述に拠るかぎり、ブロックの「妹」が関係をもっていた「元女優」は、ブロックの「従妹」が同棲していた「女優」(本巻四四九頁と注459参照)とは別人と考えるべきか。

なくなった。人に見られると自分たちの快楽の背徳性が倍増するように思えたのだろう、恐ろしい愛戯をみなの目にさらしたくなったのである。それはまずゲーム室のバカラのテーブルのまわりで愛撫しあうことから始まったが、それだけなら要するに親しい友情の発露とみなすこともできた。やがてふたりは大胆になった。そしてついにある夜、大きなダンスホールのあまり暗くもない片隅のソファーで、臆面もなく、ベッドに寝ているときにも等しい振る舞いにおよんだのである。さして遠からぬところに妻といっしょにいたふたりの将校が、支配人に苦情を申し入れた。その抗議がいっときは効果をあげるかと思われた。ところがこの将校たちは、住まいのあるネットオルムから一晩だけバルベックにやって来た客で、あいにく支配人にはなんの役にも立たぬ人間であった。それにひきかえブロック嬢には、たとえ本人は知らなくても、また支配人が本人をどう評価していようと、ニッシム・ベルナール氏の保護がおよんでいたのである。その理由をここで説明しておく必要がある。ニッシム・ベルナール氏は、家族の美徳なるものをだれよりも完璧に実践していた。毎年、甥のためにバルベックにすばらしい別荘を借りてやり(567)、よそからどんな招待を受けても断って、夕食にはかならず自分の家に、というか実際には甥たちの家に帰ってきていたのだ。ところが昼食だけはけっして家ではとらず、正午には毎日グランドホテルにあらわれた。氏は、ほかの男たちがオペラ座の端役の踊り子を囲うように、ひとりの「ボーイ」を囲っていたからである。さきに触れた『エステル』や『アタリー』に登場する若きイスラエルの娘たちを想わせるドアマンたち(568)と似たり寄ったりの若者である。ニッシム・ベルナール氏と若いボーイとのあいだには四十歳もの年齢の開きがあったから、本来なら若者は、そんな好ましからぬ接触からは守られていたはずである。しかしラシーヌが同じ合唱のなかで賢明にも語ったように、

神よ、生まれそめし美徳は
あまたの危険のなか、なんとおぼつかない足どりで歩むことか!
御身《おんみ》をもとめ無垢ならんとする魂とて
その志さまたぐる障害に出会うもの(569)!

若いボーイは、バルベックの「神殿」たる「豪華ホテル」にて「世間から離れて育

(567) 「甥」はブロックの父親。この別荘での夕食の模様はすでに語られていた(本訳④二八〇頁以下)。
(568) 本巻三八八—九一頁参照。
(569) ラシーヌ『アタリー』二幕九場。ユダヤの王アハジアの息子ジョアスのことを語る合唱の声。

てられ」たがその甲斐はなく、ジョアドのつぎの忠告にも従わなかった。

富や黄金を頼りにしてはならぬ。[570]

もしかするとボーイは、「罪びとたち地上にあふれ[571]」とつぶやき、世間とはそういうものだと自分を正当化していたのかもしれない。それはともかく、ニッシム・ベルナールもこれほど早い手応えを期待していなかったのに、さっそく最初の日から、

まだおびえているのか、それとも甘えるためか、

その罪のない両腕がまつわりつくのを感じた。[572]

そしてもう二日目から、ニッシム・ベルナール氏はそのボーイを外に連れだし、「毒気を近づけ、その無垢を汚した[573]」のである。そのときから若者の生活は変わってしまった。上司に言われるとおりパンや塩を運んでいても、満面にこんな想いがにじみ出ていた。

花から花へ、快楽から快楽へと
　われらが欲望をさまよわせよう。
すぎ去るわれらが歳月の残りは頼りなきもの。
きょうのこの日、急いで人生を楽しもう！[574]
　名誉や役職こそ
甘美な盲従の代償。
　悲しい無垢な者などに
だれが声をあげてくれよう。[575]

この日からニッシム・ベルナール氏は欠かさず昼食のテーブルに座るようになった（端役の踊り子を囲っている男が一階椅子席に欠かさず座るのと同じで、この種の端

(570) 『アタリー』四幕二場。大祭司ジョアドが教える神の掟をジョアスがくり返すことば。
(571) 同二幕九場。注569の引用につづく合唱の声。
(572) 同一幕二場。ジョアドの妻ジョザベトが語る、殺戮を免れた幼きジョアスのすがた。
(573) 同二幕九場、ジョアスを語る合唱の声。原文は「毒気を近づけしも、その無垢は汚されず。」
(574) 同二幕九場、合唱の声。ただし原文には「不敬の者どもはこう言う」との前置きがある。
(575) 同三幕八場、ジョアドの娘サロミトのせりふ。「甘美な盲従」は原文では「卑しい盲従」。

役はきわめて個性の際立つタイプで、いまなお自分を引き立ててくれるドガを待っているのだ)。ダイニングルームのなかはもとより、はるか遠くのシュロの木陰で会計係の女がふんぞり返っているあたりまで、この若者の動きを目で追うのがニッシム・ベルナール氏の楽しみであった。このボーイは、すべての客にたいして熱心に給仕をしたが、ニッシム・ベルナール氏に囲われてから氏への給仕にいささか熱意が欠けるように見えたのは、この合唱隊の若者が、自分を充分に愛してくれていると思える相手には同じように愛想を振りまく必要はないと思ったからか、その愛情にいらだっていたからか、その愛情が他人に知れてほかの同様の機会が失われるのを怖れたからであろう。しかしこの冷淡ですら、そこにあらゆるものが秘められているがゆえに、ニッシム・ベルナール氏を喜ばせた。氏は、ヘブライ人の血筋による遺伝のせいか、キリスト教的心情を冒瀆しようとするせいか、ユダヤの儀式であれカトリックの儀式であれラシーヌの悲劇に出てくる儀式をことのほか気に入っていた。もしその儀式が『エステル』や『アタリー』の正真正銘の舞台で上演されるのなら、世紀の異なる作者であるジャン・ラシーヌの面識を得るわけにゆかないベルナール氏は、それゆえ自分が庇護する者のためにもっと重要な役柄を獲得してやれないのを残念に思ったであろう。ところが昼食の儀式はいかなる作家の編み出したものでもないので、「若きイスラエルの民」が望みどおり副主任や主任の職務へと昇進できるように、氏は支配人やエメと仲よくしておくだけにとどめていた。ソムリエの職務はどうかとの提案もあった。しかしベルナール氏はそれをボーイに断らせた。ソムリエになってしまうと、そのボーイが緑色のダイニングルームを駆けまわるのを眺めることも、部外者のような顔をしてそのボーイに給仕をしてもらうこともできなくなるからだ。それはきわめて大きな楽しみだったので、ベルナール氏は毎年バルベックに戻ってきてホテルで昼食をとったが、この慣習についてブロックの父親は、氏がバルベックに戻ってくるのは、どの海岸よりもお気に入りのこの海岸の美しい光と夕日への詩的嗜好ゆえであり、家のそとで昼食をとるのは、年老いた独身者の宿痾《しゅくあ》たる奇癖ゆえであると考えた。

ニッシム・ベルナール氏の親戚は、氏が毎年バルベックに戻ってきて、衒学趣味のブロック夫人に言わせると厨房の外泊なるものをおこなう本当の理由には気づかなかったが、親戚のこうした誤りには、じつはより深い真実が隠されていた。というのもニッシム・ベルナール氏も自分では気づいていなかったが、いまだひとりのドガも持たぬオペラ座の端役の踊り子の別種ともいうべき乙女のような従僕のひとりを囲うという氏の嗜好のなかには、バルベックの浜辺とかレストランからの海の眺めとかを愛する気持や、奇癖というべき習慣がたしかに含まれていたからである。それゆえニッシム・ベルナール氏は、バルベックのホテルというこの劇場の支配人とも、演出家と舞台監督を兼ねるエメとも――この件におけるふたりの役割はあまり明快とは言えないものであったが――、いたって良好な関係を結んでいた。そうしておけば、いつの日か大きな役柄、もしかすると給仕頭といった役柄を獲得してやるための策をめぐらすことができる、と考えたのだ。それまでのあいだニッシム・ベルナール氏の快楽は、それがいかに詩的でもの静かな観想的快楽であろうと、社交界に行けば愛人に会えると心得ている――たとえば昔のスワンのような――女たらしならではの性格をいくぶんとどめていた。ニッシム・ベルナール氏には、席につくや否やお目当てのボーイが果物や葉巻をのせた盆を手にして舞台に進みでるのが目に浮かぶのだろう。そんなわけで氏は、毎朝、姪にキスをし、目をかけているわが友ブロックに仕事のことを訊ね、手のひらにのせた角砂糖を差しだして馬に食べさせると、熱に浮かされたような急ぎ足でグランドホテルの昼食に駆けつけた。たとえ自分の家が火事になろうと、姪が発作をおこそうと、氏はやはり出かけたであろう。そんなわけで氏は風邪をひくことをペストのように恐れていた。そうなるとベッドで寝ていなければならず――氏が心気症《ヒポコンドリー》(576)の患者だったからである――、若い恋人をおやつの時間までに自宅に寄こすようエメに頼まなければならないからである。

そのうえ氏は、多くの廊下、秘密の小部屋、サロン、クローク、食料貯蔵室、回廊などを備えて、迷宮のように入り組んだ、バルベックのホテル全体を好んでいた。オリエント人の遺伝なのか、後宮(577)が好きで、夜になると外出してその隅々をこっそり探検する(578)氏のすがたが見られた。

危険を顧みず地下にまで潜入して若きレビ族(579)を探し求め、それでも人に見られてスキャンダルになるのを避けようとするニッシム・ベルナール氏は、『ユダヤ女』のこんな詩句を想わせた。

ああ、われらが父祖の神よ、
われらのもとに降りて、
われらが秘密をお隠しください、
悪人どもの目から(580)!

(576) 器質的疾患がないにもかかわらず、過度に心配して身体に異常をきたす病気。
(577) 原語 sérail(s). スルタンの宮殿の後宮(ハーレム)。グランドホテルの奥所を暗示する。
(578) 原文は en explorer[…]les détours. スルタンの宮殿を舞台にするラシーヌの悲劇『バジャゼ』(一六七二初演)の宰相アマコのせりふ「宮殿のなかで育った私だ、その隅々に通じている」を踏まえる。
(579) ユダヤの神殿で祭司の助手を務めた部族。グランドホテルの従僕たちを指す。

その一方で私は、氏とは正反対に、小間使いとして外国の老夫人につき従ってバルベックにやって来たふたりの姉妹の部屋へあがって行った。ホテルの用語ではお供《クーリエール》と[581]呼ばれ、クーリエやクーリエールは使い走り《クールス》をする人だと想いこんでいたフランソワーズの用語では、「使い走りの人《クールシエール》」[582]と呼ばれる人たちである。ホテルの用語は、ずっと気高く、「あれは外交使の供回り《クーリエ》」[583]と歌われていた時代の慣わしをとどめていたのである。

宿泊客がお供《クーリエール》たちの泊まる部屋まで行くのはむずかしく、その逆もまたむずかしかったが、にもかかわらず私はそのふたりの若い女、マリー・ジネスト嬢とセレスト・アルバレ夫人と、[584]いち早く非常に強固な友情、といってもきわめて純粋な友情で結ばれた。フランス中部の高い山岳のふもと、谷川と急流のほとりに生まれたふたりは（水はふたりの生家の真下を流れ、屋内で水車のまわるその家は何度も洪水の被害を受けたという）、わが身にそんな渓流の自然をとどめている感があった。マリー・ジネストはつねに素早くて奔流を想わせるのにたいして、セレスト・アルバレのほうは穏やかで活気を欠き、湖面のようにもの静かであるが、ひとたび激昂すると恐ろしい濁流がさか巻き、すべてを押し流して破壊する危険な氾濫の渦巻を想わせた。ふたりがしばしば私に会いに来たのは、朝、私がまだベッドに横になっていたときである。私はこれほど無知を押し通した人たちを知らない。ふたりは学校でなにひとつ学ばなかったのである。にもかかわらずふたりのことば遣いは非常に文学的で、そこに野性的ともいえる自然な口調が認められなかったら、気取ったしゃべりかただと思われただろう。ふたりのことばには私への賛辞(それをここに記すのは私の自画自賛のためではなく、セレストの奇妙な才能を褒めたたえるためである)と批判とが含まれていた。賛辞も批判もともに誤解であるが大真面目《おおまじめ》なもので、そのなれなれしい口調を修正せずに伝えておこう。私がクロワッサンをミルクのなかに浸けていると、セレスト

(580) スクリーブの台本によるフロマンタル・アレヴィのオペラ『ユダヤ女』(一八三五初演)の二幕一場、合唱隊のせりふ。「コンブレー」で「私」の祖父がこの一節を引用した(本訳①二〇八頁と注135参照)。

(581) 旅の貴婦人につき添う小間使いの意。本巻三八八頁と注412参照。

(582) 原語 coursières.「使い走り《クールス》」courses から勝手につくったフランソワーズの造語。

(583) ジャック・オッフェンバック(一八一九―八〇)のオペレッタ『盗賊』(一八六九)一幕六場の舞曲から。「王や王妃の使者」の意(モダン・ライブラリー版『ソドムとゴモラ』英訳の注に拠る)。

(584) 実在の姉妹。セレスト・ジネスト(一八九一―一九八四)は、プルーストが利用していたタクシー運転手オディロン・アルバレと一九一三年に結婚、一四年からプルーストの死まで家政婦として仕えた。三歳年上のマリー・ジネストも、両親の死後の一九一八年、パリに出てきた。姉妹は、フランス中央山塊がそびえるオーヴェルニュ地方南部の小村オーシヤック(地図①参照)の出身。

はこう言った。「あら！　この子ったら、カケスみたいな髪をした黒い小悪魔だわ、きっと深い企みなのよ！　あなたをこしらえたとき、お母さんがなにを考えていたのか知れたもんじゃないわ、だって、あなた、鳥にそっくりだもの。ごらん、マリー、ほら、まるで羽づくろいをしているみたい、首だってくるっと回すでしょ？　ずいぶん身軽そうで、飛びたつ稽古をしてるみたい。まあ、あなたも運がいいわね、あなたをつくった人たちがお金持の家に生んでくれたんだもの、そうでなけりゃ、あなたのような浪費家はどうなっていたか。ほら、クロワッサンを捨てるつもりよ、ベッドに触れたからって。あらあら、ミルクをこぼしちゃった、ちょっと待って、ナプキンをつけてあげますからね、自分じゃどうしたらいいかわからないんでしょ、あなたみたいな愚かで不器用な人、見たことないわ。」するとこんどは、もっと一貫した急流の音を想わせるマリー・ジネストの声が聞こえてくる。憤慨して妹を叱っているのだ、「これ、セレスト、黙ったらどう？　このかたにそんな口を利くなんて、頭がおかしくなったの？」それでもセレストは微笑んでいるだけで、私がナプキンをつけられるのを嫌がると、こう言う、「そうじゃないのよ、マリー、ほら見てごらん、があーん！　ほら、首をまっすぐ立ててたでしょ、ヘビみたいに。ほんと、ヘビそっくり。」そもそもセレストは動物のたとえを連発した。セレストに言わせると、私はいつ寝ているのか不明で、夜のあいだじゅう蛾《が》のように飛びまわり、昼間はリスのように素早く走りまわるらしい。「ほら、マリー、うちの田舎でよく見かけるでしょ、とってもすばしっこくて目では追いきれないリスを。」「でも、セレスト、この人は食事中にナプキンをつけられるのが嫌なのよ。」「嫌だからじゃないの、人に言われて自分の意志を変えるような人間じゃないって示したいのよ。お殿さまだから、自分がお殿さまだって示したいわけ。必要だというのでシーツを何度とり替えてあげても、それで結構なんて言う人じゃないわ。きのうのシーツはもう御用ずみだとしても、きょうのシーツはまだ敷いたばかりなのよ、なのにもうとり替えなきゃならないんだから。ほら！あたしの言ったとおりで、貧乏人のなかに生まれるお人じゃないのよ。ごらん、怒って、髪の毛を逆立てて膨らませてるでしょ、鳥の羽みたいに。かわいそうなもじゃもじゃ、[585]じゃ！」こうまで言われては、マリーだけでなく、私も抗議の声をあげた。私は自分をすこしも殿さまだとは思っていなかったからである。ところがセレストは、私の謙虚をけっして心底から出たものだとは思わず、私のことばをさえぎってこう言う、「まあ、なんて悪賢いの！　あらまあ！　なんて猫かぶりなの、なんて裏切り者！

(585)　原語 *ploumissou.* セレスト・アルバレの回想『ムッシュー・プルースト』(三輪英彦訳、早川書房、一四〇頁)によると、母親が娘の髪を結ってやろうとセレストを呼んだときの愛称だという。

ずる賢いったらないわ、性悪中の性悪ね、まったく！　モリエールだわ！」(それはセレストが知っているただひとりの作家の名で、それを私に当てはめたのは、自作自演の芝居を打てる人間だと言わんとしたのだろう。)「セレスト！」とマリーが高飛車な大声をあげたのは、モリエールの名を知らず、それが新たな罵《のの》りのことばではないかと心配したからである。セレストはまたしてもにやにやして言う、「あら、この人の引き出しにある小さいときの写真、見なかったの？　この人ったら、いつも簡素な服を着せられていたとあたしたちに想いこませようとしていたけれど、その写真じゃ、小さなステッキを持って、毛皮とレースずくめなのよ、どこの王子さまもかなわないって恰好だわ。でも、それだって、この人のとてつもない厳めしさとそれよりもずっと深いやさしさと比べれば、ものの数じゃないわ。」「それじゃ」と急流のマリーは叱責の声をとどろかせる、「あなた、今じゃこの人の引き出しのなかまで調べてるのね。」そんなマリーの心配を鎮めるために、私はニッシム・ベルナール氏の振る舞いをどう思うかと訊ねた。「あら！　ムッシュー、あんなことがあるなんて夢にも想いませんでしたわ、ここに来るまでは」と言うと、一度はセレストを言い負かしてやろうと、さらに意味深長なことばを口にした、「そりゃ、そうでしょう、ムッシュー、人の暮らしがどんなものか、けっしてわかるもんじゃありませんから。」話題を変えるために私は、昼も夜も働きづめだった私の父親の生活をもちだした。「ああ！　ムッシュー、それって自分のためにはなにひとつ、たったの一分も、たったひとつの楽しみもとっておかない暮らしですね。なにもかも、まるっきりなにもかも他人《ひと》さまのために犠牲にするという、他人さまに捧げた暮らしでしょうか……。ごらん、セレスト、手を毛布のうえに置いて、クロワッサンをとるだけなのに、なんて上品なこと！　この人のどんなに些細なしぐさでも、ピレネー山脈にいたるフランスじゅうの貴族が、この人の動作のひとつひとつに乗り移ったのかと思えるわ。」

私はこんな真実味のない自分自身のすがたにがっくりして黙りこんだが、セレストはそれすら新たな策略とみなした。「おやおや！　こんな純真そうに見える額だけど、いろんなことを隠しているのね、両の頬っぺはアーモンドの実のように仲よしで、みずみずしく、かわいい両の手はサテンのような肌触りだけど、爪ときたら鳥の爪みたいに鋭いのよ……。ほら、マリー、見てごらん、ミルクを飲むときの黙って考えこんでるすがた、なんだかあたしまでお祈りをしたくなるわね、なんてまじめくさった顔だこと！　今のこのすがたこそ肖像写真にとるべきよ。なにからなにまで子供なのね。こうして子供みたいにミルクを飲んでいるから、子供のような明るい顔色が保てるのかしら？　まあ、なんて若いこと！　なんてきれいな肌だこと！　けっして歳をとらないのね。運のいい人ね、だれにも手を振りあげる必要なんてないでしょう、にらみを利かせればだれだって言うことを聞きますからね。あら、とうとう怒ったわ。まっすぐ立ちあがったわ、まるで怒って当然みたいに。」

フランソワーズは、ゴマすり女と呼ぶこのふたりがやって来て、私とおしゃべりするのを毛嫌いしていた。支配人は、ホテルの動静を逐一使用人たちに見張らせているらしく、お供《クーリエール》たちと話すのはお客さまにはそぐわないと、それこそまじめな顔で注意してくれた。しかしホテルじゅうの女性客よりも「ゴマすり女」たちのほうが優れていると考える私は、どうせ説明しても支配人にわかるはずはないという確信があって、支配人を面前であざ笑うだけにした。そんなわけでふたりの姉妹はくり返しやって来た。「見てごらん、マリー、なんて繊細な目鼻立ちかしら。ほんと、完璧につくられたミニチュアだわ、ガラスケースにはいっているどんな貴重なミニチュアよりもすてきね。だってこの人、いろいろ動けるし、そのことばだって昼でも夜でもいくらでも聞けるんだもの。」

外国の一婦人がこのふたりを連れて来ることができたのは、奇跡であろう。というのは歴史も地理も知らないふたりは、イギリス人にせよ、ドイツ人にせよ、ロシア人にせよ、イタリア人にせよ、「虫けら」同然の外国人を頭から嫌っていて、多くの例外があるとはいえフランス人だけを好んでいたからである。ふたりの顔は、故郷の川の変形自在な粘土の湿り気をいまだ充分に蓄えていたようで、ホテルに滞在中のだれか外国人のことが話題になると、セレストとマリーはその外国人の発言をおうむ返しにすべく、自分の顔のうえにその外国人の顔を貼りつけ、自分の口と目までその外国人とそっくりにしてしまった。その芝居のお面の出来ばえは、そのまま保存しておきたいと思うほどみごとだった。セレストは、支配人や私の友人の発言を伝えているだけという顔をしながら、たわいもない話のなかにつくり話をはさみこみ、なに食わぬ顔でブロックや裁判所長のありとあらゆる欠点を意地悪く描きだしてみせた。それはセレストが親切にひき受けた用事のたんなる報告という形をとりながら、余人にはとうてい真似のできない人物描写になっていた。ふたりは、けっして本を読まず、新聞さえ広げようとしなかった。ところがある日、ふたりは私のベッドのうえに一冊の本を見つけた。それはサン＝レジェ・レジェの、優れてはいるが難解な詩集であった。セレストはその数ページを読んで、私にこう言った、「でも、これってたしかに詩なんでしょうか、むしろなぞなぞじゃないですか？」(586) 詩といえば子供のときに「この世ではどんなリラも枯れてゆく」(587)という一句しか習ったことのない人間にとって、もちろんそれは詩とは思えないしろものであった。ふたりがなにひとつ学ぼうとしない頑迷ぶりは、いくぶんふたりの故郷の不健康な土地柄のせいではないかと私は思う。とはいえ、ふたりは詩人と同様の才能に恵まれ、しかもふつう詩人たちが持ち合わせない謙虚さを備えていた。というのもセレストは、なにか注目すべきことを口にしていたのに、それを想い出せない私がもう一度言ってくれないかと頼むと、忘れましたと断言するからだ。ふたりは、けっして本を読むことはないが、本を書くこともけっしてないだろう。

　フランソワーズは、こんなしがない女たちのふたりの兄弟のうち、ひとりはトゥールの大司教の姪と結婚し、もうひとりはロデーズの司教の親戚の娘と結婚している[588]と聞いて仰天した。支配人は、そんなことを聞かされても興味を覚えなかっただろう。セレストは、自分を理解してくれないと言ってときどき夫を責めたが、私には夫がこの妻に我慢できていることが不思議だった。というのも、ときにセレストは、身を震わせ、猛り狂い、あらゆるものを壊す、おぞましい女になったからである。血液という塩分をふくむ液体は、原始の海の要素がわれわれの体内に生き残ったものにほかならないという説がある。私もそれと同じく、セレストは、怒り狂うときだけではなく意気消沈しているときでも、故郷の谷川のリズムを保っていたのだと考えたくなる。精根尽き果てているときは、やはり谷川そっくりに、からからに干上がっている。そんなときには、どんな手段を尽くしても本人を生き生きさせることはできない。やがて、その堂々たる大柄で、かつ軽やかな身体に、突如として流れが戻ってくる。青白いオパールのように透明な肌のなかに、水が流れるのだ。すると本人は太陽に微笑み、肌がいっそう青くなる。そんなときの本人は、ほんとうに天空《セレスト》[589]のようであった。

ブロックの家族は、伯父が家でけっして昼食をとらない理由になにがしかの疑わしい点があるとはついぞ思わず、当初からそれを年老いた独身者の奇癖として受け入れ、どこかの女優とでも関係があってそうしているのかもしれないと思いなしていたが、バルベックのホテルの支配人にとってはニッシム・ベルナール氏にかかわる一切が「タブー」であった。それゆえ支配人は、姪のことで伯父のベルナール氏にお伺いを立てるわけにもゆかず、結局、非があると本人に言い渡すこともできず、もうすこし

(586) サン＝ジョン・ペルス(別筆名サン＝レジェ・レジェ、本名アレクシ・レジェ、一八八七―一九七五)の詩集『讃《さん》』(一九一一)を(一九一六年頃)ガストン・ガリマールがプルーストに届けたとき、それを見たセレストの感想(『ムッシュー・プルースト』やポール・モラン『大使館員日記』に語られた)。

(587) シュリ・プリュドム(一八三九―一九〇七)の詩篇「この世」の一句。フォーレがこれに曲をつけている(一八七四年頃)。プルーストは書簡でこの詩句を何度も引用していた(一九一四年一月二十九日頃のレーナルド・アーン宛てなど)。

(588) 『ムッシュー・プルースト』(一三二頁)にも語られること。本文の地名は地図①参照。

(589) セレスト Céleste の名は、同綴の「天空の」「この世のものとは思えない」の意の形容詞に由来。

慎重に振る舞うよう本人に勧めるだけに終わった。それでくだんの若い娘とその女友だちは、カジノとグランドホテルから閉め出されるものと最初の数日は想いこんでいたのに、すべてが丸く収まるのを見て、自分たちを避けていた世の父親たちに、なにをやっても罰せられないことを見せつけて喜んだ。もっともふたりは、みなを憤慨させた人前でのシーンを再現するには至らなかった。それでも、すこしずつ気づかぬうちに、ふたりの態度はもとに戻った。そしてある夜、私が、アルベルチーヌと、たまたま出会ったブロックとの三人で、なかば灯りの消えたカジノから出てきたとき、例のふたりがからみあい絶えずキスをしながら通りかかり、私たちのところまで来ると、忍び声や、笑い声や、淫らな喘ぎ声をあげた。ブロックはそれが妹だとわからぬふりをしようと目を伏せ、私はこの特殊な耐えがたい声がアルベルチーヌに向けられたものかもしれないという考えにさいなまれていた。

もうひとつのできごとが、私の心配をさらにゴモラのほうへひき寄せることになった。私は浜辺で、すらりとした若い色白の美人を見かけた。その目の中央からは幾何学的な明るい光が放射され、そのまなざしを前にすると、なにやら星座を見ている気になる。私はこの若い女のほうがアルベルチーヌよりもずっと美人ではないか、アルベルチーヌを諦めたほうが賢明ではないかと考えた。ただしこの若い美人は、ひどく下品な暮らしのなかでたえず姑息な策を弄してきたらしく、顔にはそんな暮らしの目には見えぬ鉋《かんな》がかけられていたせいか、顔のほかの部分よりもずっと高貴なその目からは、ただものほしげな欲望の光だけが放たれていた。ところが私はその翌日、カジノで私たちから非常に遠く離れた席にいたこの若い婦人が、あたりをくるくるとかわるがわる照らすまなざしの光をたえまなくアルベルチーヌに注いでいるのに気づいた。まるで目を灯台にしてアルベルチーヌに合図を送っているふうである。私は、これほど注目の的になっていることにわが恋人が気づくのではないかと胸苦しくなり、ひっきりなしに照射されるこのまなざしが翌日の逢い引きをほのめかす符牒ではないかと心配した。ひょっとするとこの逢い引きは、最初のものではないのかもしれない。きらきら光る目のこの若い女は、べつの年にもバルベックに来ていたのかもしれない。この女があえてこれ見よがしの光の合図をアルベルチーヌに送ったのは、アルベルチーヌがすでにこの女の欲望なりべつの女友だちの欲望なりに身を任せていたからかもしれない。だとするとあの合図は、現在なにかを求めているというよりも、なにかを求める根拠として過去の楽しかった時間をほのめかしているのではないか。

いずれにせよこの逢い引きは、最初のものであるはずがなく、何年間もともにふけってきた愛戯のつづきなのだ。実際あのまなざしは「どう？」などと言っているのではない。あの若い女は、アルベルチーヌに目をとめたとたん、顔をすっかりそちらへ向け、まるで想い出してもらえないはずはないと言いたげに、想い出に充ちたまなざしをしきりに輝かせていたのだ。アルベルチーヌは、そんな相手を充分に見ていながら、冷淡なままじっと動かず、それゆえ相手は、昔の愛人がべつの恋人といっしょにいるのを見たときの男と同じように遠慮して、アルベルチーヌを見つめるのをやめ、まるでアルベルチーヌなど存在しなかったかのように、もはや気にかけることもやめてしまった。

　ところが数日後、私は、この若い女の嗜好と、この女が以前からアルベルチーヌを知っていた蓋然性との証拠を握った。カジノのホールなどでふたりの娘がたがいに欲望をいだくと、しばしば一種の光学現象が生じて、ひと筋の燐光のようなものが一方から他方へと流れるものだ。ついでに言っておくと、たとえ計測不可能なものとはいえこのような物質化した光に助けられ、大気の一部を燃えあがらせるこうした幽体の合図(590)によって、散りぢりになったゴモラの住民は、それぞれの町や村で、離ればなれになったメンバーと合流して聖書の都市を再建しようとしているのである。その一方、これまた世のいたるところで、たとえ目指す再建が断続的なものとはいえ、ソドムから追放され、望郷の念に駆られた、偽善的でときには勇敢な者たちによって同様の努力がつづけられているのである。

あるとき私は、アルベルチーヌが面識のないふりをした例の見知らぬ女を、こんどはブロックの従妹《いとこ》(591)がそばを通りかかったときに見かけた。その見知らぬ若い女の目は星のように輝いたが、女がこのイスラエルの民の令嬢と面識がないのは明らかであった。女は、はじめてこの娘に会って、相手に欲望を感じ、自分の見立てにほとんど疑念を覚えなかったが、アルベルチーヌにたいしたときのような確信は持てなかったようだ。女はアルベルチーヌとはねんごろになれると確信していたので、その冷淡な態度に接して、パリの住人ではないがこの町になじんでいた外国人が、久しぶりに数週間の予定でパリに戻ってきて、いつも楽しい夜をすごしていた小さな劇場があった場所に銀行が建っているのを見たときのような、意外な驚きを感じたのである。

ブロックの従妹は、テーブル席に座ると、グラビア雑誌を眺めた。やがて例の若い女がやって来て、なに食わぬ顔でその横に座った。しかしテーブルの下をのぞけば、ふたりの足先が揺れうごき、ついでふたりの両足と両手がからみあうのが見てとれたであろう。やがてことばが発せられ、会話がはじまる。その若い女のおめでたい夫は、

(590) 原語 ces signes astraux. 幽体(corps astral)は心霊学用語で、人体をつつむ霊妙な覆い。
(591) ブロックの「妹」ではなく、妹といっしょに登場した娘(本巻四四九頁と注459参照)。

あちこち探しまわってようやく見つけた妻が、自分の知らない娘と早くもあれこれその夜の計画を立てているのに仰天する。妻はブロックの従妹を幼なじみだと紹介するが、名前はよく聞きとれない。妻が相手の名前を訊ねるのを失念していたからである。しかし夫が目の前にいるおかげで、ふたりの親密さは一歩前進する。修道院の女学校の寄宿舎で知り合ったことにしたふたりは、二人称親称で親しく話すほかなくなったからである。このいきさつと、まんまと一杯食わされた夫のことは、あとでふたりの大笑いをさそい、その陽気な気分はあらたな愛情が結ばれるきっかけになった。

アルベルチーヌはどうかといえば、カジノでも、浜辺でも、ほかのどこでも、だれか娘を相手に度を越した奔放な振る舞いに出たことはなかったと言える。ほかの娘にたいするアルベルチーヌの振る舞いは、むしろ極端に冷淡かつ無関心とさえ思われるほどであったが、それは育ちのよさのあらわれというよりは、疑念の目をくらます策略かと思われた。ある娘にたいしてアルベルチーヌは、さっさと、冷淡かつ礼儀正しく、大きな声で「そう、五時ごろにはテニスに出かけ、あすの朝の八時ごろには海水浴をするの」と答えると、そう告げた相手からそそくさと離れる。そんなやり口には、逢い引きの場所と時間を告げているにせよ、逢い引きの約束を小声で告げたあと「勘づかれ」ないよう実際には意味のない文言を大声で言っているだけにせよ、人をだまそうとする恐ろしい思惑が感じられた。そのあと自転車に乗って全速力で走り去るアルベルチーヌを見ていると、ほとんど話もできなかったこの娘とこれから落ち合うのだろうと考えずにはいられなかった。

アルベルチーヌは、浜辺の前の一角でひとりの若い美人が自動車から降りてきただけで、そちらを振り返らずにはいられなかった。そしてすぐさまこう釈明する。「海水浴場の前に立てられた新しい旗を見ていたの。もっとお金をかければよかったのにねえ。前の旗もずいぶんみすぼらしかったけど、今度のは正直いってそれよりも冴えないわ。」

一度アルベルチーヌは冷淡に振る舞うだけでは満足しなかったことがあり、そのせいで私はいっそう不幸になるほかなかった。アルベルチーヌはときどき叔母の女友だちと出会うことがあり、それを私が嫌がるのを知っていた。「素行のよくない」女で、ときどきボンタン夫人のところに二、三日滞在するのだ。アルベルチーヌはしおらしく私に、もうあの人には挨拶しない、と言っていた。そしてその女がいよいよアンカルヴィルにやって来ると、アルベルチーヌは「そうそう、あの人がここに来ていること、だれかから聞いたかしら?」と言って、こっそりその女に会うわけではないことを私に印象づけようとした。そんなことを私に言った日、アルベルチーヌはこうつけ加えた、「そう、浜辺であの人にばったり出会ったの、で、わざと乱暴に、すれすれに行き違って、ちょっと押してやったわ。」アルベルチーヌがそう言ったとき、私の脳裏には、それまで一度も想いうかべたことのないボンタン夫人のことばがよみがえった。それは、ボンタン夫人が私の前でスワン夫人に向かって、姪のアルベルチーヌがどれほど生意気かをまるでそれが長所であるかのように告げたうえで、アルベルチーヌがどこかのお役人の細君に、その細君の父親が皿洗いだったことをどんなふうに暴露したか説明をしたときのことばである(592)。だがわれわれの愛する女が口にしたことばは、純粋なまま長く保存されるわけではない。それは傷んで、腐ってゆく。一晩ないし二晩たって私がアルベルチーヌのことばを想い返したとき、そのことばが意味していると思われたのは、もはやアルベルチーヌの自慢する育ちの悪さではなく——それなら私を苦笑させるだけである——、べつのことだった。つまりアルベルチーヌは、明確な目的はなかったのかもしれないが、浜辺で会った婦人の官能をかき立てるためか、あるいは以前に婦人から申し出を受けてそのときは叶えてやった提案を意地悪くその婦人に想い出させるためか、さっとその婦人に触れたのであり、それを人前でやったので、もしかすると私がそれを知ったのではないかと考え、前もって自分に不都合な解釈がくだされるのを防いでおこうと思ったのだろう。

しかし、アルベルチーヌが愛したかもしれない女たちによってかき立てられた私の嫉妬は、はたとやむことになった。

（つづく）

(592)「生意気な」アルベルチーヌは、料理には不案内だという事務次官の妻に「どんなものかはご存じのはずですわ、お父さまが皿洗いをしておられたんですから」と言ったという(本訳③三七二頁)。

場面索引

ソドムとゴモラ 一

シャルリュスとジュピアンの出会い

ゲルマント公爵夫妻の帰宅をうかがう(21)。ヴィルパリジ夫人を訪ねてきたシャルリュス(23)。昆虫による花の受精(24)。シャルリュスの穏やかな風貌(26)。シャルリュスとジュピアンの出会いと求愛(28)。中庭を出るジュピアンと後を追うシャルリュス(31)。やって来たマルハナバチ(32)。ふたりは店の中にはいる(32)。「私」は隣の貸店舗へ忍びこむ(34)。快楽の声とシャワーの音(37)。事後のふたりの会話(38)。シャルリュスが語る「かわいい子」の追跡(39)、「プチ・ブルジョワの若者」(43)、「ドアマン」(45)。ようやく氏の本性が理解される(46)。「氏はひとりの女なのだ!」(49)。

男性同性愛者たちをめぐる考察

「呪われた不幸」にとり憑かれた「種族」(50)。「仲間の結束」を固める種族(54)。その広がり(55)、さまざまな種類(56)。「孤独な人たち」(59)、その組織への加入(60)。「女性の顔」をもつ倒錯者(62)。女性とも快楽を味わう者(67)。倒錯者としての最初の自覚(69)。田舎にひきこもる「孤独な倒錯者」(71)、幼友だちとの再会(72)、別離(72)、結婚した友との再々会(73)、再度の別離と孤独(74)。同性愛者の出会いは「深い必然性を備えたできごと」(77)。同性愛者の出会いと花の受精とのさまざまな比較(78)。シャルリュスはジュピアンと姪の庇護者となる(82)。それを賞讃するフランソワーズ(83)。ソドムの末裔は多数にのぼる(84)。

ソドムとゴモラ 二

第一章

ゲルマント大公夫妻邸での夜会

コンコルド広場のオベリスクと月(90)。館への到着(90)。シャテルロー公爵と門衛との出会い(91)。夜会での大公妃の社交術(93)。招待客を迎える大公妃(96)。門衛の叫ぶ「シャテルロー公爵殿下閣下！」(97)。告げられる「私」の名(98)。ハックスリーの患者(98)。「私」を迎える大公妃(99)。「大公は庭にいますから」(101)。大公への紹介者を探す「私」(101)。シャルリュス氏とシドニア氏の対話(101)。シャルリュス氏には紹介を頼みにくい事情(102)。E…教授(104)。ヴォーグーベール氏の臆病でプラトニックな同性愛(108)、氏は「私」を無言で夫人に紹介(113)。アルベルチーヌとの夜の約束(114)。ヴォーグーベール夫妻では「スカートをはいているのが旦那で、半ズボンをはいているのが奥さん」(115)。夫人の男性化の原因(117)。「私」に惹かれる夫人(118)。

庭の招待客たち(119)。大勢に挨拶をするシャルリュス氏(120)。スーヴレ夫人(122)。アルパジョン夫人(124)。その名前を想い出せない「私」(124)。記憶障害や不眠の効用(127)。「私」の依頼を無視するアルパジョン夫人(128)。バルコニーのシュルジ＝ル＝デュック侯爵夫人(128)。ホイストをするシャルリュス氏(129)。氏はガラルドン夫人の甥に無愛想に応対(130)。「私」は氏に大公への紹介を頼むが不首尾(132)。ブレオーテ氏(133)。ゲルマント大公の「私」へのことば(134)。スワンを庭の奥へ連れてゆく大公(136)。ユベール・ロベールの噴水(136)。水浸しになるアルパジョン夫人(139)。ウラジーミル大公の大笑い(139)。

シャルリュス氏の周囲の人だかり(140)。「わかるだろう、私があなたを愛していることくらい」(141)。シャルリュス氏の噴水評(141)。「私」に話しかける大公妃(142)。ゲルマント公爵夫妻の到着(143)。トルコ大使夫人の「メメやババル」(144)、夫人の大公妃評の急変(146)、「偽りのスター」(147)。ゲルマント公爵夫人の目のかがやき(147)。オスモン侯爵危篤の報を無視するゲルマント公爵(149)。公爵夫妻の愛想のよさを真に受けない術を学んだ「私」(150)。シャルリュス氏と話すヴォーグーベール氏(153)。ラシーヌ『エステル』との比較(155)。ダヌンツィオやイプセンを語るダモンクール夫人(158)。公爵の作家への不信(160)。ダモンクール夫人の社交界での貢献(161)。公爵夫人を一目見ようとする招待客たち(162)。スワンの祖母は「ユダヤ人と結婚したプロテスタントで、ベリー公爵の愛人」(163)。大公はスワンの父親が「プリンスの落とし胤《だね》」だと信じようとする(163)。翌日の出席者の招集に来たサン＝トゥーヴェルト夫人(165)。

夫人のサロンの優越の実態(167)。他の貴婦人たちを酷評するゲルマント公爵夫人(171)。ショースピエール夫人(174)。若い書記官に目をとめたヴォーグーベール氏とシャルリュス氏(176)。スワンと大公の仲をめぐるブレオーテ説(178)、フロベルヴィル大佐説(179)。貧しいフロベルヴィル夫妻とサン＝トゥーヴェルト夫人の援助(180)。ユダヤ人スワンの社交界への裏切りを糾弾するゲルマント公爵(182)。公爵夫人はスワンを避け、オデットとジルベルトに会うのも拒む(189)。ブイヨン公爵(190)。社会階層の相違は「時代の均一性のなかに埋没してしまう」(193)。「バイエルンのぼさぼさ髪の音楽家」(193)。ゲルマント公爵夫人のモンフォール＝ラモリ見物計画(195)。それを喜ぶフロベルヴィル氏(197)。ランピヨン夫人は「カンポサント」(198)。サン＝トゥーヴェルト夫人宅では麻疹《はしか》がはやると告げるフロベルヴィル氏(199)。シュルジ夫人のふたりの美形の息子(201)。シトリ侯爵夫人(203)と「なにもかもが退屈」(205)。シュルジ夫人の息子を凝視するシャルリュス氏(206)。スワンの死相と「ポリシネルふうの鼻」(209)。変わり果てた「私」にとってのスワン(210)。サン＝ルーのシャルリュス評「ドン・ファンも顔負けの女たらし」(213)。男爵がロベールのほうが罪深いと考える理由(214)。娼家を礼讃するロベール(216)。シュルジ夫人につきまとい「夫人の肖像画」を褒めるシャルリュス氏(218)。叔父の「習性」は甥に伝わる(220)。ピュトビュス夫人の小間使いは「ジョルジョーネ」(221)。恋愛と文学から目が醒めたロベール(221)。シュルジ夫人のふたりの息子とシャルリュス氏(223)。ドレフュス支持を後悔しているとスワンに言うロベール(227)。シュルジ夫人の息子ヴィクチュルニアンを褒めるシャルリュス氏(228)。スワンの身体は「レトルト」(230)。サン＝トゥーヴェルト夫人をめぐるシャルリュスの毒舌(231)。困りはてるシュルジ夫人(233)。サン＝トゥーヴェルト夫人はシャルリュス氏にへりくだり(234)、「私」にとりなしを頼む(235)。スワンの「私」への打ち明け話のはじまり(236)。シュルジ夫人の息子アルニュルフのスポーツ趣味(238)。スワンは「死への抵抗力をそなえる頑健なユダヤ人種」(240)。スワンの語るゲルマント大公がドレフュス無罪を信じるに至った経緯(242)。シュルジ夫人の社交界での浮沈(244)。夫人の肖像画を語るシャルリュス氏(246)。夫人の胸をのぞき見るスワン(246)。「傑作にもそんな悪趣味があるとは」(247)。シャルリュス氏の男関係は「純粋にプラトニック」だと言うスワン(249)。スワンの伝える大公の話のつづき(249)。大公妃邸の夜食に残るよう「私」に頼む公爵(251)。大公の話のつづきで大公妃もドレフュス派だとわかる(255)。大公は「まっすぐな心根の人」と言うスワン、その矛盾を指摘する語り手(257)。スワンはピカールのための請願リストへの署名を断る(258)。ジルベルトに会いに来るよう「私」に勧

アルベルチーヌの来訪と社交界の変貌

その成功の原因は、ジルベルトの遺産相続とスワンの頑固なドレフュス支持(329)。オデットの知性を買いかぶる社交人士たち(333)。互いに相手を酷評するモンモランシー＝リュクサンブール公爵夫人とオリヤーヌ(334)。「私」の想いうかべる「黄色いチョウ」と「雪をのせた黒いチョウ」(336)。モンモランシー＝リュクサンブール夫人邸(336)。

心の間歇

二度目のバルベック到着(341)。出迎えに来たホテルの支配人の間違いだらけのことば(341)。今回バルベックに期待したのは「燦々《さんさん》と光あふれる光景」(344)。「ラ・ラスプリエール」を借りたヴェルデュラン夫人はピュトビュス夫人を招待していた(345)。ロベールのカンブルメール家への紹介状(346)。くり返される支配人のことば遣いの間違い(350)。ホテルへの到着(350)。

ふとよみがえる祖母の顔(351)。とり戻されたのは「当時の私の自我」(354)。「生きた真の祖母」を感じて「祖母を永久に失ったことを知った」(355)。「祖母が生前に感じていた苦痛」を軽減してやろうとする「私」(356)。「死後の生存と虚無とが交錯するかくも不思議な矛盾」が与える苦痛(358)。夢にあらわれる祖母と父(360)。「シカ、シカ、フランシス・ジャム、フォーク」(363)。「アイ、アス」と目覚め(364)。祖母と私のあいだの仕切り壁(364)。

支配人がもたらすアルベルチーヌからの伝言(366)。想い出される昨日の到着時(366)。怪しげなことばを連発してひきさがる支配人(369)。ボーイが届けるカンブルメール侯爵夫人の名刺(370)。フェテルヌでの侯爵夫人の暮らし(371)。母の「正真正銘の悲嘆」と「私」の「一時的な悲嘆」(376)。到着した母は「もはや母ではなく祖母」(378)。裁判所長の弔意と弁護士会長の未亡人の無言は、いずれも無関心のあらわれ(381)。

「あとで思い知るわよ」さん(382)。はじめての散歩(384)。キャップをとるドアマン(385)。「奇妙な色彩の髪」のドアマンとふたりの兄と姉(386)。ホテル従業員の織りなす「劇場のような仕掛け」(387)。『アタリー』のイスラエルの娘たちにたとえられるドアマンたち(388)。祖母が母に言った「これが永久《とわ》のお別れね」(392)。フランソワーズが伝える祖母の写真撮影の実態(394)。小間使いたちの気持になるのはむずかしい(396)。支配人が伝える祖母の「しいしん」(398)。浜辺で見る祖母の夢(400)。「死んだ人は死んだ人なんだ」(401)。「穏やかな気持」で眺められる祖母の写真(401)。

猛暑の日とよみがえる官能(402)。アルベルチーヌの来訪(403)。「一面の花盛り」のリンゴの木々(405)。

第二章

アルベルチーヌとの親密な関係と最初の疑念

祖母の死をいたむ「私」の悲嘆はしだいに薄れる(408)。よみがえる肉体的欲望(409)。陸の情景にたとえられる海の眺め(410)。ローカル鉄道とその多様な呼び名(411)。よみがえる列車のなかの祖母(412)。「私」は汽車を降りて(413)、ホテルに戻る(414)。カンブルメール侯爵夫妻から届いた死亡通知(415)。

アルベルチーヌを迎えに行ったフランソワーズは帰ってこない(417)。やって来たアルベルチーヌ(418)。ダイニングルームでのパルム大公妃の愛想のよさ(419)。その夏「私」は十四人の娘と「ひとときの快楽」を味わう(422)。ドアを閉めないリフトの民主的なことば遣い(423)。「もちろんです!」と「そうでしょ!」(426)。アルベルチーヌを連れてくるようリフトに頼む(429)。リフトのことばの間違い(430)。「ご存じでしょうが見つからなかったんです」(431)。コタールとの出会い(433)。アンドレとアルベルチーヌのダンス(434)。「あのふたりは間違いなく快楽の絶頂に達していますよ」(435)。コタールのライバルの医者たち(436)。「愛」とは「つねに誤った感情」(440)。アンフルヴィルの婦人宅へ行きたがるアルベルチーヌの発言の矛盾(441)。「私」の追及にアルベルチーヌは「さようなら、永久に」と言って出てゆく(447)。ブロックの妹と従妹《いとこ》に多大な関心を示すアルベルチーヌ(449)。アルベルチーヌとアンドレの関係をめぐる疑念(451)。

カンブルメール家の人たちの来訪と芸術談義

カンブルメール侯爵夫人と嫁とある紳士の来訪(455)。老侯爵夫人の司祭のような盛装(456)。ル・シダネルを愛好する弁護士(457)。スノッブなカンブルメール若侯爵夫人(458)。「霊媒」となりルグランダンの口まねをする「私」(460)。老夫人の音楽への「熱狂的な愛情」と「抜けた歯」(461)。カンブルメール家の自慢をする老夫人と若夫人(462)。カンブルメール家が招聘したコンブレーの司祭の地名調査(463)。若夫人の語るモネの睡蓮(465)。プッサンを軽蔑し、モネ、ドガ、マネ、ドビュッシーを賞讃する若夫人(469)。「ドガ氏はシャンティイのプッサンほど美しいものは知らないと断言していますよ」(473)。老夫人の語るフェテルヌとラ・ラスプリエールのバラ(475)。『ペレアスとメリザンド』を絶讃する若夫人(476)。カモメを語る若夫人とアルベルチーヌ(477)。ショパンを崇拝する老夫人と毛嫌いする若夫人(478)。芸術は「一直線に進歩するもの」ではない(479)。巨匠によって再評価される才能(481)。プッサンの作品に認められるターナーの作と、モンテスキューのなかに見出されるフロベールの一文(482)。ショパン再評価を知らない若夫人(483)。ショパン好きの「私」に感激する老夫人(486)。シュヌーヴィルの発音(488)。カンブルメール若夫人のスノビスム(492)。弁護士の妻と息子に共通に認められるアザ(494)。弁護士のル・シダネル崇拝(495)。「私」をフェテルヌに招待する老夫人(496)。鐘の音(497)。老夫人の別れの挨拶(498)。カンブルメール家に招待されない裁判所長(500)。

アルベルチーヌへの疑念の鎮静と再発

「私」のもとに残るアルベルチーヌ(501)。リフトの「落胆と不安の色」(502)。「カマンベール侯爵夫人ではない」(503)。リフトの悲嘆はチップをもらえなかったから(505)。ホテル従業員の金銭にたいするふたつの態度(506)。部屋にはいる「私」とアルベルチーヌ(509)。「あたしのように率直に言ってちょうだい」(510)。本心の愛情とうわべの冷淡の「二段階のリズム」(510)。アンドレへの架空の恋心とアルベルチーヌへの無関心を告白する「私」(513)。従順なアルベルチーヌ(515)。ボンタン夫人の迎えを断る(517)。アンドレとの関係を否定するアルベルチーヌ(518)。「愛する対象は、苦痛になるかと思えば薬にも」なる(520)。ふたりの仲直り(521)。「私」はその夜のうちに発つべきであった(522)。

母のそばで暮らす「私」(523)。ガラン訳の『千一夜物語』とマルドリュス訳の『千夜一夜物語』(524)。祖母が愛したオーギュスタン・チエリと『オデュセイア』と『千一夜物語』の人名表記(524)。アルベルチーヌとふたりきりで訪れたマリー＝アントワネット(527)。さまざまに変化する根拠なき恋心(528)。多くの娘たちへの漠とした恋心と『オルペウス讃歌』(531)。

最盛期を迎えたシーズン(534)。「私」はアルベルチーヌと知り合う可能性のある大勢の娘たちに不安を覚える(534)。不安の種のアンドレはバルベックを発つ(537)。ダンスホールのソファーで愛戯におよぶブロックの妹と元女優(538)。ホテルのボーイを囲うニッシム・ベルナール氏(538)。『アタリー』のジョアスになぞらえられるボーイ(539)。ホテルの地下にまで「若きレビ族」を探し求めるニッシム・ベルナール氏(545)。マリー・ジネスト嬢とセレスト・アルバレ夫人が描写する「私」のすがた(548)。ふたりの無教養(553)。セレストと「故郷の谷川のリズム」(554)。罰せられないブロックの妹と元女優(556)。「若い色白の美人」とアルベルチーヌの怪しい関係(556)。その美人とブロックの従妹とが交わす愛撫(559)。アルベルチーヌの振る舞いにたいする疑念(560)。

「私の嫉妬は、はたとやむことになった」(563)。

訳者あとがき(八)

長大な『失われた時を求めて』も、いよいよ本巻から後半にはいる。「スワン家のほう」と「ゲルマントのほう」をつぶさに遍歴した「私」は、プルーストが「ソドムとゴモラ」と呼びならわす同性愛という新たな人間関係を目の当たりにする。

もちろん本巻でも、審美家としてのプルーストは健在である。読者は、大公邸の庭に設置された噴水のスローモーションを想わせる描写(本巻一三六―三八頁、以下「本巻」を省略)や、バルベックの海の眺めを陸の光景へと変貌させる描写(四一〇―一一頁)など、いかにもプルーストらしい繊細な詩的表現を楽しむことができる。また、アルベルチーヌからの電話の呼び出し音を「私」がそれこそ固唾《かたず》をのんで待ち受けるとき、音を「心でじかに聴いている気がする」(二九五頁)という洞察や、アルベルチーヌとの仲直りを画策する「私」のうちに交錯する内心の愛情とうわべの無関心との「二段階のリズム」をめぐる複雑な葛藤(五一〇―一二頁)など、心理分析家としてのプルーストも随所に顔を出す。

しかし『ソドムとゴモラ』の中心主題は、いうまでもなく同性愛である。フランス文学のなかで、いや欧米の文学を広く見渡しても、同性愛を正面から本格的にとりあげ、それを物語と理論の両面から描いた小説は、一九二一年に上梓された本篇を嚆矢《こうし》とするのではないか。ジッドが同性愛をめぐる対話形式の考察『コリドン』(一九一一年の十二部または二十二部、二〇年の二十一部は無署名の非売私家版)を公刊したのも、『ソドムとゴモラ』が出たあとの一九二四年である。本篇では、その同性愛に結びつけて、しばしばユダヤ人の問題が提示される。作家が先鞭をつけて本格的に描いたこの両主題は、その後プルーストには想いも寄らなかった展開をたどって現代社会の重大問題となった。一方では、日本でも同性カップルの法的権利を認める条例が一部の自治体で可決されるなど、ゲイとレズビアンの社会的認知が喫緊の課題となり、他方では、ナチスによるユダヤ人虐殺をへてイスラエル国家が樹立され、その結果パレスチナ人との紛争が恒常化している。こうした重大な課題まで視野に収めてふたつの問題を論じるのは、一介のプルースト研究者である訳者の力量をはるかに越えている。とはいえ『ソドムとゴモラ』の解説をするには、同性愛とユダヤの問題を避けて通ることはできない。私が『失われた時を求めて』におけるこの問題をどのように考えているか、おおまかな仮説になるが、そのあらましを本巻の叙述に即して記しておきたい。

ソドムのほう(社会的背景とプルーストの視点)

『ソドムとゴモラ』は、ジュピアンとシャルリュスという同性愛者たちの出会いで幕を開ける。性愛というものは、それを露出して快楽を得ようとする本巻のブロックの妹たちの場合をべつにすると、もっとも深く秘められた行為だから、他人の性愛の真相はのぞき見ることでしか知りようがない。本巻の冒頭場面において「のぞき」が、正確には「盗み聞き」が重要な役割を演じるのは、以上の必然の帰結である。ふたりの交接こそ直接には描かれないが、騒々しい快楽の音と並行して聞こえてくる「一オクターヴ高いうめき声」をはじめ、直後の「身を清める」シャワーの音(三七頁)、ついで事後の会話(三八―四六頁)と、ふたりの交わりが三段階で語られ、プルーストの小説としては珍しく演出の効果がなまめかしい。第一巻の「コンブレー」に出てきたモンジュヴァンにおける女性同性愛の「のぞき」を唐突で不可解な一節と受けとった読者も、今やそれが本巻冒頭の男性同性愛の「盗み聞き」と対をなして「ソドムとゴモラ」の世界を開示するための仕掛けであることに気がついたであろう。

シャルリュスとジュピアンの出会いは、マルハナバチによるランの花の受粉にたとえられる。シャルリュスは「巨大なマルハナバチよろしく口笛の音をブンブンいわせ」（三一―三二頁）、ジュピアンは「マルハナバチにたいしてランの花がするような媚《こび》をふくんだポーズ」（二八頁）をとる。なぜ同性愛者の出会いが昆虫による花の受精にたとえられるのか。もちろん両者が「僥倖というべき偶然の事態」（三三頁）だからであるが、前巻で言及されたバニラの受精（本訳⑦三七九頁）をはじめ花の受精の仕組みが、当時の科学の最先端の知見であったことにも留意しておくべきであろう。

プルーストは文学的感性の権化のように見えて、じつはこれまでの巻でも自然科学の比喩を多用している。作家は「自然淘汰」をめぐる「ダーウィンの業績」（本訳⑦四二頁）に通じていたばかりか、本巻では、ダーウィンが植物の受精を研究した『同種植物における花の多様な形態について』（一八七八仏訳）を援用している。花の「昆虫に向けられた誘惑のしぐさ」（八二頁）をはじめ、雌花《めばな》が自分の「花柱《かちゅう》」を「なまめかしく」たわめる（二五頁）工夫とか、ジュピアンのように「年上の男にだけ惹かれる」事例に通じるとされる「エゾミソハギのように三型花柱をもつ異花柱花の受精を統御している現象」（七九頁）とか、「太鼓腹のたくましい五十男」に惹かれる青年の性向と重ね合わされる「キバナノクリンザクラ」の受精メカニズム（八〇頁）などがそれにあたる。また、本能的に男に惹かれる「男＝女」を「巻きひげをツルハシや熊手のあるほうへ伸ばす」マルバアサガオ（六六頁）にたとえ、男色者が相手に投げつける「激しい叱責」を花が昆虫に吹きかける「霧」になぞらえる（八〇―八一頁）際には、これまた当時の出版物であるメーテルランクの『花の知性』（一九〇七）が援用される。もっとも、受精に至らない同性愛の交接を花の受精にたとえるのは、不適切だと批判することもできるだろう。プルースト自身もこの批判を予期していたのか、「肉体的な意味では雄と雄との交わりは不毛であるから、ここにいう受精なる語は精神的な意味に解すべきである」（七六頁）と予防線を張っている。

それにしても、なぜ男性同性愛が『失われた時を求めて』においてこれほどクローズアップされたのか。第一に、小説が構想され、また小説の舞台ともなった十九世紀末から二十世紀初頭という時代背景があったからである。そもそも男色は、西洋でも古代ギリシャ以来いつの世にも存在したし、とりわけ宮廷や上流階級ではさしたる咎めも受けずに広まっていた。シャルリュス男爵のモデルといわれるロベール・ド・モンテスキウ伯爵の場合にせよ、エリザベート・ド・クレルモン＝トネール侯爵夫人の場合（本訳⑦三五一頁注344参照）にせよ、上流階級では同性愛は珍しくなかった。本巻にも「一流の社交界では、寛大すぎる支持を得られない悪徳など存在しない」という指摘が出てくる（二六四頁）。ところが十九世紀末という時代は、男性同性愛（ソドミー）を有罪とする法制化とともにその撤廃を訴える運動が活発になり、同性愛事件がスキャンダルとして世間の耳目をあつめた時期であった。

プルーストの関心を引いた事件にかぎっても、男性同性愛が一八八六年から非合法とされていたイギリスでは、一八九五年、オスカー・ワイルドが男色事件で逮捕され、二年間の獄中生活のあと、パリで客死した。本巻に「前日まではロンドンのありとあらゆるサロンで歓待され、あらゆる劇場で喝采されていた詩人が、翌日にはあらゆる家具付きの貸間から締め出され、頭を休める枕さえ見出せず、サムソンのように石臼《いしうす》をまわ」すと記されているのは、このワイルド事件を念頭に置いたものである（五一―五二頁と注41参照）。べつの箇所でも語り手が男性同性愛を「犯罪」（五一頁）と断言し、「法廷の証言台」（五〇頁）を引き合いに出すのも、このような歴史的背景ゆえである。フランスでも、同性愛自体は犯罪ではなくなっていたが、しばしば公然猥褻罪によって弾圧された（本訳⑤三九七頁注348参照）。

ワイルド裁判以上に同性愛に関する議論を世間に巻きおこしたのは、これまたプルーストが無関心ではいられなかったオイレンブルク事件である。これはドイツ皇帝ヴィルヘルム二世の側近の同性愛をめぐるスキャンダルで、ことはより重大であった。事件の要因は、同性愛者であったヴィルヘルム二世が、皇太子時代から恋人にしていた十二歳年上の外交官フィリップ・フォン・オイレンブルクを重用し、その所領に因んで「リーベンブルクの円卓」と呼ばれた側近を要職につけ(そのひとりビューローは、一八九七年に外相、一九〇〇年に宰相に就任)、同性愛者たちを指南役とする親政を敷いていたことにある。事件は、硬派のジャーナリストを自任するマクシミリアン・ハルデンが、第一次モロッコ事件(一九〇五)におけるフランスへの譲歩のように皇帝の対外政策が軟弱なのは宮廷に蔓延する女性的側近のせいだと、雑誌「未来」で一九〇六年秋から一九〇七年春にかけて論陣を張り、オイレンブルクとベルリン軍司令官モルトケ将軍を同性愛者として告発したことに始まる(ドイツ帝国刑法では、一八七一年制定の第一七五条により、男性間の性行為は二年以下の懲役とされた)。これが名誉毀損にあたるかどうかを争って一九〇七年から一九〇八年にかけて三次にわたる裁判が開かれた。一九〇八年五月、オイレンブルクは同性愛をめぐる偽証罪で逮捕され、その後に病状が悪化、二度と裁判で無罪を証明できなかった。この事件については、シャルリュスがすでに『ゲルマントのほう』で暗示していたが(本訳⑥二六六頁と注275参照)、次巻でさらに詳しく語ることになる。プルーストは「同性愛をめぐる裁判」としてこの事件に関心を寄せ(一九〇七年十一月のロベール・ド・ビイ宛て書簡)、当時「ペデラスティに関する評論」を書く構想までメモしていた。

元来、男性同性愛を指すフランス語として十六世紀から使われていたのは、ギリシャの少年愛(パイデラスティア)に由来する「ペデラスティ」なる語であった(その実践者は「ペデラスト」)。聖書の町ソドムに由来する「ソドミー」(肛門性交)やその実践者「ソドミット」は、さらに古い用語である(プルーストは本文で「ソドミスト」を用いる)。バルザックの時代には「ペデラスト」を意味する隠語として「タント」tante(原意は「叔母」)が使われていた(プルーストも一九〇九年ごろの初期草稿帳では男性同性愛者たちを「タントの種族」と呼んでいた)。また、プルーストも読んでいたプラトンの『饗宴』第九節(一八一B―C)では、愛の女神エロスには二種類あり、「万人向きのもの」(パンデモス)に鼓舞された男の愛は女へと向かい、天上のものたる「天の娘」(ウラニア)に鼓舞された男の愛は少年愛となる、という説が紹介されている。これを援用しておのが同性愛を擁護したのはつぎに述べるウルリヒスであるが、フランスではこの説に基づき「ユラニスム」なる語がつくられた(『グラン・ラルース仏語辞典』は初出を一九〇四年とする)。

プルーストが本巻で用いる「同性愛」や「倒錯」という用語は、作家の生きた世紀の変わり目に新たにつくられた概念であった。どちらも十九世紀末のドイツで男性同士の性愛が大きなスキャンダルとなったのを契機に、刑法第一七五条の撤廃を求めた医師たちが提唱した用語である(三三頁と注14、五〇頁と注40参照)。医学の立場から、男性同性愛を「自然に反する」性欲とみなす旧来の考えを斥け、むしろ「病気」として把握しようとしたのである。とりわけ同性愛解放運動の先駆者とされるカール＝ハインリヒ・ウルリヒス(一八二五―九五)は、同性愛を「男性の体をした女性の魂」ないし「女性の体をした男性の魂」をもつ「自然」の状態と主張した(星乃治彦『男たちの帝国』)。「ソドムとゴモラ　一」で語り手が、同性愛を「不治の病い」(五二頁)と断定し、「倒錯者」たる男には「女」が潜在すると見なしてそれが「自然」(六六頁)だと言明する箇所には、このような当時の学説が反映されているのである。

もとより男性同性愛の原因を「男＝女」とする解釈、つまり男性の身体のなかに女性の心が潜んでいるためべつの男を求めるという解釈は、首肯すべき理屈に見えるが、この箇所のプルースト自身の描写と照合するだけでも矛盾が露呈する。シャルリュスは「女なのだ！」(四九頁)とされるが、さきに見たように男爵は「巨大なマルハナバチ」にたとえられ、むしろ男役を演じている。「マルハナバチにたいしてランの花がするような媚をふくんだポーズ」をするジュピアンのほうがむしろ「雌」(三一頁)とされるのだ。これは倒錯者が「男らしい男を求める」(八一頁)という理論と齟齬《そご》をきたす。そもそも男性同性愛者は「女」だというのなら、その相手の男もやはり「女」なのだろうか。たしかに倒錯者は「しばしば自分と同じく女性化した倒錯者を相手にすることに甘んじている」(八一頁)という指摘はあるが、その相手の男の心理のほうは考察されていない。とはいえプルーストもこの「男＝女」説の欠陥に気がついていたようで、この説は「当時の私が想い描いていたがあとで修正される理論」(五一頁)だと断っている。したがってこの矛盾については、続篇で新たな理論が出てくるときにあらためて考えることにしよう。

『失われた時を求めて』のなかで同性愛がきわめて重要な役割を果たすのは、同性愛事件がスキャンダルとなった当時の社会的背景だけでは説明できない。第二に考慮すべきは、プルースト自身の同性愛であろう。プルースト自身の性癖がいかなるものであったか、断片的なうわさはべつにしてその実態は謎につつまれている。しかし現在の研究者たちは、プルーストが青年期の多くの友人(レーナルド・アーンやリュシアン・ドーデら)をはじめ、のちに秘書兼運転士として雇ったアルフレッド・アゴスチネリらと、濃淡の差はあれ、なんらかの同性愛的関係を結んでいたに違いないと考えている。みずから同性愛者で、前述の「ユラニスム」なる語を好んだジッドは、一九二一年五月十四日の日記に前日のプルーストとの会談をこう記している。「プルーストは自分のユラニスムを否定したり隠したりするどころか、それを表に出した。いや、それを鼻にかけていた、と言いたいほどだ。女は精神的にしか愛したことはなく、セックスは男としかしたことはないという。」もとよりこの証言がプルーストの発言と性生活を百パーセント反映しているという保証はない。しかし第一次大戦中の一九一八年一月、プルーストが両親の家具や絨毯を提供した男性同性愛者用の娼家マリニー館（本訳③三三二頁と注282参照）が警察の立入検査を受けたとき、そこに「プルースト、マルセル、四十六歳、金利生活者、オスマン大通り一〇二番地」がいたという調書も残っている（レジス・ルヴナン『パリにおける男性同性愛と男娼売春』）。ただしプルースト自身、おのが性向を公《おおやけ》に認めていたわけではなく（ジッドに「自分のユラニスム」を「鼻にかけていた」のが事実だとすると、相手も同じ嗜好の持主だったからだろうか）、ことあるごとにそんなうわさを否定し、一八九七年二月には、リュシアン・ドーデとの仲を誹謗した作家ジャン・ロランとムードンの森で決闘までした。

男性同性愛がスキャンダルとなり、プルースト自身にもその性癖があったとしても、それだけでは『失われた時を求めて』における「ソドム」の世界をすべて説明できるわけではない。同じ時代背景を生きた同性愛者が、みな本篇のような作を書いたわけではないからだ。プルーストも言うように、「そうでなければ尋常でない戦闘に加わった人間はだれしも偉大な叙事詩人になってしまう」（三五二頁）。プルーストが作家として男性同性愛をどのように表現したかという問題がやはり残るのである。「ソドム

とゴモラ 一」における同性愛をめぐる考察で、現代の読者の目を引くのは、同性愛者にたいする差別や揶揄とも受けとられかねない言辞であろう。同性愛者は「見るに堪えない一種族に特有の肉体および精神の特徴を備えるにいたる」(五三頁)とか、「ソドミストたちは祖先が呪われた町から逃れるのを可能にした虚言を遺伝として受け継いで」いる(八六頁)とか、挙げ句の果てには「倒錯者は殺人を犯すもの」(五〇頁)なる言辞まで出てくる。

プルースト自身が同性愛者であるのに、それを差別して糾弾するかのような言辞が目立つのは、なにゆえであろう。同性愛者が、むしろ他人の同性愛をあばくのに熱心で、「隠しおおせた者がいると、好んでその仮面を剥ごう」とし(五三—五四頁)、「おのが悪徳をまるで自分のものではないかのような口ぶりで面白おかしく語りあう」(五六頁)のと同じで、差別的言辞はプルーストが自分自身に同性愛の嫌疑がかからぬように仕向けた欺瞞なのだろうか。

たしかにそのような欺瞞があったのかもしれない。しかし差別的に見える言辞は、プルーストが自分自身をふくむ同性愛者を「自分がこうむる排斥や自分がなめる恥辱」(五三頁)の視点から描いた結果だと、私は考える。「ソドムとゴモラ 一」では同性愛者の置かれた状況が、「世間が不適切にも悪徳と呼ぶもの」(五六頁)とか、「自分の欲望が、罰せられる恥ずべきもの、とうてい人には言えぬものとみなされていること」（五〇頁）とか、「呪われた不幸にとり憑かれ、嘘をつき、偽りの誓いを立てて生きてゆかざるをえない種族」（同上、傍点はいずれも引用者）とか、同性愛者を差別する世間の目で眺められているからである。プルーストは、同性愛者にも醜い偽善があることを見逃さず、そのうえで差別する世間の視点に立って、「自分自身のうちに認めるのを避けてきたあらゆる欠陥」（五二頁）を含むおのが性癖を世間の鏡に映し出すように冷徹に描き出したのではないだろうか。

「ソドムとゴモラ　一」では、シャルリュスとジュピアンの出会いに目が奪われてしまい、そのあとに展開される男性同性愛に関する考察が見落とされがちである。しかし小説の挿話に添えられたこの考察は、いまから百年も前に記された同性愛論でありながら、その総合的意義はなんら減じていない。プルーストは、「最初はだれひとりとして自分が倒錯者である」とは気がつかない（六九頁）として、男色家がどのように自分の嗜好をはじめて自覚するのかを語ったうえで、そのあと社会で「自分の神をも否認せざるをえない」「母なき息子」「友情なき友」（五〇頁）としていかなる振る舞いを強いられるのか、そのさまざまな場合を総合的に考察している。同じ同性愛者でも、「仲間の結束を固め」（五四頁）、「自分たちのテーブルをもつカフェ」（五八頁）で同類と群れて暮らす者がいる一方、孤独に生きるべく田舎にひっこむ者もいる(七一—七五頁)。同性愛者のなかには、結婚するのは形だけの場合もあれば(シャルリュス男爵と妻のあいだには性的関係がなかったとされる)、結婚して子供をつくりながら、なお男を愛する者もいる(七三—七四頁)。

さらにプルーストは、同性愛者の欲望の充足方法が多種多様であることも忘れずに指摘している。肉体的交わりがなくても、「ひとりの男の顔」を想いうかべるなり(六六頁)、相手を「数時間のあいだ自分のことばの支配下に置くだけ」(八〇頁)で満足する者もいる。前巻で「私」を自宅に呼び寄せて罵倒したシャルリュスの場合はこれであろう(本訳⑦四六二頁以下)。なかでも特殊なのは「女を愛する女性を探し求め」、「男と味わうのと同じ快楽をその女性たちを相手に味わうこともできる」種類の男で、この手の男は女性にも嫉妬を感じるという(六七頁)。いずれにしても男性同性愛者たちは、「ほかの人にとってはごく容易な性的欲求の充足が〔……〕めったに出会えぬ諸状況の偶然の一致に左右される」(七六頁)ので、「社会的な拘束」といえども「自分の目には悪徳とは見えない形で強制する内心の拘束と比べれば〔……〕大したことはない」(五六頁)という。プルーストは、男性同性愛者がゲイとして公認されつつある現代においても直面せざるをえない問題まで見据えているのだ。

本篇の語り手が、同性愛をはっきり「自然」のすばらしい発露として描いていることも忘れるべきではない。同性愛者同士の出会いは「自然が無意識のうちにおこなう感嘆すべき努力のあらわれ」と解釈され、「性」のこのような自己認識は「社会の当初の誤謬のせいで遠くに追いやられていたものへと忍び寄ろうとする秘かな企て」だと是認される（六六頁）。同性愛を糾弾していると受けとられかねない考察のなかに、プルーストはこのような賛辞を忍ばせているのである。

同性愛とユダヤ（プルーストと「私」と作中人物）

本巻における男性同性愛の考察で見落としてならないのは、同性愛者の生きる社会的制約がしばしばユダヤ人の置かれた状況に重ね合わされていることである。同性愛者は「ユダヤ人と同じく〔……〕たがいに同類の者を避け」、「イスラエルの民の迫害にも似た迫害によって〔……〕一種族に特有の肉体および精神の特徴を備えるにいたる」（五二―五三頁）とされる。「判事」による「想定」という限定つきではあるが、さきにも引いた「倒錯者は殺人を犯すもの」という文言のあとには「ユダヤ人は裏切りをするもの」という指摘まである（五〇―五一頁）。同性愛とユダヤとの関連では、同性愛者から注目される若い男たちが、語り手によって、ラシーヌの宗教劇『エステル』と

『アタリー』に合唱隊として登場するイスラエルの娘たちにくり返しなぞらえられている。ゲルマント大公邸の夜会で同性愛者ヴォーグーベール氏の目に、若い大使館員たちが『エステル』のユダヤ娘に映るほか（一五五―五八頁）、バルベックのホテルではニッシム・ベルナール氏の囲う若いボーイが『アタリー』に登場するユダヤの少年ジョアスを彷彿とさせるのだ（五三九―四一頁）。

　このように同性愛者とユダヤ人がたえず結びつけられるのは、なにゆえであろう。小説の舞台となった十九世紀末のフランスでは、同性愛者とともにユダヤ人がとりわけ差別と迫害の対象になっていたからにほかならない。すでに『ゲルマントのほう』でも強調されていたように、ドレフュス事件を契機としてユダヤ人迫害の嵐が吹き荒れていたからである（ドレフュス支持派はユダヤ陣営と同一視された）。それに加えて作者のプルースト自身がユダヤ人であり、それを理由に世間から白眼視され揶揄される経験をしていたことも大きな要因になったはずである。

　プルーストは、父親と同じくカトリックの洗礼を受けて育てられたが、母親ジャンヌは同化ユダヤ人の家系であるヴェイユ家の出身で、結婚後も（ユダヤ教の食事規定などの戒律は守っていなかったが）カトリックには改宗しなかったとされる。プルーストが自己のユダヤ性をどう考えていたかを知るには、よく引用されるふたつの証言に拠るべきだろう。ひとつは一八九六年五月十九日、「フィガロ」紙に掲載されたゾラの文章「ユダヤ人のために」をめぐって先輩作家ロベール・ド・モンテスキウに宛てた手紙の一節である。「ユダヤ人についてのお訊ねに、昨日はお答えしませんでした。私自身は父や弟と同じくカトリックですが、それにたいして母はユダヤ人であるというごく単純な理由からです。これがこの種の議論を差し控える充分な理由になることはご理解いただけるかと思います。」

もうひとつは、一八九八年春、破毀院によるゾラ有罪判決の直後に執筆された『ジャン・サントゥイユ』の一節である。「われわれはみずから主張したかったことであるにもかかわらず斥けてしまった意見をひと言で正当化してくれる人たちのある種の大胆さと奔放さを目の当たりにすると、途方もなく大きな歓びを覚えずにはいられない。というのもわれわれは、たえず誠実たろうとすると〔……〕、自分自身の意見を信用する図々しさを持ちあわせることができず、えてして自分にいちばん不利な意見に与《くみ》しがちだからである。それゆえわれわれはユダヤ人としては反ユダヤ主義を理解できるし、ドレフュス派としてはゾラを有罪とした陪審団を理解できる。」この一節は、反ユダヤ主義者ドリュモンが、みずから創刊した反ドレフュス派の新聞「リーブル・パロール」において、プルーストを「この国にやって来たばかりのひと握りのユダヤ人」のひとりとして名指しで誹謗したことへの反応で、この文中の「われわれ」(原文で単数)は「プルースト本人」と解釈すべきだという(『思想』二〇一三年十一月「時代の中のプルースト」特集号所収、村上祐二「一八九八」)。

このふたつの資料に拠ると、プルーストが自分を「ユダヤ人」として意識したのは、ドレフュス事件で吹き荒れた反ユダヤ主義者たちの差別的言説によってだったことがわかる。おまけにプルーストは、「ユダヤ人としては反ユダヤ主義を理解できる」と、差別する側の目で自己を見つめている。さらにモンテスキウへの手紙で明らかなように、世間の白眼視に直面したとき、自己のユダヤ性について公然と自説を述べることを差し控えている。もっともユダヤ人の血を引くだけで、重大な差別の対象になったとは言えないだろう。プルーストの弟ロベールは、とくに反ユダヤ主義の犠牲になった形跡はなく、出世してパリ大学医学部の外科教授になった。問題はプルースト本人が、ユダヤ人であったのみならず、ホモセクシュアルで、スノッブな社交人でもあったことではないか。ホモ、ユダヤ、スノッブというのは、プルーストを揶揄する人間が今もしばしば用いる三点セットである。プルーストが弟のような定職にはつかず、社交にうつつを抜かしていたことが世間からの侮蔑に輪をかけたのではないか。

同性愛にせよユダヤの出自にせよ、それは差別や揶揄をする他人の目を通してのみ顕在化する概念である。差別がなければ、そもそも同性愛やユダヤの問題は存在しない。スワンの「ユダヤ人との精神的連帯」は「ドレフュス事件と、反ユダヤ主義のプロパガンダとが互いに結びついて目覚めさせたもの」(二一〇頁)だという指摘は、そっくりプルーストにも当てはまるのではないか。本巻の語り手が「同性愛が正常な状態であったときには異常な者は存在しなかったこと、キリスト以前には反キリスト教徒など存在しなかったこと、恥辱のみが犯罪をつくること」(五四頁)を強調するのは、それゆえである。同性愛者やユダヤ人にとっての理想は、他人から白い目で見られることなく暮らしてゆけることであろう。プルーストは、ソドムの町の再建やシオニズム運動によるイスラエル国家の建設を「致命的な誤り」として「警告を発しておきたかった」と言う(八六―八七頁)。ともに同性愛者やユダヤ人だけの集落を形成して、異質な者が共存してゆける社会を否定するからであろう。

さて現実のプルーストは、おのが同性愛とユダヤ性をどのように小説のなかに描いたのか。注意しておくべきは、『失われた時を求めて』の「私」は、しばしばプルーストの分身と受けとられるが、作家が何度も強調したように、プルースト自身とは言えないことである。「私」はスノッブではあるが、ユダヤ人でもなければ同性愛者でもないからだ。プルーストが「私」を異性愛者として設定したことについては、自分の同性愛的性向を隠すための虚飾ではないかとの疑問がこれまでたびたび提起されてきた。ほかでもない、「私」の背後で物語を書き進めている作家プルーストが同性愛者だという認識から出てくる議論である。曰く、シャルリュスの度重なる誘惑をなんら理解できない「私」の態度は不自然で「私」はかまととだ、アルベルチーヌをはじめとする「花咲く乙女たち」は青年の一団にほかならない、作家はつき合った青年たちの性を女へと変換したにすぎない、「私」が正真正銘の異性愛者であるなら、アルベルチーヌの同性愛の相手はライバルたりえないはずで、「私」の嫉妬には根拠がない、などの異論である。

このような疑義が提出されるのは、サン＝ルーとの親密な関係はもとより、ドンシエールにおける若い軍人たちとの交友など、「私」がそこはかとなく同性愛者めいた雰囲気を発散しているからであろう。「調律師の音叉のように訓練された私の耳には」相手の男の声を聞くだけで「シャルリュスの仲間だ」とわかるという一節もある（一五三頁）。さらにいえば同性愛者のヴォーグーベール氏が若い大使館員を見つめて『エステル』に登場する合唱隊の娘たちを想いうかべたように、「私」もまたバルベックのホテルのボーイたちを見て「ラシーヌ劇で合唱隊を務める若いイスラエルの娘たち」を想起する（三八八―九一頁）。とはいえ小説のどこを読んでも、「私」が同性愛者だという証拠は認められない。むしろ本巻に描かれた二度目のバルベック滞在中にも、「私」はアルベルチーヌを含めて十四人の娘たちから「愛のあかし」を授けられたと(四二二頁)、むしろ「私」の旺盛な異性愛が強調されている。

そもそも「私」を同性愛者のユダヤ人という設定にすれば、欺瞞の生じる余地のない真摯な物語が書けたというのだろうか。一人称による実話、昨今のフランスの用語でいう「オートフィクション」、日本文学でいう「私小説」なら真実が書けたというのだろうか。しかし作家プルーストの信念はこれとは正反対であったと言わざるをえない。プルーストはジッドに、「私」と言わなければ「何でも語ることができる」(前出のジッドの日記)と語ったとされるが、それは「私」とさえ言わなければ自分の発言の責任をとらなくてすむという言い逃れではなかろう。「私」と言って真摯に語ろうとする人が、しばしば自己正当化というまやかしに陥りがちであることは、だれしも我が身を振りかえってみればすぐにわかることである。かりに「私」を同性愛者のユダヤ人にして自分自身の同性愛とユダヤの出自を語らせようとしても、その「私」は現実のプルーストと同じ態度、すなわちユダヤ人問題については「この種の議論を差し控える」選択をするかもしれないし、同性愛については「あらぬ嫌疑をかけられる」などとプルーストの書簡によく見られる欺瞞的態度をとるかもしれない。そうではなくて、かりに自分の同性愛体験を赤裸々に語ったとしたら、うそ偽りのない『失われた時を求めて』が書けたのだろうか。みずから同性愛者で、同性愛文学の歴史を隈なく調査したある作家は、そのような直截な書きかたでは「もっとも低俗・劣悪な異性愛文学のポルノグラフィックな表現」に堕してしまうと指摘している(ドミニック・フェルナンデス『ガニュメデスの誘拐』)。

ではプルーストは、同様の差別を受けたはずの多くの同性愛者のユダヤ人とは異なり、いかにして『失われた時を求めて』の作家たりえたのか。結論から言うと、プルーストは自己の内なる同性愛者とユダヤ人を(自己正当化の危険を避けて)主体としての作中の「私」には仮託せず、自己を差別される客体として眺め、それを作中の同性愛者たち(本巻ではシャルリュス男爵、ヴォーグーベール氏、ニッシム・ベルナール氏)やユダヤ人たち(スワン、ブロック、ニッシム・ベルナール氏)に担わせたのではないか。死期を悟ったスワンは、過去の恋愛体験を振りかえって、「自分の心をまるでショーウインドーのように自分自身に向けて開いて、他人がとうてい経験しなかったであろう数々の恋愛をひとつまたひとつと眺めてみる」(二三七―三八頁)と述懐する。『失われた時を求めて』に描かれた同性愛者やユダヤ人は、プルーストからすると他人から見つめられた「自分の心」を「自分自身に向けて開いて」みた成果なのではないか。どうやらプルーストは、このスワンと同じように、またベルゴットと同じく「自分の人格に鏡のような働きをさせる能力を獲得した」（本訳③二八一頁）らしい。その鏡には、世間の目から嘲笑される同性愛者やユダヤ人の滑稽なイメージはもとより、その偽善も容赦なく映し出されたのではないだろうか。

それゆえこれらの登場人物は、差別する他者（社会）が見つめたように語り手の「私」によって描かれる結果、それが「私」の背後にいるプルーストの差別的言辞として受けとられるのではないか。たとえば社交界におけるブロックが「イスラエルの民のひとりがまるで砂漠のかなたから現れたみたいに、ハイエナよろしく身をかがめ首を斜めにかたむけて登場し、大仰《おおぎょう》に「サラム」を連発するさまは、東方趣味《オリエント》を申し分なく満足させてくれる」（本訳⑥三四頁）とか、「異国趣味の愛好家にとっては、身なりはヨーロッパ風でも、見た目はあいかわらずドゥカンの描いたユダヤ人と同じく奇異で興趣をそそる存在なのである」（同上）といった描写があると、作者のプルーストはそんなふうにユダヤ人を差別して見ているのか、反ユダヤ主義者ではないか、と読者は考えかねない。しかしこの描写は、ブロックのすがたが「社交人士」の差別の目にどのように映ったかを語ったものである（そこにはモデルとされる数多くの実在の人物のみならず、プルースト自身が社交界でどのように受けとめられていたかも反映されているはずである）。引用の一節には「東方趣味《オリエント》」や「異国趣味の愛好家にとっては」という但し書きがついていることを忘れるべきではないだろう。

こう考えると、スワンに死相があらわれ、そこに先祖伝来のユダヤ人の風貌が際立つという描写は、プルーストが自分自身のうちに認めた死の影とユダヤ人としての自覚が重ね合わされているようにも読める。「スワンのポリシネルふうの鼻は、整って好感のもてる顔のなかに長いあいだ吸収されていたが、鼻を小さく見せていた頬がなくなったせいか、あるいは一種の中毒症状たる動脈硬化の影響で、酔っぱらったときのように赤らみモルヒネを摂りすぎたときのように変形したせいか、いまや巨大に膨れて真っ赤になり、さる一風変わったヴァロワ王家の人の鼻に見えるというよりも、むしろ年老いたヘブライ人の鼻のように見えた」（二〇九―一〇頁）。この一節を読むと私は、プルースト自身のデスマスクを想わずにはいられない（マン・レイが撮影した写真や、本訳①四二九頁のエルーのデッサンを参照）。差別的である他者の目を自分自身に向けることによって、プルーストは苦渋にみちたスワンの最期の生彩あふれる描写をものすることができたのである。

プルーストは、多くの作家と同様、フィクションでのみ人間と社会の真実に到達できると考えていたようである。『失われた時を求めて』の「私」は、同性愛者でもユダヤ人でもない以上、「登場人物」としてはプルースト自身とは言えない。しかし人間と社会を映しだす「鏡」、つまり肉体を欠いた「語り手」としては作家プルーストの分身にほかならない。同性愛者とユダヤ人としてのプルーストの苦難と恥辱にみちた実体は、むしろシャルリュスやスワンなどの登場人物に仮託されたのである。その意味で、フロベールが言ったとされる「ボヴァリー夫人は私だ」という命題は、プルーストの場合は作中人物の「私」ではなく、『失われた時を求めて』に登場するほかの多くの人物にこそ当てはまるのであろう。

ゲルマント大公妃主催の夜会(他者の解読)

ゲルマント大公妃が主催する夜会の長々しい描写(九〇―二七八頁)は、ヴィルパリジ夫人のサロン(本訳第六巻)、ゲルマント公爵邸での晩餐会と夜会(同第七巻)を受けて、ゲルマント一族の社交界を映しだす三幅対の最終場面をなす。しかし夜会の主催者である大公夫妻の存在は、大公のドレフュス無罪の確信がスワンの口を通して報告され、大公妃のシャルリュスへの恋心が語り手によって語られるとはいえ、夜会にすがたを見せるゲルマント公爵夫妻と比べても影が薄いと言わざるをえない。

「私」をはじめ参会者の注目の的となり、夜会の主役を演じるのは、むしろシャルリュス男爵とスワンである。男爵の周囲にはつねに人だかりができ(一二〇頁、一四〇頁)、男爵がシュルジ＝ル＝デュック侯爵夫人を相手に口にする、サン＝トゥーヴェルト侯爵夫人の口臭を「便槽」にたとえる毒舌(二三一―二三二頁)や、「傑作にもそんな悪趣味があるとは」(二四七頁)という警句などは、ひときわ異彩を放つ。スワンも、大公から「庭の奥のほうへ」連れてゆかれた事実(一三六頁)が参会者のあいだに物議を醸すうえ、くりかえし強調されるその死相は(二〇九―一〇頁、二三〇頁、二四一頁)、これまた他を圧倒している。なぜこのふたりに、ことさらスポットライトが当てられるのか。シャルリュスは男色家、スワンはユダヤ人で、ふたりが本巻の主要テーマである同性愛とユダヤを体現しているからにほかならない。

おのが性癖を隠して生きる同性愛者の場合、相手に同じ嗜好があるかどうかを見極める主体として、他者の解読がきわめて重要になるだろう。シュルジ＝ル＝デュック夫人のふたりの美形の息子に惹かれたシャルリュスが「ピュティアよろしく顔から飛び出さんばかりの目」を凝らして「若い生身のオイディプスの謎」を解こうとするのは(二〇六―〇七頁)、そのためである。また同性愛者は、客体として世間からどう見られているかを気にかける。ヴォーグーベールがしきりにほのめかす同性愛(一五七頁、一七六頁)について、男爵が「私はその方面のことはなにも知らんのです。どうか詮索癖はご自身の胸にとどめ置きください」(一七六―七七頁)と言って相手を煙に巻いたり、自分の「一風変わった」好み(二六八頁)を兄の公爵からほのめかされたとき、「兄貴は、ぼくが特殊な好みを持っていた、と言ったんだ」(二七〇頁)と、困った顔を見せないためにわざと危険な話をつづけたりするのは、他者の目を意識せざるをえない同性愛者の状況を浮き彫りにする。

プルーストは、他者の目として、近親者なり親友なりが男爵の性癖をどう見ているかも周到に描いている。兄の公爵が「弟の品行の実態はいざ知らず、すくなくともその評判は聞いて」いて、「その件をけっして弟には話さぬよう注意していた」(二六八頁)対応とか、「この時期」には「叔父のほんとうの嗜好を知らなかった」(二一四頁)サン＝ルーが、叔父は「ドン・ファンも顔負けの女たらし」(二一三頁)だと決めつける評言とか、男爵の性癖を知っていたはずのスワンが(本訳②二八七頁)、男爵の男との関係は「純粋にプラトニックなものだ」(二四九頁)と断定することばとかが配置されているだけではない。念の入ったことにゲルマント大公妃がシャルリュスに寄せる、かなうはずのない恋心(二六一―六五頁)にまで言及されるのは、人の評言はいかに当てにならず、他人の実態はたやすく解読できないことを示すためでなくてなんであろうか。

ユダヤ人のスワンが自分の血筋を自覚するのは、ドレフュス事件を契機に反ユダヤ主義の嵐が吹き荒れたからである。そんなスワンにゲルマント大公がドレフュス無罪を確信するに至った経緯を打ち明けるくだりは(二四二―四三頁、二四九―五一頁、二五四―五六頁)、大公が頑固な反ユダヤ主義者であるだけにスワンを「深く感動」(二五六頁)させる。そればかりか、読者もひときわ心を打たれる挿話であろう。ところがこの大公の話は、もとより真摯な述懐であると推測されるが、とはいえ大公自身が本心をなんら偽らずに伝えたものであり、かつスワンがその話をいっさい脚色を交えずに報告したものであるという保証はどこにもない。というのもプルーストは端倪《たんげい》すべからざる作家で、大公の話を伝え終えたスワンが「まっすぐな心根の人なんです」と大公を褒めたとたん、「スワンは、きょうの午後、ドレフュス事件にかんする意見は遺伝によって決まると、今とは正反対の説を私に語ったことを忘れていたようだ」(二五七頁)と語り手に言わしめ、スワンの報告の信憑性に疑問を呈しているからである。

本人の話にさえ全幅の信頼が置けないとなると、他人のうわさ話がいかにいい加減なものであるかは論をまたない。大公がスワンを庭の奥のほうへ連れてゆくと、人びとは「あの男を追い出すためだ」と決めつけ(一二六頁)、その原因をブレオーテ氏は、スワンが自宅で演じさせたベルゴットの一幕物に「ジルベールそっくりの顔」の滑稽な役者が出てきたからだと説明し、それにたいしてフロベルヴィル大佐は、ブレオーテ説は「一から十まで捏造」で「大公はひたすらスワンに痛罵《つうば》を食らわせ」たにすぎないと主張する(一七八―八〇頁)。そもそも夜会の参会者たちの発言は、いずれもスワンのドレフュス支持を糾弾するものである。サン＝ルーがドレフュス支持者だと「私」から聞いていたスワンは(本訳⑦五二四頁)、「私」とサン＝ルーに「おふたりがどこまでもわれわれと一緒に歩んでくださるものと承知している」と言うが、当のサン＝ルーは「こんな事件に首を突っこんだのを大いに後悔している」とドレフュス支持を撤回してしまう(二一七頁)。ゲルマント公爵はスワンのドレフュス支持を「フォーブール・サン＝ジェルマンに受け入れてもらった」「恩をあだで返すようなマネ」だと非難し(一八三頁)、ゲルマント公爵夫人もその「頼みを断るのが非常に辛い」という理由でスワンに会うのを避け、オデットとジルベルトに会うのも拒否する(一九〇頁)。これら社交人士たちの反応は、スワンのユダヤ問題とは詰まるところ他者の白眼視の結果にすぎないことを雄弁に語っている。

このように同性愛とユダヤの問題は、畢竟《ひっきょう》、他者からいかに認識されるかという問題に帰着する。こう考えると、大公邸における夜会がシャテルロー公爵の登場で始まり、あたふたと階段をあがってくるオルヴィレール夫人の到着で終わるのも、偶然とは思われない。たがいに相手の身分を知らぬまま行きずりの関係を結んだシャテルロー公爵とゲルマント大公邸の門衛との再会といい(九一―九二頁、九七頁)、だれとも知らず「流し目」を送っていたオルヴィレール夫人とその相手である「私」の再会といい(二七五―七六頁)、いずれも他者をいかに認識するかという問題とともに、他人には知られたくない秘密の関係を含んでいて、同性愛者やユダヤ人の人間関係に通じるからである。

ゲルマント大公邸の夜会では、同性愛やユダヤの問題を離れても他者の解読というテーマが重要な役割を果たしていることに気がつく。ゲルマント公爵が口にした「オリヤーヌの叔父のブイヨン公爵」の名前を聞いただけで、「私」はそれが「ヴィルパリジ夫人」の「兄弟」ではないかと推測するが、その人は「私」がその日の午後に「コンブレーのプチ・ブルジョワ」だと思った「小柄な白髪の人」であることが明らかになる(一九〇―九二頁)。そもそもこの夜会では、ヴォーグーベール氏が「私」を妻に紹介しようとしながら「私」の名前を想い出せないとか(一一三―一四頁)、今度はその「私」がアルパジョン夫人の名前をなかなか想い出せないとか(一二四―二七頁)、名前の同定という他者の認識のイロハがしきりに問題となっている。私が第一巻の「訳者あとがき」で「同性愛にしても、普遍的な人間認識にいたるきっかけにすぎない」(本訳①四三二頁)と書いたのは、このような事情を念頭に置いていたからである。『ソドムとゴモラ』における同性愛をめぐる考察は、他者の解読という一般的な課題に広く開かれているのである。

「心の間歇」（ことばの解読）

本巻でもっとも読者が心を揺さぶられるのは、二度目のバルベック滞在のためにグランドホテルに着いた「私」が靴をぬごうとして「ハーフブーツの最初のボタンに手を触れたとたん」、最初の滞在時の祖母のすがたが死後にはじめてよみがえる挿話であろう（三五一頁）。よみがえったのは、その死後に「私」がしばしば語ったり考えたりした祖母（意志による記憶）ではなく、「意志を介さず完全によみがえった回想のなかで、生きたその実在が見出された正真正銘の祖母」（三五二頁）である。これは、有名なマドレーヌの挿話にも通じる、プルーストのいう無意志的記憶のあらわれと考えるべきであろう。この箇所で語り手は「魂の枯渇」から「私」を救おうとしている存在が「私であると同時に、私以上の存在だったからである（中味以上であり、中味とともに私に運ばれてきた容器だった）」（三五一頁）と説明している。ここで括弧内の「容器」と「中味」という表現は、コンブレーのヴィヴォンヌ川に沈められた水差しが、水を含む「容器」であると同時に、川というさらに大きな容器に沈められた「中味」でもあるという指摘（本訳①三六三頁）を想わせはする。しかしこの「中味」と「容器」は、あくまで「私」と「私以上の存在」を言い換えたものである。よみがえった祖母は「私」自身にほかならないという認識は、むしろマドレーヌの挿話における「このエッセンスは〔……〕私自身なのだ」（本訳①一一頁）という文言と結びつけて理解すべきであろう。そのなによりの証拠に、語り手はすこしあとでこの祖母のよみがえりを「無意志的回想」（三七六頁）と呼んでいる。

「ようやく祖母を見出したことによって、祖母を永久に失ったことを知った」（三五五頁）「私」は、生前の祖母に「辛い想い」（三五六頁）をさせたことをいっそう気に病み、「祖母に接吻してその気苦労の傷痕をぬぐい去ろうと躍起になる」（三五四頁）。こうした祖母の死と生存の矛盾が一段と際立ち、「死後の生存と虚無との苦痛にみちた総合のすがた」（三六〇頁）があらわになるのは、その夜に「私」が見た夢のなかである。この夢で「私」は、死んだ祖母を生きている人間として探し求めるという痛ましい矛盾にひき裂かれ、「祖母は死んだあと、ぼくからすっかり忘れ去られたと思っているにちがいない」（三六一頁）と、まるで年端も行かぬ子供のような考えにとり憑かれる。睡眠中にはさまざまな感情が「百倍もの力で作用する」（三六〇頁）のみならず、現実の理屈の通用しない奇怪な論理がまかり通るからである。そんな「私」の願いの切実さを高めているのが、本作ではつねに現実主義者として登場する父親の存在である。父親のせりふが、いかにも現実主義的に響くがゆえに、かえって「私」の悲嘆と愛情が切迫して感じられるのだ。父親は、祖母が衰弱してものが考えられないのはいいことだ、「考えるってのは、たいてい苦痛の原因になるんだ」（三六三頁）と語る。

夢における論理の欠如をとりわけ端的に示すのは、夢の最後で「私」が口にする「シカ、シカ、フランシス・ジャム、フォーク」（三六三頁）ということばであり、父親が口にする「アイアス」（三六四頁）という語である。この一連のことばでは、「シカ」や「フォーク」といった普通名詞も、「フランシス・ジャム」や「アイアス」といった固有名詞も（三六三頁注377、三六五頁注378参照）、単独ではそれなりの意味をあらわすから、これらのことばから整合性のある無意識の深層心理を読みとる仮説がいろいろ提示されている。興味ぶかい試みではあるが、これらの語があくまでも夢のなかの不可解なことばとして提示されていることを忘れるべきではなかろう。語り手自身が、「いっとき前」の睡眠中には「まだごく自然に明快な意味と論理をあらわしていた」これらの語が、目覚めたあとでは「なんであったのか想い出せ」ず、「アイアス」という語が睡眠中にはなぜ「寒いから気をつけて」という意味になったのかも理解できないと明言しているからである（三六三―六四頁）。

この祖母をめぐる夢は、一九〇八年の創作メモ帳では「母をめぐる夢」として構想され、「夢。私たちのそばにいるパパ」など、すでに本場面を想わせるプランが記されている(「カルネ1」)。祖母の死とそのよみがえりは、プルーストの母親の死の体験を祖母に移し替えたものなのである。このことはよく指摘されるが、なぜ作家が母親を祖母に置き替えたのか、その理由については研究者もさほど追求してはいないようだ。しかしプルーストは、実人生の母を作中で祖母に置き替えることによって、『ゲルマントのほう』に描かれた祖母の病気と死につねに「私」の母親(祖母の娘)が寄り添っていたように、「心の間歇」では「私」のバルベック到着の翌々日に母親がホテルに到着するという設定をつくり(三七五頁)、死後も変わらぬ無条件の深い愛情を祖母に寄せる母を描くことができたのではないか。ホテルにやって来た母を見たとたん、「私」はそれが「もはや母ではなく祖母だ」(三七八頁)と気づく一節にも、「生者はしばしば死者にとり憑かれ、死者とそっくりの後継者となって死者の途切れた生を継承する」がゆえに「死は無駄」ではない(三七八―七九頁)という重要な認識がこめられているのである。

このような母の全面的な愛情と比較すれば、「私」の悲嘆は「なんといっても一時的で、到来するのも遅ければ立ち去るのも早い悲嘆」(三七六頁)だという。こうした回想の不規則で断続的な現象こそ、プルーストが「心の間歇」と呼んで一時『失われた時を求めて』の総題にしようと考えていた概念である（三五三頁注372参照）。この理論は、いかなる悲嘆もふとよみがえることがある反面、いずれそれも忘却のかなたへ押しやられてしまうことを教えてくれる。

人はどれほど悲嘆に暮れているときでも、社会生活を完全に中断するわけにはゆかない。他人との交際は、ひそかに心に悲しみをかかえている「私」の孤独をいっそう際立たせるとともに、時間とともにその心痛を和らげる役割をも果たす。祖母がよみがえり夢にまであらわれた「翌日」、「私」は支配人からとり継がれたアルベルチーヌの来訪を拒み、ボーイが届けてきたカンブルメール老夫人の招待も断る（三六六―七〇頁）。しかし翌々日は、母がホテルに到着し、「私」は夕食にダイニングルームへ降りてゆく（三八一頁）。しばらくして母親から「無理やり外出」させられた「私」は、ホテルの従業員の滑稽なしぐさに気がまぎれたり（三八四―九一頁）、弔意をあらわしてくれたアルベルチーヌに会うよう母から勧められたりする（三九三頁）。

そのころ祖母の夢がもう一度、しかも祖母を探し求める「私」と「父親」の会話という同じ結構でくり返されるのは（四〇〇―〇一頁）、なにゆえであろう。夢のなかの「私」はいまだに祖母の生存を信じたい想いを捨てきれずにいるが、その夢もいまや最初の夢よりも短く、「仕方がない、死んだ人は死んだ人なんだ」(四〇一頁)という父親の最後のせりふが結論めいて聞こえ、すでに祖母の死を甘受する「私」の諦念を暗示しているように響く。この父親のことばの直後に、「それから数日後、私はサン＝ルーの撮ってくれた写真をなんとか穏やかな気持で眺められるようになった」(四〇一頁)という一文が出てくるのは、その証拠ではないか。やがて「この季節にしては早い猛暑が訪れたある朝」、灼熱の浜辺や笑いさざめく海水浴客の声を聞いた「私」は、「ふたたびアルベルチーヌの笑い声を聞きたい、ふたたびその友人の娘たちにも会いたいという欲求」に駆られる(四〇二頁)。心中の悲嘆が薄れて、生と官能への欲望がよみがえったのである。

このような「私」の社会生活との媒介役を果たすのが、ホテルの支配人とボーイたちである。これらの人物は、「私」を否応なく社会生活へと復帰させてくれる救済者であると同時に、「私」の悲嘆をあずかり知らぬ滑稽な言動によって、かえって「私」の孤独を浮き彫りにする。これは、祖母の病気と死という悲劇のかたわらに、それに心を痛める家族とともに何人もの医者がつき添い、その滑稽な冷淡さが他人の無関心を一段と増幅していたのと軌を一にする。こう考えると、「心の間歇」の章が、駅まで「私」を出迎えにきた支配人の言い間違い(「おしゃくい」とか「おまく」とか「失礼を欠く」とか)の執拗ともいえる例示(三四一―四四頁)で始まり、それがしつこいほどくり返されるのも(三五〇頁)、理解できるのではないか。支配人やフランソワーズの間違いだらけの駄弁は、「私」の悲しみを知る由もない人物たちの独善と愚鈍ゆえに、「私」の心中の悲嘆をかえって深める(読者にはそれを際立たせる)役割を担っているのである。『失われた時を求めて』において、ラシーヌふうの悲劇とモリエール流の喜劇とがしばしば併置されているのはそのためである。

いや、それだけではない。支配人やフランソワーズの珍妙なことば遣いは、最初のバルベック滞在時の祖母の苦しみの実態をあらわにするという、もうひとつの重大な役割を果たしている。フランソワーズは、「侯爵が写真をとった日は」(「侯爵」には「さま」が抜けている)という間違った言いまわしで、その写真は祖母が孫のために残そうとした形見であること、サン゠ルーが頻繁に「私」をリヴベルのレストランへ夕食に連れ出したのも、病気を隠そうとする祖母の配慮だったことを明らかにする(三九四―九五頁)。支配人の話はもっと衝撃的で、それを聞いた「私」は、祖母がホテルで何度も「しいいしん」(失神)をしていたことを知る(三九八―九九頁)。この両場面において重要なのは、フランソワーズも支配人も、「私」に祖母の実態を伝えて「私」を糾弾しようとする意図などいささかも持ちあわせていないことである。そうではなく、むしろ祖母の実態を伝えるふたりのことば遣いが怪しげで、それを口にする本人たちが脳天気であるだけに、それを解読して事態を悟った「私」の心中の衝撃はなおさら増幅されるのである。支配人とフランソワーズの怪しげなことばといい、夢のなかの祖母や父親の矛盾したせりふといい、「シカ、シカ、フランシス・ジャム、フォーク」という不可解な文言といい、「心の間歇」にはことばの解読というテーマが潜んでいるのである。

「心の間歇」の掉尾を飾る満開のリンゴの花（四〇五―〇六頁）は、『ゲルマントのほう』でラシェルをパリ郊外に迎えに出かけたときに「私」が遭遇する満開のナシの花（⑤三三六―四二頁）と双璧をなす春の眺望であろう。前者が早春（三月ごろ）の光景であるのにたいして後者が晩春（五月末ごろ）の情景という違いはあるものの、ともに「律儀に季節の約束を守る」（⑤三四二頁）満開の花の恒常性が、「心の間歇」なる法則によって移ろいゆく人間の心との対照を際立たせる。『ゲルマントのほう』におけるナシの花が、サン＝ルーとラシェルの愛憎入り混じる恋愛地獄がくり広げられる「呪われた集落」のうえに「無垢な守護の翼」を広げる「天使」（⑤三四八頁）だったとすると、「心の間歇」におけるリンゴの花は、ソドムとゴモラというこれまた「呪われた集落」をめぐる巻の中央に配置され、移り気な人間の心を浄化する不変の美に輝いている。

本巻においては女性同性愛(ゴモラ)の主題も重要ではあるが、すでにあとがきの紙幅も尽きたので、つぎのことを指摘するにとどめたい。それはジュピアンとシャルリュスの関係のみならず、ヴォーグーベールやニッシム・ベルナールなど、男性同性愛者の性癖は疑う余地のないものとして提示されているのにたいして、女性同性愛については、その実態がわからぬように描かれていることである。もちろんブロックの従妹《いとこ》が女優と公然と同棲していたり(四四九頁)、ブロックの妹がダンスホールで女友だちとベッドシーンをくり広げたりする(五三八頁)などの例外はあるが、肝心のアルベルチーヌの同性愛については、もっぱら「私」がそれに疑念を覚えるだけで真相は闇に閉ざされている。その典型例はアルベルチーヌとアンドレが乳房をくっつけてダンスを踊っている場面で、コタールの「あのふたりは間違いなく快楽の絶頂に達していますよ」(四三五頁)という指摘によって「私」は疑念を覚えるものの、その真偽はわからずじまいになる。アルベルチーヌの同性愛だけが、真相不明となるのはなぜなのか。この疑問については、次巻のあとがきで検討することにしたい。

グランドホテルに「私」を訪ねてきたカンブルメール老夫人、若夫人、弁護士の三人が「私」を相手にくり広げる長々しい芸術談義(四六〇―五〇〇頁)にも、ひとこと触れておくべきであろう。ショパンに師事した老夫人が芸術の伝統的価値の擁護者であるとすれば、モネ、ドガ、ドビュッシーを崇拝する若夫人は前衛芸術の信奉者であり、ル・シダネルの画を蒐集している弁護士は「それなりの趣味と見識」(四五七頁)の持主として登場する。カンブルメール若夫人がこと芸術の話になると「血が騒ぎ」、好んで「言い争う」さまは、「ほかの人たちが政治を論じてそうなるのとなんら変わらない」(四七一頁)。一方、語り手の「私」(とその背後にいるプルースト)は冷静で、芸術は「ひたすら一直線に進歩するもの」(四七九頁)ではなく、「プッサンの作品にはターナーの作を想わせる箇所があるし、モンテスキューのなかにはフロベールの一文かと思われるものが認められる」(四八二頁)と指摘する。戯画化されているのは三人の客人だけではない。興味ぶかいのは、主人公の「私」までがルグランダンの口舌をまねる「霊媒」(四六〇頁)と化して滑稽に描かれていることであろう。「私」が事情通を気取って「ドガ氏はシャンティイのプッサンほど美しいものは知らないと断言していますよ」(四七三頁)とか、「これもまた、相当『ぺ、レ、ア、ス』ですね」(四九七頁)といった指摘に若夫人がやりこめられたり、「私」が老夫人に向けて発する「鐘の音がお迎えに来てくれたのでしょうね」というルグランダンばりの美文調にたいして老夫人が「あなたは本物の詩人」だと応えたりする箇所(四九八頁)でも、「私」が自画自賛していると受けとってはならない。ここでは主人公の「私」の発言といえどもプルーストの皮肉な目によって戯画化されているからである。

前篇の『ゲルマントのほう』からさほど時間が経っていないにもかかわらず、本巻に描かれた登場人物たちやサロンの変貌は、すでに大きな社会の転換を予感させる。「私」のヴィルパリジ夫人、ゲルマント公爵夫妻、ゲルマント大公夫妻のサロンへの相つぐ訪問が終わったとき、時代はドレフュスの再審へ向けて大きく動きだし、ゲルマント大公夫妻をはじめ、ゲルマント公爵までがドレフュスの無罪を信じるようになる（三一二―一四頁）。ゲルマント公爵夫人が「栄誉栄達の上にあぐらをかいて風前の灯火《ともしび》になりつつあった」（三二七頁）とされる一方、ヴェルデュラン夫人とオデットのブルジョワのサロンの台頭が予告され（三二〇―二九頁）、本作における社会の大変動がそれとなく準備されているのだ。登場人物たちの同性愛があらわになって人間への新たな認識が開示される『ソドムとゴモラ』は、社会の認識までが更新される一大転換点なのである。

本巻の翻訳にあたり、従来どおり新プレイヤッド版を主たる底本として凡例に記した諸版を参照し、とくにプルーストが校正をした『ゲルマントのほう 二、ソドムと

ゴモラ 一』(一九二一)および『ソドムとゴモラ 二』(一九二二)のNRF版を調査して、プレイヤッド版の不適切な改行などを訂正した。

翻訳中に生じた疑問点については、これまでの巻と同じくエリック・アヴォカ氏(京都大学)が長い時間を割いて訳者の質問に懇切丁寧に答えてくださった。また、ソフィー・デュヴァル(ボルドー大学)とアンリ・ラクシモヴ(作家)の両氏からは、いくつかの個別の問題について重要なご教示をいただいた。さらに『オルペウス讃歌』については中務哲郎氏(京都大学名誉教授)から、ヴェネツィアのサン・マルコ大聖堂については阿部真弓氏(国立西洋美術館リサーチフェロー)から、当時の電話については坂本浩也氏(立教大学)から、ピカールのための請願書については村上祐二氏(エコール・ノルマル・シュペリウール)から、それぞれ貴重なご教示を賜った。井上究一郎先生旧蔵の『ソドムとゴモラ』初版を調査してくださった金沢公子氏(成城大学名誉教授)、図版の調査でご援助をいただいた中條屋進(成城大学名誉教授)、陳岡めぐみ(国立西洋美術館主任研究員)、鈴木大悟(首都大学東京)の三氏のご厚情も忘れられない。また、京都大学の若手研究者である池田潤と野田農の両氏は、面倒な資料調査を手伝ってくださった。これらのかたがたの友情にただただ感謝するばかりである。

前巻までの担当編集者、清水愛理氏が一年間の休暇をとられることになり、この第八巻の編集は市こうた氏が担当してくださった。本巻がまとまったのは、綿密に校正刷を点検して多くの貴重なアドバイスを与えてくださった市さんのおかげである。本巻の刊行はすこし遅れたが、『ソドムとゴモラ』の後半(第九巻)はなんとか半年後に刊行したい。

二〇一五年陽春

吉川一義

Moreau 1826–1898, éd. cit., p. 123.

図 24（457 頁）　冠章：*Petit Larousse illustré*, éd. cit., p. 998.

図 25（466 頁）　クロード・モネ『睡蓮の池――緑のハーモニー』：Daniel Wildenstein, *Monet. Catalogue raisonné*, Taschen, 1996, t. III, p. 642.

図 26（467 頁）　クロード・モネ『睡蓮』：*Ibid.*, t. IV, p. 788.

図 27（472 頁）　クロード・モネ『ルーアン大聖堂――朝の印象』：*Ibid.*, t. III, p. 547.

図 28（474 頁）　ニコラ・プッサン『嬰児虐殺』：*Nicolas Poussin: la collection du musée Condé à Chantilly*, RMN, 1994, p. 45.

図 29（484 頁）　ニコラ・プッサン『冬――大洪水』：*Turner et ses peintres*, RMN, 2010, p. 142.

図 30（484 頁）　ターナー『大洪水』：*Ibid.*, p. 143.

図 31（489 頁）　ベール：*Larousse du XXe siècle*, t. 6, 1933, p. 1029.

564 頁　レーナルド・アーン宛て書簡に見出されるプルーストの図案：Marcel Proust, *Lettres à Reynaldo Hahn*, éd. cit., p. 80.

図 9(188 頁)　レンブラント・ファン・レイン『ヤン・シックスの肖像』：Émile Verhaeren, *Rembrandt*, Laurens, «Les grands artistes», 1911, p. 77.

図 10(200 頁)　ピサのカンポサント：Jean de Foville, *Pise et Lucques*, Laurens, «Les villes d'art célèbres», 1914, p. 32.

図 11(200 頁)　「死の勝利」：*Ibid.*, p. 73.

図 12(211 頁)　ルイ十一世：*Petit Larousse illustré*, éd. cit., p. 1431.

図 13(222 頁)　ジョルジョーネ『眠れるヴィーナス』：Georges Dreyfous, *Giorgione*, Félix Alcan, «Art et esthétique», 1914, pl. XXIV.

図 14(231 頁)　レトルト：*Larousse du XXe siècle*, t. 2, 1929, p. 487.

図 15(248 頁)　ジャン＝マルク・ナティエ『夜明け(シャトールー公爵夫人)』：Xavier Salmon, *Jean-Marc Nattier 1685–1766*, catalogue de l'exposition au Musée national des châteaux de Versailles et de Trianon, RMN, 1999, p. 129.

図 16(285 頁)　プーレーヌ：*Larousse du XXe siècle*, t. 5, 1932, p. 749.

図 17(318 頁)　フランソワ・ブーシェ『エウロペの略奪』：André Michel, *François Boucher*, H. Piazza, 1906, planche entre p. 84 et p. 85 du «Catalogue».

図 18(321 頁)　ミシア・セール：Militsa Pojarskaïa et Tatiana Volodina, *L'art des Ballets russes à Paris*, Gallimard, 1990, p. 19.

図 19(335 頁)　大きな丸メガネ：*Larousse du XXe siècle*, t. 1, 1928, p. 678.

図 20(390 頁)　パルテノンのエルガスティナイ：Maxime Collignon, *Le Parthénon: l'histoire, l'architecture et la sculpture*, Hachette, 1914, p. 184.

図 21(404 頁)　大聖堂の棟のうえの天使たち：Pierre Gusman, *Venise*, Laurens, «Les villes d'art célèbres», 1902, p. 30.

図 22(417 頁)　頂塔《ランテルノン》：Henri Prentout, *Caen et Bayeux*, Laurens, «Les villes d'art célèbres», 1921, p. 55 des «Planches».

図 23(448 頁)　ギュスターヴ・モロー『サッポーの死』：*Gustave*

子レーナルドの憤怒(リヨンのステンドグラス)」. 剣に記されたRHはレーナルド・アーンのイニシャル. ビニニュルスは, マルセルのレーナルド宛て書簡で, 相手または自分を指す愛称. 中央図(vitrail de Lyon「リヨンのステンドグラス」の添書きあり)の下部には, マールの図版では«CHARITAS»「カリタス(慈愛)」, プルーストのデッサンでは«CHARMELIT»「カルメリト」の文字が読める(Carmélite は「カルメル会修道女」の意で, 1902年初演のアーンのオペラ=コミックのタイトルでもある). マールは「リヨンのステンドグラスでは, 慈愛は自分の外套を脱いで貧者に与える女性のすがたをとる」と説明. 右上図の文字は«La Folie(N. D. de Paris)»「狂気(パリのノートルダム大聖堂)」で, マールの解説は「狂気をあらわす男は, 棍棒を構え, 石ころだらけのなかを歩き, ときに顔面に小石を食らう」. 右下図の文字は«La Prudence et son petit Serpent(N. D. de Paris〔)〕»「分別と小さなヘビ(パリのノートルダム大聖堂〔)〕」. マールによると「棒に巻きつくヘビ」は分別の象徴.

図1(64頁)　ギュスターヴ・モロー『ガラテイア』: *Gustave Moreau 1826–1898*, catalogue de l'exposition au Grand Palais, RMN, 1998, p. 170.

図2(77頁)　枝付燭台: *Petit Larousse illustré*, sous la direction de Claude Augé, Larousse, 1911, p. 431.

図3(94頁)　エドゥアール・ドゥタイユ『夢』: *Édouard Detaille*, Librairie Félix Juven, «Peintres d'aujourd'hui», 1910, une reproduction sans pagination.

図4(115頁)　ルイ十六世: *Petit Larousse illustré*, éd. cit., p. 1432.

図5(131頁)　マルタ十字架: *Larousse du XXe siècle*, t. 4, 1931, p. 630.

図6(137頁)　羽根飾り: *Ibid.*, t. 5, 1932, p. 337.

図7(149頁)　首飾り《カルカン》: *Ibid.*, t. 1, 1928, p. 1030.

図8(165頁)　家具運搬馬車《タピシエール》: *Ibid.*, t. 6, 1933, p. 593.

図版一覧

表紙カバー Marcel Proust, *Lettres à Reynaldo Hahn*, Gallimard, 1956, p. 75. プルーストがレーナルド・アーンに贈った模写デッサン．エミール・マール『十三世紀フランスの宗教美術』*L'Art religieux du XIII*^{e} *siècle en France*(1902年アルマン・コラン版)の別々の頁に掲載されたステンドグラスの図版4点(下の美徳と悪徳の寓意像)を模写して合成したもの(1898年エルネスト・ルルー刊初版は同図版を2点のみ掲載)．プルーストはデッサン全体の上部に «SYNTHESE DU GOTHIQUE PRETENTIEUX»「気取ったゴシック様式の集成」という題名を記載(本巻表紙では省略)．マールは原書で，左端の «IRA»「憤怒」を，「リヨンのステンドグラスでは」絶望のあまり「剣でわが身を刺して自害する」と説明．プルーストが図上に添えたいたずら書きは «La colère de l'Enfant Reynaldo contre Bininuls(vitrail de Lyon)»「ビニニュルスにたいする幼

失《うしな》われた時《とき》を求《もと》めて 8 〔全 14 冊〕 プルースト作
ソドムとゴモラ I

2015 年 5 月 15 日　第 1 刷発行
2016 年 1 月 15 日　第 2 刷発行

訳　者　吉川一義《よしかわかずよし》

発行者　岡 本　厚

発行所　株式会社 岩波書店
〒101-8002 東京都千代田区一ツ橋 2-5-5
案内 03-5210-4000　販売部 03-5210-4111
文庫編集部 03-5210-4051
http://www.iwanami.co.jp/

印刷・理想社　カバー・精興社　製本・松岳社

ISBN 978-4-00-375117-6　　Printed in Japan

読書子に寄す

——岩波文庫発刊に際して——

岩波茂雄

真理は万人によって求められることを自ら欲し、芸術は万人によって愛されることを自ら望む。かつては民を愚昧ならしめるために学芸が最も狭き堂宇に閉鎖されたことがあった。今や知識と美とを特権階級の独占より奪い返すことはつねに進取的なる民衆の切実なる要求である。岩波文庫はこの要求に応じそれに励まされて生まれた。それは生命ある不朽の書を少数者の書斎と研究室とより解放して街頭にくまなく立たしめ民衆に伍せしめるであろう。近時大量生産予約出版の流行を見る。その広告宣伝の狂態はしばらくおくも、後代にのこすと誇称する全集がその編集に万全の用意をなしたるか。千古の典籍の翻訳企図に敬虔の態度を欠かざりしか。さらに分売を許さず読者を繋縛して数十冊を強うるがごとき、はたしてその揚言する学芸解放のゆえんなりや。吾人は天下の名士の声に和してこれを推挙するに躊躇するものである。このときにあたって、岩波書店は自己の責務のいよいよ重大なるを思い、従来の方針の徹底を期するため、すでに十数年以前より志して来た計画を慎重審議この際断然実行することにした。吾人は範をかのレクラム文庫にとり、古今東西にわたって文芸・哲学・社会科学・自然科学等種類のいかんを問わず、いやしくも万人の必読すべき真に古典的価値ある書をきわめて簡易なる形式において逐次刊行し、あらゆる人間に須要なる生活向上の資料、生活批判の原理を提供せんと欲する。この文庫は予約出版の方法を排したるがゆえに、読者は自己の欲する時に自己の欲する書物を各個に自由に選択することができる。携帯に便にして価格の低きを最主とするがゆえに、外観を顧みざるも内容に至っては厳選最も力を尽くし、従来の岩波出版物の特色をますます発揮せしめようとする。この計画たるや世間の一時の投機的なるものと異なり、永遠の事業として吾人は微力を傾倒し、あらゆる犠牲を忍んで今後永久に継続発展せしめ、もって文庫の使命を遺憾なく果たさしめることを期する。芸術を愛し知識を求むる士の自ら進んでこの挙に参加し、希望と忠言とを寄せられることは吾人の熱望するところである。その性質上経済的には最も困難多きこの事業にあえて当たらんとする吾人の志を諒として、その達成のため世の読書子とのうるわしき共同を期待する。

昭和二年七月